Mark Sullivan
Unter blutrotem Himmel

TINTE & FEDER

Das Buch

»Unter blutrotem Himmel« ist die wahre Geschichte eines vergessenen Helden und zugleich die unfassbare Erzählung über einen jungen Mann und seine Tapferkeit in einem der dunkelsten Kapitel der Geschichte.

Pino Lella will eigentlich nichts mit dem Krieg oder den Nazis zu tun haben – er ist ein normaler italienischer Jugendlicher, der sich für Musik, Essen und Mädchen interessiert. Dann schafft ein Bombenangriff in seiner Heimatstadt Mailand eine Wirklichkeit, die den jungen Mann über Nacht erwachsen werden lässt. Pino schließt sich einer Untergrundorganisation an, die Juden bei der Flucht über die Alpen hilft, und beginnt für die Alliierten zu spionieren. Dabei verliebt er sich unsterblich in die sechs Jahre ältere Anna. Doch kann ihre Liebe Bestand haben in einer Welt, in der nichts so sicher ist wie die Veränderung?

Der Autor

Mark Sullivan ist erfolgreicher Autor von achtzehn Romanen, darunter die New-York-Times-Bestsellerserie »Private«, die er zusammen mit James Patterson schreibt. Er hat unzählige Preise für seine Bücher erhalten, einschließlich des WH Smith Fresh Talent Awards, seine Werke wurden von der New York Times als »Notable Book« lobend erwähnt und von der Los Angeles Times zum Buch des Jahres gewählt. Mark ist begeisterter Skiläufer und Wanderer und lebt mit seiner Frau in Bozeman, Montana, wo er noch immer dankbar für das Wunder eines jeden Augenblicks ist.

MARK SULLIVAN

UNTER BLUTROTEM HIMMEL

ROMAN

Aus dem Amerikanischen von Peter Groth

TINTE & FEDER

Die amerikanische Ausgabe erschien 2017 unter dem Titel »Beneath a Scarlet Sky: A Novel« bei Lake Union Publishing, Seattle.

Deutsche Erstveröffentlichung bei
Tinte & Feder, Amazon Media E.U. S.à r.l.
5 Rue Plaetis, L-2338 Luxembourg
Mai 2018

Die Übersetzung dieses Buches wurde durch AmazonCrossing ermöglicht.

Umschlaggestaltung: semper smile, München, www.sempersmile.de
Originaldesign: Shasti O'Leary Soudant
Umschlagmotiv: © Maremagnum/Getty; © Marcela Fae/EyeEm/Getty; © Dmitry Kosterev/Shutterstock; © Giorgio Peripoli/Shutterstock
Lektorat: Judith Zimmer
Korrektorat: Manuela Tiller/DRSVS
Gedruckt durch:
Amazon Distribution GmbH, Amazonstraße 1, 04347 Leipzig /
Canon Deutschland Business Services GmbH,
Ferdinand-Jühlke-Str. 7, 99095 Erfurt /
CPI Books GmbH, Birkstraße 10, 25917 Leck

ISBN: 978-1-503-95008-5

www.tinte-feder.de

Für die achttausend italienischen Juden,
die nicht gerettet werden konnten.

Für die Millionen, die von der Kriegsmaschinerie der Nazis versklavt wurden, und die Unzähligen, die nicht mehr nach Hause gekommen sind.

Und für Robert Dehlendorf,
der die Geschichte zuerst gehört und mich gerettet hat.

Liebe besiegt alles.
Vergil

Vorwort

Anfang Februar 2006 war ich siebenundvierzig Jahre alt und am Tiefpunkt meines Lebens angekommen.

Im Sommer davor hatte sich mein jüngerer Bruder, der wie mein bester Freund war, zu Tode gesoffen. Ich hatte einen Roman geschrieben, der niemandem gefiel, war in eine geschäftliche Streitigkeit verwickelt und stand am Rande der Privatinsolvenz.

Während ich in der Abenddämmerung auf einem Highway durch Montana fuhr, dachte ich über meine Lebensversicherung nach und merkte, dass ich für meine Familie einen viel größeren Wert hatte, wenn ich tot wäre. Ich sinnierte darüber, gegen einen Brückenpfeiler zu fahren. Es schneite gerade und war dämmerig.

Doch dann sah ich im Schneegestöber meine Frau und meine Söhne vor mir und überlegte es mir anders. Zitternd fuhr ich vom Highway ab. Ich war kurz vor einem Nervenzusammenbruch, senkte den Kopf und bat Gott und das Universum um Hilfe. Ich flehte um eine Geschichte, um ein bedeutendes Projekt, in das ich mich vertiefen könnte.

Man mag es mir glauben oder nicht, doch genau an jenem Abend hörte ich auf einer Dinnerparty in Bozeman, Montana,

Bruchstücke einer außergewöhnlichen, bisher noch nicht veröffentlichten Geschichte aus dem Zweiten Weltkrieg, in der ein siebzehnjähriger italienischer Junge die Hauptrolle spielte.

Meine erste Reaktion war, dass die Geschichte von Pino Lellas Leben während der letzten dreiundzwanzig Monate des Kriegs nicht wahr sein konnte. Sonst hätten wir längst davon gehört. Doch dann erfuhr ich, dass Pino noch lebte, er war sechs Jahrzehnte später und nach fast dreißig Jahren in Beverly Hills und Mammoth Lakes in Kalifornien wieder nach Italien zurückgekehrt.

Ich rief ihn an. Zunächst war Signor Lella im Gespräch sehr zurückhaltend. Er meinte, er sei kein Held, sondern viel eher ein Feigling, was mich nur noch neugieriger machte. Nach einigen weiteren Anrufen stimmte er schließlich einem Treffen in Italien zu.

Ich flog zu ihm und verbrachte drei Wochen bei Pino in einer alten Villa in der Stadt Lesa am Lago Maggiore, nördlich von Mailand. Zu diesem Zeitpunkt war Pino neunundsiebzig Jahre alt, doch hoch aufgerichtet, kräftig, gut aussehend, charmant, witzig und oft ausweichend. Ich hörte ihm stundenlang zu, während er aus seiner Vergangenheit berichtete.

Manche von Pinos Erinnerungen waren so lebendig, dass sie vor meinem geistigen Auge Gestalt annahmen. Andere waren schwächer erleuchtet und mussten durch wiederholtes Fragen klarer herausgearbeitet werden. Manche Ereignisse und Personen vermied er spürbar, und bei anderen wirkte es, als würde er sich davor scheuen, sie überhaupt zu erwähnen. Als ich den alten Mann über diese schmerzvolle Zeit ausfragte, berichtete er von Tragödien, die uns beide zum Schluchzen brachten.

Während dieser ersten Reise sprach ich auch mit Historikern in Mailand und befragte katholische Priester und Mitglieder des Widerstands. Ich besuchte jeden größeren Schauplatz gemeinsam mit Pino. Ich fuhr in die Berge und kletterte durch die Alpen, um mir ein besseres Bild von den Fluchtwegen zu machen. Ich stützte den alten Mann, als er vor Trauer auf dem Piazzale Loreto zusammenbrach, und ich sah, wie ihn das Leid seines Verlustes auf den Straßen um das Castello Sforzesco durchfuhr. Er zeigte mir, wo er Benito Mussolini das letzte Mal gesehen hatte. In der großen Kathedrale von Mailand sah ich seine Hand zittern, als er eine Kerze für die Toten und Gepeinigten entzündete.

Dabei hörte ich die ganze Zeit einem Mann zu, der auf zwei Jahre seines außergewöhnlichen Lebens zurückblickte: wie er mit siebzehn erwachsen und mit achtzehn zu einem alten Mann wurde, das Auf und Ab, die Irrungen und Wirrungen, die Liebe und der Schmerz. Meine persönlichen Probleme und mein ganzes Leben wirkten klein und unbedeutend im Vergleich zu dem, was er in einem unfassbar jungen Alter erlebt hatte. Und seine Einblicke in die Tragödien des Lebens vermittelten mir eine neue Perspektive. Ich wurde davon gesund, und Pino und ich wurden schnell zu Freunden. Als ich nach Hause zurückkehrte, fühlte ich mich so gut wie schon seit Jahren nicht mehr.

Auf jene Reise folgten vier weitere während der nächsten zehn Jahre. So konnte ich, wenn ich nicht an anderen Büchern arbeitete, Nachforschungen zu Pinos Geschichte anstellen. Ich sprach mit Mitarbeitern in Yad Vashem, Israels größter Gedenkstätte und zugleich Forschungsstelle zum Holocaust, und mit Historikern in Italien, Deutschland und den USA. Ich verbrachte Wochen in den Kriegsarchiven dieser drei Länder und denen in Großbritannien.

Ich befragte die überlebenden Zeitzeugen – zumindest jene, die ich ausfindig machen konnte –, um die verschiedenen Ereignisse in Pinos Geschichte zu untermauern, und ebenso die Nachkommen und Freunde der lange Verstorbenen, einschließlich Ingrid Bruck, Tochter des geheimnisvollen Nazigenerals aus der Geschichte.

Wann immer es möglich war, habe ich mich an die Tatsachen gehalten, die ich in jenen Archiven, Interviews und Zeugenberichten gesammelt habe. Doch ich merkte schnell, dass es aufgrund der umfassenden Vernichtungen von Nazidokumenten kurz vor Ende des Zweiten Weltkriegs bestenfalls vereinzelt schriftliche Spuren von Pinos Vergangenheit gab.

Als Hindernis erwies sich auch eine Art kollektiver Amnesie, was Italien und die Italiener nach dem Krieg betrifft. Es wurden ganze Bibliotheken an Büchern verfasst über den DDay, die Feldzüge der Alliierten in Westeuropa und die Bemühungen tapferer Menschen, die ihr Leben riskierten, um Juden in anderen europäischen Ländern zu retten. Doch die Nazibesatzung Italiens und das katholische Netzwerk zur Rettung italienischer Juden haben nur wenig Aufmerksamkeit erfahren. Rund sechzigtausend alliierte Soldaten sind im Kampf um die Befreiung Italiens gefallen. Rund hundertvierzigtausend Italiener starben während der Besatzung durch die Nazis. Und doch ist bisher nur wenig über die Schlacht um Italien geschrieben worden, sodass die Historiker inzwischen von der »vergessenen Front« sprechen.

Der Großteil dieses Gedächtnisverlustes wurde dabei von den überlebenden Italienern verursacht. Ein alter Partisanenkämpfer hat mir dazu gesagt: »Wir waren noch jung und wollten vergessen. Wir wollten die schrecklichen Dinge, die wir erlebt haben, hinter uns lassen. Niemand spricht in Italien über den Zweiten Weltkrieg, weshalb sich auch niemand daran erinnert.«

Aufgrund der vielen verbrannten Dokumente, der kollektiven Amnesie und des Todes vieler Personen vor dem Zeitpunkt, als ich von der Geschichte erfuhr, war ich stellenweise gezwungen, Szenen und Dialoge zu entwickeln, die allein auf den jahrzehntealten Erinnerungen Pinos basieren, auf den wenigen realen Spuren, die noch existieren, und auf meiner Vorstellungskraft, die durch meine Recherchen befeuert wurde. Selten habe ich auch Ereignisse und Personen zugunsten der erzählerischen Kohärenz vermischt oder zusammengefasst, und manche Ereignisse, die mir nur in sehr verkürzter Form beschrieben wurden, habe ich vollständig dramatisiert.

Als Ergebnis davon ist die vorliegende Geschichte kein Stück erzählende Sachliteratur, sondern ein Roman aus biografischer und historischer Fiktion, der sich eng daran orientiert, was Pino Lella zwischen Juni 1943 und Mai 1945 widerfahren ist.

TEIL EINS

Nessun dorma – Keiner schlafe

Eins

9. Juni 1943 – Mailand, Italien

Wie all die Pharaonen, Kaiser und Tyrannen vor ihm, so hatte auch der Duce erlebt, wie sein Reich erblühte, nur um es dann auseinanderbrechen zu sehen. An jenem Nachmittag im späten Frühling rann Benito Mussolini die Macht bereits durch die Finger und verschwand wie die Freude aus einem jungen verwitweten Herzen.

Die angeschlagenen Armeen des faschistischen Diktators hatten sich aus Nordafrika zurückgezogen. Einheiten der alliierten Kräfte lagen vor Sizilien. Und Adolf Hitler schickte täglich weitere Truppen und Nachschub in den Süden, um den italienischen Stiefel zu verstärken.

Pino Lella wusste das alles aus den Nachrichten der BBC, die er abends auf seinem Kurzwellenradio hörte. Wohin er auch ging, bemerkte er mit eigenen Augen die wachsende Menge deutscher Soldaten. Doch wenn er durch die mittelalterlichen Straßen Mailands schlenderte, ignorierte er geflissentlich die Uniformierten, die seinen Weg kreuzten. Der Zweite Weltkrieg war nichts weiter als eine Meldung in den Nachrichten, die er sich anhörte und im nächsten Moment gleich wieder vergaß, um sich seinen drei Lieblingsthemen zu widmen: Mädchen, Musik und Essen.

Er war schließlich erst siebzehn Jahre alt, eins fünfundachtzig groß, fünfundsiebzig Kilo schwer, lang und schlaksig, mit großen Händen und Füßen, widerspenstigen Haaren und ausreichend Akne und Unbeholfenheit, dass bisher keines der Mädchen seiner Einladung ins Kino gefolgt war. Und dennoch blieb Pino unverzagt, denn das war sein Naturell.

Zuversichtlich streifte er mit seinen Freunden über die Piazza vor dem Duomo di Santa Maria Nascente, der großen gotischen Kathedrale im Zentrum von Mailand.

»Heute werde ich ein hübsches Mädchen kennenlernen«, sagte Pino und wies mit dem Finger auf den blutroten, bedrohlich wirkenden Himmel. »Und wir werden uns auf eine verrückte, tragische Weise ineinander verlieben und jeden Tag von früh bis spät fantastische Abenteuer mit Musik und Essen erleben.«

»Du lebst in einer Fantasiewelt«, sagte Carletto Beltramini, Pinos bester Freund.

»Das tue ich nicht«, schniefte Pino.

»Klar tust du das«, sagte Pinos Bruder Mimmo, der zwei Jahre jünger war. »Du verliebst dich in jedes hübsche Mädchen, das du siehst.«

»Aber keines davon liebt Pino.« Carletto hatte ein Vollmondgesicht, war schlank und bedeutend kleiner als Pino.

Mimmo, der noch kleiner war, sagte: »Das stimmt.«

Pino antwortete mit einer wegwerfenden Handbewegung: »Ihr seid einfach keine Romantiker.«

»Was machen die da drüben?«, fragte Carletto und zeigte auf die vor dem Dom beschäftigten Gruppen von Männern.

Einige befestigten hölzerne Verblendungen in den Hohlräumen, wo sich normalerweise die bunten Kirchenfenster befanden. Andere trugen Sandsäcke von Lastwagen zu einer wachsenden Mauer am Fuß der Kathedrale. Wieder andere stellten unter den wachsamen Augen einiger Priester, die neben der zentralen Doppeltür der Kathedrale standen, Scheinwerfer auf.

»Das werde ich herausfinden«, sagte Pino.

»Aber ich bin schneller«, sagte sein kleiner Bruder und rannte in Richtung der Arbeiter.

»Für Mimmo ist alles ein Wettkampf«, sagte Carletto. »Er muss mal ein bisschen ruhiger werden.«

Pino lachte, dann rief er über die Schulter: »Wenn du weißt, wie man ihn dazu kriegt, erzähl es meiner Mutter.« Er schlängelte sich an den Arbeitern vorbei, ging direkt zu den Priestern und tippte einem von ihnen auf die Schulter.

»Entschuldigt, Pater.«

Der Geistliche war Mitte zwanzig und so groß wie Pino, doch etwas kräftiger. Er drehte sich um, beäugte den Jugendlichen von Kopf bis Fuß – sah seine neuen Schuhe, die graue Leinenhose, das frische weiße Hemd und die grüne Seidenkrawatte, die seine Mutter ihm zum Geburtstag geschenkt hatte – und blickte dann in Pinos Augen, als könnte er in seinen Kopf hineinsehen und seine sündigen Gedanken lesen.

Er sagte: »Ich bin Seminarist. Nicht ordiniert, kein Kragen.«

»Ach so, verzeiht«, sagte Pino eingeschüchtert. »Wir wollten nur wissen, warum hier die Lampen aufgestellt werden.«

Bevor der junge Seminarist antworten konnte, hatte sich eine knotige Hand an seinen rechten Ellbogen gelegt. Er trat zur Seite und machte einem kleinen, hageren Priester Platz, der Mitte fünfzig war und ein weißes Priestergewand und eine rote Kappe trug. Pino erkannte ihn sofort und spürte, wie sich ihm der Magen zusammenzog, während er vor dem Kardinal von Mailand auf ein Knie sank.

»Mein Lord Kardinal«, sagte Pino mit gesenktem Kopf.

Der Seminarist erwiderte streng: »Man hat ihn mit ›Eure Eminenz‹ anzusprechen.«

Pino blickte verwirrt auf. »Mein britisches Kindermädchen hat mir beigebracht, ›mein Lord Kardinal‹ zu sagen, wenn ich jemals einem Kardinal begegnen sollte.«

Das Gesicht des ernsten jungen Mannes war wie versteinert, doch Alberto Ildefonso Kardinal Schuster lachte leise und sagte: »Ich glaube, er hat recht, Barbareschi. In England würde man mich mit ›Lord Kardinal‹ ansprechen.«

Kardinal Schuster war in Mailand sowohl berühmt als auch mächtig. Als katholisches Oberhaupt von Norditalien und als ein Mann, auf den Papst Pius XII. hörte, war der Kardinal häufig in den Zeitungen. Pino war beeindruckt von Schusters Gesicht: Sein Lächeln drückte Freundlichkeit aus, doch in seinem Blick lag die Drohung der Verdammnis.

Deutlich verärgert sagte der Seminarist: »Wir befinden uns in Mailand, Eure Eminenz, nicht in London.«

»Das spielt keine Rolle«, sagte Schuster. Er legte die Hand auf Pinos Schulter und bat ihn aufzustehen. »Wie ist dein Name, junger Mann?«

»Pino Lella.«

»Pino?«

»Meine Mutter hat mich Giuseppino genannt«, sagte Pino, während er sich aufrichtete. »Davon ist nur das ›Pino‹ geblieben.«

Kardinal Schuster sah zu dem großen »Kleinen Joseph« auf und lachte. »Pino Lella. Das ist ein Name, den man sich merken muss.«

Pino war verwirrt, weshalb jemand wie der Kardinal so etwas sagte.

In der sich anschließenden Stille platzte es aus Pino heraus: »Ich bin Euch schon einmal begegnet, mein Lord Kardinal.«

Schuster war überrascht. »Wo war das?«

»Bei der Casa Alpina in Pater Res Ferienlager oberhalb von Madesimo. Vor vielen Jahren.«

Kardinal Schuster lächelte. »Ich erinnere mich an den Besuch. Ich sagte zu Pater Re, er sei der einzige Priester in Italien, der eine größere Kathedrale hat als den Dom zu Mailand und den Petersdom. Der junge Barbareschi hier wird nächste Woche hinaufgehen, um Pater Re zu unterstützen.«

»Sie werden ihn mögen und auch die Casa Alpina«, sagte Pino. »Man kann dort sehr gut bergsteigen.«

Jetzt lächelte Barbareschi.

Pino verbeugte sich unsicher und wollte zurückgehen, was Kardinal Schuster noch mehr zu amüsieren schien. Er sagte: »Ich dachte, du wärst an den Lampen interessiert.«

Pino blieb stehen. »Ja?«

»Das ist meine Idee«, sagte Schuster. »Heute Nacht beginnt die Verdunkelung. Nur der Dom wird ab sofort angeleuchtet. Ich bete darum, dass die Bomberpiloten ihn sehen und angesichts seiner Schönheit so ehrfürchtig sind, dass sie ihn verschonen. Es hat fast fünfhundert Jahre gedauert, diese prachtvolle Kirche zu bauen. Es wäre eine Tragödie, sie in einer einzigen Nacht zerstört zu sehen.«

Pino spähte hinauf zu der kunstvoll verzierten Fassade der gewaltigen Kathedrale. Der aus blassrosa Candoglia-Marmor erbaute Dom mit seinen unzähligen Spitzen, Balkonen und Zinnen wirkte so grandios und unwirklich wie die Alpen im Winter. Pino liebte das Skilaufen und Bergsteigen fast so sehr wie Musik und Mädchen, und beim Anblick der Kirche dachte er immer an die Berge.

Doch jetzt glaubte der Kardinal, dass die Kathedrale und Mailand bedroht waren. Zum ersten Mal wurde für Pino ein Luftangriff real.

Er frage: »Kann es denn sein, dass wir bombardiert werden?«

»Ich bete darum, dass es nicht geschieht«, sagte Kardinal Schuster, »doch ein umsichtiger Mann ist immer auf das Schlimmste vorbereitet. Auf Wiedersehen! Möge dich dein

Gottvertrauen sicher durch die kommenden Tage geleiten, Pino.«

* * *

Der Kardinal von Mailand ging davon und ließ Pino ehrfürchtig zurück, und als er zu Carletto und Mimmo zurückkehrte, wirkten beide wie vom Donner gerührt.

»Das war Kardinal Schuster«, sagte Carletto.

»Ich weiß«, erwiderte Pino.

»Du hast lange mit ihm gesprochen.«

»Habe ich das?«

»Ja«, sagte sein kleiner Bruder. »Was hat er dir erzählt?«

»Dass er sich meinen Namen merken würde und dass die Lichter dafür da sind, die Bomber davon abzuhalten, die Kathedrale in die Luft zu jagen.«

»Siehst du?«, sagte Mimmo zu Carletto. »Ich habe es dir ja gesagt.«

Carletto sah Pino misstrauisch an. »Warum will sich Kardinal Schuster an deinen Namen erinnern?«

Pino zuckte die Schultern. »Vielleicht gefällt ihm der Klang. Pino Lella.«

Mimmo schnaubte. »Du lebst wirklich in einer Fantasiewelt.«

Sie hörten ein Donnern, als sie die Piazza Duomo verließen, überquerten die Straße und gingen unter dem großen Torbogen hindurch in die Galleria, die weltweit erste überdachte Einkaufsstraße – zwei breite, sich kreuzende Gänge mit Geschäften und normalerweise von einer Kuppel aus Eisen und Glas überdacht. Als die Jungen an jenem Tag hineingingen, waren die Glasscheiben jedoch entfernt worden. Nur das Metallgerüst war zurückgeblieben und warf ein Netz aus rechteckigen Schatten über das Markttreiben.

Als das Donnern näher kam, bemerkte Pino Besorgnis in vielen Gesichtern auf den Straßen der Galleria, doch er teilte ihre Befürchtung nicht. Donner war schließlich nur Donner und keine Bombenexplosion.

»Blumen?«, fragte eine Frau neben einem Karren frisch geschnittener Rosen. »Für deine Freundin?«

Pino sagte: »Wenn ich sie finde, dann komme ich zurück.«

»Darauf können Sie noch Jahre warten, Signora«, sagte Mimmo.

Pino holte zum Schlag gegen seinen kleinen Bruder aus. Mimmo duckte sich und lief davon, raus aus der Galleria und hinaus auf die Piazza, auf der die Statue Leonardo da Vincis stand. Hinter der Statue auf der anderen Seite der Straße und der Straßenbahnschienen waren die Türen zum Teatro alla Scala aufgerissen worden, um den berühmten Opernsaal zu lüften. Aus den geöffneten Türen drangen Geräuschfetzen, Geigen und Cellos wurden gestimmt und ein Tenor übte Tonleitern.

Pino verfolgte ihn, doch dann bemerkte er ein hübsches Mädchen – schwarzes Haar, heller Teint und blitzende dunkle Augen. Sie war auf dem Weg über die Piazza zur Galleria. Er kam rutschend zum Stehen und beobachtete sie. Von Sehnsucht überwältigt konnte er nichts sagen.

Als sie vorbeigegangen war, sagte Pino: »Ich glaube, ich habe mich gerade verknallt.«

»Geknallt vielleicht, aber mit dem Kopf gegen die Laterne«, sagte Carletto, der hinter ihm hergekommen war.

Mimmo kehrte zurück. »Jemand hat gerade gesagt, dass die Alliierten bis Weihnachten hier sein werden.«

»Ich will, dass die Amerikaner schneller nach Mailand kommen«, sagte Carletto.

»Ich auch«, stimmte ihm Pino zu. »Mehr Jazz! Weniger Oper!«

Er lief in einem Sprint davon, hechtete über eine leere Bank und auf ein gebogenes Metallgeländer, das die Statue da Vincis schützte. Er rutschte geschickt ein Stück über die glatte Oberfläche, bevor er an der Seite hinuntersprang und wie eine Katze landete.

Mimmo wollte nicht nachstehen und versuchte denselben Trick, doch er fiel vor einer dunkelhaarigen, korpulenten Frau in einem geblümten Kleid auf den Boden. Sie war ungefähr Ende dreißig, Anfang vierzig, trug einen Geigenkasten und hatte auf dem Kopf einen breiten blauen Strohhut gegen die Sonne.

* * *

Die Frau erschrak so sehr, dass sie fast den Geigenkasten fallen ließ. Wütend presste sie ihn an ihren Busen, während Mimmo stöhnte und sich die Rippen hielt.

»Das ist die Piazza della Scala!«, schimpfte sie. »Zu Ehren des großen Leonardo! Hast du keinen Respekt? Geh und spiel deine kindischen Spiele woanders.«

»Sie halten uns für Kinder?«, fragte Mimmo und blähte seine Brust auf. »Kleine Jungs?«

Die Frau sah an ihm vorbei und sagte: »Kleine Jungs, die die echten Spiele nicht verstehen, die um sie herum geschehen.«

Dunkle Wolken waren aufgezogen und verdunkelten die Szenerie. Pino drehte sich um und sah einen großen schwarzen Daimler-Benz die Straße entlangrollen, die die Piazza vom Opernhaus trennte. An beiden Kotflügeln wehten rote Naziwimpel und an der Antenne flatterte eine Generalsfahne. Pino sah die Umrisse des Generals, der kerzengerade auf dem Rücksitz saß. Aus irgendeinem Grund bekam er bei dem Anblick eine Gänsehaut.

Als er sich zurückdrehte, ging die Geigerin bereits mit herausfordernd erhobenem Kopf davon, überquerte hinter dem Nazifahrzeug die Straße und verschwand sodann im Opernhaus.

Während die Jungs weitergingen, hinkte Mimmo, rieb sich die rechte Hüfte und jammerte. Doch Pino hörte ihm kaum zu. Eine rötlich blonde Frau mit blaugrauen Augen kam den Bürgersteig entlang und direkt auf sie zu. Er schätzte sie auf Anfang zwanzig. Sie war mittelgroß, schlank und hatte ein hübsches Gesicht mit einer zierlichen Nase, hohen Wangenknochen und Lippen, die sich auf natürliche Weise zu einem entspannten Lächeln bogen. Sie trug ein gelbes Sommerkleid und hielt eine Einkaufstasche aus Leinen in der Hand. Direkt vor ihnen bog sie ab und ging in eine Bäckerei.

»Ich habe mich schon wieder verliebt«, sagte Pino und legte sich die Hände aufs Herz. »Habt ihr sie gesehen?«

Carletto schnaubte. »Gibst du denn nie auf?«

»Niemals«, sagte Pino, trottete zum Fenster der Bäckerei und sah hinein.

Die Frau verstaute einige Laibe Brot in ihrer Tasche. Er sah, dass sie keinen Ring an der linken Hand trug, und so wartete er darauf, dass sie bezahlte und hinauskam.

Als sie es tat, trat er vor sie, legte eine Hand an sein Herz und sagte: »Es tut mir leid, Signorina. Ich bin von Ihrer Schönheit überwältigt und muss Sie kennenlernen.«

»Hör dich nur an«, spottete sie, vollführte ein paar energische Schritte um ihn herum und ging weiter.

Während sie an ihm vorbeiging, nahm Pino ihren Duft wahr: nach Frau und Jasmin. Es war berauschend, nie zuvor hatte er so etwas gerochen.

Er eilte hinter ihr her und sagte: »Es ist wahr. Ich sehe viele schöne Frauen, Signorina. Ich wohne im Modeviertel San Babila. Dort gibt es viele Fotomodelle.«

Sie warf ihm von der Seite einen Blick zu. »San Babila ist ein ziemlich vornehmes Viertel zum Wohnen.«

»Meinen Eltern gehört Le Borsette di Lella, das Taschengeschäft. Kennen Sie es?«

»Meine … meine Chefin hat erst letzte Woche dort eine Handtasche gekauft.«

»Ja?«, fragte Pino entzückt. »Sie sehen also, dass ich aus einer angesehenen Familie komme. Würden Sie sich heute Abend einen Film mit mir ansehen? Es läuft *Du warst nie berückender*. Fred Astaire. Rita Hayworth. Tanzen. Singen. Voller Eleganz. Genau wie Sie, Signorina.«

Schließlich drehte sie den Kopf, um ihn mit ihren durchdringenden Augen genauer zu betrachten. »Wie alt bist du eigentlich?«

»Fast achtzehn.«

Sie lachte. »Du bist etwas jung für mich.«

»Es ist nur ein Film. Wir gehen als Freunde. Dafür bin ich doch nicht zu jung, oder?«

Sie sagte nichts mehr, ging einfach weiter.

»Ja? Nein?«, fragte Pino.

»Heute Abend beginnt die Verdunkelung.«

»Es wird noch hell sein, wenn die Vorführung beginnt, und danach werde ich Sie heil und gesund nach Hause bringen«, versicherte ihr Pino. »Ich sehe nachts wie eine Katze.«

Für einige Schritte sagte sie nichts und Pino spürte, wie ihm das Herz schwer wurde.

»Wo läuft denn der Film?«, fragte sie.

Pino nannte ihr die Adresse und schlug vor: »Wir treffen uns dort, ja? Um halb sieben vor dem Ticketschalter?«

»Du bist irgendwie witzig und das Leben ist kurz. Warum eigentlich nicht?«

Pino grinste, legte die Hand an die Brust und sagte: »Bis später dann.«

»Bis später«, erwiderte sie, lächelte und überquerte die Straße.

Pino sah ihr hinterher und fühlte sich siegreich und ein wenig atemlos. Als sie sich gerade umdrehte, um auf die herankommende Straßenbahn zu warten, und ihn amüsiert anblickte, fiel ihm etwas ein.

»Signorina, verzeihen Sie mir«, rief er, »aber wie ist Ihr Name?«

»Anna«, rief sie zurück.

»Ich bin Pino!«, schrie er. »Pino Lella!«

Die Straßenbahn blieb quietschend stehen, übertönte seinen Nachnamen und versperrte die Sicht. Als sie wieder anrollte, war Anna weg.

»Sie kommt nie im Leben«, sagte Mimmo, der die ganze Zeit hinter ihnen hergeeilt war. »Sie hat es nur gesagt, damit du sie in Ruhe lässt.«

»Natürlich wird sie kommen«, entgegnete Pino und schaute zu Carletto, der ihnen ebenfalls gefolgt war. »Du hast es in ihren Augen gesehen, in Annas Augen, oder?«

Bevor sein Freund ihm antworten konnte, zuckte ein Blitz am Himmel und die ersten dicken Regentropfen fielen und wurden mehr. Sie begannen zu laufen.

»Ich gehe nach Hause!«, rief Carletto und scherte aus.

Zwei

Der Himmel öffnete sich und ließ einen Sturzregen niedergehen. Pino sprintete hinter Mimmo her zum Modeviertel, wurde nass bis auf die Haut und scherte sich nicht darum. Anna würde mit ihm ins Kino gehen. Sie hatte Ja gesagt. Er wurde fast verrückt vor Freude.

Die Brüder waren völlig durchnässt und es blitzte heftig, als sie sich in den Laden *Albanese Borse* flüchteten, das Lederwarengeschäft und die Manufaktur ihres Onkels in dem rostfarbenen Haus auf der Via Pietro Verri Nr. 7.

Triefnass kamen die Jungen in den langen, schmalen Laden, der sie mit dem intensiven Duft neuen Leders umfing. Die Regale waren voller feiner Aktentaschen, Handtaschen und Tornister, Koffer und Truhen. In der Fensterauslage lagen geflochtene Lederportemonnaies und hübsch verzierte Zigarettenetuis und Mappen. Es waren zwei Kunden im Laden, eine ältere Dame in der Nähe der Eingangstür und weiter hinten ein Nazioffizier in einer schwarz-grauen Uniform.

Pino beobachtete ihn, hörte aber dann die ältere Frau fragen: »Welche soll ich nehmen, Albert?«

»Folgen Sie Ihrem Herzen«, sagte der Mann hinter der Theke, der sie bediente. Er war groß, hatte einen kräftigen

Oberkörper und einen Schnurrbart und trug einen feinen mausgrauen Anzug, ein gestärktes weißes Hemd und eine flotte blau getupfte Fliege.

»Aber ich mag sie beide sehr«, klagte seine Kundin.

Lächelnd strich er sich über den Bart und sagte: »Dann nehmen Sie doch beide!«

Sie zögerte, dann gluckste sie: »Vielleicht mache ich das wirklich!«

»Hervorragend! Hervorragend!«, sagte er und rieb sich die Hände. »Greta, kannst du mir die Schachteln für diese umwerfende Dame mit dem tadellosen Geschmack bringen?«

»Ich bin im Moment beschäftigt, Albert«, erwiderte Pinos österreichische Tante Greta, die den Nazi bediente. Sie war eine hochgewachsene, schlanke Frau mit kurzem braunem Haar und einem ungezwungenen Lächeln. Der Deutsche rauchte und betrachtete ein ledergebundenes Zigarettenetui.

Pino sagte: »Ich hole dir die Schachteln, Onkel Albert.«

Onkel Albert warf Pino einen Blick zu. »Trockne dich ab, bevor du sie anfasst.«

Pino dachte an Anna, als er an seiner Tante und dem Deutschen vorbei zur Werkstatttür ging. Der Offizier drehte sich, um Pino im Vorbeigehen zu beobachten. Dabei wurden die Eichenblätter an seinen Aufschlägen sichtbar, die ihn als Oberst identifizierten. An der flachen Vorderseite seiner Offiziersmütze prangte ein kleines Totenkopfemblem mit Schädel und Knochen unter einem Adler, der ein Hakenkreuz hielt. Pino wusste, dass er ein hochrangiger Offizier in Hitlers Geheimpolizei sein musste. Der Nazi war von mittlerer Größe und Statur, hatte eine schmale Nase und freudlose Lippen, dazu ausdruckslose dunkle Augen, die nichts preisgaben.

Etwas verunsichert trat Pino durch die Tür in die Werkstatt, einen wesentlich größeren Raum mit hoher Decke. Die Näherinnen und Schneider beendeten gerade ihre Arbeit für den Tag. Er fand einen Lappen und trocknete sich die Hände ab. Dann nahm er zwei Schachteln mit dem eingeprägten Albanese-Logo und ging zurück ins Geschäft, während seine Gedanken glücklich zu Anna zurückkehrten.

Sie war hübsch und älter, und …

Er zögerte, bevor er sich durch die Tür schob. Der Gestapo-Oberst trat gerade hinaus in den Regen. Pinos Tante stand an der Ladentür und verabschiedete ihn.

Pino fühlte sich in dem Augenblick besser, als sie die Tür schloss. Er half seinem Onkel dabei, die zwei Handtaschen einzupacken. Als die letzte Kundin gegangen war, bat Albert Mimmo, die Vordertür abzuschließen und das »Geschlossen«-Schild ins Fenster zu hängen.

Als Mimmo das erledigt hatte, fragte Onkel Albert: »Hast du seinen Namen herausbekommen?«

»SS-Obersturmbannführer Walther Rauff«, erwiderte Tante Greta. »Der neue Gestapo-Chef für das ganze westliche Oberitalien. Er kommt gerade aus Tunesien. Tullio behält ihn im Auge.«

»Tullio ist zurück?«, sagte Pino überrascht und erfreut. Tullio Galimberti war fünf Jahre älter, sein Vorbild und ein enger Freund der Familie.

»Seit gestern«, antwortete Onkel Albert.

Tante Greta sagte: »Rauff hat gesagt, dass die Gestapo das Hotel Regina besetzt.«

Ihr Mann knurrte. »Wem gehört Italien – Mussolini oder Hitler?«

»Das spielt keine Rolle«, sagte Pino, wobei er sich selbst zu überzeugen versuchte. »Der Krieg ist bald vorbei und die Amerikaner werden kommen und dann wird man überall Jazz hören!«

Onkel Albert schüttelte den Kopf. »Das hängt von den Deutschen und vom Duce ab.«

Tante Greta sagte: »Hast du auf die Uhr geguckt, Pino? Deine Mutter hat euch beiden vor einer Stunde zu Hause erwartet, damit ihr helft, die Feier vorzubereiten.«

Pino zog sich der Magen zusammen. Seine Mamma war niemand, den man warten lassen sollte.

»Sehen wir uns später?«, fragte er auf dem Weg zur Tür. Mimmo folgte ihm.

»Natürlich, das lassen wir uns nicht entgehen«, sagte Onkel Albert.

* * *

Als die Jungen an der Via Monte Napoleone Nr. 3 ankamen, war Le Borsette di Lella, der Taschenladen seiner Eltern, geschlossen. Als er an seine Mutter dachte, bekam Pino Angst. Er hoffte, dass sein Vater da sein würde, um den menschlichen Orkan zu besänftigen. Pikante Düfte wehten ihnen entgegen, als sie die Treppe hochgingen: geschmortes Lamm mit Knoblauch, frisch gehacktes Basilikum und ofenwarmes frisches Brot.

Sie öffneten die Tür zur weiträumigen Wohnung der Familie, in der geschäftiges Treiben herrschte. Ihr übliches Dienstmädchen und eine zusätzliche Hilfskraft schwirrten eifrig im Esszimmer herum, stellten geschliffenes Kristall, Besteck und Porzellan für das Büfett auf. Im Salon stand ein dünner, hochgewachsener Mann mit hängenden Schultern mit dem Rücken zum Flur, hielt eine Geige und einen Bogen und spielte ein Stück, das Pino nicht kannte. Der Mann spielte einen falschen Ton und hielt inne, wobei er den Kopf schüttelte.

»Papa?«, rief Pino vorsichtig. »Bekommen wir Ärger?«

Michele Lella senkte die Geige und drehte sich um, während er auf der Innenseite seiner Backe kaute. Bevor er antworten konnte, kam ein sechsjähriges Mädchen aus der Küche in den Flur gestürmt. Cicci, Pinos kleine Schwester, blieb vor ihm stehen und fragte ihn fordernd: »Wo bist du gewesen, Pino? Mamma ist nicht zufrieden mit dir. Mit dir auch nicht, Mimmo.«

Pino ignorierte sie, konzentrierte sich stattdessen auf die mit einer Schürze bekleidete Lokomotive, die aus der Küche angedampft kam. Er hätte schwören können, dass er Rauch aus den Ohren seiner Mutter kommen sah. Porzia Lella war mindestens dreißig Zentimeter kleiner als ihr älterer Sohn und mindestens zwanzig Kilogramm leichter. Sie marschierte auf Pino zu, riss sich die Brille herunter und schüttelte sie in seine Richtung.

»Ich habe dich gebeten, um vier zu Hause zu sein, und jetzt ist es Viertel nach fünf«, sagte sie. »Du benimmst dich wie ein Kind. Auf deine kleine Schwester ist mehr Verlass!«

Cicci hob die Nase und nickte.

Für einen Moment wusste Pino nicht, was er sagen sollte. Doch dann kam ihm die rettende Idee und er nahm einen verzweifelten Ausdruck an, beugte sich vor und hielt sich den Bauch.

»Es tut mir so leid, Mamma«, sagte er. »Ich habe etwas auf der Straße gegessen. Davon ist mir schlecht geworden. Und dann wurden wir von dem Gewitter überrascht und waren gezwungen, bei Onkel Albert zu warten.«

Porzia verschränkte die Arme und betrachtete ihn prüfend. Cicci nahm dieselbe skeptische Haltung an.

Ihre Mutter sah zu Mimmo. »Stimmt das, Domenico?«

Pino spähte verstohlen zu seinem Bruder.

Mimmo wackelte mit dem Kopf. »Ich habe ihm noch gesagt, dass die Wurst nicht gut aussah, doch er hat nicht auf mich gehört. Pino musste bei drei Cafés anhalten, um auf die Toilette zu gehen. Und da war ein Gestapo-Offizier in Onkel Alberts Laden. Er hat gesagt, dass die Nazis das Hotel Regina übernehmen.«

Seine Mutter wurde blass. »Was?«

Pino verzog das Gesicht und beugte sich noch weiter vor. »Ich muss jetzt sofort gehen.«

Cicci sah noch immer misstrauisch aus, doch die Wut von Pinos Mutter war zu Besorgnis geworden. »Geh, geh! Und wasch dir danach gut die Hände.«

Pino eilte den Flur entlang.

Hinter ihm sagte Porzia: »Wohin gehst du, Mimmo? Du bist nicht krank.«

»Mamma«, beschwerte sich Mimmo. »Pino kann sich immer vor allem drücken.«

Pino wartete nicht auf die Antwort seiner Mutter. Er eilte an der Küche und den unwiderstehlichen Gerüchen vorbei und kletterte die Treppe hinauf, die zur zweiten Etage der Wohnung und dem Wasserklosett führte. Für respektable zehn Minuten blieb er darin und verbrachte die Zeit damit, über jeden einzelnen Moment nachzudenken, den er mit Anna erlebt hatte, vor allem, wie sie sich von der anderen Seite der Straßenbahnschienen amüsiert nach ihm umgedreht hatte. Er betätigte die Spülung, entzündete ein Streichholz, um das Fehlen übler Gerüche zu überdecken, und legte sich auf sein Bett, das Kurzwellenradio auf eine Jazzsendung der BBC eingestellt, die er fast nie verpasste.

Die Duke Ellington Band spielte »Cotton Tail«, eines seiner aktuellen Lieblingsstücke, und er schloss die Augen, um Ben Websters Solo am Tenorsaxofon zu bewundern. Pino hatte Jazzmusik von dem Augenblick an geliebt, als er eine Aufnahme mit Billie Holiday und Lester Young gehört hatte, die »I Can't Get Started« spielten. So verpönt es auch war, so etwas im Haushalt der Lellas zu sagen – wo Oper und klassische Musik uneingeschränkt herrschten –, so war Pino doch von diesem Moment an davon überzeugt, dass Jazz die großartigste Musikrichtung war. Deshalb sehnte er sich auch danach, in die

Vereinigten Staaten zu gehen, wo der Jazz geboren war. Es war sein größter Traum.

Pino fragte sich, wie das Leben in Amerika wohl sein mochte. Die Sprache war für ihn kein Problem. Er war mit zwei Kindermädchen aufgewachsen, das eine kam aus London und das andere aus Paris. Fast seit seiner Geburt hatte er alle drei Sprachen gesprochen. War der Jazz wohl überall in Amerika zu hören? War er wie ein cooler Klanghintergrund in jedem Augenblick zu hören? Und was war mit den amerikanischen Mädchen? War wohl eine von ihnen so schön wie Anna?

»Cotton Tail« ging zu Ende. Benny Goodmans »Roll 'Em« begann mit einem Boogie-Woogie-Beat, der in ein Klarinettensolo überging. Pino sprang vom Bett, streifte die Schuhe ab und begann zu tanzen. Er sah sich mit der hübschen Anna, gemeinsam vollführten sie einen verrückten Lindy-Hop – kein Krieg, keine Nazis, nur Musik und Essen und Wein und Liebe.

Dann merkte er, wie laut die Musik war, stellte sie leise und hörte auf zu tanzen. Er wollte nicht, dass sein Vater wieder heraufkam und mit ihm über Musik stritt. Michele verabscheute Jazz. In der Vorwoche hatte er Pino dabei erwischt, wie er Meade Lux Lewis' Boogie-Melodie »Low Down Dog« auf dem Familien-Steinway geübt hatte, und es war, als hätte er einen Heiligen geschändet.

Pino duschte und zog sich um. Ein paar Minuten, nachdem die Glocken der Kathedrale sechs Uhr schlugen, legte er sich wieder aufs Bett und sah aus dem geöffneten Fenster. Nachdem die Gewitterwolken nur noch eine Erinnerung waren, hallten jetzt wieder die vertrauten Geräusche von den Straßen San Babilas herauf. Die letzten Geschäfte schlossen. Die wohlhabenden und modebewussten Menschen Mailands eilten nach Hause. Ihre angeregten Stimmen klangen für ihn wie eine einzige, wie ein Chor der Straße – Frauen, die über kleine Freuden lachten, Kinder, die über unbedeutende Tragödien weinten, Männer, die über nichts Besonderes stritten, sondern sich der reinen italienischen Liebe für Wortgefechte und gespielte Entrüstung hingaben.

Pino erschrak, als unten die Türglocke läutete. Er hörte, wie Hallos und Willkommensgrüße ausgesprochen wurden. Er spähte auf die Uhr. Es war Viertel nach sechs. Der Film begann um sieben, und es war ein langer Weg zum Kino und zu Anna.

Pino hatte bereits ein Bein aus dem Fenster und suchte nach dem Sims, der zu einer Feuerleiter führte, als er ein schrilles Lachen hinter sich hörte.

»Sie wird nicht da sein«, sagte Mimmo.

»Natürlich wird sie da sein«, sagte Pino und stieg aus dem Fenster.

Es waren ganze neun Meter bis zum Boden, und der Sims war nicht sehr breit. Er musste den Rücken gegen die Mauer drücken und sich seitlich zu einem weiteren Fenster schieben, durch das er kletterte, um zu einer Hintertreppe zu gelangen. Eine Minute später war er jedoch schon auf dem Boden und unterwegs.

* * *

Wegen der neuen Verdunkelungsvorschriften war die Schrifttafel über dem Kinoeingang nicht erleuchtet. Trotzdem machte Pinos Herz einen Satz, als er die Namen von Fred Astaire und Rita Hayworth auf dem Poster las. Er liebte Hollywood-Musicals, vor allem die mit Swingmusik. Und er hatte Träume mit Rita Hayworth gehabt, in denen … nun ja …

Pino kaufte zwei Eintrittskarten. Während andere Besucher ins Kino strömten, stand er da und hielt auf der Straße und den Gehsteigen nach Anna Ausschau. Er wartete, bis er langsam an der leeren, niederschmetternden Erkenntnis zu leiden begann, dass sie nicht kommen würde.

»Ich habe es dir doch gesagt.« Mimmo tauchte plötzlich neben ihm auf.

Pino wollte wütend sein, konnte es aber nicht. Tief im Innern liebte er den Mut und die Sturheit seines Bruders, seinen Verstand und seine Gerissenheit. Er reichte Mimmo eine Eintrittskarte.

Die Jungen gingen hinein und suchten sich Sitzplätze.

»Pino?«, fragte Mimmo leise. »Wann hast du angefangen zu wachsen? Mit fünfzehn?«

Pino musste gegen ein Lächeln ankämpfen. Sein Bruder ärgerte sich immer darüber, dass er so klein war.

»Erst als ich sechzehn war, wirklich.«

»Aber es kann auch früher passieren?«

»Das kann sein.«

Die Lichter gingen aus und die Wochenschau, die faschistische Nachrichtensendung, begann. Pino war noch immer betrübt, dass Anna ihn hatte sitzen lassen, als der Duce auf der Leinwand erschien. Benito Mussolini trug gemäß seiner Rolle als kommandierender General eine medaillenübersäte Jacke mit Taillengürtel, Waffenrock und Kniehose sowie glänzende kniehohe Reitstiefel und ging mit einem seiner Feldkommandeure auf einem Felsvorsprung oberhalb des Ligurischen Meeres entlang.

Der Sprecher berichtete, dass der italienische Diktator Befestigungen inspizierte. Auf der Leinwand hielt der Duce beim Gehen die Hände hinter dem Rücken verschränkt. Das Kinn des Herrschers zeigte zum Horizont. Sein Rücken war gebeugt und seine Brust zum Himmel aufgebläht.

»Er sieht wie ein kleiner Gockel aus«, sagte Pino.

»Psst!«, flüsterte Mimmo. »Nicht so laut.«

»Warum nicht? Jedes Mal, wenn man ihn sieht, wirkt er, als wolle er ein ›Kikeriki‹ von sich geben.«

Sein Bruder kicherte, während die Nachrichtensendung weiter über Italiens Verteidigung und Mussolinis wachsende Bedeutung auf der Weltbühne prahlte. Es war reine Propaganda. Pino hörte jeden Abend BBC, deshalb wusste er, dass es nicht stimmte, was er sah, und er war froh, als die Wochenschau vorbei war und der Film begann.

Er ließ sich schnell von der lustigen Handlung des Films fesseln und liebte jede Szene, in der Hayworth mit Astaire tanzte.

»Rita«, seufzte Pino nach einer Reihe von Pirouetten, die Hayworths Kleid um ihre Beine schwingen ließen wie den Umhang eines Matadors. »Sie ist so elegant, genau wie Anna.«

Mimmo verdrehte die Augen. »Sie hat dich sitzen lassen.«

»Aber sie war so schön«, flüsterte Pino.

Auf einmal heulte eine Sirene. Ein Luftangriff. Die Menschen begannen zu schreien und sprangen von den Sitzen auf.

Das Bild auf der Leinwand erstarrte in einer Nahaufnahme von Astaire und Hayworth, die Wange an Wange miteinander tanzten, ihre Lippen und ihr Lächeln der panischen Menge zugewandt.

Während der Film auf der Leinwand schmolz, knatterten außerhalb des Kinos die Flakgeschütze, und die ersten unsichtbaren Bomber der Alliierten leerten ihre Bombenschächte und entfachten eine Ouvertüre aus Feuer und Zerstörung, die über Mailand niederging.

Drei

Schreiend vor Panik drängte das Publikum zu den Ausgängen. Pino und Mimmo steckten voller Angst mitten in der wogenden Menge, als mit ohrenbetäubendem Lärm eine Granate explodierte und die Rückwand des Kinos zerstörte, sodass Trümmerstücke durch die Luft schossen, die die Leinwand zerfetzten. Die Lichter gingen aus.

Etwas traf Pino hart an der Wange und riss sie auf. Er spürte die Wunde pochen und Blut über seinen Kiefer laufen. Mehr im Schock als aus Panik verschluckte er sich an dem Rauch und Staub und kämpfte sich vorwärts. Winzige Schotterstückchen drangen ihm brennend in Augen und Nase, während er sich zusammen mit Mimmo vornübergebeugt und heftig hustend einen Weg aus dem Kino bahnte.

Draußen heulten noch immer die Sirenen und es fielen weiter Bomben, der Höhepunkt des Angriffs war noch längst nicht erreicht. Flammen wüteten in den Häusern zu beiden Seiten des Kinos an der Straße. Flakgeschütze ratterten. Leuchtspurpatronen kritzelten rote Bögen in den Himmel. Sie explodierten so hell, dass Pino die Umrisse der Lancaster-Bomber über sich erkennen konnte. Wie dunkle Gänse zogen sie Flügelspitze an Flügelspitze in V-Formation durch die Nacht.

Mit einem Geräusch wie brummende Hornissen fielen weitere Bomben und schickten Flammenschwaden und öligen Rauch in den Himmel. Einige gingen so dicht neben den flüchtenden Lella-Brüdern hoch, dass sie die Druckwelle spürten und fast das Gleichgewicht verloren.

»Wo laufen wir hin, Pino?«, schrie Mimmo.

Für einen Moment war er zu verstört, um nachzudenken, doch dann rief er: »Zum Dom.«

Pino führte seinen Bruder zum einzigen Gebäude Mailands, das von etwas anderem als Feuer erhellt wurde. Aus der Ferne ließen die Scheinwerfer die Kathedrale unwirklich erscheinen, wie vom Himmel gesandt. Während sie rannten, wurden die Hornissen am Himmel und die Explosionen weniger und hörten dann ganz auf. Keine Bomber mehr. Kein Geschützfeuer.

Nur noch Sirenen und weinende und schreiende Menschen. Ein verzweifelter Vater grub mit einer Laterne in der Hand in den Trümmern herum. Seine Frau hockte jammernd daneben und klammerte sich an ihren toten Sohn. Woanders standen weinende Menschen mit Laternen um ein Mädchen, das einen Arm verloren hatte und dort auf der Straße starb, die Augen glasig geöffnet.

Pino hatte noch nie zuvor tote Menschen gesehen und weinte ebenfalls. *Nichts wird mehr sein wie zuvor*. Der Jugendliche konnte das so deutlich spüren, wie ihm die Hornissen noch in den Ohren brummten. *Nichts wird mehr sein wie zuvor.*

Endlich erreichten sie den Dom. An der Kathedrale gab es keine Bombenkrater. Keine Trümmer. Kein Feuer. Es war, als hätte der Angriff nie stattgefunden, wären nicht die Klagelaute in der Ferne gewesen.

Pino lächelte schwach. »Kardinal Schusters Plan hat funktioniert.«

Mimmo runzelte die Stirn und sagte: »Unser Zuhause ist zwar nah an der Kathedrale, aber auch nicht so nah.«

Die Jungen liefen durch ein Gewirr dunkler Straßen, das sie zurück zur Via Monte Napoleone Nr. 3 führte. Das Taschengeschäft und ihre Wohnung darüber sah aus wie immer. Nach all dem, was sie erlebt hatten, schien es wie ein Wunder.

Mimmo öffnete die Vordertür und ging die Stufen hinauf. Pino folgte und hörte das Säuseln der Geigen, ein Klavier und einen singenden Tenor. Aus irgendeinem Grund machte Pino die Musik wütend. Er drückte sich an Mimmo vorbei und schlug gegen die Wohnungstür.

Die Musik hörte auf. Seine Mutter öffnete die Tür.

»Die Stadt steht in Flammen und ihr spielt Musik?«, schrie Pino Porzia an, die erschrocken einen Schritt zurücktrat. »Die Menschen sterben und ihr musiziert?«

Einige Leute kamen hinter seiner Mutter in den Flur, inklusive seiner Tante, seines Onkels und seines Vaters.

Michele sagte: »Mit Musik überleben wir solche Zeiten, Pino.«

Pino sah, dass noch andere in der überfüllten Wohnung nickten. Darunter die Geigerin, die Mimmo zuvor am Tage fast umgerannt hätte.

»Du bist verletzt, Pino«, sagte Porzia. »Du blutest ja.«

»Da sind andere, denen es viel schlimmer geht«, sagte Pino und ihm kamen die Tränen. »Es tut mir leid, Mamma. Es war … schrecklich.«

Porzia schmolz dahin, breitete die Arme aus und umarmte ihre beiden schmutzigen, blutenden Jungen.

»Jetzt ist es gut«, sagte sie und küsste beide abwechselnd. »Ich will nicht wissen, wo ihr wart oder wie ihr dorthin gekommen seid. Ich bin nur froh, dass ihr zu Hause seid.«

Sie sagte ihren Söhnen, dass sie nach oben gehen und sich waschen sollten, bevor sich ein Arzt, der unter den Gästen war, Pinos Wunde ansehen würde. Während sie zu ihnen sprach, sah Pino etwas, das er nie zuvor bei seiner Mutter bemerkt hatte.

Es war Angst – Angst, dass sie beim nächsten Mal, wenn die Bomber kämen, nicht mehr so ein großes Glück hätten.

Die Angst stand ihr noch immer im Gesicht, als der Arzt den Schnitt an Pinos Wange vernähte. Als er fertig war, warf Porzia einen strafenden Blick auf ihren älteren Sohn. »Du und ich werden uns morgen über all das unterhalten müssen«, sagte sie.

Pino senkte den Blick und nickte. »Ja, Mamma.«

»Geh und hol dir etwas zu essen. Falls du nicht zu krank dafür bist.«

Er sah auf und bemerkte, dass seine Mutter ihn schelmisch ansah. Er hätte dabei bleiben sollen, dass er krank sei, und ihr sagen, dass er ohne Essen zu Bett gehen würde. Doch er war am Verhungern.

»Ich fühle mich schon viel besser«, sagte er.

»Ich glaube, du fühlst dich schlechter«, sagte Porzia und verließ den Raum.

* * *

Pino folgte ihr missmutig durch den Flur zum Esszimmer. Mimmo hatte sich bereits sein Essen auf den Teller gehäuft und berichtete einigen Freunden ihrer Eltern eine lebhafte Version ihres Abenteuers.

»Klingt nach einer ziemlich wilden Nacht, Pino«, sagte jemand hinter ihm.

Pino drehte sich um und sah einen gut aussehenden, makellos gekleideten Mann Anfang zwanzig. Eine atemberaubend schöne Frau hatte sich bei ihm untergehakt. Pino begann zu grinsen.

»Tullio!«, sagte er. »Ich habe gehört, dass du zurück bist!«

Tullio antwortete: »Pino, das ist meine Freundin Cristina.«

Pino nickte ihr höflich zu. Cristina wirkte gelangweilt und entschuldigte sich.

»Wann hast du sie kennengelernt?«, fragte Pino.

»Gestern«, erwiderte Tullio. »Im Zug. Sie möchte Modell werden.«

Pino schüttelte den Kopf. Es war immer so mit Tullio Galimberti. Als Verkäufer von Oberbekleidung war er erfolgreich, doch wenn es um attraktive Frauen ging, war Tullio ein Zauberer.

»Wie machst du das nur?«, fragte Pino. »All die schönen Mädchen.«

»Weißt du das nicht?«, fragte Tullio zurück und schnitt sich etwas vom Käse ab.

Pino wollte etwas Prahlerisches sagen, doch er erinnerte sich daran, wie Anna ihn hatte sitzen lassen. Sie hatte seine Einladung nur angenommen, um ihn loszuwerden. »Offenbar weiß ich das nicht. Nein.«

»Es würde Jahre dauern, dir das beizubringen«, sagte Tullio und kämpfte mit einem Grinsen.

»Komm schon, Tullio«, sagte Pino. »Da muss es irgendeinen Trick geben, den ich …«

»Es gibt keinen Trick«, sagte Tullio sachlich. »Das Allerwichtigste? Zuhören.«

»Zuhören?«

»Dem Mädchen«, sagte Tullio ungeduldig. »Die meisten Männer hören nicht zu. Sie fangen einfach an, über sich selbst zu plappern. Frauen wollen verstanden werden. Also höre auf das, was sie sagen, und mache ihnen ein Kompliment darüber, wie sie aussehen oder singen oder was auch immer. Genau damit – mit dem Zuhören und den Komplimenten – bist du achtzig Prozent der Männer auf der Erdoberfläche überlegen.«

»Aber wenn sie nicht viel sagt?«

»Dann sei witzig. Oder schmeichelnd. Oder beides.«

Pino fand, dass er witzig und schmeichelnd zu Anna gewesen war, aber vielleicht war das nicht genug. Dann fiel ihm etwas anderes ein. »Also, wohin ist Oberst Rauff heute gegangen?«

Tullios umgängliches Verhalten verschwand. Er griff Pino fest am Oberarm und zischte: »An Orten wie diesen sprechen wir nicht über Leute wie Rauff. Verstanden?«

Pino war erschrocken und beschämt durch die Reaktion seines Freundes, doch bevor er noch antworten konnte, tauchte Tullios Begleitung wieder auf. Sie glitt an seine Seite und flüsterte ihm etwas ins Ohr.

Tullio lachte, ließ Pino los und sagte: »Sicher, Süße. Das können wir machen.«

Tullio wandte seine Aufmerksamkeit wieder zu Pino. »Ich würde lieber warten, bis dein Gesicht nicht mehr aussieht wie ein geplatztes Würstchen, bevor du herumgehst und witzig und aufmerksam bist.«

Pino neigte den Kopf, lächelte unsicher und biss dann die Zähne zusammen, denn die Stiche in seiner Wange brannten. Er beobachtete, wie Tullio mit seiner Freundin wegging, und dachte erneut, wie sehr er sich wünschte, wie er zu sein. Alles an dem Mann war perfekt und elegant. Ein guter Mann. Ein besserer Ausstatter. Ein bester Freund. Ein aufrichtiges Lachen. Und trotzdem war Tullio so geheimnisvoll, dass er einen Gestapo-Oberst verfolgte.

Das Kauen tat weh, doch Pino war so hungrig, dass er sich noch ein zweites Mal seinen Teller füllte. Während er das tat, hörte er, wie sich drei der Musikerfreunde seiner Eltern unterhielten, zwei Männer und die Geigerin.

»Jeden Tag kommen mehr Nazis nach Mailand«, sagte der korpulentere Mann, der in der Scala Horn spielte.

»Schlimmer«, sagte der Perkussionist. »Die Waffen-SS.«

Die Geigerin sagte: »Mein Ehemann hat berichtet, es gäbe Gerüchte über einen geplanten Pogrom. Rabbi Zolli rät unseren Freunden in Rom, dass sie fliehen sollen. Wir denken darüber nach, nach Portugal zu gehen.«

»Wann?«, fragte der Perkussionist.

»Je eher, desto besser.«

»Pino, es ist Zeit fürs Bett«, sagte seine Mutter in scharfem Ton.

Pino nahm sich den Teller mit auf sein Zimmer. Während er essend auf dem Bett saß, dachte er darüber nach, was er gerade gehört hatte. Er wusste, dass die drei Musiker Juden waren, und er wusste, dass Hitler und die Nazis die Juden hassten, obwohl er nicht genau wusste, warum. Seine Eltern hatten viele jüdische Freunde, hauptsächlich Musiker oder Leute aus der Modebranche. Insgesamt fand Pino, dass die Juden klug, witzig und freundlich waren. Was war ein Pogrom? Und warum sollte ein Rabbi allen Juden in Rom sagen, dass sie weglaufen sollten?

Er aß zu Ende, begutachtete noch einmal seinen Verband und ging dann zu Bett. Als er das Licht gelöscht hatte, zog er die Vorhänge zurück und sah hinaus in die Dunkelheit. Hier in San Babila gab es keine Feuer, nichts, was auf die Zerstörung hinwies, die er beobachtet hatte. Er versuchte, nicht an Anna zu denken, doch als er den Kopf auf das Kissen legte und die Augen schloss, gingen ihm Bruchstücke ihrer Begegnung zusammen mit dem Bild von Fred Astaire Wange an Wange mit Rita Hayworth durch den Kopf. Und die Explosion der Rückwand des Kinos. Und das armlose tote Mädchen.

Er konnte nicht einschlafen. Er konnte nichts davon vergessen. Schließlich stellte er das Radio an, fummelte am Drehknopf herum und fand einen Sender, der ein Violinstück spielte, das er kannte, weil sein Vater es immer zu spielen versuchte: Niccolo Paganinis Caprice Nr. 24 in a-Moll.

Pino lag in der Dunkelheit, lauschte dem frenetischen Tempo der Geige und spürte die wilden Stimmungswechsel des Stückes, als wären es seine eigenen. Als es vorbei war, fühlte er sich wie ausgelaugt und ohne jeden Gedanken. Endlich schlief er ein.

* * *

Am nächsten Tag ging Pino gegen eins los, um sich mit Carletto zu treffen. Er fuhr mit der Straßenbahn und sah manche Viertel mit rauchenden Ruinen und andere völlig unberührt. Die Zufälligkeit dessen, was zerstört war und was überlebt hatte, beunruhigte ihn fast noch mehr als die Zerstörung selbst.

Am Piazzale Loreto stieg er aus. Es war ein großer Kreisverkehr mit einer Grünfläche in der Mitte und florierenden Geschäften und Unternehmen drum herum. Er schaute über den Kreisverkehr in die Via Andrea Costa und sah vor seinem inneren Auge Kriegselefanten. Hannibal hatte vor einundzwanzig Jahrhunderten Kriegselefanten über die Alpen geführt und war auf seinem Weg zur Eroberung Roms jene Straße entlanggekommen. Pinos Vater hatte ihm erzählt, dass seitdem alle Eroberungsarmeen über diese Straße nach Mailand gekommen waren.

Er kam an einer Esso-Tankstelle mit einer Dachkonstruktion aus Stahlträgern vorbei, die sich drei Meter über die Zapfsäulen und Tanks erhob. Schräg gegenüber der Tankstelle auf der anderen Seite des Kreisverkehrs sah er die weiß-grüne Markise von *Beltraminis Frisches Obst und Gemüse*.

Bei Beltraminis war geöffnet. Es war kein Schaden zu erkennen.

Carlettos Vater stand draußen und wog gerade Obst ab. Pino grinste und beschleunigte seinen Gang.

»Keine Sorge. Wir haben draußen am Po bombensichere geheime Gärten«, erzählte Signor Beltramini gerade einer älteren Frau, als Pino näher kam. »Und deshalb wird es bei Beltramini immer die beste Ware von Mailand geben.«

»Ich glaube Ihnen kein Wort, aber Sie bringen mich zum Lachen, das ist schön«, sagte sie.

»Liebe und Lachen«, entgegnete Signor Beltramini. »Das ist immer die beste Medizin, selbst an einem Tag wie heute.«

Die Frau lächelte noch immer, als sie davonging. Carlettos Vater war ein kleiner, fülliger Bär von einem Mann und freute sich noch mehr, als er Pino bemerkte.

»Pino Lella! Wo warst du? Wo ist deine Mutter?«

»Zu Hause«, sagte Pino und schüttelte ihm die Hand.

»Gesegnet sei sie.« Signor Beltramini blickte zu ihm auf. »Du wirst aber nicht noch weiterwachsen, oder?«

Pino lächelte und zuckte die Schultern. »Ich weiß es nicht so genau.«

»Wenn du das tust, dann wirst du noch gegen die Äste laufen.« Er zeigte auf den Verband an Pinos Wange. »Oh, ich sehe, das hast du bereits getan.«

»Ich wurde bombardiert.«

Signor Beltraminis Zustand immerwährender Zerstreutheit verschwand. »Nein. Ist das wahr?«

Pino erzählte ihm die ganze Geschichte, von dem Moment, als er aus dem Fenster kletterte, bis er nach Hause zurückgekehrt war und feststellen musste, dass alle musizierten und es sich gut gehen ließen.

»Ich denke, sie waren klug«, sagte Signor Beltramini. »Wenn eine Bombe auf dich fällt, dann fällt sie. Du kannst dir nicht die ganze Zeit darüber Sorgen machen. Mach einfach das, was du liebst, und genieße weiter dein Leben. Habe ich nicht recht?«

»Ich glaube schon. Ist Carletto da?«

Signor Beltramini zeigte über die Schulter. »Arbeitet drinnen.«

Pino ging in Richtung Ladentür.

»Pino«, rief ihm Signor Beltramini hinterher.

Er blickte sich um und bemerkte Sorgen im Gesicht des Obsthändlers. »Ja?«

»Du und Carletto, ihr passt doch aufeinander auf. Wie Brüder, richtig?«

»Immer, Signor B.«

Der Obsthändler erstrahlte. »Du bist ein guter Junge. Ein guter Freund.«

Pino ging in den Laden, wo Carletto Dattelsäcke herumzerrte.

»Warst du schon draußen?«, fragte Pino. »Hast du gesehen, was passiert ist?«

Carletto schüttelte den Kopf. »Ich habe gearbeitet. Du hast bestimmt schon einmal davon gehört, oder?«

»Ich habe Geschichten darüber gehört, deshalb bin ich gekommen, um es mir selbst einmal anzusehen.«

Carletto fand das nicht lustig. Er hievte sich einen weiteren Sack getrockneter Früchte auf die Schulter und stieg durch ein Loch im Fußboden eine Holzleiter hinab.

»Sie ist nicht aufgetaucht«, sagte Pino. »Anna.«

Carletto sah aus dem Keller auf. »Du warst gestern Nacht draußen?«

Pino grinste. »Fast wäre ich in die Luft geflogen, als die Bomben das Kino trafen.«

»Du redest ja Blödsinn.«

»Das tue ich nicht«, sagte Pino. »Was glaubst du, woher ich das hier habe?«

Er zupfte sich den Verband ab und Carletto verzog angewidert den Mund. »Das ist ja eklig.«

* * *

Sie gingen mit Signor Beltraminis Erlaubnis los, um sich das Kino bei Tageslicht anzusehen. Beim Gehen erzählte Pino die ganze Geschichte erneut, beobachtete dabei die Reaktion seines Freundes und genoss es, tanzte herum, als er Fred und Rita beschrieb, und machte dröhnende Geräusche, als er berichtete, wie er und Mimmo durch die Stadt gelaufen waren.

Er fühlte sich ziemlich gut, bis sie das Kino erreichten. Rauch kräuselte noch immer über der Ruine und dazu ein herber, fauler Gestank, den Pino sofort als verbrannten Sprengstoff identifizierte. Um das Kino herum schienen ein paar Leute ziellos auf den Straßen herumzulaufen. Andere gruben noch immer durch die Ziegel und Balken in der Hoffnung, ihre Lieben lebendig zu finden.

Entsetzt von der Zerstörung sagte Carletto: »Ich hätte das niemals gekonnt, was ihr gemacht habt.«

»Natürlich hättest du. Wenn die Angst groß genug ist, machst du es einfach.«

»Bei einem Bombenangriff? Ich hätte mich fallen lassen und den Kopf zwischen den Armen versteckt.«

Sie waren still, während sie die verkohlte und zerstörte Rückwand des Kinos betrachteten. Fred und Rita waren genau dort gewesen, neun Meter hoch, und dann …

»Meinst du, die Flugzeuge werden heute Nacht zurückkehren?«, fragte Carletto.

»Das wissen wir erst, wenn wir die Hornissen hören.«

Vier

Die alliierten Bomber kamen während des ganzen restlichen Junis und bis in den Juli 1943 fast jede Nacht nach Mailand. Gebäude um Gebäude sackte in sich zusammen und wirbelte Staub auf, der die Straßen entlangwaberte und noch lange in der Luft hing, nachdem die Sonne bereits blutrot aufgegangen war und ihre Hitze gnadenlos herabschickte, um das Elend dieser ersten paar Wochen des Bombardements noch zu verstärken.

Pino und Carletto gingen fast täglich durch die Straßen Mailands, sahen das willkürliche Chaos, waren Augenzeugen der Verluste und fühlten den Schmerz, der überall zu herrschen schien. Nach einer Weile war Pino von allem wie betäubt und kam sich bedeutungslos vor. Ein wenig empfand er dann wie Carletto und hätte sich am liebsten auf dem Boden zu einer Kugel zusammengerollt und vor dem Leben versteckt.

Doch er dachte auch fast täglich an Anna. Er wusste, dass es dumm war, aber er ging regelmäßig zu der Bäckerei, wo er sie das erste Mal gesehen hatte, und hoffte, ihr erneut zu begegnen. Er sah sie aber nie, und die Bäckersfrau hatte keine Ahnung, wen er meinte, als er einmal nach ihr fragte.

Am 23. Juni schickte Pinos Vater Mimmo für den Rest des Sommers zur Casa Alpina in den Alpen nördlich des Lago di

Como. Er wollte auch Pino hinschicken, doch sein älterer Sohn weigerte sich. Als Junge und junger Teenager hatte Pino Pater Res Ferienlager geliebt. Seit seinem sechsten Lebensjahr hatte er jedes Jahr drei Monate oben bei der Casa Alpina verbracht, zwei ganze Monate im Sommer, wo er durch die Berge kletterte, und einen weiteren Monat zum Skilaufen im Winter. Es war ein großer Spaß, bei Pater Re zu sein. Doch die Jungen dort oben waren ihm zu jung. Er wollte in Mailand sein, mit Carletto auf den Straßen unterwegs, und er wollte nach Anna suchen.

Das Bombardement wurde stärker. Am 10. Juli berichtete die BBC von der Landung der Alliierten an der Küste Siziliens und von heftigen Kämpfen mit deutschen und faschistischen Streitkräften. Neun Tage später wurde Rom bombardiert. Die Nachricht über diesen Angriff brachte ganz Italien und auch den Lella-Haushalt zum Erschaudern.

»Wenn Rom bombardiert werden kann, dann sind Mussolini und die Faschisten erledigt«, verkündete Pinos Vater. »Die Alliierten verjagen die Deutschen aus Sizilien. Sie werden auch Süditalien angreifen. Bald wird es vorbei sein.«

Im späten Juli legten Pinos Eltern eine Schallplatte auf und tanzten am helllichten Tage. König Vittorio Emanuele III. hatte Benito Mussolini verhaften und internieren lassen.

Dennoch lagen im August ganze Viertel Mailands in Trümmern. Und die Deutschen waren überall, errichteten Flakgeschütze, Kontrollpunkte und Maschinengewehrnester. Ein paar Häuser von der Scala entfernt flatterte eine riesige Nazifahne über dem Hotel Regina.

Gestapo-Oberst Walther Rauff verhängte eine Ausgangssperre. Wenn man danach draußen erwischt wurde, wurde man verhaftet. Wenn man erwischt wurde und keine Papiere bei sich hatte, konnte man sogar erschossen werden. Mit einem Kurzwellenradio konnte man auch erschossen werden.

Pino kümmerte das nicht. Abends verbarg er sich in seiner Kammer, um Musik und Nachrichten zu hören. Und während des Tages begann er, sich an die neue Ordnung in Mailand zu gewöhnen. Die Straßenbahnen fuhren nur noch unregelmäßig. Man ging zu Fuß, fuhr mit dem Fahrrad oder ließ sich mit dem Auto mitnehmen.

Pino wählte das Fahrrad und fuhr trotz der Hitze in der ganzen Stadt herum, passierte mehrere Kontrollpunkte und erfuhr, wonach die Nazis suchten, wenn sie ihn anhielten. Weite Teile der Straßen waren nur noch Krater, und er musste um sie herumschieben oder einen anderen Weg finden. Bei seinen Fahrten kam er an Familien vorbei, die unter Abdeckplanen in den Ruinen ihrer Häuser lebten.

Er erkannte, was er für ein Glück hatte. Zum ersten Mal verspürte er, dass sich das innerhalb eines Augenblicks, zum Beispiel im Aufblitzen einer Bombe, verändern konnte. Und er fragte sich, ob Anna überlebt hatte.

* * *

Anfang August begriff Pino endlich, warum die Alliierten Mailand bombardierten. Ein BBC-Sprecher sagte, dass die Alliierten den Industriestandort der Nazis im Ruhrgebiet fast ganz zerstört hatten, wo ein Großteil von Hitlers Munition hergestellt wurde. Jetzt versuchten sie, die Werkzeugmaschinen Norditaliens in die Luft zu jagen, bevor die Deutschen sie nutzen und so den Krieg verlängern konnten.

In den Nächten des 7. und 8. Augusts warfen die britischen Lancaster-Flugzeuge Tausende Bomben über Mailand ab. Sie zielten auf Fabriken, Industrieeinrichtungen und militärische Anlagen, doch sie trafen auch die Wohnviertel in der Nähe.

Als die Bomben so nah einschlugen, dass sie das Haus der Lellas zum Beben brachten, geriet Porzia in Panik und versuchte, ihren Mann zu überreden, sie alle nach Rapallo an die Küste zu bringen.

»Nein«, sagte Michele. »In der Nähe der Kathedrale werden sie nicht bombardieren. Es ist noch immer sicher hier.«

»Es braucht nur eine einzige Bombe«, sagte Porzia. »Dann gehe ich eben mit Cicci allein.«

Pinos Vater war traurig, doch er blieb fest entschlossen. »Ich werde bleiben und das Geschäft weiter geöffnet lassen, aber ich glaube, dass es für Pino an der Zeit ist, zur Casa Alpina zu gehen.«

Pino weigerte sich ein zweites Mal.

»Das ist für kleine Jungs, Papa«, sagte Pino. »Ich bin nicht mehr klein.«

Am 12. und 13. August griffen mehr als fünfhundert alliierte Bomber Mailand an. Zum ersten Mal schlugen die Bomben in der Nähe des Doms ein. Eine Granate beschädigte die Kirche Santa Maria delle Grazie, doch wie durch ein Wunder wurde Leonardo da Vincis *Letztes Abendmahl* nicht beschädigt.

Die Scala hatte nicht so viel Glück. Eine Bombe durchbrach das Dach des Opernhauses und explodierte, wodurch das Theater in Brand gesetzt wurde. Eine weitere Bombe traf die Galleria und richtete umfangreichen Schaden an. Dieselbe Detonation brachte das Haus der Lellas zum Erbeben. Pino verbrachte diese schreckliche Nacht im Keller.

Am nächsten Tag traf er Carletto. Die Beltraminis waren auf dem Weg zum Zug, der sie für die Nacht aufs Land bringen sollte, weg von den Bomben. Am darauffolgenden Tag schlossen sich Pino, sein Vater, Tante Greta und Onkel Albert sowie Tullio Galimberti und seine aktuelle Freundin den Beltraminis in ihrem Nachtexil an.

Als der Zug den Hauptbahnhof verließ und Richtung Osten fuhr, standen Pino, Carletto und Tullio in der offenen Tür eines Güterwaggons, der gerammelt voll war mit

Milanesen, die über Nacht flohen. Der Zug wurde schneller und Pino blickte hoch zum Himmel, der so perfekt blau war, dass er ihn sich nicht schwarz und voller Kriegsflugzeuge vorstellen konnte.

* * *

Sie überquerten den Po und lange vor Einbruch der Dämmerung, während die Landschaft in sommerlicher Trägheit still vor ihnen lag, quietschte der Zug und kam ächzend inmitten des sanft gewellten Ackerlandes zum Stehen. Pino trug eine Decke über der Schulter und kletterte hinter Carletto her auf einen flachen Grashügel oberhalb einer Obstplantage, der nach Südwesten zur Stadt lag.

»Pino«, sagte Signor Beltramini, »pass auf, morgen früh wirst du Spinnweben über den Ohren haben.«

Signora Beltramini, eine hübsche zierliche Frau, die ständig an irgendeiner Krankheit zu leiden schien, schimpfte leise: »Warum hast du das gesagt? Du weißt doch, dass ich Spinnen hasse.«

Der Obstladenbesitzer kämpfte mit einem Grinsen. »Was hast du denn? Ich habe nur den Jungen vor den Gefahren gewarnt, wenn man mit dem Kopf im hohen Gras schläft.«

Seine Frau sah aus, als wollte sie sich streiten, doch dann winkte sie nur ab, als wäre er eine lästige Fliege.

Onkel Albert kramte in einer Leinentasche nach Brot, Wein, Käse und getrockneter Salami. Die Beltraminis holten fünf reife Cantaloupe-Melonen hervor. Pinos Vater setzte sich ins Gras neben seinen Geigenkasten, die Arme um die Knie geschlungen und einen verzückten Ausdruck im Gesicht.

»Ist das nicht überwältigend?«, sagte Michele.

»Was ist überwältigend?«, fragte Onkel Albert und sah sich verblüfft um.

»Dieser Ort. Wie sauber die Luft ist. Und die Düfte. Nichts Verbranntes. Kein Bombengestank. Es wirkt so … Ich weiß auch nicht. Unschuldig?«

»Ganz genau«, bestätigte Signora Beltramini.

»Genau was?«, fragte Signor Beltramini. »Du machst hier ein paar Schritte und es ist nicht mehr so unschuldig. Kuhfladen und Spinnen und Schlangen und …«

Klatsch! Mit dem Handrücken schlug Signora Beltramini ihrem Mann auf den Arm. »Du kennst keine Gnade, was? Niemals!«

»Hey, das tut weh«, protestierte Signor Beltramini mit einem Lächeln.

»Gut«, sagte sie. »Und jetzt hör auf. Ich habe letzte Nacht kein Auge zugemacht von dem ganzen Gerede über Spinnen und Schlangen.«

Carletto wirkte seltsam wütend, stand auf und ging den Hügel hinab in Richtung Plantage. Pino bemerkte ein paar Mädchen unten an der Steinmauer, die den Obsthain umgab. Keines von ihnen war so hübsch wie Anna. Doch vielleicht war es an der Zeit, nach vorn zu blicken und sich für Neues zu öffnen.

Er lief den Hang hinab, um Carletto einzuholen, erzählte ihm von seinem Plan und sie versuchten, auf raffinierte Weise mit den Mädchen in Kontakt zu kommen. Eine andere Gruppe Jungen war damit allerdings erfolgreicher.

Pino schaute zum Himmel auf. »Ich will doch nur ein bisschen Liebe.«

»Ich glaube, du würdest dich auch mit einem Kuss zufriedengeben«, sagte Carletto.

»Ich wäre schon über ein Lächeln glücklich«, seufzte Pino.

Die Jungen kletterten über die Mauer und gingen die Baumreihen entlang, die voller Früchte waren. Die Pfirsiche waren noch nicht ganz reif, doch die Feigen schon. Einige waren bereits abgefallen. Die hoben sie vom Boden auf, pulten die Schale ab und aßen sie.

Frisches Obst direkt vom Baum war in Zeiten der Lebensmittelrationierung ein seltener Leckerbissen. Dennoch wirkte Carletto seltsam besorgt. Pino fragte ihn: »Geht es dir gut?«

Sein bester Freund schüttelte den Kopf.

»Was ist denn los?«, fragte Pino.

»Nur so ein Gefühl.«

»Was für ein Gefühl?«

Carletto zuckte die Schultern. »Als würde das Leben nicht so verlaufen, wie wir es erwartet haben, und dass es schlecht für uns ausgeht.«

»Wie kommst du darauf?«

»Du warst wohl nicht sehr aufmerksam im Geschichtsunterricht, oder? Wenn große Armeen in den Krieg ziehen, wird alles vom Sieger zerstört.«

»Nicht immer. Saladin hat Jerusalem nicht geplündert. Siehst du? Ich habe doch aufgepasst in Geschichte.«

»Das ist mir egal«, sagte Carletto noch ungehaltener als zuvor. »Es ist nur dieses Gefühl und es hört nicht auf. Es ist überall und …«

Seinem Freund schnürte es die Kehle zu und Tränen liefen ihm über das Gesicht, während er versuchte, sich wieder in den Griff zu kriegen.

»Was ist mit dir los?«, fragte Pino.

Carletto neigte den Kopf, als betrachte er ein Bild, das er nicht richtig verstand. Seine Lippen bebten, als er sagte: »Meine Mamma ist richtig krank. Es sieht überhaupt nicht gut aus.«

»Was heißt das?«

»Was denkst du denn, was das heißt?«, schrie Carletto. »Sie wird sterben.«

»Mein Gott«, sagte Pino. »Bist du sicher?«

»Ich habe meine Eltern darüber reden hören, wie sie ihre Beerdigung haben möchte.«

Pino dachte an Signora Beltramini und dann an Porzia. Er überlegte, wie es wäre, zu wissen, dass seine Mutter sterben würde. In seinem Magen tat sich ein tiefes Loch auf.

»Das tut mir furchtbar leid«, sagte Pino. »Wirklich. Deine Mamma ist eine großartige Dame. Sie hält es mit deinem Papa aus, deshalb ist sie wie eine Heilige, und man sagt, dass Heilige ihre Belohnung im Himmel bekommen.«

Carletto musste trotz seiner Traurigkeit lachen und wischte sich die Tränen ab. »Sie ist die Einzige, die ihn in die Schranken weisen kann. Aber er sollte aufhören, weißt du? Sie ist krank und er ärgert sie mit Schlangen und Spinnen. Das ist grausam. Als würde er sie nicht lieben.«

»Er liebt deine Mamma.«

»Er zeigt es aber nicht. Als hätte er davor Angst.«

Sie gingen zurück. An der Steinmauer hörten sie die Klänge einer Geige.

* * *

Pino blickte den Hügel hinauf und sah, wie sein Vater die Geige stimmte und Signor Beltramini mit Notenblättern in der Hand neben ihm stand. Das goldene Licht des Sonnenuntergangs ließ die beiden Männer und die Menge um sie herum strahlen.

»Oh nein«, stöhnte Carletto. »Mutter Gottes, nein.«

Pino war gleichermaßen entsetzt. Manchmal konnte Michele Lella brillant spielen, doch meistens stotterte sein Rhythmus oder er stürmte durch einen Teil, der sanftes Spiel erforderte. Und der arme Signor Beltramini hatte eine Stimme, die üblicherweise brach oder den Ton verlor. Es war quälend, den beiden Männern zuzuhören, denn man konnte sich dabei nicht entspannen. Man wusste ganz genau, dass von einem von beiden ein schiefer Ton kommen würde, und manchmal war es so übel, dass es, na ja, peinlich war.

Oben auf dem Hügel schob Pinos Vater die Geige noch einmal zurecht. Es war ein schönes, feines mittelitalienisches Instrument aus dem achtzehnten Jahrhundert, das Porzia ihm vor zehn Jahren zu Weihnachten geschenkt hatte. Die Geige war Micheles am meisten geschätzter Besitz, und er hielt sie fast liebevoll, als er sie jetzt unter sein Kinn legte und den Bogen hob.

Signor Beltramini richtete sich auf, die Arme locker an der Seite.

»Das wird eine schreckliche Katastrophe geben«, befürchtete Carletto.

»Ich sehe es auch kommen«, sagte Pino.

Pinos Vater spielte die einleitenden Töne von »*Nessun dorma*«, »Keiner schlafe«, der sich in die Höhe schraubenden Tenorarie aus dem dritten Akt von Giacomo Puccinis Oper Turandot. Weil es eines der Lieblingsstücke seines Vaters war, hatte Pino sich eine Aufnahme von Toscanini mit dem Orchester der Scala angehört, auf der der kraftvolle Tenor Miguel Fleta die Arie in jener Nacht in den Zwanzigerjahren sang, in der die Oper Premiere hatte.

Fleta spielte Prinz Kalaf, einen wohlhabenden Angehörigen der königlichen Familie, der anonym durch China reiste und sich in die schöne, doch kalte und zickige Prinzessin Turandot verliebte. Der König hatte verkündet, dass derjenige, der die Hand der Prinzessin haben wolle, zunächst fünf Rätsel lösen müsse. War eine Lösung falsch, starb der Verehrer auf grausame Weise.

Zum Ende des zweiten Aktes hat Kalaf alle Rätsel gelöst, doch die Prinzessin weigert sich noch immer, ihn zu heiraten. Kalaf verspricht ihr, wenn sie bis zum Morgengrauen seinen wirklichen Namen wisse, würde er gehen, doch wenn ihr das nicht gelinge, so müsse sie ihn bereitwillig heiraten.

Die Prinzessin führt das Spiel noch weiter und sagt Kalaf, wenn sie seinen Namen vor dem Morgengrauen herausbekäme, dann würde sie seinen Kopf fordern. Er stimmt der Vereinbarung zu und die Prinzessin ordnet an: »*Nessun dorma*, keiner schlafe, bis der Name des Verehrers entdeckt ist.«

In der Oper folgt auf Kalafs Arie bald die Dämmerung und die Prinzessin verliert die Wette. *»Nessun dorma«* ist ein gewaltiges Stück, das sich höher und höher hinaufschwingt und vom Sänger verlangt, dass er immer stärker wird und in der Liebe zu der Prinzessin schwelgt und sich mit jedem Moment in Richtung Dämmerung seines Sieges sicherer wird.

Pino hatte angenommen, dass man ein ganzes Orchester und einen berühmten Tenor wie Fleta benötigte, um den überwältigenden Triumph der Arie zu erschaffen. Doch die Version seines Vaters zusammen mit Signor Beltramini, heruntergebrochen auf die bebende Melodie und den Text, war beeindruckender, als er jemals geglaubt hätte.

Als Michele an jenem Abend spielte, erklang ein fester, zugleich honigsüßer Ton aus seiner Violine. Und Signor Beltramini hatte noch nie so gut gesungen. Die höheren Töne und Phrasen klangen für Pino wie zwei unwirkliche singende Engel, einer hoch durch die Finger seines Vaters und einer tief aus der Kehle Signor Beltraminis, und beide eher himmlische Inspiration als handwerkliches Können.

»Wie machen sie das?«, fragte Carletto verwundert.

Pino hatte keine Ahnung, was der Ursprung des virtuosen Spiels seines Vaters war, doch er bemerkte, dass Signor Beltramini nicht zu der Menge sang, sondern zu jemandem darin, und er erkannte den Ursprung der schönen Töne und liebevollen Melodie des Obsthändlers.

»Sieh dir deinen Papa an«, sagte Pino.

Carletto stellte sich auf die Zehenspitzen und sah, dass sein Vater die Arie für seine sterbende Frau sang, als gäbe es sonst niemanden auf der Welt.

Als die beiden Männer endeten, erhob sich die Menge am Hang und klatschte und pfiff. Pino hatte Tränen in den Augen. Zum ersten Mal erlebte er seinen Vater als Helden. Carletto hatte aus anderen, tieferen Gründen feuchte Augen.

»Du warst fantastisch«, sagte Pino später in der Dunkelheit zu Michele. »Und ›*Nessun dorma*‹ war das perfekte Stück.«

»Für einen so herrlichen Ort war es das einzige, das uns einfiel«, sagte sein Vater, während er selbst ehrfürchtig vor dem schien, was er getan hatte. »Und dann wurden wir mitgerissen, genauso, wie es die Musiker an der Scala sagen, und haben *con smania* gespielt, mit Leidenschaft.«

»Das habe ich gehört, Papa. Das haben wir alle gehört.«

Michele nickte und seufzte glücklich. »Schlaf jetzt.«

Pino hatte sich im Gras einen Platz flach getreten, das Hemd ausgezogen und es als Kissen genommen und sich dann in die Decke gewickelt, die er von zu Hause mitgebracht hatte. Jetzt kuschelte er sich hinein und roch schlaftrunken das süße Gras.

Er schloss die Augen, dachte an das Spiel seines Vaters und an Signora Beltraminis geheimnisvolle Krankheit und daran, wie ihr scherzender Ehemann gesungen hatte. Er schlief ein, während er sich fragte, ob er ein Wunder erlebt hatte.

Einige Stunden später verfolgte Pino tief in seinen Träumen Anna über die Straße, als er entferntes Donnern vernahm. Er blieb stehen, sie ging weiter und verschwand in der Menge. Er war nicht wütend, doch er fragte sich, wann der Regen wohl kommen und wie er auf seiner Zunge schmecken würde.

Carletto schüttelte ihn wach. Der Mond stand hoch über ihren Köpfen und warf ein metallisch blaues Licht über den Hang. Alle anderen waren auf den Beinen und starrten nach Westen.

Alliierte Bomber überzogen Mailand mit Angriffswellen. Aus der Entfernung konnte man weder die Flugzeuge noch die Stadt sehen, nur das Aufflackern und die Blitze am Horizont, und man hörte das entfernte Rumoren des Krieges.

* * *

Als der Zug am nächsten Tag kurz nach Sonnenaufgang zurück nach Mailand rollte, hingen schwarze Wolkenschwaden über der Stadt. Nachdem sie den Zug verlassen hatten und hinaus auf die Straße traten, bemerkte Pino den äußerlichen Unterschied zwischen jenen, die aus der Stadt geflüchtet waren, und jenen, die den Angriff miterlebt hatten. Der Schrecken der Explosionen hatte die Schultern der Überlebenden gebeugt und ihre Blicke ausdruckslos gemacht. Männer, Frauen und Kinder gingen mit schleppenden Schritten, verängstigt, als könne jeden Moment der Boden unter ihnen aufreißen und sich zu einem finsteren Krater öffnen. Fast überall hing ein verräucherter Dunst in der Luft. Ruß bedeckte fast alles, mal in feinem Weiß und manchmal aus vulkanischem Grau. Zerfetzte und verbogene Autos. Auseinandergerissene und zerbrochene Häuser. Bäume, die von den Druckwellen entlaubt worden waren.

Über mehrere Wochen hinweg behielten Pino und sein Vater diesen Rhythmus bei, arbeiteten am Tag, verließen die Stadt am späten Nachmittag mit dem Zug und kehrten im Morgengrauen zurück, um Mailands frisch klaffende Wunden zu entdecken.

Am 8. September 1943 erklärte die italienische Regierung, die am 3. September einen bedingungslosen Waffenstillstand unterzeichnet hatte, die offizielle Kapitulation des Landes gegenüber den Alliierten. Am nächsten Tag landeten britische und amerikanische Streitkräfte in Salerno, über dem Rist des italienischen Stiefels. Die Deutschen leisteten nur teilweise erbitterten Widerstand. Die meisten faschistischen Soldaten hissten beim Anblick der näher kommenden 5. US-Armee unter General Mark Clark einfach die weiße Flagge. Als die Nachricht der amerikanischen Invasion Mailand erreichte, jubelten Pino, sein Vater, die Tante und der Onkel. Sie dachten, der Krieg wäre in wenigen Tagen vorbei.

Keine vierundzwanzig Stunden später brachten die Nazis Rom unter ihre Kontrolle, verhafteten den König und umstellten den Vatikan mit Truppen und Panzern, die auf die goldene Kuppel des Petersdoms zielten. Am 12. September griffen Nazikommandos mit Gleitflugzeugen das festungsgleiche Hotel im Gran-Sasso-Massiv an, in dem Mussolini festgesetzt war. Die Deutschen trafen auf wenig Widerstand und befreiten den Duce. Er wurde über Rom, Wien und München in das Führerhauptquartier Wolfsschanze geflogen, wo er sich mit Hitler traf.

Ein paar Nächte später hörte Pino über Kurzwelle, wie die beiden Diktatoren gelobten, die Alliierten bis zum letzten Tropfen deutschen und italienischen Blutes zu bekämpfen. Pino hatte den Eindruck, als sei die Welt verrückt geworden. Und dass er Anna seit drei Monaten nicht mehr gesehen hatte, bedrückte ihn sehr.

Eine Woche verging. Es fielen weitere Bomben. Pinos Schule blieb geschlossen. Die Deutschen begannen von Norden her über Österreich und die Schweiz eine vollständige Invasion Italiens und installierten Mussolini mit einer Marionettenregierung namens »Italienische Sozialrepublik« und der kleinen Stadt Salò am Gardasee, nordöstlich von Mailand, als Hauptstadt.

Pinos Vater sprach am frühen Morgen des 23. Septembers 1943 über nichts anderes, als sie nach einer weiteren Nacht in den Feldern vom Bahnhof aus zurück nach San Babila trotteten. Michele war so auf die Nazis fixiert, die die Kontrolle über Norditalien ergriffen hatten, dass er die schwarzen Rauchschwaden über dem Modebezirk und der Via Monte Napoleone nicht bemerkte. Pino sah es aber und begann zu rennen. Nach ein paar Biegungen machte die Straße einen Knick und er konnte direkt zum Haus der Lellas blicken.

Wo das Dach gewesen war, stieg jetzt eine Rauchsäule aus einem klaffenden, qualmenden Loch in den Himmel. Die Panoramafenster von Le Borsette di Lella waren nur noch geschwärzte Splitter und Scherben. Der Taschenladen selbst sah wie das beschädigte Innere einer Kohlengrube aus. Die Explosion hatte alles bis zur Unkenntlichkeit eingeäschert.

»Oh lieber Gott, nein!«, schrie Michele.

Pinos Vater ließ den Geigenkasten fallen und fiel schluchzend auf die Knie. Pino hatte seinen Vater noch nie weinen gesehen, jedenfalls konnte er sich nicht daran erinnern. Micheles Leid mit anzusehen, bestürzte und beschämte ihn.

»Komm schon, Papa«, sagte er und versuchte, seinen Vater zum Aufstehen zu bewegen.

»Es ist alles weg«, jammerte Michele. »Unser ganzes Leben ist weg.«

»Blödsinn«, sagte Onkel Albert und nahm den anderen Arm seines Schwagers. »Du hast Geld auf der Bank, Michele. Wenn du einen Kredit brauchst, dann werde ich ihn dir geben. Eine Wohnung, Möbel, Taschen, das kannst du wieder aufbauen.«

Pinos Vater sagte schwach: »Ich weiß nicht, wie ich es Porzia sagen soll.«

»Michele, du benimmst dich, als hättest du etwas damit zu tun, dass eine Bombe zufällig dein Haus getroffen hat«, schnaubte Onkel Albert. »Du erzählst ihr die Wahrheit und dann fängst du wieder von vorne an.«

»In der Zwischenzeit bleibt ihr bei uns«, sagte Tante Greta.

Michele wollte gerade nicken, doch dann wandte er sich wütend an Pino. »Du nicht.«

»Papa?«

»Du gehst zur Casa Alpina. Du wirst dort weiterlernen.«

»Nein, ich will in Mailand sein.«

Pinos Vater rastete aus. »Du bleibst nicht hier! Keine Widerrede! Du bist mein Erstgeborener. Ich lasse es nicht zu, dass du hier stirbst, Pino. Ich … ich würde es nicht ertragen. Und deine Mutter auch nicht.«

Pino war sprachlos über den Ausbruch seines Vaters. Michele war der Typ Mensch, der in Brüten und Grübeln verfiel, aber nicht wütete und herumschrie – und sicherlich nicht auf den Straßen von San Babila, wo die Lästermäuler der Modewelt es aufschnappen und niemals vergessen würden.

»Okay, Papa«, sagte Pino leise. »Ich werde Mailand verlassen. Ich gehe zur Casa Alpina, wenn du das willst.«

TEIL ZWEI

Die Kathedralen Gottes

Fünf

Früh am nächsten Morgen legte Michele Pino am Hauptbahnhof eine Rolle Lire in die Hand und sagte: »Ich werde dir deine Bücher schicken und am Bahnhof wird jemand auf dich warten. Sei brav und grüße Mimmo und Pater Re herzlich von mir.«

»Wann kehre ich zurück?«

»Wenn es sicher ist, zurückzukehren.«

Pino blickte unglücklich zu Tullio, der die Schultern zuckte, und dann zu Onkel Albert, der seine Schuhe betrachtete.

»Das ist nicht richtig«, sagte er aufgebracht, während er seinen mit Kleidung gefüllten Rucksack vom Boden nahm und in den Zug stieg. Er setzte sich in einen fast leeren Waggon und starrte wütend aus dem Fenster.

Man hatte ihn wie einen kleinen Jungen behandelt. Doch war er es gewesen, der in aller Öffentlichkeit in die Knie gegangen war und geweint hatte? Nein. Pino Lella hatte den Schlag ertragen und war wie ein Mann stehen geblieben. Aber was hätte er tun sollen? Seinem Vater die Stirn bieten? Den Zug verlassen? Zu den Beltraminis gehen?

Der Zug ruckte, pfiff gellend und fuhr aus dem Bahnhof. Am Betriebshof vorbei, wo deutsche Soldaten Scharen von Männern mit leeren Blicken bewachten, viele in schäbigen grauen Uniformen, die Flachwagen mit Kisten voll Panzerteilen, Gewehren, Maschinenpistolen, Granaten und Munition beluden. Es mussten wohl Gefangene sein, stellte er erschüttert fest. Er streckte den Kopf zum Fenster heraus und betrachtete sie, während der Zug den Betriebshof verließ.

Nach zwei Stunden rollte der Zug auf dem Weg in die Alpen durch das Vorgebirge oberhalb des Lago di Como. Normalerweise hätte Pino mit viel Liebe auf den See geblickt, den er für den schönsten auf der Welt hielt, und besonders auf die Stadt Bellagio an der südlichen Halbinsel, die weit in den See hineinragte. Das Grandhotel dort wirkte wie ein rosafarbenes Fantasieschloss.

Stattdessen konzentrierte sich der Junge auf den Hang unterhalb der Gleise, wo er hin und wieder Blicke auf die Straße am östlichen Ufer des Lago di Como werfen konnte und auf eine lange Reihe Laster voll verschmutzter Männer, viele in derselben grauen Kleidung, wie er sie zuvor auf dem Betriebshof gesehen hatte. Es waren Hunderte, vielleicht Tausende.

Wer waren sie?, fragte er sich. Wo waren sie gefangen genommen worden? Und warum?

Als er nach vierzig Minuten Fahrt und einmal umsteigen in der Stadt Chiavenna ankam, dachte er noch immer über die Männer nach.

Die diensthabenden deutschen Soldaten ignorierten ihn. Als Pino aus dem Bahnhof kam, fühlte er sich zum ersten Mal an jenem Tag gut. Es war ein warmer sonniger Nachmittag im frühen Herbst. Die Luft war süß und klar und er war auf dem Weg in die Berge. Jetzt konnte nichts mehr schiefgehen, beschloss er. Auf jeden Fall heute nicht mehr.

»Hey, du, Junge«, rief eine Stimme.

Ein sehniger Junge ungefähr im gleichen Alter wie Pino lehnte an einem alten zweitürigen Fiat-Coupé. Er trug eine Arbeitshose aus grobem Leinen und ein ölverschmiertes weißes T-Shirt. Eine Zigarette glomm zwischen seinen Lippen.

»Wen nennst du Junge?«, fragte Pino.

»Dich. Bist du der Lella-Junge?«

»Pino Lella.«

»Alberto Ascari«, sagte er und zeigte mit dem Daumen auf seine Brust. »Mein Onkel hat mir gesagt, dass ich dich abholen und nach Madesimo bringen soll.« Ascari schnippte die Zigarette weg und streckte seine Hand aus, die fast so groß war wie die von Pino, doch – zu seiner Überraschung – viel kräftiger.

Nachdem Ascari ihm fast die Hand gebrochen hätte, fragte Pino: »Woher hast du diesen Griff?«

Ascari grinste. »Aus der Werkstatt meines Onkels. Tu dein Zeug hinten rein, Junge.«

Die Sache mit dem »Jungen« ärgerte Pino, doch davon abgesehen schien Ascari in Ordnung zu sein. Er öffnete die Beifahrertür. Im Innern war das Auto makellos. Ein Handtuch bedeckte den Fahrersitz und schützte ihn so vor Öl und Schmierfett.

Ascari startete das Auto. Der Motor klang anders als alle Fiats, die Pino je gehört hatte, ein tiefes, kehliges Knurren, das die ganze Karosserie zum Zittern brachte.

»Das ist kein Straßenmotor«, sagte Pino.

Ascari grinste und legte den Gang ein. »Hat irgendein Rennfahrer einen Straßenmotor oder ein Straßengetriebe in seinem eigenen Wagen?«

»Du bist Rennfahrer?«, fragte Pino skeptisch.

»Ich werde einer sein«, sagte Ascari und ließ die Kupplung kommen.

* * *

Quietschend fuhren sie von dem kleinen Bahnhof weg und bogen auf die kopfsteingepflasterte Straße. Der Fiat schleuderte kurz zur Seite, bevor Ascari das Lenkrad in die andere Richtung drehte. Die Räder bekamen wieder Bodenhaftung. Ascari schaltete und trat aufs Gaspedal.

Pino wurde in den Beifahrersitz gepresst, doch er schaffte es, sich mit Armen und Beinen abzustützen, bevor Ascari sie über den kleinen Marktplatz schießen ließ, geschickt einem mit Hühnern gefüllten Lastwagen auswich und ein drittes Mal schaltete. Sie beschleunigten immer noch, als sie die Stadt hinter sich ließen.

Die Splügenpassstraße führte in einer beständigen Folge von Schikanen und Serpentinen bergauf, entlang eines Flusses durch ein tief eingeschnittenes Tal mit steilen Berghängen, das nach Norden in Richtung Schweiz gelegen war. Ascari fuhr die Splügenpassstraße wie ein Weltmeister hinauf, tauchte mit dem Wagen in jede Kehre und schlängelte sich an den wenigen anderen Fahrzeugen auf der Straße vorbei, als würden sie stillstehen.

Die ganze Zeit schwankten Pinos Gefühle zwischen entsetzlicher Angst und freudigem Hochgefühl, Neid und Bewunderung. Erst als sie die Ausläufer der Stadt Campodolcino erreichten, wurde Ascari langsamer.

»Ich glaube dir«, sagte Pino mit noch immer wild schlagendem Herzen.

»Was meinst du?«, fragte Ascari verwundert.

»Ich glaube dir, dass du eines Tages ein Rennfahrer wirst«, sagte Pino. »Ein berühmter. Ich habe noch nie jemanden so fahren sehen wie dich.«

Ascari hätte nicht breiter grinsen können, selbst wenn er es versucht hätte. »Mein Vater war noch besser. Er war europäischer Grand-Prix-Champion, bis er starb.« Er hob die rechte Hand vom Lenkrad und zeigte mit dem Zeigefinger durch die Frontscheibe in den Himmel. »Wenn Gott es will, Papa, dann werde ich Europameister und mehr: Weltmeister!«

»Das glaube ich«, sagte Pino erneut und schüttelte ehrfürchtig den Kopf, bevor er zu einer steilen grauen Felswand aufblickte, die sich mehr als vierhundertfünfzig Meter über der Ostseite der Stadt in den Himmel erhob. Er öffnete das Fenster, steckte den Kopf heraus und betrachtete die Spitze der Felswand.

»Wonach schaust du?«, fragte Ascari.

»Manchmal kann man das Kreuz oben auf dem Glockenturm sehen.«

»Das ist direkt da vorn«, sagte Ascari. »Da ist eine Kerbe in der Felswand. Das ist der einzige Grund, weshalb man es sehen kann.« Er zeigte durch die Frontscheibe nach oben. »Da vorne.«

Für einen Moment erhaschte Pino einen Blick auf das weiße Kreuz und die Spitze des steinernen Glockenturms der Kapelle von Motta, der höchsten Bergsiedlung in diesem Bereich der Alpen. Zum ersten Mal an diesem Tag gestand er sich ein, erleichtert zu sein, dass er fort war aus Mailand.

Ascari brachte sie die heimtückische Madesimo-Straße hinauf, eine steile, enge, schlaglochübersäte Strecke mit Haarnadelkurven, die sich an die steile Felsflanke schmiegte. An vielen Stellen gab es keine nennenswerten Leitplanken oder Seitenstreifen, und mehrmals dachte Pino, dass Ascari bestimmt über den Rand des Abhangs fahren würde. Doch Ascari schien jeden Zentimeter der Straße zu kennen, denn er zog kurz am Lenkrad oder spielte mit der Bremse und sie glitten so sanft durch jede Kehre, dass Pino hätte schwören können, sie wären auf Schnee unterwegs und nicht auf Stein.

»Kannst du genauso Ski laufen?«, fragte Pino.

»Ich kann gar nicht Ski laufen«, sagte Ascari.

»Was? Du lebst in Madesimo und kannst nicht Ski laufen?«

»Meine Mutter hat mich hergeschickt, damit ich in Sicherheit bin. Ich arbeite in der Werkstatt meines Onkels und ich fahre.«

»Ski laufen ist dasselbe wie fahren«, sagte Pino. »Dieselbe Vorgehensweise.«

»Läufst du gut Ski?«

»Ich habe ein paar Rennen gewonnen. Slalom.«

Der Rennfahrer wirkte beeindruckt. »Dann sind wir dazu bestimmt, Freunde zu werden. Du bringst mir das Skilaufen bei, und ich werde dir beibringen, wie man fährt.«

Pino konnte sein Grinsen nicht unterdrücken. »Abgemacht.«

Sie erreichten das kleine Dorf Madesimo, in dem es ein steinernes Gasthaus mit Schieferdach gab, ein Restaurant und ein paar Wohnhäuser.

»Gibt es hier eigentlich Mädchen?«, fragte Pino.

»Ich kenne ein paar von unten. Sie fahren gern in schnellen Autos mit.«

»Wir sollten mal eine Ausfahrt mit ihnen machen.«

»Das ist ein Plan nach meinem Geschmack!«, sagte Ascari und fuhr an den Rand. »Von hier aus kennst du den Weg?«

»Ich würde ihn mit verbundenen Augen in einem Schneesturm finden«, erwiderte Pino. »Vielleicht werde ich an den Wochenenden runterkommen und im Gasthaus übernachten.«

»Dann komm auch zu mir, wenn du das machst. Unsere Werkstatt ist hinter dem Gasthaus. Du kannst sie nicht verfehlen.«

Er streckte die Hand aus. Pino zuckte zusammen. »Brich mir diesmal nicht die Finger.«

»Nö«, sagte Ascari und drückte fest seine Hand. »Schön, dich kennengelernt zu haben, Pino.«

»Ebenfalls, Alberto.« Pino nahm seinen Rucksack und stieg aus.

Ascari fuhr quietschend davon, die winkende Hand aus dem Fenster gestreckt.

* * *

Pino blieb für einen Moment stehen und hatte das Gefühl, dass er jemand Wichtiges in seinem Leben getroffen hatte. Dann nahm er sein Gepäck auf den Rücken und folgte einem Karrenweg in den Wald. Der Weg wurde immer steiler, bis er nach einer Stunde Aufstieg aus dem Wald heraus auf ein hohes Plateau unterhalb einer felsigen Bergwand kam, die fast zwölfhundert Meter steil aufragte und in einer Felsspitze gipfelte, die Pizzo Groppera genannt wurde.

Das Motta-Plateau war mehrere Hundert Meter breit und verlief nach Südosten um den Groppera herum. Nach Westen endete die breite Fläche an einem kleinen Fichtenwald, der sich an den Rand des steil in Richtung Campesino abfallenden Felsens klammerte. An diesem späten Nachmittag, als die Sonne kupferfarben auf die herbstlichen Alpen schien, empfand Pino wie immer große Ehrfurcht angesichts dieser Landschaft. Kardinal Schuster hatte recht. Wenn man in Motta war, kam es einem vor, als stünde man auf einem Balkon in einer der größten Kathedralen Gottes.

Motta war kaum größer als Madesimo. Am östlichen Rand der Steilwand befanden sich einige Alpenhütten und im Südwesten lagen mit dem Rücken zu den Fichten und dem Abhang die kleine katholische Kapelle, auf die Pino von unten einen kurzen Blick geworfen hatte, und ein wesentlich größeres Gebäude aus Stein und Holz. Pino war so glücklich wie schon seit Monaten nicht mehr, als er jetzt immer näher zu dem rustikalen Haus kam und frisch gebackenes Brot und Knoblauch und auch etwas Pikantes roch. Ihm knurrte der Magen.

Er duckte sich unter das Dach über dem Eingang, blieb vor der schweren Holztür stehen und griff vor einem Schild mit der Aufschrift »Casa Alpina – Alle müden Reisenden willkommen« nach einer Kordel, die an einer schweren Messingglocke hing. Pino zog zweimal daran.

Das Läuten der Glocke hallte von den Bergflanken hinter ihm wider. Er hörte das Toben von Jungs, gefolgt von Schritten. Die Tür ging auf.

»Hallo, Pater Re«, sagte Pino zu einem korpulenten Priester Mitte fünfzig. Der Mann stützte sich auf einen Stock, trug einen schwarzen Priesterrock, einen weißen Kragen und genagelte Wanderstiefel aus Leder.

Pater Re breitete die Arme aus. »Pino Lella! Ich habe erst heute Morgen ein Gerücht gehört, dass du kommen würdest, um wieder bei mir zu sein.«

»Die Bombardierung, Pater«, sagte Pino und war gerührt, während er den Priester umarmte. »Es ist schlimm.«

»Das habe ich auch gehört, mein Sohn«, sagte Pater Re sachlich. »Aber komm, komm hinein, bevor die Wärme verloren geht.«

»Wie geht es Eurer Hüfte?«

»Es war schon besser und es war schon schlechter.« Pater Re humpelte zur Seite, um Pino hineinzulassen.

»Wie hat Mimmo es aufgenommen, Pater?«, fragte Pino. »Ich meine, mit unserem Haus.«

»Du solltest derjenige sein, der es ihm sagt«, sagte Pater Re. »Hast du was gegessen?«

»Nein.«

»Dann kommst du gerade richtig. Lass deine Sachen vorerst hier. Nach dem Essen zeige ich dir, wo du schläfst.«

Pino folgte dem Priester, der unbeholfen mit der Krücke zum Speisesaal ging, wo vierzig Jungen die rustikalen Tische und Bänke besetzt hatten. Ein Feuer loderte in der steinernen Herdstelle am anderen Ende des Saales.

»Setz dich zu deinem Bruder und iss mit ihm zu Abend«, sagte Pater Re. »Komm nachher zum Dessert zu mir.«

Pino sah, dass Mimmo seine Freunde mit einer kühnen Geschichte unterhielt. Er stellte sich hinter seinen Bruder und sagte mit quiekender Stimme: »Hey, kleiner Mann, rück rüber.«

Mit seinen fünfzehn Jahren war Mimmo einer der Älteren im Raum und offensichtlich daran gewöhnt, im Mittelpunkt zu stehen. Als er sich umdrehte, hatte er einen angespannten Ausdruck im Gesicht, als wolle er dem Kind mit der quiekenden Stimme das ein oder andere darüber erklären, dass es offenbar seinen Platz in der Welt nicht kannte. Stattdessen sah Mimmo seinen älteren Bruder, und ein verwundertes Grinsen breitete sich auf seiner Miene aus.

»Pino?«, sagte er. »Was machst du denn hier? Du hast gesagt, du würdest niemals …« Auf einmal überfiel ihn Angst und verdrängte seine Freude. »Was ist passiert?«

Pino erzählte es ihm. Sein junger Bruder war sehr betroffen und starrte lange auf die dunklen Bodenbretter des Speisesaals, bevor er den Kopf wieder hob. »Wo werden wir wohnen?«

»Papa und Onkel Albert werden eine neue Wohnung finden und einen neuen Platz für den Laden«, sagte Pino und setzte sich neben ihn. »Aber bis dahin, nehme ich an, werden du und ich hier leben.«

»Euer heutiges Abendessen«, verkündete auf einmal ein Mann mit dröhnender Stimme. »Frisches Brot, frisch geschlagene Butter und Hühnereintopf à la Bormio.«

Pino blickte zur Küchentür und sah ein vertrautes Gesicht. Bruder Bormio war ein Ungeheuer von Mann mit wildem schwarzen Haarschopf und riesengroßen, haarigen Händen. Außerdem war er Pater Re treu ergeben. Er diente dem Priester als Assistent in allen Dingen. Überdies war er der Koch in der Casa Alpina und obendrein ein guter.

Bruder Bormio überwachte den Transport der dampfenden Schüsseln mit dem Eintopf. Als sie auf den Tischen standen, erhob sich Pater Re und sagte: »Junge Männer, wir müssen unseren Dank sagen für diesen Tag und für alle Tage, wie unvollkommen sie auch sein mögen. Neigt eure Häupter, erweist Gott eure Dankbarkeit und habt Vertrauen in ihn und ein besseres Morgen.«

Pino hatte schon hundertmal gehört, wie der Priester diese Worte sagte, und es berührte ihn noch immer. Er fühlte sich klein und bedeutungslos, während er Gott dafür dankte, dass er ihn von der Bombardierung weggeholt hatte, dass er Alberto Ascari kennengelernt hatte und dass er wieder in der Casa Alpina war.

Dann dankte Pater Re für das Essen auf dem Tisch und forderte sie zum Essen auf.

Nach dem langen Reisetag verputzte Pino fast einen ganzen Laib von Bormios dunklem Brot und schlang drei Schüsseln des nahrhaften Hühnereintopfs herunter.

»Lass uns auch noch etwas übrig«, beschwerte sich Mimmo irgendwann.

»Ich bin größer als ihr«, sagte Pino. »Ich muss mehr essen.«

»Dann geh rüber zu Pater Res Tisch. Er isst kaum etwas.«

»Gute Idee«, sagte Pino, zerzauste seinem Bruder das Haar und wich dem Seitenhieb aus, den sein Bruder in seine Richtung feuerte.

* * *

Pino schlängelte sich zwischen den Tischen und Bänken hindurch zu Pater Re und Bruder Bormio, der gerade eine Pause machte und eine selbst gedrehte Zigarette rauchte.

»Erinnerst du dich an Pino, Bruder Bormio?«, fragte Pater Re.

Bormio knurrte und nickte. Der Koch aß noch zwei Löffel vom Eintopf, zog ein weiteres Mal von der Zigarette und sagte: »Ich hole das Dessert, Pater.«

»Strudel?«, fragte Pater Re.

»Mit frischen Äpfeln und Birnen«, sagte Bormio in zufriedenem Tonfall.

»Wie hast du das nur wieder hinbekommen?«

»Ein Freund«, sagte Bormio. »Ein sehr guter Freund.«

»Gesegnet sei dein guter Freund, und bringe uns beiden gleich zwei Portionen, wenn es genug gibt«, sagte Pater Re, bevor er zu Pino blickte. »Ein Mann kann nicht auf alles verzichten.«

»Pater?«

»Desserts sind mein einziges Laster, Pino.« Der Priester lachte und rieb sich den Bauch. »Ich kann sie nicht einmal zur Fastenzeit aufgeben.«

Der Birnen-Apfel-Strudel konnte es mit jedem Gebäck aufnehmen, das Pino in seiner Lieblingsbäckerei in San Babila zu kaufen pflegte, und er war dankbar, dass Pater Re zwei Portionen für ihn bestellt hatte. Anschließend war er so vollgestopft, dass er ganz schläfrig und zufrieden war.

»Erinnerst du dich an den Weg zum Val di Lei, Pino?«, fragte Pater Re.

»Ja, die einfachste Route führt südöstlich bis zu dem Pfad, auf dem man zum Passo Angeloga kommt, und dann direkt nach Norden.«

»Oberhalb des Dorfes Soste.« Pater Re nickte. »Ein Bekannter von dir ist erst letzte Woche diesen Weg über den Passo Angeloga – die Engelsstufe – ins Val di Lei gegangen.«

»Wer denn?«

»Barbareschi. Der Seminarist. Er sagte, er hat dich mit Kardinal Schuster getroffen.«

Das schien Ewigkeiten zurückzuliegen. »Ich erinnere mich an ihn. Ist er hier?«

»Er ist heute Morgen zurück nach Mailand gefahren. Irgendwo auf dem Weg müsst ihr heute aneinander vorbeigekommen sein.«

Pino dachte nur kurz darüber nach und starrte für ein paar Augenblicke auf das lodernde Feuer, fühlte sich wieder schläfrig und wie hypnotisiert.

»Ist das der einzige Weg, den du kennst?«, fragte Pater Re. »Zum Val di Lei?«

Pino überlegte, dann antwortete er: »Nein, ich bin zweimal über die nördliche Route von Madesimo aus gegangen und einmal den schwierigen Weg, von hier aus den Grat hinauf und über den Gipfel des Groppera.«

»Gut«, sagte der Priester. »Ich konnte mich nicht mehr erinnern.« Dann stand er auf, steckte zwei Finger in den Mund und pfiff laut. Im Raum wurde es still.

Pater Re sagte: »Der Spüldienst ist Bruder Bormio unterstellt. Der Rest von euch: Tische abräumen und abwischen, und dann geht lernen.«

Mimmo und die restlichen Jungen schienen den Ablauf zu kennen und sie erledigten ihre Pflichten mit überraschend wenig Gemurre. Pino holte seinen Rucksack und folgte Pater Re vorbei an den Türen zu zwei großen Schlafsälen bis zu einer schmalen Zelle mit in die Wand gebauten Stockbetten und einem Vorhang an der Vorderseite.

»Es ist nichts Besonderes, vor allem für jemanden von deiner Größe, aber es ist das Beste, was wir dir für den Moment anbieten können«, sagte Pater Re.

»Wer schläft noch hier?«

»Mimmo. Er hat es bis jetzt für sich allein gehabt.«

»Oje, er wird sich ja so freuen.«

»Das überlasse ich euch«, sagte der Priester. »Du bist älter als die anderen, deshalb erwarte ich nicht, dass du ihren Regeln folgst. Hier sind deine: Du musst jeden Tag eine Route klettern, die ich dir vorgebe. Und du musst mindestens drei Stunden täglich lernen, von Montag bis Freitag. Samstag und Sonntag ist dir überlassen. Ist das in Ordnung?«

Es klang nach einer Menge Klettern, doch Pino liebte es, in den Bergen zu sein, deshalb sagte er: »Ja, Pater.«

»Dann lass ich dich jetzt auspacken. Es ist schön, dass du wieder hier bist, mein junger Freund. Ich denke, dass es sich als eine große Hilfe herausstellen könnte, dass du hier bist.«

Pino lächelte. »Es ist schön, wieder hier zu sein, Pater. Ich habe Euch und Motta vermisst.«

Pater Re zwinkerte, klopfte zweimal mit seinem Stock gegen den Türrahmen und ging. Pino machte zwei Regalbretter frei und legte die Sachen seines Bruders auf das obere Bett. Dann leerte er seinen Rucksack und arrangierte seine Bücher, Kleider und die Teile seines auseinandergebauten geliebten Kurzwellenradios, die er zwischen seinen Kleidern versteckt hatte, trotz der Gefahr, in die er sich begeben hatte, falls die Nazis seine Sachen durchsucht hätten. Er legte sich auf das untere Bett, hörte einen BBC-Bericht über die Fortschritte der Alliierten und fiel dann ins Nichts.

* * *

»Hey«, sagte Mimmo eine Stunde später. »Da schlafe ich!«

»Jetzt nicht mehr«, sagte Pino und richtete sich auf. »Du bist jetzt im oberen Bett.«

»Ich war zuerst hier«, protestierte Mimmo.

»Weggegangen, Platz vergangen.«

»Ich bin gar nicht weggegangen!«, schrie Mimmo, bevor er auf Pino losging und versuchte, ihn aus dem Bett zu zerren.

Pino war wesentlich stärker, doch Mimmo hatte das Herz eines Kämpfers und gab niemals auf. Er schlug Pino die Nase blutig, bevor dieser ihn auf dem Boden festnageln konnte.

»Du verlierst«, sagte er.

»Nein«, würgte Mimmo hervor, während er sich wand, um freizukommen. »Das ist mein Bett.«

»Ich sag dir was. Wenn ich an den Wochenenden weg bin, dann kannst du es benutzen. Vier oder fünf Tage die Woche ist es meins, und zwei bis drei Tage gehört es dir.«

Das schien seinen Bruder zu beruhigen. »Wohin gehst du an den Wochenenden?«

»Nach Madesimo«, sagte Pino. »Ich habe dort einen Freund, der mir beibringen will, wie man Autos repariert und sie wie ein Weltmeister fährt.«

»So ein Quatsch.«

»Doch, es ist wahr. Er hat mich vom Bahnhof abgeholt. Alberto Ascari. Der großartigste Fahrer, den ich je gesehen habe. Sein Vater war Europameister.«

»Warum sollte er dir was beibringen?«

»Es ist ein Tauschgeschäft. Ich bringe ihm bei, wie man Ski läuft.«

»Meinst du, er würde mir auch das Fahren beibringen? Immerhin laufe ich besser Ski als du.«

»Du hast vielleicht Träume, kleiner Bruder. Aber wie wäre es, wenn ich dir dann beibringe, was mir der große Alberto Ascari zeigt?«

Mimmo dachte einen Moment darüber nach, dann sagte er: »Abgemacht.«

Als sie später das Licht löschten und Pino sich unter den Decken eingemummelt hatte, fragte er sich, ob Mailand wieder bombardiert wurde, wie es seiner Familie ging und ob Carletto draußen auf der Wiese an dem Hügel schlief oder ob er wach war und zusah, wie noch mehr von der Stadt in Schutt und Asche aufging. Und für eine Sekunde dachte er an Anna, wie sie die Bäckerei verließ, an jenen Moment, als er sie das erste Mal auf sich aufmerksam gemacht hatte.

»Pino?«, sagte Mimmo zu ihm, als er gerade einzuschlafen begann.

»Ja?«, gab Pino verärgert zurück.

»Meinst du, ich werde bald wachsen?«

»Das kann jetzt jeden Tag passieren.«

»Ich bin froh, dass du da bist.«

Pino lächelte, trotz des Kribbelns in der Nase. »Ich bin auch froh, dass ich hier bin.«

Sechs

Pino träumte gerade von Autorennen, als Pater Re ihn am nächsten Morgen wach rüttelte. Draußen war es noch dunkel. Man sah die Umrisse des Priesters im Licht einer Handlaterne, die er im Flur vor dem schmalen Raum der Brüder abgestellt hatte.

»Pater?«, flüsterte Pino schlaftrunken. »Wie spät ist es?«

»Halb fünf.«

»Halb fünf?«

»Steh auf und zieh dich für eine Wanderung an. Du musst in Form kommen.«

Pino wusste, dass es besser war, nicht zu protestieren. Auch wenn der Priester nichts von dem stürmischen Wesen seiner Mutter hatte, er konnte genauso starrsinnig und fordernd sein wie Porzia an ihren wildesten Tagen. Pino war bereits vor langer Zeit zu dem Schluss gekommen, dass es besser war, Menschen mit so einem Wesen aus dem Weg zu gehen oder zu tun, was sie sagten.

Er nahm seine Kleider und ging zum Anziehen in den Waschraum: eine schwere kurze Hose aus Leinen und Leder, dicke Wollstrümpfe, die über die Waden gezogen wurden, und ein Paar nagelneuer fester Stiefel, die ihm sein Vater am Tag vor der Abreise gekauft hatte. Über dem lodengrünen Wollhemd trug er eine dunkle Wollweste.

Im Speisesaal waren nur Pater Re und Bruder Bormio, der ihm Eier mit Schinken und Brot vorbereitet hatte. Während Pino aß, gab ihm der Priester zwei Krüge Wasser, die er im Rucksack mitnehmen sollte. Er bekam auch eine große Mittagsmahlzeit und eine Öljacke für den Fall, dass es regnete.

»Wohin soll ich gehen?«, fragte Pino und unterdrückte ein Gähnen.

Pater Re hatte eine Karte zur Hand. »Nimm den einfachen Weg zum Passo Angeloga unterhalb des Pizzo Stella. Neun Kilometer hin. Neun Kilometer zurück.«

Achtzehn Kilometer? Pino war schon lange nicht mehr so weit gelaufen, doch er nickte.

»Gehe direkt zum Pass und versuche, unterwegs außer Sichtweite von anderen zu bleiben, soweit es sich vermeiden lässt.«

»Warum?«

Pater Re zögerte. »Manche Leute aus den Dörfern hier glauben, dass ihnen die Engelsstufe gehört. Es ist einfacher für dich, wenn du dich von ihnen fernhältst.«

Pino war verwirrt, als er sich mit seinem vollen Magen im schwachen Licht der frühen Morgendämmerung in südöstlicher Richtung aufmachte. Der Pfad schlängelte sich sanft an den Konturen des Berges entlang über die Ebene, bevor er sich schließlich neigte und an der Südflanke des Groppera beständig an Höhe verlor.

Als er unten ankam, war die Sonne aufgegangen und schien auf die Spitze des Pizzo Stella vor ihm zu seiner Rechten. Die Luft duftete hier so angenehm nach Kiefern und Bergblumen, dass er sich kaum noch an den widerlichen Gestank der Bomben erinnern konnte.

Im Tal machte er Rast, trank etwas Wasser und aß die Hälfte von dem Proviant – Schinken, Käse und Brot –, den Bormio für ihn eingepackt hatte. Er streckte sich ein wenig aus, sah sich um und dachte an Pater Res Warnung, außer Sichtweite der Leute zu bleiben, die meinten, der Pass gehöre ihnen. Was hatte es damit auf sich?

Schließlich schulterte Pino sein Gepäck wieder und begann, den Serpentinenweg hinaufzugehen, der zum Passo Angeloga führte, der Engelsstufe, dem südlichen Pass zum Val di Lei. Bis hierher war er die ganze Zeit einen langen Hang hinabgegangen. Jetzt stieg er fast konstant hinauf, füllte dabei seine Lungen mit der dünnen Luft, während ihm die Waden und Oberschenkel brannten.

Bald verließ der Pfad den Wald und aus den Bäumen wurden vereinzelte knorrige, vom Wind verkrümmte Wacholderbüsche, die sich an steinige Felszungen klammerten. Die Sonne schien über den Bergkamm und beleuchtete die Büsche, Moose und Flechten, die sich alle in verhaltenen Orange-, Rot- und Gelbtönen zeigten.

Als drei Viertel des Aufstiegs zum Pass bewältigt waren, jagten Wolken über den Himmel und blieben hoch über Pino an den Gipfeln des Groppera zu seiner Linken hängen. Das steppenartige Gelände wich schon ein gutes Stück unterhalb des Passes Felsen und Schotterfeldern. Obwohl es noch immer ein richtiger Pfad war, rollten ihm lose Steine unter den neuen Stiefeln weg, deren steifes Leder an den Hacken und Zehen zu scheuern begann.

Er hatte vorgehabt, Schuhe und Strümpfe auszuziehen, wenn er den Steinhaufen auf der Engelsstufe erreichte, der die Mitte des Passes markierte. Doch nach drei Stunden Wanderung wurden die Wolken immer größer, unheilvoll und grau. Der Wind wurde stärker. Im Westen sah er die schrägen dunklen Striche eines niedergehenden Gewitters.

* * *

Pino zog sich den Anorak über und drängte vorwärts zu dem Steinhaufen oben am Passo Angeloga, wo sich mehrere Wege kreuzten, darunter jener zur Flanke des Groppera und ein anderer, der zum Pizzo Stella führte. Bevor er den Steinhaufen erreichte, kam wirbelnd Nebel auf.

Es begann zu regnen, zunächst nur ein paar Tropfen, doch Pino war oft genug in den Alpen gewesen, um genau zu wissen, was folgte. Er verabschiedete sich von der Idee, sich um seine Füße zu kümmern oder etwas zu trinken, berührte nur kurz den Steinhaufen und drehte sich in den Wind und das aufkommende Gewitter. Der Regen verwandelte sich schnell zu murmelgroßen Hagelkörnern, die auf seine Kapuze schlugen und ihn zwangen, den Arm schützend vor die Augen zu heben, während er den Berg wieder hinunterstieg.

Der Hagel schlug gegen die Felsen und die losen Steine auf dem Pfad, überzog sie mit einer dünnen Schicht und zwang Pino zu einem langsameren Gang. Nach einer Weile hörten Wind und Hagel auf, doch der Regen setzte sich in einem beständigen Niederschlag fest. Der Weg wurde zu einer vereisten Waschrinne. Pino brauchte mehr als eine Stunde, um die ersten Bäume zu erreichen. Er war durchnässt. Ihm war kalt. Seine Füße waren wund.

Als er an die Stelle kam, wo sich der Weg teilte und zurück in Richtung Motta und Casa Alpina kletterte, hörte er vor sich Rufe von unten aus Richtung des Dorfes Soste. Selbst bei der Entfernung und durch den Regen konnte er hören, dass es eine Männerstimme war und dass sie wütend klang.

Pino erinnerte sich an Pater Res Warnung und spürte sein Herz schneller schlagen, als er losrannte.

Er hörte, wie sich die Rufe des Mannes hinter und unter ihm in Empörung verwandelten, und eilte den Weg hinauf zwischen die Bäume. Erst nach einer Viertelstunde wurde er wieder langsamer. Seine Lungen drohten zu platzen. Er blieb vornübergebeugt stehen, japste nach Luft und merkte, dass ihm von der Anstrengung und der Höhenluft übel war. Doch er hörte kein Rufen mehr, nur den Regen, der von den Bäumen tropfte, und weit unten das leise Pfeifen eines Zuges. Während er weiterging, fühlte er sich gut und lachte, weil er dem Mann entkommen war.

Langsam ließ der Regen nach, als Pino die Casa Alpina erreichte. Er war fünf Stunden und fünfzehn Minuten unterwegs gewesen.

»Warum hast du so lange gebraucht?«, fragte Pater Re, der im vorderen Flur auftauchte. »Ich hatte Vertrauen in dich, doch Bruder Bormio hat sich schon langsam Sorgen gemacht.«

»Hagel«, sagte Pino zitternd.

»Zieh dich bis auf die Unterwäsche aus und geh ans Feuer«, wies Pater Re ihn an. »Ich werde Mimmo schicken, dass er dir trockene Kleider holt.«

Pino zog Stiefel und Strümpfe aus und verzog das Gesicht beim Anblick der scheußlichen Blasen, die alle aufgeplatzt und rot waren.

»Wir werden Jod und Salz darauf tun«, sagte Pater Re.

Pino erschauerte. Als er sich bis auf seine Unterhose ausgezogen hatte, klapperten ihm die Zähne. Er legte die Arme um den Oberkörper und humpelte in den Speisesaal, wo alle vierzig Jungen schweigend unter dem aufmerksamen Blick von Bruder Bormio lasen. Als sie sahen, wie der fast nackte Pino mit seinem unbeholfenen, übertriebenen Gang zum Feuer kam, brachen sie augenblicklich in lautes Gelächter aus. Mimmo lachte von allen am lautesten. Selbst Bruder Bormio schien belustigt.

Pino machte eine abwehrende Handbewegung und kümmerte sich nicht weiter um sie. Er wollte so nah wie möglich ans Feuer kommen. Einige lange Minuten blieb er am warmen Herd stehen, drehte seinen Körper in die eine und die andere Richtung, bis Mimmo mit trockenen Kleidern kam. Als Pino sich angezogen hatte, brachte Pater Re ihm eine heiße Tasse Tee und eine Schüssel mit warmem Salzwasser für die Füße. Pino trank dankbar den Tee und musste die Zähne zusammenbeißen, als er die Füße in das Salzwasser stellte.

Der Priester bat Pino um einen vollständigen Bericht seiner morgendlichen Übung. Er erzählte Pater Re alles, einschließlich seiner Begegnung mit dem wütenden Mann aus Soste.

»Du hast sein Gesicht nicht gesehen?«

»Er war ziemlich weit weg, und außerdem bin ich gerannt«, sagte Pino.

Pater Re dachte nach. »Nach dem Essen kannst du dich ausruhen und dann schuldest du mir drei Stunden Lernen.«

Pino gähnte und nickte. Er aß wie der sprichwörtliche Scheunendrescher, ließ sich auf sein Bett fallen und war in dem Moment wie bewusstlos, als sein Kopf auf das Kissen fiel.

* * *

Am nächsten Morgen weckte ihn Pater Re eine Stunde später als am Tag zuvor.

»Steh auf«, sagte er. »Du hast eine weitere Kletterpartie vor dir. Frühstück in fünf Minuten.«

Pino spürte überall Muskelkater, doch den Blasen ging es wegen des Salzbades besser.

Trotzdem bewegte er sich beim Anziehen, als wäre er in einem dichten Nebel, wie der vom Vortag. Er war ein Jugendlicher, der noch wuchs. Er mochte es, lange zu schlafen, und konnte mit dem Gähnen nicht aufhören, als er vorsichtig in Strümpfen zum Speisesaal ging. Pater Re wartete mit dem Essen und einer topografischen Karte auf ihn.

»Ich möchte, dass du heute über die Nordseite gehst«, sagte Pater Re und tippte auf die breiten Linien, die die Ebene von Motta umgrenzten, auf den Karrenweg, der am Hang nach

Madesimo abfiel, und dann auf eine Reihe enger Linien, die die zunehmende Steilheit dahinter anzeigten. »Halte dich weit oben, während du hier und hier die Bergwand durchquerst. Du wirst Wildpfade entdecken, die dir dabei helfen, diese Kluft zu überwinden. Und schließlich wirst du hier oben auf der Wiese oberhalb von Madesimo ankommen. Wirst du das wiedererkennen?«

Pino blickte auf die Karte. »Ich glaube schon. Aber warum kann ich nicht auf dem Karrenweg hinunter nach Madesimo gehen und dann direkt bis zu diesem Punkt hochsteigen? Dann könnte ich die Bergwand vermeiden und wäre schneller.«

»Das stimmt«, sagte Pater Re. »Doch ich bin nicht an deiner Schnelligkeit interessiert, sondern daran, dass du deinen Weg findest, ohne gesehen zu werden.«

»Warum?«

»Ich habe meine Gründe, die ich vorerst für mich behalte, Pino. So ist es besser.«

Das verstärkte Pinos Verwirrung nur, doch er sagte: »Okay. Und dann den gleichen Weg zurück?«

»Nein«, sagte der Priester. »Ich möchte, dass du in die Senke des Nordkessels kletterst. Suche dort nach dem Wildpfad, der hinauf und hinüber in das Val di Lei führt. Steig nicht da hoch, bevor du dich sicher genug fühlst. Du kannst zurückkehren und es an einem anderen Tag versuchen.«

Pino seufzte. Er wusste, dass ihm eine weitere beschwerliche Wanderung bevorstand.

Das Wetter war kein Problem. Es war ein schöner Septembermorgen in den südlichen Alpen. Doch Pinos schmerzende Muskeln und die verbundenen Blasen setzten ihm zu, während er sich über felsige Steige an der westlichen Seite des Groppera entlangbewegte und eine Kluft überwand, die mit alten Baumstämmen und Lawinengeröll bedeckt war. Er brauchte mehr als zwei Stunden, um die Wiese zu erreichen, die

Pater Re ihm auf der Karte gezeigt hatte. Das hohe Alpengras verblasste bereits.

Wie Annas Haar, dachte Pino, als er den Hang hinaufging, und untersuchte die haarähnlichen Grannen an den reifen Blütenständen, die sich bald im Wind zerstreuen würden. Er erinnerte sich an Anna auf dem Gehweg vor der Bäckerei und daran, wie er sich beeilt hatte, um mit ihr Schritt zu halten. Ihr Haar war genauso, stellte er fest, nur weicher und üppiger. Während er weiterkletterte, kitzelten ihn die weichen Grashalme, die über seine nackten Beine strichen.

Neunzig Minuten später erreichte er den Nordkessel. Er wirkte wie das Innere eines Vulkans, mit dreihundert Meter hohen kahlen Wänden zur Linken und zur Rechten und zackigen, scharfen Steinzähnen an der Oberkante.

Pino fand den Ziegenpfad und überlegte, ob er weiterklettern solle, entschied dann jedoch, dass er da oben mit seinen Füßen, die sich wie Hackfleisch anfühlten, nicht weit kommen würde. Stattdessen stieg er auf direktem Wege hinab nach Madesimo.

Er erreichte das Dorf an diesem Freitagmittag um ein Uhr, ging zum Essen in das Gasthaus und reservierte sich dort ein Zimmer.

Die Wirtsleute waren freundliche Menschen mit drei Kindern, darunter der siebenjährige Nicco.

»Ich bin ein Skiläufer«, platzte Nicco heraus, während Pino sein Essen hinunterschlang.

»Ich auch«, sagte Pino.

»Nicht so gut wie ich.«

Pino grinste. »Wahrscheinlich.«

»Ich nehme dich mit zum Skilaufen, wenn es schneit«, versprach der Junge. »Dann zeig ich es dir.«

»Darauf freue ich mich«, sagte Pino und zerzauste Niccos Haar.

Steif, aber nicht mehr ausgehungert machte sich Pino auf, um Alberto Ascari zu suchen, doch die Autowerkstatt war geschlossen. Er hinterließ eine Notiz, in der er Ascari seinen Plan mitteilte, am Abend zurückzukehren, und wanderte dann wieder zur Casa Alpina.

Pater Re hörte Pinos Beschreibung, wie er die felsige Flanke des Groppera durchquert und entschieden hatte, den Nordkessel nicht zu erklettern, aufmerksam zu.

Der Priester nickte. »Da oben in die Felsen wagt man sich besser erst, wenn man bereit dafür ist. Das wirst du früh genug sein.«

»Pater, wenn ich mit Studieren fertig bin, werde ich nach Madesimo hinuntergehen und dort die Nacht verbringen und meinen Freund Alberto Ascari treffen«, sagte Pino.

Als Pater Re zunächst erstaunt blinzelte, erinnerte ihn Pino daran, dass die Wochenenden ihm gehörten.

»Stimmt, das habe ich gesagt«, gab der Priester zu. »Geh und amüsiere und erhole dich. Aber am Montagmorgen geht es weiter.«

Pino machte ein Schläfchen und lernte dann etwas alte Geschichte und Mathematik, bevor er das Stück *Die Riesen vom Berge* von Luigi Pirandello las. Es war nach fünf, als er sich in seinen Straßenschuhen auf den Weg hinunter nach Madesimo machte. Seine Füße brachten ihn um, doch er humpelte den ganzen Weg zum Gasthaus, meldete sich an, erfreute den kleinen Nicco mit seinen Skirenngeschichten und ging schließlich zum Haus von Ascaris Onkel.

Alberto öffnete ihm die Tür, begrüßte ihn und bestand darauf, dass er zum Abendessen hereinkomme. Seine Tante war eine bessere Köchin als Bruder Bormio, was schon etwas bedeutete. Ascaris Onkel liebte es, über Autos zu sprechen, weshalb sie sich sehr gut verstanden. Pino aß so viel, dass er beim Dessert schon fast einschlief.

Ascari und sein Onkel brachten ihn zurück zum Gasthaus, wo Pino nur noch die Schuhe auszog, sich aufs Bett fallen ließ und in seinen Kleidern einschlief.

* * *

Direkt nach Sonnenaufgang klopfte sein Freund an die Tür.

»Warum bist du so früh auf?«, fragte Pino gähnend. »Ich wollte …«

»Willst du fahren lernen oder nicht? Die nächsten zwei Tage soll es klar sein, kein Regen, kein Schnee, deshalb bin ich bereit, es dir beizubringen. Du musst aber für das Benzin bezahlen.«

Pino griff nach seinen Schuhen. Sie aßen ein kurzes Frühstück im Speiseraum des Gasthauses und gingen dann zu Ascaris Fiat. Während der nächsten vier Stunden fuhren sie nördlich von Campodolcino auf der Straße zum Splügenpass und zur Schweiz.

Auf der gewundenen Strecke brachte Alberto Pino bei, wie man die Anzeigen las und benutzte und wie man sich an das Gelände anpasste, an Steigungen und Richtungswechsel. Er zeigte Pino, wie man durch manche Kehren driftete und andere durchschnitt und wie man Motor und Gänge anstatt der Bremsen benutzte, um die Kontrolle über das Auto zu behalten.

Sie fuhren so lange nach Norden, bis sie deutsche Kontrollpunkte und die Schweizer Grenze sehen konnten, dann kehrten sie um. Auf dem Weg zurück nach Campodolcino wurden sie von zwei deutschen Patrouillen angehalten, die wissen wollten, was sie auf der Straße machten.

»Ich bringe ihm das Fahren bei«, sagte Ascari, nachdem sie ihre Papiere vorgezeigt hatten.

Die Deutschen wirkten nicht glücklich damit, winkten sie aber weiter.

Als sie zum Gasthaus zurückkehrten, war Pino so aufgeregt wie schon lange nicht mehr. Was war es für ein Nervenkitzel, ein solches Auto zu fahren! Was hatte er für ein fantastisches Geschenk bekommen, dass er von Alberto Ascari, dem zukünftigen Europameister, lernen durfte!

Pino aß erneut bei den Ascaris zu Abend und genoss es, Alberto und seinen Onkel bei ihren Gesprächen über Automechanik zu belauschen. Nach dem Essen gingen sie in die Werkstatt und bastelten fast bis Mitternacht an Albertos Fiat herum.

Am nächsten Morgen fuhren sie direkt nach der Frühmesse wieder zu der Straße zwischen Campodolcino und der Schweizer Grenze. Ascari zeigte Pino, wie man kleine Kuppen auf der Strecke zu seinem Vorteil nutzen konnte. Er sollte weit vorausschauen, wann immer es möglich war, sodass sich das Gehirn bereits überlegen konnte, wie man am besten fuhr, um eine optimale Geschwindigkeit zu haben.

Auf seiner letzten Fahrt die Passstraße hinunter fuhr Pino zu schnell durch eine unübersichtliche Kurve und krachte fast in einen entgegenkommenden deutschen Kübelwagen. Beide Autos wichen schlingernd aus und vermieden ganz knapp einen Zusammenstoß. Ascari schaute nach hinten.

»Sie drehen um!«, sagte Alberto. »Fahr!«

»Sollten wir nicht anhalten?«

»Du wolltest doch ein Rennen, oder nicht?«

Pino gab Vollgas. Ascaris Auto hatte den stärkeren Motor und war wesentlich wendiger als das Armeefahrzeug, und die Deutschen waren außer Sicht, bevor sie die Stadt Isola verließen.

»Mein Gott, das war großartig!«, sagte Pino, dessen Herz noch immer wild in der Brust hämmerte.

»Ja, oder?«, sagte Ascari und lachte. »Du warst gar nicht mal so schlecht.«

Für Pino war es ein großes Lob und er fühlte sich fantastisch, als er sich zur Casa Alpina aufmachte, nachdem er versprochen hatte, am kommenden Freitag wiederzukommen, um mit dem Unterricht fortzufahren. Der Weg zurück nach Motta war weniger schmerzhaft als bei seinem Abstieg vor zwei Tagen.

»Gut«, sagte Pater Re, als er ihm die Schwielen zeigte, die sich an seinen Füßen bildeten.

Der Priester interessierte sich auch für seine Geschichten über das Autofahren.

»Wie viele Patrouillen hast du auf der Splügenpassstraße gesehen?«

»Drei«, sagte Pino.

»Aber ihr seid nur von zwei angehalten worden?«

»Die dritte hat versucht, uns anzuhalten, doch sie konnten mich mit Albertos Auto nicht einholen.«

»Provoziere sie nicht, Pino. Die Deutschen, meine ich.«

»Pater?«

»Ich möchte, dass dein Üben unbemerkt bleibt«, sagte Pater Re. »Wenn du so Auto fährst, wirst du bemerkt und erregst die Aufmerksamkeit der Deutschen. Verstehst du?«

Pino verstand es nicht, zumindest nicht völlig, doch er sah die Besorgnis im Blick des Priesters und versprach, es nicht mehr zu tun.

Am nächsten Morgen weckte Pater Re Pino lange vor dem Morgengrauen. »Ein neuer klarer Tag«, sagte er. »Gut für eine Klettertour.«

Pino stöhnte, doch er zog sich an und fand den Priester und das auf ihn wartende Frühstück im Speisesaal. Auf der topografischen Karte zeigte Pater Re auf einen scharfkantigen Bergkamm, der ein paar Hundert Höhenmeter direkt oberhalb der Casa Alpina begann und in einem langen, steil gewundenen Anstieg bis hinauf zur Spitze des Groppera führte.

»Schaffst du das allein oder brauchst du jemanden, der dich führt?«

»Ich bin einmal oben gewesen«, sagte Pino. »Die wirklich schwierigen Stellen sind hier, hier und dann der Felskamin und die schmale Stelle ganz oben.«

»Wenn du an den Kamin kommst und unsicher bist, geh nicht weiter«, warnte Pater Re. »Kehr einfach um und klettere zurück nach unten. Und nimm einen Wanderstab mit. Da sind ein paar im Schuppen. Habe Vertrauen in Gott, Pino, und bleib wachsam.«

Sieben

Im Morgengrauen machte sich Pino auf, den Groppera zu besteigen. Er war froh über den Wanderstock, den er benutzte, um über einen kleinen Bach zu steigen, bevor er sich nach Südosten dem steilen Kamm zuwandte. Wegen der zersplitterten Felsplatten, die über Tausende von Jahren vom Berg abgebrochen waren, kam er nur langsam vorwärts, bis er den Grat erreichte.

Ab hier gab es keinen richtigen Pfad mehr, nur Fels und gelegentlich Grasbüschel oder zähes Gestrüpp. Angesichts der steilen Felswände, die zu beiden Seiten abfielen, wusste Pino, dass er sich keinen Fehler erlauben durfte. Das eine Mal, das er vor zwei Jahren auf dem Bergrücken gewesen war, waren vier andere Jungen und ein Bergführer, der ein Freund von Pater Re aus Madesimo war, dabei gewesen.

Pino versuchte, sich daran zu erinnern, wie sie über eine Reihe zerbrochener Treppen und trügerischer Steige zum Sockel der Spitze hoch über ihm hinaufgekommen waren. Bei dem Gedanken, dass er womöglich die falsche Route nahm, überkamen ihn kurz Zweifel und Angst, doch dann zwang er sich dazu, sich zu beruhigen und seinen Instinkten zu vertrauen, jeden Abschnitt erst dann in Angriff zu nehmen, wenn er ihn erreichen würde, um dann die Route beim weiteren Aufstieg neu abzuschätzen.

Die erste Herausforderung bestand darin, auf den eigentlichen Grat hinaufzukommen. Eine zwei Meter hohe, vom Wind glatt geschliffene und abgerundete Steinsäule bildete den Sockel des Kamms und schien unüberwindbar. Aber an der Südseite hatten die Felsen Risse und Spalten. Pino warf seinen Stock hinauf und hörte, wie er klappernd liegen blieb. Er klemmte Finger und Stiefelspitzen in Zwischenräume und auf schmale Vorsprünge und kletterte hoch zu seinem Stock. Einige Augenblicke später kniete er auf dem schmalen Grat und füllte seine Lungen. Er wartete, bis sich sein Atem beruhigt hatte, nahm dann den Stock und richtete sich auf.

Pino ging vorsichtig los, fand mit jedem Schritt mehr seinen Rhythmus, entschlüsselte das durcheinandergewürfelte, zerborstene Gelände vor sich und suchte nach dem Pfad mit den geringsten Hindernissen. Eine Stunde später stand er vor der nächsten großen Herausforderung. Vor Ewigkeiten waren hier Steinplatten weggebrochen und hatten den Weg nach oben versperrt, mit Ausnahme einer zerklüfteten Furche in der Felswand. Sie war weniger als einen Meter breit und genauso tief und erhob sich wie ein schiefer Kamin fast acht Meter nach oben.

Pino blieb einige Minuten stehen und spürte, wie sich die Angst wieder in ihm breitmachte. Doch bevor sie ihn zum Erstarren brachte, hörte er Pater Res Stimme, die ihm sagte, dass er Vertrauen haben und aufmerksam sein solle. Schließlich drehte er sich um hundertachtzig Grad und stellte sich in den Felsspalt. Er streckte die Hände aus und hebelte die Stiefel gegen die Wände des Kamins. Jetzt war er in der Lage, sich zu bewegen, und kletterte mit jeweils drei Kontaktpunkten hinauf, die den vierten, sich bewegenden Kontakt – mal eine Hand, dann ein Fuß – stützten, während dieser herumtastete und nach dem nächsten Halt suchte.

Als er sechs Meter hoch war, hörte er einen Falken rufen und blickte aus dem Spalt hinaus und den Grat hinunter nach Motta. Er war jetzt schwindelerregend hoch auf dem Berg, spürte eine Welle von Benommenheit und verlor fast den Halt. Das erschreckte ihn halb zu Tode. Er durfte nicht fallen, einen solchen Sturz würde er nicht überleben.

Hab Vertrauen.

Dieser Gedanke reichte aus, damit Pino es den Kamin hinauf bis über die Kante schaffte, wo er erleichtert nach Luft schnappte und Gott für dessen Hilfe dankte. Als seine Kräfte zurückkehrten, ging er mit wenig Unterbrechungen zum südwestlichen Grat. Dieser Kamm war kahl und steil, an manchen Stellen kaum einen Meter breit. Lawinenrinnen fielen an beiden Seiten des Wegs steil ab, der zum Sockel der schroffen Spitze des Groppera führte, die mehr als vierzig Meter hoch und wie eine krumme Speerspitze geformt war.

Pino warf dem spitzen Felsen keinen zweiten Blick zu. Er bemühte sich, die Stelle zu finden, an der die verschiedenen Schultern und Erhebungen des Berges unterhalb des Sockels zusammentrafen. Schließlich fand er, wonach er gesucht hatte, und sein Herz begann wieder, wild in der Brust zu schlagen. Er schloss die Augen, zwang sich zur Ruhe und zum Vertrauen. Er bekreuzigte sich, dann ging er weiter und fühlte sich fast wie ein Hochseilartist, als er zwischen den beiden größten Lawinenrinnen hindurchstieg. Dabei wagte er nicht, rechts oder links an ihnen hinunterzublicken, sondern konzentrierte sich ganz darauf, dorthin zu kommen, wo sich der Steig verbreitete.

Als er die Stelle erreicht hatte, umarmte Pino die Steinblöcke, die aus der Felswand ragten, als wären es lange vermisste Freunde. Als er sicher war, dass er weitergehen konnte, kletterte er die unregelmäßigen Blöcke hinauf. Sie lagen fast wie ein umgekippter Ziegelhaufen da, waren aber stabil und unbeweglich, und er konnte mit relativer Leichtigkeit weiter hinaufsteigen.

Viereinhalb Stunden, nachdem er die Casa Alpina verlassen hatte, erreichte Pino schließlich den Sockel der Felsspitze. Er spähte nach rechts und fand ein Stahlkabel, das im Fels verankert war und sich auf Brusthöhe oberhalb eines ungefähr achtzehn Zentimeter breiten Vorsprungs horizontal um die Spitze wand.

Pino war wegen seiner nächsten Aufgabe mulmig zumute, deshalb atmete er mehrmals tief ein und aus, um seine wachsende Angst abzuschütteln, bevor er sich vorbeugte und das schlaffe Kabel ergriff. Mit der Spitze seines rechten Stiefels tastete er sich vor und fand den Vorsprung. Es war fast wie auf dem Sims vor seinem Schlafzimmerfenster zu Hause. Als ihm dieser Gedanke gekommen war, konnte er sich gut am Kabel festhalten und um den Fuß der Felsspitze herumtrippeln.

Fünf Minuten später erreichte Pino die Spitze des breitesten Berggrates, der nach Südsüdost gewandt war, breit und mit bernsteinfarbenen Buckeln voll Flechten, Erdmoos, Edelweiß und Alpenastern bedeckt. Er legte sich auf den Rücken und rang in der auf ihn herunterbrennenden Mittagssonne nach Luft. Der Aufstieg hatte sich vollkommen anders angefühlt als damals, wo er von jemandem hinaufgeführt wurde, der den Weg schon dreißig Mal gegangen war und ihm genau jeden Handgriff und jeden Schritt zeigen konnte. Dieser Aufstieg war die bisher größte körperliche Herausforderung seines Lebens gewesen. Er musste ständig nachdenken, ständig Entscheidungen treffen, und er musste sich auf sein Vertrauen verlassen, was sich als sehr anstrengend erwiesen hatte – und überhaupt nicht einfach durchzuhalten war.

Pino schlürfte Wasser und dachte: *Aber ich habe es getan. Ich habe den schwierigen Weg allein hinaufgeschafft.*

Glücklich und zufrieden dankte er für den Tag und für sein Essen und schlang das Brot hinunter, das ihm Bruder Bormio eingepackt hatte. Er war entzückt, als er noch ein Stück Strudel fand. Er aß langsam und genoss jeden Bissen. Hatte es jemals zuvor etwas gegeben, was so gut schmeckte?

Pino war schläfrig und legte sich hin, schloss die Augen und hatte das Gefühl, als wäre hier oben an diesem zeitlosen Ort des Berges und Himmels alles genau so, wie es sein musste.

* * *

Pino wurde vom Nebel geweckt.

Er sah auf die Uhr und stellte überrascht fest, dass es fast zwei Uhr nachmittags war. Wolken waren aufgezogen, sodass er den Hang kaum neunzig Meter weit hinuntersehen konnte. Pino zog den Anorak an und folgte Wild- und Hirtenpfaden nach Osten und nach Norden. Eine Stunde später erreichte er den Rand der Rückseite des Groppera-Nordkessels.

Er brauchte mehrere Versuche, bis er einen Weg fand, der die steile Innenwand hinabführte und dann im Zickzack an den Punkt kam, wo er vor drei Tagen umgekehrt war. Er blieb stehen und blickte zurück nach oben, von wo er gerade herabgekommen war. Nach den Herausforderungen dieses Tages war es ihm gar nicht so schwierig erschienen.

Als Pino den Berg hinunter nach Madesimo und dann den Weg hinauf nach Motta getrottet war, spürte er seine Erschöpfung. Das Licht schwand bereits, als er die Casa Alpina erreichte. Pater Re wartete im Flur neben dem Essbereich, wo die Jungen lernten, und die Luft war erfüllt von dem köstlichen Geruch von Bruder Bormios neuester Schöpfung.

»Du kommst spät«, sagte Pater Re. »Ich wollte nicht, dass du nachts dort draußen bist.«

»Ich wollte auch nicht im Dunkeln vom Berg herabkommen, aber es ist ein langer Weg, Pater«, sagte er. »Und der Aufstieg. Er war schwieriger, als ich ihn in Erinnerung hatte.«

»Aber traust du dir zu, es erneut zu schaffen?«, fragte der Priester.

Pino dachte an den Kamin, an den Steg zwischen den Lawinenrinnen und an die Kabelquerung. Eigentlich wollte er nichts davon noch einmal machen, doch er sagte: »Ja.«

»Gut«, sagte Pater Re. »Sehr gut.«

»Pater, warum tue ich das?«

Der Priester betrachtete ihn und sagte dann: »Ich versuche, dich stark zu machen. Das wirst du in den kommenden Monaten vielleicht brauchen.«

Pino wollte ihn nach den Gründen fragen, doch Pater Re hatte sich bereits abgewandt.

Zwei Tage später ließ der Priester Pino den Weg über die Engelsstufe ins Val di Lei gehen. Am Tag danach versuchte sich Pino an der Querung zum Nordkessel und kletterte den Ziegenpfad fast bis zum Rand. Am dritten Tag ging er wieder den schwierigen Weg hinauf, doch er hatte jetzt so viel Selbstvertrauen, dass er eine Stunde weniger brauchte, bis er die Lawinenrinnen erreichte.

Das Wetter hielt sich über das kommende Wochenende, sodass Pino weitere zwei Tage Fahrunterricht bekam. Er und Ascari erinnerten sich an Pater Res Warnung, weshalb sie sich von der Straße zum Splügenpass fernhielten und auf den Serpentinen um Madesimo übten.

Am Sonntagnachmittag holten sie zwei Mädchen ab, die Ascari in Campodolcino kannte. Die eine war Ascaris Freundin Titiana und die andere war Titianas Freundin Frederica. Sie war entsetzlich schüchtern und traute sich kaum, Pino anzusehen. Der wollte sie mögen, musste aber immerzu an Anna denken. Er wusste, dass es verrückt war, überhaupt noch an sie zu denken. Er hatte nur drei Minuten mit ihr gesprochen und sie seit fast vier Monaten nicht mehr gesehen, und außerdem hatte sie ihn sitzen lassen. Und trotzdem glaubte er fest daran, dass er

Anna wiedersehen würde. Sie war zu einer Fantasie geworden, an die er sich klammerte, eine Geschichte, die er sich erzählte, wann immer er einsam war oder Zukunftsangst hatte.

Als Pino in der ersten Oktoberwoche 1943 nach weiteren drei Tagen angestrengten Kletterns die Casa Alpina erreichte, war er erschöpft und ausgehungert. Er aß zwei Schüsseln »Spaghetti Bormio« und trank einige Liter Wasser, bevor er den Kopf heben und sich im Speisesaal umsehen konnte.

Die üblichen Jungen waren alle da. Mimmo kommandierte einen ganzen Tisch am anderen Ende des Raums. Und Pater Re unterhielt sich mit Gästen, zwei Männern und einer Frau. Der jüngere Mann hatte sandfarbenes Haar. Er hatte den Arm um die Schulter der Frau gelegt, die blasse Haut und dunkle, nachdenkliche Augen hatte. Der ältere Mann trug einen Anzug, keine Krawatte, hatte einen Schnurrbart und rauchte. Er hustete viel und seine Finger trommelten leise auf die Tischplatte, wann immer der Priester redete.

Pino fragte sich schläfrig, wer das sein mochte. Es war nicht ungewöhnlich, dass Besucher zur Casa Alpina kamen. Häufig waren es Eltern. Und viele Wanderer suchten während eines Gewitters Schutz. Doch diese drei waren keine Wanderer. Sie trugen Straßenkleidung.

Pino wollte unbedingt ins Bett, doch er wusste, dass Pater Re das nicht gutheißen würde. Er versuchte gerade, die Kraft zum Lesen aufzubringen, als der Priester zu ihm kam und sagte: »Du hast dir morgen einen freien Tag verdient. Und bis dahin kannst du das Studieren lassen. In Ordnung?«

Pino lächelte und nickte. Kurz darauf wusste er nicht einmal mehr, wie er sein Zimmer gefunden hatte und ins Bett gekommen war.

* * *

Als er schließlich aufwachte, war es bereits heller Tag und die Sonne schien durchs Fenster am Ende des Flurs. Mimmo war weg. Genauso wie die anderen Jungen. Als er in den Speisesaal trat, war er leer, mit Ausnahme jener drei Besucher, die flüsternd eine hitzige Diskussion am anderen Ende des Raums führten.

»Wir können nicht länger warten«, sagte der jüngere Mann. »Es bricht alles zusammen. Fünfzig am Lago Maggiore und in Meina! Während wir hier sprechen, machen sie in Rom Razzien.«

»Aber du hast gesagt, wir wären hier in Sicherheit.« Die Frau war aufgebracht.

»Hier sind wir auch sicher«, sagte er. »Pater Re ist ein guter Mann.«

»Doch für wie lange?«, fragte der ältere Mann und zündete sich eine weitere Zigarette an.

Die Frau bemerkte, dass Pino in ihre Richtung blickte, und brachte die Männer zum Schweigen. Bruder Bormio brachte Pino Kaffee, Brot und Salami. Die Besucher verließen den Saal und er dachte den restlichen Tag über, den er mit seinen Büchern am Feuer verbrachte, nicht mehr daran.

Als sich Mimmo und die Jungen nach einer langen Wanderung im Haus versammelten, war es fast Mittag, und Pino fühlte sich nicht nur ausgeruht, sondern auch so fit wie noch nie in seinem Leben. Durch das intensive Training und die großen Mengen Essen, die ihm Bruder Bormio vorsetzte, schien er mit jedem Tag an Gewicht und Muskeln zuzulegen.

»Pino?«, sagte Pater Re, während Mimmo und zwei andere Jungen Teller und Besteck auf den langen Tisch verteilten.

Pino legte das Buch beiseite und stand von seinem Stuhl auf. »Pater?«

»Komm nach dem Dessert zu mir in die Kapelle.«

Pino war verwundert. Die Kapelle wurde kaum für etwas anderes als die kleine Sonntagsmesse benutzt, die üblicherweise bei Sonnenaufgang gehalten wurde. Er verdrängte seine

Neugier und setzte sich, scherzte mit Mimmo und den anderen Jungen und fesselte sie mit seiner Beschreibung der Gefahren beim schwierigen Aufstieg zum Groppera.

»Ein falscher Schritt dort oben und es ist vorbei«, sagte er.

»Ich könnte das nicht«, platzte es aus Mimmo heraus.

»Mach Klimmzüge, Liegestütze und Klappmesser. Ich wette, dann kannst du es auch.«

Die Herausforderung stachelte Mimmo an, wie es alle Herausforderungen taten, und Pino wusste, dass sein Bruder sich ab jetzt fanatisch mit Klimmzügen, Liegestützen und Klappmessern beschäftigen würde.

Nachdem die Teller abgeräumt waren, fragte Mimmo Pino, ob er mit ihm Karten spielen wolle. Pino entschuldigte sich, da er zur Kapelle gehen musste, um mit Pater Re zu sprechen.

»Worüber denn?«, sagte Mimmo.

»Das werde ich herausfinden«, sagte Pino und nahm eine Wollmütze von der Ablage neben der Vordertür. Er setzte sie auf und ging hinaus in die Nacht.

* * *

Die Temperatur war unter den Gefrierpunkt gefallen. Über ihm schien ein Viertelmond und die Sterne leuchteten so hell wie Feuerwerkskörper. Beißend spürte er den Nordwind auf der Wange, ein erster Hinweis auf den Winter, während er zur Kapelle ging, hinter der am Rande des Plateaus eine Gruppe hoher Tannen aufragte.

Pino schob den Riegel der Kapellentür zurück und trat ins Innere, wo er vier Kerzen brennen sah. Pater Re kniete betend in einer Kirchenbank, den Kopf gesenkt. Pino schloss leise die Tür und setzte sich. Nach einer Weile bekreuzigte sich der Priester, stützte sich auf seinen Stock, um auf die Beine zu kommen, und humpelte dann näher, um sich zu ihm zu setzen.

»Glaubst du, du kannst den Großteil der Nordroute ins Val di Lei im Dunkeln zurücklegen?«, fragte Pater Re. »Mit keinem anderen Licht außer dem Mond?«

Pino überlegte, dann sagte er: »Nicht über die Wand am Kessel, aber alles andere bis dahin denke ich schon.«

»Wie viel länger würde das dauern?«

»Vielleicht eine Stunde. Warum?«

Pater Re holte tief Luft und sagte: »Ich habe für eine Antwort auf diese Frage gebetet, Pino. Ein Teil von mir möchte, dass du im Ungewissen bleibst, um die Dinge einfacher zu halten und damit du dich auf deine Aufgabe konzentrieren kannst und nichts weiter. Doch Gott macht das Leben nicht einfach, oder? Wir können nicht nichts sagen. Wir können nicht nichts tun.«

Pino war verwirrt. »Pater?«

»Die drei Gäste im Speisesaal. Hast du mit ihnen gesprochen?«

»Nein«, sagte er, »aber ich habe gehört, dass sie etwas über Meina gesagt haben.«

Pater Re wirkte traurig und schmerzerfüllt. »Vor zwei Wochen sind am südlichen Lago Maggiore mehr als fünfzig Juden umgebracht worden. In Meina hatten sechzehn Juden in einem Hotel Zuflucht gefunden, sie wurden alle festgenommen. Die SS hat sie mitten in der Nacht abgeholt. Sie wurden erschossen und in den See geworfen.«

Pino spürte, wie sich sein Magen verkrampfte. »Was? Warum?«

»Weil sie Juden waren.«

Pino wusste, dass Hitler die Juden hasste. Er hatte auch Italiener kennengelernt, die keine Juden mochten und abfällige Dinge über sie sagten. Doch sie kaltblütig ermorden? Nur wegen ihrer Religion? Das war mehr als barbarisch.

»Das verstehe ich nicht.«

»Ich auch nicht, Pino. Aber es ist jetzt klar, dass die Juden Italiens in großer Gefahr sind. Ich sprach heute Morgen darüber mit Kardinal Schuster am Telefon.«

Pater Re erzählte, dass der Kardinal ihm berichtet habe, die Nazis hätten nach dem Meina-Massaker die noch in Roms Getto verbliebenen Juden gezwungen, innerhalb von sechsunddreißig Stunden fünfzig Kilo Gold für ihre Sicherheit zu zahlen. Die Juden hatten das Gold aus ihren eigenen Beständen und mithilfe vieler Katholiken zusammenbekommen. Doch nachdem der Schatz ausgehändigt worden war, hatten die Deutschen die Synagoge durchsucht und eine Liste aller Juden in Rom gefunden.

Der Priester hielt inne und sagte dann mit gequältem Gesichtsausdruck: »Kardinal Schuster sagt, die Nazis hätten eine spezielle SS-Einheit herbeibeordert, um die Juden auf dieser Liste zu jagen.«

»Wozu?«, fragte Pino.

»Um sie zu töten. Alle.«

Vor diesem Augenblick hätte sich Pino so etwas nicht einmal im entlegensten und verstörendsten Teil seines jungen Verstandes vorstellen können. »Das ist … böse.«

»Es ist böse«, bestätigte Pater Re.

»Woher weiß Kardinal Schuster von diesen Dingen?«

»Vom Papst«, sagte Pater Re. »Seine Heiligkeit hat dem Kardinal gesagt, dass der deutsche Botschafter im Vatikan es ihm berichtet hat.«

»Kann der Papst es nicht stoppen? Es der Welt mitteilen?«

Pater Re sah zu Boden, seine Knöchel weiß geknetet. »Der Heilige Vater und der Vatikan sind von Panzern und der SS umstellt, Pino. Es wäre Selbstmord, wenn der Papst sich jetzt öffentlich äußern würde. Das würde die Invasion und Zerstörung von Vatikanstadt bedeuten. Doch er hat heimlich mit den Kardinälen gesprochen. Durch sie hat er alle Katholiken in Italien dazu aufgefordert, ihre Türen für jeden zu öffnen, der Zuflucht vor den Nazis sucht. Wir werden die Juden verstecken, und wenn wir können, dann werden wir ihnen zur Flucht verhelfen.«

Pino spürte, wie sein Herz schneller schlug. »Zur Flucht wohin?«

Pater Re blickte auf. »Warst du jemals am anderen Ende des Val di Lei, auf der anderen Seite des Groppera, hinter dem See?«

»Nein.«

»Dort ist ein Dreieck aus dichtem Wald«, sagte der Priester. »Die ersten zweihundert Meter in das Dreieck hinein sind die Bäume und der Boden italienisch. Doch dann wird Italien immer schmaler und das ganze Land herum wird zur Schweiz, neutraler Boden, Sicherheit.«

Pino sah die Übungen der letzten paar Wochen auf einmal in einem anderen Licht, er war aufgeregt und erfüllt von dem Gedanken an eine neue Aufgabe. »Wollt Ihr, dass ich sie führe, Pater?«, fragte Pino. »Die drei Juden?«

»Drei Kinder Gottes, die er liebt«, sagte Pater Re. »Willst du ihnen helfen?«

»Natürlich. Ja.«

Der Priester legte die Hand auf Pinos Schulter. »Du musst aber wissen, dass du damit dein Leben riskierst. Nach den neuen Gesetzen der Deutschen ist es ein Akt des Verrats, einem Juden zu helfen, und wird mit dem Tode bestraft. Wenn du erwischt wirst, dann werden sie dich womöglich erschießen.«

Als er das hörte, musste Pino schlucken, und er spürte, wie er innerlich bebte, doch dann blickte er zu Pater Re und sagte: »Riskiert Ihr nicht schon Euer Leben, weil sie hier sind in der Casa Alpina?«

»Und das Leben der Jungen«, sagte der Priester mit ernstem Gesicht. »Doch wir müssen allen Flüchtlingen helfen, die vor den Deutschen fliehen. Der Papst denkt so. Kardinal Schuster denkt so. Und ich tue es auch.«

»Ich auch, Pater«, sagte Pino und war auf eine Weise berührt, wie er es nie zuvor erlebt hatte. Es war das Gefühl, einem großen Unrecht etwas entgegenzusetzen.

»Gut«, sagte Pater Re mit glänzenden Augen. »Ich hatte Vertrauen, dass du helfen willst.«

»Das tue ich«, sagte Pino und fühlte sich bestärkt. »Ich gehe jetzt besser schlafen.«

»Ich werde dich um Viertel nach zwei wecken. Bruder Bormio wird euch um halb drei Essen geben. Um drei geht ihr los.« Pino verließ die Kapelle mit dem Gefühl, dass er sie als Junge betreten hatte und jetzt als Mann verließ. Er hatte die Entscheidung getroffen, ein Mann zu werden. Die drohende Strafe dafür, den Juden zu helfen, ängstigte ihn, doch er würde es trotzdem tun.

Vor der Casa Alpina blieb er einen Moment stehen, blickte nach Nordosten auf die Flanke des Groppera und begriff, dass er jetzt die Verantwortung für drei Menschenleben in den Händen hielt. Das junge Paar. Der Raucher. Sie hingen auf diesem letzten Teil ihrer Flucht von ihm ab.

Pino schaute an der massiven Felsspitze des Groppera hinauf, deren Umrisse im Mondlicht sichtbar waren, zu den Sternen und der schwarzen Leere dahinter.

»Lieber Gott«, flüsterte er. »Hilf mir.«

Acht

Pino war bereits seit zehn Minuten auf und fertig angezogen, als Pater Re kam, um ihn zu wecken. Bruder Bormio machte Hafergrütze mit Pinienkernen und Zucker und legte Dörrfleisch und Käse bereit.

Der Raucher und das junge Paar aßen bereits, als Pater Re mit Pino zu ihnen trat und ihm die Hände auf die Schultern legte.

»Das ist Pino, er wird Sie führen«, sagte der Priester. »Er kennt den Weg.«

»So jung«, sagte der Raucher. »Gibt es niemanden, der älter ist?«

»Pino ist sehr erfahren und gewandt in den Bergen, vor allem an diesem Berg«, sagte Pater Re. »Ich bin sicher, dass er es schafft, Sie dahin zu bringen, wo Sie hinwollen. Oder Sie suchen sich einen anderen Bergführer. Doch seien Sie gewarnt: Es gibt manche darunter, die Ihr Geld nehmen werden und Sie dann den Nazis übergeben. Wir wünschen nur, dass Sie eine sichere Zuflucht finden.«

»Wir gehen mit Pino«, sagte der jüngere Mann, und die Frau nickte.

Der Ältere, der Raucher, wirkte nicht überzeugt.

»Wie heißen Sie?«, fragte Pino und schüttelte dem jüngeren Mann die Hand.

»Verwenden Sie die Namen, die man Ihnen gegeben hat«, sagte Pater Re. »Die in Ihren Papieren stehen.«

Die Frau sagte: »Maria.«

»Ricardo«, sagte ihr Mann.

»Luigi«, sagte der Raucher.

Pino setzte sich und aß mit ihnen. »Maria« sprach mit leiser Stimme, doch sie wirkte fröhlich. »Ricardo« war Lehrer in Genua gewesen. »Luigi« handelte in Rom mit Zigarren. Pino spähte irgendwann kurz unter den Tisch und sah, dass keiner von ihnen Stiefel trug, doch ihre Schuhe schienen ausreichend robust zu sein.

»Ist der Weg gefährlich?«, fragte Maria.

»Machen Sie einfach das, was ich Ihnen sage, und es wird gut gehen«, sagte Pino. »In fünf Minuten?«

Sie nickten. Er stand auf, um die Teller abzuräumen. Er brachte sie zu Pater Re und sagte mit leiser Stimme: »Pater, wäre es nicht einfacher für sie, wenn ich sie über die Engelsstufe ins Val di Lei bringe?«

»Das wäre einfacher«, sagte Pater Re. »Doch wir haben diesen Weg erst vor ein paar Wochen benutzt und ich möchte keine Aufmerksamkeit erregen.«

»Das verstehe ich nicht«, sagte Pino. »Wer hat ihn benutzt?«

»Giovanni Barbareschi, der Seminarist«, sagte Pater Re. »Kurz bevor du aus Mailand heraufkamst, war hier ein anderes Paar mit seiner Tochter auf der Flucht. Barbareschi und ich machten einen Plan. Er führte die Familie und zwanzig Jungen, einschließlich Mimmo, auf einer Tageswanderung über die Engelsstufe ins Val di Lei. Zwischen dem hinteren Ufer des Sees und dem Wald machten sie ein Picknick. Vierundzwanzig Leute wanderten hin, einundzwanzig kehrten zurück.«

»Niemand hätte den Unterschied bemerkt«, sagte Pino anerkennend. »Selbst wenn die Gruppe von Weitem gesehen worden wäre.«

Pater Re nickte. »Genau das war unsere Überlegung. Aber es ist nicht praktisch, solche großen Gruppen zu schicken, vor allem bei dem herannahenden Winter.«

»Je weniger, desto besser«, sagte Pino und spähte dann über seine Schulter. »Pater, ich werde mein Bestes versuchen, um sie verborgen zu halten, doch es gibt viele Stellen, an denen wir keine Deckung haben.«

»Einschließlich der ganzen Länge des Val di Lei, was es besonders gefährlich für dich macht, denn du wirst einen Teil des Weges über die offene Fläche zurückkehren. Doch solange die Deutschen weiter auf den Passstraßen patrouillieren und keine Flugzeuge benutzen, um die Grenze zu überwachen, solltest du zurechtkommen.«

Pino war überrascht, als Pater Re ihn umarmte. »Geh mit Gott an deiner Seite, mein Sohn, bei jedem Schritt deines Weges.«

Bruder Bormio half Pino, den Rucksack auf den Rücken zu hieven. Vier Liter Wasser. Vier Liter gesüßten Tee. Essen. Ein Seil. Eine topografische Karte. Der Anorak. Ein Wollpullover und eine Mütze. Streichhölzer und Holzwolle, um ein Feuer in einem kleinen Stahlkanister anzumachen. Eine kleine Grubenlampe mit Trockenkarbid. Ein Messer. Ein kleines Beil.

Insgesamt wog das Gepäck zwanzig, vielleicht fünfundzwanzig Kilo. Aber Pino war seit dem Tag seiner Ankunft in der Casa Alpina mit Gewicht auf dem Rücken geklettert, daher fühlte es sich normal an. Er nahm an, dass das Pater Res Absicht gewesen war. Natürlich war es so, der Priester musste das alles seit Wochen geplant haben.

»Gehen wir«, sagte Pino.

* * *

Die vier traten hinaus in die kühle Herbstnacht. Der Himmel war kristallklar, der Mond stand noch hoch im Süden und warf sein schwaches Licht über die westliche Flanke des Groppera. Pino führte sie zuerst den Karrenweg hinab, um sie aus dem Licht der Gaslaterne vor der Schule zu bekommen. Dann ließ er sie anhalten, damit sich ihre Augen an das Licht gewöhnen konnten.

»Ab jetzt sprechen wir nur noch im Flüsterton«, sagte Pino mit unterdrückter Stimme und zeigte hinauf zum Berg. »Dort gibt es Stellen, wo Geräusche weithin hallen, deshalb werden wir uns behutsam bewegen und leise wie eine Maus, haben Sie verstanden?«

Er sah sie nicken. Luigi entzündete ein Streichholz für eine Zigarette.

Pino wurde wütend, doch er merkte schnell, dass er sich kontrollieren musste. Er machte einen großen Schritt zu dem Raucher und zischte: »Machen Sie das aus. Eine Flamme kann Hunderte von Metern weit gesehen werden, mit einem Fernglas noch weiter.«

»Ich muss rauchen«, sagte Luigi. »Das beruhigt mich.«

»Erst, wenn ich es Ihnen sage. Oder Sie kehren um und suchen sich einen anderen Führer, und ich nehme nur die beiden mit.«

Luigi zog ein letztes Mal an der Zigarette, ließ die Kippe fallen und zerdrückte sie. »Geh vor«, sagte er verärgert.

Pino riet ihnen, sich auf ihr peripheres Sehen zu verlassen, während er sie in dem schwachen Licht am Rande des Hanges entlang über das Plateau von Motta nach Norden führte, bis sie am Ende der Fläche zu einem ungefähr fünfzig Zentimeter breiten Pfad kamen, der seitlich mehrere steile Abhänge querte. Er rollte das Seil auseinander und knüpfte vier Hüftschlingen hinein, zwischen denen er jeweils einen Abstand von ungefähr drei Metern ließ.

»Trotz Seil möchte ich, dass Sie sich mit der rechten Hand an der Felswand festhalten oder an dem Gestrüpp, das daran wächst«, sagte Pino. »Wenn Sie etwas zum Festhalten spüren, zum Beispiel ein kleines Bäumchen, dann prüfen Sie zunächst seinen Halt, bevor Sie ihm Ihr Gewicht anvertrauen. Noch besser ist es, wenn Sie Ihre Hände und Füße dahin setzen, wo ich es tue. Ich weiß, dass es dunkel ist, doch Sie werden es an meinen Umrissen erkennen können.«

»Ich gehe hinter dir«, sagte Ricardo. »Maria, du bist direkt hinter mir.«

»Bist du sicher?«, sagte Maria. »Pino?«

»Ricardo, von hinten können Sie Ihre Frau besser unterstützen. Maria sollte als Dritte gehen und Luigi direkt hinter mir.«

Das verärgerte Ricardo. Er erhob seine Stimme: »Aber ich …«

»Es ist sicherer für Ihre Frau und für uns alle, wenn die Stärksten an den Enden des Seils sind«, beharrte Pino. »Oder wissen Sie mehr als ich über diese Berge und das Klettern?«

»Mach, was er sagt«, forderte Maria. »Die Stärksten hinten und vorn.«

Pino spürte, dass Ricardo in einer Zwickmühle war, einerseits verärgert, weil ein Siebzehnjähriger ihm Anweisungen gab, doch zugleich davon geschmeichelt, der Stärkste genannt zu werden.

»In Ordnung«, sagte er. »Ich bin der Anker.«

»*Perfetto*«, sagte Pino, nachdem sie in die Schlingen gestiegen waren.

Er legte seine behandschuhte rechte Hand an den Felsen und ging los. Auch wenn der Weg an den meisten Stellen breit genug für einen normalen Gang war, stellte er sich den Pfad auf der linken Seite fünfzehn Zentimeter schmaler vor und bewegte sich nah an der Wand. Es wäre das Schlimmste, was ihnen passieren könnte, wenn einer von ihnen über die Kante abrutschen würde. Vielleicht hätten sie Glück und das Gewicht der drei anderen würde ausreichen, um sie alle am Berg zu halten. Oder sie hätten kein Glück und eine zweite Person würde nachrutschen und dann eine dritte. Der Hang unter ihnen hatte ein Gefälle von fast vierzig Grad. Scharfe Felsen und Alpensträucher würden Hackfleisch aus ihnen machen, wenn sie alle hinabstürzten.

Er führte sie geschmeidig wie eine Katze, behutsam schleichend und selbstsicher. Fast eine Stunde gingen sie so, bis sie ungefähr oberhalb des Dorfes Madesimo waren, als Luigi zu husten und zu spucken begann. Pino war gezwungen, anzuhalten.

»*Signore*«, flüsterte er. »Ich weiß, Sie können nichts dafür, aber husten Sie doch in Ihre Armbeuge, wenn Sie unbedingt müssen. Das Dorf liegt direkt unter uns, und wir können es nicht riskieren, von den falschen Ohren gehört zu werden.«

Der Zigarrenhändler flüsterte: »Wie weit ist es noch?«

»Die Entfernung spielt keine Rolle. Denken Sie nur an den nächsten Schritt.«

Fünfhundert Meter weiter waren die Hänge, die sie querten, weniger steil und der Pfad wurde angenehmer.

»War das jetzt das Schlimmste davon?«, fragte Luigi.

»Das war das Beste davon«, sagte Pino.

»Was?«, rief Maria in leisem Entsetzen.

»Ich habe gescherzt«, sagte Pino. »Das war das Schlimmste.«

* * *

Im Morgengrauen überquerten sie die Alpenwiesen hoch über Madesimo auf ihrem Weg nach oben. Das Berggras, das Pino an Annas Haar erinnert hatte, war jetzt samenlos und verdorrte. Pino drehte sich um und blickte über das Tal hinweg zu dem zerklüfteten Massiv, das sich auf der gegenüberliegenden Seite erhob. Er fragte sich, ob dort so weit oben deutsche Soldaten wären, die den Groppera durch ihre Feldstecher beobachteten. Pino hielt es für unwahrscheinlich, doch er führte die drei an den Rand der Wiese, wo sie im Schatten der Bäume weiter aufsteigen konnten, bis diese Felsen und kargem Wacholder wichen, die ihnen nur noch wenig Deckung boten.

»Wir müssen jetzt schneller gehen«, sagte er. »Solange die Sonne noch hinter dem Gipfel ist, gibt es oben im Kessel Schatten, was uns helfen wird. Aber die Sonne wird uns bald erreichen.«

Als sie in das Becken am Boden des Nordkessels kamen, hielten Ricardo und Maria mit Pino Schritt. Luigi, der Raucher, blieb zurück. Ihm lief der Schweiß von der Stirn und wegen der dünnen Luft hatte er Probleme beim Atmen. Pino musste seinetwegen zweimal zurückgehen, während sie auf dem uralten Pfad zur Rückwand des Beckens Felder mit eiszeitlichem Geröll überwanden.

Pino und das junge Paar ruhten sich aus und warteten auf den Zigarrenhändler, der hustete, spuckte und sich im Schneckentempo vorwärtsbewegte. Er stank nach frischem Tabakrauch, als er sich auf einen flachen Felsen neben Pino legte und stöhnte.

Pino holte den gesüßten Tee, Dörrfleisch und Brot aus seiner Tasche. Luigi verschlang gierig seine Portion. Das junge Paar tat es ihm nach. Pino wartete, bis sie fertig waren, dann aß und trank er eine kleinere Menge. Er wollte sich etwas zu essen für seinen Rückweg aufbewahren.

»Wohin jetzt?«, fragte Luigi, als wäre er sich erst in diesem Moment seiner Umgebung bewusst geworden.

Pino zeigte auf den Ziegenpfad, der in einer scharfen Abfolge steiler Zickzackkurven die Wand hinaufführte.

Dem Mann fiel die Kinnlade herunter. »Da kann ich nicht hinaufklettern.«

»Natürlich können Sie das«, entgegnete Pino. »Machen Sie einfach das, was ich tue.«

Luigi warf die Hände in die Luft. »Nein. Ich kann das nicht. Ich werde das nicht. Lasst mich einfach hier. Der Tod kommt früher oder später zu mir, egal, was ich auch tue, um ihn aufzuhalten.«

Für einen Moment wusste Pino nicht, was er tun sollte. Dann fragte er: »Wer sagt denn, dass Sie sterben werden?«

»Die Nazis«, erwiderte der Raucher, hustete trocken und zeigte dann den Pfad hinauf. »Und dieser Weg sagt, dass Gott mich eher früher als später sterben lassen will. Doch ich werde nicht da hinaufgehen und abstürzen und in meinen letzten Augenblicken auf Felsen aufprallen. Ich werde hier sitzen und rauchen und darauf warten, dass der Tod zu mir kommt. Dieser Platz ist dafür gut genug.«

»Nein, Sie kommen mit uns«, sagte Pino.

»Ich bleibe hier«, widersprach Luigi entschlossen.

Pino schluckte und sagte: »Pater Re hat mir aufgetragen, Sie ins Val di Lei zu bringen. Es würde ihm gar nicht gefallen, wenn ich Sie hierlasse, deshalb kommen Sie mit. Mit mir.«

»Du kannst mich nicht dazu zwingen, Junge«, erwiderte Luigi.

»Doch, das kann ich«, sagte Pino wütend und machte einen entschlossenen Schritt auf den Mann zu, »und das werde ich auch.« Er richtete sich drohend über dem Raucher auf, der die Augen weit aufriss. Selbst mit seinen siebzehn Jahren war Pino viel größer als Luigi. Er konnte sehen, wie sich das im Gesicht des Zigarrenhändlers widerspiegelte, das sich jetzt vor Angst verzerrte, als er erneut auf die steilen Felswände des Kessels blickte.

»Verstehst du nicht?«, sagte er resigniert. »Ich kann es wirklich nicht. Ich habe keinerlei Hoffnung, dass ich es …«

»Aber ich«, unterbrach ihn Pino und versuchte, ein Knurren in seine Stimme zu legen.

»Bitte lass mich …«

»Nein«, sagte Pino. »Ich verspreche, dass Sie da hoch und hinüber ins Val di Lei kommen, und wenn ich Sie dahin tragen muss.«

Luigi schien von Pinos Entschlossenheit überzeugt. Mit bebenden Lippen fragte er: »Versprochen?«

»Versprochen«, erwiderte Pino und schüttelte ihm die Hand.

Er ließ sie wieder eine Seilschaft bilden mit Luigi direkt hinter ihm, gefolgt von Maria und ihrem Mann.

»Bist du sicher, dass ich nicht abstürze?«, fragte der Zigarrenhändler hörbar verängstigt. »Ich habe niemals auch nur etwas Annäherndes getan. Ich habe mein Leben in Rom verbracht.«

Pino dachte kurz nach, dann sagte er: »Okay, dann sind Sie bestimmt in römischen Ruinen herumgeklettert?«

»Ja, aber …«

»Und auf diesen steilen, schmalen Treppen im Kolosseum?«

Luigi nickte. »Ja, oft.«

»Das hier ist nicht schlimmer.«

»Ist es doch.«

»Ist es nicht«, sagte Pino. »Stellen Sie sich einfach vor, dass Sie im Kolosseum sind und über die Sitze und Stufen gehen. Sie werden das schaffen.«

Luigi wirkte skeptisch, doch er kämpfte nicht gegen das Seil an, als Pino den ersten Schritt nach oben machte. Pino plauderte die ganze Zeit beiläufig mit dem Raucher, sagte ihm, dass er ihn zwei Zigaretten rauchen lassen würde, wenn sie oben ankämen, und riet ihm, mit den Fingern der einen Hand am Hang entlangzustreichen, während sie nach oben kletterten.

»Nehmen Sie sich Zeit«, sagte er. »Schauen Sie voraus, nicht nach unten.«

Als der Weg steiler wurde und die Wand fast senkrecht war, lenkte Pino Luigi mit der Geschichte ab, wie sein Bruder und er die erste Nacht der Bombardierung in Mailand überlebt hatten und nach Hause kamen und feststellten, dass dort musiziert wurde.

»Dein Vater ist ein weiser Mann«, sagte der Zigarrenhändler. »Musik. Wein. Eine Zigarre. Die kleinen Kostbarkeiten des Lebens sind es, womit wir das ertragen, was der Verstand nicht fassen kann.«

»Hört sich an, als würden Sie in Ihrem Geschäft viel nachdenken«, sagte Pino und wischte sich den Schweiß aus den Augen.

Luigi lachte. »Viel nachdenken. Viel reden. Viel lesen. Das ist …« Die Freude wich aus seiner Stimme. »Das war mein Zuhause.«

* * *

Sie waren jetzt hoch oben in der Wand des Kessels und der kniffligste Teil des Kletterns lag direkt vor ihnen: Der Weg führte wie ein V zwei Meter scharf nach rechts in eine steil abfallende Spalte in der Felswand und dann drei Meter wieder scharf nach links. Die Herausforderung war psychologischer Art, denn der Weg durch die Spalte war ausreichend breit. Doch die dreißig Meter Luft direkt neben dem Weg konnten selbst das Standvermögen eines erfahrenen Kletterers erschüttern, wenn er zu lange hinsah.

Pino beschloss, sie nicht zu warnen, und sagte: »Erzählen Sie mir von Ihrem Laden.«

»Oh, er war sehr schön«, sagte Luigi. »Er war direkt an der Piazza di Spagna am Fuße der Spanischen Treppe. Kennst du die Gegend?«

»Ich war schon mal an der Spanischen Treppe«, antwortete Pino, zufrieden, dass Luigi nicht gezögert hatte, ihm zu folgen. »Das ist ein schönes Viertel dort. Es gibt viele elegante Geschäfte.«

»Ein wunderbarer Ort für Geschäfte«, sagte Luigi.

Pino schritt durch die Rückseite des V. Er und der Zigarrenraucher befanden sich jetzt auf den gegenüberliegenden Seiten der Spalte. Wenn Luigi jemals nach unten blickte, dann jetzt. Als Pino sah, wie Luigi den Kopf drehte, um genau das zu tun, forderte er ihn auf: »Beschreiben Sie mir Ihren Laden.«

Luigis Blick traf Pinos. »Gebeizte Holzböden und Theken«, sagte er, grinste und folgte dem abknickenden Weg mit Leichtigkeit. »Gesteppte Ledersessel. Und ein achteckiger Humidor, den meine verstorbene Ehefrau und ich selbst entworfen haben.«

»Ich wette, der Laden roch gut.«

»Ganz wunderbar. Ich hatte darin Zigarren und Tabak aus der ganzen Welt. Und getrockneten Lavendel, Pfefferminzbonbons und Sen-Sen. Und ausgezeichneten Brandy für meine Lieblingskunden. Ich hatte so viele gute und loyale Kunden. Eigentlich waren sie meine Freunde. Der Laden war wie ein Klub, bis vor Kurzem. Selbst die verdammten Deutschen haben bei mir gekauft.«

Sie waren alle heil durch die Spalte gekommen und stiegen nun weiter schräg hinauf zum Rand.

»Erzählen Sie mir von Ihrer Frau«, sagte Pino.

Für kurze Zeit war es still hinter ihm und er spürte einen Widerstand am Seil, bevor Luigi sagte: »Meine Ruth war die schönste Frau, die ich je gesehen habe. Wir haben uns in der Synagoge kennengelernt, als wir zwölf waren. Warum sie mich genommen hat, werde ich nie erfahren, aber das hat sie. Es stellte sich heraus, dass wir keine Kinder bekommen konnten, doch wir haben zwanzig wunderbare Jahre miteinander verbracht, bis sie eines Tages krank wurde, und noch kranker am nächsten und am übernächsten. Die Ärzte sagten, ihr Verdauungssystem habe sich umgekehrt, und sie konnten nicht verhindern, dass sie davon eine tödliche Vergiftung erlitt.«

Pino musste plötzlich an Signora Beltramini denken und fragte sich, wie es ihr ging, und Carletto und seinem Vater.

»Das tut mir leid«, sagte er und kletterte über die Kante nach oben.

»Es ist jetzt sechs Jahre her«, fuhr Luigi fort, während Pino erst ihm hochhalf und dann dem Paar. »Und es vergeht keine Stunde, in der ich nicht an sie denke.«

Pino schlug dem Zigarrenhändler auf den Rücken und lächelte. »Sie haben es geschafft. Wir sind oben.«

»Was?«, sagte Luigi und blickte sich verwundert um. »Das war's?«

»Das war's«, sagte Pino.

»Es war gar nicht so schlimm.« Luigi schaute erleichtert zum Himmel.

»Das habe ich Ihnen ja gesagt. Wir können uns da vorn ausruhen. Da ist aber etwas, das ich Ihnen zuerst zeigen möchte.«

Er führte sie an eine Stelle, von wo sie über die Rückwand des Groppera blicken konnten.

»Willkommen am Val di Lei«, sagte er.

Der Hang des Alpentals war hier flach im Vergleich zur Westseite des Berges und mit niedrigen, windgekrümmten Gebirgssträuchern bedeckt, deren Blätter sich rostfarben, orange und gelb verfärbten. Tief unten im Tal konnten sie seinen Namensgeber sehen. Der Lago di Lei war weniger als zweihundert Meter breit und vielleicht achthundert lang und verlief von Süden nach Norden zu dem bewaldeten Dreieck, das Pater Re beschrieben hatte.

Normalerweise war die Oberfläche des Sees silberblau, doch an diesem Tag reflektierte sie die flammenden Farben des Herbstes. Am Ufer verlief eine felsige Erhebung ein ganzes Stück nach Süden in Richtung Passo Angeloga und zu dem

Steinhaufen, wo Pino am ersten Tag seines Trainings umgekehrt war. Sie folgten einem Wildpfad neben einem Bach nach unten, der sich aus dem Gletschereis auf den höchsten Gipfeln speiste.

Ich habe es geschafft, dachte Pino und fühlte sich glücklich und zufrieden. *Sie haben auf mich gehört und ich habe sie über den Groppera gebracht.*

»Ich war noch niemals irgendwo, wo es schöner war als hier«, sagte Maria, als sie den See erreicht hatten. »Es ist unglaublich. Es fühlt sich an wie …«

»Freiheit«, warf Ricardo ein.

»Ein Moment, an den man sich erinnern sollte«, sagte Luigi.

»Sind wir schon in der Schweiz?«, fragte Maria.

»Fast«, sagte Pino. »Wir gehen dort hinten in den Wald, da ist die Grenze.«

Pino war noch nie weiter als bis zum See gekommen, deshalb war er ein wenig besorgt, als sie sich nach Norden wandten und auf den Wald zu gingen. Doch er erinnerte sich an Pater Res Beschreibung, wo er den Pfad finden würde, und bald entdeckte er ihn.

Das dichte Gehölz aus Tannen und Fichten war fast wie ein Labyrinth. Die Luft war hier kühler und der Boden weicher. Sie waren sechseinhalb Stunden geklettert, doch niemand wirkte erschöpft.

Pinos Herz schlug schneller bei dem Gedanken, dass er diese Leute in die Schweiz geführt hatte. Er hatte ihnen bei der Flucht geholfen vor den …

Ein großer, bärtiger Mann trat drei Meter vor ihnen hinter einem Baum hervor. Er zielte mit einer doppelläufigen Flinte auf Pinos Kopf.

Neun

In panischer Angst riss Pino die Arme hoch. Genauso taten es seine drei Schützlinge.

»Bitte …«, begann Pino.

Der Mann knurrte über den Lauf seines Gewehrs hinweg: »Wer hat euch geschickt?«

»Pater …«, stotterte Pino, »Pater Re.«

Es verging ein langer Moment, während die Augen des Mannes von Pino zu den anderen huschten. Dann senkte er das Gewehr. »Wir müssen vorsichtig sein in diesen Zeiten, nicht wahr?«

Pino ließ die Arme sinken, er fühlte sich krank und schwach auf den Beinen. Eiskalter Schweiß lief ihm den Rücken hinunter. Noch nie zuvor war mit einer Waffe auf ihn gezielt worden.

Luigi fragte: »Werden Sie uns jetzt helfen, *Signore* …?«

»Mein Name ist Bergström«, sagte der Mann. »Ich übernehme Sie ab hier.«

»Wohin bringen Sie uns?«, fragte Maria gereizt.

»Das Tal hinunter zum Schweizer Dorf Innerferrera«, sagte Bergström. »Dort sind Sie in Sicherheit und dann können wir über Ihre weitere Reise nachdenken.« Bergström nickte Pino zu. »Meine besten Grüße an Pater Re.«

»Werde ich ausrichten«, versprach Pino und wandte sich dann an seine drei Gefährten. »Viel Glück.«

Maria umarmte ihn. Ricardo schüttelte ihm die Hand. Luigi nahm aus seiner Tasche eine kleine Metallröhre mit Drehverschluss. Er reichte sie Pino. »Es ist eine Kubanische«, sagte er.

»Das kann ich nicht annehmen.«

Luigi sah ihn beleidigt an. »Glaubst du, ich wüsste nicht, wie du mich das letzte Stück hochbekommen hast? Eine feine Zigarre wie diese ist schwer zu bekommen, und ich gebe sie nicht leichtfertig her.«

»Vielen Dank, *Signore*«, sagte Pino lächelnd und nahm die Zigarre entgegen.

Bergström sagte zu Pino: »Deine Sicherheit hängt davon ab, dass du ungesehen bleibst, vergiss das nicht. Sei vorsichtig, wenn du den Wald verlässt. Überprüfe die Hänge und das Tal genau, bevor du weitergehst.«

»Das werde ich.«

»Dann gehen wir jetzt«, sagte Bergström und drehte sich um.

Luigi tätschelte Pino den Rücken und ging hinterher. Ricardo lächelte ihn an. Maria sagte: »Hab ein gutes Leben, Pino.«

»Du auch.«

»Ich hoffe, wir müssen nicht klettern«, hörte er Luigi zu Bergström sagen, als sie zwischen den Bäumen verschwanden.

»Hinabklettern ist nicht wie Hinaufklettern«, erwiderte Bergström.

Danach hörte Pino nur noch das Knacken eines Astes, einen rollenden Stein und dann nichts mehr außer dem Wind in den Fichten. Obwohl er glücklich war, fühlte er sich sonderbar und völlig allein, als er sich umdrehte und zurück nach Italien ging.

Pino tat, wie ihm Bergström geraten hatte. Er blieb am Waldrand stehen, um das Tal und die Höhen darüber zu betrachten. Als er sich so sicher wie möglich war, dass ihn niemand beobachtete, ging er wieder los. Nach seiner Uhr war es fast Mittag. Er war jetzt seit fast neun Stunden unterwegs und er war müde.

Pater Re hatte seine Erschöpfung vorhergesehen und ihm gesagt, dass er nicht versuchen sollte, am selben Tag zurückzukehren. Stattdessen hatte er ihm befohlen, nach Südwesten zu einer alten Schäferhütte zu klettern, von denen es viele auf dem Berg gab. Dort sollte er die Nacht verbringen, bevor er am nächsten Morgen über Madesimo zur Casa Alpina zurückkehrte.

Während Pino in südlicher Richtung durch das Val di Lei wanderte, war er wohlauf und zufrieden. Sie hatten es geschafft. Pater Re und alle anderen, die den Flüchtlingen zur Casa Alpina geholfen hatten. Als ein Team hatten sie alle drei Menschen vor dem Tode gerettet. Sie hatten im Geheimen gegen die Nazis gekämpft und gewonnen!

Zu seiner Überraschung machten die vielen Gefühle, die ihn durchfluteten, ihn wieder frisch und munter. Er beschloss, die Nacht nicht in der Hütte zu verbringen, sondern sich nach Madesimo durchzukämpfen, um im Gasthaus zu übernachten und Alberto Ascari zu besuchen. Als er fast wieder auf dem Bergkamm angelangt war, hielt Pino an, um seine Beine auszuruhen und etwas zu essen.

* * *

Als er seine Rast beendet hatte, blickte er zurück ins Val di Lei und bemerkte vier winzige Gestalten, die auf der Felszunge am See nach Süden gingen. Pino beschattete seine Augen und versuchte, sie besser zu erkennen. Zuerst konnte er nichts an ihnen ausmachen, doch dann bemerkte er, dass sie alle Gewehre trugen.

Pino bekam ein mulmiges Gefühl in der Magengrube. Hatten sie gesehen, wie er mit drei Personen in den Wald hineingegangen und allein herausgekommen war? Waren das Deutsche? Warum liefen sie dort mitten im Nirgendwo herum?

Pino wusste keine Antworten auf seine Fragen und sorgte sich noch, als die vier Männer bereits aus seiner Sicht verschwunden waren. Er stieg den Ziegenpfad hinab und ging über die Alpenwiesen nach Madesimo. Es war fast vier Uhr nachmittags, als er in das Dorf kam. Eine Gruppe Jungen, darunter sein Freund Nicco, der Sohn des Gastwirts, spielte in der Nähe des Gasthauses. Pino wollte gerade eintreten und nach einem Zimmer fragen, als er Alberto Ascari bemerkte, der sichtlich erregt auf ihn zugelaufen kam.

»Vergangene Nacht war eine Gruppe Partisanen hier«, sagte Ascari. »Sie haben gesagt, dass sie gegen die Nazis kämpfen, aber sie haben nach Juden gefragt.«

»Juden?«, sagte Pino und wich seinem Blick aus. Dabei bemerkte er Nicco, der im hohen Gras hockte und etwas aufhob, das auf die Entfernung von fast vierzig Metern wie ein großes Ei aussah. »Was habt ihr gesagt?«

»Wir haben ihnen gesagt, dass es hier keine Juden gibt. Was glaubst du, warum …«

Nicco hielt das Ei hoch, um es seinen Freunden zu zeigen. Auf einmal wurde das Ei zu einem Blitz aus Feuer und Licht, einen Sekundenbruchteil, bevor die Wucht der Explosion Pino traf wie der Tritt eines Esels.

Fast wäre er umgefallen, doch er blieb schwankend stehen, desorientiert und verwirrt. Auch wenn es ihm noch in den Ohren dröhnte, konnte er das Schreien der Kinder hören. Pino taumelte zu ihnen. Die Jungen, die nahe bei Nicco gestanden hatten, lagen auf dem Boden. Einer hatte eine Hand verloren. Die Augen eines anderen waren nur noch blutige Höhlen. Ein Teil von Niccos Gesicht und fast sein ganzer rechter Arm waren nicht mehr da. Blut spritzte in alle Richtungen und sammelte sich um den kleinen Jungen.

Völlig aufgelöst hob Pino Nicco hoch, sah, wie sich die Augen des Jungen nach hinten drehten, und rannte mit ihm zum Gasthaus, wo seine Eltern schon zur Tür herausgelaufen kamen. Der Junge krümmte sich und zuckte.

»Nein!«, schrie Niccos Mutter. Sie nahm ihren Sohn auf den Arm. Er zuckte erneut und sackte dann tot in ihren Armen zusammen. »Nein! Nicco! Nicco!«

Benommen vor Entsetzen und Fassungslosigkeit sah Pino, wie Niccos schluchzende Mutter in die Knie ging, den Körper ihres Sohnes auf den Boden bettete und ihn mit ihrem eigenen bedeckte – als würde sie sich über sein Kinderbett beugen. Pino stand eine Weile wie betäubt da und sah ihrem Wehklagen zu. Irgendwann blickte er an sich herab und stellte fest, dass er blutverschmiert war. Er sah sich um und bemerkte Dorfbewohner, die herangelaufen kamen, um die anderen Kinder zu versorgen. Der Gastwirt starrte verzweifelt zu seiner Frau und seinem toten Sohn.

»Es tut mir leid«, wimmerte Pino. »Ich konnte ihn nicht retten.«

Signor Conte sagte stumpf: »Es ist nicht deine Schuld, Pino. Diese Partisanen letzte Nacht müssen … Aber wer würde eine Handgranate liegen lassen, wo …?« Er schüttelte den Kopf und schluckte. »Kannst du Pater Re holen? Er muss den Körper meines Nicco segnen.«

Obwohl er mitten in der Nacht aufgestanden war und schon fast dreiundzwanzig Kilometer in steilem Gelände zurückgelegt hatte, war Pino entschlossen, den ganzen Weg zu rennen, als ob ihn seine Füße und die Geschwindigkeit allein von der Brutalität dessen befreien konnten, was er soeben erlebt hatte. Auf halbem Weg allerdings wurden der Geruch des Blutes an seiner Kleidung und die lebhaften Erinnerungen an Nicco, der damit geprahlt hatte, ein besserer Skiläufer zu sein als Pino, und den glühenden Blitz, der den kleinen Jungen mit sich riss, zu viel für ihn.

Pino blieb stehen, beugte sich vor und kotzte sich die Eingeweide aus dem Leib.

Wimmernd wankte er den Rest des Weges nach Motta, während das Tageslicht langsam nachließ.

* * *

Als Pino schließlich die Casa Alpina erreichte, war er aschfahl und völlig erschöpft. Pater Re erschrak, als Pino in den leeren Speisesaal kam.

»Ich habe dir doch gesagt, dass du …«, begann Pater Re, dann sah er Pinos blutige Kleider und kam taumelnd auf die Beine. »Was ist passiert? Geht es dir gut?«

»Nein, Pater«, sagte Pino und kümmerte sich nicht darum, dass er wieder zu weinen begann, während er dem Priester erzählte, was geschehen war. »Warum tut jemand so etwas? Eine Handgranate liegen lassen?«

»Ich habe keine Ahnung«, sagte Pater Re, während er seine Jacke nahm. »Was ist mit unseren Freunden, die du geführt hast?«

Die Erinnerung, wie Luigi, Ricardo und Maria im Wald verschwunden waren, schien bereits Jahre zurückzuliegen. »Ich habe sie Signor Bergström übergeben.«

Der Priester zog sich den Mantel an und griff nach seinem Stock. »Das ist immerhin ein Segen, etwas, wofür wir dankbar sein können.«

Pino berichtete ihm auch von den vier Männern mit Gewehren, die er gesehen hatte.

»Aber sie haben dich nicht gesehen?«

»Ich glaube nicht«, sagte Pino.

Pater Re beugte sich vor und legte die Hand auf Pinos Schulter. »Dann hast du es gut gemacht. Du hast es ganz richtig gemacht.«

Der Priester ging. Pino setzte sich auf eine Bank an einem leeren Tisch im Speisesaal. Er schloss die Augen und ließ den Kopf hängen, sah Niccos zerstörtes Gesicht und den fehlenden Arm und den Jungen, der erblindet war, und dann das tote Mädchen ohne Arm in der Nacht der ersten Bombardierung. Er konnte diese Bilder nicht abschütteln, so sehr er es auch versuchte. Sie wiederholten sich immer wieder, bis er meinte, verrückt zu werden.

»Pino?«, fragte Mimmo etwas später. »Geht es dir gut?«

Pino öffnete die Augen und sah seinen Bruder neben sich hocken.

Mimmo sagte: »Jemand hat erzählt, dass der kleine Sohn des Gastwirts gestorben ist, und zwei andere Jungen sterben vielleicht auch.«

»Ich habe es gesehen«, erwiderte Pino und begann erneut zu weinen. »Ich habe ihn im Arm gehalten.«

Sein Bruder schien wie erstarrt beim Anblick seiner Tränen, doch dann sagte er: »Komm schon, Pino. Machen wir dich sauber und schaffen dich ins Bett. Die kleineren Jungen sollten dich so nicht zu Gesicht kriegen. Sie sehen zu dir auf.«

Mimmo half ihm auf die Beine und den Flur entlang zum Waschraum. Pino zog sich die Kleider aus und blieb lange im lauwarmen Wasser, während er sich stumpf Niccos Blut von den Händen und vom Gesicht schrubbte. Es schien nicht wirklich zu sein. Doch das war es.

Pater Re weckte ihn am nächsten Morgen gegen zehn Uhr sanft auf. Für ein paar Augenblicke hatte Pino keine Ahnung, wo er war. Dann kam alles mit solcher Wucht zurück, dass es ihm erneut den Atem verschlug.

»Wie geht es den Contes?«

Die Miene des Priesters verdüsterte sich. »Es ist für alle Eltern ein schrecklicher Schlag, ein Kind zu verlieren. Doch auf diese Weise …«

»Er war so ein fröhlicher kleiner Junge«, sagte Pino verbittert. »Das ist nicht gerecht.«

»Es ist eine Tragödie. Die anderen zwei Jungen werden überleben, aber sie werden nicht mehr dieselben sein.«

Beide schwiegen eine Weile.

»Was machen wir, Pater?«

»Wir haben Vertrauen, Pino. Wir haben Vertrauen und machen weiter das, was richtig ist. Ich habe in Madesimo erfahren, dass wir heute Abend zwei neue Reisende als Essensgäste bekommen. Ruh dich heute aus. Morgen früh wirst du sie führen.«

* * *

In den folgenden Wochen wurde es zu einer festen Routine. Alle paar Tage läuteten zwei, drei oder manchmal vier Reisende die Glocke der Casa Alpina. Pino führte sie in den frühen Morgenstunden bei Mondlicht den Berg hinauf und benutzte die Grubenlampe nur, wenn der Himmel wolkenverhangen war oder bei Neumond. Auf diesen Touren ging er immer zu der Schäferhütte, nachdem er seine Schützlinge an Bergström übergeben hatte.

Es war eine einfache Hütte mit einem Unterbau aus geschichteten Steinen, der in den Hang hineingegraben war, einem schlichten Dach aus Rasensoden auf Balken und einer Tür, die an Lederriemen hing. Im Innern gab es eine Strohmatratze und einen Holzofen mit Spaltholz und einem Beil. Während jener Nächte in der Hütte fühlte Pino sich sehr einsam. Mehr als einmal versuchte er, sich mit Erinnerungen an Anna zu trösten, doch er konnte nur an die näher kommende Straßenbahn denken, die ihm die Sicht auf Anna versperrt hatte.

Seine Gedanken wurden dann allgemeiner und er dachte über Mädchen und die Liebe nach. Er hoffte, dass er beides in seinem Leben haben würde. Er fragte sich, wie sein Mädchen sein würde und ob sie die Berge so sehr mögen würde wie er und ob sie Skilaufen würde und noch hundert weitere Fragen ohne Antwort, was ihn verrückt machte.

Anfang November führte Pino einen Piloten der britischen Luftwaffe, der bei einem Bombenangriff auf Genua abgeschossen worden war. Eine Woche später half er einem zweiten abgestürzten Piloten, Signor Bergström zu erreichen. Und fast täglich kamen weitere Juden zur Casa Alpina.

In den düsteren Tagen des Dezembers 1943 wurde Pater Re immer unruhiger angesichts der zunehmenden Anzahl von deutschen Patrouillen auf der Straße zum Splügenpass.

»Sie werden misstrauisch«, erklärte er Pino. »Die Deutschen haben nicht viele Juden gefunden. Die Nazis wissen, dass ihnen geholfen wird.«

»Alberto Ascari sagte, dass es Gräueltaten gegeben hat, Pater«, sagte Pino. »Die Nazis haben Priester ermordet, die Juden geholfen haben. Sie haben sie direkt vom Altar weggezerrt, während sie die Messe lasen.«

»Das haben wir auch gehört«, bestätigte der Priester. »Aber wir können nicht aufhören, unsere Nächsten zu lieben, Pino, nur weil wir Angst haben. Wenn wir die Liebe verlieren, ist alles verloren. Wir müssen nur klüger werden.«

Am nächsten Tag ersannen Pater Re und ein Priester aus Campodolcino einen genialen Plan. Sie beschlossen, die Patrouillen der Deutschen zum Splügenpass zu beobachten, und sie improvisierten ein Kommunikationssystem.

In der Kapelle hinter der Casa Alpina verlief innen im Kapellturm ein Steg. Von dort aus konnten die Jungen durch Luken im Turm die obere Etage des Pfarrhauses fünfhundert Meter weiter unten in Campodolcino sehen und dabei vor allem ein Fenster. Wenn die Deutschen auf dem Splügenpass patrouillierten, war die Jalousie an diesem Fenster zugezogen. Wenn die Jalousie am Tage offen war oder in der Nacht eine Laterne zu sehen war, konnten Flüchtlinge sicher in Ochsenkarren den Berg hinauf nach Motta gebracht werden, verborgen unter Heuballen.

Als klar wurde, dass Pino nicht jeden Juden, abgestürzten Piloten oder politischen Flüchtling führen konnte, der auf der Suche nach einem Weg in die Freiheit zur Casa Alpina kam, begann er, einigen der anderen älteren Jungen die Routen beizubringen, Mimmo eingeschlossen.

Bis Mitte Dezember 1943 gab es keinen schweren Schneefall. Doch dann wurde es kalt und vom Himmel fiel der Schnee, dicht und häufig. Leichter Pulverschnee sammelte sich in den Rinnen und Kesseln des oberen Groppera und machten sie lawinenanfällig, was bald die bevorzugte Strecke ins Val di Lei und in die Schweiz versperrte.

Da viele der Flüchtlinge noch nie Kälte und Schnee erlebt und nicht die geringste Ahnung vom Bergsteigen hatten, riskierte es Pater Re, dass Pino, Mimmo und die anderen Bergführer die einfache Strecke über die Engelsstufe nahmen. Sie trugen jetzt Ski mit Steigfellen bei sich, um auf dem Rückweg schneller zu sein.

In der dritten Dezemberwoche verließen die Brüder die Casa Alpina und fuhren zu ihrer Familie nach Rapallo, um Weihnachten zu feiern und sich zu fragen, ob der Krieg wohl jemals zu Ende ging. Die Lellas hatten gehofft, dass die Alliierten Italien inzwischen befreit hätten. Doch die aus Bunkern, Panzerfallen und anderen Befestigungen bestehende sogenannte Gustavlinie der Deutschen hielt von der Stadt Monte Cassino bis zur Adria im Osten.

Der Vormarsch der Alliierten war zum Erliegen gekommen.

* * *

Während Pinos und Mimmos Rückfahrt in die Alpen kam der Zug auch durch Mailand. Einige Teile der Stadt waren kaum noch zu erkennen. Als Pino diesmal bei der Casa Alpina ankam, war er mehr als froh darüber, den Winter in den Alpen zu verbringen.

Er und Mimmo liebten das Skifahren und waren inzwischen wahre Profis darin. Sie benutzten Steigfelle unter den Skiern für den Aufstieg über die Hänge oberhalb der Schule und vollführten Schussfahrten durch den frischen Pulverschnee, der während ihrer kurzen Abwesenheit gefallen war. Beide Jungen liebten die Geschwindigkeit und den Nervenkitzel beim Skilaufen, doch für Pino war es mehr als nur Vergnügen. Den Berg herabzuschießen war für ihn wie Fliegen. Er fühlte sich wie ein Vogel auf Skiern. Es wärmte ihm das Herz und gab ihm ein Gefühl der Freiheit wie sonst nichts auf der Welt. Abends fiel Pino müde ins Bett, alles tat ihm weh, aber er war glücklich und freute sich schon auf die Abfahrten am nächsten Tag.

Alberto Ascari und seine Freundin Titiana hatten beschlossen, im Wirtshaus der Contes in Madesimo eine Silvesterfeier zu organisieren. In der Ferienwoche waren weniger Flüchtlinge angekommen und Pater Re gewährte Pino die Bitte, bei der Feier mitzumachen.

Aufgeregt ölte Pino seine Wanderstiefel, zog seine besten Kleider an und ging durch den leise fallenden Schnee, der alles neu und magisch wirken ließ, hinab nach Madesimo. Als er eintraf, legten Ascari und Titiana gerade letzte Hand an die Dekoration. Er verbrachte etwas Zeit mit den Contes, die noch immer um ihren Sohn trauerten, doch zugleich froh über den Umsatz und die Abwechslung waren, die ihnen die Feier bot.

Und was war das für ein Fest. Es gab doppelt so viele junge Damen wie Männer, und Pino war den Großteil des Abends als Tänzer gut beschäftigt. Das Essen war wunderbar: Schinkenspeck und Gnocchi und Polenta mit frischem

Montasio-Käse und Rehfleisch mit getrockneten Tomaten und Kürbiskernen. Wein und Bier flossen in Strömen.

Später am Abend tanzte Pino langsam mit Frederica und merkte, dass er kein einziges Mal an Anna gedacht hatte. Er fragte sich gerade, ob die Nacht perfekt mit einem Kuss von Frederica enden würde, als die Tür zum Wirtshaus aufflog. Vier Männer mit alten Gewehren und Schrotflinten traten ein. Sie waren schäbig gekleidet und trugen schmutzige rote Halstücher. Ihre eingefallenen Wangen waren rot von der Kälte und ihre tief liegenden Augen erinnerten Pino an streunende Hunde, die er nach Beginn des Bombardements gesehen hatte. Sie waren hinter jedem brauchbaren Fetzen her gewesen, den sie finden konnten.

»Wir sind Partisanen und kämpfen dafür, Italien von den Deutschen zu befreien«, verkündete einer von ihnen und leckte sich den linken Mundwinkel. »Wir brauchen Spenden, um den Kampf fortführen zu können.« Er war größer als die anderen und trug eine Wollmütze, mit der er zu den Partygästen winkte.

Niemand bewegte sich.

»Ihr Mistkerle!«, brüllte Signor Conte. »Ihr habt meinen Sohn umgebracht!«

Er ging auf den Anführer los, doch der wehrte den Gastwirt mit dem Kolben seines Gewehrs ab und schlug ihn zu Boden.

»Wir haben nichts dergleichen getan«, sagte er.

»Doch, das habt ihr, Tito«, rief Conte, der auf dem Boden lag und am Kopf blutete. »Du oder einer deiner Männer hat eine Handgranate liegen lassen. Mein Sohn hat gedacht, es sei ein Spielzeug, und sie aufgehoben. Er ist tot. Ein anderer Junge ist erblindet. Ein weiterer hat seine Hand verloren.«

»Wie schon gesagt«, erwiderte Tito, »davon wissen wir nichts. Spenden, *per favore*.«

Er hob sein Gewehr und schoss eine Kugel durch die Decke, was die Männer auf der Feier dazu veranlasste, ihre

Hosentaschen umzustülpen, und die jungen Damen, ihre Handtaschen zu öffnen.

Pino zog eine Zehn-Lira-Note aus der Tasche und streckte sie aus.

Tito nahm sie und blieb dann stehen, um ihn von oben bis unten zu mustern. »Hübsche Klamotten«, sagte er. »Dreh deine Taschen um.«

Pino rührte keinen Finger.

Tito sagte: »Los jetzt, oder wir ziehen dich nackt aus.«

Pino wollte ihn am liebsten schlagen. Stattdessen zog er eine Geldscheinklammer hervor, die sein Onkel Albert aus Leder und einem Magneten gefertigt hatte, nahm das Bündel Lira heraus und hielt es Tito hin.

Der pfiff und nahm das Geld. Dann trat er näher heran und betrachtete Pino, wobei eine Bedrohlichkeit von ihm ausging, die so intensiv war wie sein übler Körpergeruch und Atem. »Ich kenne dich«, sagte er.

»Nein, das tust du nicht.«

»Doch«, wiederholte er nah an Pinos Gesicht. »Ich habe dich mit meinem Fernglas gesehen. Ich habe dich mit vielen Fremden über den Passo Angeloga und in Richtung Emet klettern sehen.«

Pino sagte nichts.

Tito grinste und leckte sich dann die Mundwinkel. »Was die Nazis wohl dafür geben würden, von dir zu erfahren.«

»Ich dachte, du kämpfst gegen die Deutschen«, sagte Pino. »Oder war das nur ein Vorwand, um eine Feier zu berauben?«

Tito schlug ihn mit dem Gewehrkolben in den Magen, sodass er zu Boden fiel.

»Halte dich von diesen Pässen fern, Junge«, sagte Tito. »Sag das auch dem Priester. Die Engelsstufe. Der Emet. Die gehören uns. Verstanden?«

Pino lag keuchend da und weigerte sich zu antworten.

Tito trat ihn. »Hast du verstanden?«

Pino nickte, was Tito zufriedenstellte.

»Schöne Stiefel«, sagte er schließlich. »Welche Größe?«

Pino knurrte eine Antwort.

»Ein paar warme Socken und sie passen. Zieh sie aus.«

»Das sind die einzigen Stiefel, die ich habe.«

»Du kannst sie lebendig ausziehen oder ich ziehe sie dir tot aus. Deine Entscheidung.«

Gedemütigt und voller Hass auf den Mann schnürte Pino die Stiefel auf und zog sie aus. Als er zu Frederica hinüberspähte, wurde sie rot und sah weg, sodass Pino sich wie ein Feigling vorkam, als er Tito die Stiefel überreichte.

»Die Geldklammer auch«, sagte Tito und schnippte zweimal mit den Fingern.

»Mein Onkel hat sie extra für mich gemacht«, murrte Pino.

»Sag ihm, er soll dir eine neue machen. Sag ihm, es ist für einen guten Zweck.«

Missmutig holte Pino die Klammer aus Tasche und warf sie Tito zu.

Tito fing sie aus der Luft. »Kluger Junge.«

Er nickte seinen Männern zu. Sie stopften sich Taschen und Beutel voll mit Essen vom Büfett, bevor sie gingen.

»Bleib vom Emet weg«, sagte Tito noch einmal, dann waren sie weg.

* * *

Als sich die Tür hinter ihnen schloss, hätte Pino am liebsten mit der Faust durch die Wand geschlagen. Signora Conte war an die Seite ihres Mannes geeilt und presste ihm ein Tuch an die Wunde.

»Geht es Ihnen gut?«, fragte Pino.

»Ich werd's überleben«, sagte der Wirt. »Ich hätte mein Gewehr holen und sie alle erschießen sollen.«

»Wer war das, der Partisane? Sie sagten Tito?«

»Ja, Tito, drüben aus Soste. Aber er ist kein Partisan. Er ist nur ein Gauner und Schmuggler aus einer langen Reihe von Gaunern und Schmugglern. Und jetzt auch ein Mörder.«

»Ich werde mir meine Stiefel und die Geldklammer zurückholen.«

Signora Conte schüttelte den Kopf. »Tito ist gerissen und gefährlich. Bleib von ihm fern, wenn du weißt, was gut für dich ist, Pino.«

Pino war von sich selbst angewidert, weil er sich nicht gegen Tito gewehrt hatte. Er konnte nicht länger auf der Feier bleiben. Für ihn war sie vorbei. Er versuchte, sich Stiefel oder Schuhe auszuleihen, doch niemand hatte seine Größe. Schließlich nahm er Wollstrümpfe und flache Überschuhe aus Gummi vom Gastwirt und ging wild um sich schlagend durch den Sturm zurück zur Casa Alpina.

Als er Pater Re erzählte, was Tito getan hatte, und dass er oder einer seiner Männer Nicco getötet und die Kinder verkrüppelt hatte, meinte der Priester: »Du hast das größere Wohl gewählt, Pino.«

»Warum fühle ich mich dann nicht gut dabei?«, fragte Pino noch immer wütend. »Und er hat gesagt, ich soll Euch ausrichten, dass wir von der Engelsstufe und dem Emet wegbleiben sollen.«

»Hat er das«, sagte Pater Re und seine Miene versteinerte. »Nun, es tut mir leid, doch das werden wir nicht tun.«

Zehn

An Neujahr bedeckte ein Meter Neuschnee die Berge oberhalb der Casa Alpina, gefolgt von einer eintägigen Pause, bevor ein weiterer Meter Schnee fiel. Es lag so viel Schnee, dass es bis zur zweiten Januarwoche dauerte, bis sie die Fluchtrouten wieder begehen konnten.

Nachdem Pino Ersatzstiefel gefunden hatte, begann er mit seinem Bruder wieder, Juden, abgestürzte Piloten und andere Flüchtlinge in Gruppen bis zu acht Personen zu führen. Trotz Titos Warnung nahmen sie weiterhin den flacheren südlichen Weg zum Val di Lei über den Passo Angeloga. Sie änderten ständig die Tage und Zeiten ihrer Touren und kehrten auf Skiern über die Nordroute nach Madesimo zurück.

Dieses System funktionierte gut bis Anfang Februar 1944. Wenn die Laterne im oberen Fenster des Pfarrhauses in Campodolcino brannte, zog ein beständiger Strom von Flüchtlingen versteckt unter Heuballen in Ochsenkarren durch Madesimo hinauf zur Casa Alpina und folgte dann Pino oder einem der anderen Jungen über den Groppera in die Schweiz.

Als er Anfang des Monats erschöpft die Schäferhütte erreichte, fand Pino eine Notiz, die an die Wand der Hütte genagelt war. Darauf stand: *Letzte Warnung.*

Pino warf die Notiz in den Ofen und entzündete damit das darin aufgeschichtete Holz. Er stellte die Lüftungsklappe am Ofen richtig ein und ging nach draußen, um noch mehr Holz zu hacken. Er hoffte, dass Tito irgendwo da draußen in dem weiten alpinen Gelände war, ihn durch sein Fernglas betrachtete und sah, dass er sich weigerte …

Eine donnernde Explosion sprengte die Tür auf. Pino tauchte in den Schnee. Zitternd vor Angst blieb er für ein paar Minuten liegen, bevor er den Mut aufbrachte, einen Blick in die Hütte zu werfen. Der Ofen war kaum noch erkennbar. Die Kraft der Bombe oder Granate, oder was auch immer in den Ofen gesteckt worden war, hatte die Feuerkammer weggesprengt und Splitter des erhitzten Metalls durch die Luft geschleudert, die sich ins Steinfundament geschnitten hatten und wie winzige Messer in den Balken und dem Holz steckten. Glühende Holzstücke brannten Löcher in seinen Rucksack und glommen auf der Strohmatratze. Er zerrte beides in den Schnee und löschte es. Er fühlte sich völlig ausgeliefert. Wenn Tito so weit ging, eine Bombe in den Ofen der Hütte zu stecken, dann würde er auch so weit gehen, ihn zu erschießen.

Pino kämpfte gegen das Gefühl an, dass jemand auf ihn zielte, als er sich seine Skier wieder anzog, den Rucksack auf die Schultern setzte und die Skistöcke nahm. Die Hütte war nicht mehr als Zufluchtsort nutzbar und die südliche Route war keine gangbare Option mehr.

»Es gibt nur noch einen Weg«, sagte Pino an jenem Abend am Feuer zu Pater Re, während die Jungen und einige neue Besucher Leckerbissen von Bruder Bormio verzehrten.

»Bei dem vielen Schnee war es unvermeidbar, dass du ihn irgendwann gehen musst«, erwiderte der Priester. »Der Kammrücken wird schneefrei sein, weil der Wind ihn dort wegbläst, dort wirst du guten Halt finden. Übermorgen gehst du hinauf und zeigst Mimmo den Weg.«

Pino dachte an den Kamin, den schmalen Steig und an das unter der Spitze des Groppera verlaufende Kabel und spürte Zweifel in sich aufsteigen. Bei diesen Bedingungen bedeutete jeder Fehltritt dort oben den sicheren Tod.

Pater Re zeigte auf die Besucher und sagte: »Du wirst diese junge Familie und die Frau mit dem Geigenkasten führen. Sie hat an der Scala gespielt.«

* * *

Pino drehte sich verblüfft um und erkannte die Geigerin, die er bei der Feier seiner Eltern am Abend der ersten Bombardierung gesehen hatte. Er wusste, dass sie Ende dreißig oder Anfang vierzig war, doch sie sah aus, als wäre sie gealtert und krank. Wie war noch ihr Name?

Er schob alle Gedanken an den Groppera beiseite und ging mit Mimmo zu ihr hinüber.

»Erinnern Sie sich an uns?«

Die Geigerin schien sie nicht wiederzuerkennen.

»Unsere Eltern sind Porzia und Michele Lella«, sagte Pino. »Sie waren auf einer Feier in unserer alten Wohnung in der Via Monte Napoleone.«

Mimmo fügte hinzu: »Und Sie haben mich vor der Scala angeschrien, ich wäre so ein kleiner Junge, der nicht sehen könne, was um ihn herum geschehe. Sie hatten recht.«

Langsam trat ein dünnes Lächeln auf ihr Gesicht. »Das scheint so lange her zu sein.«

»Geht es Ihnen gut?«, fragte Pino.

»Nur ein wenig mulmig im Magen«, sagte sie. »Die Höhe. Ich glaube nicht, dass ich schon jemals so hoch war. Pater Re meint, dass ich mich in einem Tag oder so daran gewöhnt haben werde.«

»Wie sollen wir Sie nennen?«, fragte Mimmo. »Was steht in Ihren Papieren?«

»Elena … Elena Napolitano.«

Pino bemerkte den Ehering, den sie trug. »Ist Ihr Ehemann hier, Signora Napolitano?«

Sie sah aus, als würde sie zu weinen beginnen, umklammerte ihren Bauch und schluckte. »Er hat die Deutschen weggelockt, während wir aus der Wohnung geflohen sind. Sie … sie haben ihn zum Binario einundzwanzig gebracht.«

»Was ist das?«, fragte Mimmo.

»Dorthin bringen sie alle Juden, die sie in Mailand festnehmen. Bahnsteig einundzwanzig im Hauptbahnhof. Sie stecken sie in Viehwaggons und sie verschwinden, nach … niemand weiß wohin. Sie kehren nicht wieder zurück.« Tränen rollten ihr über die Wange und die Lippen.

Pino musste an das Massaker in Meina denken, wo die Deutschen Juden erschossen und im See versenkt hatten. Er fühlte sich krank und hilflos. »Ihr Mann, er muss ein tapferer Mann gewesen sein.«

Signora Napolitano schluchzte und nickte dabei. »Mehr als tapfer.«

Nachdem sie die Fassung wiedergefunden hatte, tupfte sie sich mit einem Taschentuch die Augen und sagte mit heiserer Stimme: »Pater Re sagte, dass ihr beide mich in die Schweiz bringt.«

»Ja, doch bei diesem Schnee wird es nicht einfach.«

»Nichts, was sich im Leben zu tun lohnt, ist einfach«, entgegnete die Geigerin.

Pino blickte auf ihre Schuhe, flache schwarze Pumps. »Sind Sie damit hier hochgekommen?«

»Ich habe Stücke von einer Babydecke darumgewickelt. Die habe ich noch.«

»Das wird nicht funktionieren«, sagte Pino. »Nicht da, wo wir langgehen.«

»Ich habe nichts anderes«, erwiderte sie.

»Wir werden von den Jungen Stiefel besorgen. Welche Größe haben Sie?«

Signora Napolitano sagte es ihm. Bis nachmittags hatte Mimmo ein Paar aufgetrieben und rieb das Leder mit einer Mischung aus Holzteer und Öl ein, um die Stiefel wasserdicht zu machen. Er hatte ihr auch eine Wollhose besorgt, die sie unter ihrem Kleid tragen konnte, außerdem eine Überjacke, eine Strickmütze und Fäustlinge.

»Hier«, sagte Pater Re und gab ihnen weiße Kissenbezüge mit ausgeschnittenen Löchern für die Arme und die Köpfe. »Tragen Sie diese.«

»Warum?«, fragte Signora Napolitano.

»Die Route, die Sie nehmen, ist an vielen Stellen ungeschützt. Ihre dunklen Kleider könnte jemand von weit unten auf dem Talboden entdecken. Aber hiermit heben Sie sich nicht mehr vom Schnee ab.«

Signora Napolitano wurde von der Familie D'Angelo begleitet – Pietro und Lisa, die Eltern, dazu der siebenjährige Antonio und seine neunjährige Schwester Giuditta. Sie kamen aus den Abruzzen und waren körperlich fit von dem Leben als Bauern in den Bergen südlich von Rom.

Signora Napolitano hatte jedoch den Großteil ihres Lebens in Häusern sitzend beim Geigenspiel verbracht. Sie sagte, in Mailand hätte sie alle Wege zu Fuß zurückgelegt und nur selten die Straßenbahn benutzt, doch Pino merkte an ihrer Atmung in der Casa Alpina, dass das Bergsteigen für sie und für ihn eine Qual werden würde.

* * *

Anstatt sich auszumalen, was alles schiefgehen konnte, versuchte Pino lieber daran zu denken, was er vielleicht brauchen würde. Von Bruder Bormio bekam er noch ein weiteres langes Seil von neun Metern Länge, das er Mimmo wie einen Patronengurt tragen ließ, zusätzlich zu seinem Rucksack, dem Eispickel, den Skistöcken und Skiern. Pino fügte seinem eigenen bereits schweren Gepäck noch einige Karabiner hinzu sowie einen weiteren Eispickel, Steigeisen, Ski, Steigfelle, Skistöcke und eine Handvoll Kletterhaken.

Sie gingen um zwei Uhr nachts los. Es war Halbmond und der Schnee reflektierte gerade genügend Licht, dass sie keine Laterne benötigten. Das erste Stück Weg hätte bereits mörderisch sein können, wenn sie auf dem ersten Anstieg zum Grat bei jedem Schritt im Schnee eingesunken wären. Doch Pater Re hatte am Nachmittag zuvor alle Jungen der Casa Alpina die hundertzweiundzwanzig Höhenmeter hoch und runter geschickt, sodass sie am Hang einen Trampelpfad geschaffen hatten. Trotz seiner chronischen Hüftschmerzen war der Priester den Großteil des Weges durch den unberührten Schnee vorangegangen.

Das Ergebnis war ein flach getretener Pfad, der direkt an der Westflanke des Groppera hinaufführte. Das hatte Signora Napolitano wahrscheinlich das Leben gerettet. Obwohl sie nur ihre geliebte Geige trug, kämpfte sie sich langsam und schwerfällig diesen ersten Anstieg hinauf, blieb oft stehen, rang nach Luft und schüttelte den Kopf, bevor sie die Geige mit beiden Händen ergriff und weiterging.

Während des fast einstündigen Aufstiegs sagte Pino wenig mehr als ermunternde Worte wie: »So ist es richtig. Sie machen es gut. Nur noch ein wenig höher und wir können uns etwas ausruhen.«

Er spürte, dass es nicht gut wäre, mehr als das zu sagen. Es war nicht wie bei dem Zigarrenladenbesitzer, dessen psychologische Blockaden er überwinden konnte, indem er seine Aufmerksamkeit ablenkte. Signora Napolitano war einfach nicht in der nötigen physischen Verfassung, um so eine anstrengende Kletterpartie zu machen. Während er ihr den Berg hinauf folgte, betete er darum, dass sie ausreichend Tatkraft und Willen hatte, um das zu kompensieren.

Tiefer Schnee und Spalten hatten das Geröllfeld im Kessel noch heimtückischer gemacht, doch mit Pinos Hilfe überquerte die Geigerin es ohne Zwischenfälle. Als sie den Anfang des scharfen Kamms erreichten, begann Signora Napolitano zu zittern.

»Ich weiß nicht, ob ich das schaffe«, sagte sie. »Ich sollte mit deinem Bruder zurückkehren. Ich halte die anderen nur auf.«

»Sie können nicht in der Casa Alpina bleiben«, sagte Pino. »Es ist gefährlich, wenn man dort zu lange bleibt.« Die Geigerin sagte nichts, dann drehte sie sich um, hielt sich den Bauch und übergab sich.

»Signora Napolitano?«, sagte Pino.

»Schon okay«, erwiderte sie. »Es vergeht gleich.«

»Erwarten Sie ein Baby?«, fragte Signora D'Angelo in der Dunkelheit.

»Eine Frau merkt so etwas immer«, keuchte Signora Napolitano.

Sie ist schwanger? Ein bleischweres Gewicht legte sich auf Pinos Schultern. *Oh mein Gott! Ein Baby? Was ist, wenn …?*

»Sie sollten für Ihr Baby klettern«, sagte Signora D'Angelo zu Signora Napolitano. »Sie möchten gewiss nicht zurückkehren. Sie wissen, was das bedeuten kann.«

»Pino?«, flüsterte sein Bruder nach einer langen Stille. »Ich kann sie zurückbringen, damit sie sich besser an die Höhe gewöhnt.«

Pino wollte gerade zustimmen, da sagte Signora Napolitano: »Ich werde klettern.«

Aber was, wenn ihr die Höhe zu sehr zusetzt und ihr Baby …

Pino zwang sich, mit diesen Gedanken aufzuhören. Er durfte nicht zulassen, dass die Angst seinen Verstand beherrschte.

Angst hatte hier nichts zu suchen. Er musste denken und er musste einen klaren Verstand behalten.

Das sagte Pino sich immer wieder, dann nahm er das zweite Seil von Mimmo und zog eine weitere Schlinge unter Signora Napolitanos Armen hindurch. Er erklomm den Grat und zog die Geigerin, die von Mimmo gesichert wurde, zu sich hoch. Die Frau machte die schwierige Aufgabe noch schwerer, weil sie ihren Geigenkasten festhielt und ihn nicht Mimmo überlassen wollte.

»Sie werden die Geige zurücklassen müssen«, sagte Pino, als er das Seil zurückwarf.

»Niemals«, sagte sie. »Meine Geige bleibt immer bei mir.«

»Dann geben Sie sie mir. Ich mache Platz in meinem Rucksack und gebe sie Ihnen zurück, wenn wir die Schweiz erreichen.«

Im Mondlicht konnte er sehen, wie Signora Napolitano mit dem Vorschlag haderte.

»Sie müssen beim Gehen die Hände und Füße frei haben«, sagte er. »Wenn Sie die Geige behalten, dann bringen Sie das Leben Ihres Babys in Gefahr.«

Nach einer Pause reichte sie sie ihm und sagte: »Es ist eine Stradivari. Sie ist alles, was ich noch habe.«

»Ich werde so auf sie aufpassen, wie es mein Vater tun würde«, sagte er und verstaute den Geigenkasten unter der Verschlusslasche seines Rucksacks.

* * *

Kurz danach zog Pino die D’Angelos hinauf. Für die Kinder war der ganze Weg wie ein großes Abenteuer und ihre Eltern bestärkten sie darin. Wie er es bei fast jeder Flüchtlingsgruppe getan hatte, bildete Pino mit ihnen eine Seilschaft. Signora Napolitano kam direkt hinter ihm, gefolgt von Signora

D'Angelo, den Kindern, Signor D'Angelo und Mimmo ganz am Ende.

Noch bevor sie losgingen, jaulte der Junge auf und begann, sich mit seiner Schwester zu zanken.

»Aufhören«, flüsterte Pino barsch.

»Hier oben kann uns doch keiner hören«, sagte Antonio.

»Der Berg hört uns«, sagte Pino nachdrücklich. »Und wenn du zu laut bist, wird er wach und bewegt sich unter seiner Bettdecke und schickt Lawinen, die uns alle begraben.«

»Ist der Berg ein Ungeheuer?«, fragte Antonio.

»Wie ein Drache«, sagte Pino. »Deshalb müssen wir ganz vorsichtig und leise sein, denn wir klettern über seinen schuppigen Rücken.«

»Wo ist denn sein Kopf?«, fragte Giuditta.

»Über uns«, sagte Mimmo. »In den Wolken.«

Das schien die Kinder zufriedenzustellen und die Gruppe ging los. Was er beim letzten Mal in weniger als einer Stunde bewältigt hatte, dauerte jetzt fast zwei. Es war halb fünf morgens, als sie den Kamin erreichten. Pino konnte die Furche in der fast senkrechten Bergwand sehen, doch er brauchte mehr Licht als das vom Mond, um sie hinaufzuklettern.

Er goss Wasser in die Karbidlampe und drehte den Deckel fest zu, um die Dämpfe einzuschließen, die schnell den Behälter füllten. Nachdem er eine Minute gewartet hatte, löste er das Gasventil und drückte auf den Zünder. Beim zweiten Versuch entzündete sich eine dünne bläuliche Flamme in einer reflektierenden Mulde und warf ausreichend Licht den Felskamin hinauf, dass sie alle die vor ihnen liegende Herausforderung sehen konnten.

»Oh Gott«, stöhnte Signora Napolitano. »Oh Gott.«

Er legte ihr die Hand auf die Schulter. »Es ist nicht so schlimm, wie es aussieht.«

»Es ist schlimmer, als es aussieht.«

»Nein, ist es nicht. Im September, als der Fels blank war, war es schlimmer, aber sehen Sie das Eis an beiden Seiten? Es hat den Kamin schmaler gemacht, sodass er leichter zu erklettern ist.«

Pino sah zu seinem Bruder. »Das dauert zwar etwas länger, doch ich werde Stufen ins Eis schlagen. Halte sie in Bewegung und warm, bis du mich pfeifen hörst und ich dir die Eispickel runterlasse. Dann bindest du Signor D'Angelo fest und schickst ihn los. Ich werde hier oben seine Kraft benötigen. Du kommst als Letzter hoch.«

Ausnahmsweise beschwerte sich Mimmo einmal nicht darüber, der Letzte zu sein. Pino löste sich aus dem Gruppenseil, ließ den Rucksack auf den Boden fallen und legte die Steigeisen an. Er zog sich Mimmos Seil wie einen Patronengurt über die Schulter, nahm seinen und Mimmos Eispickel und sprach ein Gebet, bevor er sich ans Klettern machte. Mit dem Rücken zum Berg erinnerte Pino sich daran, nicht herabzublicken. Dann stieß er die Spitzen seiner Steigeisen für festen Halt vorwärts, hob die Arme und rammte die Eispickel in das Eis.

Nach jedem gewonnenen Meter hielt Pino an und hackte sorgfältig flache Stellen für die anderen aus. Es war eine quälend langsame Arbeit, und je höher er kam, desto deutlicher bemerkte er, wie unten in Campodolcino die Lichter eins nach dem anderen angingen. Er wusste, dass jemand mit einem Fernglas sehen konnte, wie die Grubenlampe das Innere des Eiskamins beleuchtete, doch er hatte das Gefühl, keine andere Wahl zu haben.

Vierzig Minuten später erreichte Pino schweißgebadet die obere Kante des Kamins. Er ließ die Lampe noch an, um einen Karabiner an einem Haken zu befestigen, den er bei seinem letzten Aufstieg in den Felsen getrieben hatte, und zog das eine Ende des Seils durch den Karabiner, bevor er den Halt des Hakens mit seinem Gewicht überprüfte. Der Anker hielt.

Pino band die Eispickel und seine Steigeisen an das Seil, pfiff und ließ sie dann durch den Kamin hinunter. Einige Minuten später hörte er seinen Bruder pfeifen und straffte das Seil. Signor D'Angelo kam fünfzehn Minuten später über die Kante hinauf. Gemeinsam schafften sie es recht schnell, seinen Sohn, die Tochter und seine Frau hinaufzuziehen.

* * *

Pino konnte Signora Napolitano schon vor Angst keuchen hören, bevor sie die eisige Spalte betreten hatte. Er ließ für sie die Grubenlampe herunter. Das zusätzliche Licht schien das Entsetzen der schwangeren Geigerin noch zu verstärken. Sie zitterte von Kopf bis Fuß, nahm die Eispickel und stapfte mit den Steigeisen in den Kamin.

»Zuerst die rechte Hand«, sagte Mimmo. »Schlagen Sie kräftig hinein, wo Pino es geebnet hat.«

Signora Napolitano tat es, allerdings nur halbherzig, und der Pickel kam wieder frei, bevor sie sich mit ihrem ganzen Gewicht daranhängen konnte.

»Ich kann nicht«, sagte sie. »Ich kann nicht.«

Mimmo sagte: »Klettern Sie einfach die Stufen hoch, die Pino gemacht hat, schlagen Sie die Eispickel und die Spitzen der Steigeisen fest ins Eis, dann ziehen Sie sie wieder heraus und so weiter den ganzen Weg hinauf.«

»Aber ich könnte abrutschen.«

Pino rief den Kamin hinunter: »Aber nicht, wenn wir das Seil halten, und bestimmt nicht, wenn Sie diese Steigeisen und die Eispickel so vorwärtsrammen, als wäre es Ihnen ernst … als würden Sie Ihre Geige *con smania* spielen.«

Dieser letzte Hinweis, der sich auf das leidenschaftliche Spiel bezog, schien bei ihr anzukommen, denn Signora Napolitano hieb jetzt den rechten Eispickel mit Schwung hinein. Von oben hörte Pino, wie die Spitze fest ins Eis fuhr. Er stellte sich wieder zu Signor D'Angelo ans Seil und bat dessen Frau, sich auf den Bauch zu legen und über den Rand in den Kamin zu schauen, um ihnen zu sagen, wann die schwangere Geigerin ihr Gewicht verlagerte und höher kletterte. Während die anderen sich in Halbmeterschritten hinaufbewegt hatten, ging es bei ihr in Zentimetern vorwärts.

Fast vier Meter über dem Boden verlor Signora Napolitano kurz den Halt, kreischte und fiel. Sie fingen sie auf und sie baumelte ächzend und jammernd am Seil, bis sie sie dazu überreden konnten, es weiter zu versuchen. Fünfunddreißig aufregende Minuten später hievten sie sie hinüber auf den Balkon. Im flackernden Licht der Grubenlampe, die Kleider eisbedeckt und mit gefrorenem Schnodder im Gesicht, sah sie aus, als wäre sie durch eine Frosthölle gegangen.

»Das war schrecklich«, klagte sie und sank in sich zusammen. »Jede einzelne Sekunde war schrecklich.«

»Aber jetzt sind Sie hier«, sagte Pino lächelnd. »Nicht viele Menschen hätten das geschafft, und Sie haben es getan. Für Ihr Baby.«

Die Geigerin legte die Hände in den Fäustlingen über ihren Bauch und schloss die Augen. Es dauerte weitere zwanzig Minuten, bis sie ihr Gepäck hochgezogen hatten, was durch die an den Seiten befestigten Skier und Stöcke schwieriger war, und weitere fünfzehn, bis Mimmo endlich durch den Kamin war.

»Das war gar nicht so schlecht«, sagte Mimmo.

»Dich muss man als Kind aber sehr gequält haben«, scherzte Signora Napolitano.

Auf Pinos Uhr war es jetzt fast sechs. Bald würde der Morgen dämmern. Er wollte, dass sie bis dahin die Flanke des Groppera verlassen hatten. Er verband sie wieder alle mit dem Seil, und sie stiegen weiter auf.

Um halb sieben wäre normalerweise das erste Dämmern am Osthimmel zu sehen gewesen, doch es wurde plötzlich dunkler, als es während der Tortur durch den Kamin gewesen war. Der Mond war verschwunden. Pino spürte, wie sich der Wind drehte und jetzt stärker aus Norden kam.

»Wir müssen schneller gehen«, sagte er. »Es zieht ein Gewitter herauf.«

»Was?«, rief Signora Napolitano. »Hier oben?«

»Ja, hier oben«, sagte Mimmo. »Aber keine Sorge. Mein Bruder kennt den Weg.«

Pino kannte den Weg in der Tat, und während der nächsten Stunde, als das Tageslicht auf den fallenden Schnee traf, kamen sie gut voran. Pino kam zu dem Schluss, dass der Schneefall zu ihrem Vorteil war, denn er half ihnen, sich vor allen nachforschenden Augen zu verbergen.

Gegen halb acht wurde der Sturm stärker und Pino holte eine Schneebrille hervor, die sein Vater ihm zu Weihnachten geschenkt hatte. Sie besaß lederne Seitenklappen, um den Schnee abzuhalten. Dunkle Wolken umhüllten den Groppera und wurden von seinem frostigen Gipfel so abgekühlt, dass es anfing zu schneien. Pino unterdrückte ein Gefühl von Panik, während er sich mit den Skistöcken vorwärtstastete. Je höher sie kamen, desto wahrscheinlicher wurde ein falscher Schritt. Der Wind wirbelte jetzt den Schnee auf, was die Sicht stark behinderte. Alles wurde weiß und Pino konnte fast nichts mehr sehen. Er versuchte, zuversichtlich zu bleiben, aber Zweifel und wachsende Besorgnis krochen in ihm hoch. Wenn er die Route im falschen Winkel ging? Oder an entscheidender Stelle einen Fehltritt machte und stürzte? Bei dem Gewicht seiner Ausrüstung würde er alle mit sich reißen. Er spürte, wie jemand am Seil zog, damit er anhielt.

»Ich kann nichts sehen«, schrie Giuditta.

»Ich auch nicht«, sagte ihre Mutter.

»Dann warten wir.« Pino versuchte, ruhig zu klingen. »Drehen Sie den Rücken zum Wind.«

Der Schneefall hörte nicht auf. Wenn der Wind weiter in dieser Intensität geblasen hätte, wären sie niemals über den Steig gekommen. Aber er ließ nach, wurde böig und erstarb alle paar Minuten fast völlig. Während dieser Pausen, in denen Pino den Weg erkennen konnte, kämpften sie sich weiter nach oben, bis er spürte, dass der Kamm flacher und schmal wurde. Fünfzehn Meter voraus konnte er den Steig und die verschneiten, gewölbten Mündungen der Lawinenrinnen zu beiden Seiten erkennen.

* * *

»Wir gehen hier einer nach dem anderen«, sagte er. »Sehen Sie die kleinen weißen Rundungen im Schnee neben dem Kamm? Nicht dort hintreten. Setzen Sie die Füße genau dorthin, wo ich es tue, und es wird klappen.«

»Was ist unter diesem Schnee?«, fragte Signora Napolitano.

Pino wollte es ihr nicht sagen, aber Mimmo platzte heraus: »Luft. Viel Luft.«

»Oh«, machte sie. »Ohhh.«

Pino hätte seinem Bruder am liebsten eine Ohrfeige gegeben.

»Kommen Sie jetzt, Signora«, sagte Pino und versuchte, aufmunternd zu klingen. »Sie sind schon so weit gekommen und haben schwierigere Abschnitte hinter sich gebracht. Und ich halte das andere Ende des Seils.«

Die Geigerin machte ein schnaubendes Geräusch und nickte schwach. Pino löste das Seil, das die Gruppe miteinander verband, und knotete es an Mimmos, um ein langes Seil zu haben. Während er damit beschäftigt war, flüsterte er seinem Bruder zu: »Ab jetzt hältst du den Mund.«

»Was?«, sagte Mimmo. »Warum denn?«

»Manchmal ist es besser, wenn man nicht zu viel weiß.«

»Aus meiner Sicht ist es besser, je mehr man weiß.«

Pino erkannte, dass es sinnlos war, mit ihm zu streiten, und band sich das Seil um die Taille. Er stellte sich vor, ein Seiltänzer zu sein, und hielt die Skistöcke waagerecht, damit sie ihm beim Balancieren halfen.

Jeder Schritt war eine Qual. Zunächst prüfte er den Boden mit der Spitze seines Steigeisens, trat leicht auf, bis er Fels oder Eis hörte, und presste dann den Absatz fest auf. Zweimal geriet er ins Schwanken, doch er schaffte es beide Male, sich wieder aufzurichten. Schließlich erreichte er den schmalen Vorsprung an der anderen Seite. Er blieb stehen, lehnte die Stirn gegen den Felsen, bis er sich ruhig genug fühlte, einen Haken in den Felsen zu treiben.

Er zog das Seil hindurch. Mimmo zog von der anderen Seite, sodass das Seil jetzt stramm wie ein Geländer in der Luft hing. Eine starke Windbö wirbelte wieder Schnee auf und ein weiteres Mal wurde alles weiß. Länger als eine Minute waren sie ohne Sichtkontakt zueinander. Als die Lage sich wieder beruhigt hatte und Pino die anderen auf der anderen Seite des Steigs erkennen konnte, wirkten sie gespenstisch.

Pino schluckte. »Schickt zuerst Antonio.«

Der Junge hielt sich mit der rechten Hand am Seil fest und trat mit seinen Stiefeln genau in Pinos Fußstapfen. Nach einer Minute war er drüben. Giuditta folgte ihrem Bruder, hielt sich am Seil und trat in Pinos Spuren. Sie beide hatten die Aufgabe mit ziemlicher Leichtigkeit bewältigt.

Als Nächstes war Signora D'Angelo dran. Zwischen den Lawinenrinnen erstarrte sie plötzlich und wirkte wie hypnotisiert.

Ihr kleiner Sohn rief: »Komm schon, Mamma. Du schaffst das.«

Und tatsächlich ging sie weiter und erreichte den Vorsprung. Dort schlang sie die Arme um ihre Kinder und weinte. Signor D'Angelo kam als Nächster und vollbrachte die Meisterleistung in Sekunden. Er erklärte, dass er als Junge Turner gewesen war.

Der Wind blies wieder stärker, bevor sich Signora Napolitano auf den Weg machen konnte. Pino fluchte leise. Er wusste, dass der Trick beim Überqueren von einem Steig wie diesem darin bestand, nicht darüber nachzudenken, bis man in Bewegung war. Doch jetzt konnte sie natürlich nicht anders, als darüber nachzudenken.

Der Aufstieg durch den Kamin schien Signora Napolitano jedoch Mut gemacht zu haben, denn als der Wind abebbte und man wieder sehen konnte, ging sie ohne Pinos Aufforderung los. Als sie drei Viertel des Weges über den Steig bewältigt hatte, kam der Wind wieder auf und sie verschwand im wirbelnden Weiß.

»Bewegen Sie sich nicht«, rief Pino ins Leere. »Warten Sie es ab!«

Signora Napolitano antwortete nicht. Er zog vorsichtig am Seil und konnte ihr Gewicht dort draußen spüren, bis der Wind endlich nachließ und sie dort in Schnee gehüllt stand, reglos wie eine Statue.

Als sie den Vorsprung erreicht hatte, hielt sie sich für ein paar Momente an Pino fest und sagte: »Ich glaube, ich habe noch nie in meinem Leben solche Angst gehabt. Ich weiß, dass ich noch nie so intensiv gebetet habe.«

»Ihre Gebete wurden erhört«, sagte er, tätschelte ihr den Rücken und pfiff nach seinem Bruder.

Mit dem Ende des langen Seils fest um die Taille seines Bruders geknotet und bereit, das Seil einzuholen, fragte Pino: »Bereit?«

»Aber immer«, erwiderte Mimmo und ging schnell und sicher los.

»Langsamer«, rief Pino, während er versuchte, das lockere Seil so schnell wie möglich durch Haken und Karabiner zu ziehen.

Mimmo war schon fast zwischen den zwei Lawinenrinnen. »Warum? Pater Re meint, dass ich eine halbe Bergziege bin.«

Kaum hatte er die Worte gesagt, da stolperte er leicht. Sein rechter Fuß trat zu weit heraus und durchbrach die Schneeschicht. Es gab ein Geräusch, als würde jemand ein Kissen aufschütteln. Der Schnee in der Rinne begann zu wirbeln und glitt wie Wasser durch einen Abfluss – und zu Pinos Entsetzen wurde sein Bruder mitgerissen und verschwand in einem weißen Strudel.

Elf

»Mimmo!«, schrie Pino und stemmte sich gegen das Seil. Das Gewicht seines Bruders stürzte hinab ins Leere und riss Pino fast von den Beinen.

»Hilfe!«, schrie Pino zu Signor D'Angelo.

Signora Napolitano erreichte ihn zuerst, griff mit ihren Fäustlingen in das Seil hinter Pino und warf sich mit ihrem ganzen Gewicht zurück. Das Seil hielt.

»Mimmo!«, brüllte Pino. »Mimmo!«

Keine Antwort. Der Wind frischte auf und die Welt oberhalb der Lawinenrinne wurde wieder weiß.

»Mimmo!«

Für einen Moment herrschte Stille, dann hörte man eine schwache, zittrige Stimme. »Ich bin hier. Himmel, holt mich hoch. Unter mir ist nichts als Luft. Ich glaub, mir wird schlecht.«

Pino zerrte am Seil, doch es gab nicht nach.

»Mein Rucksack hängt irgendwo fest«, sagte Mimmo. »Lasst mich ein kleines Stück runter.«

Inzwischen hatte Signor D'Angelo den Platz von Signora Napolitano eingenommen, und auch wenn es Pino nicht gefiel, in dieser Situation loszulassen, ließ er das Seil widerwillig durch seine Lederhandschuhe gleiten.

»Ich hab's«, sagte Mimmo.

Sie zerrten und zogen und holten Mimmo hoch bis an den Rand. Pino verzurrte das Seil und bat Signor D'Angelo, seine Beine fest auf dem Boden zu halten, sodass er hinübergreifen und den Rucksack seines Bruders fassen konnte. Als er sah, dass Mimmos Mütze weg war, dass er aus einer Schnittwunde am Kopf blutete und wie tief die Rinne unter ihm abfiel, spürte er Adrenalin durch seine Adern pumpen und hievte seinen Bruder auf den Vorsprung.

Die zwei Brüder setzten sich gegen die Felswand und ihre Oberkörper hoben und senkten sich von der Anstrengung.

»Mach das nie wieder«, sagte Pino schließlich. »Mamma und Papa würden mir niemals verzeihen. Ich würde mir niemals verzeihen.«

Mimmo japste: »Ich glaube, das ist das Netteste, was du mir je gesagt hast.«

Pino warf seinem Bruder den Arm um den Hals und umarmte ihn einmal fest.

»Okay, okay«, protestierte Mimmo. »Danke, dass du mir das Leben gerettet hast.«

»Du würdest das Gleiche tun.«

»Natürlich, Pino. Wir sind Brüder. Immer.«

Pino nickte und hatte das Gefühl, als hätte er seinen Bruder noch nie so sehr geliebt wie in diesem Augenblick.

Signora D'Angelo kannte sich ein wenig mit Erster Hilfe aus. Sie nahm Schnee, um die Wunde an der Kopfhaut zu reinigen und den Blutfluss einzudämmen. Mit Stücken von einem Halstuch verband sie die Wunde, den Rest wickelte sie als improvisierte Mütze um Mimmos Kopf, weshalb die Kinder meinten, er sähe jetzt aus wie ein Wahrsager.

Die Windstöße wurden schwächer, aber es schneite wieder stärker, als Pino sie zu dem Vorsprung um den unteren Rand der Felsspitze führte.

»Da hinauf können wir nicht klettern«, sagte Signor D'Angelo und neigte den Kopf zum felsigen Gipfel hoch, die wie eine vereiste Speerspitze über ihnen aufragte.

»Wir gehen darum herum«, sagte Pino. Er drückte sich mit dem Bauch gegen die Wand und begann, seitlich zu gehen.

Kurz bevor er um die Kurve ging, wo der Vorsprung ungefähr zwanzig Zentimeter schmaler wurde, blickte er zurück zu Signora Napolitano und den anderen.

»Hier ist ein Kabel. Es ist vereist, aber Sie werden es greifen können. Ich will, dass Sie es festhalten, die Knöchel der rechten Hand nach oben, die der linken Hand nach unten. Darüber und darunter, verstanden? Lassen Sie auf gar keinen Fall los, bis Sie die andere Seite erreichen.«

»Die andere Seite wovon?«, fragte Signora Napolitano.

Pino spähte zur Wand und nach unten und stellte fest, dass der Schnee die Sicht auf das versperrte, was ein sehr, sehr langer Sturz wäre – ein Sturz, den niemand überleben würde. »Sie werden die Felswand direkt vor der Nase haben«, sagte Pino. »Schauen Sie nach vorn und zur Seite, aber nicht nach hinten oder nach unten.«

»Es wird mir nicht gefallen, oder?«, fragte die Geigerin.

»Ich wette, die erste Nacht, die Sie in der Scala gespielt haben, hat Ihnen auch nicht gefallen, aber Sie haben es geschafft, und das hier werden Sie auch schaffen.«

Sie leckte sich trotz der Frostschicht auf ihrem Gesicht über die Lippen, schauderte und nickte dann.

* * *

Nach allem, was sie bereits hinter sich hatten, stellte sich das Umklettern der Felsspitze einfacher dar, als Pino erwartet hatte. Alle fünf Flüchtlinge und Mimmo kamen ohne weiteren Zwischenfall hinüber.

Pino ließ sich in den Schnee sinken, dankte Gott, dass er auf sie achtgegeben hatte, und betete, dass sie das Schlimmste hinter sich hatten. Sie waren jetzt auf der südöstlichen Seite des Gipfels angekommen, auf der dem Wind abgewandten Seite. Doch der Wind wurde wieder stärker, nicht mehr in Böen, sondern in beständigem Wehen, das ihnen die Schneeflocken wie Eisnadeln ins Gesicht trieb. Je weiter nordöstlich sie stapften, desto schlimmer wurde der Sturm, bis Pino nicht mehr genau wusste, wo er war. Für ihn war das blinde Vorwärtstasten im Schneesturm über einen offenen Bergrücken das gefährlichste von allen Hindernissen, die sie seit ihrem Aufbruch von der Casa Alpina an diesem Morgen zu überwinden hatten. Der Pizzo Groppera war um diese Jahreszeit mit Gletscherspalten übersät. Wenn sie dort hineinstürzten, würden sie sechs Meter oder noch tiefer fallen und man würde sie erst im Frühling finden. Selbst wenn sie die direkten leiblichen Gefahren des Berges umgehen konnten, so kam doch mit Kälte und Feuchtigkeit die Bedrohung von Unterkühlung und Tod.

»Ich kann nichts sehen!«, rief Signora Napolitano.

Die D'Angelo-Kinder begannen zu weinen. Giuditta konnte ihre Füße und Hände nicht mehr spüren. Pino war am Rande der Panik, als vor ihnen im Sturm ein Steinhaufen auftauchte. Der Haufen bot Pino endlich die nötige Orientierung. Vor ihnen lag das Val di Lei, doch der Wald war noch immer gute vier, womöglich fünf Kilometer entfernt. Dann fiel ihm ein, dass sich neben dem Weg, der vom Felshaufen aus nördlich verlief, auch eine Schäferhütte mit Ofen befand.

»Wir können nicht weiter, bis der Sturm nachlässt!«, rief Pino ihnen zu. »Aber ich weiß, wo wir Schutz finden, uns aufwärmen und abwarten können!«

Die Flüchtlinge nickten erleichtert. Dreißig Minuten später lagen Pino und Mimmo auf den Knien und gruben durch den Schnee, um die Tür der Hütte zu öffnen. Pino duckte sich zuerst hinein und stellte die Grubenlampe an. Mimmo prüfte, ob der Ofen nicht mit einer Sprengfalle versehen war, und bereitete dann ein Feuer vor. Bevor sie es entzündeten, ging Pino noch einmal hinaus in den Schnee, bat die anderen hinein und kletterte dann auf das Dach, um sich zu vergewissern, dass der Kamin frei war.

Zurück im Inneren machte sein Bruder den Ofen an. Die Streichhölzer erfassten den trockenen Zunder und bald standen das Anmachholz und die Holzscheite in Flammen. Das helle Feuer zeigte die Erschöpfung in allen Gesichtern.

Pino wusste, dass er die richtige Entscheidung getroffen hatte, hierherzukommen und den Sturm abziehen zu lassen, bevor sie weitergingen. Aber wäre Signor Bergström noch dort im Wald hinter dem Val di Lei? Der Schweizer würde sich denken, dass der Sturm ihre Ankunft verzögerte. Wenn es vorbei war, würde er zurückkehren, oder nicht?

Nach wenigen Momenten waren diese Fragen beiseitegeschoben. Der kleine Ofen war fast glühend rot und verteilte eine angenehme Hitze in der auf Naturboden stehenden Hütte mit ihrem niedrigen Dach. Signora D'Angelo zog Giuditta die Stiefel aus und begann, die eingefrorenen Füße ihrer Tochter zu kneten.

»Das piekst«, sagte Giuditta.

»Weil das Blut zurückkehrt«, sagte Pino. »Setz dich näher ans Feuer und zieh die Strümpfe aus.«

Bald darauf hatten sich alle ihrer Winterkleidung entledigt. Pino überprüfte Mimmos Kopfwunde, die nicht mehr blutete, und packte Essen und Trinken aus. Er wärmte den Tee auf dem Ofen, und sie aßen Käse und Brot und Salami. Signora Napolitano fand, das sei das beste Essen ihres Lebens.

Antonio schlief auf dem Schoß seines Vaters ein. Pino stellte die Grubenlampe aus und fiel selbst in tiefen, traumlosen Schlaf. Später wachte er kurz auf, alle um ihn herum dösten, und er überprüfte das Feuer, das zu schwelender Glut heruntergebrannt war.

Stunden später wurde Pino von einem Geräusch wie von einer Lokomotive geweckt. Der Zug rumpelte direkt auf sie zu, brachte den Boden zum Beben, zog vorbei, und dann war da viele Sekunden lang nichts als eine tiefe Stille, die nur vom Knirschen und Knacken der Holzbalken unterbrochen wurde, die das Dach trugen. Tief in seinem Innern wusste Pino, dass sie erneut in Schwierigkeiten steckten.

»Was war das, Pino?«, schrie Signora Napolitano.

»Lawine«, sagte Pino und versuchte, das Zittern in seiner Stimme zu kontrollieren, während er nach der Grubenlampe griff. »Sie ist direkt über uns hinweggegangen.«

Er machte die Lampe an. Dann ging er zur Tür, zog sie auf und war zutiefst erschüttert. Der einzige Ausgang der Hütte war völlig versperrt von festgedrücktem Schnee und Geröll aus der Lawine.

Mimmo kam zu ihm, sah die dichte Mauer aus Eis und Schnee und sagte in entsetztem Flüsterton: »Mein Gott, Pino, sie hat uns lebendig begraben.«

* * *

Die Hütte erbebte von Schreien und Befürchtungen. Pino hörte es kaum. Er starrte auf die Schneewand und fühlte sich, als hätten ihn die Mutter Gottes und Gott selbst verraten, ihn und jeden anderen in der Hütte. *Was nutzte jetzt der Glaube? Diese Menschen wollten nur Sicherheit, Schutz vor dem Sturm, und stattdessen hatten sie …*

Mimmo zerrte an seinem Arm und sagte: »Was sollen wir tun?«

Pino starrte seinen Bruder an, hörte die ängstlichen Fragen, die ihm die D'Angelos und Signora Napolitano entgegenschleuderten, und fühlte sich völlig überfordert. Schließlich war er erst siebzehn Jahre alt. Ein Teil von ihm wollte sich einfach an die Wand setzen, den Kopf hängen lassen und weinen.

Doch dann wurden die Gesichter, die ihn im Schein der Grubenlampe ansahen, wieder schärfer. Sie brauchten ihn. Er war für sie verantwortlich. Wenn sie starben, wäre es seine Schuld. Das ließ etwas in ihm klicken und er sah auf die Uhr. Es war Viertel vor zehn am Morgen.

Luft, dachte er, und mit diesem einen Wort klarte sich sein Verstand auf. Er hatte eine Aufgabe.

»Seien Sie alle still und beruhigen sich«, sagte er, ging zum kühlen Ofen und drehte an der Lüftungsklappe. Zu seiner Erleichterung bewegte sie sich. Der Schnee war nicht so tief in den Kamin gekommen.

»Mimmo, Signor D'Angelo, helft mir«, sagte Pino, während er seine Handschuhe anzog und sich daranmachte, den Ofen vom Kaminrohr abzurücken.

»Was tun Sie?«, fragte Signora Napolitano.

»Ich versuche dafür zu sorgen, dass wir nicht ersticken.«

»Oh lieber Gott«, sagte die Geigerin. »Nach allem, was ich durchgemacht habe, werden mein Baby und ich hier ersticken.«

»Nicht, wenn ich es verhindern kann.«

Pino trennte das Rohr vom Ofen und sie schoben ihn zur Seite. Dann lösten sie knapp unter der Decke den unteren Teil des geschwärzten Kaminrohrs.

Pino versuchte, mit der Grubenlampe nach oben in die Röhre zu leuchten, doch er konnte nicht viel erkennen. Er steckte die Hand hindurch und fühlte nach einer Brise, einem Anzeichen davon, dass Luft hindurchkam. Nichts. Er unterdrückte seine Panik, nahm einen der Skistöcke aus Bambus und schnitt mit seinem Messer den Ring aus Leder und Metall vom unteren Ende ab, sodass die Stahlspitze frei lag.

So stieß er den Skistock durch das Kaminloch nach oben. Als der Stock halb verschwunden war, ging es nicht weiter. Er stocherte gegen das Hindernis. Schnee fiel herunter und auf den Boden. Er stieß weiter mit dem Skistock hinein und drehte und bohrte, wobei ständig Schnee aus der Röhre fiel. Fünf Minuten. Zehn Minuten. Er konnte den Skistock und seinen ganzen Arm in den Kamin schieben und es war immer noch kein Durchkommen.

»Wie lange können wir es hier ohne Luft aushalten?«, fragte Mimmo.

»Ich habe keine Ahnung«, sagte Pino und zog den Stock zurück.

Er nahm einen zweiten Skistock und schnitt die Lederstücke, die er von den Stockenden entfernt hatte, in kleinere Streifen. Damit und mit seinem Gürtel schaffte er es, die zwei Stöcke aneinanderzubinden. Es war allerdings eine wacklige Verbindung und Pino konnte damit nicht mehr so fest stoßen.

Wie lange können wir ohne Luft überleben? Vier, fünf Stunden? Weniger?

Mimmo, Signor D'Angelo und Pino wechselten sich dabei ab, den Schnee im Kamin zu durchbohren, während Signora Napolitano, Signora D'Angelo und die Kinder in die Ecke gekauert zusahen. Von ihren Anstrengungen und dem Atmen hatte sich das Innere der Hütte erwärmt, es war fast heiß geworden. Der Schweiß tropfte Pino vom Kopf, während er die Skistöcke weiter nach oben stieß und ein Schneestück nach dem anderen herunterhackte.

Zwei Stunden, nachdem er begonnen hatte – der Griff des unteren Skistocks kam jetzt fast an die Decke –, stieß er auf etwas Unbewegliches. Er hieb wieder und wieder dagegen, doch es fielen nur noch Eissplitter herab. Es musste ein ganzer Eisblock darüberliegen.

»Es geht nicht«, sagte Mimmo frustriert.

»Du machst weiter«, sagte Pino und trat zur Seite.

Es war jetzt brütend heiß in der Hütte. Pino zog das Hemd aus und spürte, wie er nach Atem rang. *War es das? Würde es wehtun, keine Luft mehr zu bekommen?* Er erinnerte sich an einen Fisch, den er einmal am Strand von Rapallo hatte sterben sehen, wie sein Mund und die Kiemen nach Wasser gesucht hatten, jede Bewegung schwächer als die davor, bis es keine mehr gab. *Werden wir auch so enden? Wie der Fisch?*

Pino bemühte sich, die Panik in seiner Magengrube zu unterdrücken, während sein Bruder und dann Signor D'Angelo weiter gegen das Hindernis schlugen. *Bitte, Gott,* betete er. *Bitte lass uns nicht alle hier sterben. Mimmo und ich haben versucht, diesen Menschen zu helfen. Wir verdienen es nicht, so zu sterben. Wir müssen hier herauskommen und noch mehr Leuten bei der Flucht vor den …*

Etwas fiel klirrend den Kamin herunter und schlug gegen Mimmos Hände.

»Aua«, rief er vor Schmerz. »Verdammt, das tut weh. Was war das?«

Pino richtete die Grubenlampe auf den Boden. Ein Eisstück von der Größe zweier Fäuste lag auf dem Boden. Dann bemerkte er schwankende Schatten an den Wänden und auf dem Boden neben dem Eisbrocken. Er ging zum Kaminstumpf, legte die Hand daran und spürte einen schwachen, aber kontinuierlichen kühlen Zug.

»Wir haben Luft!«, sagte er und umarmte seinen Bruder.

Signor D'Angelo fragte: »Und jetzt graben wir uns aus?«

»Und jetzt graben wir uns aus«, bestätigte Pino.

»Könnt ihr das denn?«, fragte Signora Napolitano.

»Wir haben keine andere Wahl«, sagte Pino, blickte durch die Kaminröhre nach oben, sah schwaches Licht und überlegte, wie hoch der Schornstein aus dem Dach ragte. Dann schaute er zur offenen Tür und der Wand aus weißem Geröll, die den Eingang versperrte. Der obere Rand des Türrahmens war niedrig – vielleicht anderthalb Meter? Er stellte sich einen Tunnel vor, der schräg nach oben verlief. Doch wie lang müsste er sein?

Mimmo musste dasselbe gedacht haben, denn er sagte: »Wir haben mindestens drei Meter zu graben.«

»Mehr«, sagte Pino. »Wir können keinen Schacht direkt nach oben graben. Der Winkel muss so zur Tür sein, dass wir hinaufkriechen können.«

* * *

Mit den Eispickeln, dem Beil und der kleinen Metallschaufel, die zum Holzofen gehörte, gingen sie auf die Lawinentrümmer los. Sie gruben in einem Winkel von siebzig Grad zum Türrahmen und versuchten, einen Tunnel zu graben, der groß genug war, um hindurchzukrabbeln. Der erste Teil von einem Meter Länge war verhältnismäßig einfach. Der Schnee war nicht sehr fest. Kleinere Blöcke und kieselsteingroße Eisstücke und Geröll kamen bei jedem Schlag mit dem Pickel frei.

»Wir werden vor Einbruch der Dunkelheit draußen sein«, sagte Mimmo und schaufelte den Schnee nach hinten in den entferntesten Teil der Hütte.

Pinos Karbidlampe ging aus und ließ sie in völliger Dunkelheit zurück.

»Merda!«, fluchte Mimmo.

»Mamma«, jammerte Antonio.

Signora Napolitano fragte: »Wie können wir jetzt weitermachen?«

Pino entzündete ein Streichholz, suchte in seinem Gepäck herum und zog Andachtskerzen hervor. Er hatte drei Stück. Mimmo ebenso. Er zündete zwei davon an und stellte sie über und neben die Tür. Es war jetzt deutlich dunkler als vorher, aber ihre

Augen gewöhnten sich schnell an das flackernde Licht, und sie machten sich wieder an den Lawinenschutt, hackten und stocherten gegen das an, was sich jetzt wie ein einziger Block aus Schnee und Eis anfühlte. Durch die starke Reibungshitze in der Lawine waren die Trümmer teilweise so fest wie Zement geworden.

Sie kamen nur noch kriechend langsam voran. Doch jeder entfernte Brocken war ein Grund zum Feiern, und langsam bildete sich der Tunnel, breiter als Pinos Schultern, zunächst einen Meter, dann fast zwei Meter lang. Sie wechselten sich ab, der Mann vorne hackte auf das Eis und den Schnee ein und die anderen beiden schafften den Schnee nach hinten in die Hütte, wo die Familie D'Angelo und Signora Napolitano sich in eine Ecke gedrängt hatten und zusahen, wie der Schneeberg wuchs.

»Ob wir wohl genügend Platz für den ganzen Schnee haben?«, fragte die schwangere Geigerin.

»Wenn es sein muss, können wir den Ofen anmachen und etwas davon schmelzen«, sagte Pino.

Um acht Uhr abends waren sie nach Pinos Schätzung ungefähr vier Meter von der Tür entfernt. Sie machten Schluss. Er konnte das Beil nicht mehr heben. Er musste essen und schlafen. Sie alle mussten essen und schlafen.

Er sammelte die restlichen Vorräte aus den Rucksäcken, während Mimmo und Signor D'Angelo den Ofen wieder herrichteten. Pino teilte eine Hälfte der Vorräte in sechs Portionen und sie aßen Dörrfleisch, getrocknete Früchte, Nüsse und Käse. Es gab auch noch Tee. Sie drängten sich zusammen, bevor Pino den Ofen anmachte und die drittletzte Kerze ausblies.

Zweimal träumte er während der Nacht davon, lebendig in einem Sarg begraben zu werden, und wachte mit einem Ruck auf, horchte auf das Atmen der anderen und das Tick-Tick-Tick des abkühlenden Ofens. Schnee war auf dem Fußboden geschmolzen und er wusste, dass er bald in kühlem Matsch liegen würde. Doch er war so müde und seine Muskeln waren so wund und verkrampft, dass er sich nicht darum kümmerte und ein drittes Mal einschlief.

Mimmo stupste ihn Stunden später an. Er hatte die vorletzte Kerze angezündet.

»Es ist sechs Uhr«, sagte sein Bruder. »Zeit, hier rauszukommen.«

Kalt war es geworden. Pino schmerzten die Knochen. Alle Gelenke taten ihm weh. Doch er machte sich daran, den Rest des Essens und das Wasser, das er am Vorabend auf dem Ofen geschmolzen hatte, zu verteilen.

Signor D'Angelo ging zuerst in den Tunnel. Er hielt es zwanzig Minuten aus. Mimmo schaffte dreißig Minuten, bevor er aus dem Tunnel gerutscht kam, von Schweiß und geschmolzenem Eis durchnässt.

»Ich habe den Pickel und die Kerze oben gelassen«, sagte er. »Du musst sie wieder anmachen.«

Pino kroch durch den Tunnel nach oben, der jetzt ungefähr fünf Meter lang war. Als er die Wand erreichte, drehte er sich und entzündete eines seiner vier noch übrigen Streichhölzer. Die Kerze näherte sich ihrem Ende.

Energisch ging er gegen den Schnee und das Eis an. Er hieb, stach und brach Brocken aus dem Schnee. Er schaufelte, drückte und trat die gefrorenen Trümmer hinter sich.

»Mach langsamer!«, rief Mimmo nach dreißig Minuten Tortur. »Wir kommen nicht mit.«

Pino machte eine Pause, japste nach Luft, als wäre er eine weite Strecke gelaufen, und spähte zur Kerze, die jetzt kaum noch ein Stumpf war und mit den Wassertropfen zu kämpfen hatte, die gelegentlich von der Tunneldecke fielen.

Er haute mit dem Pickel einen kleinen Vorsprung in die Wand und stellte die Kerze dorthin. Dann machte er sich wieder an die Arbeit, diesmal mit einem langsameren Rhythmus und mehr Strategie. Er suchte in der Oberfläche nach Rissen und versuchte, hineinzuschlagen. Die Stücke brachen in seltsam geformten Brocken von zehn oder zwölf Zentimetern herab.

Der Schnee ist hier anders, dachte er und ließ ihn sich durch die Finger rieseln. Er war zerbrechlich und die Kristalle waren fast so facettiert wie die feinsten Juwelen seiner Mutter. Er setzte sich hin. Diese Art Schnee konnte von oben einbrechen. Während sie sich ihren Weg durch das feste Stück aus Schnee und Eis geschlagen hatten, hatte er niemals daran gedacht, dass die Decke einbrechen könnte. Jetzt konnte er an nichts anderes denken, und es lähmte ihn.

»Was ist los?«, rief Mimmo, während er hinter ihm in den Tunnel kletterte.

Bevor Pino antworten konnte, flackerte die Flamme der Kerze und ging aus. Finsternis umfing ihn. Er begrub sein Gesicht in den Händen, überwältigt von dem Gefühl, dass er genau wie die Kerze ausgehen und sterben würde. Wellen der Emotion – Angst, Verlassenheit und Hoffnungslosigkeit – brachen über ihm zusammen.

»Warum?«, flüsterte er. »Was haben wir …?«

»Pino!«, rief Mimmo. »Pino, sieh hoch!«

Pino hob den Kopf und sah, dass es im Tunnel nicht völlig dunkel geworden war. Ein dumpfer silberner Glanz leuchtete durch die Tunneldecke und seine Tränen der Verzweiflung verwandelten sich in solche der Freude.

Sie waren fast an der Oberfläche, doch wie Pino befürchtet hatte, brach der körnige Schnee ein und begrub ihn zweimal, zwang ihn, umzukehren und neu zu graben, bevor er endlich den Eispickel vorstieß und spürte, wie er den letzten Widerstand durchbrach. Als er den Pickel zurückzog, strahlte helles Sonnenlicht herein.

»Ich bin durch«, schrie er. »Ich bin durch!«

* * *

Signora Napolitano, Signora D'Angelo und die Kinder jubelten, als er seinen Kopf und dann die Schultern durch die Schneedecke nach draußen drückte. Das Unwetter war schon lange vergangen und hatte kalte Gebirgsluft zurückgelassen. Sie roch köstlich und schmeckte noch besser. Der Himmel war klar und kobaltblau. Die Sonne war gerade erst über den Gebirgskamm im Osten gekrochen. Fünfzehn frische Zentimeter Pulverschnee lagen auf dem Trümmerfeld der Lawine, das er auf fast fünfzig Meter Breite und fünfhundert Meter Länge einschätzte. Hoch über ihm an der Spitze des Groppera konnte er eine gezackte Bruchlinie im Schnee erkennen.

An manchen Stellen hatte der Schneerutsch den Berg fast kahl geschoren. Felsbrocken und Erde und kleinere Bäume lagen vermischt im Neuschnee. Als er die Zerstörung sah und ein Gefühl für die unbändige Macht der Lawine bekam, wurde ihm klar, was es für ein Wunder war, dass sie überlebt hatten.

Signora D'Angelo dachte genauso, wie auch ihr Mann, der seinen Kindern nach draußen folgte. Mimmo kletterte hinter Signora Napolitano heraus. Pino stieg wieder in die Hütte hinein, holte die Skier und das Gepäck und schob alles durch den Tunnel.

Als er zum letzten Mal aus dem Tunnel nach draußen kam, war er erschöpft und voll Dankbarkeit. *Es ist ein Wunder, dass wir draußen sind. Wie kann man das sonst erklären?*

»Was ist das?«, fragte Antonio und zeigte hinab ins Tal.

»Das, mein Freund, ist das Val di Lei«, sagte Pino. »Und diese Berge dort drüben, das sind der Pizzo Emet und der Piz della Palù. Weit unterhalb dieser Gipfel, unter diesen Bäumen dort, wird Italien zur Schweiz.«

»Das sieht ziemlich weit aus«, meinte Giuditta.

»Ungefähr fünf Kilometer«, erwiderte Pino.

»Das schaffen wir«, sagte Signor D'Angelo. »Jeder hilft jedem.«

»Ich kann nicht.« Das war Signora Napolitano.

Pino drehte sich um und sah die schwangere Geigerin auf einem Schneebrocken sitzen, beide Hände an den Bauch gelegt. Ihre Kleidung war frostbedeckt.

»Sicher können Sie das«, sagte Pino.

Sie schüttelte den Kopf und begann zu weinen. »Das alles. Es ist zu viel für mich. Ich blute.«

Pino verstand nicht, was sie meinte, bis Signora D'Angelo sagte: »Das Baby, Pino.«

Ihm zog sich der Magen zusammen. Sie verlor das Baby? Hier draußen?

Oh Gott. Nein, bitte nicht!

»Sie können sich nicht bewegen?«, fragte Mimmo.

»Ich sollte mich nicht bewegen«, sagte Signora Napolitano.

»Aber Sie können nicht hierbleiben«, entgegnete Mimmo. »Sie werden sterben.«

»Und wenn ich weitergehe, stirbt vielleicht mein Kind.«

»Das wissen Sie aber nicht.«

»Mein Körper sagt es mir.«

»Aber wenn Sie hierbleiben, werden Sie beide hier sterben«, beharrte Mimmo.

»Es ist besser so«, sagte die Geigerin. »Ich könnte nicht weiterleben, wenn mein Baby sterben würde. Geht also!«

»Nein«, sagte Pino. »Wir bringen Sie in die Schweiz, wie wir es Pater Re versprochen haben.«

»Ich werde keinen Schritt mehr machen!«, schrie Signora Napolitano hysterisch.

Pino beschloss, bei ihr zu bleiben und die anderen mit Mimmo vorauszuschicken, doch dann blickte er sich um, überlegte einen Augenblick und sagte dann: »Vielleicht müssen Sie gar keinen Schritt machen.«

Er ließ sein Gepäck fallen und schnallte sich die langen Holzskier mit der sogenannten Bärenfallenbindung aus Leder und Stahlkabel an. Er spielte an den Bindungen herum, bis er die Skier fest an den Stiefeln hatte.

»Bereit?«, fragte er Signora Napolitano.

»Bereit für was?«

»Kommen Sie auf meinen Rücken«, sagte Pino. »Ich nehme Sie huckepack.«

»Auf Skiern?«, rief sie entsetzt. »Ich habe in meinem ganzen Leben noch nie auf Skiern gestanden.«

»Sie sind auch noch nie unter einer Lawine begraben worden«, sagte Pino. »Und Sie werden nicht auf Skiern stehen. Das mache ich.«

Sie starrte ihn zweifelnd an. »Und wenn wir fallen?«

»Ich werde dafür sorgen, dass es nicht geschieht«, sagte er mit der Überzeugungskraft eines Siebzehnjährigen, der schon so lange Ski fuhr, wie er laufen konnte.

Sie rührte sich nicht.

»Ich biete Ihnen eine Möglichkeit, Ihr Baby zu retten und frei zu sein«, sagte Pino und zog den Geigenkasten aus dem Rucksack.

»Was machst du mit meiner Stradivari?«, fragte sie.

»Im Gleichgewicht bleiben«, antwortete Pino und streckte den Kasten vor sich aus, als wäre er das Lenkrad eines Autos. »Wie im Orchester wird Ihre Geige uns führen.«

* * *

Es gab eine kleine Pause, in der Signora Napolitano zum Himmel blickte, dann stand sie angstbebend aus dem Schnee auf.

»Halten Sie sich an meiner Schulter fest, nicht an meinem Hals«, sagte Pino und drehte ihr den Rücken zu. »Und legen Sie die Beine fest um meine Taille.«

Signora Napolitano ergriff seine Schultern. Er ging in die Hocke, griff nach ihren Beinen und half ihr auf seinen Rücken.

Sie legte die Beine um ihn und er hob sie an. Sie war nicht viel schwerer als sein Rucksack.

»Denken Sie an einen Jockey auf einem Pferd«, sagte Pino, hob die Geige vor sich und hielt sie quer. »Und lassen Sie nicht los.«

»Loslassen? Nein, niemals. Absolut das Letzte, was ich im Sinn habe.«

Pino spürte einen Funken Zweifel, doch dann schüttelte er ihn ab, bewegte die Füße und lenkte die Skier den Hang hinab zum äußeren Rand des Lawinenfeldes, rund dreißig Meter entfernt. Sie begannen zu rutschen. Im Boden gab es Erhebungen und zackige Eisspitzen, die aus dem Neuschnee herausragten. Er versuchte, sie zu meiden, während sie schneller wurden. Doch dann erhob sich eine Bodenwelle unausweichlich in ihrem Weg. Sie fuhren direkt darüber hinweg, hoben ab und flogen ein Stück durch die Luft.

»Ahhhh!!!«, schrie Signora Napolitano.

Pino landete ungeschickt mit schiefen Skiern und glaubte für eine Sekunde, dass er die Skier verlieren und sich zusammen mit der schwangeren Geigerin drehen und schwer in die gefrorenen Lawinentrümmer fallen würde.

Stattdessen sah er, dass sie auf einen Baumstumpf zu fuhren. Er machte einen instinktiven Hüpfer nach links, um auszuweichen, und dann einen weiteren. Mit den zwei Bewegungen gewann er das Gleichgewicht zurück und die Skier beschleunigten. Pino und Signora Napolitano schossen aus dem Trümmerfeld heraus in flockigen Pulverschnee.

Pino hielt den Geigenkasten weiter vor sich ausgestreckt und musste grinsen, dann begann er, sich mit den Beinen gleichmäßig abzustoßen, stieß sie tief in den Schnee und entspannte sie dann, sodass er die Füße abwechselnd anhob, wie es ihm Pater Re beigebracht hatte. Mit dieser Bewegung verlagerte er immer wieder sein Gewicht, wodurch er die Skier fast mühelos drehen konnte.

Sie wiesen in langen, geschwungenen Kurven nach links und dann nach rechts, sodass er weiter an Geschwindigkeit gewann und durch Schneewehen schoss, die explodierten und ihre Gesichter bedeckten. Seit einer Weile hatte Signora Napolitano nichts mehr gesagt. Er nahm an, dass sie zu gucken aufgehört hatte und sich nur noch an ihr Leben klammerte.

»Huiiii!«, schrie sie auf einmal in sein Ohr. »Es ist, als wären wir Vögel, Pino! Wir fliegen ja!«

Signora Napolitano kicherte und machte »Hopp!«, wann immer sie über einen kleinen Hügel fuhren. Er spürte, wie sie ihr Kinn fest gegen seine rechte Schulter presste, und merkte, dass sie sehen konnte, wohin sie fuhren, während er die Skier in langen, gleitenden, breiten Schlangenlinien den Hang hinab zu dem gefrorenen See und dem Wald und der Freiheit dahinter antrieb.

Bald würden sie an Gefälle verlieren. Der Weg vor ihnen wurde flacher. Auch wenn seine Schenkel brannten, lenkte er die Skier zur letzten steilen Stelle, direkt auf das bewaldete Dreieck Italiens zu, das in die Schweiz hineinragte.

Pino machte jetzt keine Kurven mehr, keinen Slalom. Er fuhr in Schusslinie direkt geradeaus, tief gebeugt und die Geige für sein Gleichgewicht ausgestreckt. Die Skier pfiffen und flogen über den Schnee. Sie sausten das letzte Stück hinab, dreißig, vierzig, vielleicht fünfzig Kilometer in der Stunde, ein Kniezucken entfernt von einer Katastrophe. Er sah den Übergang, wo der Hügel auf die Ebene traf, und brachte seine Füße wieder unter sich, um zu parieren.

Sie schossen am See vorbei. Pino blieb geduckt, schnitt den Wind, und sie erreichten fast die Baumgrenze. Als sie zum Stehen kamen, waren sie weniger als einen Schneeballwurf vom Wald entfernt.

* * *

Für eine Sekunde waren beide still.

Dann begann Signora Napolitano zu lachen. Sie löste die Beine von Pinos Taille und ließ seine Schultern los. Sie stellte sich hin und hielt sich den Bauch, ging in dem weichen Schnee in die Knie und gluckste los, als hätte sie niemals etwas so sehr in ihrem Leben genossen. Pino ließ sich von ihrem Schnauben und Glucksen mitreißen. Es war ansteckend. Er ließ sich neben sie fallen und lachte, bis er weinte.

Was haben wir für eine verrückte Sache gemacht. Wer hätte …

»Pino!«, rief eine Männerstimme scharf.

Pino erschrak, blickte auf und sah Herrn Bergström, der am Waldrand stand. Er trug seine Schrotflinte und wirkte sehr besorgt.

»Wir haben es geschafft, Herr Bergström!«, schrie Pino.

»Ihr seid einen Tag zu spät«, sagte Bergström. »Und kommt weg aus dem Freien. Bring sie in den Wald, wo sie nicht gesehen werden kann.«

Pino wurde ernst und nahm die Skier ab. Er reichte Signora Napolitano ihre Geige. Sie setzte sich auf und umarmte sie, dabei sagte sie: »Ich glaube, jetzt wird alles gut, Pino. Ich kann es fühlen.«

»Können Sie gehen?«, fragte Pino.

»Ich kann es versuchen«, sagte sie und er half ihr auf die Beine.

Er hielt sie an der Hand und am Ellbogen und stützte sie durch den Schnee zum Weg.

»Was ist mit ihr?«, fragte Bergström, nachdem sie es bis unter die Bäume geschafft hatten.

Signora Napolitano erzählte ihm mit einem strahlenden Glühen im Gesicht von dem Baby und ihrer Blutung. »Aber jetzt glaube ich, dass ich so weit gehen kann, wie ich muss.«

»Nicht mehr weit, nur noch ein paar Hundert Meter«, sagte Bergström. »Wenn Sie in der Schweiz sind, kann ich Ihnen ein

Feuer machen. Ich gehe runter und komme mit einem Schlitten für Sie zurück.«

»Ein paar hundert Meter schaffe ich«, sagte sie. »Und ein Feuer klingt himmlisch. Sind Sie schon einmal Ski gelaufen, Herr Bergström?«

Der Schweizer Mann sah sie an, als wäre sie verrückt, doch er nickte.

»Ist das nicht großartig?«, sagte die Geigerin. »Ist es nicht das Großartigste, was Sie je getan haben?«

Zum ersten Mal sah Pino Herrn Bergström lächeln.

Sie warteten am Waldrand, erzählten dem Schweizer von dem Unwetter und der Lawine und sahen zu, wie Mimmo und die D'Angelos langsam den Hang herabkamen. Signora D'Angelo trug ihre Tochter. Signor D'Angelo hatte Pinos Gepäck und die Skistöcke, und sein Sohn kam hinterher. Sie brauchten in dem tiefen Schnee fast eine Stunde, um die Ebene hinter dem See zu erreichen.

Pino kam ihnen auf Skiern entgegen, nahm Giuditta auf den Rücken und brachte sie zum Wald. Bald waren alle sicher unter den Bäumen.

»Ist das die Schweiz?«, fragte Antonio.

»Noch nicht ganz«, sagte Bergström.

Nach einer kurzen Pause machten sie sich auf in Richtung Grenze, wobei Pino Signora Napolitano über den schon oft gegangenen Weg durch den Wald half. Als sie die Baumgruppe erreichten, die Stelle, wo Italien zur Schweiz wurde, blieben sie stehen.

»So«, sagte Herr Bergström. »Jetzt sind Sie sicher vor den Nazis.«

Signora D'Angelo liefen die Tränen über die Wangen.

Ihr Mann umarmte sie und küsste ihre Tränen weg. »Wir sind sicher, mein Liebling«, sagte er. »Was haben wir für ein Glück, wo doch so viele andere …«

Er hielt inne und musste schlucken. Seine Frau strich ihm über die Wange.

»Wie können wir euch das je vergelten?«, fragte Signora Napolitano zu Pino und Mimmo.

»Was?«, sagte Pino.

»Was! Ihr habt uns durch diesen Albtraum von Unwetter geführt und uns aus der Hütte befreit. Du hast mich auf Skiern den Berg hinuntergebracht!«

»Was hätten wir sonst tun sollen? Unseren Glauben verlieren? Aufgeben?«

»Du? Niemals!«, sagte Signor D'Angelo und drückte jetzt Pinos Hand. »Du bist wie ein Stier. Du gibst niemals auf.«

Dann umarmte er Mimmo. Signora D'Angelo tat es ihm nach, wie auch ihre Kinder. Signora Napolitano umarmte Pino am längsten.

»Tausend Segenswünsche für dich, dass du mir gezeigt hast, wie man fliegt, junger Mann«, sagte sie. »Das werde ich niemals vergessen, solange ich lebe.«

Pino grinste und spürte, wie ihm die Augen feucht wurden. »Das werde ich auch nicht.«

»Gibt es nichts, was ich für dich tun kann?«, fragte sie ihn.

Pino wollte gerade ablehnen, da sah er den Geigenkasten. »Spielen Sie für uns, während wir zurück nach Italien gehen. Ihre Musik wird uns Kraft geben für die lange Kletterpartie und die Skifahrt zurück.«

Das gefiel ihr und sie blickte zu Bergström. »Ist das in Ordnung?«

Er sagte: »Hier wird Sie niemand aufhalten.«

Dort im verschneiten Wald hoch in den Schweizer Alpen öffnete Signora Napolitano ihren Kasten und harzte ihren Bogen. »Was willst du hören?«

Aus irgendeinem Grund erinnerte sich Pino an jene Augustnacht, als er und sein Vater und Tullio und die

Beltraminis den Zug hinaus aufs Land genommen hatten, um der Bombardierung Mailands zu entkommen.

»Nessun dorma«, sagte Pino. »Keiner schlafe.«

»Das kann ich im Schlaf spielen, doch für dich werde ich es *con smania* spielen«, sagte sie mit feuchten Augen. »Geht jetzt. Kein Lebwohl unter alten Freunden.«

Signora Napolitano spielte die Anfangstöne der Arie so perfekt, dass Pino bleiben wollte, um das ganze Stück zu hören. Doch er und sein Bruder hatten noch anstrengende Stunden vor sich und wer wusste, welche Herausforderungen noch auf sie warteten?

Die Jungen schulterten ihr Gepäck und gingen los. Sie verloren Signora Napolitano und die anderen im dichten Wald sofort aus den Augen, doch sie konnten ihr schönes Spielen hören – *con smania,* mit Leidenschaft –, jeder Ton wurde von der dünnen, klaren Bergluft getragen. Sie erreichten die Waldgrenze und zogen ihre Skier an, während sie das Tempo steigerte und die Melodie der triumphierenden Arie weiter erklingen ließ, wie Radiowellen, die Pino mitten ins Herz trafen und seine Seele zum Schwingen brachten.

Am Rande des Sees hielt er an, um dem fernen Crescendo zu lauschen, und war tief bewegt, als die Geige schließlich verstummte.

Das klang wie Liebe, dachte Pino. *Wenn ich mich verliebe, dann wird es sich bestimmt so anfühlen.*

Unvorstellbar glücklich begann Pino, im strahlenden winterlichen Sonnenschein mit den Fellen an den Skiern hinter Mimmo den Hang zum Nordkessel des Groppera hinaufzusteigen.

Zwölf

26. April 1944

Pino wachte von einem Läuten auf. Es waren fast zweieinhalb Monate vergangen, seit er Signora Napolitano und die D'Angelos in die Schweiz geführt hatte. Er setzte sich auf, dankbar dafür, dass ihn Pater Re nach einer weiteren Tour zum Val di Lei hatte ausschlafen lassen. Als er aufstand, merkte er, dass er keinen Muskelkater hatte. Er bekam überhaupt keinen Muskelkater mehr. Er fühlte sich gut und kräftig – so kräftig wie noch nie. Und wie konnte es auch anders sein? Seit Signora Napolitano für ihn und Mimmo gespielt hatte, hatte er mindestens ein Dutzend weiterer Touren in die Schweiz gemacht.

Er hörte das Läuten aufs Neue und blickte aus dem Fenster. Sieben Ochsen mit Glocken um den Hals schoben und drückten gegeneinander, während sie versuchten, an die Heuballen zu kommen, die für sie ausgelegt waren.

Nachdem er sie ausreichend betrachtet hatte, zog Pino sich an. Er betrat gerade den leeren Speisesaal, als er draußen Männerstimmen hörte, die riefen, schrien und drohten. Besorgt kam Bruder Bormio aus der Küche. Zusammen gingen sie und öffneten die Vordertür der Casa Alpina. Da stand Pater Re, ein Stück neben der kleinen Veranda, und blickte ruhig in den Lauf eines Gewehrs.

Mit einem neuen roten Tuch um den Hals sah Tito über den Lauf seines Gewehrs hinweg den Priester an. Dieselben drei Gauner, die mit ihm zusammen bei der Silvesterfeier gewesen waren, standen hinter ihm.

»Ich habe deinen Jungs den ganzen Winter über gesagt, dass sie den Emet nicht mehr nutzen sollen, wenn ihr nicht Tribut zahlen wollt, um die Befreiung Italiens zu unterstützen«, knurrte Tito. »Ich bin hier, um mein Geld zu kassieren.«

»Einen Priester zu erpressen«, entgegnete Pater Re. »Du bist ganz schön aufgestiegen in der Welt, Tito.«

Der Mann starrte ihn an, entsicherte sein Gewehr und sagte: »Das ist zur Unterstützung des Widerstands.«

»Ich unterstütze die Partisanen«, widersprach der Priester, »die Garibaldi-Brigade, und ich weiß, du gehörst nicht zu ihnen, Tito. Keiner von euch. Ich glaube, du trägst das Halstuch nur, damit es deinen Zwecken dient.«

»Gib mir, was ich will, alter Mann, oder ich werde deine Schule niederbrennen und dich und all deine Gören umbringen. Das kannst du mir glauben.«

Pater Re zögerte. »Ich werde dir Geld geben. Und Essen. Tu das Gewehr weg.«

Tito betrachtete den Priester prüfend für eine Sekunde, wobei sein rechtes Auge zuckte. Er fuhr sich mit der Zunge in den Mundwinkel. Dann lächelte er, senkte das Gewehr und sagte: »Mach das und sei dabei nicht geizig, oder ich werde mich selbst ein wenig im Innern umsehen und gucken, was ihr wirklich habt.«

Pater Re sagte: »Warte hier.«

Der Priester drehte sich um und bemerkte Bormio und hinter ihm Pino.

Pater Re ging hinein und sagte: »Gib ihm Essen für drei Tage.«

»Pater?«, fragte der Koch.

»Mach es, Bruder, bitte«, sagte Pater Re im Weitergehen.

Bruder Bormio drehte sich widerwillig um und folgte dem Priester, sodass Pino in der Tür zurückblieb. Tito entdeckte ihn, grinste verschlagen und sagte: »Na, sieh einer an, wen wir hier haben. Mein alter Freund von der Silvesterfeier. Warum kommst du nicht raus? Sagst Hallo zu mir und meinen Freunden?«

»Lieber nicht«, sagte Pino. Er hörte die Wut in seiner Stimme und zügelte sie nicht.

»Lieber nicht?«, sagte Tito und zielte mit der Waffe auf ihn. »Du hast keine rechte Wahl, oder?«

* * *

Pino erstarrte. Er hasste diesen Mann aufrichtig. Er ging hinaus und trat von der kleinen Veranda herab, stellte sich vor Tito und starrte kalt auf ihn und seine Waffe. »Was willst du diesmal von mir? Meine Unterwäsche?«

Tito leckte sich die Mundwinkel, schaute hinab auf die Stiefel und lächelte. Dann trat er vor und schwang den Gewehrkolben heftig nach oben. Er traf Pino in die Hoden, sodass der vor Schmerzen zu Boden ging.

»Was ich will, Junge?«, sagte Tito. »Wie wäre es mit ein wenig Respekt vor jemandem, der versucht, Italien von dem Nazidreck zu befreien?«

Pino krümmte sich im Matsch und kämpfte dagegen an, sich zu übergeben.

»Sag es«, sagte Tito und stellte sich über ihn.

»Was?«, presste Pino hervor.

»Dass du Tito respektierst. Dass Tito der Partisanenführer ist, der für die Dinge um den Splügenpass herum zuständig ist. Und dass du, Junge, Tito gegenüber Rechenschaft ablegen musst.«

So sehr es auch schmerzte, schüttelte Pino doch den Kopf. Durch zusammengebissene Zähne sagte er: »Nur eine Person regelt die Dinge hier. Pater Re. Ich gehöre zu ihm und Gott allein.«

Tito hob sein Gewehr, die Unterseite des Kolbens direkt über Pinos Kopf. Pino war sich sicher, dass er versuchen würde, ihm den Schädel einzuschlagen. Er ließ seine Hoden los, um den Kopf zu schützen, und schreckte vor einem Schlag zurück, der nicht kam.

»Aufhören!«, dröhnte Pater Re. »Hör auf, oder bei Gott, ich werde die Deutschen rufen und ihnen sagen, wo sie dich finden!«

Tito hob das Gewehr an die Schulter und zielt damit auf Pater Re, der von der Veranda gekommen war.

»Uns verraten? Höre ich richtig?«, sagte Tito.

Pino stieß sein Bein vor und trat Tito mit dem Stiefel direkt gegen die Kniescheibe. Tito brach zusammen. Das Gewehr ging los. Die Kugel flog an Pater Re vorbei und traf die Seitenwand der Casa Alpina.

Pino ging auf Tito los und schlug ihm einmal kräftig auf die Nase, hörte, wie sie knackte, und sah Blut hervorschießen. Dann nahm er das Gewehr, stand auf und lud es durch, bevor er die Waffe auf Titos Kopf richtete.

»Hört auf, verdammt!«, sagte Pater Re, stellte sich vor Pino und deckte ihn vor Titos Männern, die auf ihn zielten. »Ich habe gesagt, dass ich euch Geld für eure Sache gebe und Essen für drei Tage. Seid klug. Nehmt es und geht, bevor hier noch schlimmere Dinge geschehen.«

»Erschießt ihn!«, schrie Tito, wischte sich das Blut mit dem Ärmel ab und starrte auf Pino und den Priester. »Erschießt beide!«

Für einen Atemzug herrschte Stille und Unbeweglichkeit und Verwirrung. Dann senkten Titos Männer einer nach dem anderen ihre Gewehre. Pino atmete erleichtert aus, zuckte angesichts des dumpfen Schmerzes zusammen, der noch immer zwischen seinen Beinen herrschte, und richtete das Gewehr weg von Titos Gesicht. Er löste das Magazin und zog den Bolzen, um die letzte Kugel herauszuholen.

Pino wartete, während Titos Männer das Essen und das Geld nahmen. Zwei von ihnen stützten Tito unter den Achseln und ignorierten die Flüche und Beleidigungen, die er ihnen entgegenwarf. Pino reichte dem dritten Mann Titos entladenes Gewehr.

»Lade es! Ich werde sie alle umbringen!«, tobte Tito, während ihm das Blut über die Lippen und das Kinn lief.

»Lass gut sein, Tito«, sagte einer. »Er ist ein Priester, um Himmels willen.« Die zwei Männer legten sich Titos Arme um die Schultern und taten ihr Bestes, um ihn von der Casa Alpina fortzuschaffen. Doch der Bandenboss wand sich und blickte noch einmal zurück.

»Das ist noch nicht vorbei«, brüllte Tito. »Vor allem für dich, Junge. Das ist noch nicht vorbei!«

* * *

Pino stellte sich zitternd neben Pater Re.

»Bist du in Ordnung?«, fragte der Priester.

Pino blieb lange still, bevor er sagte: »Pater, ist es eine Sünde, wenn ich mich frage, ob ich das Richtige getan habe, weil ich den Mann nicht getötet habe?«

Der Priester sagte: »Nein, es ist keine Sünde, und du hast genau das Richtige getan, indem du ihn nicht getötet hast.«

Pino bewegte ruckartig den Kopf, doch seine Unterlippe bebte, und es kostete ihn die allergrößte Mühe, seine Gefühle herunterzuschlucken. Alles war so schnell gegangen, so …

Pater Re tätschelte Pinos Rücken. »Habe Vertrauen. Du hast das Richtige getan.«

Er nickte erneut, konnte dem Priester jedoch nicht in die Augen sehen, da er befürchtete, weinen zu müssen.

»Woher hast du gelernt, so mit einem Gewehr umzugehen?«, fragte Pater Re.

Pino wischte sich die Augen, räusperte sich und sagte heiser: »Von meinem Onkel Albert. Er hat ein Jagdgewehr, eine Mauser, so ähnlich wie das hier. Er hat es mir beigebracht.«

»Ich kann gar nicht sagen, ob du tapfer warst oder nur töricht.«

»Ich hätte nicht zugelassen, dass Tito Euch umbringt, Pater.«

Der Priester lächelte und sagte: »Sei gesegnet dafür. Ich war auch nicht bereit, schon heute zu sterben.«

Pino lachte, zuckte zusammen und sagte dann: »Ich auch nicht.«

Sie gingen wieder in die Schule hinein. Pater Re brachte Pino Eis und Bruder Bormio machte ihm ein Frühstück, das er gierig verschlang.

»Du wächst immer weiter und wir kommen nicht mehr mit«, brummte Bormio.

»Wo sind die anderen?«, fragte Pino.

»Skifahren mit Mimmo«, sagte Pater Re. »Sie werden zum Essen zurück sein.«

Während er seine zweite Portion Eier, Wurst und Schwarzbrot aß, kamen zwei Frauen und vier Kinder schüchtern in den Raum, gefolgt von einem Mann Mitte dreißig und zwei sehr kleinen Jungen. Pino konnte sofort sehen, dass es Flüchtlinge waren. Er hatte gelernt, den Ausdruck verfolgter Menschen zu erkennen.

»Wirst du für morgen früh wieder bereit sein?«, fragte ihn Pater Re.

Pino rutschte herum, spürte einen dumpfen Schmerz in den Lenden, sagte aber: »Ja.«

»Gut. Und kannst du mir einen Gefallen tun?«

»Jederzeit, Pater«, sagte Pino.

»Geh zum Kapellenturm und sieh nach dem Zeichen aus Campodolcino«, sagte er. »Du kannst deine Bücher mitnehmen und dort ein wenig lesen.«

Zwanzig Minuten später kletterte Pino mit seiner Büchertasche auf dem Rücken vorsichtig über eine Leiter in den Kapellturm hinauf. Seine Hoden schmerzten noch immer. Die Sonne schien auf den Turm und es war überraschend warm, zu warm für die vielen Kleider, die er trug.

Er stellte sich auf den schmalen Steg, der an der Innenwand der Kapellenspitze verlief, und spähte in die Leere, wo die Glocke hätte sein sollen. Pater Re hatte noch keine einbauen lassen. Pino öffnete eine schmale Klappe, um durch den Spalt im Felsen zu blicken, der ihm erlaubte, die oberen zwei Fenster des Pfarrhauses in Campodolcino mehr als einen Kilometer unterhalb zu sehen.

Pino legte die Büchertasche ab und zog ein Fernglas hervor, das ihm Pater Re gegeben hatte. Er spähte hindurch, erneut überrascht darüber, wie nah damit das Pfarrhaus wirkte. Er betrachtete die zwei Fenster. Die Jalousien waren zugezogen, also war irgendeine deutsche Patrouille im Splügengebiet unterwegs. Sie schienen die Fahrt über diese Strecke immer gegen Mittag zu machen, plus/minus eine Stunde.

Pino sah auf die Uhr. Es war Viertel vor elf.

Er stand da, genoss die warme Frühlingsluft und beobachtete die Vögel, die zwischen den Fichten umherflitzten. Er gähnte, schüttelte den Kopf, um das unbändige Verlangen nach Schlaf abzuschütteln, und schaute ab und an durch das Fernglas.

Dreißig Minuten später wurden zu seiner Erleichterung die Jalousien hochgezogen. Die Patrouille war durch und fuhr das Tal hinab nach Chiavenna. Pino gähnte und fragte sich, wie viele Flüchtlinge heute Abend noch nach Motta kommen würden. Wenn es zu viele waren, musste man sie aufteilen. Er würde eine Gruppe nehmen und Mimmo die andere.

Sein Bruder war während der vergangenen paar Monate stark gewachsen. Mimmo war jetzt kaum noch ein – nun ja, kaum noch ein Blag und so kräftig wie jeder andere in den Bergen. Pino merkte zum ersten Mal, dass er seinen jüngeren Bruder als besten Freund betrachtete, der ihm sogar näherstand als Carletto.

Dann fragte er sich, wie es Carletto ging, wie es Carlettos Mutter ging und Signor Beltramini. Er blickte hinunter auf den Steg und ihm wurden die Augen schwer. Er konnte sich hier hinlegen, aufpassen, dass er nicht hinunterfiel, und ein Nickerchen in dem netten, warmen …

Nein, beschloss er. Er konnte fallen und sich den Hals brechen. Er würde die Leiter herabklettern und auf einer der Bänke schlafen. Es war nicht so warm, doch er hatte seine Jacke und seine Mütze. Nur für zwanzig Minuten die Augen zumachen.

Pino hatte keine Ahnung, wie lange und wie tief er in seinen traumlosen Schlaf gefallen war, doch er wusste, dass ihn etwas aufgeschreckt hatte. Schlaftrunken öffnete er die Augen und versuchte herauszufinden, was es war. Er sah sich in der Kapelle um und hinauf in den Turm und …

Er hörte ein entferntes Klingelgeräusch. Was war das? Woher kam es?

* * *

Pino stand gähnend auf und das Klingeln verstummte. Dann begann es erneut, wie ein Hammer auf Metall. Und hörte wieder auf. Er stellte fest, dass er die Büchertasche, das Fernglas und die Taschenlampe auf dem Steg gelassen hatte. Er kletterte die Leiter hinauf, holte die Tasche und wollte gerade die Luke verschließen, als das Geräusch erneut begann. Da wurde ihm klar, dass es die Glocke in der Kirche unten in Campodolcino war, die da läutete.

Er sah auf die Uhr, um zu sehen, wie lange er geschlafen hatte. Zwanzig nach elf? Normalerweise läutete die Glocke zur vollen Stunde. Jetzt läutete sie in einem durch und …?

Pino nahm das Fernglas und starrte hinab auf das Fenster. Die Jalousie links war geschlossen. Im rechten Fenster blitzte ein Licht. Pino starrte hin und fragte sich, was das bedeutete, und erkannte dann, dass das Licht für einen Sekundenbruchteil anging und dann länger. Es hörte auf und begann erneut, und Pino erkannte, dass es ein Signal war. Morsezeichen?

Er nahm seine Lampe und ließ sie zweimal blitzen. Das Licht unten blitzte ebenfalls zweimal und wurde dann dunkel. Die Glocke läutete nicht mehr. Dann kam das Licht erneut und blinkte in Kürzen und Längen. Als es aufhörte, nahm er einen Stift und Papier aus der Tasche und wartete, dass das Licht erneut aufleuchtete. Als es das tat, begann er, die Folge aus kurzem und langem Licht bis zum Ende zu notieren.

Pino kannte den Morsecode nicht und wusste auch nicht, was ihm der Beobachter in Campodolcino zu sagen versuchte, doch er wusste, dass es nicht gut war. Er blinkte zweimal mit seiner Lampe, verstaute sie und kletterte die Leiter hinab. Dann sprintete er zur Schule.

»Pino!«, hörte er Mimmo rufen.

Sein Bruder kam auf Skiern den Hang hinter der Schule herab und winkte wild mit den Stöcken. Pino ignorierte ihn, lief in die Casa Alpina und fand Pater Re und Bruder Bormio im Gespräch mit den Flüchtlingen im Flur.

»Pater«, keuchte Pino. »Etwas stimmt nicht.«

Er berichtete von der Glocke, den Fensterläden und dem blinkenden Licht. Er zeigte dem Priester das Papier. Pater Re sah es ratlos an. »Warum glaubst du, dass ich Morsezeichen kenne?«

»Das müsst Ihr nicht«, sagte Bruder Bormio. »Ich kenne sie.«

Pater Re reichte ihm das Papier und fragte: »Woher?«

»Ich habe es in der …«, begann der Koch, dann wich alle Farbe aus seinem Gesicht.

Mimmo schoss schweißgebadet in den Raum, zur selben Zeit sagte Bruder Bormio: »Nazis nach Motta.«

»Ich habe sie von oben gesehen!«, schrie Mimmo. »Vier oder fünf Laster unten in Madesimo und Soldaten, die von Tür zu Tür gehen. Wir sind so schnell wie möglich auf Skiern hergekommen.«

Pater Re blickte zu den Flüchtlingen. »Wir müssen sie verstecken.«

»Sie werden alles durchsuchen«, sagte Bruder Bormio.

Eine der Flüchtlingsmütter stand bebend auf. »Sollen wir weglaufen, Pater?«

»Sie werden euren Spuren folgen«, sagte Pater Re.

Aus irgendeinem Grund dachte Pino an die Ochsen, die ihn an diesem Morgen aufgeweckt hatten.

»Pater«, sagte er langsam. »Ich habe eine Idee.«

* * *

Eine Stunde später stand Pino schrecklich nervös im Glockenturm und schaute durch Pater Res Fernglas, als ein deutscher Armee-Kübelwagen auf dem Karrenweg von Madesimo aus dem Wald auftauchte. Die Räder des jeepartigen Fahrzeugs drehten durch und wirbelten Erde und Schnee auf. Ein zweites, größeres Fahrzeug, ein deutscher Laster, rumpelte hinterher, doch Pino ignorierte ihn, denn er versuchte, durch die dreckverschmierte Frontscheibe des kleineren Fahrzeugs zu sehen.

Der Kübelwagen kippte fast auf die Seite und Pino hatte gute Sicht auf die Uniform und das Gesicht des Offiziers auf dem Beifahrersitz. Selbst auf diese Entfernung erkannte Pino ihn. Er hatte den Mann schon einmal aus der Nähe gesehen.

Entsetzt kletterte Pino die Leiter hinunter und raste zur Tür hinter dem Altar hinaus. Er ignorierte das Klingeln der Ochsenglocken hinter sich und sprintete durch die Hintertür der Casa Alpina, in die Küche und in den Speisesaal.

»Pater, es ist Oberst Rauff!«, keuchte er. »Der Gestapo-Chef von Oberitalien!«

»Woher kennst du …«

»Ich habe ihn einmal im Lederwarengeschäft meines Onkels gesehen«, sagte Pino. »Er ist es.«

Pino kämpfte gegen seinen Fluchtreflex an. Oberst Rauff musste von dem Massaker in Meina Kenntnis gehabt haben. Wenn er duldete, dass unschuldige Juden grundlos erschossen und im See versenkt wurden, würde er dann davor zurückschrecken, einen Priester und eine Gruppe Jungen zu exekutieren, die Juden retteten?

Pater Re trat hinaus auf die Veranda. Pino blieb im Flur zurück, da er nicht wusste, was er tun sollte. War seine Idee gut genug? Oder würden die Nazis die Juden finden und jeden in der Casa Alpina ermorden?

Rauffs Fahrzeug kam im Schlamm zum Stehen, nicht weit von der Stelle entfernt, wo Tito sie früher am Tage bedroht hatte. Der Gestapo-Oberst war genau so, wie sich Pino an ihn erinnerte: lichter werdendes Haar, mittlere Statur, Hängebacken und eine spitze Nase, dünne Lippen und tief liegende dunkle Augen, die völlig ausdruckslos waren. Er trug wadenhohe schwarze Stiefel, eine lange zweireihige Lederjacke, die schlammbespritzt war, und eine Mütze mit Schirm und Totenkopfemblem.

Rauff fixierte den Priester und lächelte fast, als er aus dem Wagen kletterte.

»Ist es immer so schwer, Sie zu erreichen, Pater Re?«, fragte der Gestapo-Oberst.

»Im Frühling kann es eine wahre Prüfung sein«, sagte der Priester. »Sie scheinen mich zu kennen, doch ich …«

»Obersturmbannführer Walther Rauff«, sagte Rauff, während zwei Laster hinter ihm zum Stehen kamen. »Kommandeur Oberitalien-West.«

»Sie sind einen weiten Weg gekommen, Oberst«, sagte Pater Re.

»Wir hören Gerüchte über Sie, Pater, selbst in Mailand.«

»Gerüchte über mich? Von wem? Worüber?«

»Erinnern Sie sich an einen Seminaristen? Giovanni Barbareschi? Er hat für Kardinal Schuster gearbeitet und – wie es scheint – auch für Sie?«

»Barbareschi hat hier kurz ausgeholfen«, sagte Pater Re. »Was ist mit ihm?«

»Wir haben ihn letzte Woche verhaftet«, sagte Rauff. »Er ist im Gefängnis San Vittore.«

Pino unterdrückte ein Schaudern. Das Gefängnis San Vittore war schon ein berüchtigter und schrecklicher Ort in Mailand gewesen, lange bevor die Nazis es übernommen hatten.

»Aufgrund welcher Anklage?«, fragte Pater Re.

»Urkundenfälschung«, antwortete Rauff. »Er stellt falsche Dokumente aus. Er ist gut darin.«

»Darüber weiß ich nichts«, sagte Pater Re. »Barbareschi hat hier Wandertouren geleitet und in der Küche geholfen.«

Der Gestapo-Leiter wirkte erneut amüsiert. »Wir haben unsere Ohren überall, wissen Sie, Pater. Die Gestapo ist wie Gott. Wir hören alles.«

Pater Re erstarrte. »Was auch immer Sie denken mögen, Oberst, Sie sind nicht wie Gott, auch wenn Sie nach seinem geliebten Abbild geschaffen sind.«

Rauff trat einen Schritt näher, starrte eisig in die Augen des Priesters und drohte: »Machen Sie keinen Fehler, Pater, ich kann Ihr Retter sein oder Ihr Richter.«

»Das macht Sie noch immer nicht zu Gott«, sagte Pater Re, der keine Angst zeigte.

Der Gestapo-Leiter hielt seinen Blick noch einen Moment, dann wandte er sich an einen seiner Offiziere. »Schwärmt aus, durchsucht jeden Zentimeter dieser Hochebene. Ich werde mich hier umsehen.«

Soldaten sprangen aus den Lastern.

»Wonach suchen Sie, Oberst?«, fragte Pater Re. »Vielleicht kann ich Ihnen helfen.«

»Verstecken Sie Juden, Pater?«, fragte Rauff barsch. »Helfen Sie ihnen in die Schweiz?«

Pino bekam einen sauren Geschmack im Mund und spürte, wie ihm die Knie weich wurden.

Rauff weiß es, dachte Pino in Panik. *Wir werden alle sterben!*

Pater Re sagte: »Oberst, ich halte mich an den katholischen Glauben, dass jedem Menschen in Gefahr Liebe erwiesen und Schutz geboten werden muss. Das ist auch das Gesetz der Alpen. Ein Bergsteiger hilft immer dem Notleidenden. Italiener. Schweizer. Deutscher. Das spielt für mich keine Rolle.«

Rauff schien erneut belustigt. »Helfen Sie heute jemandem, Pater?«

»Nur Ihnen, Oberst.«

Pino schluckte angestrengt, während er versuchte, nicht zu zittern. *Woher wissen sie das?* In seinem Kopf suchte er nach Antworten. *Hat Barbareschi geredet?* Nein. Nein, Pino konnte sich das nicht vorstellen. *Doch wie …?*

»Dann seien Sie mir eine Hilfe, Pater«, forderte der Gestapo-Leiter. »Zeigen Sie mir Ihre Schule. Ich will jedes bisschen davon sehen.«

»Es ist mir ein Vergnügen«, sagte der Priester und trat beiseite.

Oberst Rauff kam die Veranda hinauf, trat sich den Schlamm und Schnee von den Stiefeln und zog eine Luger-Pistole.

»Wofür ist das?«, fragte Pater Re.

»Schnelle Bestrafung für die Sündhaften«, sagte Rauff und trat in den Flur.

Pino hatte nicht erwartet, dass er hereinkommen würde, und war verwirrt, als ihn der Gestapo-Chef ernst ansah.

»Ich kenne dich«, sagte Rauff. »Ich vergesse niemals ein Gesicht.«

Pino stammelte: »Aus dem Lederwarengeschäft meiner Tante und meines Onkels in San Babila?«

Der Oberst neigte den Kopf, während er ihn noch immer betrachtete. »Wie ist dein Name?«

»Giuseppe Lella«, sagte er. »Mein Onkel ist Albert Albanese. Seine Frau, meine Tante Greta, ist Österreicherin. Sie sprachen mit ihr, meine ich. Ich habe da manchmal gearbeitet.«

»Ja«, sagte Rauff. »Das stimmt. Warum bist du hier?«

»Mein Vater hat mich hergeschickt, um den Bomben zu entgehen und um hier zu lernen, wie alle Jungen hier.«

»Aha«, sagte Rauff, zögerte kurz und ging dann weiter.

Pater Re hatte ein angespanntes Gesicht, als er kurz zu Pino sah und sich dem Gestapo-Leiter anschloss, der am breiten Eingang zum leeren Speisesaal stehen blieb.

Rauff sah sich um. »Ein sauberer Ort, Pater. Das gefällt mir. Wo sind die anderen Jungs? Wie viele sind im Moment hier?«

»Vierzig«, sagte Pater Re. »Drei liegen mit Grippe im Bett, zwei helfen in der Küche, fünfzehn sind draußen beim Skilaufen und der Rest versucht, die Ochsen zu fangen, die einem Bauern aus Madesimo entlaufen sind. Wenn sie sie nicht fangen, bevor der Schnee schmilzt, werden sie allein die Berge hinaufgehen.«

»Ochsen«, sagte Oberst Rauff und nahm alles in sich auf: die Tische, die Bänke, das bereits für das Abendessen ausgelegte Besteck. Er drückte die Doppeltüren zur Küche auf, wo Bruder Bormio mit zwei der kleineren Jungen Kartoffeln schälte.

»Tadellos«, sagte Rauff anerkennend und schloss die Tür.

»Wir sind eine anerkannte Schule der Provinz Sondrio«, sagte Pater Re. »Und viele unserer Schüler kommen aus den besten Familien Mailands.«

Der Gestapo-Leiter blickte erneut zu Pino. »Das sehe ich.«

Der Oberst sah in die Schlafräume und in Pinos und Mimmos Kammer. Pino bekam fast einen Herzinfarkt, als Rauff auf die lockere Bodenplatte trat, die sein Kurzwellenradio verbarg. Doch nach einem angespannten Moment ging der Oberst weiter. Er sah in jeden Abstellraum und auch in Bruder Bormios Schlafkammer. Schließlich kam er an eine verschlossene Tür.

»Was ist darin?«, fragte er.

»Mein Zimmer«, sagte Pater Re.

»Öffnen Sie«, befahl Rauff.

Pater Re angelte einen Schlüssel aus seiner Tasche und schloss die Tür auf. Pino hatte den Raum noch nie gesehen. Niemand hatte das. Er war immer zu und verschlossen. Als Rauff die Tür aufdrückte, konnte Pino erkennen, dass der Raum klein war und ein schmales Bett enthielt, einen winzigen Schrank, eine Lampe, einen roh gezimmerten Tisch mit einem ebensolchen Stuhl, eine Bibel und ein Kruzifix an der Wand neben einem Bild der Jungfrau Maria.

»Hier leben Sie?«, fragte Rauff. »Das ist alles, was Sie haben?«

»Was braucht ein Mann Gottes mehr?«, fragte Pater Re zurück.

Der Oberst stand für einen Moment in Gedanken vertieft da. Als er sich umwandte, sagte er: »Wie Sie Ihr Leben enthaltsam führen, das Leben der Bestimmung, geprägt von Bescheidenheit und edlen Idealen, sind Sie ein Vorbild, Pater Re. Viele meiner Offiziere könnten von Ihnen lernen. Der Großteil der italienischen Armee von Salò könnte von Ihnen lernen.«

»Davon weiß ich nichts«, sagte der Priester.

»Doch, es ist der Weg Spartas, dem Sie folgen«, sagte Rauff ernst. »Das bewundere ich. Entbehrung hat schon immer die größten Krieger hervorgebracht. Sind Sie im Herzen ein Krieger, Pater?«

»Für Jesus Christus, Oberst.«

»Das sehe ich«, versetzte Rauff und schloss die Tür. »Und trotzdem gibt es diese ärgerlichen Gerüchte über Sie und diese Schule.«

»Ich kann mir nicht vorstellen, warum«, erwiderte Pater Re. »Sie haben alles gesehen. Wenn Sie möchten, können Sie auch noch den Lagerkeller begutachten.«

Der Gestapo-Leiter schwieg für einige Momente, bevor er sagte: »Ich werde einen meiner Männer hereinschicken.«

»Ich werde ihm zeigen, wie er hineinkommt«, sagte der Priester. »Er wird nicht tief graben müssen.«

»Graben?«

»Über der Falltür liegt mindestens ein Meter Schnee.«

»Zeigen Sie es mir«, sagte Rauff.

Sie gingen hinaus und Pino folgte ihnen. Pater Re war gerade um die Ecke, als zwischen den Fichten hinter der Kapelle lautes Geheul und Geschrei von den Jungen zu hören war. Vier SS-Männer gingen daraufhin in diese Richtung.

»Was ist da los?«, fragte Oberst Rauff, als einen Sekundenbruchteil später ein Ochse laut brüllend und durch den Schnee trampelnd zwischen den Bäumen hervorbrach.

Mimmo und ein anderer Junge jagten das Tier mit Ruten und trieben es in einen umzäunten Bereich gegenüber der Schule, während die vier SS-Männer zusahen.

Nach Atem ringend und grinsend rief Mimmo: »Die anderen Ochsen sind alle im Wald hinten am Fels, Pater Re. Wir haben sie eingekreist, doch wir bekommen sie nicht dazu, hierherzukommen.«

Bevor der Priester noch antworten konnte, sagte Oberst Rauff: »Ihr müsst ein V bilden und es schaffen, den ersten Ochsen in die richtige Richtung zu treiben. Die anderen kommen dann hinterher.«

Pater Re sah den Gestapo-Leiter fragend an, der erklärte: »Ich bin auf einem Bauernhof aufgewachsen.«

Mimmo blickte verunsichert zu Pater Re.

»Ich werde es euch zeigen«, sagte Rauff und Pino glaubte, er müsse ohnmächtig werden.

»Das ist nicht nötig«, warf der Priester schnell ein.

»Doch, doch, das wird ein Spaß«, sagte der Oberst. »Ich habe das schon seit Jahren nicht mehr gemacht.« Rauff sah zu seinen Soldaten. »Ihr vier kommt mit mir.« Dann schaute er Mimmo an. »Wie viele Jungen sind im Wald?«

»Zwanzig?«

»Das ist mehr als genug«, sagte der Oberst und machte sich auf in Richtung der Fichten.

»Hilf ihm, Pino!«, flüsterte Pater Re.

Pino wollte nicht, doch er lief den Deutschen hinterher.

»Wo wollen Sie die Jungs haben, Oberst?«, fragte Pino, während er inständig hoffte, dass seine Stimme nicht zitterte.

»Wo sind die Ochsen jetzt?«, sagte Rauff.

Mimmo sagte: »Ähm, hinten an den Felsen gedrängt.«

Sie waren fast bei den Bäumen angelangt, wo man unsichtbare Ochsen ächzen und muhen hörte. Pino wollte sich umdrehen und um sein Leben laufen, doch er ging weiter. Die Situation schien den Gestapo-Leiter anzustacheln. Rauffs vorher ausdruckslose und dunkle Augen waren jetzt weit geöffnet und funkelten, und er lächelte aufgeregt.

Pino blickte sich um und überlegte, wohin er flüchten könnte, wenn das hier alles schiefging.

* * *

Oberst Rauff betrat das Waldstück, das wie eine Sichel geformt war, die sich vom Felsen auf das Plateau vorwölbte. »Die Ochsen sind dort drüben rechts«, sagte Mimmo.

Rauff schob die Pistole ins Holster und folgte Mimmo durch den Schnee, der hier nicht mehr so tief war wie außerhalb des Waldes. Die Ochsen waren überall gewesen, hatten den Schnee flach getrampelt und überall hingekotet.

Mimmo und der Gestapo-Leiter duckten sich unter mehreren Ästen hindurch und gingen unter einer der größten Fichten her. Die SS-Soldaten folgten Rauff, Pino bildete den Schluss. Sein Magen verkrampfte sich. Als er unter den Ästen des größten Baumes stehen blieb, wurde sein Blick von einer losen Ansammlung von Fichtennadeln angezogen, die wirbelnd durch die Luft fielen. Er spähte hinauf, konnte aber keinen der Juden sehen, die sich hoch in den Bäumen verbargen und deren Fußstapfen im Schnee von den Ochsen flach getrampelt worden waren.

Gott sei Dank, dachte Pino, während Rauff weiter zu den Jungen der Casa Alpina marschierte, die locker im Wald verteilt waren. Sie hatten die verbliebenen sechs Ochsen in die Ecke gedrängt, die ihre Köpfe schwenkten, sich lautstark ausließen und nach einem Ausweg suchten.

»Auf mein Kommando ziehen sich die mittleren sechs Jungen zurück und verteilen sich in zwei Dreiergruppen«, sagte Rauff, presste die Hände an den Ballen zusammen und spreizte die Finger auseinander. »Wir wollen ein V machen, so wie das hier. Wenn die Ochsen sich erst einmal bewegen, sollen die anderen Jungen loslaufen, um sie in der Richtung zu halten, wo wir sie haben wollen. Bleibt auf beiden Seiten in der V-Formation. Kühe, Ochsen, sie sind wie Juden – man kann sie leicht treiben. Sie werden einfach hinterherkommen.«

Pino ignorierte den letzten Teil, rief aber die Anweisungen zu den Jungen in der Mitte. Die sechs zogen sich schnell zurück und schwärmten zu den Seiten aus. Als der erste Ochse losbrach, geriet der Rest der Herde in eine wilde Raserei. Die Tiere rannten durch den Wald, brüllten und brachen dabei Äste ab, die Jungen flankierten sie, riefen und rückten näher, sodass sie hintereinander in einer Reihe liefen.

»Ja! Ja!«, schrie Oberst Rauff und lief hinter dem letzten Ochsen her, als er den Felsbereich verließ. »Genau so muss man es machen!«

Pino folgte dem Gestapo-Leiter zwischen den Bäumen hindurch, aber mit einem gewissen Abstand. Die Ochsen brachen mit den Jungen zu beiden Seiten aus dem Wald und alle Deutschen liefen hinterher, einschließlich Rauff, der keinen Blick zurückwandte. Erst da blieb Pino stehen, um an einer anderen der größeren Fichten hinaufzublicken. Zwölf Meter hoch und durch die Zweige konnte er vage die Umrisse von jemandem erkennen, der sich an den Baumstamm klammerte.

Langsam kam er aus dem Wald und sah, dass sich die Ochsen bereits in ihrem umzäunten Bereich befanden und von den Heuballen fraßen.

»Ah«, sagte Oberst Rauff, der schwer atmete und Pater Re anstrahlte, als Pino herankam. »Das hat Spaß gemacht. Als Junge habe ich das so oft getan.«

»Es scheint, als hätten Sie es genossen«, meinte der Priester.

Der Gestapo-Leiter hustete, lachte und nickte. Dann sah er zu seinem Leutnant und bellte etwas auf Deutsch. Der Leutnant begann zu schreien und blies in seine Trillerpfeife. Die Soldaten, die die Außengebäude und eine Handvoll Häuser in Motta durchsucht hatten, kamen zurück zu den Lastern gelaufen.

»Ich bleibe misstrauisch, Pater«, sagte Oberst und streckte die Hand aus.

Pino hielt die Luft an.

Der Priester nahm seine Hand und schüttelte sie. »Sie sind jederzeit willkommen, Oberst.«

Rauff stieg zurück in den Kübelwagen. Pater Re, Bruder Bormio, Pino, Mimmo und die anderen Jungen standen da und beobachteten schweigend, wie die deutschen Laster abfuhren.

Sie warteten, bis Rauff und seine Soldaten fünfhundert Meter entfernt auf dem schlammigen Karrenweg nach Madesimo waren, bevor sie alle in wildes Jubeln ausbrachen.

* * *

»Ich war mir so sicher, dass er wusste, dass wir euch alle in den Bäumen versteckt haben«, sagte Pino mehrere Stunden später. Er und Pater Re aßen mit den erleichterten Flüchtlingen an einem Tisch. Der Vater der zwei Jungen sagte: »Ich konnte den Oberst den ganzen Weg näher kommen sehen. Er ist direkt unter unserem Baum hindurchgegangen. Zweimal!«

Sie lachten alle, wie nur jemand lachen kann, der gerade dem Tode entkommen war, voller Fassungslosigkeit, Dankbarkeit und ansteckender Freude.

»Ein genialer Plan«, sagte Pater Re, schlug Pino auf die Schulter und hob sein Weinglas. »Auf Pino Lella.«

Die Flüchtlinge hoben alle ihre Gläser und taten es ihm nach. Pino war beschämt, im Mittelpunkt von so viel Aufmerksamkeit zu sein. Er lächelte. »Mimmo war derjenige, der es ermöglicht hat.«

Doch er fühlte sich gut, geradezu beschwingt. Es gab ihm ein Gefühl der Macht, die Nazis genarrt zu haben. Auf seine Weise bekämpfte er sie. Sie alle bekämpften sie, als Teil des wachsenden Widerstands. Italien war nicht deutsch. Italien konnte niemals deutsch sein.

Alberto Ascari betrat die Casa Alpina, ohne vorher die Glocke zu läuten. Er tauchte in der Tür des Speisesaals auf, die Mütze in der Hand, und sagte: »Verzeiht, Pater Re, aber ich habe eine dringende Nachricht für Pino. Sein Vater hat im Haus meines Onkels angerufen und mich gebeten, Pino aufzusuchen und sie ihm mitzuteilen.«

Pino fühlte sich auf einmal leer im Inneren. Was war geschehen? Wer war tot?

»Was ist es?«, fragte er.

»Dein Papa will, dass du so schnell wie möglich nach Hause kommst«, sagte Ascari. »Nach Mailand. Er sagte, es ginge um Leben und Tod.«

»Wessen Leben und Tod?«, sagte Pino, während er aufstand.

»Es klang wie deins, Pino.«

TEIL DREI

Die Kathedralen der Menschheit

Dreizehn

Zwölf Stunden später saß Pino auf dem Beifahrersitz von Ascaris aufgemotztem Fiat und achtete kaum auf die tiefen Abgründe neben der Serpentinenstraße von Madesimo hinunter nach Campodolcino. Weder sah er die lindgrünen Frühlingsblätter noch roch er die Blüten in der Luft. Seine Gedanken waren noch immer in der Casa Alpina, er war nur widerwillig gegangen.

»Ich will hierbleiben und helfen«, hatte er Pater Re am Vorabend gesagt.

»Und ich kann deine Hilfe gut gebrauchen«, sagte der Priester. »Doch es klingt ernst, Pino. Du musst deinem Vater gehorchen und nach Hause fahren.«

Pino zeigte zu den Flüchtlingen. »Wer wird sie zum Val di Lei bringen?«

»Mimmo«, sagte Pater Re. »Du hast ihn gut angelernt, ihn und die anderen Jungen.«

Pino war so aufgewühlt gewesen, dass er unruhig geschlafen hatte, und als Ascari kam, um ihn zum Bahnhof nach Chiavenna zu bringen, war er deprimiert. Fast sieben Monate war er in der Casa Alpina gewesen, doch es fühlte sich an wie Jahre.

»Du kommst zurück, wenn du kannst?«, fragte Pater Re.

»Natürlich, Pater«, sagte Pino und sie umarmten einander.

»Vertraue in Gottes Pläne für dich«, sagte der Priester. »Und gib auf dich acht.«

Bruder Bormio hatte ihm Proviant für die Reise vorbereitet und umarmte ihn ebenfalls.

Pino sprach kaum zehn Worte, bis sie am Fuße des Tals angekommen waren.

»Eine gute Sache gibt es«, sagte Ascari. »Du hast mir das Skilaufen beigebracht.«

Pino lächelte schwach. »Du lernst schnell. Ich wünschte, ich hätte meine Fahrstunden beenden können.«

»Du bist schon sehr, sehr gut, Pino«, sagte Ascari. »Du hast das gewisse Etwas, ein Gefühl für das Auto, was selten ist.«

Pino genoss das Lob. Ascari war ein beeindruckender Fahrer. Er schaffte es immer wieder, ihn mit den Dingen zu verblüffen, die er hinter dem Lenkrad machte, und als wollte er es beweisen, schickte er sie auf eine so rasante Fahrt das Tal hinunter nach Chiavenna, dass Pino der Atem stockte.

»Erschreckend, sich vorzustellen, was du mit einem richtigen Rennauto anstellen würdest, Alberto«, sagte Pino, als sie am Bahnhof ankamen.

Ascari grinste. »Nimm dir Zeit, wie mein Onkel immer sagt. Kommst du diesen Sommer zurück? Dein Training beenden?«

»Das würde ich gern.« Pino schüttelte ihm die Hand. »Sei brav, mein Freund. Und halte dich vom Straßengraben fern.«

»Aber immer«, sagte Ascari und fuhr davon.

Der zurückgelegte Höhenunterschied war so groß, dass es jetzt fast zwanzig Grad wärmer war als oben in Motta. Chiavenna war blumenübersät. Der Blütenduft und die Pollen lagen schwer in der Luft. Der Frühling war nicht immer so märchenhaft in den südlichen Alpen und das machte es Pino noch schwerer, die Fahrkarte zu kaufen, seine Papiere einem deutschen Soldaten zu zeigen und dann den Zug nach Süden Richtung Como und Mailand zu besteigen.

Der erste Waggon, den er betrat, war voll mit einer Kompanie faschistischer Soldaten. Er drehte sich um und ging weiter, fand einen Waggon, in dem nur eine Handvoll Leute saß. Schläfrig von der fehlenden Ruhe verstaute er seine Tasche, nahm den Rucksack als Kissen und schlief ein.

* * *

Drei Stunden später fuhr der Zug in den Hauptbahnhof von Mailand ein, der mehrere direkte Treffer abgekommen hatte, aber immer noch so dastand, wie Pino ihn in Erinnerung hatte. Nur waren es jetzt nicht mehr italienische Soldaten, die den Transitbereich überwachten. Die Deutschen hatten die volle Kontrolle übernommen. Während er über den Bahnsteig und durch den Bahnhof ging, wobei er ausreichend Abstand zu den faschistischen Soldaten aus dem Zug hielt, bemerkte er, wie die deutschen Truppen mit Verachtung auf Mussolinis Männer starrten.

»Pino!«

Sein Vater und Onkel Albert kamen herangelaufen, um ihn zu begrüßen. Beide Männer sahen deutlich älter aus als zu Weihnachten, sie waren um die Schläfen grauer geworden und die Wangen wirkten eingefallener und bleicher.

Michele rief: »Siehst du, wie groß er ist, Albert?«

Sein Onkel schaute Pino mit großen Augen an. »Sieben Monate, und du bist von einem Jungen zu einem großen, bärenstarken Mann geworden! Womit hat Pater Re dich gefüttert?«

»Bruder Bormio ist ein großartiger Koch«, sagte Pino und grinste dümmlich und zufrieden über ihre prüfenden Blicke. Er war so froh, die beiden zu sehen, dass er seinen Ärger fast vergaß.

»Warum musste ich nach Hause kommen, Papa?«, fragte er, während sie den Bahnhof verließen. »Wir haben gute Sachen bei der Casa Alpina gemacht, wichtige Sachen.«

Das Gesicht seines Onkels verdüsterte sich. Er schüttelte den Kopf und sagte mit leiser Stimme: »Hier sprechen wir nicht über gute oder schlechte Sachen. Wir warten, ja?«

Sie nahmen sich ein Taxi. Nach zehneinhalb Monaten Bombardierung wirkte Mailand eher wie ein Schlachtfeld als wie eine Stadt. In manchen Vierteln lagen fast drei Viertel der Gebäude in Trümmern, doch die Straßen waren noch befahrbar. Pino sah bald den Grund dafür. Die Straßen wurden von unzähligen gebeugten Männern in grauen Uniformen freigeräumt, Ziegel um Ziegel, Stein um Stein.

»Wer sind die?«, fragte er. »Diese grauen Männer?«

Onkel Albert legte die Hand auf Pinos Bein, zeigte mit einem Finger zum Fahrer und schüttelte den Kopf. Pino bemerkte, dass der Taxifahrer immer wieder in den Rückspiegel blickte, und er fügte sich und sprach nicht mehr, bis sie zu Hause waren.

Je näher sie zum Dom und San Babila kamen, desto mehr Gebäude standen noch. Viele waren unversehrt. Sie kamen an der Bischofskanzlei vorbei. Davor stand ein Stabswagen der Nazis, nach dem Wimpel an der Motorhaube gehörte es einem General.

Tatsächlich waren die Straßen um die Kathedrale voller hochrangiger deutscher Offiziere mit ihren Fahrzeugen. Sie mussten das Taxi verlassen, um durch einen mit Sandsäcken bestückten und stark verstärkten Kontrollpunkt nach San Babila zu gelangen.

Nachdem sie ihre Papiere vorgezeigt hatten, gingen sie schweigend durch die am wenigsten beschädigten Viertel Mailands. Die Geschäfte, Restaurants und Bars waren geöffnet und voller Nazioffiziere und ihren Begleiterinnen. Pinos Vater führte sie zum Corso del Littorio, ungefähr vier Straßen von ihrer vorigen Wohnung entfernt, noch immer im Modebezirk, doch näher an der Scala, der Galleria und der Piazza Duomo.

»Hol deine Papiere wieder raus«, sagte sein Vater und zog auch seine hervor.

Sie betraten ein Haus und standen unmittelbar vor zwei bewaffneten Wachtposten der Waffen-SS, was Pino überraschte. Wurde jedes Wohnhaus in San Babila von Nazis bewacht?

Die Wachen kannten Michele und Pinos Onkel und warfen nur einen flüchtigen Blick auf ihre Papiere. Doch Pinos Dokumente betrachteten sie lange und ausgiebig, bevor sie sie durchließen. Sie fuhren in einem Aufzugkäfig nach oben. Als sie an der fünften Etage vorbeikamen, bemerkte Pino zwei weitere SS-Wachen vor einer Tür.

In der sechsten Etage stiegen sie aus, gingen ans Ende eines kurzen Flurs und betraten die neue Wohnung der Lellas. Sie war nicht annähernd so groß wie die Wohnung auf der Via Monte Napoleone, doch sie war bereits gemütlich möbliert. Überall erkannte er die Hand seiner Mutter.

Sein Vater und sein Onkel bedeuteten Pino schweigend, die Taschen abzustellen und ihnen zu folgen. Sie gingen durch eine Glastür nach draußen auf eine Dachterrasse. Im Osten konnte man die Kathedrale sehen, deren Türme gen Himmel drängten. Onkel Albert sagte: »Jetzt ist es sicher zu sprechen.«

Pino fragte: »Warum sind die Nazis in der Lobby und in der Etage unter uns?«

Sein Vater wies auf eine Antenne ungefähr auf halbem Weg an der Terrassenwand. »Diese Antenne ist mit einem Kurzwellenradio in der Wohnung unter uns verbunden. Die Deutschen haben den alten Mieter, einen Zahnarzt, im Februar hinausgeworfen. Sie ließen Arbeiter kommen, die alles umgebaut haben. Nach allem, was ich gehört habe, wohnen hier die Würdenträger der Nazis, wenn sie in Mailand sind. Wenn Hitler jemals kommt, wird er hier wohnen.«

»Eine Etage unter uns?« Der Gedanke gefiel Pino gar nicht.

»Es ist eine neue und gefährliche Welt, Pino«, sagte Onkel Albert. »Vor allem für dich.«

»Deshalb haben wir dich nach Hause geholt«, erklärte sein Vater, bevor er antworten konnte. »In weniger als zwanzig Tagen wirst du achtzehn, was bedeutet, dass du einberufen werden kannst.«

Pino zuckte zusammen. »Und?«

Sein Onkel sagte: »Wenn du darauf wartest, dass du eingezogen wirst, dann stecken sie dich in die Faschistenarmee.«

»Und alle jungen italienischen Soldaten werden an die russische Front geschickt«, sagte Michele und rang die Hände. »Du wärst Kanonenfutter, Pino. Du würdest sterben, und wir können das nicht geschehen lassen, nicht jetzt, wo der Krieg so kurz vor dem Ende ist.«

Der Krieg war tatsächlich kurz vor dem Ende. Pino wusste, dass es stimmte. Er hatte erst am Vortag mit dem Kurzwellenempfänger, den er bei Pater Re gelassen hatte, gehört, dass die Alliierten erneut um Monte Cassino kämpften, ein Kloster hoch oben auf einem Felsen, wo die Deutschen mächtige Geschütze installiert hatten. Zu guter Letzt waren das Kloster und die Deutschen von den alliierten Bombern aufgerieben worden. Genauso war es der Stadt unterhalb des Felsens ergangen. Alliierte Truppen standen entlang der Befestigungsanlagen südlich von Rom – der sogenannten Gustavlinie – kurz vor dem Durchbruch.

»Was soll ich eurer Meinung nach tun?«, fragte Pino. »Mich verstecken? Da wäre ich besser in der Casa Alpina geblieben, bis die Alliierten die Nazis vertreiben.«

Sein Vater schüttelte den Kopf. »Das Einberufungsbüro hat hier bereits nach dir gefragt. Sie wussten, dass du dort oben bist. Kurz nach deinem Geburtstag wäre jemand zur Casa Alpina gekommen und hätte dich mitgenommen.«

»Also, was soll ich tun?«, fragte Pino erneut.

»Wir wollen, dass du dich freiwillig bei der Armee meldest«, sagte Onkel Albert. »Wenn du dich meldest, können wir dafür sorgen, dass du einen Posten außerhalb der Gefahr bekommst.«

»Bei der Armee der Republik von Salò?«

Die zwei Männer wechselten einen Blick, bevor sein Vater sagte: »Nein, bei den Deutschen.«

Pino spürte, wie ihm die Galle hochkam. »Mich den Nazis anschließen? Das Hakenkreuz tragen? Nein. Niemals.«

»Pino«, begann sein Vater, »das …«

»Wisst ihr, was ich die letzten sechs Monate getan habe?«, fragte Pino wütend. »Ich habe Flüchtlinge über den Groppera in die Schweiz geführt, damit sie den Nazis entkommen, den Bestien, die sich nichts dabei denken, unschuldige Menschen mit Maschinengewehren umzumähen! Das kann und werde ich nicht tun.«

Es herrschte einen Moment Stille, während die beiden Männer ihn betrachteten.

Schließlich sagte Onkel Albert: »Du hast dich verändert, Pino. Du siehst nicht nur wie ein Mann aus, du sprichst auch wie einer. Deshalb sage ich dir: Solange du nicht selbst in die Schweiz flüchtest und das Kriegsende dort abwartest, wirst du auf die eine oder andere Art hineingezogen werden. Die eine Möglichkeit ist zu warten, bis du eingezogen wirst. Dann bekommst du ein dreiwöchiges Training und wirst in den Osten transportiert, um gegen die Sowjets zu kämpfen, wo die Todesrate unter italienischen Soldaten im ersten Jahr fast fünfzig Prozent beträgt. Das bedeutet, du hast eine Eins-zu-zwei-Chance, deinen neunzehnten Geburtstag zu erleben.«

Pino wollte ihn unterbrechen, doch sein Onkel hob die Hand. »Ich bin noch nicht fertig. Oder jemand, den ich kenne, teilt dich einer Unterabteilung der deutschen Armee zu, die ›Organisation Todt‹ oder OT genannt wird. Sie kämpfen nicht.

Sie bauen Dinge. Du wärst sicher und würdest womöglich noch etwas lernen.«

»Ich will gegen die Deutschen kämpfen, nicht mich ihnen anschließen.«

»Es ist eine Vorsichtsmaßnahme«, sagte sein Vater. »Wie du sagst, wird der Krieg bald vorbei sein. Wahrscheinlich wirst du noch nicht einmal die Grundausbildung zu Ende absolvieren.«

»Was werde ich den Leuten sagen?«

»Niemand wird etwas erfahren«, erwiderte Onkel Albert. »Wir werden jedem, der nachfragt, sagen, dass du noch immer in den Alpen bei Pater Re bist.«

Pino sagte nichts. Er erkannte, dass der Vorschlag vernünftig war, aber er hinterließ in seinem Mund einen fiesen Geschmack. Das war kein Widerstand. Es war simulieren, kneifen, der Weg des Feiglings.

»Muss ich mich jetzt sofort entscheiden?«, fragte Pino.

»Nein«, antwortete sein Vater. »Aber in einem Tag ungefähr.«

Onkel Albert sagte: »Komm in der Zwischenzeit mit mir zum Laden. Da ist etwas, das du für Tullio tun kannst.«

Pino musste grinsen. Tullio Galimberti! Er hatte ihn nicht mehr gesehen, seit … wie lange? Sieben Monaten? Er fragte sich, ob Tullio noch immer Oberst Rauff durch Mailand folgte. Und er fragte sich, wer wohl seine neuste romantische Eroberung war.

»Ich komme mit«, sagte Pino. »Außer, du brauchst mich für irgendwas, Papa?«

»Nein, geh nur«, sagte Michele. »Ich muss mich hier noch um die Buchhaltung kümmern.«

* * *

Pino und sein Onkel verließen die Wohnung und nahmen wieder den Aufzug, wobei sie erneut die Wachen vor der Wohnung im fünften Stock stehen sahen. Die Wachtposten in der Lobby nickten, als sie hinaustraten.

Sie gingen durch die gewundenen Straßen zu *Albanese Borse*, während Onkel Albert Pino über die Alpen ausfragte. Er schien besonders beeindruckt von dem Signalsystem, das Pater Re eingerichtet hatte, und von der Coolness und dem Einfallsreichtum, die Pino durch einige seiner haarsträubenden Zwangslagen gerettet hatten.

Zum Glück waren keine Kunden im Ledergeschäft. Onkel Albert hängte das »Geschlossen«-Schild an die Tür und zog die Rollläden herab. Tante Greta und Tullio Galimberti kamen von hinten.

»Jetzt guck dir an, wie groß er ist!«, rief Tante Greta zu Tullio.

»Ein Riese«, sagte Tullio. »Und sieh dir sein Gesicht an, es ist jetzt ganz anders. Manche Mädchen würden ihn womöglich als gut aussehend bezeichnen. Wenn er nicht neben mir steht.«

Tullio war noch immer der Schabernack in Person, doch das Selbstvertrauen, das einmal an Selbstsicherheit gegrenzt hatte, war von der Härte des Lebens gedämpft worden. Er hatte viel Gewicht verloren und blickte immer wieder ins Leere, während er eine Zigarette nach der anderen rauchte.

»Ich habe gestern diesen Nazi gesehen, den du verfolgt hast, Oberst Rauff.«

Alle Farbe wich aus Tullios Gesicht. »Du hast gestern Rauff gesehen?«

»Ich habe sogar mit ihm gesprochen«, sagte Pino. »Wusstest du, dass er auf einem Bauernhof aufgewachsen ist?«

»Keine Ahnung«, erwiderte Tullio und seine Blicke schossen zu Onkel Albert.

Pinos Onkel zögerte, bevor er fragte: »Können wir davon ausgehen, dass du ein Geheimnis bewahren kannst?«

Pino nickte.

»Oberst Rauff hat Tullio zur Befragung vorladen lassen. Wenn sie ihn erwischen, dann bringen sie ihn zum Hotel Regina, foltern ihn und werfen ihn ins Gefängnis San Vittore.«

»Zu Barbareschi?«, sagte Pino. »Dem Fälscher?«

Alle im Raum blickten ihn verblüfft an.

»Woher kennst du ihn?«, wollte Tullio wissen.

Pino erklärte es und sagte dann: »Rauff sagte, dass er in San Vittore ist.«

Zum ersten Mal lächelte Tullio. »Das war er bis gestern Nacht. Barbareschi ist entkommen!«

Das verwunderte Pino. Er erinnerte sich an den Seminaristen am ersten Tag der Bombardierung und versuchte sich vorzustellen, wie er ein Fälscher geworden und dann aus dem Gefängnis geflüchtet war. San Vittore, um Gottes willen!

»Das ist eine gute Nachricht«, sagte Pino. »Und du versteckst dich hier, Tullio? Ist das klug?«

»Ich ziehe herum«, sagte Tullio und zündete sich noch eine Zigarette an. »Jede Nacht.«

»Was es schwierig für uns macht«, sagte Onkel Albert. »Bevor Rauff sich für ihn interessiert hat, konnte Tullio frei in der Stadt herumlaufen und verschiedene Aufgaben für die Resistenza übernehmen. Das geht jetzt nicht mehr. Wie ich vorhin gesagt habe, gibt es da etwas, das du vielleicht für uns tun kannst.«

Pino war aufgeregt. »Alles für den Widerstand.«

»Wir haben Papiere, die heute vor der Ausgangssperre ausgeliefert werden müssen«, sagte Onkel Albert. »Wir geben dir die Adresse. Du bringst die Papiere hin und übergibst sie. Kannst du das machen?«

»Was sind das für Papiere?«

»Das muss dich nicht interessieren«, entgegnete sein Onkel.

Tullio sagte geradeheraus: »Aber wenn die Nazis dich damit erwischen und begreifen, was auf diesen Papieren steht, dann werden sie dich erschießen. Sie haben es schon für weniger getan.«

Pino schaute auf das Päckchen, das ihm sein Onkel entgegenhielt. Außer am Vortag und dem Tag, als Nicco mit der Granate in der Hand gestorben war, hatte er bisher wenig echte Bedrohung von den Nazis gefühlt. Doch jetzt waren die Deutschen überall in Mailand. Jeder von ihnen konnte ihn anhalten und durchsuchen.

»Das sind also wichtige Papiere?«

»Das sind sie.«

»Dann werde ich mich nicht erwischen lassen«, sagte Pino und nahm das Päckchen.

Eine Stunde später verließ er das Ledergeschäft auf dem Fahrrad seines Onkels. Er zeigte seine Papiere am Kontrollpunkt von San Babila und an einem weiteren an der Westseite der Kathedrale, doch niemand tastete ihn ab oder schien besonders an ihm interessiert zu sein.

Er brauchte bis zum späten Nachmittag, um quer durch die Stadt zu einer Adresse im Südosten Mailands vorzudringen. Je weiter er sich von der Stadtmitte entfernte, desto größer waren die Zerstörungen. Pino fuhr und schob sein Fahrrad über blasenbedeckte, verkohlte Straßen voll Trostlosigkeit und Mangel. Er kam an einen Bombenkrater, wurde langsamer und blieb am Rand stehen. In der letzten Nacht hatte es geregnet. Das schmutzige Wasser am Boden des Kraters gab einen stechenden Gestank von sich. Kinder lachten. Vier oder fünf von ihnen, schwarz vor Dreck, kletterten und spielten im Gerippe eines ausgebrannten Gebäudes.

Waren sie hier gewesen? Hatten sie die Bomben gespürt? Die Feuer gesehen? Haben sie Eltern? Oder sind es Straßenkinder? Wo leben sie? Etwa hier?

Der Anblick der Kinder inmitten der Trümmer machte ihn wütend, doch er fuhr weiter, folgte dem Weg, den Tullio ihm beschrieben hatte. Pino kam aus dem verbrannten Viertel in eine Gegend, die weniger Gebäude verloren hatte. Sie erinnerte ihn an ein kaputtes Klavier, mit zerbrochenen Tasten, fehlenden Tasten und einigen, die sich noch immer gelb und rot vor dem geschwärzten Hintergrund abhoben.

Er entdeckte zwei nebeneinanderstehende Wohnhäuser. Wie Tullio ihm aufgetragen hatte, betrat er das rechte, in dem es lebhaft zuging. Rußbeschmierte Kinder streunten durch die Korridore. Bei vielen Wohnungen standen die Türen offen, die Räume waren gedrängt voll mit Menschen, die vom Leben gebeutelt wirkten. Irgendwo spielte eine Schallplatte, eine Arie aus *Madame Butterfly*, und er merkte, dass es eine Aufnahme von seiner Cousine Licia war.

»Wen suchst du?«, fragte ein verschmutzter Junge.

»Sechzehn b«, sagte Pino.

Der Junge zog das Kinn ein und zeigte den Flur entlang.

Auf Pinos Klopfen öffnete sich die Tür einen Spalt hinter der vorgezogenen Kette.

Ein Mann mit starkem Akzent fragte: »Was?«

»Tullio hat mich geschickt, Baka«, sagte Pino.

»Er lebt?«

»Vor zwei Stunden tat er das noch.«

Das schien den Mann zufriedenzustellen. Er löste die Kette und öffnete die Tür gerade weit genug, um Pino in die Einzimmerwohnung zu lassen. Baka hatte slawische Züge, er war gedrungen und kräftig gebaut, mit dichtem schwarzem Haar, dicken Augenbrauen, einer platt gedrückten Nase und kräftigen Armen und Beinen. Pino überragte ihn zwar, war aber trotzdem von ihm eingeschüchtert.

Baka betrachtete ihn einen Moment, dann fragte er: »Bringst was oder nicht?«

Pino zog den Umschlag aus der Hose und überreichte ihn. Baka nahm ihn kommentarlos und wandte sich ab.

»Willst Wasser?«, fragte er. »Da ist. Trinkst du und gehst. Bist du zurück vor Sperrstunde.«

Pino war ausgedörrt von der langen Fahrt und nahm ein paar Schlucke, bevor er sich umblickte und erkannte, wer und was Baka war. Ein hellbrauner Lederkoffer mit strapazierfähigen Schnallen und Riemen lag geöffnet auf dem schmalen Bett. Das Innere des Koffers war maßgefertigt mit gepolsterten Ausschnitten, in denen sich ein kompaktes Kurzwellenfunkgerät befand, ein Handgenerator, zwei Antennen und Werkzeuge und Ersatzkristalle.

Pino zeigte auf das Funkgerät. »Mit wem sprechen Sie?«

»London«, knurrte er, während er die Papiere las. »Nagelneu. Erst vor drei Tage bekommen. Altes war kaputt, so wir waren still zwei Wochen.«

»Wie lange sind Sie schon hier?«

»Vor sechzehn Wochen mit Fallschirm vor Stadt gelandet und hergekommen.«

»Sie waren die ganze Zeit in dieser Wohnung?«

Der Funker schnaubte. »Wenn so, dann Baka toter Mann seit fünfzehn Wochen. Nazis haben Maschine, um Funk zu finden. Sie nehmen drei und, wie sagt man, triangulieren unseren Ort, so sie können umbringen uns und zerstören die Funkgeräte. Du wissen, was jetzt Strafe für Funkgerät?«

Pino schüttelte den Kopf.

»Keine Fragen, kein nichts«, sagte Baka und machte ein schlitzendes Geräusch, während er mit dem Finger über seine Kehle fuhr.

»Also ziehen Sie umher?«

»Alle zwei Tage, mitten am Tag, Baka nutzt Chance und geht langen Weg mit Koffer zu andere leere Wohnung.«

Pino hatte alle möglichen Fragen, doch er befürchtete, seine Gastfreundschaft bereits zu sehr beansprucht zu haben. »Sehe ich Sie wieder?«

Baka hob eine dicke Braue und zuckte die Schultern. »Wer kann wissen das?«

* * *

Bald darauf verließ Pino die Wohnung und das Gebäude. Im Licht eines warmen Frühlingsnachmittags stieg er auf sein Fahrrad. Während er durch das verbrannte Ödland fuhr, fühlte er sich gut, er wurde wieder gebraucht. So klein diese Aufgabe auch gewesen war, so wusste er doch, dass er das Richtige getan hatte, gekämpft hatte, ein Risiko eingegangen war. Er würde sich nicht den Deutschen anschließen. Er würde sich dem Widerstand anschließen. Das war es, was jetzt zu tun war.

Pino fuhr nördlich in Richtung Piazzale Loreto. Er erreichte den Obst- und Gemüsestand, als Signor Beltramini gerade seine Markisen einkurbelte. Carlettos Vater war schrecklich gealtert, seit Pino ihn das letzte Mal gesehen hatte. Sorgen und Stress hatten ihre Spuren in seinem Gesicht hinterlassen.

»Hallo, Signor Beltramini«, sagte er. »Ich bin's, Pino.«

Signor Beltramini blinzelte ihn an, betrachtete ihn von oben bis unten und warf dann mit dröhnendem Lachen den Kopf zurück. »Pino Lella? Du siehst aus, als hättest du Pino Lella gefressen!«

Pino lachte. »Das ist lustig.«

»Ach, na ja, mein junger Freund, wie kannst du überleben, was dir das Leben entgegenwirft, wenn du nicht lachen und lieben kannst, und sind das nicht dieselben Dinge?«

Pino dachte darüber nach. »Ich denke ja. Ist Carletto da?«

»Die Treppe hoch, hilft seiner Mutter.«

»Wie geht es ihr?«

Signor Beltraminis breites Grinsen verschwand. Er schüttelte den Kopf. »Nicht gut. Der Arzt sagt, vielleicht sechs Monate, vielleicht weniger.«

»Das tut mir leid, Signore.«

»Und ich bin für jeden Moment dankbar, den ich mit ihr habe«, sagte der Ladenbesitzer. »Ich werde hochgehen und Carletto zu dir runterschicken.«

»Danke«, sagte Pino. »Grüßen Sie sie schön.«

Signor Beltramini ging Richtung Tür, blieb dann aber stehen. »Mein Sohn hat dich vermisst. Er sagt, du seist der beste Freund, den er jemals hatte.«

»Ich habe ihn auch vermisst«, sagte Pino. »Ich hätte ihm einen Brief schreiben sollen, doch es war schwierig … was wir da oben gemacht haben.«

»Er wird das verstehen, aber du siehst nach ihm, ja?«

»Ich habe versprochen, es zu tun«, sagte Pino. »Und ich weiche nie von einem Versprechen ab.«

Signor Beltramini berührte Pinos Bizeps und seine Schultern. »Mein Gott, du bist gebaut wie ein Rennpferd!«

Vier oder fünf Minuten später kam Carletto durch die Tür. »Hey.«

»Hey«, sagte Pino und schlug ihm leicht auf den Arm. »Es ist schön, dich zu sehen.«

»Ja? Dich auch.«

»Du klingst nicht sehr überzeugt.«

»Meine Mamma hatte einen schweren Tag.«

Pino spürte einen Kloß im Hals. Er hatte seine eigene Mutter seit Weihnachten nicht mehr gesehen und plötzlich vermisste er Porzia und sogar Cicci.

»Ich kann es mir gar nicht vorstellen«, sagte Pino.

Sie redeten und scherzten fünfzehn Minuten, bis sie merkten, dass das Tageslicht zu schwinden begann. Pino hatte noch nie mit der Ausgangssperre zu tun gehabt, und er wollte lange vor Einbruch der Nacht in der neuen Wohnung sein. Sie verabredeten, sich in den nächsten Tagen zu treffen, gaben sich die Hände und trennten sich.

Es tat Pino weh, von Carletto wegzufahren. Sein alter Freund wirkte verloren, ein Schatten seiner selbst. Bevor die Bomben zu fallen begonnen hatten, war Carletto schnell und witzig gewesen, genau wie sein Vater. Jetzt wirkte er dumpfer, als wäre er innerlich so grau geworden wie jene Männer, die Pino beim Räumen der Straße gesehen hatte. Am Kontrollpunkt nach San Babila erkannte ihn die Wache und winkte ihn durch. *Ich hätte eine Waffe bei mir haben können,* dachte Pino, während er in die Pedale trat und dann Schüsse hinter sich hörte.

Er sah über die Schulter. Soldaten von dem Kontrollpunkt kamen mit Maschinengewehren an der Hüfte hinter ihm hergelaufen. Verschreckt blieb er stehen und riss die Arme hoch.

Sie rannten an Pino vorbei um die Ecke. Sein Herz schlug so schnell, dass ihm schwindlig wurde, und er brauchte ein paar Minuten, bis er weiterfahren konnte. Was war geschehen? Wohin waren sie gelaufen? Dann hörte er eine Sirene. Ein Krankenwagen? Ein Polizeiwagen?

Er schob sein Fahrrad ein Stück weiter, spähte um die Ecke und sah drei deutsche Soldaten, die einen Mann Ende dreißig durchsuchten. Der Mann hatte die Hände an die Wand eines Bankgebäudes gelegt, die Beine weit auseinander. Er war aufgebracht und ärgerte sich noch mehr, als einer der Deutschen einen Revolver aus dem Hosenbund des Mannes zog.

»*Per favore!*«, rief er. »Ich nutze ihn nur, um mein Geschäft zu schützen und um zur Bank zu gehen!«

Einer der Soldaten bellte etwas auf Deutsch. Die Soldaten traten ein paar Schritte zurück. Einer riss sein Gewehr hoch und schoss dem Mann in den Hinterkopf. Der Mann erschlaffte und brach an der Mauer zusammen.

Entsetzt sprang Pino zurück. Einer der Soldaten bemerkte ihn und rief etwas. Pino sprang aufs Fahrrad, trat wie ein Verrückter in die Pedale und fuhr auf Umwegen zum Wohnhaus am Corso del Littorio, ohne gefasst zu werden.

Die SS-Wachen in der Lobby waren neu und sie schauten ihn noch genauer an als die zuvor. Einer tastete ihn ab und betrachtete seine Papiere zweimal, bevor er ihm erlaubte, zum Aufzug zu gehen. Während sich der Käfig hob, ging ihm das Bild des erschossenen Mannes immer wieder durch den Kopf. Er war benommen und fühlte sich ganz krank. Erst als er die Hand hob, um anzuklopfen, wurden ihm die köstlichen Düfte aus der neuen Wohnung bewusst. Sein Onkel öffnete und ließ ihn herein.

»Wir haben uns Sorgen gemacht«, sagte Onkel Albert und schloss die Tür. »Du warst viel zu lange weg.«

»Ich habe noch meinen Freund Carletto besucht«, sagte Pino.

»Gott sei Dank. Aber sonst keine Probleme?«

»Ich habe gesehen, wie die Deutschen einen Mann erschossen haben, weil er eine Pistole hatte«, sagte Pino dumpf. »Sie haben ihn einfach erschossen, als wäre er nichts. Nichts.«

Bevor sein Onkel antworten konnte, tauchte Porzia im Flur auf, streckte die Arme weit auseinander und rief: »Pino!«

»Mamma?«

* * *

Pino wurde von Gefühlen überwältigt, die ihn durch den Raum zu seiner Mutter trieben. Er hob Porzia vom Boden, schwang sie herum und küsste sie. Sie kreischte vor Schreck und Entzücken laut auf und er schwang sie noch einmal herum.

»Genug, genug, das reicht! Lass mich runter!«

Pino stellte sie sanft auf den Teppich. Porzia glättete ihr Kleid, bevor sie ihn ansah und den Kopf schüttelte. »Dein Vater sagte, du seist groß, aber ich … Mein Domenico? Ist er jetzt auch so groß wie du?«

»Nicht größer, aber stärker, Mamma«, sagte Pino. »Mimmo ist jetzt ein starker Kerl.«

»Nun«, strahlte Porzia und Tränen kamen ihr in die Augen. »Ich bin nur so glücklich, mit meinem großen Jungen in meinem neuen Zuhause zu sein.«

Sein Vater kam aus der Küche.

»Hat dir deine Überraschung gefallen?«, fragte Michele. »Mamma ist mit dem Zug aus Rapallo gekommen, nur um dich zu sehen.«

»Ja, die Überraschung ist toll! Wo ist Cicci?«

»Krank«, sagte Porzia. »Meine Freunde kümmern sich um sie. Sie lässt dich ganz herzlich grüßen.«

»Wo ist Greta?«, fragte Michele. »Das Abendessen ist fast fertig.«

»Sie macht den Laden zu«, sagte Onkel Albert. »Sie wird bald hier sein.«

Es klopfte an der Tür. Pinos Vater öffnete. Tante Greta kam hereingestürmt, wirkte aufgelöst, wartete aber, bis die Tür wieder zu war, bevor sie schluchzte: »Die Gestapo hat Tullio erwischt!«

»Was?«, schrie Onkel Albert. »Wie?«

»Er hatte beschlossen, den Laden früh zu verlassen. Er wollte heute Nacht bei seiner Mutter bleiben. Irgendwo auf dem Weg, nicht weit entfernt von dem Laden, denke ich, haben sie ihn verhaftet und zum Hotel Regina gebracht. Sonny Mascolo, der Knopfmacher, hat es mir erzählt, als ich zugemacht habe.«

Trübsinn machte sich im Raum breit. Tullio war im Hauptquartier der Gestapo. Pino konnte sich nicht vorstellen, was er in diesem Moment durchmachte.

»Haben sie Tullio vom Geschäft aus verfolgt?«, fragte Onkel Albert.

»Er ist durch die Hintergasse gegangen, deshalb glaube ich es nicht«, sagte Tante Greta.

Ihr Mann schüttelte den Kopf. »Wir müssen dennoch davon ausgehen, selbst wenn es nicht so ist. Kann sein, dass die SS uns jetzt alle genau im Blick hat.«

Pino fühlte eine beängstigende Enge in der Brust. Bei den anderen konnte er ähnliche Empfindungen erkennen.

»Damit steht es fest«, sagte Porzia, als würde sie einen offiziellen Beschluss verkünden. »Pino, morgen früh gehst du zur Musterungsbehörde und schließt dich den Deutschen an. Du gehst der Gefahr aus dem Weg, bis der Krieg vorbei ist.«

»Und was mache ich dann, Mamma?«, schrie Pino. »Von den Alliierten ermordet werden, wegen meiner Hakenkreuz-Uniform?«

»Wenn die Alliierten kommen, ziehst du die Uniform aus«, entgegnete seine Mutter und starrte ihn an. »Ich habe entschieden. Du bist noch immer minderjährig. Ich treffe noch immer die Entscheidungen für dich.«

»Mamma«, beschwerte sich Pino, »du kannst nicht …«

»Ich kann und ich werde«, sagte sie in scharfem Ton. »Ende der Diskussion.«

Vierzehn

27. Juli 1944 – Modena, Italien

Mehr als elf Wochen, nachdem seine Eltern ihm befohlen hatten, sich bei den Deutschen als Soldat zu verpflichten, schulterte Pino sein halbautomatisches G43-Gewehr und marschierte zum Bahnhof von Modena. Er trug die Sommeruniform der Organisation Todt: wadenhohe schwarze Kampflederstiefel, olivgrüne Hose, Hemd und Schirmmütze, einen schwarzen Ledergürtel und ein Holster mit einer Walther-Pistole. Die rotweiße Hakenkreuzbinde an seinem linken Oberarm vervollständigte die Uniform und zeigte seine Zugehörigkeit. Auf dem oberen weißen Rand stand »ORG.TODT«. Der Aufnäher an seiner anderen Schulter zeigte seinen Rang: Vorarbeiter.

Zu diesem Zeitpunkt hatte Vorarbeiter Lella nur noch wenig Vertrauen in Gottes Plan für ihn. Als er den Bahnhof betrat, war er noch immer wütend über seine Zwangslage. Seine Mutter hatte ihn in diese Situation gezwungen. In der Casa Alpina hatte er etwas getan, was bedeutend war, etwas Gutes und Richtiges, was als mutiger Akt angesehen wurde, ohne Rücksicht auf das persönliche Risiko. Seitdem bestand sein Leben aus dem Trainingslager, einer endlosen Parade von

Märschen, Freiübungen, Deutschunterricht und anderen nutzlosen Dinge. Jedes Mal, wenn er auf das Hakenkreuz blickte, hätte er es am liebsten abgerissen und wäre in die Berge gelaufen, um sich den Partisanen anzuschließen.

»Lella«, rief Pinos Frontführer und riss ihn aus seinen Gedanken. »Nimm Pritoni mit, Wache halten auf Bahnsteig drei.«

Pino nickte ohne Enthusiasmus und ging mit Pritoni, einem übergewichtigen Jungen aus Genua, der noch nie von zu Hause weg gewesen war, auf seinen Posten auf dem erhöhten Bahnsteig zwischen zwei der meistgenutzten Gleise des Bahnhofs. Unter dem hohen Bogendach luden deutsche Soldaten Waffenkisten in offene Viehwaggons auf dem einen Gleis. Das andere Gleis war leer.

»Ich hasse es, hier die ganze Nacht zu stehen«, sagte Pritoni. Er zündete sich eine Zigarette an und paffte daran. »Mir schwellen die Füße und Knöchel und tun weh.«

»Lehn dich an die Dachpfosten und klopfe den einen Fuß gegen den anderen.«

»Das habe ich versucht. Mir tun trotzdem die Füße weh.«

Pritoni fuhr mit seiner Litanei an Beschwerden fort, bis Pino ihn einfach ausblendete. Die Alpen hatten ihn gelehrt, nicht über schwierige Umstände zu jammern und zu klagen. Es war reine Energieverschwendung.

Stattdessen begann er, über den Krieg nachzudenken. Während des Trainingslagers hatte er überhaupt keine Neuigkeiten gehört. Doch seit ihm vor einer Woche die Überwachung des Bahnhofs zugewiesen worden war, hatte er erfahren, dass die 5. US-Armee unter Generalleutnant Mark Clark am 4. Juni Rom befreit hatte. Seitdem hatten es die Alliierten aber nur sechzehn Kilometer nach Norden in Richtung Mailand geschafft. Pino nahm noch immer an, dass der Krieg bis Oktober, spätestens November vorbei sein würde.

Gegen Mitternacht gähnte er und fragte sich, was er wohl nach dem Krieg tun würde. Wieder zur Schule gehen? In die Alpen ziehen? Und wann würde er ein Mädchen finden, um …?

Die Luftschutzsirenen begannen zu heulen. Flakgeschütze eröffneten das Feuer. Bomben fielen vom Himmel, böse summende Hornissen, die auf das Zentrum von Modena herabregneten. Die ersten detonierten in einiger Entfernung. Dann explodierte eine nah am Gleisfeld. Die nächsten drei trafen in schneller Folge den Bahnhof.

Pino sah einen Blitz, bevor ihn die Druckwelle rückwärts vom Bahnsteig und durch die Luft wirbelte. Mit dem Rucksack auf dem Rücken landete er hart auf den leeren Bahngleisen und wurde kurz ohnmächtig. Von einer weiteren Explosion schreckte er wieder auf und rollte sich instinktiv zu einer Kugel zusammen, während Glas und Trümmer auf ihn herunterprasselten.

Als der Angriff vorbei war, stand Pino vorsichtig auf, während er Rauch roch und Feuer sah. Er war wie betäubt und in seinen Ohren dröhnte es wie ein tobender Ozean. Alles war zusammenhanglos, wie ein zerbrochenes Kaleidoskop, bis er schließlich Pritonis Körper auf den Gleisen hinter sich sah. Der Junge aus Genua hatte die ganze Kraft der Explosion mitbekommen. Ein Granatsplitter hatte ihm den Großteil des Kopfes abgerissen.

Pino kroch weg von ihm und übergab sich. In seinem Kopf hämmerte es so heftig, dass er meinte, er müsste zerbrechen. Er fand seine Waffe, kämpfte sich damit auf den Bahnsteig und übergab sich erneut. Das Dröhnen in seinen Ohren wurde lauter. Er sah tote Soldaten und Verwundete, fühlte sich benommen und schwach, war am Rande einer Ohnmacht. Pino streckte die Hände aus, um sich an einem der Stahlträger festzuhalten, die das Dach des Bahnhofs immer noch trugen.

Ein heftiger, scharfer Schmerz schoss ihm durch den rechten Arm. Erst da bemerkte er, dass Zeige- und Mittelfinger seiner rechten Hand fast abgerissen waren. Sie baumelten nur noch an Sehnen und Hautfetzen. Aus dem Zeigefinger ragten Knochen heraus, Blut spritzte aus der Wunde.

Er wurde ein zweites Mal ohnmächtig.

* * *

Man brachte Pino in ein Feldlazarett, wo deutsche Chirurgen ihm die Finger wieder annähten und ihn wegen seiner Gehirnerschütterung behandelten. Er blieb neun Tage im Krankenhaus.

Bei seiner Entlassung am 6. August wurde Pino als vorübergehend dienstuntauglich eingestuft und für zehn Tage zur Erholung nach Hause geschickt. Als er an einem feuchten, regnerischen Sommertag hinten auf einem Zeitungslaster saß, der ihn mitnahm nach Mailand, war Pino nicht mehr der zufriedene, zielstrebige Halbwüchsige, als der er aus den Alpen gekommen war. Er fühlte sich schwach und desillusioniert.

Die Uniform der Organisation Todt hatte jedoch auch ihre Vorteile. Pino wurde an vielen Kontrollpunkten durchgewinkt und bald darauf ging er durch die Straßen seines geliebten San Babila. Er traf und grüßte viele alte Freunde seiner Eltern, Leute, die er seit Jahren nicht mehr gesehen hatte. Sie starrten auf seine Uniform und das Hakenkreuz auf der Armbinde und taten, als würden sie ihn nicht kennen oder nicht kennen wollen.

Der Laden *Albanese Borse* lag näher als sein Zuhause, deshalb wollte er zuerst dorthin. Er ging den Bürgersteig der Via Monte Napoleone entlang und bemerkte einen sechsrädrigen Stabswagen der Nazis – einen geländegängigen Daimler-Benz G4 –, der vor dem Lederwarengeschäft geparkt war. Die Haube war geöffnet. Der Fahrer steckte mit dem Kopf darunter und arbeitete im Regen am Motor.

Ein deutscher Offizier mit einem Trenchcoat über der Schulter kam aus dem Ladengeschäft und sagte scharf etwas auf Deutsch. Der Fahrer fuhr hoch und schüttelte den Kopf. Der Offizier sah ihn empört an und kehrte zurück in das Geschäft.

Immer an Autos interessiert, hielt Pino an und fragte: »Was ist das Problem?«

»Was interessiert dich das?«, sagte der Fahrer.

»Gar nicht«, sagte Pino. »Ich kenne mich nur ein wenig mit Motoren aus.«

»Und ich weiß fast gar nichts«, gab der Fahrer zu. »Er geht heute nicht richtig an, und wenn er es tut, dann gibt es Fehlzündungen. Der Leerlauf ist schrecklich und zwischen den Gängen bockt er sich auf.«

Pino überlegte kurz und warf einen Blick unter die Haube, wobei er sorgfältig auf seine heilende Hand achtete. Der G4 besaß einen Acht-Zylinder-Motor. Er überprüfte die Zündkerzen und die Kabelverbindungen und stellte fest, dass sie korrekt verbunden waren. Er überprüfte den Luftfilter, bemerkte, dass er schmutzig war, und reinigte ihn. Der Benzinfilter war ebenfalls verstopft. Dann betrachtete er den Vergaser und sah, dass die Schraubenköpfe glänzten. Jemand hatte vor Kurzem Änderungen daran vorgenommen.

Er nahm sich vom Fahrer einen Schraubenzieher und fummelte mit seiner guten Hand an mehreren Schrauben. »Versuch es jetzt einmal.«

Der Fahrer stieg ein und drehte am Zündschloss. Der Motor startete, machte eine Fehlzündung und erstarb hustend mit einer schwarzen Rauchwolke.

»Siehst du?«

Pino nickte und überlegte, was Alberto Ascari getan hätte, dann machte er sich ein zweites Mal an den Vergaser.

Er hörte, wie sich die Ladentür seines Onkels öffnete, und sagte: »Versuche es noch einmal.« Diesmal wurde der Motor lebendig. Pino grinste, legte die Werkzeuge hin und schloss die

Motorhaube. Als er es getan hatte, sah er, dass der deutsche Offizier am Bürgersteig neben Onkel Albert und Tante Greta stand. Er hatte seinen Trenchcoat ausgezogen. Pino sah an seinen Insignien, dass er Generalmajor war.

Tante Greta sagte dem General etwas auf Deutsch. Er antwortete ihr.

»Pino«, sagte seine Tante. »General Leyers würde gern ein Wort mit dir wechseln.«

* * *

Pino schluckte, kam um die Vorderseite des Autos herum und grüßte mit einem halbherzigen »Heil Hitler«, als ihm einfiel, dass er und der General dieselbe Uniform und Armbinde trugen.

Tante Greta sagte: »Er möchte deine Dienstanweisungen sehen, Pino, und wissen, wo du mit der Organisation Todt stationiert bist.«

»Modena«, sagte Pino, suchte in seiner Tasche und reichte dem General seine Papiere.

Leyers las sie und sagte dann etwas auf Deutsch.

»Er möchte wissen, ob du in deiner gegenwärtigen Verfassung fahren kannst«, sagte Tante Greta.

Pino hob sein Kinn, wackelte mit den Fingern und sagte: »Sehr gut, Herr.«

Seine Tante übersetzte. Der General sprach weiter. Tante Greta antwortete.

Leyers sah zu Pino und fragte: »Sprichst du Deutsch?«

»Ein wenig«, sagte er. »Ich verstehe mehr, als ich sprechen kann.«

»*Vous parlez français,* Vorarbeiter?«

Pino antwortete: »*Oui, mon général. Très bien.*« Ja, mein General, sehr gut.

»Dann bist du ab sofort mein Fahrer«, sagte der General. »Dieser andere ist ein Idiot, der nichts von Autos versteht. Bist du dir sicher, dass du mit deiner Hand fahren kannst?«

»Ja«, sagte Pino.

»Dann melde dich morgen früh um null sechs vierzig Uhr beim Hauptquartier der Wehrmacht, dem Deutschen Haus. Du wirst dieses Auto dort im Fuhrpark finden. Ich werde im Handschuhfach eine Adresse hinterlegen. Du kommst zu dieser Adresse und holst mich ab. Verstanden?«

Pino nickte mit dem Kopf. *»Oui, mon général.«*

General Leyers nickte steif und kletterte zurück in den Stabswagen, sagte dann etwas mit schneidender Stimme. Der Fahrer warf Pino einen bösen Blick zu und der Wagen fuhr von der Bordsteinkante davon.

»Komm rein, Pino!«, rief Onkel Albert. »Mein Gott! Komm rein!«

»Was hat er zu dem Fahrer gesagt?«, fragte Pino seine Tante, während sie ihm folgten.

Tante Greta sagte: »Er hat ihn einen Trottel genannt, der nur für den Latrinendienst taugt.«

Sein Onkel schloss die Ladentür, hängte das »Geschlossen«-Schild an und schüttelte triumphierend die Faust. »Pino, weißt du, was du getan hast?«

»Nein«, sagte Pino. »Nicht so sehr.«

»Das ist Generalmajor Hans Leyers!«, rief Onkel Albert und klang dabei fast fröhlich.

Tante Greta sagte: »Sein offizieller Titel lautet ›Generalbevollmächtigter des Reichsministers für Rüstung und Kriegsproduktion für Italien‹.« Als sie merkte, dass Pino nicht verstand, erklärte sie: »›Generalbevollmächtigter‹ bedeutet ›volle Befehlsgewalt‹. Den Titel bekommt nur jemand Ranghohes, der die volle Autorität eines Reichsministers hat, das zu tun, was immer er für die Kriegsmaschine der Nazis für nötig hält.«

Onkel Albert sagte: »Nach Generalfeldmarschall Kesselring ist General Leyers der mächtigste Deutsche in Italien. Er arbeitet mit der vollen Autorität von Albert Speer, Hitlers Reichsminister für Rüstung und Kriegsproduktion, womit er zwei Schritte vom Führer entfernt steht! Was auch immer Leyers will, wird geschehen. Alles, was die Wehrmacht in Italien braucht, bekommt Leyers, oder er zwingt unsere Fabriken dazu, es zu bauen, oder stiehlt es von uns. Er produziert hier alle Nazigewehre, Geschütze, Munition und Bomben. All die Panzer. All die Laster.«

Pinos Onkel machte eine Pause, starrte kurz ins Leere, als ob er zu einer Erkenntnis gekommen wäre, und sagte dann: »Mein Gott, Pino, Leyers kennt die Position jeder Panzerfalle, jedes Bunkers, jeder Landmine und Befestigung zwischen hier und Rom. Er hat sie gebaut, oder? Natürlich hat er das. Verstehst du nicht, Pino? Du bist jetzt der persönliche Fahrer des großen Generals. Du gehst dahin, wohin Leyers geht. Siehst, was er sieht. Hörst, was er hört. Du wirst unser Spion im Inneren des Deutschen Oberkommandos!«

Fünfzehn

Pino war noch ganz benommen von diesem plötzlichen dramatischen Wandel seines Schicksals, als er am 8. August 1944 frühmorgens aufstand. Er bügelte seine Uniform und aß Frühstück, bevor sein Vater auch nur aus dem Bett war. Während er seinen Kaffee schlürfte und Toast aß, dachte er an die Entscheidung von Onkel Albert, dass niemand außer ihm und Tante Greta von Pinos verdeckter Rolle als Fahrer für Generalmajor Hans Leyers wissen sollte.

»Erzähl es niemandem«, sagte Onkel Albert. »Nicht deinem Vater, deiner Mutter, Mimmo, Carletto. Niemandem. Es jemandem zu erzählen, könnte dazu führen, dass es jemand anderes erfährt, und dann ein Dritter, und bald hast du die Gestapo an deiner Tür, die dich zur Folter mitnimmt. Verstehst du?«

»Du musst vorsichtig sein«, mahnte Tante Greta. »Ein Spion zu sein, das ist mehr als gefährlich.«

»Frag Tullio«, sagte Onkel Albert.

»Wie geht es ihm?«, fragte Pino und versuchte, nicht mehr daran zu denken, erwischt und gefoltert zu werden.

»Die Nazis haben seine Schwester letzte Woche zu ihm gelassen«, sagte seine Tante. »Sie erzählte, dass er geschlagen worden ist, aber nichts gesagt hat. Er war dünn und krank wegen eines Magenproblems, doch sie meinte, dass er guten Mutes ist und davon sprach, zu entkommen und mit den Partisanen zu kämpfen.«

Tullio wird flüchten und kämpfen, dachte Pino, während er durch die Straßen eilte und San Babila langsam erwachte. *Und ich bin ein Spion. Dann bin ich jetzt auch im Widerstand, oder?*

Pino war um sechs Uhr fünfundzwanzig am Deutschen Haus in der Nähe der Porta Romana. Er wurde zum Fuhrpark geführt, wo er einen Mechaniker unter der Haube von Leyers Daimler-Benz antraf.

»Was machen Sie da?«, wollte Pino wissen.

Der Mechaniker, ein Italiener Mitte vierzig, sah ihn finster an. »Meine Arbeit.«

»Ich bin General Leyers neuer Fahrer«, sagte Pino und sah nach den Einstellungen des Vergasers. Zwei waren verändert worden. »Hören Sie auf, am Vergaser herumzufummeln.«

Der Mechaniker entgegnete verblüfft: »Das habe ich nicht gemacht.«

»Haben Sie doch«, sagte Pino, nahm einen Schraubenzieher aus der Werkzeugkiste des Mechanikers und nahm verschiedene Veränderungen vor. »So, jetzt wird er schnurren wie ein Kätzchen.«

Der Mechaniker starrte ihn an, als er die Fahrertür öffnete, aufs Trittbrett stieg, sich auf den Fahrersitz setzte und umsah. Abnehmbares Dach. Ledersitze. Vorne Schalensitze, hinten eine Bank. Der G4 war sicher das größte Fahrzeug, das Pino jemals zu fahren versucht hatte. Mit seinen sechs Rädern und dem hohen Bodenabstand konnte man damit überallhin fahren, was der entscheidende Punkt war, wie Pino annahm.

Wohin fährt ein Generalbevollmächtigter für Kriegsproduktion? Mit diesem Auto und der völligen Befehlsgewalt dahin, wohin er will.

Pino erinnerte sich an seinen Befehl, sah ins Handschuhfach und entdeckte eine Adresse auf der Via Dante, die leicht zu finden war. Er wollte die Wunden an seiner Hand schonen, deshalb spielte er mit dem Hebel der Gangschaltung, um die richtige Handposition und den richtigen Griff zu finden. Dann testete er die Kupplung und fand jeden Gang. Den Schlüssel drehte er mit Ringfinger und Daumen seiner rechten Hand. Die unbändige Kraft des Motors vibrierte durch das Lenkrad.

Pino ließ die Kupplung kommen. Sie gab nur schwer nach. Seine Hand glitt vom Schaltknüppel. Der Daimler machte einen Satz nach vorn und der Motor ging aus. Er spähte verstohlen zum Mechaniker, der ihn spöttisch angrinste.

Pino ignorierte ihn, startete den Motor erneut und spielte diesmal mit der Kupplung. Er rollte im ersten und dann im zweiten Gang über den Hof des Fuhrparks. Die Straßen im Zentrum von Mailand waren zu den Zeiten von Pferd und Kutsche gebauten worden und deshalb im besten Fall eng. Am Steuer des Daimlers fühlte sich Pino, als würde er einen Minipanzer durch die gewundenen Straßen lenken.

Die Fahrer der zwei Autos, denen er begegnete, sahen die roten Generalswimpel, die an den Kotflügeln des Daimlers flatterten, und machten sofort den Weg frei. Pino parkte den Stabswagen am Gehweg bei der Adresse auf der Via Dante, die ihm Leyers zurückgelassen hatte.

Pino bemerkte die Blicke vieler Fußgänger, doch angesichts der flatternden Wimpel des Nazigenerals wagte niemand zu protestieren. Er nahm die Schlüssel, stieg aus und ging in die Lobby eines kleinen Wohnhauses. Eine alte Frau saß auf einem Stuhl neben einer kleinen Tür an der Treppe, ein altes Weib mit dicken Brillengläsern, und starrte in seine Richtung, als würde sie ihn kaum sehen. »Ich gehe zu Drei b«, sagte Pino.

Das alte Weib sagte nichts, nickte nur und blinzelte ihn durch ihre Brillengläser an.

Sie war unheimlich, fand er, während er in die dritte Etage hinaufstieg. Er sah auf seine Uhr. Es war genau sechs Uhr vierzig, als er an die Tür klopfte.

Er hörte Schritte. Die Tür wurde nach innen geöffnet und sein ganzes Leben veränderte sich mit einem Schlag.

Das Dienstmädchen strahlte ihn mit ihren blaugrauen Augen an, lächelte und fragte: »Du bist der neue Fahrer des Generals?«

Pino wollte antworten, war aber so überwältigt, dass er nichts hervorbrachte. Sein Herz schlug wild in der Brust. Er versuchte, etwas zu sagen, doch ihm kam kein Wort über die Lippen. Sein Gesicht fühlte sich heiß an. Er fuhr mit einem Finger unter seinen Kragen. Schließlich nickte er nur.

»Ich hoffe nur, du fährst nicht so, wie du sprichst«, lachte sie, spielte mit einer Hand an ihrem dunkelblonden Zopf und bedeutete ihm mit der anderen, hineinzukommen.

Pino trat an ihr vorbei, nahm ihren Geruch wahr und fühlte sich so benommen, dass er zu fallen glaubte.

»Ich bin Dollys Dienstmädchen«, sagte sie hinter ihm. »Nenn mich …«

»Anna«, sagte Pino.

* * *

Als er sich umdrehte, um sie anzusehen, war die Tür geschlossen, ihr Lächeln war verschwunden und sie betrachtete ihn, als sei er eine Bedrohung.

»Woher kennst du meinen Namen?«, fragte sie. »Wer bist du?«

»Pino«, stammelte er. »Pino Lella. Meine Eltern haben ein Taschengeschäft in San Babila. Ich habe dich im letzten Jahr vor der Bäckerei bei der Scala eingeladen, mit mir ins Kino zu gehen, und du hast mich gefragt, wie alt ich bin.«

Anna dachte kurz nach, als würde sie eine vage, tief vergrabene Erinnerung hervorholen. Dann lachte sie, hielt die Hand vor den Mund und betrachtete ihn erneut. »Du siehst aber nicht wie dieser verrückte Junge aus.«

»In vierzehn Monaten kann sich viel verändern.«

»Das sehe ich«, sagte sie. »Ist es schon so lange her?«

»Eine Ewigkeit«, erwiderte Pino. *»Du warst nie berückender.«*

Annas Augenbrauen schossen ungehalten in die Höhe. »Wie bitte?«

»Der Film«, sagte er schnell. »Fred Astaire. Rita Hayworth. Du hast mich versetzt.«

Ihr fiel die Kinnlade runter, ebenso die Schultern. »Das habe ich, nicht wahr?«

Es war ein unangenehmer Moment, bis Pino sagte: »Eigentlich war es gut so. Das Theater wurde in jener Nacht bombardiert. Mein Bruder und ich waren drinnen, doch wir haben es herausgeschafft.«

Anna sah ihn an. »Wirklich?«

»Einhundert Prozent.«

»Was ist mit deiner Hand passiert?«, fragte sie.

Er sah auf die verbundene Hand. »Nur ein paar Stiche.«

Eine Frauenstimme mit starkem Akzent rief auf einmal: »Anna! Anna, ich brauche dich, bitte!«

»Ich komme, Dolly«, rief Anna. Sie zeigte auf eine Bank im Flur. »Du kannst dort warten, bis General Leyers fertig ist.«

Er trat beiseite. Das Dienstmädchen ging in dem schmalen Flur dicht an ihm vorbei. Es raubte ihm den Atem, und er starrte ihren schwingenden Hüften hinterher, als sie tiefer in der Wohnung verschwand. Als er sich hinsetzte und endlich wieder daran dachte zu atmen, lag Annas Duft nach Frau und nach Jasmin in der Luft. Er dachte kurz daran, aufzustehen und durch die Wohnung zu wandern, nur um sie wieder zu sehen und zu riechen. Er entschied, dass es das Risiko wert war, und sein Herz begann wie wild zu schlagen.

Da vernahm Pino näher kommende Stimmen, ein Mann und eine Frau, die sich auf Deutsch unterhielten und lachten. Pino sprang auf und nahm Haltung an. Eine Frau Anfang vierzig tauchte am Ende des kurzen Korridors auf. Sie tänzelte auf ihn zu in ihrem elfenbeinfarbenen, spitzenbesetzten Satinmorgenrock und den perlenbesetzten Pantoffeln. Sie war langbeinig und hübsch nach Art eines Revuegirls, mit wippenden Brüsten, grünen Augen und üppigem kastanienbraunen Haar, das ihr kunstvoll über Schultern und Gesicht fiel. Selbst um diese frühe Stunde war sie geschminkt. Sie beäugte Pino, während sie eine Zigarette rauchte.

»Du bist ziemlich groß für einen Fahrer und siehst auch noch gut aus«, sagte sie mit starkem deutschen Akzent auf Italienisch. »Zu schade. Große Männer sind immer diejenigen, die im Krieg sterben. Leichte Ziele.«

»Dann muss ich wohl den Kopf ducken.«

»Hmm«, sagte sie und nahm einen Zug. »Ich bin Dolly, Dolly Stottelmeyer.«

»Vorarbeiter Lella, Pino Lella«, sagte er ohne sein vorheriges Stammeln.

Dolly schien unbeeindruckt und rief: »Anna? Hast du schon den Kaffee für den General fertig?«

»Kommt sofort, Dolly«, rief Anna zurück.

Das Dienstmädchen und General Leyers kamen gleichzeitig in den kurzen Flur. Pino nahm Haltung an und salutierte, wobei seine Augen zu Anna schossen, und ihr Duft umwehte ihn, als sie eine Thermoskanne ausstreckte. Er sah auf ihre Hände und Finger, wie perfekt sie waren, wie …

»Nimm die Thermoskanne«, flüsterte Anna.

Pino erschrak und nahm sie.

»Und die Reisetasche des Generals«, murmelte sie.

Pino wurde rot und beugte sich ungeschickt zu Leyers, nahm dann den großen Lederkoffer, der sich voll anfühlte.

»Wo ist das Auto?«, fragte der General auf Französisch.

»Vor dem Haus, *mon général*«, antwortete Pino.

Dolly sagte etwas zu dem General auf Deutsch. Er nickte und antwortete.

Dann richtete Leyers den Blick auf Pino und schnarrte: »Was machst du da, starrst mich an wie ein Dummkopf? Bring meine Tasche zum Wagen. Rücksitz. Mitte. Ich bin gleich unten.«

Aufgeregt sagte Pino: »*Oui, mon général.* Rücksitz Mitte.«

Bevor er ging, wagte er einen letzten Blick zu Anna und war entmutigt, denn sie sah ihn an, als hätte er psychische Probleme. Er verließ die Wohnung und trug den Koffer des Generals die Treppe hinunter, dabei versuchte er sich zu erinnern, wann er das letzte Mal an Anna gedacht hatte. Vor fünf, sechs Monaten? Die Wahrheit war, dass er zu hoffen aufgehört hatte, sie jemals wiederzusehen – und jetzt war sie da.

Anna war alles, woran er denken konnte, als er an der blinzelnden alten Tante in der Lobby vorbeikam und nach draußen ging. Der Duft des Dienstmädchens. Ihr Lächeln. Ihr Lachen.

Anna, dachte Pino. *Was für ein schöner Name. Zergeht auf der Zunge.*

Verbrachte General Leyers seine Nächte immer bei Dolly? Das hoffte er von ganzem Herzen. Oder war es etwas Außergewöhnliches? Einmal die Woche? Er hoffte inständig, dass dem nicht so war.

Dann erkannte Pino, dass er sich besser konzentrieren sollte, wenn er Anna wiedersehen wollte. Er beschloss, der perfekte Fahrer zu sein, einer, den Leyers niemals entlassen würde.

Er erreichte den Daimler. Erst als er den Koffer auf den Rücksitz hob, fragte er sich, was wohl darin war. Fast hätte er versucht, ihn direkt zu öffnen, doch dann bemerkte er, dass unter den Passanten auch deutsche Soldaten waren.

Pino stellte den Koffer hin, schloss die Tür und ging auf die Fahrerseite des Stabswagens, damit er zum Wohnhaus zurückschauen konnte. Er öffnete die hintere Tür und zog den Koffer näher zu sich. Er warf einen Blick auf den Verschluss, der mit einem Schlüsselloch versehen war. Dann sah er hinauf zum vierten Stock und fragte sich, wie lange der General wohl zum Essen benötigte.

Mit jeder Sekunde weniger, dachte Pino und versuchte, den Verschluss zu öffnen. Abgeschlossen.

Er schaute wieder hinauf zum Fenster im vierten Stock und hatte den Eindruck, dass die Vorhänge wackeln würden, als hätte sie jemand losgelassen. Pino schloss die Hintertür. Ein paar Augenblicke später öffnete sich die Tür zu Dollys Haus. General Leyers kam heraus. Pino sprintete um das Auto und öffnete ihm die Wagentür.

Der Generalbevollmächtigte für Kriegsproduktion warf ihm kaum einen Blick zu, als er in den Wagen stieg und sich neben den Koffer setzte. Leyers überprüfte sofort den Verschluss.

* * *

Pino schloss hinter dem General die Tür. Sein Herz hämmerte wild. Was wäre gewesen, wenn er gerade in den Koffer geguckt hätte, als der Nazi herauskam? Dieser Gedanke ließ sein Herz noch heftiger schlagen, während er hinter das Lenkrad glitt und in den Rückspiegel blickte. Leyers hatte seine Schirmmütze beiseitegelegt und zog eine dünne Silberkette aus seinem Kragen hervor. Daran befand sich ein Schlüssel.

»Wohin fahren wir, *mon général*?«, fragte Pino.

»Du sprichst nur, wenn man dich anredet«, sagte Leyers scharf und nahm den Schlüssel, um den Koffer zu öffnen. »Ist das klar, Vorarbeiter?«

»*Oui, mon général*«, sagte Pino. »Sehr klar.«

»Kannst du eine Karte lesen?«

»Ja.«

»Gut. Fahr Richtung Como. Wenn wir außerhalb von Mailand sind, halte an und nimm die Wimpel ab. Verstau sie im Handschuhfach. In der Zwischenzeit sei still. Ich muss mich konzentrieren.«

Nachdem sie losgefahren waren, setzte General Leyers seine Lesebrille auf und beschäftigte sich intensiv mit einem dicken Stapel Papieren auf seinem Schoß. Am Vortag bei *Albanese Borse* und an diesem Morgen bei Dolly Stottelmeyer war Pino zu aufgeregt gewesen, um sich Leyers genauer anzusehen. Jetzt fuhr er und warf immer wieder Blicke zu dem General, um den Mann genau zu betrachten.

Pino schätzte Leyers auf Mitte fünfzig. Kräftig gebaut, vor allem in den Schultern, hatte der General einen Stiernacken, der unter dem frischen weißen Hemd und der Jacke spannte. Seine Stirn war breiter als gewöhnlich und wurde von zurückgehendem, grau meliertem Haar umrahmt, das nach hinten gekämmt war und von Pomade glänzte. Seine dichten dunklen Brauen schienen Schatten über seine Augen zu werfen, während er die Berichte las, etwas hineinschrieb und sie dann auf einen separaten Haufen auf dem Rücksitz legte.

Leyers schien völlig konzentriert zu sein. In der Zeit, die Pino brauchte, um den Daimler aus Mailand herauszufahren, sah er kein einziges Mal, dass er den Kopf von der Arbeit hob. Auch als Pino anhielt, um die Generalswimpel abzunehmen, blieb Leyers bei seiner Aufgabe. Er hatte einen Plan auf seinem Schoß ausgebreitet und betrachtete ihn genau, als Pino sagte: »Como, *mon général*.«

Leyers rückte seine Brille zurecht. »Das Stadion. Rückseite.«

* * *

Wenige Minuten später fuhr Pino auf der Viale Giuseppe Sinigaglia an der Westseite des Fußballstadions entlang. Als sie den Stabswagen sahen, nahmen vier bewaffnete Wachtposten am Eingang Haltung an.

»Parke im Schatten«, sagte General Leyers. »Warte beim Auto.«

»Oui, mon général.«

Pino parkte, sprang aus dem Wagen und hatte die Hintertür in Sekunden geöffnet. Leyers schien es nicht zu bemerken, stieg mit seinem Koffer aus und ging an Pino vorbei, als würde er nicht existieren. Leyers behandelte die Wachen auf dieselbe Weise und verschwand im Innern des Stadions.

Es war noch früh am Tage, doch die Augusthitze war bereits spürbar. Pino konnte auf der anderen Seite des Stadions den Lago di Como riechen, und er sehnte sich danach, hinabzugehen und über den westlichen Teil des Sees hinweg zu den Alpen und der Casa Alpina hinaufzusehen. Er fragte sich, wie es Pater Re und Mimmo ging.

Er dachte an seine Mutter und wie wohl ihr neustes Taschendesign aussehen würde, und ob sie wusste, was mit ihm geschehen war. Er fühlte sich melancholisch, als er merkte, wie sehr er Porzia vermisste, vor allem ihre Tatkraft, mit der sie alle Dinge des Lebens in Angriff nahm. Seine Mutter hatte sich niemals vor etwas gefürchtet, soweit er wusste, bevor die Bombardierungen begonnen hatten. Seitdem lebte sie mit Cicci in Rapallo, hörte im Radio vom Krieg und betete, dass er vorüberging.

Es war so untätig, sich zu verstecken, und deshalb war Pino froh, nicht bei ihr zu sein. Er versteckte sich nicht. Er war ein Spion im Herzen der Nazimacht in Italien. Ein Schauer durchfuhr ihn und zum ersten Mal dachte er wirklich darüber nach, was es hieß, ein Spion zu sein, nicht wie in einem Kinderspiel, sondern als Kriegshandlung.

Was wollte er finden oder entdecken? Und wo sollte er es finden oder entdecken? Es gab den Koffer und seinen Inhalt, das war klar. Und General Leyers hatte Büros hier in Como und in Mailand, nahm Pino an. Doch würde er jemals hineingelassen werden? Das konnte er sich nicht vorstellen, und als er erkannte, dass er nicht viel mehr tun konnte, als auf den General zu warten, wanderten seine Gedanken zu Anna. Er hatte fest angenommen, sie niemals wiederzusehen, doch da war sie nun, als Dienstmädchen der Geliebten des Generals! Wie groß war die Wahrscheinlichkeit? Sah das nicht ganz danach aus, als wäre es …?

Mehr als ein Dutzend deutscher Laster rumpelten an ihm vorbei und bliesen schwarzen Dieselrauch von sich, bevor sie am nördlichen Straßenende zum Stehen kamen. Bewaffnete Soldaten der Organisation Todt sprangen von einem der Fahrzeuge und schwärmten aus, richteten dann die Waffe auf die Rückseiten der anderen Laster.

»Raus!«, brüllten sie und ließen die Ladeklappen herunter. Sie warfen die Leinwände an den Fahrzeugen zurück und man sah vierzig Männer, die verwirrt um sich blickten. *»Raus!«*

Sie waren alle ausgemergelt, schmutzig, mit zotteligen Bärten und langem, verfilztem Haar. Viele von ihnen hatten leere, tote Augen und trugen zerlumpte graue Hosen und Oberteile. Sie hatten Buchstaben auf der Brust, die er nicht erkennen konnte. Sie waren gefesselt und konnten nicht richtig gehen, sondern schoben sich langsam vorwärts, bis die Wachen an ihnen zerrten und manche mit dem Gewehrkolben schlugen. Laster um Laster leerte sich und bald waren es dreihundert Mann, vielleicht mehr, die alle zum Nordende des Stadions gingen.

Pino erinnerte sich an ähnliche Männer im Betriebshof in Mailand, die die Straßen von Bombentrümmern säuberten. Waren es Juden? Woher kamen sie?

* * *

Die grauen Männer – wie er sie für sich nannte – gingen um die nordwestliche Ecke des Stadions und nach Osten in Richtung See und verschwanden aus seiner Sicht. Er dachte an General Leyers' Befehl, beim Daimler zu warten, und dann an Onkel Alberts Wunsch, dass er spionieren solle. Pino ging in schnellem Schritt an den vier Wachen am nächstgelegenen Eingang vorbei. Einer sagte etwas auf Deutsch, das er nicht verstand. Er nickte, lachte und ging weiter mit der Überzeugung, dass das Vorspielen von Selbstvertrauen genauso gut wäre wie echtes Selbstvertrauen.

Er kam um die Ecke, doch die grauen Männer waren verschwunden. Wie konnte das sein?

Dann sah Pino, dass ein Rolltor am Nordende des Stadions geöffnet war. Zwei bewaffnete Wachen tauchten auf. Er dachte an Tullio Galimberti und wie er zu sagen pflegte, dass der Trick beim Bewältigen schwieriger Aufgaben darin bestünde, wie jemand anderes zu handeln, jemand, der dazugehörte.

Pino salutierte den Wachen und wandte sich nach rechts in einen Tunnel, der zum Spielfeld führte. Wenn er angehalten würde, dann jetzt, doch sein gewagtes Spiel zahlte sich aus und sie sagten kein Wort. Schnell erkannte er den Grund. Vom Tunnel zweigten seitlich Gänge ab, in denen Männer Kisten und Kästen aufstapelten, die dieselbe OT-Uniform trugen wie er. Die Wachen mussten angenommen haben, dass Pino zu der Gruppe gehörte.

Er ging fast bis zum Ende des Tunnels, dann blieb er im Schatten stehen und schaute nach draußen, wo er sah, wie sich die grauen Männer in Reihen aufstellten. Jenseits von ihnen, am südlichen Ende des Stadions, waren Tarnnetze hochgezogen und befestigt worden. Unter den Netzen standen schwere Geschütze auf Anhängern, das mussten wohl Haubitzen sein, Pino zählte insgesamt sechs, dazu Dutzende schwerer Maschinengewehre und unzählige Holzkisten. Es war ein Versorgungslager, vielleicht auch ein Munitionslager.

Pino wandte seine Aufmerksamkeit den OT-Soldaten zu, die die letzten paar grauen Männer auf ihre Positionen stießen, kurz bevor General Leyers aus einem anderen Tunnel auftauchte, vielleicht fünfzig Meter entfernt am anderen Ende des Stadions. Ihm folgten ein OT-Hauptmann und ein Feldwebel.

Pino drückte sich dicht an die Tunnelwand. Erst jetzt dachte er daran, was mit ihm geschehen könnte, wenn man ihn beim Herumschnüffeln erwischte. Er würde sicherlich befragt werden. Vielleicht verprügelt. Womöglich schlimmer. Er überlegte, sofort genauso aufrecht auf demselben Weg hinauszugehen, den er hineingekommen war, um auf unbestimmte Zeit am Wagen auf Leyers Rückkehr zu warten, als wäre nichts gewesen.

Doch dann blieb General Leyers hoch aufgerichtet und mit der ganzen Autorität eines Nazireichsministers vor den grauen Männern stehen, die in dreißig Reihen zu je zehn Männern mit einem fast meterbreiten Zwischenraum und einer drei Meter breiten Lücke zwischen den Reihen versammelt standen. Leyers betrachtete den ersten Mann für einen Moment und verkündete dann etwas, das Pino nicht hören konnte.

Der Hauptmann schrieb auf einen Notizblock. Der Feldwebel machte eine Bewegung mit der Mündung seines Gewehrs und der erste graue Mann trat aus der Formation. Er schleppte sich über das Spielfeld, drehte sich um und blieb stehen, um zu Leyers zurückzublicken, der zu dem nächsten Mann fortgeschritten war, und danach zu dem nächsten. Jedes Mal betrachtete er den Mann vor sich und sagte dann etwas. Der Hauptmann schrieb es auf und der Feldwebel zeigte mit seinem Gewehr. Einige gingen zu dem ersten Mann. Andere wurden zu einer von zwei weiteren Gruppen geschickt.

Er bewertet sie. Sortiert sie.

Tatsächlich standen die größten und kräftigsten Gefangenen in einer Gruppe, die kleiner war als die beiden anderen. Die Männer in der zweiten und größeren Gruppe wirkten angeschlagener, doch sie hatten sich noch etwas von ihrer Menschenwürde bewahrt. Die dritte und größte Gruppe bestand aus Männern, die an ihrer Grenze zu sein schienen, skelettartig und kurz davor, in der wachsenden Hitze zusammenzubrechen.

Im Prozess des Aussortierens war Leyers ein Modell deutscher Effizienz. Er brauchte nicht mehr als fünfzehn Sekunden für die Bewertung, verkündete sein Urteil und ging weiter. Er hatte den dreihundertsten Mann in weniger als fünfzehn Minuten erreicht, sagte etwas zu dem Hauptmann und dem Feldwebel, die in einen *Sieg-Heil*-Gruß verfielen. General Leyers erwiderte energisch den Nazigruß und schlenderte dann zum Ausgang.

* * *

Er geht zum Wagen!

Pino fuhr herum und schluckte den metallischen Geschmack auf seiner Zunge herunter. Am liebsten wäre er losgerannt, zwang sich aber dazu, den General in seinem entschlossenen und autoritären Gang nachzuahmen. Als er durch das nördliche Tor schritt, fragte ihn einer der Wachtposten etwas auf Deutsch. Bevor er noch antworten konnte, wurde seine Aufmerksamkeit jedoch von dem Geräusch der hinter Pino in den Tunnel schlurfenden Männer abgelenkt. Er ging weiter, als würde er die Parade aus der Ferne anführen.

Er kam um die Kurve. Eine halbe Stadionlänge entfernt verließ Leyers das Spielfeld und ging in Richtung Daimler. Pino sprintete mit voller Geschwindigkeit los.

Sie waren fünfundsiebzig Meter auseinander, als Leyers aus der Tür herauskam. Doch zwölf Schritte vom Stabswagen entfernt, schloss Pino auf, eilte am General vorbei und kam rutschend zum Stehen. Er salutierte, versuchte dabei, seinen Atem zu beruhigen, und öffnete die Tür. Ein Schweißtropfen löste sich von seinem Haaransatz und lief zwischen seinen Augen den Nasenrücken hinunter.

General Leyers musste es bemerkt haben, denn er hielt inne, bevor er einstieg, und betrachtete Pino prüfend. Weitere Schweißtropfen tauchten auf und liefen hinunter.

»Ich habe dir befohlen, am Auto zu warten«, sagte Leyers.

»Oui, mon général«, keuchte Pino. »Ich musste aber pinkeln.«

Der General verzog leicht verärgert das Gesicht und stieg ein. Pino schloss hinter ihm die Tür, wobei er sich fühlte, als käme er aus einem Dampfbad. Er wischte sich mit beiden Ärmeln über das Gesicht und setzte sich auf den Fahrersitz.

»Varenna«, sagte General Leyers. »Kennst du das?«

»Am Ostufer des Sees, *mon général*«, erwiderte Pino und legte den Gang ein.

Auf dem Weg nach Varenna wurden sie an vier Kontrollpunkten angehalten, doch jedes Mal, wenn der Wachtposten Leyers hinten im Fahrzeug sah, winkte er sie schnell durch. Der General hatte Pino für einen Espresso und Gebäck an einem kleinen Café in Lecco anhalten lassen, was Leyers während der Weiterfahrt zu sich nahm.

Am Rande von Varenna gab General Leyers Richtungsanweisungen, die sie aus der Stadt hinaus und die Ausläufer der südlichen Alpen hinaufführten. Die Straße wurde bald zu einem Karrenweg, der zu einer umzäunten Weide führte. Leyers wies Pino an, durch das Tor und über das Feld zu fahren.

»Sind Sie sicher, dass der Wagen das schafft?«, fragte Pino.

Der General sah ihn an, als wäre er ein Idiot. »Es ist ein sechsrädriges Auto. Es fährt dorthin, wo ich es ihm sage.«

Pino schaltete runter in den kleinsten Gang und der Wagen fuhr mit überraschender Leichtigkeit wie ein kleiner Panzer über das unebene Gelände. General Leyers wies ihn an, den Wagen in der hinteren Ecke des Feldes neben sechs leeren Lastern und ein paar OT-Soldaten, die sie bewachten, zu parken.

Pino fuhr vor und stellte den Stabswagen ab.

Bevor er ausstieg, sagte der General: »Kannst du auch Notizen machen?«

»Oui, mon général.«

Leyers wühlte in seinem Koffer herum und zog einen Stenografie-Notizblock und einen Stift heraus. Dann nahm er die Kette und den Schlüssel unter seinem Hemd hervor und verschloss den Koffer.

»Folge mir«, sagte er. »Schreib auf, was ich dir sage.«

Pino nahm Notizblock und Stift und stieg aus. Er öffnete für Leyers die Hintertür und folgte ihm, als er schnell an den Lastern vorbei zu einem Pfad ging, der in den Wald führte.

Es war fast elf Uhr. Grillen zirpten in der Hitze. Die Luft im Wald roch gut und grün und erinnerte Pino an den grasbedeckten Hügel, auf dem er und Carletto während des Bombardements übernachtet hatten. Der Weg verlief steil über freiliegende Baumwurzeln und Felsvorsprünge nach unten.

Ein paar Minuten später traten sie aus dem Wald heraus auf Eisenbahngleise, die in einer Kurve in einen Tunnel führten. General Leyers marschierte darauf zu. Erst da hörte Pino den Lärm von Metall auf Fels, Hunderte von Hämmern, die im Tunnel auf Stein schlugen. Die Luft stank nach gezündetem Sprengstoff.

Die Wachtposten vor dem Tunnel nahmen Haltung an und salutierten, als Leyers vorbeiging. Pino folgte ihm und spürte ihre Blicke. Es war finster und wurde immer dunkler, je tiefer sie in den Tunnel hineingingen. Mit jedem Schritt kam das Hämmern näher und wurde schmerzhafter in den Ohren.

Der General blieb stehen, suchte in seiner Tasche und zog Baumwollkügelchen hervor. Eins reichte er Pino und bedeutete ihm, die Kugel in zwei Stücke zu zerreißen und sich die

Baumwollstücke in die Gehörgänge zu stopfen. Pino tat es und es half so gut, dass er den General nur noch verstehen konnte, wenn er direkt neben ihm lief.

Sie kamen um eine Kurve im Tunnel. Helle Glühbirnen hingen von der Decke und warfen ein grelles Licht, das die Silhouetten einer kleinen Armee grauer Männer zeigte, die mit Pickel und Vorschlaghammer gegen die Wände zu beiden Seiten des Tunnels vorgingen. Es stank nach Detonation. Felsbrocken gaben dem Ansturm nach, brachen ab und fielen den Männern zu Füßen. Sie schoben die Steine zu anderen Männern hinter sich, die die Trümmer in auf den Schienen bereitstehende Loren luden.

Es ist wie in der Hölle, dachte Pino und wollte am liebsten sofort wieder weg. Doch General Leyers ging ohne Pause weiter, hielt bei einem OT-Wachtposten, der ihm eine Taschenlampe reichte. Der General leuchtete damit in die Aushöhlungen zu beiden Seiten der Schienen. Die grauen Männer hatten an manchen Stellen einen guten Meter in die Wand gegraben und höhlten einen Zwischenraum aus, den Pino auf zweieinhalb Meter Höhe und vierundzwanzig Meter Länge schätzte.

Sie gingen an den Aushöhlungen vorbei. Fünfzehn Meter weiter waren die Wände zu beiden Seiten der Gleise bereits viereinhalb Meter tief eingegraben, zweieinhalb Meter hoch und weitere dreißig Meter lang. Große Holzkisten füllten den Großteil der Räume an beiden Seiten der Gleise aus. Einige waren offen und voll Munition.

General Leyers überprüfte Proben aus jeder und fragte dann den Feldwebel dort etwas auf Deutsch. Der Feldwebel reichte Leyers ein Klemmbrett mit Unterlagen. Leyers überflog mehrere Seiten und sah dann zu Pino.

»Schreib, Vorarbeiter«, befahl er. »Sieben Komma neun zu fünfundsiebzig Millimeter Mauser: sechs Komma vier Millionen Schuss bereit für die Verfrachtung nach Süden.«

Pino schrieb mit, dann blickte er auf.

»Neun Millimeter Parabellum«, sagte Leyers. »Zweihundertfünfundzwanzigtausend Schuss für Waffen-SS Mailand. Vierhunderttausend Schuss für Modena Süd. Zweihundertfünfzigtausend Schuss für SS Genua.«

Pino schrieb, so schnell er konnte, und kam doch kaum mit. Als er aufsah, sagte der General: »Lies es mir vor.«

Pino tat es und Leyers nickte knapp. Er ging weiter, sah nach den Aufschriften auf einigen Kisten und rief Anmerkungen und Anordnungen.

»Panzerfaust«, sagte Leyers. »Fünf…«

»Verzeihung, *mon général*«, sagte Pino. »Ich kenne das Wort nicht, *Panzer…*«

»Einhundert-Millimeter-Panzerabwehrraketen«, sagte General Leyers ungeduldig. »Fünfundsiebzig Kisten zur Grünen Linie, auf Anforderung von Generalfeldmarschall Kesselring. Panzerschlepper mit Achtundachtzig-Millimeter-Flak. Vierzig Raketenwerfer und tausend Raketen an die Grüne Linie, auch auf Kesselrings Anforderung.«

So ging es weitere zwanzig Minuten lang, der General brüllte Aufträge und Bestimmungsorte für alles Mögliche von Maschinenpistolen über Mauser 98k, der Standardwaffe für die Infanterie der Wehrmacht, bis hin zu Flakgeschützen und der dazugehörigen robusten 20×138-Millimeter-Munition.

Ein Offizier tauchte aus dem Tunnel auf, salutierte und sprach mit Leyers, der sich daraufhin umdrehte und in die andere Richtung zurückging. Der Offizier, ein Oberst, musste rennen, um mit dem General Schritt zu halten, während er redete. Pino blieb ein Stück zurück.

Endlich hörte der Oberst zu reden auf. General Leyers senkte leicht den Kopf, drehte sich mit militärischer Präzision und ging auf Deutsch auf den jungen Oberst los. Der Oberst wollte antworten, doch Leyers setzte seine Tirade fort. Der

Oberst trat einen Schritt zurück. Das schien Leyers noch mehr zu erzürnen. Er schaute sich um, bemerkte Pino und blickte ihn finster an.

»Du, Vorarbeiter«, sagte er. »Geh und warte am Felshaufen.«

Pino senkte den Kopf und eilte an ihnen vorbei, wobei er den General erneut schreien hörte. Als er die Hämmer und herabbrechenden Felsen vor sich hörte, hätte er lieber bei Leyers gewartet. Gerade als er das dachte, erstarb der Lärm und wurde vom Geräusch auf den Boden fallender Werkzeuge abgelöst. Als er die Grabungsstelle erreichte, saßen die Männer mit den Hacken und Schaufeln mit dem Rücken zur Wand auf dem Boden. Viele hielten den Kopf in Händen. Andere blickten leer an die Decke des Tunnels.

Pino hatte noch niemals solche Männer gesehen. Es war fast unerträglich, sie anzuschauen: wie sie keuchten, wie ihnen der Schweiß herunterlief und wie sie mit der Zunge die Innenseiten ihrer aufgesprungenen Lippen entlangfuhren. Er sah sich um. An der Wand stand eine große Milchkanne Wasser und daneben ein Eimer mit einer Schöpfkelle.

Keiner der Wachtposten hatte sich gerührt, um ihnen Wasser anzubieten. Wer auch immer sie waren, was auch immer sie getan hatten, das sie hierhergebracht hatte, sie brauchten Wasser, dachte Pino und wurde wütend. Er ging zu der Milchkanne, neigte sie und füllte den Eimer.

Eine Wache protestierte, doch Pino sagte: »General Leyers«, und der Protest erstarb.

Er ging zu dem ihm am nächsten sitzenden Mann und gab ihm mit der Kelle etwas von dem Wasser. Er war so ausgemergelt, dass Wangenknochen und Kiefer hervorstanden und sein Gesicht wie ein Totenschädel aussah. Doch er neigte den Kopf, öffnete den Mund und Pino goss ihm das Wasser direkt in den Hals. Als er fertig war, ging Pino zum nächsten und zum nächsten.

Nur wenige Männer blickten ihn überhaupt an. Während Pino Wasser schöpfte, starrte der siebte Mann auf die Steine zu seinen Füßen, murmelte Flüche auf Italienisch und belegte ihn mit Schimpfwörtern.

»Ich bin Italiener, Trottel«, sagte Pino. »Willst du Wasser oder nicht?«

Der Mann blickte auf. Pino sah, wie jung er noch war. Sie hätten im selben Alter sein können, obwohl er verbraucht und stärker gealtert war, als Pino sich hätte vorstellen können.

»Du sprichst wie ein Milanese, aber du trägst eine Naziuniform«, krächzte er.

»Es ist kompliziert«, sagte Pino. »Trink das Wasser.«

Erst trank er nur einen kleinen Schluck, dann schluckte er alles genauso gierig herunter, wie es die anderen sechs getan hatten.

»Wer bist du?«, fragte Pino, als er fertig war. »Wer sind diese anderen?«

Der Mann blickte Pino an, als würde er einen Käfer beobachten. »Mein Name ist Antonio«, sagte er. »Und wir sind Sklaven. Wir alle.«

Sechzehn

Sklaven?, dachte Pino und empfand zugleich Widerwille und Mitleid.

»Wie seid ihr hergekommen?«, fragte er. »Seid ihr Juden?«

»Ein paar sind Juden, aber ich nicht«, sagte Antonio. »Ich war im Widerstand. Habe in Turin gekämpft. Die Nazis haben mich erwischt, haben mich hierzu verurteilt anstatt zum Erschießungskommando. Die anderen sind Polen, Jugoslawen, Russen, Franzosen, Belgier, Norweger und Dänen. Die Buchstaben auf ihren Oberkörpern zeigen, woher sie sind. In jedem Land, das die Nazis erobert haben, haben sie alle kräftigen Männer mitgenommen und in die Sklaverei geschickt. Sie nennen es ›Zwangsarbeit‹ oder irgend so einen Blödsinn, aber es ist Sklaverei, egal, wie man es nennt. Wie, glaubst du wohl, haben die Nazis so viele Dinge so schnell gebaut? All die Befestigungsanlagen an der Küste in Frankreich? Und die großen Abwehranlagen unten im Süden? Hitler hat eine Sklavenarmee, so ist es, genau wie bei den Pharaonen in Ägypten, und … Jesus, Sohn Gottes, dieser dort ist der Sklaventreiber des Pharaos persönlich!«

Den letzten Teil hatte Antonio geflüstert, während er angstvoll an Pino vorbei in den Tunnel hineinblickte. Pino drehte sich um. General Leyers kam auf sie zu und starrte auf den Wassereimer und die Kelle in seiner Hand. Leyers schrie etwas auf Deutsch zu den Wachtposten. Einer sprang los, um das Wasser wegzunehmen.

»Du bist mein Fahrer«, sagte er, als er an Pino vorbeistapfte. »Du hast nicht die Arbeiter zu bedienen.«

»Es tut mir leid, *mon général*«, sagte Pino, während er hinter ihm hereilte. »Sie sahen durstig aus und niemand gab ihnen Wasser. Das ist einfach … na ja, dumm.«

Leyers fuhr auf der Stelle herum und kam nah an Pinos Gesicht. »Was ist dumm?«

»Einem arbeitenden Mann Wasser vorzuenthalten macht ihn schwach«, stammelte Pino. »Will man, dass sie schneller arbeiten, dann muss man ihnen mehr Wasser und Nahrung geben.«

Der General stand da, Nase an Nase mit Pino, und sah ihm in die Augen, als wollte er ihm ins Innerste seiner Seele blicken. Pino musste seinen ganzen Mut zusammennehmen, um nicht wegzusehen.

»Wir haben Regeln für die Arbeiter«, sagte Leyers endlich knapp, »und Nahrung ist derzeit schwer zu bekommen. Doch ich werde sehen, was ich wegen dem Wasser tun kann.«

Bevor Pino blinzeln konnte, hatte sich der General umgedreht und war weitermarschiert. Pino hatte weiche Knie, als er ihm in den hellen, heißen Sommertag hinaus folgte. Am Daimler angekommen, fragte der General nach dem Notizblock. Er riss die Seiten aus, die Pino beschrieben hatte, und steckte sie in seine Mappe.

»Gardasee, Gargnano, nördlich von Salò«, sagte Leyers und begann wieder seine Arbeit mit der offenbar unerschöpflichen Menge an Ordnern und Berichten, die er aus seinem Koffer holte.

* * *

Pino war einmal in Salò gewesen, konnte sich aber nicht daran erinnern, wie man hinkam, deshalb sah er sich eine Detailkarte von Norditalien an, die der General im Handschuhfach hatte. Er fand Gargnano ungefähr zwanzig Kilometer nördlich von Salò am Westufer des Sees und überlegte sich die beste Route.

Er startete den Stabswagen und sie rumpelten zurück über die Weide. Die Luft flirrte vor Hitze, als sie Bergamo erreichten. Kurz nach Mittag hielten sie für Benzin, Essen und Wasser an einem Lager der Wehrmacht.

Leyers aß auf dem Rücksitz, während er arbeitete, und schaffte es irgendwie, nicht zu kleckern. Pino fuhr von der Autobahn in Richtung Westufer des Gardasees. Es wehte nicht die kleinste Brise. Die spiegelglatte Wasseroberfläche reflektierte die Alpen, die sich über den nördlichen Rand des Sees erhoben, und ließ sie noch größer wirken.

Sie fuhren durch Felder voll goldener Blumen und an einer Kirche vorbei, die tausend Jahre alt war. Pino sah verstohlen im Spiegel zu dem General und stellte fest, dass er ihn hasste. *Er will Italien zerstören und dann nach Hitlers Wünschen neu erschaffen. Er arbeitet für Hitlers Architekt, um Himmels willen.*

Ein Teil von Pino wollte eine abgeschiedene Stelle finden, aussteigen, die Pistole ziehen und den Mann umbringen. Er würde in die Berge gehen und sich einer der Partisaneneinheiten Garibaldis anschließen. Der mächtige General Leyers tot und begraben. Das wäre etwas, oder nicht? Das würde den Krieg verändern, oder nicht? Zumindest ein wenig?

Doch Pino spürte fast unmittelbar, dass er kein Mörder war. Er konnte keinen Mann ermorden, nicht einmal einen Mann wie …

»Steck meine Wimpel auf, bevor du nach Salò kommst«, sagte Leyers vom Rücksitz.

Pino fuhr an den Rand und befestigte die Fahnen an den vorderen Kotflügeln, sodass sie im Wind wehten und flatterten, als sie durch Salò fuhren. Es war jetzt drückend heiß. Das Wasser des Sees sah so einladend aus, dass Pino an den Rand fahren und mit voller Uniform hineinspringen wollte.

Leyers schien von der Temperatur unberührt. Er hatte seine Jacke ausgezogen, doch die Krawatte nicht gelockert. Als sie Gargnano erreichten, dirigierte Leyers ihn vom See weg durch eine Reihe enger Gassen zu einem eingezäunten Grundstück auf einem Hügel, das von einem Kommando faschistischer Schwarzhemden mit Maschinenpistolen bewacht wurde. Sie warfen einen Blick auf den Daimler mit den roten Nazifahnen und öffneten das Tor.

Die Auffahrt führte in einer Kurve zu einer ausgedehnten Villa, die mit Ranken und Blumen bedeckt war. Dort waren noch mehr Schwarzhemden. Einer bedeutete Pino zu parken. Er tat es, stieg aus und öffnete die Hintertür. General Leyers kam heraus und die faschistischen Soldaten reagierten, als wären sie mit einem Viehstock geschlagen worden, stellten sich kerzengerade auf und blickten überallhin, nur nicht zu ihm.

»Am Wagen bleiben, *mon général?*«, fragte Pino.

»Nein, du kommst mit mir«, sagte er. »Ich habe keinen Übersetzer dabei und das wird schnell erledigt sein.«

Pino hatte keine Ahnung, wovon Leyers sprach, doch er folgte ihm an den Schwarzhemden vorbei zu einem Torbogen. Eine Steintreppe mit blühenden Blumenbeeten an beiden Seiten führte zu der Villa. Sie erreichten einen Säulengang, der an der Vorderseite der Villa entlangführte, und folgten ihm zu einer Steinterrasse.

General Leyers bog um die Ecke auf die Terrasse, blieb stehen, schlug die Hacken zusammen und nahm den Hut ab, bevor er den Kopf in vorgespielter Hochachtung senkte.

»Duce.«

* * *

Pino folgte dem Nazi, die Augen ungläubig aufgerissen.

Keine fünf Meter vor ihm stand Benito Mussolini.

Der italienische Diktator trug hellbraune Reithosen, glänzende Stiefel, die ihm bis kurz unter die Knie reichten, und einen weißen Waffenrock, der an der Brust ein gutes Stück geöffnet war und graue Haare und den Ansatz eines Altmännerbauches zeigten, der sich gegen die unteren Knöpfe des Hemdes spannte. Der große, kahle Kopf des Duce und die Haut über seiner berühmten Kinnpartie waren gerötet. Er hielt ein Glas Rotwein in der Hand. Auf dem Tisch hinter dem Diktator stand eine halb leere Karaffe Wein.

»General Leyers«, sagte Mussolini, nickte und wandte dann seine Triefaugen zu Pino. »Wer zum Teufel bist du?«

Pino stammelte: »Ich bin heute der Dolmetscher des Generals, Duce.«

»Frag ihn, wie es ihm geht«, sagte Leyers auf Französisch zu Pino. »Frag ihn, wie ich ihm heute zu Diensten sein kann.«

Pino wiederholte es auf Italienisch. Mussolini warf den Kopf zurück und lachte dröhnend, dann höhnte er. »Wie es dem Duce geht?«

Eine Brünette mit eindrucksvollen Brüsten, die sich unter einer ärmellosen weißen Bluse wölbten, kam auf die Terrasse. Sie trug eine Sonnenbrille und hielt ebenfalls ein Glas Wein in der Hand. Eine Zigarette glühte zwischen ihren rubinroten Lippen.

Mussolini sagte: »Sag es ihnen, Clara. Wie geht es Mussolini?«

Sie nahm einen Zug, blies den Rauch aus und sagte dann: »Benito fühlt sich derzeit ziemlich beschissen.«

Pino versuchte, sie nicht anzugaffen. Er wusste, wer sie war. Jeder in Italien kannte sie. Claretta Petacci war die allseits bekannte Geliebte des Diktators. Ihr Foto war überall in den Zeitungen. Er konnte nicht glauben, dass sie direkt vor ihm stand.

Mussolini hörte zu lachen auf, wurde todernst, sah Pino an und sagte: »Sag das dem General. Sag ihm, dass sich der Duce derzeit ziemlich beschissen fühlt. Und frag ihn, ob er die Probleme lösen kann, die dazu führen, dass sich der Duce beschissen fühlt.«

Pino übersetzte. Verwirrt sagte Leyers: »Sag ihm, vielleicht können wir einander helfen. Sag ihm, wenn er sich darum kümmert, die Streiks in Mailand und Turin zu beenden, dann werde ich alles für ihn tun, was ich kann.«

Pino teilte es Mussolini wortwörtlich mit.

Der Diktator schnaubte. »Ich kann die Streiks beenden, wenn ihr meine Arbeiter in harter Währung bezahlt und ihnen Sicherheit gewährt.«

»Ich werde sie in Schweizer Franken bezahlen, doch ich kann die Bomber nicht kontrollieren«, sagte Leyers. »Wir haben viele Fabrikanlagen unter die Erde verlegt, aber es gibt nicht genügend Tunnel, um sie alle in Sicherheit zu bringen. In jedem Fall befinden wir uns in Bezug auf Italien an einem Wendepunkt des Krieges. Die letzten Geheimdienstberichte deuten darauf hin, dass aufgrund der Invasion in Frankreich sieben ganze Divisionen der Alliierten aus Italien abgezogen und dorthin verlegt wurden, was bedeutet, dass die Grüne Linie den Winter über halten wird, wenn ich sie weiter mit Nachschub versorgen kann. Doch ich kann das nicht sicher gewährleisten, wenn ich keine kompetenten Mechaniker habe, um Waffen und Teile zu produzieren. Also, können Sie die Streiks für mich beenden, Duce? Ich bin mir sicher, der Führer wird Ihnen für Ihre Unterstützung dankbar sein.«

»Mit einem Telefonat erledigt«, sagte Mussolini, schnippte mit den Fingern und goss sich mehr Wein ein.

»Hervorragend«, sagte General Leyers. »Womit kann ich Ihnen noch helfen?«

»Wie wäre es mit der Kontrolle über mein Land?«, sagte der Diktator verbittert, nahm sein Glas und leerte es in einem Zug.

Nachdem Pino übersetzt hatte, holte der General tief Luft und sagte: »Sie haben viel Kontrolle, Duce. Das ist der Grund, weshalb ich zu Ihnen gekommen bin, damit Sie die Streiks beenden.«

»Der Duce hat viel Kontrolle?«, höhnte Mussolini vor Sarkasmus triefend und sah kurz zu seiner Geliebten, die ihm ermutigend zunickte. »Warum graben dann meine Soldaten Gräben in Deutschland oder sterben an der Ostfront? Warum keine Treffen mit Kesselring? Warum werden Entscheidungen über Italien getroffen ohne den Präsidenten am Tisch? Warum nimmt Hitler nicht den verdammten Telefonhörer ab?«

Der Diktator brüllte seine letzte Frage. Leyers wirkte unerschüttert, während Pino übersetzte.

Leyers sagte: »Ich kann nicht behaupten, dass ich weiß, warum der Führer Ihre Anrufe nicht entgegengenommen hat, Duce, doch es ist eine zeitaufwendige Angelegenheit, an drei Fronten Krieg zu führen.«

»Ich weiß, warum Hitler meine gottverdammten Anrufe nicht annimmt!«, bellte Mussolini und knallte sein Glas auf den Tisch. Er starrte den General und Pino auf eine Weise an, dass der sich fragte, ob er nicht besser einen Schritt oder zwei zurücktreten sollte. »Wer ist der meistgehasste Mann in ganz Italien?«, sagte Mussolini und stellte Pino diese Frage.

Pino war verlegen und wusste nicht, was er sagen sollte, begann dann aber zu übersetzen.

Mussolini unterbrach ihn, schlug sich an die Brust und sprach dabei noch immer direkt zu Pino: »Der Duce ist der meistgehasste Mann in Italien, genau wie Hitler der meistgehasste Mann in Deutschland ist. Aber weißt du, Hitler, den stört es nicht. Dem Duce ist die Liebe seines Volkes wichtig, doch Hitler gibt nicht einmal einen Haufen Hundescheiße für Liebe. Er interessiert sich nur für Angst.«

Pino tat sein Bestes, um beim Übersetzen mitzukommen, als dem Diktator auf einmal etwas aufzugehen schien. »Clara, weißt du, warum der meistgehasste Mann in Italien keine Kontrolle über sein eigenes Land hat?«

Seine Geliebte drückte ihre Zigarette aus, blies Rauch von sich und sagte dann: »Adolf Hitler.«

»Genau!«, schrie der Duce. »Weil der meistgehasste Mann in Deutschland den meistgehassten Mann in Italien hasst! Weil Hitler seine Nazischäferhunde besser behandelt als den Präsidenten Italiens! Hält mich eingesperrt am Ende der …«

»Ich habe keine Zeit für diesen Blödsinn«, blaffte General Leyers Pino an. »Sag ihm, dass ich mich während der nächsten paar Tage um ein Treffen mit Generalfeldmarschall Kesselring kümmern werde und dass er innerhalb einer Woche mit einem Anruf des Führers rechnen kann. Das ist das Beste, was ich jetzt tun kann.«

Pino übersetzte und rechnete mit einer weiteren Explosion von Mussolini.

Stattdessen schienen diese Zugeständnisse dem Diktator zu gefallen. Er knöpfte seinen Waffenrock zu und fragte: »Wie bald mit Kesselring?«

»Ich bin gerade auf dem Weg zu einem Treffen mit ihm, Duce«, sagte Leyers. »Ich werde seinen Referenten vor Einbruch der Nacht anrufen lassen. Es mag etwas länger dauern, Herrn Hitlers Aufmerksamkeit zu bekommen.«

Mussolini nickte staatsmännisch, als hätte er ein wenig von seiner eingebildeten Macht zurückerhalten und plante jetzt, sie gegen das Universum einzusetzen.

»Sehr schön, General Leyers«, sagte Mussolini und überprüfte seine Manschetten. »Ich werde die Streiks bis Einbruch der Nacht beenden lassen.«

Leyers schlug die Hacken zusammen, neigte den Kopf und sagte: »Ich bin sicher, der Feldmarschall und der Führer werden erfreut sein. Noch einmal vielen Dank für Ihre Zeit und Ihr Eingreifen, Duce.«

Der General drehte sich um und schritt davon. Pino zögerte, da er nicht wusste, was er tun sollte, und verbeugte sich dann schnell vor Mussolini und Claretta Petacci, bevor er hinter Leyers hereilte, der um die Ecke und in den Säulengang verschwunden war. Er schloss zu ihm auf und ging an der rechten Seite des Generals, bis sie fast den Stabswagen erreicht hatten, wo er vorauseilte und die Hintertür öffnete.

General Leyers zögerte und betrachtete Pino für ein paar Sekunden, bevor er sagte: »Gut gemacht, Vorarbeiter.«

»Vielen Dank, *mon général*«, erwiderte Pino hastig.

»Bring mich jetzt weg von diesem Narrenhaus«, sagte Leyers und stieg ein. »Bring mich zum Fernmeldeamt in Mailand. Kennst du das?«

»Ja, natürlich, *mon général.*«

Leyers entriegelte den Koffer und vertiefte sich in seine Arbeit. Pino fuhr schweigend, spähte verstohlen in den Rückspiegel und haderte mit sich selbst. Als der General ihn gelobt hatte, war er vor Stolz angeschwollen. Doch jetzt fragte er sich, warum. Leyers war ein Nazi, ein Sklavenhalter, ein Kriegstreiber. Wie konnte Pino Stolz empfinden, wenn das Lob von jemandem wie ihm kam? Er konnte nicht. Er sollte nicht. Und dennoch hatte er, und das störte ihn.

Als sie die Randbezirke von Mailand erreichten, war Pino zu dem Entschluss gekommen, stolz darauf zu sein, wie viel er erfahren hatte, während er General Leyers weniger als einen halben Tag begleitet hatte. Sein Onkel würde es nicht glauben können. Er hatte tatsächlich mit Mussolini und Claretta Petacci gesprochen! Wie viele Spione in Italien konnten das von sich behaupten?

Pino folgte der Strecke, die schon Hannibal mit seinen Kriegselefanten genommen hatte, und brachte sie in Rekordzeit zum Piazzale Loreto. Er fuhr in den Kreisverkehr und sah Signor Beltramini an seinem Platz vor dem Obst- und Gemüsestand, wo er einer alten Frau half. Pino wollte im Vorbeifahren winken, doch als er nach rechts abbiegen wollte, schnitt ihn ein deutscher Laster und sie wären fast zusammengestoßen. In letzter Sekunde konnte er mit dem Stabswagen ausweichen.

Er war fassungslos, dass der Fahrer das getan hatte. Hatten sie etwa nicht die …?

Die Wimpel. Er hatte vergessen, bei der Einfahrt nach Mailand die Wimpel des Generals anzubringen. Er musste eine weitere Runde im Kreisverkehr fahren. Während er das tat, sah er Carletto über den Bürgersteig zu einem seiner Lieblingscafés gehen.

Pino beschleunigte, bog ohne Zwischenfall auf die Viale Abruzzi und parkte kurz darauf vor dem schwer bewachten Fernmeldeamt. Die starke Präsenz deutscher Soldaten überraschte ihn zunächst, bis er zu dem Schluss kam, dass derjenige, der das Fernmeldeamt kontrollierte, auch die Kommunikation kontrollierte.

»Ich habe hier drei Stunden zu arbeiten«, sagte General Leyers. »Du musst nicht warten. Niemand wird hier wagen, das Fahrzeug zu berühren. Sei um siebzehnhundert Uhr wieder hier.«

»Oui, mon général«, sagte Pino und öffnete ihm die Hintertür.

* * *

Er wartete, bis Leyers im Gebäude verschwunden war, dann ging er zurück zum Piazzale Loreto und zu *Beltraminis Frisches Obst und Gemüse*. Auf dem kurzen Weg hatte er ausreichend abschätzige Blicke bemerkt, um zu erkennen, dass es klug wäre, die Armbinde mit dem Hakenkreuz abzunehmen und in die Hintertasche zu stecken.

Das machte es besser. Jetzt warfen ihm die Leute kaum noch einen Blick zu. Er war in Uniform, doch er gehörte weder zur SS noch zur Wehrmacht. Das war alles, was sie interessierte.

Er ging jetzt schneller. Er konnte bereits Signor Beltramini erkennen, der gerade Trauben in einen Sack tat. Doch er wollte unbedingt Carletto sehen. Vier Monate waren vergangen, und es gab so vieles, was er seinem alten Freund erzählen wollte.

Pino überquerte vor einem Konvoi deutscher Laster die Straße und bog nach rechts ab. Mit seinen Blicken überflog er den Bürgersteig vor sich und entdeckte Carletto mit dem Rücken zu ihm vor einem Café sitzend.

Pino grinste, ging zu ihm und sah, dass Carletto etwas las. Er zog sich einen Stuhl zurück und setzte sich hin, während er sagte: »Ich hoffe, du wartest nicht auf eine hübsche junge Dame.«

Carletto blickte auf. Zuerst wirkte sein Freund erschöpfter und müder, als sich Pino selbst aus dem späten April erinnern konnte. Doch dann erkannte Carletto ihn und rief: »Mein Gott, Pino! Ich dachte, du bist tot!«

Er sprang auf und umarmte Pino heftig. Dann schob er ihn von sich weg, um ihn mit feuchten Augen anzublicken. »Das habe ich wirklich gedacht.«

»Wer hat gesagt, dass ich tot sei?«

»Jemand hat Papa erzählt, dass du den Bahnhof in Modena bewacht hast, als eine Bombe eingeschlagen ist. Sie haben gesagt, dir sei ein Teil deines Kopfes abgerissen worden! Ich war am Boden zerstört.«

»Nein, nein!«, sagte Pino. »Das war der Typ, der bei mir war. Diese hier hätte ich fast verloren.«

Er zeigte ihm die bandagierte Hand und wackelte mit den angenähten Fingern.

Carletto schlug ihm auf die Schulter und grinste. »Gut zu wissen, dass du lebst«, sagte er. »Ich glaube, ich bin glücklicher als je zuvor!«

»Gut, von den Toten zurückgekehrt zu sein.« Pino lächelte. »Schon bestellt?«

»Nur Espresso«, sagte Carletto und setzte sich wieder hin.

»Lass uns was essen«, sagte Pino. »Ich habe Geld bekommen, als ich das Krankenhaus verlassen habe, also geht es auf mich.«

Das machte seinen alten Freund noch glücklicher, und sie bestellten Melone mit Schinken, Salami, Brot, Olivenöl mit Knoblauch und eine kalte Tomatensuppe, die bei der drückenden Hitze perfekt war. Während sie auf ihr Essen warteten, wurde Pino auf den neusten Stand gebracht über die letzten vier Monate von Carlettos Leben.

Wegen der guten Kontakte Signor Beltraminis auf dem Land blühte sein Obst- und Gemüsehandel. Es war einer der wenigen Läden der Stadt, der weiterhin verlässlichen Nachschub an Waren bekam, und er war häufig bereits vor Geschäftsschluss ausverkauft. Mit Carlettos Mutter war es eine andere Geschichte.

»Manche Tage sind besser als andere, aber sie ist die ganze Zeit schwach«, sagte Carletto. Pino konnte ihm die Belastung ansehen. »Letzten Monat ist sie richtig krank geworden. Lungenentzündung. Papa war verzweifelt, dachte, dass sie uns verlassen würde, doch irgendwie hat sie sich erholt und ist wieder genesen.«

»Das ist schön«, sagte Pino, während der Kellner Teller auf den Tisch stellte.

Pinos Blick ging an Carletto vorbei zu dem Obstladen. Durch die Lücken zwischen den deutschen Lastern konnte er kurze Blicke auf Signor Beltramini erhaschen, der einen Kunden bediente.

»Also das ist die neue faschistische Uniform, Pino?«, fragte Carletto. »Ich glaube nicht, dass ich sie schon einmal gesehen habe.«

Pino kaute auf der Innenseite seiner Wange. Er schämte sich so sehr, dass er bei der deutschen Armee war, dass er seinem Freund nichts über die Organisation Todt erzählte.

Carletto fuhr fort. »Und warum warst du in Modena? Jeder, den ich kenne, ist nach Norden gegangen.«

»Es ist kompliziert«, sagte Pino und wollte das Thema wechseln.

»Was heißt das denn?«, fragte sein Freund und aß etwas von der Melone.

»Kannst du ein Geheimnis bewahren?«, sagte Pino.

»Wozu sind Freunde da?«

»Stimmt«, sagte Pino, dann beugte er sich vor und flüsterte. »Heute Morgen, Carletto, nicht einmal vor zwei Stunden. Da habe ich mit Mussolini und Claretta Petacci gesprochen.«

Carletto lehnte sich skeptisch zurück. »Das denkst du dir jetzt aus.«

»Nein, das tue ich nicht. Ich schwöre es.«

Ein Auto hupte im Kreisverkehr.

Ein Radfahrer mit einer Umhängetasche raste an ihnen vorbei, so dicht an ihrem Tisch, dass Pino sicher war, er würde Carletto erwischen. Aber der warf sich zur Seite, um ihm auszuweichen.

»Idiot!«, sagte Carletto und drehte sich in seinem Stuhl um. »Er fährt auf dem Bürgersteig gegen die Fahrtrichtung. Er wird noch jemanden verletzen!«

Als er den Radfahrer jetzt von hinten sah, bemerkte Pino einen roten Fetzen, der unter seinem dunklen Hemd am Halsausschnitt hervorlugte. Er schlängelte sich zwischen den Fußgängern durch, die den Gehsteig bevölkerten, während drei weitere Laster in dem langen deutschen Konvoi langsam auf die verstopfte Viale Abruzzi einbogen. Der Radfahrer zerrte sich die Umhängetasche von der Schulter. Mit der linken Hand am Lenker und den Taschenriemen in der Rechten bog er mit dem Rad auf die Viale Abruzzi und kam direkt hinter einen der Laster.

Pino erkannte, was geschehen würde, sprang auf und schrie: »Nein!«

Der Radfahrer warf die Tasche hoch und unter der Lasterplane hindurch auf die Ladefläche des Wagens, bevor er davonsauste.

Signor Beltramini hatte den Wurf ebenfalls bemerkt. Er stand direkt da, keine sechs Meter entfernt, und hob die Hände, bevor das Fahrzeug einen Sekundenbruchteil später in einem Feuerball explodierte.

Die Wucht der Explosion erreichte Pino und Carletto auf der anderen Seite des Platzes. Pino duckte sich auf den Boden und schützte den Kopf vor Trümmern und Splittern.

»Papa!«, schrie Carletto.

Zutiefst erschüttert ignorierte Carletto die auf den Piazzale Loreto herabregnenden Trümmer und sprintete zu dem Feuer, zu dem verkohlten Skelett des Truppentransporters und zu seinem Vater, der auf dem Bürgersteig ausgestreckt unter den Fetzen der Markise seines Obstladens lag.

Carletto erreichte seinen Vater, bevor Wehrmachtsoldaten aus den anderen Lastern ausschwärmten, um das Gebiet abzusichern. Zwei von ihnen stellten sich Pino in den Weg, bis er die rote Armbinde herauszog, anlegte und ihnen das Hakenkreuz zeigte.

»Ich bin General Leyers Hilfskraft«, sagte er in stockendem Deutsch. »Ich muss durch.«

Sie ließen ihn passieren. Pino rannte durch die Hitze des noch immer brennenden Lasters, bemerkte die schreienden und stöhnenden Leute, kümmerte sich aber nur um Carletto, der auf dem Bürgersteig kniete und den versengten und blutigen Kopf seines Vaters im Schoß hielt. Signor Beltraminis Kittel war von der Explosion geschwärzt und mit

Blut bedeckt, doch er lebte. Er hatte die Augen geöffnet und atmete angestrengt.

Carletto schluckte seine Tränen hinunter, sah Pino und sagte: »Hol einen Krankenwagen.«

Pino hörte aus allen Richtungen Sirenen, die sich dem Piazzale Loreto näherten.

»Sie kommen schon«, sagte er und hockte sich neben sie. Signor Beltramini atmete stoßweise und zuckte.

»Nicht bewegen, Papa«, sagte Carletto.

»Deine Mutter«, sagte Signor Beltramini, während sein Blick ziellos umherschweifte. »Du musst dich darum kümmern, um …«

»Still, Papa«, sagte sein Sohn, weinte und strich seinem Vater über das angesengte Haar.

Signor Beltramini würgte und hustete und hatte offenbar schreckliche Schmerzen. Pino versuchte, ihn mit angenehmen Erinnerungen abzulenken.

»Signor Beltramini, erinnern Sie sich an die Nacht auf dem Hügel, als mein Vater Geige spielte und Sie zu Ihrer Frau sangen?«, fragte Pino.

»*Nessun dorma*«, sagte er flüsternd, ging in Gedanken weit weg und lächelte.

»Sie haben *con smania* gesungen und noch nie so schön geklungen«, sagte Pino.

Für einen Moment waren die drei in ihrem eigenen Universum, fort von all dem Schmerz und Entsetzen, dort auf dem Hügel auf dem Lande, und erinnerten sich an eine unschuldigere Zeit. Dann hörte Pino das Heulen der Krankenwagen viel näher. Er wollte aufstehen, um einen Arzt zu finden. Doch als er sich gerade erheben wollte, hielt ihn Signor Beltramini am Ärmel fest.

Carlettos Vater starrte voller Bestürzung auf die grelle Armbinde, die Pino trug.

»Ein Nazi?«, würgte er hervor.

»Nein, Signor Beltramini …«

»Verräter?«, sagte der Obsthändler überwältigt. »Pino?«

»Nein, Signor …«

Signor Beltramini hustete und keuchte erneut und diesmal kam dunkles Blut, das ihm über das Kinn lief, während er den Kopf zurück zu Carletto lehnte, seinen Sohn anstarrte und stumm die Lippen bewegte. Und dann ließ er einfach los, als hätte sein Geist den Tod akzeptiert, noch kurz verharrend, um dann ohne Kampf und jede Eile zu gehen.

Carletto brach schluchzend zusammen. Pino ebenfalls.

Sein Freund wiegte seinen Vater im Arm und begann, vor Trauer zu jammern. Der Schmerz seines Verlustes wurde mit jedem Atemzug größer und stärker, bis er jeden Muskel und Knochen in Carlettos Körper ergriffen hatte.

»Es tut mir leid«, weinte Pino. »Oh Carletto, es tut mir so verdammt leid. Ich habe ihn auch geliebt.«

Carletto hörte auf, seinen Vater zu wiegen, sah zu Pino auf, blind vor Hass. »Sag das nicht!«, schrie er. »Sag das niemals! Du Nazi! Du Verräter!«

Pino fiel der Kiefer runter, als wäre er ihm zwanzigmal gebrochen worden.

»Nein«, rief er. »Es ist nicht das, wonach es aus…«

»Geh weg!«, brüllte Carletto. »Mein Vater hat es gesehen. Er wusste, was du bist. Er hat es mir gezeigt.«

»Carletto, das ist nur eine Armbinde.«

»Lass mich in Ruhe! Ich will dich nie wiedersehen! Niemals!«

Carletto ließ das Kinn sinken und brach über dem toten Körper seines Vaters zusammen, seine Schultern bebten und aus seiner Brust drangen gequälte Laute. Pino war so überwältigt, dass er nichts sagen konnte. Er stand auf und trat schließlich zurück.

»Weitergehen«, sagte ein deutscher Offizier. »Macht den Bürgersteig frei für die Krankenwagen.«

Pino warf einen letzten Blick auf die Beltraminis, bevor er nach Süden zum Fernmeldeamt ging und sich fühlte, als hätte die Explosion einen Teil seines Herzens ausgerissen.

* * *

Dieses Gefühl des Verlustes quälte Pino auch noch, als er sieben Stunden später den Daimler vor dem Wohnhaus von Dolly Stottelmeyer parkte. General Leyers stieg aus, reichte Pino seine Aktentasche und sagte: »Da hast du ja einen ziemlich aufregenden ersten Tag gehabt.«

»*Oui, mon général.*«

»Und du bist dir sicher, dass du ein rotes Tuch am Hals des Attentäters gesehen hast?«

»Er hatte es unter sein Hemd gesteckt, doch ja.«

Das Gesicht des Generals verspannte sich und er betrat das Haus mit Pino, der den Koffer trug, der seit dem Morgen nur noch schwerer geworden war. Die alte Schachtel saß genau da, wo sie sie verlassen hatten, auf ihrem Stuhl und blinzelte sie durch ihre dicken Brillengläser an. Leyers warf ihr keinen Blick zu, sondern eilte die Treppen zu Dollys Wohnung hinauf und klopfte.

Anna öffnete die Tür und bei ihrem Anblick machte Pinos Herz einen kleinen Satz.

»Dolly hat mit dem Essen auf Sie gewartet, General«, sagte Anna, als er an ihr vorbeiging.

Trotz allem, was Pino an diesem Tag widerfahren war, war es für ihn so überwältigend wie bei den ersten beiden Malen, Anna zu sehen.

Der Schmerz darüber, Signor Beltramini sterben zu sehen und seinen Freund zu verlieren, blieb bestehen, doch er glaubte fest daran, dass Anna irgendeinen Sinn darin erkennen würde, wenn er ihr von alldem erzählen könnte.

»Kommst du herein, Vorarbeiter?«, fragte Anna ungeduldig. »Oder wirst du einfach da stehen bleiben und mich weiter anstarren?«

Pino erschrak, ging an ihr vorbei und sagte: »Ich habe nicht gestarrt.«

»Natürlich hast du das.«

»Nein, ich war woanders. In meinen Gedanken.«

Sie sagte nichts und schloss die Tür.

Dolly tauchte am anderen Ende des Flurs auf. Die Geliebte des Generals trug schwarze Stiletto-Schuhe, schwarze Seidenstrümpfe und einen engen schwarzen Rock unter einer perlmuttfarbenen Bluse mit kurzen Ärmeln. Ihr Haar sah frisch frisiert aus.

»Der General sagt, du hast die Explosion erlebt?«, sagte Dolly und zündete sich eine Zigarette an.

Er nickte und stellte den Koffer auf eine Bank, wobei er auch Annas Aufmerksamkeit auf sich spürte.

»Wie viele Tote?«, fragte Dolly und nahm einen Zug.

»Viele Deutsche und … und einige Milanesen«, sagte er.

»Muss schrecklich gewesen sein«, sagte Dolly.

General Leyers tauchte wieder auf. Seine Krawatte war weg. Er sagte etwas auf Deutsch zu Dolly, die nickte und zu Anna blickte. »Der General würde gern essen.«

»Natürlich, Dolly«, sagte Anna, warf noch einen kurzen Blick auf Pino, ging den Flur entlang und verschwand.

Leyers ging zu Pino und betrachtete ihn genau, bevor er den Koffer nahm. »Kehre pünktlich um null siebenhundert zurück.«

»*Oui, mon général*«, sagte er und blieb stehen.

»Wegtreten, Vorarbeiter.«

Pino wollte noch bleiben, um zu sehen, ob Anna vielleicht wieder auftauchen würde, doch stattdessen salutierte er und ging.

Er fuhr den Daimler zurück zum Fuhrpark, versuchte, den Tag noch einmal durchzuspielen, doch seine Gedanken blieben bei den Bildern des sterbenden Signor Beltramini, Carlettos trauergetriebener Wut und dem Blick, den Anna ihm zugeworfen hatte, bevor sie den Flur verlassen hatte.

Dann erinnerte er sich an seine Begegnung mit Mussolini und seiner Geliebten, und während er dem Wachtposten die Schlüssel für den Daimler überreichte und durch die Straßen von San Babila nach Hause ging, fragte er sich, ob er sich alles nur eingebildet hatte.

Die Luft der Augustnacht war drückend und warm. Die Gerüche feiner Kochkunst überlagerten einander in der Luft und viele Nazioffiziere saßen draußen in den Cafés, tranken und zechten.

Pino erreichte *Albanese Borse* und ging nach hinten zum Eingang des Nähateliers. Als sein Onkel auf sein Klopfen antwortete, spürte er, wie ihn die Gefühle übermannten.

»Und?«, fragte Onkel Albert, nachdem er hereingekommen war. »Wie ist es gelaufen?«

Pure Trauer platzte aus Pino heraus. »Ich weiß nicht einmal, wo ich anfangen soll«, schluchzte er.

»Was um Gottes willen ist denn passiert?«

»Kann ich etwas essen? Ich habe seit dem Morgen nichts gehabt.«

»Natürlich, natürlich. Greta hat Safranrisotto für dich, und wenn du was gegessen hast, dann kannst du uns alles erzählen, von Anfang an.«

Pino wischte sich die Tränen ab. Er hasste es, vor seinem Onkel zu weinen, doch die Gefühle hatten ihn überwältigt, sie waren wie aus einem geplatzten Rohr aus ihm hervorgebrochen. Wortlos aß er zwei Portionen von dem Risotto seiner Tante und beschrieb dann alles, was ihm während des Tages mit General Leyers widerfahren war.

Sie waren schockiert von seiner Beschreibung der Sklaven im Eisenbahntunnel, obwohl Onkel Albert sagte, dass sie bereits Berichte darüber erhalten hatten, dass die Deutschen Fabriken und Munitionslager unter die Erde gebracht hatten.

»Du warst wirklich in Mussolinis Haus?«, fragte Tante Greta.

»Bei seiner Villa«, sagte Pino. »Er und Claretta Petacci waren dort.«

»Nein!«

»Doch«, beharrte Pino und wiederholte, was er gehört hatte, dass die Fabrikstreiks beendet würden im Gegenzug dafür, dass Mussolini einen Platz an Kesselrings Tisch bekäme, und dem Versprechen eines Telefonanrufs von Adolf Hitler. Dann berichtete er das Schlimmste: Wie Signor Beltramini in dem Glauben starb, dass Pino ein Verräter war und wie sein bester Freund ihn niemals wiedersehen wollte, weil er ein Nazi wäre, eine Schande.

»Aber es ist nicht wahr«, sagte Onkel Albert und sah von dem Schreibblock auf, wo er sich Notizen gemacht hatte. »Du bist ein ziemlicher Held, dass du diese Informationen bekommen hast. Ich werde alles zu Baka bringen und er wird das, was du gesehen hast, an die Alliierten übermitteln.«

»Aber ich kann es Carletto nicht sagen«, sagte Pino. »Und seinem Vater …«

»Es tut mir schrecklich leid, so direkt sein zu müssen, Pino, aber das interessiert mich nicht. Deine Position ist zu wertvoll und sensibel, um das Risiko einzugehen, es irgendwem zu erzählen. Du musst das alles einfach für den Augenblick schlucken und darauf vertrauen, dass eure Freundschaft zurückkehren wird, wenn du irgendwann einmal alles enthüllen kannst. Ich meine es ernst, Pino. Du bist ein Spion hinter feindlicher Linie. Nimm jede Beleidigung hin, die man dir entgegenschleudert, ignoriere sie und bleibe so nah an Leyers, wie du kannst.«

Pino nickte, jedoch ohne Enthusiasmus. »Also denkst du, dass es hilft, was ich herausgefunden habe?«

Onkel Albert schnaubte. »Wir wissen jetzt, dass es ein großes Munitionslager in einem Tunnel in der Nähe von Como gibt. Wir wissen, dass die Nazis Sklaven nutzen. Und wir wissen, dass Mussolini ein Eunuch ist, machtlos und frustriert, weil Hitler seine Anrufe nicht annimmt. Was könnte ich noch am ersten Tag erwarten?«

Pino war zufrieden und gähnte. »Ich muss schlafen. Er erwartet mich früh.«

Er umarmte sie beide, ging die Treppe hinunter und durch die kleine Manufaktur. Die Tür zur Gasse ging auf. Baka, der Funker, trat ein, sah Pino an und betrachtete eingehend seine Uniform.

»Es ist kompliziert«, sagte Pino und ging.

Sein Vater war bereits zu Bett gegangen, als Pino nach einer kurzen Sicherheitsüberprüfung in der Lobby nach Hause kam. Er stellte seinen Wecker, zog sich aus und ließ sich aufs Bett fallen. Schreckliche Bilder, Gedanken und Gefühle wirbelten ihm durch den Kopf, sodass er sicher war, nie wieder schlafen zu können.

Doch als es ihm schließlich gelang, seine wirbelnden Erinnerungen auf Anna zu beschränken, beruhigte er sich, und mit dem Dienstmädchen fest im Sinn glitt er hinein in die Dunkelheit.

Siebzehn

9. August 1944, 6:45 Uhr

Pino sprang aus dem Daimler, den er auf der Via Dante geparkt hatte. Er ging in Dollys Haus, eilte an der blinzelnden alten Schachtel vorbei und die Stufen hinauf, um endlich an die Wohnungstür der Geliebten des Generals zu klopfen.

Er war enttäuscht, als Dolly öffnete. General Leyers stand bereits im Flur, trank Kaffee aus einer Porzellantasse und wirkte startbereit.

Pino trat ein und nahm den Koffer, sah aber das Dienstmädchen nicht und drehte sich zurück zu Dolly und der Wohnungstür, noch enttäuschter.

Dolly rief: »Anna? Der General benötigt sein Essen.«

Einen Moment später tauchte zu Pinos aufgeregtem Entzücken endlich das Dienstmädchen mit der Thermoskanne und einer braunen Papiertüte auf. Der General ging zur Wohnungstür. Pino wandte sich zu Anna und sagte: »Ich nehme es.«

Anna lächelte ihn sogar an, als sie ihm die Thermoskanne reichte, die er sich unter den Arm steckte, bevor er die Essenstüte entgegennahm.

»Einen schönen Tag«, sagte sie. »Und sei vorsichtig.«

Er lächelte und sagte: »Ich werde mein Bestes versuchen.«

»Vorarbeiter!«, bellte General Leyers.

Pino erschrak, fuhr herum und nahm den Koffer. Er eilte hinter Leyers her, vorbei an Dolly, die die Wohnungstür aufhielt und ihm im Gehen einen wissenden Blick zuwarf.

Leyers hatte an diesem Morgen ein vierstündiges Treffen mit Generalfeldmarschall Kesselring im Deutschen Haus. Pino war nicht dazugebeten worden. Der General wirkte gereizt und verärgert, als er nach Mittag herauskam und Pino anwies, ihn zum Fernmeldeamt zu fahren.

Verrückt vor Langeweile saß Pino im Daimler oder hielt sich in der Nähe auf. Er wollte irgendwo etwas essen, doch er wollte auch das Auto nicht verlassen. Er war nur wenige Straßen vom Piazzale Loreto entfernt und überlegte, ob er Carletto suchen und ihm gerade genug erzählen sollte, dass er ihn nicht länger als Verräter ansehen würde. Pino würde sich damit bedeutend besser fühlen, doch sollte …?

Er hörte, wie eine Stimme über einen Lautsprecher sprach und immer näher kam.

Ein SS-Fahrzeug mit fünf Lautsprechern auf dem Dach kam die Viale Abruzzi entlanggerollt.

»Eine Warnung an alle Bürger Mailands«, rief eine Männerstimme auf Italienisch. »Der feige Anschlag gestern auf deutsche Soldaten wird nicht hingenommen werden. Liefert noch heute den Attentäter aus oder erleidet morgen die Vergeltung. Ich wiederhole: Eine Warnung an alle Bürger Mailands …«

Pino war so hungrig, dass er sich ganz leer und wacklig fühlte, als er das Fahrzeug vorbeirollen sah und die Echos aus den Lautsprechern hörte, während es die Straßen hinauf- und hinabfuhr, die vom Piazzale Loreto abgingen. Am Nachmittag kamen deutsche Soldaten an ihm vorbei, nagelten gedruckte

Kopien derselben Warnung über das Attentat an Telefonmasten und klebten andere an Hauswände.

Drei Stunden später stürmte General Leyers aus dem Fernmeldeamt, setzte sich auf den Rücksitz des Daimlers und sah wütend aus. Pino hatte seit sechs Uhr morgens nichts gegessen und fühlte sich schwindlig und nervös, als er sich auf den Fahrersitz setzte.

»Verdammte Idioten«, sagte Leyers mit schneidender Stimme auf Deutsch. »Verdammte Idioten.«

Pino hatte keine Ahnung, was das bedeutete, und spähte gerade rechtzeitig in den Rückspiegel, um zu sehen, wie General Leyers dreimal mit der Faust gegen den Sitz schlug. Sein Gesicht war gerötet und verschwitzt und Pino sah weg aus Furcht, der General würde seine Wut gegen ihn richten.

Auf dem Rücksitz holte Leyers tief Luft. Als Pino endlich wieder in den Spiegel blickte, sah er den General mit geschlossenen Augen und den Händen über der Brust gefaltet langsam und gleichmäßig atmen. Schlief er etwa?

Pino wusste nicht, was er anderes tun sollte, als zu warten und den ganzen Hunger herunterzuschlucken, der ihn zum Zittern brachte.

Zehn Minuten später sagte General Leyers: »Die Kanzlei. Kennst du das?«

Pino blickte in den Rückspiegel und bemerkte, dass Leyers' undurchdringlicher Gesichtsausdruck zurückgekehrt war. *»Oui, mon général.«* Er wollte fragen, wann er einmal anhalten und etwas zu essen holen könnte, doch er hielt sich zurück.

»Nimm meine Wimpel ab. Dies ist kein offizieller Besuch.«

* * *

Pino tat, wie ihm gesagt wurde, startete den Motor und legte den Gang ein. Er fragte sich, was der General in der Kanzlei wollte. Er spähte immer wieder verstohlen zu Leyers, während er sich durch die Stadt zur Via Pattari durchschlängelte. Doch der General schien gedankenverloren und zeigte keine Regung.

Als sie das Eingangstor der Kanzlei erreichten, ging gerade die Sonne unter. Es gab keine Wachtposten und Leyers wies ihn an, hineinzufahren und zu parken. Pino fuhr auf einen gepflasterten Hof, der von zweistöckigen Kolonnaden umgeben war. Er stellte den Motor des Daimlers ab und stieg aus. Ein Brunnen plätscherte in der Mitte des Hofes. Die Dämmerung senkte sich über die schwüle Hitze.

Pino öffnete für General Leyers die Tür und der stieg aus. »Ich brauche dich vielleicht.«

Pino fragte sich, mit wem sie heute Abend sprechen würden. Dann wurde es ihm klar und sein Herz begann wild zu schlagen. Sie würden mit Schuster sprechen. Der Kardinal von Mailand hatte ein legendäres Gedächtnis. Er würde sich so sicher an Pino erinnern, wie es Oberst Rauff getan hatte, doch im Unterschied zu dem Gestapo-Chef würde sich der Kardinal auch an seinen Namen erinnern. Kardinal Schuster würde auch das Hakenkreuz sehen und ihn streng beurteilen, ihn womöglich zu ewiger Verdammnis verfluchen.

General Leyers stieg eine Treppe hinauf und wandte sich nach links, ging zu einer schweren Holztür und klopfte an. Sie wurde von einem älteren Priester geöffnet, der Leyers mit sichtbarem Widerwillen erkannte, jedoch zur Seite trat, um ihn hereinzulassen. Der Priester betrachtete Pino böse, als er vorbeiging.

Sie gingen durch einen getäfelten Gang zu einem reich verzierten, beeindruckenden Wohnzimmer voller katholischer Symbole – eingenäht in Tapeten des fünfzehnten Jahrhunderts, geschnitzt in Kruzifixe des dreizehnten Jahrhunderts und an jeder Ecke mit Gold verziert. Das einzige nicht italienisch Anmutende in dem Raum war der Schreibtisch, an dem ein kleiner, kahlköpfiger Mann in einfachem cremefarbenen Talar und roter Kappe mit dem Rücken zu Pino und Leyers saß und schrieb. Kardinal Schuster schien sich ihrer Anwesenheit nicht bewusst zu sein, bis der Priester an den Türrahmen klopfte. Schuster hielt für einen Moment mit Schreiben inne, dann schrieb er weitere vier oder fünf Sekunden, beendete seinen Gedanken, bevor er aufsah und sich umdrehte.

Leyers nahm den Hut ab. Pino tat zögernd das Gleiche. Der General trat zu Schuster, sprach aber über seine Schulter zu Pino. »Sag dem Kardinal, dass ich seine Bereitschaft zu schätzen weiß, mich so kurzfristig zu empfangen, doch es ist wichtig.«

Pino versuchte, hinter der Schulter des Generals zu bleiben, wo der Kardinal ihn nicht so deutlich sehen konnte, und übersetzte Leyers Worte ins Italienische.

Schuster beugte sich vor, um Pino erkennen zu können. »Frag den General, wie ich ihm helfen kann.«

Pino blickte auf den Teppich und übersetzte ins Französische, was den Kardinal veranlasste, ihn zu unterbrechen. »Ich kann einen Priester holen, der Deutsch kann, wenn er die Kommunikation einfacher machen möchte.«

Pino sagte es Leyers.

Der General schüttelte den Kopf. »Ich möchte seine oder meine Zeit nicht unnötig in Anspruch nehmen.«

Pino sagte Schuster, dass Leyers mit dem Übersetzen zufrieden sei, wie es war.

Der Kardinal zuckte die Schultern und Leyers begann: »Eure Eminenz, ich bin mir sicher, Ihr habt davon gehört, dass gestern fünfzehn deutsche Soldaten bei einem Partisanenattentat am Piazzale Loreto ermordet worden sind. Und ich bin mir auch sicher, Ihr wisst, dass Oberst Rauff und die Gestapo den Attentäter vor Sonnenaufgang ausgeliefert haben wollen, oder die Stadt wird harten Konsequenzen ausgesetzt.«

»Das habe ich gehört«, erwiderte Kardinal Schuster. »Wie hart?«

»Jeder Gewaltakt gegen deutsche Soldaten durch Partisanen wird mit einem entsprechenden Gewaltakt gegen einheimische Männer erwidert werden«, sagte der General. »Die Entscheidung kommt nicht von mir, das versichere ich Euch. Diese Schande gebührt General Wolff.«

Pino war schockiert, als er das übersetzte, und sah dieselbe Reaktion in Schusters Gesicht.

Der Kardinal sagte: »Wenn die Nazis diesen Weg verfolgen, werden sie die Bevölkerung gegen sich aufbringen und den Widerstand verstärken. Sie werden die Deutschen bis zuletzt gnadenlos bekämpfen.«

»Ich stimme Euch zu, Eure Eminenz, und habe das auch gesagt«, entgegnete General Leyers. »Doch meine Stimme wurde hier oder in Berlin nicht angehört.«

Der Kardinal fragte: »Was möchten Sie, dass ich tue?«

»Ich weiß nicht, ob es da so viel gibt, was Ihr tun könnt, Eure Eminenz, außer den Attentäter zu bitten, sich zu ergeben, bevor die Bestrafung umgesetzt wird.«

Schuster war für einen Moment gedankenverloren, dann fragte er: »Wann wird das sein?«

»Morgen.«

»Danke, dass Sie mich persönlich informiert haben, General Leyers«, sagte der Kardinal.

»Eure Eminenz«, sagte Leyers, senkte den Kopf, schlug die Hacken zusammen und drehte sich zur Tür, wodurch Pino für Schuster sichtbar wurde.

Der Kardinal starrte Pino mit der Ahnung des Erkennens an.

»Mein Lord Kardinal«, sagte Pino auf Italienisch. »Bitte sagt General Leyers nicht, dass Ihr mich kennt. Ich bin nicht das, was Ihr denkt. Ich flehe Euch an, habt Mitleid mit meiner Seele.«

* * *

Der Kleriker wirkte verwirrt, nickte jedoch. Pino verbeugte sich und ging davon, folgte Leyers zurück in den Hof der Kanzlei und dachte über das nach, was er soeben gehört hatte.

Konsequenzen am Morgen? Das war nicht gut. Was würden die Deutschen tun? Entsprechende Gewaltakte gegenüber einheimischen Männern? Das hatte er doch gesagt, oder?

Als sie den Wagen erreichten, fragte Leyers: »Was hast du am Ende zum Kardinal gesagt?«

Pino sagte: »Ich habe ihm einen guten Abend gewünscht, *mon général.*«

Leyers betrachtete ihn einen Moment prüfend, bevor er sagte: »Dann zu Dolly. Ich habe alles getan, was ich konnte.«

Obwohl Pino wegen der drohenden Strafmaßnahmen bestürzt war, dachte er an Anna und fuhr so schnell, wie er sich traute, durch die gewundenen Straßen um die Kathedrale, bis er Dolly Stottelmeyers Wohnhaus erreicht hatte. Er parkte, öffnete die Hintertür und wollte den Koffer nehmen.

»Ich trage ihn schon selbst hoch«, sagte der General. »Bleib am Wagen. Vielleicht müssen wir später noch einmal raus.«

Pino war sprachlos. Falls Leyers seine Enttäuschung bemerkt hatte, so ließ er es sich nicht anmerken, während er durch die Vordertür verschwand. Erst da kehrte Pinos Hungergefühl mit Gewalt zurück. Was sollte er tun? Niemals essen oder trinken?

Unglücklich schaute Pino an der Hausfassade hinauf und sah Lichtstrahlen durch die schwarzen Vorhänge vor Dollys Fenstern. Ob Anna enttäuscht war? Nun, sie hatte ihn an diesem Morgen ganz eindeutig angelächelt, und es war mehr gewesen als das normale Routinelächeln, oder etwa nicht? In Pinos Erinnerung verhieß Annas Lächeln Anziehung, Möglichkeiten und Hoffnung. Sie hatte ihm gesagt, dass er aufpassen sollte, und dabei seinen Namen genannt, oder nicht?

Auf jeden Fall würde Pino sie nicht zu sehen bekommen. Nicht heute Nacht. Heute Nacht musste er in einem Auto schlafen und verhungern. Sein Herz war schwer und wurde noch schwerer, als es donnerte. Er zog das Leinwanddach des Daimlers hoch und verschloss es, bevor der Regen in Strömen goss. Taub vom Gewitter und voller Selbstmitleid rutschte er auf den Fahrersitz. Sollte er die ganze Nacht hier draußen schlafen? Ohne Essen? Ohne Wasser?

Eine halbe Stunde verging, dann eine ganze. Der Regen hatte nachgelassen, tropfte aber noch immer aufs Dach. Pino tat der Magen weh und er dachte daran, zu seinem Onkel zu fahren, um ihm zu berichten und etwas zu essen. Doch was, wenn Leyers herauskäme und er wäre fort. Was, wenn …?

Die Beifahrertür ging auf.

Anna hielt einen Korb mit köstlich duftendem Essen im Arm und stieg ein.

»Dolly dachte, du wärst vielleicht hungrig«, sagte sie und schloss die Tür. »Ich bin geschickt worden, um dir Essen zu bringen und Gesellschaft zu leisten, während du isst.«

Pino lächelte. »Anordnung des Generals?«

»Dollys Anordnung«, sagte Anna und blickte sich um. »Es wäre einfacher, auf dem Rücksitz zu essen, denke ich.«

»Das ist das Reich des Generals.«

»Er ist gerade in Dollys Schlafzimmer beschäftigt«, sagte sie, stieg aus, öffnete die Hintertür und stieg dort wieder ein. »Er wird da noch für eine ganze Weile bleiben, wenn nicht die ganze Nacht.«

Pino lachte, warf die Tür auf, duckte sich durch den Regen und stieg ebenfalls hinten ein. Anna stellte den Korb dahin, wo der General normalerweise den Koffer hatte. Sie machte eine kleine Kerze an und stellte sie auf einen Teller. Das Licht flackerte und vergoldete das Innere des Fahrzeugs, während sie ein Handtuch von dem Korb nahm und zwei gegrillte Hähnchenschenkel enthüllte, frisches Brot, echte Butter und ein Glas Rotwein.

»Ich wurde beliefert«, sagte Pino, was Anna zum Lachen brachte.

An jedem anderen Abend hätte er sie angestarrt, als sie lachte, doch er war so hungrig, dass er nur kicherte und aß. Dabei stellte er ihr ein paar Fragen, erfuhr, dass Anna aus Triest stammte, dass sie seit vierzehn Monaten für Dolly arbeitete und dass sie die Stelle durch eine Freundin bekommen hatte, die Dollys Anzeige in der Zeitung gesehen hatte.

»Du weißt gar nicht, wie sehr ich das gebraucht habe«, sagte er, als er seine Mahlzeit beendete. »Ich war ausgehungert. Wie ein Wolf.«

Anna lachte. »Ich dachte doch, ich hätte draußen etwas heulen gehört.«

»Ist das dein ganzer Name?«, fragte er sie. »Anna?«

»Ich höre auch auf Anna-Marta.«

»Kein Nachname?«

»Nicht mehr«, sagte das Dienstmädchen nun merklich kühler und packte den Korb wieder zusammen. »Und ich muss gehen.«

»Warte«, sagte Pino. »Kannst du nicht noch ein wenig bleiben? Ich glaube nicht, dass ich schon einmal jemanden getroffen habe, der so reizend und elegant ist wie du.«

Sie winkte abwehrend mit der Hand, lächelte aber. »Jetzt hör dich nur an.«

»Es ist wahr.«

»Wie alt bist du jetzt, Pino?«

»Alt genug, um eine Uniform und eine Waffe zu tragen«, sagte er verärgert. »Alt genug, um Dinge zu tun, über die ich nicht reden kann.«

»Wie zum Beispiel?«, sagte sie und klang interessiert.

»Darüber kann ich nicht reden«, beharrte Pino.

Anna blies die Kerze aus, sodass sie im Dunkeln saßen. »Dann muss ich gehen.«

Bevor Pino noch protestieren konnte, stieg sie aus dem Daimler und schloss die Tür hinter sich. Pino kämpfte sich rechtzeitig aus dem Rücksitz, um ihren Schatten die Stufen zur Vordertür des Wohnhauses hinaufgehen zu sehen.

»*Buona notte, Signorina Anna-Marta*«, sagte Pino.

»Gute Nacht, Vorarbeiter Lella«, antwortete Anna und ging hinein.

Der Regen hatte aufgehört und Pino blieb eine lange Weile stehen, sah zu der Stelle, wo sie verschwunden war, und ging jeden Moment auf dem Rücksitz des Stabswagens noch einmal in Gedanken durch, umgeben von ihrem Geruch. Er hatte es bemerkt, als das Essen gegessen war und sie darüber gelacht hatte, dass er hungrig wie ein Wolf gewesen war. Hatte es jemals etwas gegeben, das so köstlich roch? Hatte es jemals eine Frau gegeben, die so aussah? So schön. So geheimnisvoll.

Endlich stieg er zurück auf den Fahrersitz und zog sich die Mütze tief über die Augen. In Gedanken noch immer bei ihr überdachte er alles, was er ihr gesagt hatte, und analysierte jedes ihrer Worte, als wären es Mosaikstücke von Anna. Das Entsetzen beim Tod Signor Beltraminis, als Verräter gebrandmarkt zu sein – all das war aus seinem Bewusstsein verschwunden. Bis ihn der Schlaf übermannte, war alles, was er kannte, nur noch das Dienstmädchen.

* * *

Ein lautes Klopfen am Fenster weckte Pino auf. Draußen war es kaum hell. Die Hintertür ging auf. Zuerst dachte er froh, dass Anna herabgekommen war, um ihm wieder Essen zu bringen. Doch als er über die Schulter blickte, sah er die Umrisse von General Leyers.

»Setze meine Wimpel«, sagte Leyers. »Bring mich zum Gefängnis von San Vittore. Wir haben nicht viel Zeit.«

Pino beugte sich zum Handschuhfach, um die Flaggen herauszuholen, unterdrückte ein Gähnen und fragte: »Wie spät ist es, *mon général*?«

»Fünf Uhr«, bellte er. »Mach jetzt!«

Pino sprang aus dem Stabswagen, befestigte die Wimpel und fuhr dann schnell durch die Stadt, verließ sich dabei auf die Flaggen, um schnell an den Kontrollpunkten vorbeizukommen, bis sie am berüchtigten Gefängnis von San Vittore waren. Das Gefängnis war 1870 erbaut worden und hatte sechs dreistöckige Flügel, die an einem zentralen Knotenpunkt verbunden waren. Als San Vittore eröffnet wurde, war es modern, doch nach vierundsiebzig Jahren Vernachlässigung war es jetzt ein scheußlicher Seestern aus Zellen und Gängen, in denen Männer täglich ums Überleben kämpften. Es war nun unter Aufsicht der Gestapo und Pino fiel kein Ort ein, den er außer dem Hotel Regina mehr fürchtete.

Auf der Via Vico, die neben der hohen Ostmauer des Gefängnisses verlief, trafen sie auf zwei Laster, die an einem offenen Tor standen. Der erste Laster fuhr rückwärts durch das Tor. Der andere blieb auf der Straße und versperrte so den Weg.

Die Morgendämmerung leuchtete über der Stadt, als General Leyers ausstieg und die Tür zuschlug. Pino sprang hinaus und folgte Leyers, der die Straße überquerte und durch das Tor schritt, wo die Wachtposten salutierten. Sie gingen in einen großen dreieckigen Hof, der zur Mitte hin schmaler wurde, wo die Wände zweier sich gegenüberliegender Arme des Gefängnisses auf den zentralen Knoten trafen.

Vier Schritte hinter dem Tor blieb Pino stehen, um alles in sich aufzunehmen. Acht bewaffnete Soldaten der Waffen-SS standen ungefähr fünfundzwanzig Meter links auf zehn Uhr. Vor ihnen war ein SS-Hauptmann. Neben dem Hauptmann stand Gestapo-Oberst Walther Rauff mit einer schwarzen

Reitgerte hinter dem Rücken und sah mit großem Interesse zu. Leyers ging zu Rauff und dem Hauptmann. Pino blieb zurück, da er nicht von Rauff bemerkt werden wollte.

Die Ladeklappen an der Rückseite des Lasters wurden geöffnet. Ein Trupp der Muti-Legion von den Schwarzen Brigaden stieg aus. Diese faschistischen Elitekommandos waren Mussolini fanatisch ergeben. Sie trugen trotz der warmen Luft schwarze Rollkragenpullis und hatten kieferlose Totenkopfsymbole an den Mützen und Oberkörpern.

»Seid ihr bereit?«, sagte der SS-Hauptmann auf Italienisch.

Ein Schwarzhemd strich an Pino vorbei, während er rief: »Bringt sie raus.«

Die Wachen teilten sich in zwei Gruppen zu vier Männern und gingen los, um die Türen in den Wänden der Gefängnisflügel zu öffnen. Gefangene schlurften heraus. Pino ging weiter und versuchte, die Männer besser zu sehen. Einige von ihnen wirkten, als könnten sie keinen weiteren Schritt gehen. Jene, die kräftiger wirkten, hatten Bärte und so lange Haare, dass er nicht wusste, ob er irgendwen erkennen würde, den er kannte.

Dann tauchte aus der Tür zur Linken ein großer, beeindruckender junger Mann auf dem Hof auf. Pino erkannte ihn als Barbareschi, den Seminaristen, Gehilfe von Kardinal Schuster und Fälscher für den Widerstand. Barbareschi musste erneut aufgegriffen und ins Gefängnis gebracht worden sein. Die anderen Männer hatten sich in eine lose Reihenfolge gestellt, wobei sie ängstlich auf die Schwarzhemd-Kommandos starrten, doch Barbareschi ging trotzig in die erste Reihe.

»Wie viele?«, fragte Oberst Rauff.

»Eins achtundvierzig«, rief einer der Wachtposten zurück.

»Noch zwei«, sagte Rauff.

Der letzte Mann aus der Tür zur Rechten bewegte den Kopf, um die Haare aus den Augen zu bekommen. »Tullio!«, flüsterte Pino leise.

Tullio Galimberti hörte ihn nicht. Niemand hörte ihn wegen der Geräusche der letzten Männer, die sich auf ihren Platz stellten. Tullio schleppte sich weiter und wurde von dem Laster verdeckt. Der Befehlshaber der Schwarzhemden trat vor. General Leyers stellte sich Oberst Rauff und dem SS-Hauptmann entgegen. Pino konnte sie streiten hören und sehen. Rauff machte schließlich mit der Reitgerte eine Handbewegung zu den Schwarzhemden und sagte etwas, das Leyers zum Schweigen brachte.

Der Befehlshaber der Paramilitärs zeigte nach links und rief: »Ihr dort, zählt Zehnerreihen ab. Jeder zehnte Mann trete vor.«

Nach einer kurzen Pause sagte der entfernteste Mann links: »Eins.«

»Zwei«, sagte der zweite.

So ging es die Reihe weiter, bis einer der schwächer aussehenden Männer »Zehn« sagte und unsicher vortrat.

»Eins«, sagte der elfte Mann.

»Zwei«, sagte der zwölfte.

Einen Moment später sagte Barbareschi: »Acht.«

Der zweite Zehnte trat vor und bald der dritte. Ihnen schlossen sich zwölf weitere an, alle Schulter an Schulter vor den versammelten Gefangenen. Während das Zählen weiterging, stellte sich Pino auf die Zehenspitzen und erinnerte sich an das Gespräch, das General Leyers mit Kardinal Schuster geführt hatte.

Zu seinem Entsetzen hörte er Tullio sagen: »Zehn«, womit er der fünfzehnte Mann wurde.

»Ihr fünfzehn in den Laster«, sagte ein Schwarzhemd. »Die anderen zurück in die Zellen.«

Pino wusste nicht, was er tun sollte, hin- und hergerissen, ob er zu General Leyers gehen sollte oder zu Tullio. Doch wenn er zu Leyers ging und zugab, dass Tullio sein enger Freund war, und Tullio wegen Spionage für den Widerstand in San Vittore war, würde er dann nicht anfangen, Verdacht zu …?

»Was tust du hier, Vorarbeiter?«, wollte Leyers wissen.

Pino war so von der Szene gebannt, dass er nicht weiter auf Leyers geachtet hatte, der jetzt neben ihm stand und ihn anstarrte.

»Es tut mir leid, *mon général*«, sagte Pino. »Ich dachte, Sie benötigen vielleicht einen Übersetzer.«

»Geh jetzt zum Wagen«, sagte Leyers. »Bring ihn her, nachdem dieser Laster weggefahren ist.«

Pino salutierte, lief durch das Gefängnistor zum Daimler und stieg ein. Der Laster, der vor San Vittore geparkt hatte, begann sich zu bewegen. Pino startete den Stabswagen, als gerade die ersten Sonnenstrahlen auf die oberen Mauern des Gefängnisses und den Torbogen fielen. Im Schatten darunter kam der Laster mit Tullio und den anderen vierzehn heraus und folgte dem ersten.

Pino fuhr zum Tor. Der General wartete nicht darauf, dass er die Tür öffnete. Er stieg hinten ein, sein Gesicht war vor mühsam zurückgehaltener Wut verzerrt.

»*Mon général*?«, fragte Pino, nachdem sie einen Moment im Stillen gesessen hatten.

»Zur Hölle damit«, sagte Leyers. »Folge ihnen, Vorarbeiter.«

* * *

Der Daimler schloss schnell zu den Lastern auf, die durch die Stadt rumpelten. Pino wollte den General fragen, was vor sich ging. Er wollte ihm von Tullio erzählen, doch er traute sich nicht.

Während er um die Piazza vor dem Dom fuhr, spähte er kurz zur höchsten Spitze der Kathedrale und sah sie von der Sonne erleuchtet, während die Wasserspeier weiter unten an den Seiten der Kirche im dunklen Schatten blieben. Der Anblick beunruhigte ihn zutiefst.

»*Mon général?*«, sagte Pino. »Ich weiß, Sie sagten, ich soll nicht sprechen, doch können Sie mir sagen, was mit den Männern in diesem Laster geschieht?«

Leyers antwortete nicht. Pino spähte in den Spiegel, befürchtete eine Standpauke, doch der General blickte ihn nur kalt an.

Leyers sagte: »Deine Vorfahren haben erfunden, was gleich geschehen wird.«

»*Mon général?*«

»Die alten Römer nannten es ›Dezimation‹, Vorarbeiter. Sie haben es in ihrem ganzen Reich genutzt. Das Problem mit Dezimation ist, dass die Taktik niemals lange funktioniert.«

»Ich verstehe nicht.«

»Dezimation funktioniert psychologisch«, erklärte Leyers. »Sie wird angewandt, um eine drohende Revolte durch jämmerliche Angst zu unterdrücken. Doch historisch gesehen kann man sagen, dass die Anwendung von Brutalität gegen Zivilpersonen zur Vergeltung mehr Hass als Gehorsam produziert.«

Brutalität?, dachte Pino. *Vergeltung? Die Gewaltakte, vor denen Leyers den Kardinal gewarnt hatte?* Was würden sie mit Tullio und den anderen tun? Würde es helfen, General Leyers zu erzählen, dass Tullio sein enger Freund war, oder …?

Auf den Straßen neben ihnen hörte er Lautsprecher plärren. Der Mann sprach Italienisch und rief alle »besorgten Bürger« zum Piazzale Loreto.

Zwei Kompanien von Schwarzhemd-Faschisten hatten den Kreisverkehr abgeriegelt. Doch sie winkten die Laster und General Leyers Fahrzeug durch. Die Laster fuhren zu *Beltraminis Frisches Obst und Gemüse*, hielten kurz davor, fuhren dann rückwärts und stellten sich so hin, dass sie mit der Rückseite zu einer kahlen Mauer zeigten, wo mehrere Gebäude zusammentrafen.

»Fahr weiter um den Kreisverkehr«, sagte Leyers.

Als Pino an dem Obstladen vorbeifuhr, dessen Markise noch immer zerrissen war, erinnerte er sich an die Bombe, die dort losgegangen war. Er war schockiert, als er sah, wie Carletto aus dem Geschäft kam, die Laster anstarrte und dann in seine Richtung blickte.

Pino trat aufs Gaspedal und fuhr schnell außer Sichtweite. Nachdem sie drei Viertel des Kreisverkehrs passiert hatten, befahl Leyers Pino, zu der Esso-Tankstelle mit den großen Stahlträgern über den Zapfsäulen zu fahren. Ein Tankwart kam nervös heraus.

»Sag ihm, dass er den Tank füllen soll und dass wir hier parken«, sagte Leyers.

Pino sagte es dem Mann, der auf die Generalswimpel blickte und davoneilte.

Die Lautsprecher dröhnten weiter und die Einwohner von Mailand kamen zunächst nur vereinzelt neugierig näher, doch dann wurden die neu Hinzukommenden zu einem stetigen Strom von Fußgängern, die aus allen Richtungen auf den Piazzale Loreto kamen.

Schwarzhemden stellten dreißig Meter westlich vom Obstladen und fünfundvierzig Meter nach Norden zu beiden Seiten der Laster hölzerne Barrieren auf. Als Ergebnis gab es eine große freie Fläche um die Laster herum, wo sich die Menge an den Begrenzungen sammelte.

Pino merkte, dass es bald tausend Leute waren, vielleicht mehr. Auf halber Strecke der hundertfünfzig Meter, die den Daimler von Tullios Laster trennten, tauchte ein zweites Nazistabsfahrzeug auf, das am Rand des Kreisverkehrs anhielt. Aus der Entfernung und dem Blickwinkel konnte Pino nicht erkennen, wer im Auto saß.

Noch mehr Menschen strömten auf den Piazzale, so viele, dass sie bald die Sicht versperrten.

»Ich kann nichts sehen«, sagte General Leyers.

»*Non, mon général*«, sagte Pino.

Leyers hielt inne, sah aus dem Fenster und fragte: »Kannst du klettern?«

Eine Minute später stieß sich Pino von der Oberseite der Zapfsäule ab und zog sich auf einen der niedrigeren Stahlträger. Er hielt sich an einem Pfosten und einem zweiten Träger auf Kopfhöhe fest.

»Kannst du etwas sehen?«, fragte General Leyers von unten am Stabswagen.

»*Oui, mon général.*« Pino hatte eine klare, unverstellte Sicht über die Köpfe der jetzt fünfzehnhundert Menschen auf der Piazza. Die Laster standen noch dort, die Ladeklappen geschlossen.

»Hilf mir hoch«, sagte Leyers.

Pino blickte hinunter, sah, dass der General bereits auf die Zapfsäule gestiegen war und die Hand ausstreckte. Pino half ihm hinauf. Leyers hielt sich über Kopf an dem Querträger fest, während Pino sich an den Pfosten klammerte.

In der Ferne läuteten die Glocken des Doms neun Mal. Der Befehlshaber der Schwarzhemden, den Pino schon auf dem Gefängnishof gesehen hatte, kletterte aus der Fahrerkabine des näher stehenden Lasters. Der Faschist verschwand hinter dem anderen Laster, in dem sich die Gefangenen befanden.

Kurz darauf kamen die fünfzehn Männer einer nach dem anderen heraus, stellten sich Schulter an Schulter an die Wand rechts vom Obstladen und blickten zur Menge, die unruhig wurde. Tullio war als Siebter herausgekommen. Zu diesem Zeitpunkt ahnte Pino, was geschehen würde, doch nicht wie, und er musste die Arme fest um den Eisenpfosten pressen, um nicht hinunterzufallen.

Der leere Laster fuhr davon. Die Menge machte Platz, und das Transportfahrzeug war bald im Kreisverkehr. Vermummte Schwarzhemdschützen stiegen aus dem anderen Transporter, der danach ebenfalls wegfuhr. Die mit Maschinenpistolen bewaffneten faschistischen Soldaten stellten sich nicht mehr als fünfzehn Meter vor den Gefangenen in einer Reihe auf.

Ein Schwarzhemd rief: »Jedes Mal, wenn ein kommunistischer Partisan einen deutschen Soldaten oder einen Soldaten der Armee von Salò tötet, wird es eine schnelle und gnadenlose Vergeltung geben.«

Auf der Piazza wurde es still, abgesehen von ungläubigem Gemurmel.

Einer der Gefangenen begann, die Faschisten und das Erschießungskommando anzuschreien.

Es war Tullio.

»Ihr Feiglinge!«, brüllte Tullio sie an. »Ihr Verräter! Ihr macht die dreckige Arbeit der Nazis und versteckt eure Gesichter. Ihr seid alle ein Haufen von …«

Die Maschinenpistolen eröffneten das Feuer und trafen Tullio zuerst. Pinos Freund tänzelte von den Einschlägen der Kugeln rückwärts und brach dann ausgestreckt auf dem Bürgersteig zusammen.

Achtzehn

Pino schrie und schrie in seine Armbeuge, während das Schießen weiterging und immer mehr Männer umfielen. Die Menge wurde wild, die Leute kreischten entsetzt auf und rannten panisch los, um von den Maschinengewehrschützen wegzukommen, die die Mauern des Piazzale Loreto mit Blut bespritzten. Blut, das heruntertropfte und sich um die Märtyrer sammelte, als längst schon keine Schüsse mehr fielen.

Mit geschlossenen Augen glitt Pino tiefer und klammerte sich mit Armen und Beinen an den unteren Stahlträger. Er hörte die Schreie auf dem Piazzale Loreto, als wären sie weit entfernt und unterdrückt. *So funktioniert die Welt doch nicht,* versuchte er sich einzureden. *Die Welt ist nicht so krank und böse.*

Er erinnerte sich daran, wie Pater Re einen höheren Zweck heraufbeschworen hatte, und dann betete er das *Gegrüßest seist du Maria*, das Gebet für die Toten und die Sterbenden. Er war bis zur letzten Zeile gekommen, *Heilige Maria, Mutter Gottes, bitte für uns Sünder, jetzt und in der Stunde unseres …*

»Vorarbeiter! Gottverdammt!«, rief General Leyers. »Hörst du mich?«

Wie benommen sah Pino sich um und blickte hinauf zu dem Nazi, der noch immer auf dem Eisenträger stand, sein Gesicht versteinert und kalt.

»Geh runter«, sagte Leyers. »Wir fahren.«

Pinos erster Gedanke war, dem General die Beine wegzuziehen, damit er aus mehr als vier Metern Höhe mit dem Rücken voran auf den Beton fallen würde. Dann würde er hinunterspringen und ihn mit seinen bloßen Händen erwürgen, um ganz sicher zu sein. Leyers hatte diese Gräueltat geschehen lassen. Er hatte dabeigestanden, als …

»Ich sagte *runter.*«

Während er hinabstieg, fühlte er sich, als wäre ein Teil seines Verstandes für immer verbrannt. Leyers kletterte nach ihm hinunter und setzte sich hinten in den Daimler. Pino schloss die Tür und glitt hinter das Lenkrad.

»Wohin, *mon général*?«, fragte Pino dumpf.

»Hast du einen von ihnen gekannt?«, fragte Leyers. »Ich habe dich schreien gehört.«

Pino zögerte und seine Augen wurden feucht. »Nein«, sagte er schließlich. »Ich habe nur noch nie zuvor so etwas gesehen.«

Der General betrachtete ihn eine Weile prüfend im Rückspiegel, bevor er sagte: »Fahr. Hier ist nichts mehr für uns zu tun.«

Das andere deutsche Stabsfahrzeug wendete bereits und fuhr in Richtung Kontrollpunkt, als Pino den Daimler startete. Das Rückfenster des zweiten Fahrzeugs war heruntergelassen. Er konnte Oberst Rauff erkennen, der zu ihnen sah. Pino wollte das Gaspedal durchtreten und den Wagen des Gestapo-Chefs rammen. Rauffs Fahrzeug wäre für den Daimler kein Hindernis. Vielleicht würde er Rauff sogar töten und die Welt zu einem unendlich besseren Ort machen.

General Leyers sagte: »Warte, bis sie weitergefahren sind.«

Pino sah zu, wie Oberst Rauff in der Stadt verschwand, bevor er den Daimler in Bewegung setzte.

»Wohin, *mon général?*«, fragte er erneut, wobei er nicht aufhören konnte, vor seinem inneren Auge Tullios Zorn gegen seine Henker zu sehen, und wie er unter den tödlichen Schüssen zuckte.

»Hotel Regina«, sagte Leyers.

Pino fuhr los. »Wenn ich fragen darf, *mon général*, was geschieht mit den Leichen?«

»Sie werden dort bis zur Dunkelheit liegen bleiben, bis ihre Verwandten sie abholen können.«

»Den ganzen Tag?«

»Oberst Rauff will, dass der Rest von Mailand, vor allem die Partisanen, sehen, was geschieht, wenn deutsche Soldaten ermordet werden«, sagte Leyers, während sie den Kontrollpunkt passierten. »Diese barbarischen Idioten. Erkennen sie denn nicht, dass das die Anzahl der Italiener erhöhen wird, die deutsche Soldaten umbringen wollen? Du, Vorarbeiter, willst du Deutsche umbringen? Willst du mich umbringen?«

Pino war überrascht von dieser Frage, und er fragte sich, ob der Mann seine Gedanken lesen konnte. Doch er schüttelte den Kopf und sagte: »*Non, mon général.* Ich will in Frieden und Wohlstand leben wie jeder andere.«

Der Generalbevollmächtigte für Kriegsproduktion der Nazis wurde still und nachdenklich, während Pino zum Gestapo-Hauptquartier zurückfuhr. Leyers stieg aus und sagte: »Du hast drei Stunden.«

* * *

Pino fürchtete sich vor der Aufgabe, die vor ihm lag, doch er verließ den Daimler und nahm die Hakenkreuz-Armbinde ab. Er ging zu dem neuen Taschenladen, doch das Mädchen, das dort arbeitete, sagte ihm, dass sein Vater zu *Albanese Borse* gegangen war.

Als Pino den Lederwarenladen betrat, waren Michele, Onkel Albert und Tante Greta die einzigen Personen darin.

Sein Onkel sah ihn und kam hinter dem Tresen hervorgeeilt. »Wo zum Teufel hast du gesteckt? Wir waren krank vor Sorge!«

»Du bist nicht nach Hause gekommen«, sagte sein Vater. »Oh, Gott sei Dank, dass du zurück bist.«

Tante Greta warf einen Blick auf Pino und fragte: »Was ist geschehen?«

Für ein paar Momente konnte Pino kein Wort herausbringen. Dann kämpfte er die Tränen zurück. »Die Nazis und die Schwarzhemden haben als Vergeltung für das Attentat eine Dezimation in San Vittore vorgenommen. Sie haben jeden zehnten Mann herausgezählt, bis sie fünfzehn hatten. Dann haben sie sie zum Piazzale Loreto gebracht und mit Maschinenpistolen erschossen. Ich habe gesehen …« Er brach zusammen. »Tullio war einer von ihnen.«

Onkel Albert und sein Vater sahen ihn betroffen an.

Tante Greta sagte: »Das kann nicht sein! Du musst jemand anders gesehen haben.«

Pino weinte und sagte: »Er war es. Tullio war so mutig. Er hat die Männer angeschrien, die ihn erschießen würden, hat sie Feiglinge genannt … und … oh Gott, es war … entsetzlich.«

Er drehte sich zu seinem Vater und umarmte ihn, während Onkel Albert Tante Greta hielt, die hysterisch geworden war. »Ich hasse sie«, rief sie. »Mein eigenes Volk und ich hasse sie.«

Als sie sich beruhigt hatte, sagte Onkel Albert: »Ich muss es seiner Mutter sagen.«

»Sie kann Tullio erst zum Sonnenuntergang abholen«, sagte Pino. »Sie lassen die Leichen liegen als Warnung, was geschieht, wenn Partisanen Deutsche ermorden.«

»Diese Schweine«, sagte sein Onkel. »Das ändert nichts. Es macht uns nur noch stärker.«

»Das hat General Leyers auch gesagt.«

Am Mittag saß Pino auf den Treppen der Scala, wo er die Vorderseite des Hotels Regina und den in der Nähe geparkten Daimler sehen konnte. Er war wie betäubt vor Kummer. Er blickte über die Straße auf die Statue des großen Leonardo und hörte das Gemurmel der vorbeieilenden Passanten und wollte wieder weinen. Jeder sprach über die Gräueltat. Einige nannten den Piazzale Loreto jetzt einen verfluchten Ort. Er sah alles immer wieder vor seinen Augen und stimmte ihnen zu.

Um drei Uhr kam Leyers schließlich aus dem Hauptquartier der Gestapo. Er stieg ins Auto und sagte Pino, dass er wieder zum Fernmeldeamt fahren solle. Dort wartete Pino und dachte an Tullio. Endlich kam die barmherzige Nacht. Pino fühlte sich ein wenig besser mit dem Wissen, dass der Leichnam seines Freundes abgeholt und für die Beisetzung vorbereitet werden konnte.

Um sieben kam der General aus dem Fernmeldeamt, stieg hinten in den Stabswagen und sagte: »Zu Dolly.«

Pino parkte vor ihrem Haus auf der Via Dante. Leyers ließ ihn den verschlossenen Koffer tragen. Die alte Frau in der Lobby blinzelte hinter ihren Brillengläsern und schien ihnen hinterherzuschnüffeln, als sie an ihr vorbei und die Stufen zu Dollys Wohnung hinaufgingen. Als Anna die Tür öffnete, konnte er sehen, dass sie aufgebracht war.

»Bleiben Sie über Nacht, General?«, fragte Anna.

»Nein«, sagte er. »Ich denke, dass ich Dolly zum Abendessen ausführe.«

Dolly kam im Morgenrock in den Flur. Sie hielt ein Longdrinkglas in der Hand und sagte: »Eine perfekte Idee. Ich werde noch verrückt, den ganzen Tag hier zu sitzen und auf dich zu warten, Hans. Wohin sollen wir gehen?«

»Das Lokal um die Ecke«, sagte Leyers. »Wir können zu Fuß gehen. Ich habe das Gefühl, dass ich das jetzt brauche.«

Er machte eine Pause und sah dann zu Pino. »Du kannst hierbleiben, Vorarbeiter, und essen. Wenn ich zurückkehre, werde ich dir sagen, ob ich heute Abend noch weitere Verwendung für dich habe.«

Pino nickte und setzte sich auf die Bank. Anna wirkte unglücklich, hetzte durch das Esszimmer und ignorierte Pino, als sie vorbeikam und fragte: »Was soll ich für Sie rauslegen, Dolly?«

General Leyers folgte ihr und sie verschwanden gemeinsam in den Tiefen der Wohnung. Nichts davon schien Pino wirklich zu sein. Leyers machte weiter, als hätte er nicht zugesehen, wie fünfzehn Menschen an diesem Morgen kaltblütig ermordet wurden. Da war etwas Reptilienhaftes an dem General, stellte er fest. Leyers konnte zusehen, wie Männer unter Schüssen zuckten und Blut spuckten in den letzten Momenten ihres Lebens und dann konnte er mit seiner Geliebten essen gehen.

Anna kehrte zurück und sagte, als wäre es eine lästige Pflicht: »Du bist hungrig, Vorarbeiter?«

»Per favore, wenn es eine Last ist, nein, *Signorina*«, gab Pino zurück, ohne sie anzublicken.

Nach einer kurzen Pause seufzte das Dienstmädchen und sagte in einem anderen Tonfall: »Es ist keine Last, Pino. Ich kann dir etwas aufwärmen.«

»Danke«, sagte er, wobei er noch immer nicht zu Anna blickte, denn er hatte den Koffer des Generals zu seinen Füßen bemerkt und wünschte sich, er hätte gelernt, ein Schloss zu knacken.

Gedämpft hörte er laute Stimmen, Leyers und seine Geliebte hatten einen Streit. Er hob den Kopf und sah, dass das Dienstmädchen gegangen war.

Eine Tür wurde aufgeschlagen. Dolly ging durch den Flur, wo Pino saß. Sie rief: »Anna?«

Anna eilte in den Wohn- und Essbereich. »Ja, Dolly?«

Dolly sagte etwas auf Deutsch, was das Dienstmädchen zu verstehen schien, denn sie verschwand schnell. Der General kehrte zurück, er trug nur Uniformhose, Schuhe und ein ärmelloses Unterhemd. Pino sprang auf. Leyers ignorierte ihn, kam aus dem Wohnbereich heraus und sagte etwas auf Deutsch zu Dolly. Sie antwortete knapp, und er verschwand für ein paar Minuten, während seine Geliebte sich einen Whisky einschenkte und am Fenster rauchte.

Pino hatte ein komisches Gefühl, als wäre ihm an Leyers etwas aufgefallen, was er noch nicht ganz verarbeitet hatte. Was war das?

Als der General zurückkehrte, trug er ein frisch gebügeltes Hemd und Krawatte. Seine Jacke hatte er sich über die Schulter geworfen.

»Wir werden in ein paar Stunden zurückkommen«, sagte Leyers zu Pino und ging dicht an ihm vorbei.

Er starrte dem General und Dolly hinterher, spürte erneut das komische Gefühl und versuchte dann, sich an Leyers vor ein paar Minuten zu erinnern, ohne Hemd und …

Oh mein Gott, dachte er.

* * *

Die Tür wurde geschlossen. Pino hörte eine Diele knarren. Er drehte den Kopf und sah Anna dort stehen.

»Ich habe einen Lebensmittelhändler sagen hören, dass heute Morgen fünfzehn Mitglieder der Resistenza auf dem Piazzale Loreto erschossen wurden«, sagte sie und rang die Hände. »Ist das wahr?«

Wieder ganz krank, sagte er: »Ich habe es gesehen. Mein Freund war einer von ihnen.«

Anna schlug die Hand vor den Mund. »Oh, du Armer … Bitte, komm in die Küche. Es gibt Scaloppine, Gnocchi und

Knoblauchbutter. Ich werde einen der besten Weine des Generals öffnen. Er wird es nie erfahren.«

Kurz darauf war ein Platz an einem kleinen Tisch am Ende einer makellosen kleinen Küche gedeckt. Eine Kerze brannte auch. Anna setzte sich ihm gegenüber und nippte an einem Glas Wein.

Kalbfleisch?, fragte sich Pino, als er sich setzte und das köstliche Aroma roch, das von seinem Teller aufstieg. Wann hatte er das letzte Mal Kalbfleisch gegessen? Vor den Bombardements? Er nahm einen Bissen.

»Oh«, stöhnte er. »Das ist so gut.«

Anna lächelte. »Meine Großmutter, Gott hab sie selig, hat mir das Rezept beigebracht.«

Er aß. Sie unterhielten sich. Er erzählte ihr von der Szene auf dem Piazzale Loreto und sie ließ den Kopf hängen und hielt ihn für eine Weile in beiden Händen. Als sie den Kopf hob, um Pino anzusehen, waren ihre Augen unterlaufen und feucht.

»Wie können sich Menschen solche Schlechtigkeit ausdenken?«, fragte Anna, während das Wachs an der Kerze hinunterlief und sich im Kerzenständer sammelte. »Haben sie keine Angst um ihre Seele?«

Pino dachte an Rauff und die vermummten Schwarzhemden. »Ich glaube nicht, dass solche Männer sich um ihre Seelen kümmern«, sagte er und aß das restliche Kalbfleisch. »Es ist, als hätten sie sich bereits dem Bösen hingegeben und ein wenig mehr spielt keine Rolle.«

Anna blickte eine Weile an Pino vorbei in die Ferne. Dann sah sie ihn an und fragte: »Also, wie kommt ein italienischer Junge dazu, einen mächtigen Nazigeneral zu fahren?«

Verärgert sagte Pino: »Ich bin kein Junge. Ich bin achtzehn.«

»Achtzehn.«

»Wie alt bist du?«

»Fast vierundzwanzig. Möchtest du noch mehr essen? Wein?«

»Kann ich zuerst die Toilette benutzen?«, sagte Pino.

»Den Flur entlang die erste Tür rechts«, sagte sie und griff nach der Weinflasche.

Pino ging durch den Wohnbereich in einen mit Teppichboden ausgelegten Flur, der schwach von zwei dunklen Glühbirnen mit niedriger Wattzahl beleuchtet wurde. Er öffnete die erste Tür rechts, machte das Licht an und betrat ein Badezimmer mit Duschwanne, gefliestem Fußboden, einem Schminktisch voller Kosmetikartikel und einer weiteren Tür. Er ging zu der zweiten Tür, zögerte kurz und versuchte dann vorsichtig die Türklinke. Sie gab nach.

Die Tür ging in einen verdunkelten Raum auf, der so stark nach Leyers und seiner Geliebten roch, dass es ihn kurz bremste. Eine warnende Stimme in seinem Kopf riet ihm, nicht weiterzugehen, sondern in die Küche und zu Anna zurückzukehren. Er machte das Licht an.

Pino erkannte auf einen Blick, dass der General die hintere linke Seite des Raums besetzte, die ordentlich und präzise sortiert war.

Dollys Seite, näher bei Pino, ähnelte einer vernachlässigten Theatergarderobe. Es gab zwei Regale mit feinen Kleidern, Röcken und Blusen. Kaschmirpullover quollen aus Schubladen. Ein Mischmasch aus farbenfrohen Seidenschals, mehrere Korsetts und Strumpfhaltergürtel hingen an den Schranktüren. Schuhe waren am Bett aufgereiht, Dollys einziges Zugeständnis an Ordnung. Dahinter befand sich zwischen Stapeln von Büchern und Hutschachteln ein Beistelltisch, auf dem eine große, geöffnete Schmuckschatulle stand.

Pino ging zuerst zu der ordentlichen Seite des Raums, überflog die erste einer Reihe von Schubladen und sah Manschettenknöpfe auf einem Tablett, eine Kleiderbürste, einen Schuhanzieher und ein Rasierset. Doch nicht das, wonach er suchte. Auch nicht auf dem Nachttisch oder darin.

Vielleicht habe ich mich vertan, dachte er und schüttelte den Kopf. *Ich habe mich nicht vertan.*

Doch wo würde jemand wie Leyers es verstecken? Pino sah unter der Matratze nach und unter dem Bett und wollte gerade das Rasierset des Generals durchsuchen, als er im Spiegel etwas bemerkte, in dem Chaos auf Dollys Seite.

Pino ging um das Bett herum, auf Zehenspitzen, um nicht auf Dollys Habseligkeiten zu treten, und kam schließlich zu der Schmuckschatulle. Perlenketten, goldene Halsreifen und viele andere Halsbänder hingen in Bündeln an Haken von der Innenseite des Deckels.

Er schob sie beiseite, suchte nach etwas Schlichtem, und dann …

Da war es! Pino fühlte einen Schauer, als er die dünne Kette mit dem Schlüssel zum Koffer des Generals vom Haken nahm. Er steckte sie in seine Hosentasche.

»Was machst du da?«

* * *

Pino fuhr herum, das Herz schlug ihm wild in der Brust. Anna stand in der Tür zum Badezimmer, die Arme verschränkt, ein Glas Wein in der Hand und mit einem misstrauischen Ausdruck im Gesicht.

»Ich sehe mich nur mal um«, sagte Pino.

»In Dollys Schmuckschatulle?«

Er zuckte die Schultern. »Ich gucke nur.«

»Du guckst nicht nur«, sagte Anna wütend. »Ich habe gesehen, wie du etwas in deine Tasche gesteckt hast.«

Pino wusste nicht, was er sagen oder tun sollte.

»Also bist du ein Dieb«, sagte Anna angewidert. »Ich hätte es wissen sollen.«

»Ich bin kein Dieb«, sagte Pino und ging auf sie zu.

»Nein?«, sagte sie und trat einen Schritt zurück. »Was bist du dann?«

»Ich … ich kann es dir nicht sagen.«

»Sag es mir, oder ich werde Dolly sagen, wo ich dich gefunden habe.«

Pino wusste nicht, was er tun sollte. Er konnte sie schlagen und flüchten, oder …

»Ich bin ein Spion … für die Alliierten.«

Anna lachte abschätzig. »Ein Spion? Du?«

Das machte ihn wütend.

»Wer wäre besser geeignet?«, fragte Pino. »Ich komme überall mit ihm hin.«

Anna wurde still, ihre Miene noch immer zweifelnd. »Erzähl mir, wie du ein Spion geworden bist.«

Pino zögerte, dann erzählte er ihr schnell von der Casa Alpina und was er dort getan hatte und wie seine Eltern Angst um sein Leben hatten und ihn dazu brachten, sich der Organisation Todt anzuschließen, und von dem Zufall, der ihn von einem bombardierten Bahnhof in Modena über ein deutsches Krankenhausbett auf den Vordersitz von General Leyers Stabswagen vor dem Taschenladen seines Onkels gebracht hatte.

»Es ist mir egal, ob du mir glaubst oder nicht«, sagte er schließlich. »Doch ich habe mein Leben in deine Hände gegeben. Wenn Leyers das herausfindet, werde ich sterben.«

Anna betrachtete ihn prüfend. »Was hast du in deine Tasche gesteckt?«

»Den Schlüssel zu seinem Koffer«, sagte Pino.

Als hätte er mit dem Schlüssel etwas an ihr verstellt, veränderte sich Anna von einem Augenblick zum nächsten, und ihr Gesichtsausdruck verwandelte sich von misstrauisch zu einem langsamen, sanften Lächeln. »Machen wir ihn auf!«

Pino seufzte erleichtert.

Sie glaubte ihm und sie würde es Leyers nicht verraten. Wenn sie teilhatte und der General fände es heraus, dann wäre Anna ebenfalls tot.

Er sagte: »Ich habe heute Abend andere Pläne.«

»Was für Pläne?«

»Ich werde es dir zeigen«, sagte er und führte sie zur Küche zurück. Die Kerze flackerte noch immer auf dem Tisch. Er nahm sie und goss eine kleine Pfütze Wachs auf den Tisch.

»Mach das nicht«, sagte Anna.

»Es geht ganz leicht wieder ab«, sagte Pino, angelte in seine Tasche und zog den Schlüssel und die Kette heraus.

Er löste den Schlüssel von der Kette, wartete, bis das Wachs etwas fester geworden war, und drückte dann den Schlüssel leicht hinein. »Jetzt kann ich eine Kopie machen und immer an den Koffer, wann ich will«, sagte er. »Hast du einen Zahnstocher und einen Spachtel?«

Anna betrachtete ihn jetzt mit anderen Augen und etwas verwundert und holte ihm einen Zahnstocher aus dem Schrank. Pino befreite den Schlüssel vorsichtig vom Wachs und wusch ihn in heißem Wasser. Sie legte einen Spachtel auf den Tisch und er löste damit das Wachs von der Tischplatte. Die abkühlende Form wickelte er in ein Taschentuch und steckte es in seine Hemdtasche.

»Was jetzt?«, fragte Anna mit blitzenden Augen. »Das ist so aufregend!«

Pino grinste sie an. Es war wirklich aufregend. »Ich werde einen Blick in den Koffer werfen und dann den Schlüssel zurück in Dollys Schmuckschatulle legen.«

Er dachte, es würde ihr gefallen, doch stattdessen verzog sie die Lippen zu einem Schmollen.

»Was ist los?«, fragte Pino.

»Nun«, sagte sie und zuckte die Schultern, »wie du gesagt hast, wenn du erst den Schlüssel gemacht hast, dann kannst du immer in den Koffer gucken, und ich dachte, wir würden den Schlüssel zurücktun, und dann …«

»Was?«

»Dann könntest du mich küssen«, sagte Anna sachlich. »Das möchtest du doch, oder?«

Pino wollte es erst leugnen, sagte aber dann: »Mehr, als du dir vorstellen kannst.«

* * *

Er brachte den Schlüssel zurück und schloss die Tür zu Dollys Schlafzimmer. Anna wartete auf ihn in der Küche mit einem lustigen Lächeln im Gesicht. Sie zeigte auf den Stuhl. Pino nahm Platz, sie stellte ihr Weinglas zur Seite und setzte sich auf seinen Schoß. Sie legte ihm die Arme an die Schultern und küsste ihn.

Wie er Anna so hielt, ihre Lippen zum ersten Mal sanft an seinen, und ihren perfekten Duft roch, fühlte sich Pino, als würde eine einzelne Geige die ersten Töne einer wundervollen Melodie spielen. Die Musik vibrierte so angenehm durch seinen Körper, dass er erbebte.

Anna beendete den Kuss und lehnte ihre Stirn gegen seine.

»Ich hatte gedacht, dass es so sein würde«, flüsterte sie.

»Ich hatte gebetet, dass es das sein würde«, sagte er atemlos. »Seit dem ersten Moment, als ich dich gesehen habe.«

»Was bin ich froh«, sagte Anna und küsste ihn erneut.

Pino hielt sie noch fester, wunderte sich darüber, wie schön sich das alles anfühlte, als hätten sich Cellos der Geige angeschlossen, als wäre ein fehlender Teil von ihm gefunden worden und als würde er größer von ihrer Berührung, dem Geschmack ihrer Lippen und der sanften Güte ihrer Augen. Er wollte nichts mehr, als sie so lange zu halten, wie Gott ihn lassen würde. Sie küssten sich ein drittes Mal. Pino küsste ihren Hals, was ihr zu gefallen schien. »Ich will alles über dich wissen«, murmelte er. »Woher du kommst und …«

Anna zog sich ein Stück zurück. »Das habe ich dir doch gesagt. Triest.«

»Wie warst du als kleines Mädchen?«

»Seltsam.«

»Nein.«

»Das hat meine Mutter gesagt.«

»Wie war sie?«

Anna legte ihren Finger auf Pinos Lippen, blickte in seine Augen und sagte: »Jemand sehr Kluges hat mir einmal gesagt, indem wir unsere Herzen öffnen und unsere Narben zeigen, werden wir menschlich und fehlerhaft und ganz.«

Er spürte, dass er die Stirn runzelte. »Ja?«

»Ich bin noch nicht bereit, dir meine Narben zu offenbaren. Ich will nicht, dass du mich als menschlich und fehlerhaft und ganz siehst. Ich will, dass das hier … dass wir … eine Fantasie sind, die wir teilen können, eine Ablenkung vom Krieg.«

Pino streichelte ihr über das Gesicht. »Eine schöne Fantasie, eine wunderbare Ablenkung.«

Anna küsste ihn ein viertes Mal. Pino dachte, er hörte ein Holzblasinstrument, das sich den Streichern in seiner Brust anschloss, und sein Körper und Verstand waren reduziert auf eine einzige Sache, auf die Musik von Anna-Marta und nichts sonst.

Neunzehn

Als General Leyers und Dolly vom Abendessen zurückkehrten, saß Pino strahlend auf der Bank im Vorderflur.

»Hast du hier zwei Stunden gesessen?«, fragte Leyers.

Vergnügt und betrunken betrachtete Dolly Pino. »Das wäre eine Tragödie für Anna.«

Pino errötete und sah von Dolly weg, die kicherte und an ihm vorbeitänzelte.

»Du kannst gehen, Vorarbeiter«, sagte Leyers. »Lass den Daimler am Fuhrpark und sei zurück um null sechshundert.«

»Oui, mon général.«

Während er durch die Straßen fuhr und die Sperrstunde näher rückte, musste Pino immerzu denken, dass er gerade den schönsten Abend seines Lebens am Ende des schlimmsten Tages seines Lebens verbracht hatte. Er hatte innerhalb von zwölf Stunden jedes nur mögliche Gefühl erlebt, von Entsetzen über Trauer bis hin zu Annas Küssen. Sie war fast sechs Jahre älter, das stimmte, doch es kümmerte ihn kein bisschen. Wenn überhaupt, dann machte es sie nur noch anziehender.

Während Pino zur Wohnung der Lellas auf dem Corso del Littorio zurückging, nachdem er den Stabswagen zum Fuhrpark gebracht hatte, taumelte er in Gedanken wieder zwischen den

Gefühlen beim Anblick des sterbenden Tullio und der Musik, die er empfand, als er Anna geküsst hatte. Während er im Aufzugkäfig an den Wachtposten vorbeifuhr, dachte er: *Gott gibt und Gott nimmt. Manchmal am selben Tag.*

Wenn er nicht mit einer Gruppe von Freunden musizierte, war Pinos Vater normalerweise früh im Bett, deshalb öffnete Pino die Vordertür zur Wohnung in der Erwartung, dass ein Licht für ihn angelassen und die Wohnung ansonsten still wäre. Doch die Lichter brannten hell hinter den schwarzen Vorhängen und auf dem Boden standen Koffer, die er kannte. »Mimmo!«, rief er leise. »Mimmo, bist du hier?«

Sein Bruder kam grinsend aus der Küche und umarmte ihn fest. Sein kleiner Bruder war vielleicht keinen Zentimeter gewachsen, doch er war sicherlich breiter geworden in den fünfzehn Wochen, seit Pino die Casa Alpina verlassen hatte. Pino konnte die festen Muskelstränge in Mimmos Armen und auf seinem Rücken spüren.

»Toll, dich zu sehen, Pino«, sagte Mimmo. »Wirklich großartig.«

»Was machst du hier?«

Mimmo senkte die Stimme. »Ich habe Papa gesagt, dass ich für eine Weile nach Hause kommen möchte, aber die Wahrheit ist, dass ich es nicht mehr ertragen konnte, mich dort oben zu verstecken – auch wenn wir Gutes in der Casa Alpina gemacht haben –, während hier unten der echte Kampf stattfindet.«

»Was wirst du tun? Dich den Partisanen anschließen?«

»Ja.«

»Du bist viel zu jung. Papa wird dich nicht lassen.«

»Papa wird es ja nicht erfahren, wenn du es ihm nicht erzählst.«

Pino betrachtete seinen Bruder und staunte über dessen Kühnheit. Erst fünfzehn Jahre alt, doch er schien sich vor nichts zu fürchten und stürzte sich ohne den geringsten

Zweifel in jede Situation. Doch sich einer Guerillagruppe anzuschließen, um gegen die Nazis zu kämpfen, könnte das Schicksal herausfordern.

Er bemerkte, wie das Blut aus Mimmos Gesicht wich, als sein Bruder mit zitterndem Finger auf die rote Armbinde mit dem Hakenkreuz zeigte, die aus seiner Tasche hing, und fragte: »Was ist das?«

»Oh«, entgegnete Pino. »Die ist Teil meiner Uniform, aber es ist nicht so, wie du denkst.«

»Wie kann es nicht das sein, was ich denke?«, rief Mimmo wütend und lehnte sich zurück, um die ganze Uniform zu betrachten. »Kämpfst du etwa für die Nazis, Pino?«

»Kämpfen? Nein«, sagte er. »Ich bin ein Fahrer. Das ist alles.«

»Für die Deutschen.«

»Ja.«

Mimmo sah aus, als wollte er spucken. »Warum kämpfst du nicht für die Resistenza, für Italien?«

Pino zögerte und sagte dann: »Weil ich dann die Armee verlassen müsste, was mich zu einem Deserteur machen würde. Die Nazis erschießen Deserteure, oder hast du das nicht gehört?«

»Also sagst du mir, dass du ein Nazi bist, ein Verräter Italiens?«

»Es ist nicht so schwarz und weiß.«

»Natürlich ist es das«, schrie ihn Mimmo an.

»Es war Onkel Alberts und Mammas Idee«, schrie Pino zurück. »Sie wollten mich vor der russischen Front retten, deshalb habe ich mich dieser Sache angeschlossen – der OT, der Organisation Todt. Es ist ein Bautrupp. Ich fahre nur einen Offizier herum und warte, dass der Krieg vorbeigeht.«

»Still!«, zischte ihr Vater und kam ins Zimmer. »Die Wachen unten hören euch!«

»Ist das wahr, Papa?«, sagte Mimmo bemüht flüsternd. »Pino trägt eine Naziuniform, um den Krieg auszusitzen, während andere Leute aufstehen und Italien befreien?«

»So würde ich es nicht sehen«, sagte Michele. »Aber ja, deine Mutter, Onkel Albert und ich haben es für das Beste gehalten.«

Das beruhigte seinen zweiten Sohn nicht. Mimmo spottete über seinen Bruder. »Wer hätte das gedacht? Pino Lella geht den Weg des Feiglings.«

Pino schlug so hart und so schnell zu, dass er seinem Bruder die Nase brach und ihn zu Boden warf. »Du hast keine Ahnung, wovon du sprichst«, sagte Pino. »Überhaupt keine.«

»Hört auf!«, rief Michele und ging dazwischen. »Schlag nicht noch einmal zu!«

Mimmo blickte auf das Blut in seiner Hand und dann voll Verachtung zu Pino. »Mach nur weiter und schlag mich nieder, mein Nazibruder. Das ist das Einzige, was ihr Deutschen zu tun wisst.«

Pino wollte seinem Bruder am liebsten den Kopf einschlagen und ihm dabei von den Dingen erzählen, die er bereits im Namen Italiens gesehen und getan hatte. Doch er konnte nicht.

»Glaub, was du glauben willst«, sagte er stattdessen und ging davon.

»Kraut«, rief ihm Mimmo hinterher. »Wird Adolfs kleiner Junge auch in Sicherheit sein?«

Bebend machte Pino seine Zimmertür zu und verschloss sie. Er zog sich aus, ging ins Bett und stellte den Wecker. Er machte das Licht aus, spürte seinen geprellten Knöchel und dachte, dass sich das Leben wieder hart gegen ihn gewandt hatte. War es das, was Gott von ihm wollte? Ein Vorbild zu verlieren, die Liebe zu finden und die Verachtung seines Bruders zu erleiden, alles an einem Tag?

Die dritte Nacht in Folge beruhigte sich der Wirbelwind in seinem Kopf erst mit den Gedanken an Anna und er glitt in den Schlaf.

* * *

Es war fünfzehn Tage später, als ein Soldat der Waffen-SS eine Gruppe von sechs Maultieren peitschte, die zwei schwere Geschütze einen steilen, dürren Berghang hinaufzerrten. Die Peitsche riss den Maultieren die Flanke auf und sie schrien vor Schmerz und Angst, gruben ihre Hufe ein und traten eine Staubwolke los, während sie die Höhen der Apenninen nördlich von Arezzo in Mittelitalien erklommen.

»Fahr um sie herum und mach schnell, Vorarbeiter.« General Leyers hatte von seiner Arbeit auf dem Rücksitz aufgesehen. »Da wird Zement gegossen.«

»Oui, mon général«, sagte Pino, fuhr um die Maultiere herum und beschleunigte. Er gähnte immer wieder und war so müde, dass er sich auf den Boden hätte legen und einschlafen können.

Das Tempo, in dem Leyers arbeitete und reiste, war verblüffend. In den Tagen nach den Exekutionen auf dem Piazzale Loreto waren er und Pino jeden Tag vierzehn, fünfzehn, manchmal sechzehn Stunden am Tag auf der Straße gewesen. Leyers reiste wenn möglich bei Nacht, mit geschlitzten Verblendungen vor den Scheinwerfern. Pino musste sich stundenlang konzentrieren, um den Daimler auf der Straße zu halten, da er nur schmale Lichtstreifen zum Navigieren hatte.

Als er an den armen Maultieren vorbei war, war es nach zwei Uhr nachmittags, und er war lange vor der Morgendämmerung losgefahren. Er war etwas verärgert darüber, dass er wegen der ständigen Fahrten kaum einen Moment gehabt hatte, in dem er mit Anna allein war, seit sie sich in der Küche geküsst hatten.

Er konnte nicht aufhören, an sie zu denken, wie es sich angefühlt hatte, sie in den Armen zu halten, ihre Lippen an seine gedrückt. Er gähnte, musste bei dem angenehmen Gedanken aber lächeln.

»Da hinauf«, sagte General Leyers und zeigte durch die Frontscheibe auf das zerklüftete, trockene Gelände.

Pino fuhr mit dem Daimler so weit, bis große Felsbrocken ihnen den Weg versperrten.

»Von hier aus gehen wir zu Fuß«, sagte Leyers.

Pino stieg aus und öffnete die Hintertür. Der General sagte: »Nimm Notizblock und Stift mit.«

Pino spähte zu dem Koffer auf dem Rücksitz. Dank eines Freundes von Onkel Albert hatte er jetzt seit mehr als einer Woche den kopierten Schlüssel, doch er hatte noch keine Gelegenheit gehabt, ihn auszuprobieren. Er zog den Notizblock und den Stift unter der Karte im Handschuhfach hervor.

Sie kletterten zwischen Felsen und bröseligen Steinen hinauf, die unter ihren Füßen wegrollten. Oben angekommen wurden sie mit einem Ausblick über ein Tal belohnt, das von zwei langen, miteinander verbundenen Bergrücken begrenzt war, die auf der Karte wie die geöffnete Schere einer Krabbe aussahen. Nach Süden breitete sich eine weite Ebene mit Bauernhöfen und Weingütern aus. Nach Norden hin und weit oben an der inneren Krabbenschere arbeitete eine Armee aus Männern in der unmenschlichen Hitze.

Leyers ging entschlossen über den Bergkamm in ihre Richtung. Pino folgte dem General, überwältigt von der großen Anzahl der Männer oben und unten am Berghang. Es waren so viele, dass sie wie Ameisen auf ihrem aufgeplatzten Hügel wirkten, die alle übereinander wimmelten und krabbelten.

Je näher sie kamen, desto menschlicher wurden die Ameisen, und gebrochener und grau. Fünfzehntausend Sklaven, vielleicht mehr, mischten, transportierten und gossen

Zement für Maschinengewehrnester und Artilleriefundamente. Sie gruben und bauten Panzerfallen über den Talboden verteilt. Sie legten Stacheldraht über die Flanken der Hügel und gruben mit Spitzhacken und Schaufeln Deckung für die deutsche Infanterie.

Zu jeder Sklavengruppe gehörte ein Soldat der Waffen-SS, der sie bei der Arbeit antrieb. Pino hörte Schreie und sah, dass Sklaven geschlagen und gepeitscht wurden. Diejenigen, die in der Hitze zusammenbrachen, wurden von anderen Sklaven weggezerrt und sich selbst überlassen, blieben auf den Felsen liegen und starben in der niederbrennenden Sonne.

Es kam Pino wie eine Szene vor, die so alt war wie die Zeit, eine Wiederbelebung der Pharaonen, die Generationen von Männern versklavten, um ihre Gräber zu bauen. Leyers blieb an einer Stelle mit weiter Aussicht stehen. Er starrte hinab über die gewaltigen Kompanien besiegter Männer, die ihm zur Verfügung standen, und schien – zumindest seinem Gesichtsausdruck nach – von ihrer Mühsal unbeeindruckt.

Sklaventreiber des Pharaos, dachte Pino.

So hatte Antonio, der Partisanenkämpfer aus Turin, Leyers genannt.

Der Sklaventreiber höchstpersönlich.

* * *

Frischer Hass auf General Leyers kochte in Pinos Magen hoch. Es war ihm unverständlich, wie ein Mann, der gegen etwas so Barbarisches wie die Dezimation im Gefängnis von San Vittore angekämpft hatte, gleichzeitig eine Armee von Sklaven befehligen konnte – ohne auch nur den Hauch eines inneren Konfliktes oder ein bisschen Selbsthass. Nichts dergleichen zeigte sich auf Leyers Gesicht, während er zusah, wie Bulldozer Baumstümpfe und Felsbrocken an die steilen Berghänge häuften.

Der General blickte kurz zu Pino und zeigte dann nach unten. »Wenn die alliierten Soldaten angreifen, werden diese Hindernisse sie direkt in das Feuer unserer Maschinengewehre treiben.«

Pino nickte mit vorgetäuschter Begeisterung. *»Oui, mon général.«*

Sie gingen durch einen Gürtel miteinander verbundener Maschinengewehrnester und Geschützanlagen, wobei Pino Leyers folgte und Notizen machte. Je länger sie gingen und je mehr sie sahen, desto barscher und aufgewühlter wurde der General.

»Schreib auf«, sagte er. »Der Zement ist an vielen Stellen minderwertig. Wahrscheinlich Sabotage italienischer Zulieferer. Das obere Tal ist noch nicht vollständig für den Kampf ausgehärtet. Information an Kesselring, dass ich weitere zehntausend Arbeiter benötige.«

Zehntausend Sklaven, dachte Pino angewidert, während er schrieb. *Und sie bedeuten ihm nichts.*

Anschließend nahm der General an einem Treffen mit hochrangigen OT- und Wehrmachtsoffizieren teil. Pino konnte ihn aus einem Kommandobunker heraus schreien und drohen hören. Als das Treffen vorbei war, sah er, wie die Offiziere ihre Untergebenen anschrien, die wiederum die Männer unter ihrer Aufsicht anbrüllten. Es war, als würde man einer Welle zusehen, die sich aufbaute, bis sie die Soldaten der Waffen-SS erreichte, die das ganze Gewicht von Leyers' Forderungen auf die Schultern der Sklaven luden, sie peitschten, traten und mit allen Mitteln dazu antrieben, schneller und härter zu arbeiten. Die Hintergründe waren Pino klar. Die Deutschen erwarteten, dass die Alliierten eher früher als später hier waren.

General Leyers sah zu, bis er mit dem neuen Arbeitstempo zufrieden schien, dann sagte er zu Pino: »Wir sind hier fertig.«

Sie gingen den Berghang entlang zurück. Der General blieb hin und wieder stehen, um verschiedene Arbeitsfortschritte zu beobachten. Ansonsten ging er wie eine unaufhaltsame Maschine. *Hat er ein Herz?*, fragte sich Pino. *Eine Seele?*

Sie waren in der Nähe des Pfades, der zurück zum Daimler führte, als Pino eine Gruppe von sieben Männern in Grau sah, die gruben und die Spitzhacken schwangen und Felsen und Schiefer unter den wachsamen Augen der SS zerbrachen. Einige von ihnen hatten ein verwüstetes und fast verrücktes Aussehen, wie bei einem tollwütigen Hund, den er einmal gesehen hatte.

Der Pino am nächsten stehende Mann befand sich ein Stück höher am Hang als die anderen und grub nur noch schwach. Er hielt inne und legte die Hände auf das Ende des Stiels, wie ein Mann, der genug hatte. Einer der SS-Soldaten schrie ihn an und kam über den Hügel marschiert.

Der Gefangene sah weg und bemerkte Pino, der auf ihn hinunterblickte. Von der Sonne hatte seine Haut die Farbe von Tabaksaft angenommen und sein Bart war wilder, als Pino sich erinnerte. Er hatte auch viel Gewicht verloren. Doch Pino hätte schwören können, dass er dort Antonio sah, den Gefangenen, dem er damals an dem ersten Tag, an dem er für Leyers gefahren war, im Tunnel Wasser gegeben hatte. Ihre Blicke trafen sich und Pino empfand sowohl Mitleid als auch Scham, als der SS-Soldat mit seinem Gewehrkolben seitlich gegen den Kopf des Mannes schlug. Er fiel und rollte den steilen Hang hinunter.

»Vorarbeiter!«

Pino erschrak und sah sich um. General Leyers stand ungefähr fünfzig Meter entfernt und starrte ihn an.

Nach einem letzten Blick auf den jetzt unbeweglichen Gefangenen fiel Pino in Trab und dachte, dass Leyers dafür verantwortlich war. Der General hatte zwar nicht befohlen, dass der Mann niedergeschlagen wurde, doch in seinem Kopf war Leyers trotzdem dafür verantwortlich.

* * *

Es war bereits dunkel, als Pino durch die Tür in Onkel Alberts Nähatelier kam.

»Ich habe heute schlimme Dinge gesehen«, sagte Pino bewegt. »Und auch gehört.«

»Erzähl mir davon«, bat Onkel Albert.

Pino tat sein Bestes, beschrieb die Szene mit Leyers und wie der SS-Soldat Antonio getötet hatte, weil er nicht mehr konnte.

»Das sind alles Schlächter, die von der SS«, sagte Onkel Albert und sah von seinen Notizen auf. »Wegen des Vergeltungserlasses hört man jetzt täglich Geschichten von Gräueltaten. In Sant'Anna di Stazzema haben SS-Truppen fünfhundertsechzig Unschuldige erschossen, gefoltert und verbrannt. In Casaglia haben sie einen Priester an seinem Altar und drei alte Leute während der Messe erschossen. Die anderen hundertsiebenundvierzig Gemeindemitglieder haben sie auf den Friedhof der Kirche getrieben und das Feuer aus Maschinengewehren eröffnet.«

»Was?« Pino war fassungslos.

Tante Greta sagte: »Das geht immer weiter. Neulich wurden in Bardine di San Terenzo mehr als fünfzig junge italienische Männer – so alt wie du, Pino – mit Stacheldraht stranguliert und an Bäume gehängt.«

Pino verabscheute sie alle, jeden einzelnen Nazi. »Sie müssen gestoppt werden.«

»Es gibt täglich mehr, die sich dem Kampf gegen sie anschließen«, sagte Onkel Albert. »Deshalb sind deine Informationen so wichtig. Kannst du mir auf einer Karte zeigen, wo du warst?«

»Das habe ich bereits markiert«, sagte Pino und zeigte die Karte des Generals aus dem Handschuhfach.

Er faltete die Karte auf einem der Schneidetische auseinander und zeigte seinem Onkel die leichten Bleistiftpunkte, die er gemacht hatte, um die ungefähre Platzierung der Artillerie zu zeigen, der Maschinengewehrnester und Waffen- und Munitionslager, die er im Laufe des Tages gesehen hatte. Er zeigte, wo Leyers die Felsen aufhäufen ließ, damit die Alliierten ihre Richtung ändern und in das Feuer der Maschinengewehre laufen würden.

»In diesem ganzen Bereich hier hat Leyers gesagt, dass der Beton minderwertig sei, schwach«, berichtete Pino und zeigte auf die Karte. »Leyers war sehr besorgt darüber. Die Alliierten sollten dort zuerst bombardieren, es ausradieren, bevor sie vom Boden aus angreifen.«

»Clever«, meinte Onkel Albert und machte sich Notizen über die Koordinaten der Gegend. »Ich werde es weiterleiten. Übrigens, der Tunnel, den du mit Leyers besucht und wo du zum ersten Mal die Sklaven gesehen hast, der wurde gestern zerstört. Partisanen haben gewartet, bis nur noch Deutsche im Innern waren, und haben dann beide Enden gesprengt.«

Das gab Pino ein besseres Gefühl. Endlich bewirkte er etwas.

»Es würde sicher helfen, wenn ich einen Blick in diesen Koffer werfen könnte«, sagte Pino.

Sein Onkel sagte: »Das stimmt. Wir versuchen gerade, dir einen kleinen Fotoapparat zu beschaffen.«

Pino gefiel diese Idee. »Wer weiß, dass ich ein Spion bin?«

»Du, ich und deine Tante.«

Und Anna, dachte er, sagte aber: »Die Alliierten nicht? Oder die Partisanen?«

»Sie kennen nur den Codenamen, den ich dir gegeben habe.«

Diese Idee gefiel Pino noch mehr. »Wirklich? Wie lautet denn mein Codename?«

»Beobachter«, sagte Onkel Albert. »Wie in ›Beobachter bemerkt Maschinengewehrnester an dieser und jener Position‹.

Und ›Beobachter bemerkt Truppenverstärkung auf dem Weg nach Süden‹. Es ist absichtlich nichtssagend. Falls die Deutschen jemals die Berichte abhören, haben sie trotzdem keine Ahnung von deiner Identität.«

»Beobachter«, wiederholte Pino. »Schlicht und auf den Punkt.«

»Genau meine Überlegung«, sagte Onkel Albert und stand auf. »Du kannst die Karte jetzt wieder zusammenfalten, aber vorher würde ich die Bleistiftmarkierungen wegradieren.«

* * *

Pino tat es und ging kurz darauf. Hungrig und müde, wie er war, wollte er zunächst nach Hause, doch er hatte Anna seit Tagen nicht gesehen, deshalb ging er stattdessen zu Dollys Wohnung.

Als er dort ankam, fragte er sich, warum er hergekommen war. Es war fast Sperrstunde. Und er konnte nicht einfach hinaufgehen, an die Tür klopfen und fragen, ob er sie sehen konnte, oder doch? Der General hatte ihm befohlen, nach Hause zu gehen und zu schlafen.

Er wollte gerade umkehren, da erinnerte er sich daran, wie Anna ihm erzählt hatte, dass es eine Hintertreppe direkt hinter ihrem Zimmer neben der Küche gab. Dankbar für den Mond am Himmel ging er um das Haus und suchte die Stelle, von der er annahm, dass dort Annas Zimmer und ihr Fenster waren, drei Etagen über ihm. Ob sie da war? Oder spülte sie noch das Geschirr ab und wusch Dollys Kleider?

Er nahm eine Handvoll Kieselsteine, beugte sich zurück und warf sie alle auf einmal, da sie entweder da war oder nicht. Zehn Sekunden vergingen, dann noch einmal zehn. Er wollte gerade gehen, als er hörte, wie ein Fenster aufgerissen wurde.

»Anna!«, rief er leise.

»Pino?«, rief sie leise zurück.

»Lass mich an der Hintertreppe rein.«

»Der General und Dolly sind noch da«, sagte sie mit Zweifel in der Stimme.

»Wir sind auch leise.«

Es gab eine lange Pause, dann sagte sie: »Gib mir eine Minute.«

Nachdem sie die Lieferantentür geöffnet hatte, schlichen sie die Hintertreppe hinauf, Anna voraus, die alle paar Stufen anhielt und horchte. Schließlich erreichten sie ihr Zimmer.

»Ich bin hungrig«, flüsterte Pino.

Sie öffnete ihre Tür, schob ihn hinein und flüsterte zurück: »Ich werde was zu essen holen, aber du musst hierbleiben und still sein.«

Sie kehrte bald mit Resten von Eisbein und gebratenen Nudeln zurück, dem Lieblingsessen des Generals. Er aß im Licht einer einzelnen Kerze, die Anna angezündet hatte. Sie saß dabei auf dem Bett, trank Wein und sah ihm beim Essen zu.

»Das macht meinen Magen glücklich«, sagte er, als er fertig war.

»Gut«, sagte Anna. »Ich bin ein Lehrling des Glücks, weißt du? Es ist alles, was ich wirklich will – Glück. An jedem Tag und für den Rest meines Lebens. Manchmal kommt das Glück zu uns. Doch normalerweise musst du es suchen. Das habe ich irgendwo gelesen.«

»Und das ist alles, was du willst? Glück?«

»Was könnte besser sein?«

»Wie findest du das Glück?«

Anna überlegte, dann sagte sie: »Du fängst damit an, dass du direkt bei dir selbst nach den Segnungen suchst, die du hast. Wenn du sie findest, sei dankbar.«

»Pater Re meint dasselbe«, erzählte Pino. »Er sagt, bedanke dich für jeden Tag, egal, wie fehlerhaft er ist. Und habe Vertrauen in Gott und ein besseres Morgen.«

Anna lächelte. »Der erste Teil stimmt. Bei dem zweiten bin ich mir nicht so sicher.«

»Warum?«

»Ich bin zu oft enttäuscht worden, was das bessere Morgen betrifft«, sagte sie und küsste ihn. Er nahm sie in die Arme und erwiderte ihren Kuss.

Dann hörten sie durch die Wände Streit – Leyers und Dolly.

»Worüber streiten sie?«, flüsterte Pino.

»Worüber sie immer streiten. Seine Frau in Berlin. Und jetzt, Pino, musst du gehen.«

»Wirklich?«

»Geh jetzt«, sagte sie. Dann küsste sie ihn und lächelte.

* * *

Am 1. September 1944 durchbrach die 8. britische Armee die schwächeren Abschnitte der Grünen Linie auf den Krabbenscherenkämmen nördlich von Arezzo und wandte sich dann nach Osten Richtung Adria. Die Kämpfe waren brutal, nach Monte Cassino und Anzio die heftigsten des Krieges in Italien. Die Alliierten ließen mehr als eine Million Mörser- und Geschützgranaten auf die Befestigungen niederregnen, die sie von der Küstenstadt Rimini trennten.

Neun gnadenlose Tage später vertrieb die 5. US-Armee die Nazis aus dem Hochland am Giogo-Pass und die Briten verstärkten ihren Angriff am östlichen Ende der Grünen Linie. Die Alliierten zogen in Zangenformation nach Norden und versuchten, die zurückweichende 10. deutsche Armee einzukesseln, bevor sie sich neu formieren konnte.

Pino und Leyers fuhren in höhere Lagen in der Nähe von Torraccia, von wo aus sie zusahen, wie die Stadt Coriano und die starke deutsche Verteidigung unter Beschuss geriet. Mehr als siebenhundert schwere Granaten wurden über der Stadt abgeworfen, bevor die Bodentruppen sie angriffen. Nach zwei Tagen grauenvoller Nahkämpfe fiel Coriano.

Insgesamt starben in dieser Region innerhalb von zwei Wochen rund vierzehntausend alliierte Soldaten und sechzehntausend Deutsche. Trotz der schweren Verluste konnten sich deutsche Panzer- und Infanterie-Einheiten zurückziehen und entlang einer neuen Frontlinie im Norden und Nordwesten neu formieren. Der Rest von Leyers' Grüner Linie hielt stand. Selbst mit den Informationen, die Pino lieferte, verlangsamte sich der Vormarsch der Alliierten erneut drastisch wegen der Verlagerung von Truppen und des Nachschubs nach Frankreich und an die italienische Westfront.

Später in diesem Monat begannen Fabrikarbeiter in Mailand zu streiken. Manche sabotierten die Anlagen, als sie die Fabriken verließen. Die Panzerproduktion stockte.

General Leyers verbrachte Tage damit, eine Panzerproduktionslinie wieder in Gang zu bringen, nur um Anfang Oktober zu erfahren, dass die Mirafiore-Fabrik von Fiat kurz davor war, bestreikt zu werden. Sie fuhren sofort nach Mirafiore, einem Außenbezirk von Turin. Pino diente als Übersetzer zwischen dem General und der Geschäftsleitung von Fiat. Das Treffen fand in einem Raum über der Produktionslinie statt, die zwar lief, aber nur sehr langsam. Die Spannung war zum Greifen.

»Ich brauche mehr Laster«, sagte General Leyers, »mehr Panzerwagen und mehr Maschinenteile im Feld.«

Calabrese, der Fabrikdirektor, war ein fetter, schwitzender Mann im Anzug. Doch er hatte keine Probleme damit, Leyers die Stirn zu bieten.

»Meine Leute sind keine Sklaven, General«, sagte Calabrese. »Sie arbeiten für ihren Unterhalt – sie sollten für ihren Unterhalt bezahlt werden.«

»Sie werden bezahlt«, erwiderte Leyers. »Sie haben mein Wort.«

Calabrese lächelte langsam, nicht überzeugend. »Wenn es nur so einfach wäre.«

»Habe ich Ihnen nicht mit Fabrik siebzehn geholfen?«, fragte der General. »Ich hatte den Befehl, jedes Maschinenteil dort zu beschlagnahmen und nach Deutschland zu schicken.«

»Das spielt jetzt keine Rolle mehr, oder? Fabrik siebzehn ist bei einem Angriff der Alliierten zerstört worden.«

Leyers schüttelte den Kopf über Calabrese. »Sie wissen, wie es funktioniert. Wir kratzen uns gegenseitig den Rücken, dann überleben wir.«

»Wenn Sie das sagen, General«, sagte Calabrese.

Leyers trat einen Schritt näher an den Fiat-Direktor heran, sah zu Pino und sagte: »Erinnere ihn daran, dass ich die Macht habe, jeden Mann dieser Produktionslinie dazu zu zwingen, sich der Organisation Todt anzuschließen oder die Deportation nach Deutschland zu riskieren.«

Calabreses Gesichtszüge verhärteten sich. »Sie meinen Sklaverei?«

Pino zögerte, doch er übersetzte.

»Wenn nötig«, sagte Leyers. »Es ist Ihre Wahl, ob diese Fabrik in Ihren Händen bleibt oder in meine kommt.«

»Ich brauche eine zusätzliche Bestätigung zu Ihrer, dass wir bezahlt werden.«

»Kennen Sie meine Position? Meine Aufgabe? Ich entscheide über die Anzahl der Panzer, die gebaut werden. Ich entscheide über die Anzahl der Hosen, die genäht werden. Ich …«

»Sie arbeiten für Albert Speer«, sagte Calabrese. »Sie haben seine Vollmacht. Holen Sie ihn ans Telefon. Speer. Wenn Ihr Vorgesetzter mir die Sicherheit geben kann, dann werden wir weitersehen.«

»Speer? Sie glauben, dieser Schwächling ist mein Vorgesetzter?«, fragte der General und wirkte beleidigt, fragte aber dann nach dem Telefon. Er sprach mehrere Minuten, hatte ein paar heftige Wortwechsel auf Deutsch, bevor er den Kopf neigte und sagte: »Jawohl, mein Führer.«

* * *

Pinos Aufmerksamkeit war sofort beim General, wie auch die Aufmerksamkeit aller Anwesenden im Raum, während Leyers weiter auf Deutsch ins Telefon sprach. Nach drei Minuten nahm er schnell den Hörer vom Ohr.

Die Stimme Adolf Hitlers in einem vollen Wutausbruch hallte durch den Raum.

Leyers sah zu Pino, lächelte kalt und sagte: »Sag Signor Calabrese, dass der Führer ihm die Bezahlung persönlich garantieren möchte.«

Calabrese sah aus, als hätte er lieber ein elektrisches Stromkabel angefasst, nahm aber das Telefon und hielt sich den Hörer ein paar Zentimeter vom Kopf weg. Hitler fuhr in vollem rednerischen Zorn fort, dabei klang er, als würde er von innen zerrissen, womöglich mit Schaum vor dem Mund. Der Schweiß lief dem Fiat-Direktor von den Brauen. Seine Hände begannen zu zittern und seine Entschlossenheit schwand.

Er schob das Telefon zurück zu Leyers und sagte zu Pino: »Sag ihm, er soll Herrn Hitler mitteilen, dass wir seine Versicherung akzeptieren.«

»Eine weise Entscheidung«, sagte Leyers, kehrte dann zurück ans Telefon und sagte mit besänftigender Stimme: »Ja, mein Führer. Ja. Ja. Ja.« Ein paar Momente später legte er auf.

Calabrese ließ sich in seinen Stuhl fallen, sein Anzug war schweißnass. Während er das Telefon hinstellte, sah General Leyers ihn an und fragte: »Wissen Sie jetzt, wer ich bin?«

Der Fabrikdirektor sah Leyers nicht an und antwortete auch nicht. Mit Mühe gelang ihm ein schwaches, unterwürfiges Nicken.

»Sehr gut«, sagte der General. »Ich erwartete zweimal die Woche Ihre Produktionsberichte.«

Leyers reichte Pino den Koffer und sie gingen.

Draußen war es fast dunkel, doch es herrschte noch immer eine angenehm warme Temperatur.

»Zu Dollys Haus«, sagte der General und stieg in den Daimler. »Und kein Wort. Ich muss denken.«

»Oui, mon général«, sagte Pino. »Möchten Sie das Dach hoch oder runter?«

»Lass es unten«, sagte er. »Ich mag die frische Luft.«

Pino befestigte die Scheinwerferblenden, bevor er den Daimler startete und mit den zwei Lichtstreifen, die ihm den Weg wiesen, nach Osten in Richtung Mailand fuhr. Nach einer Stunde ging der Mond groß und voll am östlichen Himmel auf und warf einen milden Schimmer hinab auf die Landschaft, was es für Pino einfacher machte, dem Weg zu folgen.

»Das ist ein Doppelvollmond«, sagte Leyers. »Der zweite von zwei Vollmonden in einem Monat.« Das war das erste Mal, dass der General sprach, seit sie Turin verlassen hatten.

»Für mich sieht es wie ein einziger Mond aus, *mon général*«, sagte Pino.

»Der Begriff bezieht sich nicht darauf, Vorarbeiter. Normalerweise gibt es in einer Jahreszeit wie jetzt im Herbst drei Monate und drei Vollmonde. Doch dieses Jahr, heute Nacht, also genau jetzt, ist da ein vierter Mond im Dreimonatszyklus, zwei in einem Monat. Deshalb spricht man von einem ›Doppelvollmond‹.«

»Oui, mon général«, sagte Pino, während er ein langes, gerades Stück Straße entlangfuhr und zum Mond hinaufsah, der sich wie ein Omen am Horizont erhob.

Als sie an einen Straßenabschnitt mit hohen und breiten Bäumen kamen, hinter denen sich Felder ausbreiteten, dachte Pino nicht weiter an den Mond. Er dachte an Adolf Hitler. War tatsächlich der Führer am Telefon gewesen? Er hatte auf jeden Fall verrückt genug geklungen, um Hitler zu sein. Und diese Frage, die Leyers dem Fiat-Direktor gestellt hatte: *Wissen Sie jetzt, wer ich bin?*

Pino warf einen verstohlenen Blick auf die Silhouette von Leyers auf dem Rücksitz und antwortete für sich selbst: *Ich weiß zwar nicht, wer Sie sind, doch ich weiß jetzt sicher, für wen Sie arbeiten.*

Er hatte diesen Gedanken gerade zu Ende gedacht, da schien es ihm, als würde er hinter ihnen im Westen das Brummen eines größeren Motors hören. Er schaute in den Rückspiegel und die Außenspiegel, konnte aber keine geschlitzten Lichter erkennen, die ein näher kommendes Fahrzeug anzeigen würden. Das Geräusch wurde lauter.

Pino blickte noch einmal kurz nach hinten und sah, wie General Leyers sich umwandte, und dann sah er noch etwas anderes hinter Leyers, etwas Großes, über den Bäumen. Dann fiel Mondlicht auf die Flügel und die Schnauze des Kampfflugzeugs, und der Motorenlärm wurde zu einem lauter werdenden Brüllen, während es immer näher kam.

* * *

Pino stemmte sich in die sechs Bremsen des Daimlers. Der Wagen geriet ins Schleudern. Das Kampfflugzeug schoss wie der Schatten eines Nachtvogels über sie hinweg, bevor der Pilot seine Maschinengewehre auslösen und die Straße vor dem schleudernden Stabswagen durchsieben konnte.

Die Schüsse hörten auf. Der Flieger gewann an Höhe, drehte zu Pinos linker Seite ab und verschwand hinter den Baumwipfeln.

»Festhalten, *mon général!*«, rief Pino und warf den Rückwärtsgang ein. Er setzte zurück, riss das Lenkrad nach rechts, schaltete in den ersten Gang, stellte die Scheinwerfer aus und gab Vollgas.

Der Daimler fuhr in den Graben, kam an der anderen Seite hoch und durch eine Lücke zwischen den Bäumen auf eine Fläche, die wie ein kürzlich beackertes Feld aussah. Pino fuhr dicht an eine Baumgruppe, hielt an und stellte die Zündung aus.

»Wie hast du …?«, begann Leyers und klang verschreckt. »Was hast du …?«

»Hören Sie«, flüsterte Pino. »Er kommt zurück.«

Der Kampfflieger kam wie beim ersten Mal von Westen die Straße entlang, als wollte er zu dem Stabswagen aufschließen und ihn von hinten zerstören. Pino konnte ihn durch die Äste für mehrere Sekunden nicht sehen, doch dann dröhnte der große silberne Vogel an ihnen vorbei und die Straße hinauf. Seine Umrisse hoben sich scharf gegen den seltensten aller Monde ab.

Pino erkannte weiße Ringe mit schwarzen Mittelpunkten am Flugzeugrumpf und sagte: »Er ist britisch.«

»Dann ist es eine Spitfire«, sagte Leyers. »Mit Browning-Maschinengewehren vom Kaliber dreihundertdrei.«

Pino startete den Motor, wartete, horchte, spähte. Der Flieger zog jetzt eine engere Kurve und kehrte ungefähr sechshundert Meter vor ihnen über der nahen Baumreihe um.

»Er weiß, dass wir hier irgendwo sind«, sagte Pino und erkannte in dem Augenblick, dass der Mond sich womöglich in der Motorhaube und der Frontscheibe des Stabswagens spiegelte.

Er legte den Gang ein und versuchte, die linke Vorderseite des Fahrzeugs tiefer im Gestrüpp zu verbergen, das um die Bäume wuchs, und stoppte, als das Flugzeug noch zweihundert Meter entfernt war. Er duckte den Kopf, spürte den Kampfflieger über sich und fuhr dann los.

Die Räder des Daimlers wühlten sich in den Boden, während er an Geschwindigkeit gewann und über die ganze Länge des bestellten Feldes Erdklumpen und Furchen niedermähte. Pino sah immer wieder nach hinten und fragte sich, ob das Flugzeug eine dritte Runde machen würde. An der gegenüberliegenden Ecke des Feldes fuhr er wieder durch eine Lücke zwischen den Bäumen und mit der Motorhaube voran die Böschung hinunter in den Straßengraben.

Dort stellte er den Motor wieder aus und horchte. Das Flugzeug war jetzt ein fernes, schwächer werdendes Brummen. General Leyers begann zu lachen und schlug Pino auf die Schulter.

»Du bist ein Naturtalent im Katz-und-Maus-Spielen!«, sagte er. »Ich wäre niemals auf so etwas gekommen, selbst dann nicht, wenn nicht auf mich geschossen würde.«

»*Merci, mon général!*«, sagte Pino und grinste, als er den Daimler startete und wieder nach Osten fuhr.

Bald jedoch war er wieder mit sich im Konflikt. Ein Teil von ihm war entsetzt, dass er sich erneut im Lob des Generals gesonnt hatte. Doch andererseits war er doch tatsächlich klug und geschickt gewesen, oder nicht? Er hatte den britischen Piloten ausgetrickst, und es hatte ihm gefallen.

Zwanzig Minuten später fuhren sie den Hügel hinauf und hatten den Vollmond direkt vor sich. Aus dem Nachthimmel tauchte plötzlich die Spitfire im Vollmond auf und kam direkt auf sie zu. Pino trat in die Bremse. Ein zweites Mal begab sich der Daimler auf eine sechsrädrige Schleuderpartie.

»Laufen Sie, *mon général!*«

Bevor der Stabswagen zum Halt kam, war Pino zur Tür herausgesprungen, machte einen langen Satz und stürzte sich in den Graben, während die Maschinengewehre der Spitfire das Feuer eröffneten und Kugelsalven über den Straßenschotter schickten.

Pino landete im Graben und spürte, wie ihm die Luft wegblieb, während die Kugeln auf Stahl trafen und Glas zersplitterten. Trümmersplitter hagelten auf seinen Rücken, und er krümmte sich zusammen, schützte seinen Kopf und rang nach Luft.

Die Schüsse hörten auf und die Spitfire verschwand nach Westen.

Zwanzig

Als das Flugzeug nur noch ein fernes Brummen war und er wieder atmen konnte, flüsterte Pino in die Dunkelheit: *»Mon général?«*

Er bekam keine Antwort. *»Mon général?«*

Keine Antwort. War er tot? Pino hatte angenommen, dass er bei dem Gedanken glücklich sein würde, stattdessen sah er jetzt jedoch die Nachteile. Kein Leyers mehr, kein Spionieren mehr. Keine weiteren Informationen für die …

Er hörte, wie sich etwas bewegte, dann ein Stöhnen.

»Mon général?«

»Ja«, sagte Leyers schwach. »Hier.« Er befand sich hinter Pino, setzte sich mühsam auf. »Ich muss ohnmächtig geworden sein. Das Letzte, woran ich mich erinnere, ist, dass ich in den Graben gesprungen bin und … Was ist geschehen?«

Pino berichtete dem General, während er ihm auf die Böschung half. Der Daimler hatte Fehlzündungen, stotterte und rüttelte, lief aber noch. Pino stellte ihn ab und der Motor erstarb dankbar. Er nahm die Taschenlampe und die Werkzeugkiste aus dem Kofferraum. Er ließ den Lichtstrahl über das Fahrzeug gleiten, General Leyers sah zu. Die Kugeln hatten den Daimler von vorn bis hinten durchsiebt und die Motorhaube durchschlagen, aus der es qualmte. Das Maschinengewehr hatte auch die Frontscheibe zerstört, die Vorder- und Rücksitze durchlöchert und weitere Löcher in die Kofferraumklappe geschossen. Der vordere linke Reifen war platt, wie auch der mittlere Reifen an derselben Seite.

»Können Sie das halten, *mon général*?«, fragte Pino und hielt ihm die Lampe hin.

Leyers betrachtete sie einen Moment ausdruckslos, dann nahm er sie.

Pino öffnete die Motorhaube und sah, dass der Motorblock fünfmal getroffen war, doch die leichte Kaliber-303-Munition hatte nicht mehr genügend Kraft gehabt, um echten Schaden anzurichten, nachdem sie durch die Motorhaube gegangen war. Ein Zündkerzenkabel war durchgerissen. Ein anderes sah aus, als sei es kurz davor. Und da war ein Loch oben im Kühler. Doch ansonsten war das Triebwerk, wie Alberto Ascari es zu nennen pflegte, betriebsfähig.

Pino legte mit einem Messer die zwei Enden des durchtrennten Zündkerzenkabels frei, drehte sie zusammen und klebte es mit Erste-Hilfe-Pflaster fest. Das angerissene Kabel reparierte er auf die gleiche Weise. Im Werkzeugkoffer fand er Flicken und Gummikleber, womit er das Loch im Kühler versiegelte. Dann entfernte er das platte linke Vorderrad und ersetzte es mit dem mittleren rechten Reifen. Den platten mittleren Reifen links warf er weg. Als er den Motor startete, ruckelte der Daimler noch etwas, doch er buckelte nicht länger und hustete wie ein alter Raucher.

»Ich glaube, er wird uns bis Mailand zurückbringen, *mon général*, doch danach, wer weiß?«

»In Mailand ist es egal«, sagte Leyers und klang jetzt wieder klar, als er auf den Rücksitz stieg. »Der Daimler ist als Zielscheibe viel zu gut sichtbar. Wir werden einen anderen Wagen nehmen.«

»*Oui, mon général*«, sagte Pino und versuchte, den Gang einzulegen.

Der Motor stotterte und ging aus. Er versuchte es erneut, gab mehr Gas und brachte ihn zum Rollen. Doch mit vier Rädern anstelle von sechs war der Daimler nicht mehr ausbalanciert und sie bewegten sich watschelnd und stotternd über die Straße. Der zweite Gang ging überhaupt nicht. Pino musste so weit beschleunigen, wie er sich traute, um in den dritten Gang zu kommen, und als sie eine gewisse Geschwindigkeit erreicht hatten, ließ das Rütteln etwas nach.

Als sie ungefähr acht Kilometer gefahren waren, bat General Leyers um die Taschenlampe, fummelte in seinem Koffer herum und zog eine Flasche heraus. Er öffnete sie, nahm einen Schluck und reichte sie über den Sitz.

»Hier«, sagte er. »Scotch Whisky. Du hast es dir verdient. Du hast mir das Leben gerettet.«

So hatte Pino das gar nicht gesehen und sagte deshalb: »Ich habe getan, was jeder getan hätte.«

»Nein«, sagte Leyers voll Verachtung. »Die meisten Männer wären wie gelähmt in die Mündungsfeuer der Maschinengewehre hineingefahren und gestorben. Doch du – du hattest keine Angst. Du hast deinen Verstand bei dir behalten. Du bist, was ich einen ›jungen Mann der Tat‹ nennen würde.«

»Man tut, was man kann, *mon général*«, sagte Pino und sonnte sich einmal mehr in Leyers' Lob, nahm die Flasche und trank einen Schluck. Der Alkohol verteilte sich heiß in seinem Bauch.

Leyers nahm die Flasche zurück. »Das reicht für dich bis Mailand.«

Der General grinste. Über das Vibrieren des Daimlers hinweg hörte Pino, wie Leyers noch mehr Scotch aus der Flasche trank.

Leyers lachte traurig. »Auf gewisse Weise erinnerst du mich an jemanden, Vorarbeiter Lella. An zwei Personen sogar.«

»*Oui, mon général*?«, sagte Pino. »An wen?«

Der Nazi war still, nahm einen Schluck und sagte dann: »Meinen Sohn und meinen Neffen.«

Das hatte Pino nicht erwartet.

»Ich wusste nicht, dass Sie einen Sohn haben, *mon général*«, erwiderte Pino und spähte in den Spiegel, wo er nicht viel mehr erkannte als die Andeutung eines Mannes im Schatten des Rücksitzes.

»Hans-Jürgen. Er ist fast siebzehn. Klug. Tatkräftig, wie du.«

Pino wusste nicht genau, wie er darauf reagieren sollte, deshalb fragte er: »Und Ihr Neffe?«

Für einen Moment war es still, dann seufzte Leyers und sagte: »Wilhelm. Willy, wie wir ihn genannt haben. Der Sohn meiner Schwester. Er diente unter Feldmarschall Rommel. Starb in El Alamein.« Er machte eine Pause. »Aus irgendeinem Grund gibt mir seine Mutter die Schuld am Verlust ihres einzigen Kindes.«

Pino konnte den Schmerz in Leyers' Stimme hören und sagte: »Es tut mir leid, das zu hören, *mon général.* Doch Ihr Neffe diente unter Rommel, dem Wüstenfuchs.«

»Willy war ein junger Mann der Tat«, stimmte ihm der General mit heiserer Stimme zu, bevor er noch einen Schluck nahm. »Er war ein Anführer, der das Schicksal herausforderte. Und das hat ihn mit achtundzwanzig das Leben gekostet, inmitten einer flohverseuchten ägyptischen Wüste.«

»Hat Willy einen Panzer gefahren?«

Leyers räusperte sich und sagte: »Mit der siebten Panzerdivision.«

»Die Geisterdivision.«

General Leyers neigte den Kopf. »Woher weißt du davon?«

Die BBC, dachte Pino, beschloss jedoch, dass das nicht so gut ankommen würde. Deshalb sagte er: »Ich habe alle Zeitungen gelesen. Und es gab eine Wochenschau im Kino.«

»Zeitung lesen«, sagte Leyers. »Eine Seltenheit für jemanden, der so jung ist. Auch Hans-Jürgen und Willy haben die ganze Zeit gelesen, vor allem die Sportberichte. Wir haben uns zusammen Sport angesehen. Willy und ich haben Jesse Owens bei den Berliner Olympischen Spielen gesehen. Fantastisch. Wie wütend der Führer an dem Tag war, als ein schwarzer Mann unsere Besten übertroffen hatte. Aber Jesse Owens – Vorarbeiter, dieser Neger war ein physisches Genie. Willy hat das immer wieder gesagt, und er hatte recht.«

Er wurde wieder still, grübelte, erinnerte sich, trauerte.

»Haben Sie noch mehr Kinder?«, fragte Pino schließlich.

»Eine jüngere Tochter, Ingrid«, sagte er, plötzlich wieder froh.

»Wo sind sie? Hans-Jürgen und Ingrid?«

»In Berlin. Bei meiner Frau Hannelise.«

Pino nickte und konzentrierte sich wieder aufs Fahren. Leyers trank weiter Scotch, langsam, aber kontinuierlich.

»Dolly ist eine gute Freundin«, verkündete Generalmajor Leyers etwas später. »Ich kenne sie schon lange Zeit, Vorarbeiter. Ich mag sie sehr. Ich verdanke ihr sehr viel. Ich kümmere mich um sie und werde es immer tun. Doch ein Mann wie ich verlässt seine Frau nicht, um eine Frau wie Dolly zu heiraten. Es wäre so, als würde ein alter Gockel versuchen, eine Tigerin in der Blüte ihrer Jahre einzusperren.« Er lachte voll Bewunderung und ein wenig verbittert, bevor er einen weiteren Schluck nahm.

Pino war überrascht, dass sich Leyers ihm gegenüber auf diese Weise öffnete, nachdem er acht Wochen so kalt und reserviert gewesen war, und bei dem Unterschied in Rang und Alter. Doch er wollte, dass der General weitersprach. Was würde ihm als Nächstes herausrutschen?

Leyers verfiel in Schweigen.

»Mon général?«, sagte Pino schließlich. »Darf ich Ihnen eine Frage stellen?«

Leyers Zunge klang schwer, als er antwortete: »Was denn?«

Pino verlangsamte den Wagen an einer Kreuzung, zuckte bei einer Fehlzündung des Daimlers zusammen und sah in den Rückspiegel, bevor er fragte: »Arbeiten Sie wirklich für Adolf Hitler?«

Für eine gefühlte Ewigkeit sagte Leyers nichts. Dann erwiderter er mit leichtem Lallen: »Oft, sehr oft, Vorarbeiter, habe ich zur linken Hand des Führers gesessen. Die Leute sagen, dass zwischen uns eine Verbindung besteht, weil unsere Väter beide Zollinspektoren waren. Das ist das eine. Doch ich bin auch ein Mann, der die Dinge angeht, ein Mann, auf den man sich verlassen kann. Adolf Hitler weiß das zu schätzen. Das tut er, aber …«

Pino spähte in den Rückspiegel und sah, wie der General einen weiteren Schluck Scotch trank.

»Aber?«, fragte Pino.

»Aber es ist gut, dass ich in Italien bin. Wenn du jemandem wie Hitler zu nah bleibst, wirst du eines Tages verbrennen. Deshalb halte ich Abstand. Ich mache meine Arbeit. Ich verdiene mir seinen Respekt, und mehr nicht. Verstehst du?«

»Oui, mon général.«

Vier oder fünf Minuten vergingen, bevor General Leyers den nächsten Schluck nahm und sagte: »Ich bin ausgebildeter Ingenieur, Vorarbeiter. Ich habe mein Doktorat. Von Anfang an, schon als junger Mann habe ich für die Regierung in der Rüstung gearbeitet, habe Aufträge vergeben. Für Abermillionen von Mark. Ich habe gelernt, wie man mit großen Männern verhandelt, mit Industriellen wie Flick und Krupp. Und deshalb schulden mir Männer wie Flick und Krupp Gefälligkeiten.«

Leyers hielt inne und sagte dann: »Ich gebe dir einen Rat, Vorarbeiter. Einen Rat, der dein Leben verändern kann.«

»Oui, mon général?«

»Gefälligkeiten«, sagte Leyers. »Das hilft dir auf wundersame Weise in deinem ganzen Leben. Wenn du Männern

Gefallen getan hast, wenn du dich darum kümmerst, dass andere sich entwickeln können, dann schulden sie dir etwas. Mit jeder Gefälligkeit wirst du stärker, gewinnst mehr Unterstützung. Das ist ein Naturgesetz.«

»Ja?«, fragte Pino.

»Ja«, sagte Leyers. »Mit diesem Weg kannst du niemals falschliegen, denn es wird Zeiten geben, in denen du einen Gefallen benötigst, und genau dann wird es dich retten. Diese Strategie hat mich mehr als einmal gerettet.«

»Das werde ich mir merken.«

»Du bist ein kluger Junge, genau wie Hans-Jürgen«, meinte der General und lachte. »So eine einfache, ganz einfache Sache, Gefallen zu tun, doch deshalb habe ich vor Hitler gut gelebt, ich habe gut unter Hitler gelebt, und ich weiß, dass ich gut leben werde, wenn es Hitler schon lange nicht mehr gibt.«

Pino spähte in den Spiegel und sah Leyers die Scotchflasche leeren. »Ein letzter Rat von einem Mann, der älter ist als seine Jahre?«

»Oui, mon général?«

»Sei niemals der absolute Anführer im Spiel des Lebens, der Mann vorneweg, derjenige, den jeder sieht und betrachtet«, sagte Leyers. »Das ist es, wo mein armer Willy seinen Fehler gemacht hat. Er ging nach vorn, genau ins Licht. Weißt du, Vorarbeiter, im Spiel des Lebens ist es immer besser, ein Mann des Schattens zu sein, und selbst der Dunkelheit, wenn nötig. So tust du zwar etwas, wirst aber niemals gesehen. Du bist wie ein ... Phantom der Oper. Du bist wie ...«

Die Scotchflasche fiel auf den Boden. Der General fluchte leise. Einen Moment später hatte er die Arme um den Koffer geschlungen, benutzte ihn als Kopfkissen und begann zu röcheln, zu würgen, zu schnarchen und zu furzen.

* * *

Als sie Dollys Wohnung erreichten, war es fast Mitternacht. Pino ließ den komatösen General bei laufendem Motor im Daimler, da er befürchtete, den Motor sonst nicht mehr starten zu können. Er eilte durch die Lobby, vorbei am leeren Stuhl der alten Schachtel und die Stufen hinauf zu Dollys Wohnung. Anna öffnete erst, als er zum dritten Mal klopfte. In Nachthemd und Morgenrock sah sie verschlafen und niedlich aus.

»Ich brauche Dolly«, sagte er.

»Was ist passiert?«, fragte Dolly, die in schwarzgoldenem Morgenmantel den Flur herunterkam.

»Der General«, sagte Pino. »Er hat zu viel …«

»Zu viel getrunken?«, fragte General Leyers, der durch die offene Tür trat, den Koffer in der Hand. »Blödsinn, Vorarbeiter. Ich nehme noch einen, und du ebenfalls. Leistest du uns Gesellschaft, Dolly?«

Pino starrte Leyers an, als wäre er der auferstandene Lazarus. Als der General an Pino vorbeiging, roch sein Atem nach Alkohol und seine Augen waren blutunterlaufen, doch er lallte nicht und taumelte auch kein bisschen.

»Was feiern wir, Hans?«, fragte Dolly strahlend. Anna hatte bereits erwähnt, dass ihr immer nach Feiern sei.

»Den Doppelvollmond«, sagte der General und stellte den Koffer ab. Er küsste sie herzlich, bevor er ihr den Arm um die Schulter legte und zu Pino zurückblickte. »Und wir feiern die Tatsache, dass Vorarbeiter Lella mir das Leben gerettet hat, und das verdient einen Drink!«

Er schwang Dolly um die Ecke in den Wohnbereich.

Anna blickte Pino mit einem verdutzten Lächeln an. »Hast du wirklich?«

»Ich habe mich selbst gerettet«, flüsterte Pino. »Er kam dabei irgendwie mit.«

»Vorarbeiter!«, gellte Leyers aus dem anderen Raum. »Ein Drink! Und die schöne Anna ebenso!«

Als sie das Wohnzimmer betraten, strahlte der General und hielt großzügig mit Whisky gefüllte Gläser in der Hand. Dolly trank bereits von ihrem. Pino wusste nicht, wie Leyers noch stehen konnte, doch der General nahm einen Schluck der Spirituose und erging sich in einer detaillierten Beschreibung dessen, was er das »Einmalige bei Doppelvollmond stattgefundene Duell zwischen dem heimtückischen Piloten in der Spitfire und dem tollkühnen Vorarbeiter im Daimler« nannte.

Dolly und Anna hielten es vor Spannung kaum aus, während Leyers die letzte Rückkehr der Spitfire beschrieb und wie Pino die Bremsen auslöste und ihn anschrie, dass er rennen solle. Und dann die Maschinengewehre und die fast völlige Zerstörung des Daimlers.

General Leyers hob am Ende der Erzählung sein Glas und sagte: »Auf Vorarbeiter Lella, dem ich einen Gefallen oder zwei schulde.«

Dolly und Anna klatschten. Pino spürte, wie er von der ganzen Aufmerksamkeit errötete, doch er lächelte und hob ebenfalls sein Glas. »Danke, General.«

Es klopfte laut an der Wohnungstür. Anna stellte ihr Glas hin und ging zum Flur. Pino folgte ihr.

Als das Dienstmädchen die Tür öffnete, stand da die alte Schachtel, die Portiersfrau des Gebäudes, in ihrer zerlumpten Nachtwäsche und hielt eine Kerzenlaterne in der Hand.

»Ihre Nachbarn können bei all dem Höllenlärm nicht schlafen«, schimpfte sie und blinzelte durch ihre Brille. »Draußen auf der Straße steht ein Laster oder etwas anderes mit Fehlzündungen und Sie trinken mitten in der Nacht einfach weiter!«

»Ich habe es vergessen«, sagte Pino. »Ich gehe sofort runter und stelle das Auto aus.«

Dolly und Leyers tauchten am Ende des Flurs auf. »Was ist los?«, fragte Dolly.

Anna erklärte es ihr und Dolly sagte: »Wir gehen jetzt alle zu Bett, Signora Plastino. Entschuldigen Sie, dass wir Sie aufgeweckt haben.«

Die Alte machte ein missbilligendes Geräusch und drehte sich um, noch immer entrüstet, hob die Laterne hoch, zog den dreckigen Saum ihres Nachthemdes hinter sich her und tastete sich vorsichtig die Treppe hinunter. Pino folgte ihr in sicherem Abstand.

Nachdem er den Motor des Stabswagens abgestellt hatte und nachdem sich ein sehr betrunkener General Leyers und Dolly in ihr Schlafzimmer zurückgezogen hatten, war er endlich wieder allein mit Anna in der Küche.

Sie wärmte ihm eine Mahlzeit mit Wurst, Brokkoli und Knoblauch auf und goss ihm ein Glas Wein ein und auch eins für sich. Dann setzte sie sich ihm gegenüber, das Kinn in der Hand, und stellte ihm Fragen über den Kampfflieger und wie es sich angefühlt hatte, als auf ihn geschossen wurde und jemand versucht hatte, ihn zu töten.

»Es fühlte sich furchterregend an«, sagte er, nachdem er zwischen Bissen von dem köstlichen Mahl einen Moment darüber nachgedacht hatte. »Aber hinterher, als ich die Gelegenheit hatte, darüber nachzudenken, habe ich mich mehr gefürchtet. Alles passierte so schnell, weißt du?«

»Nein, und ich möchte es eigentlich auch nicht wissen. Ich mag keine Waffen.«

»Warum?«

»Sie töten Menschen, und ich bin ein Mensch.«

»Viele Dinge töten Menschen. Hast du Angst vor dem Bergsteigen?«

»Ja«, sagte sie. »Du etwa nicht?«

»Nein«, sagte Pino und trank seinen Wein. »Ich liebe Bergsteigen und Skilaufen.«

»Und Duelle mit Flugzeugen?«

»Wenn es nötig ist«, sagte er und grinste. »Das Essen ist übrigens fantastisch. Du bist wirklich eine großartige Köchin.«

»Ein altes Familienrezept, und ein herzliches Dankeschön«, sagte Anna, nahm die Schultern nach vorn und betrachtete sein Gesicht. »Du bist wirklich voller Überraschungen.«

»Bin ich das?«, fragte Pino und schob den Teller von sich.

»Ich glaube, die Menschen unterschätzen dich.«

»Gut.«

»Ich meine das ernst. Ich habe dich unterschätzt.«

»Hast du das?«

»Ja. Ich bin so stolz auf dich, das ist alles.«

Das ließ ihn erröten. »Danke.«

Anna betrachtete ihn noch für einen langen Augenblick, und er spürte, wie er in ihren Augen versank, als würden sie eine Welt für sich selbst erschaffen.

»Ich glaube nicht, dass ich jemals zuvor jemanden wie dich getroffen habe«, sagte sie schließlich.

»Das hoffe ich auch nicht. Ich meine, das ist gut, oder?«

Anna lehnte sich zurück. »Gut und erschreckend zugleich, wenn ich ehrlich sein soll.«

»Erschrecke ich dich?«, fragte er stirnrunzelnd.

»Nun ja. Auf gewisse Art.«

»Auf welche Art?«

Sie sah weg und zuckte die Schulter. »Wegen dir möchte ich anders sein, besser. Jünger auf jeden Fall.«

»Ich mag dich genau so, wie du bist.«

Anna starrte ihn zweifelnd an. Pino beugte sich zu ihr vor. Anna sah für einen langen Moment auf seine Hand, lächelte dann und nahm sie in ihre.

»Du bist besonders«, sagte Pino. »Für eine Fantasie, meine ich.«

Annas Lächeln wurde breiter und sie stand auf und setzte sich auf seinen Schoß.

»Zeig mir, dass ich wirklich besonders bin«, sagte sie und küsste ihn.

Als sie sich voneinander lösten, legten sie die Stirn zusammen und verflochten ihre Hände miteinander. Pino sagte: »Du kennst Geheimnisse, die mich umbringen könnten, aber ich weiß so wenig über dich.«

Nach mehreren Augenblicken schien Anna zu einer Entscheidung gekommen zu sein und berührte ihr Nachthemd über dem Herzen. »Ich werde dir von einer meiner Narben erzählen. Einer alten.«

Anna erzählte, dass ihre frühe Kindheit magisch gewesen war. Ihr Vater war Berufsfischer, gebürtig aus Triest, und besaß sein eigenes Boot. Ihre Mutter kam aus Sizilien, war über alle Maßen abergläubisch, aber eine gute, liebevolle Mutter. Sie hatten ein schönes Zuhause in der Nähe des Hafens und gutes Essen auf dem Tisch. Wegen einer Reihe von Fehlgeburten war Anna das einzige Kind und wurde von ihren Eltern abgöttisch geliebt. Sie liebte es, bei ihrer Mutter in der Küche zu sein. Sie liebte es, bei ihrem Vater auf dem Boot zu sein, vor allem an ihrem Geburtstag.

»Papa und ich fuhren vor Sonnenaufgang hinaus auf die Adria«, sagte Anna. »In der Dunkelheit fuhren wir mehrere Kilometer nach Westen. Dann drehte er das Boot nach Osten und ließ mich das Steuerrad halten. Ich fuhr das Boot direkt in den Sonnenaufgang. Das habe ich geliebt.«

»Wie alt warst du?«

»Oh, vielleicht fünf beim ersten Mal.«

An ihrem neunten Geburtstag waren Anna und ihr Vater früh aufgestanden. Es regnete und war stürmisch, deshalb gab es keine Reise in den Sonnenaufgang, doch sie wollte trotzdem fahren.

»Also haben wir es gemacht«, sagte sie, wurde still und räusperte sich. »Der Sturm wurde schlimmer. Viel schlimmer. Mein

Vater legte mir eine Rettungsweste an. Wir wurden von Wellen getroffen und gerieten mit der Breitseite zu ihnen. Eine große Welle traf uns so hart, dass sie das Boot zum Kentern brachte und uns ins Wasser warf. Ich wurde später von anderen Fischern aus Triest gerettet. Mein Vater wurde niemals gefunden.«

»Oh Gott«, sagte Pino. »Das ist schrecklich.«

Anna nickte, Tränen fielen ihr aus den Augen und tropften auf seine Brust. »Mit meiner Mutter war es schlimmer, doch diese Narbe ist für ein anderes Mal. Ich muss schlafen. Und du musst gehen.«

»Schon wieder?«

»Ja«, sagte sie, lächelte und küsste ihn erneut.

Obwohl er unbedingt bleiben wollte, war Pino glücklich, als er gegen zwei Uhr morgens Dollys Wohnung verließ. Er fand es schrecklich, Annas Gesicht verschwinden zu sehen, als sie die Tür schloss, doch es war wunderbar, dass sie sich darauf freute, ihn wiederzusehen.

Unten waren die Lobby und der Stuhl der alten Frau noch immer leer. Er ging hinaus, betrachtete die Einschusslöcher am Daimler und fragte sich, wie sie überlebt hatten. Er würde nach Hause gehen, um zu schlafen, und am Morgen seinen Onkel besuchen. Er hatte ihm viel zu berichten.

* * *

Während Tante Greta am nächsten Morgen das Brot schnitt und toastete, für das sie stundenlang angestanden hatte, machte sich Onkel Albert Notizen, als Pino ihm alles berichtete, was geschehen war, seit sie zuletzt miteinander gesprochen hatten. Er endete mit der Geschichte, wie General Leyers sich betrank.

Onkel Albert saß für einen Augenblick da und fragte dann: »Was hast du gesagt, wie viele Laster und Panzerwagen kommen täglich aus der Fiat-Produktion?«

»Siebzig«, erwiderte Pino. »Wenn es keine Sabotage gäbe, würden sie mehr schaffen.«

»Gut zu wissen«, sagte er und notierte etwas.

Tante Greta stellte Toast, Butter und ein kleines Glas Marmelade auf den Tisch.

»Butter und Marmelade!«, rief Onkel Albert. »Wo hast du das denn her?«

»Jeder hat so seine Geheimnisse«, sagte sie und lächelte.

»Selbst General Leyers, wie es scheint«, meinte Onkel Albert.

»Vor allem General Leyers«, sagte Pino. »Wusstest du, dass er direkt an Hitler berichtet? Dass er bei Treffen zur linken Hand des Führers saß?«

Sein Onkel schüttelte den Kopf. »Leyers ist weitaus mächtiger, als wir gedacht haben, deshalb würde ich liebend gern sehen, was er in dem Koffer hat.«

»Aber er hat ihn immer bei sich oder an einer Stelle, wo er merken würde, wenn er fehlt.«

»Hinweise gibt es aber wenigstens ein paar. Er hat fast eine ganze Woche damit verbracht, sich um Streiks und Sabotage zu kümmern, was mir zeigt, dass Streiks und Sabotage funktionieren. Was bedeutet, dass wir mehr Sabotage in den Fabriken brauchen. Wir brechen die Nazis Zahnrad um Zahnrad.«

»Die Deutschen haben offenbar auch Probleme mit dem Bezahlen«, sagte Pino. »Fiat arbeitet auf Hitlers Garantie für Bezahlung, nicht gegen Bargeld.«

Onkel Albert betrachtete Pino und dachte darüber nach. »Verknappung«, sagte er schließlich.

»Was?«, fragte Tante Greta.

»Die Schlangen für das Essen werden schlimmer, oder?«

Sie nickte. »Täglich länger. Für fast alles.«

»Es wird noch viel schlimmer werden«, sagte ihr Mann. »Wenn die Nazis kein Geld zum Bezahlen haben, dann bricht ihre Wirtschaft langsam zusammen. Sie werden anfangen, mehr und mehr aus unseren Geschäften zu nehmen, und das wird zu weiterer Verknappung und Elend für die Menschen in Mailand führen.«

»Glaubst du?«, fragte Tante Greta und nestelte an ihrer Schürze.

»Das ist nicht unbedingt eine schlechte Sache, die Verknappung, zumindest auf lange Sicht. Mehr Elend, mehr Leid wird dazu führen, dass mehr von uns bereit sind zu kämpfen, bis der letzte Deutsche tot oder aus Italien vertrieben ist.«

* * *

Mitte Oktober 1944 zeigte sich, dass Onkel Albert recht hatte.

An einem schönen Herbstvormittag fuhr Pino in General Leyers neuem Stabswagen, einer viertürigen Fiat-Limousine, durch die Landschaft südöstlich von Mailand. Es war Erntezeit im Tal des Po. Männer mähten das Getreide und ernteten in den Gärten, Hainen und Plantagen. Leyers saß wie gewöhnlich im Fond des Wagens, den Koffer geöffnet, Berichte im Schoß.

Seit sie den Fliegerangriff überlebt hatten, war Leyers freundlicher zu Pino geworden, zeigte aber nur wenig von der Empathie und Offenheit jener Nacht. Pino hatte ihn allerdings seitdem auch nicht mehr trinken sehen. Er folgte den Anweisungen des Generals und innerhalb einer Stunde waren sie auf einer großen Wiese auf dem Lande angekommen. Fünfzig deutsche Laster parkten neben Panzern, Panzerwagen und sieben- bis achthundert Soldaten, ein ganzes Bataillon. Die meisten Männer gehörten zur Organisation Todt, doch hinter ihnen stand auch eine ganze Kompanie von SS-Soldaten.

General Leyers stieg aus dem Wagen, sein Gesicht war angespannt. Bei seinem Anblick nahm das Bataillon Haltung an. Leyers wurde von einem Oberstleutnant empfangen, der ihn zu einem Stapel Waffenkisten führte. Leyers stieg auf den Stapel und begann, schnell und entschlossen auf Deutsch zu sprechen.

Pino schnappte nur gelegentlich ein Wort oder eine Phrase auf, etwas über das Vaterland und die Bedürfnisse der deutschen Brüder, doch was auch immer er sagte, es spornte auf jeden Fall die Truppen an. Sie standen aufrecht da, die Schultern gestrafft und gebannt von dem General, der sie ermahnte.

General Leyers beendete seine Rede, rief etwas über Hitler und warf dann den rechten Arm hoch zum Hitlergruß. »Sieg Heil!«, brüllte er.

»Sieg Heil!«, donnerten sie zurück.

Pino stand da und war verwirrt von der Furcht, die er in sich wachsen fühlte. Was hatte Leyers ihnen gesagt? Was geschah hier?

Der General verschwand mit mehreren Offizieren in einem Zelt. Die achthundert Soldaten kletterten in die Hälfte der Laster und ließen die anderen leer. Ihre Dieselmotoren sprangen ratternd an. Die Fahrzeuge schlängelten sich über die Wiese, jeweils ein Laster voller Männer gefolgt von einem leeren. Einige der Fahrzeugpaare fuhren nach Norden auf die Landstraße, der Rest nach Süden. Sie rumpelten in die Ferne davon wie Kriegselefanten bei der Parade.

Leyers kam aus dem Zelt. Sein Gesicht verriet nichts, als er auf den Rücksitz des Fiats kletterte und Pino befahl, nach Süden durch das Tal des Po zu fahren, eine Gegend, die so fruchtbar war wie kaum eine andere auf der Erde. Nach drei Kilometern sah Pino ein Mädchen an der Zufahrt zu einem kleinen Bauernhof mit Kornspeicher. Es weinte. Die Mutter saß auf der Vorderstufe, das Gesicht in den Händen.

Nicht weit die Straße entlang bemerkte Pino den Körper eines Mannes mit dem Gesicht nach unten im Graben liegen, sein weißes Hemd dunkelrot von trocknendem Blut. Pino sah in den Rückspiegel. Wenn Leyers etwas davon mitbekommen hatte, so zeigte er keine Reaktion. Sein Kopf war nach vorn gebeugt. Er las etwas.

Die Straße durchquerte eine Flussniederung und stieg dann bis zu einer großen Ebene mit abgeernteten Feldern an. Weniger als einen Kilometer voraus befand sich eine kleine Siedlung neben einem großen gemauerten Kornspeicher.

Deutsche Laster parkten auf der Straße und an den Bauernhöfen. Gruppen von Soldaten der Waffen-SS trieben Leute hinaus in die Vorgärten, vielleicht zwanzig, und zwangen sie mit über den Köpfen verschränkten Händen auf die Knie.

»Mon général?«, fragte Pino.

Auf dem Rücksitz blickte Leyers auf, fluchte und befahl ihm anzuhalten. Der General stieg aus und schrie die SS-Männer an. Der erste Todt-Soldat tauchte mit großen Getreidesäcken auf den Schultern auf. Andere folgten ihm, zwanzig, vielleicht mehr, ebenfalls beladen mit Getreidesäcken. Die SS reagierte auf etwas, das Leyers gesagt hatte, zwang die Familien auf die Beine und erlaubte ihnen, als Gruppe beisammenzusitzen, während sie zusehen mussten, wie ihr Getreide, ihr Lebensunterhalt, ihr Überleben gestohlen und hinten auf einen Nazitransporter geworfen wurde.

Einer der Bauern blieb nicht sitzen und begann, Leyers anzuschreien: »Sie können uns wenigstens genug zu essen lassen. Das wäre anständig.«

Bevor der General antworten konnte, schlug einer der SS-Soldaten dem Bauern mit dem Lauf seines Gewehrs gegen den Kopf und er fiel um.

»Was hat er zu mir gesagt?«, fragte Leyers Pino.

Pino sagte es ihm. Der General hörte zu, dachte nach und rief dann zu einem seiner Todt-Offiziere: »Nehmt alles!«

Dann ging er zum Wagen. Pino folgte ihm aufgebracht, denn er hatte genug Deutsch gelernt, um Leyers Befehl zu verstehen.

Pino wollte ihn umbringen. Doch er konnte nicht. Er musste seine Wut herunterschlucken und sich damit arrangieren. Aber hatte Leyers wirklich *alles* nehmen müssen?

Während er in den Fiat stieg, wiederholte Pino stumm einen Schwur, den er geleistet hatte: sich an das zu erinnern, was er sah, von der Versklavung bis zur Plünderung. Wenn der Krieg vorbei war, würde er den Alliierten alles erzählen.

Sie fuhren weiter in den frühen Nachmittag hinein, sahen immer mehr Bauernhöfe, auf denen Deutsche unter Leyers Kommando Getreide stahlen, das für Mühlen vorgesehen war, Gemüse für den Markt und Vieh für den Schlachter. Kühe wurden mit Kopfschüssen getötet, ausgeweidet und ganz in die Laster geworfen, wobei ihre Kadaver in der kühlen Luft dampften.

Ab und zu ließ der General Pino anhalten und stieg aus, um mit einem oder zwei Todt-Offizieren zu sprechen. Dann befahl er Pino weiterzufahren und kehrte zurück zu seinen Berichten. Pino sah immer wieder in den Spiegel und dachte darüber nach, wie Leyers sich in jedem Moment zu verändern schien. *Wie kann er völlig unbeteiligt von dem sein, was wir gesehen haben? Wie kann er …?*

»Du hältst mich für einen bösen Mann, Vorarbeiter?«, fragte Leyers vom Rücksitz.

Pino sah in den Spiegel und bemerkte, dass der General ihn anblickte.

»Non, mon général«, sagte Pino und versuchte, ein freundliches Gesicht aufzusetzen.

»Doch, das tust du«, sagte Leyers. »Es wäre überraschend, wenn du mich nicht hassen würdest für das, was ich heute zu tun hatte. Selbst ein Teil von mir hasst mich dafür. Aber ich habe meine Befehle. Der Winter kommt. Mein Land ist im Belagerungszustand. Ohne diese Lebensmittel wird mein Volk verhungern. Deshalb bin ich hier in Italien und, in deinen

Augen, ein Krimineller. Zu Hause bin ich ein unbesungener Held. Gut. Böse. Es ist alles eine Frage der Perspektive, oder nicht?«

Pino starrte auf den General im Spiegel, dachte, dass Leyers ohne jedes Maß und skrupellos schien, die Art von Mann, die fast jede Handlung mit einem Zweck rechtfertigen konnte.

»Oui, mon général«, sagte Pino und konnte sich nicht zurückhalten. »Aber jetzt wird mein Volk verhungern.«

»Manche vielleicht«, sagte Leyers. »Doch ich muss mich vor einer höheren Autorität rechtfertigen. Jedes Fehlen von Enthusiasmus für diese Mission auf meiner Seite könnte die Grundlage sein für … Nun, das wird nicht geschehen, wenn ich es verhindern kann. Bring mich zurück nach Mailand, zum Hauptbahnhof.«

Einundzwanzig

Die mit dem Beutegut der Nazis von italienischen Bauernhöfen, Plantagen und Weingütern hoch beladenen Laster verstopften die Straßen um das Betriebsgelände des Bahnhofs. Pino folgte General Leyers durch das Bahnhofsgebäude zu den Verladebahnsteigen, wo deutsche Soldaten Getreidesäcke, Weinfässer und Scheffelkörbe voll mit Obst und Gemüse in einen Güterwaggon nach dem anderen luden.

Leyers schien das ganze System zu kennen, denn er feuerte Fragen auf Untergebene ab und rief Pino Notizen zu, während er die Bahnsteige entlangging.

»Neun Züge heute Nacht nach Norden über den Brenner«, sagte der General einmal. »Ankunft Innsbruck um null siebenhundert. Ankunft München dreizehnhundert. Ankunft Berlin siebzehnhundert. Insgesamt dreihundertsechzig Wagen mit Lebensmitteln werden …«

Leyers unterbrach sein Diktat. Pino sah auf. Sieben Soldaten der Waffen-SS blockierten den Weg. Hinter ihnen stand eine Reihe von sieben gebrechlichen alten Viehwaggons auf den Gleisen am Ende des Bahnsteigs. Irgendwann einmal waren die Waggons rot gewesen, doch die Farbe war blasig und abgeplatzt und das Holz war gesplittert, sodass sie kaum noch fahrtüchtig wirkten.

Leyers sagte drohend etwas zu den SS-Soldaten und sie traten zur Seite. Der General ging zu dem Zug mit den alten Güterwaggons. Pino folgte ihm. Als er aufblickte, sah er das Schild mit der Aufschrift »Binario 21«.

Er war verdutzt, da er wusste, dass er schon einmal davon gehört hatte, konnte es aber nicht zuordnen. Durch all den Lärm im Bahnhof vom Verladen der Beute hörte Pino das Weinen der Kinder erst, als er neben dem letzten Waggon stand.

Das Geräusch schien den General zu lähmen. Leyers blieb stehen, starrte auf die zerbrochenen und gesplitterten Wände des Viehwaggons und auf die vielen verzweifelten Augen, die ihn und Pino durch die Spalten hindurch ansahen. Jetzt erinnerte Pino sich an das, was Signora Napolitano erzählt hatte: dass die Juden vom Bahnsteig 21 in Zügen verschwinden würden, die nach Norden fuhren.

»Bitte«, schluchzte eine Frau im Innern des Viehwaggons auf Italienisch. »Wohin bringt ihr uns? Nach dem Gefängnis könnt ihr uns doch nicht einfach so hier zurücklassen! Hier ist kein Platz. Es gibt …«

Leyers blickte mit betroffenem Ausdruck zu Pino. »Was sagt sie?«

Pino erzählte es ihm.

Schweiß trat dem General auf die Stirn. »Sag ihr, dass sie in ein Arbeitslager der Organisation Todt in Polen kommt. Es ist …«

Die Lokomotive schnaufte und der Zug rollte einen Schritt zurück. Das löste im Innern des Waggons lautes Jammern aus, Hunderte von Männern, Frauen und Kindern flehten darum, herausgelassen zu werden, fragten nach ihrem Schicksal und bettelten um Gnade.

»Ihr fahrt zu einem Arbeitslager in Polen«, sagte Pino der weinenden Frau.

»Bete für uns«, sagte sie, bevor die Räder auf den Gleisen quietschten und der Zug vom Binario 21 abfuhr.

Drei kleine Finger ragten aus einem Spalt an der Rückwand des letzten Viehwaggons. Die Finger schienen Pino zuzuwinken, während der Zug schneller wurde. Er starrte dem Waggon hinterher und hatte die Finger noch lange vor seinem inneren Auge, als er sie schon längst nicht mehr sah. Es drängte ihn danach, dem Zug hinterherzufahren und diese Menschen zu befreien, sie in Sicherheit zu bringen. Stattdessen stand er da, besiegt und hilflos, und kämpfte damit, nicht wegen dieser Finger zu weinen, die ihm nicht mehr aus dem Sinn gehen wollten.

»General Leyers!«

Pino drehte sich um. Ebenso der General, der blass im Gesicht war. Hatte er diese Finger auch gesehen?

Gestapo-Oberst Walther Rauff kam über den Bahnsteig auf sie zu, das Gesicht zorngerötet.

»Oberst Rauff«, sagte Leyers.

Pino trat einen Schritt vom General weg und betrachtete den Bahnsteig unter seinen Füßen. Er wollte nicht, dass Rauff ihn erkannte, aus Angst, dass er misstrauisch würde wegen des italienischen Jungen aus der Casa Alpina, der irgendwie zum Fahrer von General Leyers geworden war.

Der Gestapo-Oberst begann Leyers anzuschreien. Der schrie zurück. Pino verstand nur wenig, doch er hörte, dass Rauff den Namen Joseph Goebbels nannte. Und aufgrund ihrer Körpersprache verstand Pino die Bedeutung. Rauff war gegenüber Reichsminister Goebbels verantwortlich. Doch Leyers hatte sich vor dem Führer selbst zu verantworten.

Nach mehreren Minuten heftiger Drohungen und eiskalter Konversation trat ein aufgebrachter Rauff zurück und salutierte. »Heil Hitler!«

Leyers erwiderte den Gruß mit weniger Enthusiasmus. Rauff wollte gerade gehen, als sein Blick auf Pino fiel. Pino konnte es spüren.

»Vorarbeiter«, rief General Leyers. »Wir fahren. Hol den Wagen.«

»Jawohl, General«, sagte Pino in seinem besten Deutsch und eilte an den zwei Nazioffizieren vorbei, ohne Rauff anzusehen. Dennoch fühlte er, wie dessen dunkle Augen fest auf ihn gerichtet waren.

Mit jedem Schritt rechnete Pino damit, zurückgerufen zu werden. Doch Rauff sagte kein Wort und Pino verließ Bahnsteig 21 und betete, dass er niemals würde zurückkehren müssen.

* * *

General Leyers stieg mit seinem gewohnt unergründlichen Gesichtsausdruck in den Stabswagen.

»Zu Dolly«, sagte er.

Pino spähte in den Rückspiegel und bemerkte, dass Leyers den Blick zum Horizont gerichtet hatte. Er wusste, er sollte den Mund halten, doch er konnte nicht. *»Mon général?«*

»Was ist, Vorarbeiter?«, fragte er, sah aber weiter aus dem Fenster.

»Fahren die Leute in den Güterwaggons wirklich zu einem OT-Arbeitslager in Polen?«

»Ja«, sagte der General. »Es heißt Auschwitz.«

»Warum Polen?«

Darauf richtete Leyers den Blick auf ihn und schrie fast vor Ärger: »Was sollen all die Fragen, Vorarbeiter? Kennst du deinen Platz nicht? Weißt du nicht, wer ich bin?«

Pino fühlte sich, als hätte man ihm auf den Hinterkopf geschlagen. *»Oui, mon général.«*

»Dann halt den Mund. Stell weder mir noch irgendwem anders solche Fragen und tu, was dir gesagt wird. Hast du verstanden?«

»Oui, mon général«, sagte Pino bebend. »Es tut mir leid, *mon général.*«

Als sie Dollys Wohnhaus erreichten, sagte Leyers, dass er den Koffer selbst hochtragen würde, und befahl Pino, den Fiat zum Fuhrpark zurückzubringen.

Pino wollte dem General nach oben folgen oder nach hinten gehen und Anna bitten, ihn hereinzulassen, doch es war noch hell draußen und er befürchtete, erwischt zu werden. Nach einem langen Blick hinauf zu den Fenstern von Dollys Wohnung fuhr er davon. Dabei dachte er daran, wie sehr er Anna davon erzählen wollte, was er an dem Tag gesehen hatte. Die Gewalt. Die Misshandlung. Die Verzweiflung.

In dieser und vielen weiteren Nächten danach wurde Pino in seinen Träumen von dem roten Zug und Bahnsteig 21 verfolgt. Er hörte immer wieder die Frau, die ihn anflehte, für sie zu beten. Er sah immer wieder die kleinen Finger, die ihm zuwinkten, und träumte, dass sie einem Kind mit tausend Gesichtern gehörten, einem Kind, das nicht gerettet werden konnte.

Während der folgenden Tage und Wochen fuhr Pino General Leyers in ganz Norditalien herum. Sie schliefen kaum. Am Steuer dachte Pino oft über das gesichtslose Kind und die Frau vom Bahnsteig 21 nach. Waren sie nach Polen geschickt worden, um sich zu Tode zu arbeiten? Oder hatten die Nazis sie einfach irgendwohin gebracht und erschossen, wie sie es in Meina und Dutzenden anderen geschändeten Orten in ganz Italien getan hatten?

Wenn er nicht fuhr, fühlte Pino sich kraftlos und erschöpft. Er sah mit an, wie Leyers Fabriken für Werkzeugmaschinen plünderte und eine überwältigende Menge an Bauzubehör, Fahrzeugen und Lebensmitteln konfiszierte. Ganzen Städten wurden die Bedarfsgüter entzogen, die entweder in Zügen nach Deutschland transportiert oder Soldaten an der Grünen Linie zugeteilt wurden. Währenddessen blieb Leyers stoisch, mitleidlos und seiner Aufgabe verpflichtet.

»Ich sage dir immer wieder, die Alliierten müssen die Eisenbahngleise über den Brennerpass bombardieren«, sagte Pino seinem Onkel eines Nachts im späten Oktober 1944. »Sie müssen diese Route unterbrechen oder es werden keine Lebensmittel mehr für uns übrig bleiben, und der Winter kommt.«

»Ich habe es Baka zweimal mitgeteilt«, sagte Onkel Albert frustriert. »Aber die Welt konzentriert sich auf Frankreich und hat Italien vergessen.«

* * *

Am Freitag, dem 27. Oktober 1944, fuhr Pino General Leyers erneut zur Villa von Benito Mussolini in Gargnano. Es war ein warmer Herbsttag. Die Blätter der Laubbäume hatten sich hoch oben in den Alpen feuerrot verfärbt. Der Himmel war kristallblau und die Oberfläche des Gardasees spiegelte beides, sodass sich Pino fragte, ob es einen schöneren Platz auf der Welt gab als Norditalien.

Er folgte Leyers hinauf zum Säulengang der Villa und zur Terrasse, die leer und mit Blättern übersät war. Die Glastüren zu Mussolinis Büro standen jedoch offen und sie fanden den Duce im Innern am Schreibtisch stehen. Die Träger seiner Reithose hingen an den Seiten hinab und sein Waffenrock stand ein Stück offen. Der Diktator hielt sich ein Telefon ans Ohr und sein Gesicht war gehässig verzerrt.

»Claretta, Rachele ist verrückt geworden«, sagte der Duce. »Sie kommt zu dir. Sprich nicht mit ihr. Sie sagt, sie wird dich umbringen, also mach das Tor zu, und … Okay, okay, ruf mich zurück.«

Mussolini legte den Hörer auf und schüttelte den Kopf, bevor er General Leyers und Pino bemerkte. Er sagte: »Frag den General, ob seine Frau wegen Dolly wütend ist.«

Pino tat es. Leyers wirkte überrascht, dass der Duce von seiner Geliebten wusste, doch er sagte: »Meine Frau ist über die meisten Dinge wütend, doch sie weiß nichts von Dolly. Wie kann ich behilflich sein, Duce?«

»Warum schickt Feldmarschall Kesselring jedes Mal Sie zu mir, General Leyers?«

»Er vertraut mir. Sie vertrauen mir.«

»Tue ich das?«

»Habe ich jemals etwas getan, dass Sie meine Ehre infrage stellen mussten?«

Mussolini goss sich etwas Wein ein und schüttelte dann den Kopf. »General, warum vertraut Kesselring meiner Armee nicht genug, um sie einzusetzen? Ich habe so viele loyale, gut ausgebildete Männer, wahre Faschisten, die bereit sind, für Salò zu kämpfen, und trotzdem sitzen sie in ihren Kasernen.«

»Das verstehe ich auch nicht, Duce, doch der Feldmarschall hat einen weitaus größeren militärischen Verstand als ich. Ich bin nur Ingenieur.«

Das Telefon klingelte. Mussolini nahm ab, hörte zu und sagte dann: »Rachele?«

Der Diktator nahm den Hörer vom Ohr und zuckte zusammen, als die Stimme seiner Frau in bemerkenswerter Deutlichkeit durch den Raum schrie: »Die Partisanen! Sie schicken mir Gedichte, Benito! Eine Zeile lautet immer wieder: ›Wir werden euch alle zum Piazzale Loreto schicken!‹ Sie geben mir die Schuld, sie geben dir die Schuld und sie geben deinem Flittchen von einer Geliebten die Schuld! Dafür wird sie sterben!«

Der Diktator warf den Hörer auf die Gabel, wirkte erschüttert und sah dann Pino genau an, als wollte er ergründen, wie viel dieser gehört hatte. Pino schluckte und vertiefte sich in die kunstvollen Muster des Teppichs zu seinen Füßen.

Leyers sagte: »Duce, ich habe einen vollen Terminkalender.«

»Den Rückzug vorbereiten?«, spottete Mussolini. »Wollen Sie über den Brennerpass?«

»Die Grüne Linie hält weiterhin.«

»Ich höre, dass sie Löcher hat«, sagte der Duce und trank seinen Wein. »Sagt mir, General, ist es wahr, dass sich Hitler eine letzte Schanze baut? Irgendwo unter der Erde in den deutschen Alpen, wohin er sich mit seinen engsten Getreuen zurückziehen wird?«

»Man hört viele solcher Geschichten. Doch ich habe keine genaue Kenntnis von dieser.«

»Wenn es so ist, wird es in dieser unterirdischen Festung einen Platz für mich geben?«

»Ich kann nicht für den Führer sprechen, Duce.«

»Da höre ich anderes«, sagte Mussolini. »Aber zumindest können Sie vielleicht für Albert Speer sprechen. Sicher müsste Hitlers Architekt wissen, ob es einen solchen Ort gibt.«

»Ich werde den Reichsminister bei unserem nächsten Gespräch fragen, Duce.«

»Ich brauche einen Raum für zwei Personen«, sagte der Diktator und goss sich mehr Wein ein.

»Ist vermerkt«, sagte der General. »Und jetzt muss ich fort. Ich habe ein Treffen in Turin.«

Mussolini wirkte streitlustig, doch das Telefon klingelte wieder. Er zuckte zusammen und nahm den Hörer ab. Leyers wandte sich zum Gehen. Während Pino ihm folgte, hörte er Mussolini sagen: »Claretta? Hast du das Tor geschlossen?« Es gab eine Pause, bevor der Duce brüllte: »Rachele ist da? Deine Wache soll sie vom Tor runterholen, bevor sie sich noch wehtut!«

Sie hörten ihn noch schreien, als sie die Stufen von der Terrasse hinabgingen.

Zurück im Fiat schüttelte General Leyers den Kopf. »Warum habe ich immer das Gefühl, als wäre ich in einem Irrenhaus gewesen, wenn ich diesen Ort verlasse?«

»Der Duce sagt viele seltsame Dinge«, meinte Pino.

»Wie er ein Land geführt hat, übersteigt meine Vorstellung«, sagte Leyers. »Doch man sagt, dass das Zugsystem wie ein deutsches Uhrwerk lief, als er noch die volle Macht besaß.«

»Gibt es eine unterirdische Festung in den Alpen?«, fragte Pino.

»Nur ein Verrückter würde so etwas glauben.«

Pino wollte den General daran erinnern, dass Adolf Hitler auch nicht gerade einen stabilen Eindruck machte, doch er überlegte es sich besser und sie fuhren weiter.

* * *

Kurz nach Sonnenuntergang am Dienstag, dem 31. Oktober 1944, wies General Leyers Pino an, zum Bahnhof von Monza zu fahren, der ungefähr fünfzehn Kilometer nordöstlich von Mailand entfernt war. Pino war erschöpft. Sie waren fast ununterbrochen auf der Straße gewesen, und er wollte schlafen und Anna sehen. Sie hatten kaum zehn Minuten miteinander gehabt seit der Nacht des Fliegerangriffs.

Doch Pino folgte den Anweisungen und lenkte den Fiat nach Norden. Der zweite Vollmond des Monats – der echte Doppelvollmond – ging auf und gab ein blasses Licht von sich, das die Landschaft dunkeltürkis erscheinen ließ. Als sie den Bahnhof von Monza erreicht hatten und der General ausstieg, standen die Wachtposten der Organisation Todt stramm. Es waren Italiener, junge Männer wie Pino, die versuchten, den Krieg zu überleben. »Sag ihnen, dass ich hier bin, um im Hof einen Transfer zu beaufsichtigen«, sagte General Leyers.

Pino tat es, sie nickten und wiesen zum anderen Ende des Bahnsteigs.

Ein kleiner Laster fuhr vor. Zwei OT-Soldaten und vier Männer in schäbiger grauer Kleidung stiegen aus. Sie hatten

Aufnäher an der Brust. Auf dreien stand »OST«, auf dem vierten »P«.

»Warte hier, Vorarbeiter«, sagte General Leyers in umgänglichem Ton zu Pino. »Ich werde nicht lange weg sein, nicht mehr als eine Stunde, und dann können wir unseren lang ersehnten Schlaf bekommen und unsere weiblichen Freunde sehen. Okay?«

Pino fühlte sich müde, er lächelte und nickte. Er wollte sich auf eine der Bänke legen und sofort schlafen. Doch als er sah, wie Leyers sich von einem der Soldaten eine Taschenlampe nahm und zum anderen Ende des Bahnsteigs ging, wurde er aufmerksam.

Der General hatte seinen Koffer nicht bei sich!

Er war im Fiat vor dem Bahnhof. Eine Stunde, nicht länger, hatte Leyers gesagt. Das war ausreichend Zeit, um den Koffer durchzusehen, oder nicht? Onkel Albert hatte ihm die Kamera leider nicht beschafft, von der er gesprochen hatte. Doch Pino hatte die Kamera des Generals, in der seines Wissens eine frische Rolle Film eingelegt war. Leyers bestand darauf, die Kamera im Auto zu behalten, damit er Stellen aufnehmen konnte, die sich für mögliche Artillerie-Einrichtungen eigneten. Und wenn der General Bilder machte, entfernte er immer den Film und ersetzte ihn durch eine neue Rolle, selbst wenn er nicht ganz voll war.

Pino beschloss, die entsprechenden Seiten abzufotografieren, wenn er etwas Wichtiges entdecken würde, den Film herauszunehmen und ihn durch eine frische Rolle aus dem Handschuhfach zu ersetzen.

Als er auf den Wagen zuging, spürte er neben seiner Erschöpfung noch etwas anderes. Etwas an der Art, wie Leyers gerade fortgegangen war und die vier Zwangsarbeiter und zwei OT-Soldaten mit sich genommen hatte, beunruhigte ihn. Er konnte es nicht erklären, doch er fragte sich, was Leyers im

Licht des Vollmondes transferieren würde. Und warum wollte der General nicht, dass er den Transfer sah? Das war seltsam. Wohin Leyers ging, dorthin ging Pino normalerweise auch.

In der Nähe pfiff ein Zug. Hin- und hergerissen zwischen den zwei Optionen folgte Pino schließlich seinem Bauchgefühl und tappte bis zum Ende des Bahnsteigs, wo Leyers verschwunden war. Als er vom Bahnsteig hinuntergesprungen und ein Stück vom Bahnhof weg war, ohne den General oder die anderen gesehen zu haben, fuhr ein Frachtzug in den Bahnhof ein und blieb quietschend stehen.

Pino bückte sich unter einen der Güterwaggons und krabbelte über die Schienen. Als er an der anderen Seite war, hörte er Stimmen. Er blieb unter dem Zug verborgen, spähte hinaus und bemerkte zu seiner Rechten die Umrisse der zwei OT-Soldaten im Licht der Taschenlampe des Generals. Sie kamen in Pinos Richtung.

Pino drückte sich an die Räder des Güterwaggons und ließ die Soldaten an sich vorbeigehen. Als er wieder hinaussah, erkannte er Leyers, der sechzig Meter entfernt mit dem Rücken zu ihm stand. Der General beobachtete die vier grauen Männer. Sie hatten eine Reihe gebildet und brachten Gegenstände aus einem Güterwaggon des gerade eingefahrenen Zuges zu einem einzelnen Waggon auf dem Gleis daneben. Die Gegenstände waren nicht sehr groß, doch die Sklaven benötigten ihre ganze Kraft, um die schweren Lasten zu heben.

Wenn Pino seinem Onkel schon nicht erzählen konnte, was sich in Leyers Koffer befand, so wollte er ihm zumindest sagen können, was der General hier in der Dunkelheit transferierte und warum er die Zwangsarbeiter persönlich bei ihrer Arbeit überwachte.

Nachdem er zurück auf die andere Seite des Frachtzugs gekrabbelt war, ging Pino so leise wie möglich in Richtung des Geschehens. Er war froh, dass er das Aufprallen schwerer

Metallgegenstände hören konnte, je näher er kam. Klack. Klack. Klack.

Er übernahm den Rhythmus und setzte entsprechend einen Fuß vor den anderen, bis er merkte, dass er sich auf derselben Höhe mit der Gruppe befand. Er schob sich auf Händen und Knien wieder unter den Zug und sah, dass er weniger als zehn Meter von dem General entfernt war.

Leyers hatte die Taschenlampe auf den Schotter zwischen den Gleisen gerichtet, sodass die Männer im Lichtschein zu ihren Füßen arbeiteten. Pino konnte in dem Waggon neben Leyers einen Mann sehen, der schmale, rechteckige Gegenstände herausreichte. Pino konnte sie nicht genau erkennen, da sie oberhalb seines Blickfelds von einem Mann zum anderen in den gegenüberliegenden rostig-orangefarbenen Waggon gereicht wurden.

Was zum Teufel war …?

Der dritte Mann in der Reihe griff nicht richtig zu und ließ fast einen der Gegenstände fallen. Leyers bewegte den Strahl der Taschenlampe, leuchtete auf die Hände des Mannes, und Pino musste sich zusammennehmen, um nicht laut nach Luft zu schnappen.

Es war ein Ziegel ganz aus Gold.

»Das ist genug«, sagte Leyers auf Deutsch.

Die vier Zwangsarbeiter schauten erwartungsvoll zu dem General. Er winkte mit der Taschenlampe zu den Waggons und zeigte, dass sie sie verschließen sollten.

Pino begriff, dass der Goldtransfer beendet war, Leyers würde bald zum Bahnhof und zum Fiat kommen. Er krabbelte vorsichtig zurück und wurde schneller, als er hörte, wie die Tür des Güterwaggons über ihm zugeschoben wurde.

Als die Tür des zweiten Waggons geschlossen wurde, war er bereits auf der anderen Zugseite auf den Beinen. Pino tänzelte auf Zehenspitzen davon, neben dem Schotter, wo Unkraut wuchs und seine Schritte dämpfte.

Innerhalb von einer Minute war er auf den Bahnsteig geklettert. Die Lokomotive des Güterzugs grummelte am anderen Ende der Gleise. Die Räder knarrten, jammerten und begannen sich zu drehen. Die Kupplungen zwischen den Wagen mahlten. Und jede Schienenschwelle gab ein kräftiges, fortwährendes Dumm, Dumm, Dumm von sich. Trotzdem hörte Pino deutlich das Krachen von Gewehrschüssen.

Beim ersten zweifelte er noch. Aber nicht mehr beim zweiten, dritten oder vierten, zwischen denen es Unterbrechungen von zwei bis vier Sekunden gab und die aus Leyers Richtung kamen. Nach weniger als fünfzehn Sekunden war es vorbei.

Die zwei OT-Soldaten, die Leyers von der Transferstelle weggeschickt hatte, kamen auf den Bahnsteig heraus, da sie ebenfalls die Schüsse gehört hatten. Mit Entsetzen und wachsendem Zorn dachte Pino: *Vier Sklaven tot. Vier Zeugen eines Goldtransfers tot.* Leyers hatte den Abzug betätigt. Er hatte sie kaltblütig exekutiert. Und er hatte es lange vor dieser Nacht geplant.

Der letzte Güterwaggon kam am Bahnsteig vorbei und rumpelte in die Nacht hinaus, mit einem Vermögen an gestohlenem Gold, wie Pino annahm. Auch auf dem Betriebshof befand sich jetzt ein Vermögen. Wie viel Gold war es wohl gewesen?

Genug, um vier unschuldige Männer zu ermorden, dachte Pino. *Genug, um …*

Er hörte das Knirschen von General Leyers Stiefeln, bevor er ihn als dunklen Schatten im Mondlicht sah. Leyers machte die Taschenlampe an, richtete sie auf den Bahnsteig und entdeckte Pino, der den Unterarm hob und kurz Panik bei dem Gedanken verspürte, dass der General womöglich beschlossen hatte, ihn ebenfalls zu töten.

»Da bist du ja, Vorarbeiter«, sagte General Leyers. »Hast du die Schüsse gehört?«

Pino entschied, dass es das Beste war, sich dumm zu stellen. »Schüsse, *mon général*?«

Leyers kam zum Bahnsteig, schüttelte verwirrt den Kopf. »Vier insgesamt. Alle deutlich daneben. Ich konnte noch nie gut schießen.«

»*Mon général*? Ich verstehe nicht.«

»Ich habe da draußen etwas für Italien sehr Wichtiges transferiert, um es zu schützen«, sagte er. »Und als ich den vier Arbeitern den Rücken zugedreht habe, nutzten sie die Gelegenheit und rannten davon.«

Pino runzelte die Stirn. »Und Sie haben sie erschossen?«

»Ich habe auf sie geschossen«, sagte General Leyers. »Oder besser, über sie und hinter sie. Ich bin ein schrecklicher Schütze. Eigentlich kümmert es mich nicht. Ich wünsche ihnen viel Glück.« Leyers klatschte in die Hände. »Bring mich zu Dolly, Vorarbeiter. Es war ein langer Tag.«

Wenn General Leyers gelogen und die vier Sklaven doch erschossen hatte, dann war er ein großartiger Schauspieler oder jemand, der kein Gewissen hatte, dachte Pino, während er zurück nach Mailand fuhr. Doch dann wiederum war Leyers angesichts der Juden auf Bahnsteig 21 betroffen gewesen. Vielleicht hatte er doch ein Gewissen, wenn es um manche Dinge ging, und bei anderen nicht. Der General schien während der Fahrt in recht fröhlicher Stimmung zu sein, er grinste vor sich hin und schnalzte immer wieder mit den Lippen. Und warum auch nicht? Er hatte gerade ein Vermögen in Gold beiseitegeschafft.

Der General hatte gesagt, er hätte es für Italien getan, um es zu schützen, doch Pino blieb skeptisch. Warum sollte Leyers irgendwas für Italien beschützen, nachdem er doch bereits so viel aus dem Land gestohlen hatte? Und Pino hatte in seinem Leben schon genug Geschichten darüber gehört, dass Menschen seltsam handelten, wenn es um Gold ging.

Als sie Dollys Wohnung auf der Via Dante erreichten, stieg General Leyers mit dem Koffer in der Hand aus dem Auto.

»Du hast den Tag morgen frei, Vorarbeiter«, sagte Leyers.

»Vielen Dank, *mon général*«, sagte Pino und nickte mit dem Kopf.

Pino brauchte einen freien Tag. Natürlich wollte er auch Anna sehen, doch offensichtlich war er nicht auf ein Glas Whisky nach oben eingeladen.

Der General machte einen Schritt zur Tür, blieb dann aber stehen.

»Du kannst den Wagen morgen haben, Vorarbeiter«, sagte er. »Fahr mit dem Dienstmädchen, wohin du willst. Viel Vergnügen.«

* * *

Am nächsten Morgen ging Anna gerade die Treppe herunter in die Lobby, als Pino durch die Vordertür trat. Sie nickten beide unsicher zu der Alten, die blinzelnd auf dem Stuhl saß, und gingen dann lachend und glücklich über die Gesellschaft des anderen aus dem Haus.

»Wie schön«, sagte sie und setzte sich auf den Beifahrersitz neben ihn.

Pino fühlte sich wohl ohne seine OT-Uniform. Er war jetzt jemand völlig anderes. Genauso war es mit Anna. Sie trug ein blaues Kleid, schwarze Pumps und einen feinen Wollschal um die Schultern. Sie hatte Lippenstift aufgelegt und Mascara und …

»Was ist?«, fragte sie.

»Du bist einfach so schön, Anna. Da möchte ich am liebsten singen.«

»Du bist so süß«, sagte sie. »Und ich würde dich küssen, wenn ich dabei nicht Dollys teuren französischen Lippenstift verschmieren würde.«

»Wohin sollen wir fahren?«

»Irgendwohin, wo es schön ist. Irgendwohin, wo wir den Krieg vergessen können.«

Pino dachte nach und sagte dann: »Ich kenne den richtigen Ort.«

»Doch bevor ich es vergesse«, sagte Anna, griff in ihre Handtasche und reichte ihm einen Umschlag. »General Leyers sagte, es ist ein Passierschein mit seiner Unterschrift.«

Die Wachtposten auf der Strecke nach Cernobbio wurden erstaunlich zuvorkommend, wenn Pino ihnen das Schreiben zeigte. Pino führte Anna zu seiner Lieblingsstelle am Lago di Como, einem kleinen Park am Südufer des westlichen Seearms. Es war ein klarer, ungewöhnlich warmer, luftiger Herbsttag. Der Himmel war aus dünnem Blau und die schneegepuderten höchsten Gipfel wirkten zusammen mit ihren Reflexionen im Fluss wie zwei verbundene Aquarellzeichnungen. Es war warm und Pino zog sein dickes Hemd aus, sodass er nun im ärmellosen weißen T-Shirt war.

»Es ist so schön hier«, sagte Anna. »Ich kann gut verstehen, dass es deine Lieblingsstelle ist.«

»Ich habe hier schon tausendmal gestanden, und es sieht noch immer so unwirklich für mich aus, als wäre es Gottes Vision und nichts Menschliches, weißt du?«

»Ja.«

Dann sagte Anna: »Lass mich hier ein Bild von dir machen«, und zog General Leyers Kamera hervor.

»Woher hast du die?«

»Aus dem Handschuhfach. Ich behalte einfach den Film und lege die Kamera zurück.«

Pino zögerte, dann zuckte er die Schultern. »Okay.«

»Stell dich ins Profil«, sagte sie. »Kinn hoch und streich dein Haar zurück. Ich will deine Augen sehen.«

Pino versuchte es, doch der Wind blies ihm immer wieder die lockigen Haare vor die Augen.

»Warte«, sagte Anna und suchte in ihrer Handtasche. Sie holte ein weißes Stirnband heraus.

»Das ziehe ich nicht an«, widersprach Pino.

»Aber ich will deine Augen auf dem Bild sehen.«

Als er merkte, wie enttäuscht sie wäre, wenn er nicht nachgeben würde, nahm Pino das Stirnband, setzte es auf und machte ein lustiges Gesicht, um sie zum Lachen zu bringen. Dann drehte er sich ins Profil, hob das Kinn und lächelte.

Sie drückte zweimal auf den Auslöser. »Perfekt. So werde ich mich immer an dich erinnern.«

»Mit einem Stirnband?«

»Um deine Augen zu sehen«, protestierte Anna.

»Ich weiß«, sagte er und umarmte sie.

Als sie sich voneinander lösten, zeigte er über das nördliche Ende des Sees hinweg. »Da oben, unterhalb der Schneegrenze, da liegt Motta, wo Pater Re die Casa Alpina leitet. Der Ort, von dem ich dir erzählt habe.«

»Ich erinnere mich«, sagte Anna. »Meinst du, er hilft ihnen noch immer? Pater Re?«

»Natürlich«, sagte Pino. »Nichts kann seinem Glauben in den Weg kommen.«

Im nächsten Augenblick dachte er an den Bahnsteig 21. Anscheinend sah man etwas in seinem Gesicht, denn Anna fragte: »Stimmt etwas nicht?«

Er erzählte ihr, was er auf dem Bahnsteig gesehen hatte und wie schrecklich es war, als die roten Viehwaggons davonfuhren und er die kleinen winkenden Finger sah.

Anna seufzte, rieb ihm den Rücken und sagte: »Du kannst nicht immerzu ein Held sein, Pino.«

»Wenn du das sagst.«

»Ich meine es auch so. Du kannst nicht alle Probleme der Welt auf deinem Rücken tragen. Du musst auch etwas Glück in deinem Leben finden und einfach dein Bestes mit dem Rest versuchen.«

»Ich bin glücklich, wenn ich mit dir zusammen bin.«

Sie wirkte hin- und hergerissen, lächelte aber dann. »Du weißt, dass es mir auch so geht.«

»Erzähl mir von deiner Mutter«, sagte Pino.

Anna erstarrte.

»Eine schmerzende Narbe?«

»Eine der schmerzhaftesten«, antwortete sie und sie spazierten am Seeufer entlang.

Anna erzählte Pino, wie ihre Mutter langsam verrückt wurde, nachdem ihr Mann im Meer ertrunken war und ihre Tochter überlebt hatte. Sie warf Anna vor, dass sie verantwortlich sei für den Tod ihres Vaters und für alle Fehlgeburten, die sie nach Annas Geburt gehabt hatte.

»Sie sagte, ich hätte den bösen Blick«, erzählte Anna.

»Du?«, fragte Pino und lachte.

»Das ist nicht lustig«, sagte Anna todernst. »Meine Mutter hat mir schreckliche Dinge angetan, Pino. Sie brachte mich dazu, Dinge über mich zu glauben, die einfach nicht stimmten. Sie holte sogar Priester, um einen Exorzismus bei mir vorzunehmen und die Dämonen zu verjagen.«

»Nein.«

»Doch. Ich bin fortgegangen, sobald ich konnte.«

»Weg aus Triest?«

»Weg von zu Hause und kurz darauf auch von Triest«, sagte sie und blickte zum See.

»Wohin bist du gegangen?«

»Nach Innsbruck. Ich bewarb mich auf eine Anzeige und lernte Dolly kennen, und hier bin ich jetzt. Ist es nicht seltsam, wie dich das Leben an Orte und zu Menschen bringt, die man treffen und kennenlernen soll?«

»Glaubst du das über mich?«

Eine Brise kam auf und blies ihr Haarsträhnen ins Gesicht. »Ja, ich denke schon.«

Pino fragte sich, ob es auch Gottes Plan für ihn gewesen war, General Leyers zu treffen, doch als Anna ihr Haar zurückstrich und lächelte, vergaß er das alles.

»Ich mag keinen Lippenstift aus Paris«, sagte er.

Sie lachte. »Wo können wir noch hin? An welchen anderen schönen Ort?«

»Such dir einen aus.«

»Bei Triest, da könnte ich dir viele Plätze zeigen. Aber hier, da kenne ich nichts.«

Pino dachte nach, blickte schweren Herzens zum See und sagte dann: »Ich kenne noch einen Ort.«

* * *

Eine Stunde später fuhr Pino den Stabswagen über Eisenbahnschienen hinweg und einen Feldweg hinauf zu dem Hügel, wo sein Vater und Signor Beltramini *»Nessun dorma«* gespielt hatten, »Keiner schlafe«.

»Warum hier?«, fragte Anna skeptisch, während dunkle Wolken heraufzogen.

»Lass uns dort hinaufklettern und ich zeige es dir.«

Sie stiegen aus und gingen den Hügel hinauf. Pino beschrieb ihr die Züge, die im Sommer 1943 jede Nacht Mailand verlassen hatten, wie sie alle zu ihrer Sicherheit hier im dichten, süß duftenden Gras zusammengekommen waren und dass er und Carletto gesehen hatten, wie Michele und Signor Beltramini ein kleines Wunder mit Stimme und Violine vollbrachten.

»Wie haben sie das geschafft?«

»Liebe«, sagte Pino. »Sie haben *con smania* gespielt, mit Leidenschaft, doch die Leidenschaft kam von der Liebe. Es gibt keine andere Erklärung. Alle großen Dinge kommen von der Liebe, oder nicht?«

»Ich glaube, das tun sie«, sagte Anna und sah weg. »Die schlimmsten Dinge aber auch.«

»Was meinst du damit?«

»Ein andermal, Pino. Jetzt bin ich einfach zu glücklich.«

Sie hatten die Kuppe des Hügels erreicht. Vor fünfzehn Monaten war die Wiese grün, üppig und unschuldig gewesen. Jetzt war die Vegetation braun verfärbt. Die langen Gräser waren nur noch verfilzte Halme und die Obstbäume auf der Plantage waren verdorrt. Der Himmel wurde dunkel. Es begann zu tröpfeln und dann zu regnen und sie mussten den Hügel hinunterrennen, um ins Auto zu kommen.

Als sie im Innern waren, sagte Anna: »Ich muss schon sagen, Pino, wenn ich mich zwischen hier und Cernobbio entscheiden müsste, dann würde ich ganz bestimmt Cernobbio wählen.«

»Ich auch«, meinte er und schaute durch die regennasse Frontscheibe zum Hügel, auf dem sich Nebel sammelte. »Es ist nicht so wunderbar wie in meiner Erinnerung, aber damals waren ja auch meine Freunde und meine Familie dort. Mein Vater vollbrachte das schönste Geigenspiel seines Lebens und Signor Beltramini sang für seine Frau. Und Tullio und Carletto, der ...«

Von Gefühlen überwältigt ließ Pino den Kopf auf die Hände sinken, mit denen er das Lenkrad hielt.

»Pino, was ist los?«, fragte Anna besorgt.

»Sie haben mich alle verlassen«, würgte er hervor.

»Wer hat dich verlassen?«

»Tullio – und mein bester Freund, selbst mein Bruder. Sie denken, ich bin ein Nazi und ein Verräter.«

»Kannst du ihnen nicht sagen, dass du ein Spion bist?«

»Ich hätte es nicht einmal dir sagen dürfen.«

»Oh, das ist bestimmt schwer zu ertragen«, sagte sie und streichelte ihm die Schulter. »Doch irgendwann werden sie es schließlich erfahren, Carletto und Mimmo, wenn der Krieg vorbei ist. Und Tullio? Das Beste ist, um die Menschen zu trauern, die man geliebt und verloren hat, und dann die neuen Menschen willkommen zu heißen und zu lieben, die dir das Leben vor die Nase setzt.«

Pino hob den Kopf. Für einen langen Moment blickten sie sich an, bevor Anna ihre Hand in seine legte, sich an ihn lehnte und sagte: »Mir ist der Lippenstift nicht mehr wichtig.«

TEIL VIER

Der Grausamste aller Winter

Zweiundzwanzig

Im November 1944 fielen wegen starker nordöstlicher Winde die Temperaturen in Norditalien immer tiefer. Der britische Feldmarschall verbreitete über das Radio den Appell an die als GAP bezeichneten bunt gemischten italienischen Widerstandskräfte, Guerilla-Armeen zu bilden und die Deutschen anzugreifen. Statt Bomben flatterten jetzt Flugblätter aus dem Himmel auf die Straßen Mailands und forderten die Bürger dazu auf, sich dem Kampf anzuschließen. Die Angriffe der Resistenza waren heftiger geworden. Bei fast jeder Bewegung gerieten die Nazis in Bedrängnis.

Im Dezember wurden die Alpen unter dem Schnee begraben. Ein Unwetter nach dem anderen ging auf die Berge nieder, bedeckte Mailand mit Schnee und fiel auch im Süden bis hinunter nach Rom.

Leyers und Pino unternahmen eine hektische Reihe von Fahrten zu den Verteidigungsanlagen an der Grünen Linie in den Apenninen.

Sie trafen auf deutsche Soldaten, die sich in verräucherten Maschinengewehrnestern, in Geschützanlagen und unter improvisierten Zelten aus Leinwandplanen um ein Feuer kauerten. Mehr Decken verlangten OT-Offiziere von Leyers.

Mehr Essen. Und mehr dicke Wolljacken und Socken. Seit der Winter mit seiner Unerbittlichkeit einsetzte, litten die deutschen Soldaten auf den Höhen Not.

General Leyers schien aufrichtig berührt von ihren Bitten und verlangte sich und Pino noch mehr ab, um sich um deren Bedürfnisse zu kümmern. Er beschlagnahmte Decken von einer Fabrik in Genua und Wollsocken und Jacken aus Manufakturen in Mailand und Turin. Er leerte die Märkte in allen drei Städten, was das Elend der Italiener noch verstärkte.

Mitte Dezember hatte Leyers beschlossen, weitere Rinder zu konfiszieren, zu schlachten und seinen Truppen am Weihnachtstag zu liefern, zusammen mit Weinkisten, die aus den Weingütern der Toskana gestohlen wurden.

Frühmorgens am Freitag, dem 22. Dezember 1944, befahl Leyers Pino wieder einmal, zum Bahnhof von Monza zu fahren. Der General verließ den Fiat mit seinem Koffer und sagte Pino, dass er warten solle. Es war helllichter Tag. Pino konnte Leyers nicht folgen, ohne Gefahr zu laufen, gesehen zu werden. Als der General zurückkehrte, wirkte der Koffer schwerer.

»Zum Schweizer Grenzübergang oberhalb von Lugano«, sagte Leyers.

Beim Fahren überlegte Pino, dass der Koffer sicher einen, wenn nicht zwei der Goldbarren beinhaltete, womöglich sogar noch mehr. Als sie die Grenze erreichten, befahl der General Pino zu warten. Es schneite stark, als Leyers hinüber in die Schweiz ging und im Sturm verschwand. Acht todlangweilige Stunden später kehrte Leyers zurück und sie fuhren nach Mailand zurück.

* * *

»Du bist dir sicher, dass er Gold in die Schweiz gebracht hat?«, fragte Onkel Albert.

»Was hätte er sonst im Betriebshof des Bahnhofs tun sollen?«, fragte Pino. »Die Leichen begraben? Nach sechs Wochen?«

»Du hast recht. Ich bin …«

»Was ist los?«, fragte Pino.

»Die Funkjäger der Nazis, sie werden immer besser und sind fast zu gut. Sie können unsere Ausstrahlungsorte viel schneller ausfindig machen. Baka wäre im letzten Monat zweimal fast erwischt worden. Und du kennst die Strafe.«

»Was wirst du tun?«

Tante Greta hörte auf, das Geschirr in der Spüle zu waschen, drehte sich um und sah ihren Mann an, der seinen Neffen betrachtete. »Albert«, sagte sie. »Ich glaube, es ist nicht fair von dir, auch nur danach zu fragen. Der Junge hat schon genug getan. Lass es jemand anderen versuchen.«

»Wir haben keinen anderen«, sagte sein Onkel.

»Du hast nicht einmal mit Michele darüber gesprochen.«

»Ich wollte, dass Pino es tut.«

»Was denn?«, sagte Pino frustriert.

Sein Onkel zögerte, bevor er sagte: »Die Wohnung unter deinen Eltern …«

»Die Wohnung für hochrangige Nazis?«

»Ja. Du denkst vielleicht, das sei eine seltsame Idee.«

Tante Greta sagte: »Ich habe es für verrückt gehalten, als du es zum ersten Mal vorgeschlagen hast, Albert, und jetzt, je länger ich darüber nachdenke, ist es geradezu wahnsinnig.«

»Ich finde, das soll Pino entscheiden.«

Pino gähnte und sagte dann: »Ich gehe in zwei Minuten zum Schlafen nach Hause, ob ihr mir sagt, was ich tun soll, oder nicht.«

»Die Nazis haben einen Kurzwellensender in der Wohnung unter deinem Vater«, sagte Onkel Albert. »Ein Kabel läuft aus dem Fenster und hinauf zu einer Radioantenne, die an der Außenwand der Terrasse deiner Eltern montiert ist.«

Pino erinnerte sich daran, wusste aber noch immer nicht, wohin das Gespräch führen sollte.

»Also«, fuhr sein Onkel fort. »Ich glaube, wenn die deutschen Funkjäger nach illegalen Sendern suchen, könnten wir sie überlisten, indem wir unseren illegalen Funk an die legale Naziantenne anschließen. Verstehst du? Wir verbinden uns mit ihrem Kabel, schließen unser Funkgerät an und schicken unser Signal über eine bekannte deutsche Antenne. Wenn die Funkjäger sich nähern, werden sie sagen: ›Das ist eine von uns‹, und gehen weiter.«

»Wenn sie aber wissen, dass gerade niemand am Nazifunk ist, könnten sie dann nicht die Terrasse hochkommen?«

»Wir warten einfach, bis sie mit ihrer Ausstrahlung fertig sind, und setzen unser Signal direkt im Huckepack drauf, sobald sie sich abmelden.«

»Was würde geschehen, wenn das Funkgerät in unserer Wohnung gefunden wird?«, fragte Pino.

»Nichts Gutes.«

»Weiß Papa, was du dir überlegt hast?«

»Zuerst wollte ich Michele erzählen, was du wirklich in deutscher Uniform machst.«

Auch wenn seine Eltern ihm befohlen hatten, sich der Organisation Todt anzuschließen, hatte Pino bemerkt, wie sein Vater auf seine Hakenkreuzbinde reagierte, wie er wegsah und den Mund beschämt zusammenpresste.

Aber obwohl ihm der Gedanke gefiel, seinem Vater endlich die Wahrheit zu erzählen, sagte Pino: »Ich dachte, je weniger Leute etwas wissen, desto besser ist es.«

»Das habe ich gesagt, ja. Doch wenn Michele die Risiken kennt, die du für den Widerstand auf dich nimmst, dann wird er auch meinen Plan akzeptieren.«

Pino dachte darüber nach. »Angenommen, Papa stimmt zu. Wie werdet ihr das Funkgerät nach oben bringen? Vorbei an den Wächtern in der Lobby, meine ich.«

Onkel Albert lächelte. »Hier kommst du ins Spiel, mein Junge.«

* * *

Als Pino an jenem Abend in der Wohnung der Familie war, starrte ihn sein Vater lange an.

»Du bist wirklich ein Spion?«

Pino nickte. »Wir konnten es dir nicht sagen, doch jetzt müssen wir.«

Michele schüttelte den Kopf, bat dann Pino zu sich und umarmte ihn unbeholfen.

»Es tut mir leid«, sagte er.

Pino schluckte seine Gefühle hinunter und sagte: »Ich weiß.«

Michele löste seine Umarmung und sah mit glänzenden Augen zu Pino auf. »Du bist ein mutiger Mann. Mutiger, als ich je sein könnte, und zu Dingen fähig, die ich nie geahnt hätte. Ich bin stolz auf dich, Pino. Ich will, dass du das weißt, egal, was mit uns noch geschieht, bevor dieser Krieg vorbei ist.«

Das bedeutete Pino alles und er musste schlucken. »Papa …«

Sein Vater legte die Hand an Pinos Wange, als er nicht weitersprechen konnte. »Wenn du das Funkgerät an den Wachtposten vorbeibekommst, werden wir es hierbehalten. Ich will meinen Beitrag leisten.«

»Danke, Papa«, sagte Pino schließlich. »Ich werde warten, bis du Mamma und Cicci zu Weihnachten besuchen wirst. So kannst du leugnen, irgendwas darüber gewusst zu haben.«

Michele sah ihn betroffen an. »Deine Mutter wird außer sich sein.«

»Ich kann nicht kommen, Papa. General Leyers braucht mich.«

»Kann ich Mimmo von dir erzählen, wenn er sich meldet?«

»Nein.«

»Aber er denkt …«

»Ich weiß, was er denkt, und ich muss einfach damit leben, bis die Zeiten besser sind«, sagte Pino. »Wann hast du zuletzt von ihm gehört?«

»Vor drei Monaten. Er hat gesagt, er würde zur Ausbildung nach Piemont gehen. Ich habe versucht, ihn aufzuhalten, doch es war nicht möglich, sich deinem starrköpfigen Bruder in den Weg zu stellen. Er ist von deinem Fenster auf den Sims geklettert und dann abgehauen. Über sechs Etagen. Wer hätte so etwas getan?«

Pino erinnerte sich daran, dass er einen ähnlichen Fluchtweg genutzt hatte, als er jünger war, und versuchte, sich ein Grinsen zu verkneifen: »Domenico Lella. Der einzig Wahre. Ich vermisse ihn.«

Michele wischte sich die Augen. »Gott allein weiß, worauf sich der Junge eingelassen hat.«

* * *

Nach einem weiteren langen Tag in General Leyers Auto saß Pino am folgenden Abend in Dollys Küche, aß Annas hervorragendes Risotto und starrte ins Leere.

Anna trat ihm leicht gegen das Schienbein.

Pino erschrak. »Was ist?«

»Du bist heute Abend irgendwo anders.«

Er seufzte und flüsterte dann: »Bist du sicher, dass sie schlafen?«

»Ich bin mir sicher, dass sie in Dollys Zimmer sind.«

Pino flüsterte weiter: »Ich will dich nicht mit hineinziehen, doch je mehr ich darüber nachdenke, könntest du eine große Hilfe bei etwas Wichtigem sein, das auch gefährlich für uns beide werden könnte.«

Anna starrte ihn zunächst aufgeregt an, doch dann legte sich die Aufregung und sie wirkte ernüchtert und ängstlich. »Wenn ich Nein sage, wirst du es dann allein machen?«

»Ja.«

Nach ein paar Momenten fragte sie: »Was muss ich tun?«

»Willst du nicht wissen, worum es geht, bevor du entscheidest?«

»Ich vertraue dir, Pino«, sagte Anna. »Sag mir einfach, was ich machen soll.«

* * *

Selbst im Krieg, zwischen Zerstörung und Verzweiflung, herrschten an Heiligabend Hoffnung und Freundlichkeit. Pino bemerkte es früh am Tag, als General Leyers an der Grünen Linie den Weihnachtsmann spielte und die Verteilung von gestohlenem Brot, Fleisch, Wein und Käse beaufsichtigte. Er sah es erneut am Abend, als er mit Anna hinter Tausenden von Milanesen an der Rückwand des Doms stand, die sich für die Vigilmesse am Heiligen Abend in den drei Schiffen der Kathedrale drängten. Die Nazis hatten sich geweigert, die Sperrstunde für die traditionelle Mitternachtsmesse aufzuheben.

Kardinal Schuster hielt die Messe. Anna konnte den Kirchenmann kaum sehen, doch Pino war groß genug, um Schuster deutlich zu erkennen bei seiner Predigt, die sich mit den Entbehrungen bei der Geburt Christi beschäftigte und zugleich ein Aufruf an seine Gemeinde war.

»›Euer Herz lasse sich nicht verwirren‹«, sagte der Kardinal von Mailand. »Jene sechs Worte von Jesus Christus, unserem Herrn und Erretter, sind mächtiger als jede Patronenkugel, Kanone oder Bombe. Die Menschen, die diese sechs Worte in sich tragen, haben keine Furcht und sind stark. ›Euer Herz lasse sich nicht verwirren.‹ Menschen, die diese Worte wahrhaftig in sich tragen, werden gewiss Tyrannen und ihre Armeen besiegen. So geschieht es seit eintausendneunhundertvierundvierzig Jahren. Und ich verspreche euch, so wird es in Ewigkeit sein.«

Als sich der Chor zum Singen erhob, wirkten viele in der Menge von Kardinal Schusters kühner Predigt ermutigt. Während sie den Mund öffneten, um gemeinsam mit dem Chor zu singen, sah Pino, wie die zerschlagenen und kriegsmüden Menschen wieder zu hoffen begannen und wie ihre Augen glänzten.

»Hast du da drin eine Danksagung gebetet?«, fragte Anna, als sie die Kathedrale nach der Messe verließen. Sie nahm die Einkaufstasche, die sie bei sich trug, von einer Hand in die andere.

»Das habe ich«, sagte Pino. »Ich habe Gott dafür gedankt, dass er mir dich geschenkt hat.«

»Jetzt hör dich nur an. Das klingt so nett.«

»Es ist auch wahr. Wegen dir bin ich furchtlos, Anna.«

»Und ich bin so ängstlich wie noch nie.«

»Das musst du nicht«, sagte Pino und legte ihr den Arm um die Schulter. »Mach einfach das, was ich manchmal tue, wenn ich Angst bekomme: Stell dir vor, du wärst jemand anderes, jemand, der viel mutiger und klüger ist.«

Während sie an dem dunklen, beschädigten Koloss der Scala vorbei in Richtung Lederwarengeschäft gingen, meinte Anna: »Ich glaube, das kann ich. So tun, als wäre ich jemand anderes, meine ich.«

»Ich weiß, dass du das kannst«, sagte Pino und fühlte sich auf dem ganzen Weg zu Onkel Albert unbesiegbar mit Anna an seiner Seite.

Von der Hintergasse aus klopften sie an die Hintertür. Onkel Albert öffnete den Eingang zum Nähraum der Manufaktur, wo es überall nach gegerbtem Leder roch. Als er die Tür hinter ihnen verschlossen hatte, knipste Pinos Onkel das Licht an.

»Wer ist das?«, fragte Onkel Albert.

»Meine Freundin«, sagte Pino. »Anna-Marta. Sie wird mir helfen.«

»Ich habe doch gesagt, dass es besser allein gemacht wird.«

»Da es mein Kopf ist, der in der Schlinge steckt, mache ich es auf meine Art.«

»Nämlich wie?«

»Das sage ich nicht.«

Onkel Albert wirkte nicht sehr glücklich darüber, doch er verhielt sich gegenüber Pino respektvoll. »Wie kann ich helfen? Was brauchst du?«

»Drei Flaschen Wein. Eine schon geöffnet und wieder verschlossen, bitte.«

»Ich hole sie«, erwiderte sein Onkel und ging hoch zu der Wohnung.

Pino zog seine Straßenkleidung aus und die Uniform an. Anna stellte die Einkaufstasche hin und ging durch das Atelier, betrachtete die Schneidetische, die Nähmaschinen und die Regale mit feinen Lederwaren in verschiedenen Stadien der Fertigstellung.

»Ich liebe das«, sagte sie.

»Was?«

»Die Welt, in der du lebst. Die Gerüche. Das schöne Handwerk. Es ist wie ein Traum für mich.«

»Ich glaube, so habe ich es noch nie gesehen, aber ja, es ist schön.«

Onkel Albert kam zusammen mit Tante Greta und Baka wieder die Treppe herunter. Der Funker trug den hellbraunen Koffer mit Riemen und falschem Boden, den Pino damals im April schon gesehen hatte.

Sein Onkel beobachtete Anna, die noch immer die Lederwaren bewunderte.

Pino sagte: »Anna liebt deine Arbeit.«

Er wurde milder. »Ja? Es gefällt dir?«

»Es ist alles so perfekt gestaltet«, sagte Anna. »Wie haben Sie überhaupt gelernt, so etwas zu machen?«

»Es wird einem beigebracht«, sagte Tante Greta und beäugte sie misstrauisch. »Du lernst es von einem Meister. Wer bist du? Woher kennst du Pino?«

»Irgendwie arbeiten wir zusammen«, sagte Pino. »Du kannst ihr vertrauen. Ich tue es auch.«

Tante Greta war nicht davon überzeugt, doch sie sagte nichts. Baka reichte Pino den Koffer. Aus der Nähe wirkte der Funker verhärmt und abgespannt, ein Mann, der schon zu lange auf der Flucht war.

»Pass auf sie auf«, sagte Baka und nickte zu dem Funkgerät. »Sie geht mit Stimme nach überall, aber ist ganz empfindlich.«

Pino nahm den Koffer, merkte, wie leicht er war, und sagte: »Wie seid ihr eigentlich nach San Babila reingekommen, ohne durchsucht zu werden?«

»Tunnel«, sagte Onkel Albert und blickte auf die Uhr. »Du musst dich jetzt beeilen, Pino. Du solltest das nicht nach der Sperrstunde versuchen.«

Pino fragte Anna: »Kannst du die Einkaufstasche und die zwei ungeöffneten Flaschen nehmen?«

Sie stellte eine verzierte Ledertasche weg, die sie bewundert hatte, nahm, was er brauchte, und ging mit ihm nach hinten ins Geschäft. Pino öffnete den Koffer. Sie taten den Wein und den Inhalt der Einkaufstasche hinein und bedeckten damit den doppelten Boden, der die Teile des Funkgeräts und den Generator enthielt.

»Okay«, sagte Pino, nachdem sie den Koffer mit den Riemen verschlossen hatten. »Wir gehen los.«

»Nicht ohne eine Umarmung von mir«, sagte Tante Greta und schloss ihn in die Arme. »Frohe Weihnachten, Pino. Geh mit Gott.« Sie blickte zu Anna. »Du ebenfalls, junge Dame.«

»Frohe Weihnachten, *Signora*«, sagte Anna und lächelte.

Onkel Albert streckte ihr die Ledertasche hin, die sie bewundert hatte, und sagte: »Frohe Weihnachten für die mutige und schöne Anna-Marta.«

Anna blieb der Mund offen stehen, doch sie nahm sie so, wie ein kleines Mädchen eine geliebte Puppe nehmen würde. »Ich habe noch nie in meinem ganzen Leben ein so wunderbares Geschenk bekommen. Vielen Dank! Vielen Dank!«

»Mit Vergnügen«, sagte Tante Greta.

»Passt auf euch auf«, sagte Onkel Albert. »Ihr beide. Und frohe Weihnachten.«

* * *

Als sich die Tür hinter ihnen geschlossen hatte, lastete das Gewicht dessen, was vor ihnen lag, schwer auf Pino. Mit einem in Amerika hergestellten Kurzwellensender erwischt zu werden, kam der Unterschrift unter ein Todesurteil gleich. Sie standen auf der Gasse und Pino zog den Korken aus der Flasche exzellenten Chiantis, den Onkel Albert geöffnet hatte, nahm einen großen Schluck und reichte ihn Anna.

Sie nippte ein paarmal daran und nahm dann auch einen langen Schluck. Sie grinste ihn wie verrückt an, küsste ihn und sagte: »Manchmal muss man einfach Vertrauen haben.«

»Das sagt Pater Re auch immer«, sagte Pino lächelnd. »Vor allem, wenn es das Richtige ist, ungeachtet der Konsequenzen.«

Sie verließen die Gasse. Er trug den Koffer. Anna tat die angebrochene Weinflasche in die offene neue Handtasche. Sie hielten sich an der Hand, hüpften ein paarmal beim Gehen und kicherten dabei, als wären sie die einzigen zwei Menschen auf der Welt. Von dem deutschen Kontrollposten weiter unten an der Straße hörten sie raues Gelächter.

»Es klingt, als würden sie trinken«, sagte Anna.

»Umso besser«, sagte Pino und ging mit ihr weiter in Richtung der Wohnung seiner Eltern.

Je näher sie kamen, desto fester hielt Anna Pinos Hand.

»Entspann dich«, sagte er sanft. »Wir sind betrunken und kümmern uns um nichts auf der Welt.«

Anna nahm einen Schluck Wein und sagte: »In ein paar Minuten wird es entweder das Ende aller Dinge sein oder der Anfang.«

»Du kannst noch immer zurück.«

»Nein, Pino, ich bleibe bei dir.«

Sie stiegen die Treppe zur Vordertür des Wohnhauses hoch und drückten sie auf, als Pino einen Moment der Panik und des Zweifels verspürte und sich fragte, ob es ein Fehler war, Anna mitzunehmen und ihr Leben unnötig zusätzlich zu seinem zu riskieren. Doch in der Sekunde, als er die Tür öffnete, brach sie in Gelächter aus, hängte sich an ihn und sang Bruchstücke eines Weihnachtslieds.

Sei jemand anders, dachte Pino und tat es ihr gleich, als sie in die Lobby stolperten.

Zwei Wachtposten der Waffen-SS, die Pino nicht kannte, standen am Fuß des Aufzugs und schauten aufmerksam zu ihnen.

»Was soll das?«, fragte einer von ihnen auf Italienisch, während der andere mit einer Maschinenpistole auf sie zielte. »Wer seid ihr?«

»Ich wohne hier, sechste Etage«, sagte Pino mit leichtem Lallen und streckte seine Papiere aus. »Michele Lellas Sohn, Giuseppe, loyaler Soldat der Organisation Todt.«

Der deutsche Soldat nahm die Papiere und betrachtete sie genau.

Anna hing mit amüsiertem Blick an Pinos Arm, bis der andere Soldat sagte: »Wer bist du?«

»Anna«, sagte sie und hickste. »Anna-Marta.«

»Papiere.«

Sie blinzelte, griff nach der Handtasche, wackelte dann aber betrunken mit dem Kopf. »Oh nein, das ist eine neue Handtasche, mein Weihnachtsgeschenk, und ich habe die Papiere in meiner anderen bei Dolly gelassen. Kennt ihr Dolly?«

»Nein. Was haben Sie hier für eine Angelegenheit?«

»Angelegenheit?«, schnaubte Anna. »Ich bin das Dienstmädchen.«

»Das Dienstmädchen der Lellas ist heute bereits gegangen.«

»Nein«, sagte sie und winkte ihnen zu. »General Leyers Dienstmädchen.«

Damit hatte sie die volle Aufmerksamkeit, vor allem, als Pino sagte: »Und ich bin der persönliche Fahrer des Generals. Er hat uns für den Weihnachtsabend freigegeben und …« Pino zeigte mit dem Kopf über seine rechte Schulter und ging einen Schritt auf die Soldaten zu, wobei er dümmlich grinste. Mit leiser, verschwörerischer Stimme sagte er: »Meine Eltern sind weg. Wir haben die Nacht frei. Die Wohnung ist leer. Anna und ich dachten, wir könnten hochgehen und, na ja, feiern.«

Die Augenbraue des ersten Wachtpostens hob sich anerkennend. Der andere grinste anzüglich zu Anna, die mit einem frechen Lächeln antwortete.

»Okay?«, sagte Pino.

»Ja, ja«, sagte er lachend, während er Pino seine Papiere gab. »Geht hoch. Es ist Weihnachten.«

Pino nahm die Papiere, stopfte sie nachlässig in seine Tasche und sagte: »Ich schulde Ihnen was.«

»Wir beide«, sagte Anna schüchtern und hickste erneut.

Pino dachte schon, sie wären in Sicherheit, als er den Lederkoffer anhob. Doch dabei gaben die Flaschen im Innern ein hörbares Klirrgeräusch von sich.

»Was ist in dem Koffer?«, sagte der andere Wachtposten.

Pino blickte zu Anna, die errötete und lachte. »Sein Weihnachtsgeschenk.«

»Vorzeigen«, sagte er.

»Nein«, wehrte Anna ab. »Es soll eine Überraschung sein.«

»Aufmachen«, beharrte der zweite Wachtposten.

Pino sah zu Anna, die wieder errötete und die Schultern zuckte.

Er seufzte, kniete sich hin und löste die Riemen.

Mit dem Öffnen des Deckels kamen zwei weitere Flaschen Chianti zum Vorschein, dazu ein rotes Satinbustier mit passendem Höschen, Strumpfhalter und schenkelhohe rote Strümpfe, ein schwarz-weißes französisches Dienstmädchenkostüm mit Strumpfhalter, Höschen und durchsichtigen schwarzen Seidenstrümpfen und noch ein schwarzer Spitzen-BH und Höschen.

»Überraschung«, sagte Anna sanft. »Frohe Weihnachten.«

* * *

Der erste Soldat jaulte vor Lachen laut auf und sagte schnell etwas auf Deutsch, was Pino nicht verstand. Der andere Soldat brach lachend zusammen, ebenso erging es Anna, die etwas auf Deutsch erwiderte, wovon sie noch mehr lachen mussten.

Pino wusste nicht, was los war, doch er nutzte die Gelegenheit, nahm eine der Weinflaschen heraus und schloss den Koffer. Er hielt den Wachtposten den Wein hin. »Und frohe Weihnachten auch!«

»Ja?«, sagte einer der Wachen und nahm ihn. »Ist er gut?«

»Magnifico. Von einem Weingut in der Nähe von Siena.«

Der SS-Soldat hielt sie seinem Partner hin, der noch immer grinste, und blickte dann wieder zu Pino und Anna.

»Vielen Dank. Frohe Weihnachten für dich und deine Putzfrau.«

Das brachte ihn, seinen Partner und Anna zu einer neuen Runde Gelächter. Während sie zum Aufzugkäfig gingen, lachte Pino auch, obwohl er den Grund nicht kannte.

Während der Aufzug nach oben fuhr, plapperten die Naziwachen fröhlich miteinander und öffneten die Weinflasche. Als der Aufzug den dritten Stock erreichte und sie außer Sicht von unten waren, flüsterte Anna: »Wir haben es geschafft!«

»Was hast du ihnen erzählt?«

»Etwas Unanständiges.«

Pino lachte, beugte sich zu ihr und küsste sie. Sie stieg über den Koffer und in seine Arme. Sie umarmten sich, während sie an der fünften Etage und der zweiten Gruppe Wachtposten der Waffen-SS vorbeifuhren. Als Pino die Augen öffnete, um über Annas Schultern hinweg zu ihnen zu spähen, erwischte er einen kurzen Blick auf zwei neidische Männer. Sie gingen in die Wohnung, schlossen die Tür, machten ein Licht an und stellten den Koffer mit dem Funkgerät in einen Schrank, bevor sie sich auf dem Sofa in die Arme fielen.

»So habe ich mich noch nie gefühlt«, keuchte Anna, ihre Augen weit geöffnet und gläsern. »Wir hätten da unten sterben können.«

»Es zeigt dir, was wichtig ist«, sagte Pino und bedeckte ihre Wangen und ihr ganzes Gesicht mit seinen Küssen. »Es blendet alles andere aus. Ich … ich glaube, ich liebe dich, Anna.«

Er hatte gehofft, dass sie dasselbe sagen würde, doch sie wich von ihm zurück und ihr Gesicht bekam einen ernsten Ausdruck. »Nein, das sollst du nicht sagen.«

»Warum nicht?«

Anna kämpfte mit sich und sagte dann: »Du weißt nicht, wer ich bin. Nicht wirklich.«

»Was kann es geben, das mich hindert, die Musik in meinem Herzen zu hören, jedes Mal, wenn ich dich sehe?«

Anna sah ihn nicht an. »Dass ich eine Witwe bin?«

»Eine Witwe?«, fragte Pino und versuchte, nicht ernüchtert zu klingen. »Du warst verheiratet?«

»So funktioniert das normalerweise«, sagte Anna und betrachtete ihn jetzt genau.

»Du bist zu jung, um eine Witwe zu sein.«

»Diese Reaktion hat mir früher wehgetan, Pino. Jetzt ist es einfach das, was jeder sagt.«

»Nun«, sagte er und versuchte, mit dieser Neuigkeit umzugehen. »Erzähl mir von ihm.«

* * *

Es war eine arrangierte Ehe gewesen. Ihre Mutter, die Anna weiterhin die Schuld am Tod ihres Mannes gab, wollte sie schnell loswerden und hatte ein Haus gebaut, das sie als Mitgift erhalten würde. Sein Name war Christian.

»Er war sehr stattlich«, sagte Anna mit bittersüßem Lächeln. »Ein Armeeoffizier. Zehn Jahre älter als ich am Tag unserer Hochzeit. Wir verbrachten die Hochzeitsnacht und zweitägige Flitterwochen miteinander, bevor er nach Nordafrika verschifft wurde. Er starb bei der Verteidigung einer Wüstenstadt namens Tobruk vor mittlerweile drei Jahren.«

»Hast du ihn geliebt?«, fragte Pino mit zugeschnürter Kehle.

Anna neigte ihr Kinn und sagte: »Ob ich verrückt nach ihm war, als er loszog, um in Mussolinis dummem Krieg zu kämpfen? Nein. Ich kannte ihn ja kaum. Es gab gar keine Zeit, dass sich echte Liebe entwickeln konnte, von Feuer gar nicht zu reden. Doch ich muss zugeben, dass mir der Gedanke gefiel, mich in ihn zu verlieben, als ich noch auf seine Rückkehr wartete.«

Pino merkte, dass sie die Wahrheit sprach. »Aber du hast … du hast mit ihm geschlafen?«

»Er war mein Mann«, sagte sie irritiert. »Wir haben zwei Tage miteinander geschlafen, und dann ist er in den Krieg gezogen und gestorben und hat mich zurückgelassen, sodass ich mich um mich selbst kümmern musste.«

Pino dachte darüber nach. Er blickte in Annas suchende, verletzte Augen und spürte, wie die Musik wieder in seiner Brust zu spielen begann. »Das stört mich nicht«, sagte er. »Deshalb bewundere ich dich nur noch mehr, verehre dich mehr.«

Anna blinzelte ihre Tränen zurück. »Du sagst das nicht nur so?«

»Nein«, sagte Pino. »Also, darf ich dir sagen, dass ich dich liebe?«

Sie zögerte, doch dann nickte sie und kam schüchtern näher.

»Du kannst mir auch zeigen, dass du mich liebst«, sagte Anna.

Sie zündeten eine Kerze an und tranken die dritte Flasche Chianti. Anna zog sich für Pino aus. Sie half ihm aus seiner Kleidung, und sie legten sich auf ein Bett, das sie aus Kissen, Polstern, Laken und Decken auf dem Wohnzimmerboden machten.

Wäre es irgendeine andere Frau als Anna gewesen, dann hätte sich Pino vielleicht auf ihre Haut und die Berührungen konzentriert. Doch jenseits ihrer verlockenden Lippen und ihrer betörenden Augen war Pino von etwas Unwiderstehlicherem und Ursprünglicherem ergriffen, als wäre Anna kein Mensch, sondern ein Geist, eine Melodie, ein perfektes Instrument der Liebe. Sie liebkosten einander, sie kamen zusammen und in jener ersten Ekstase spürte Pino, wie er mit Annas Seele so tief verschmolz wie mit ihrem Körper.

Dreiundzwanzig

In jener Nacht gab es für Pino keinen Schlaf und keinen Krieg, nur Anna und die Freuden ihres Duetts.

Als der Morgen des Weihnachtstages 1944 dämmerte, lagen sie schläfrig in den Armen des anderen.

»Das schönste Geschenk überhaupt«, sagte Pino. »Selbst ohne Dollys Kostüme.«

Anna lachte. »Das war sowieso nicht meine Größe.«

»Da bin ich froh, dass die Wachtposten keine Modenschau verlangt haben.«

Sie lachte erneut und gab ihm einen leichten Klaps. »Ich auch.«

Pino war kurz davor, in einen tiefen, befriedigten Schlaf zu fallen, als er Stiefelschritte hörte, die aus dem Schlafzimmer den Flur entlangkamen. Er sprang auf und griff nach der Walther in ihrem Holster an einem Stuhl. Er zog sie und fuhr herum.

Mimmo zielte bereits mit einem Gewehr auf seinen Bruder und sagte: »Frohe Weihnachten, Nazijunge.«

Er hatte eine scheußliche bleiche Narbe an der linken Seite seines Gesichts. Ansonsten sah er so kampfgehärtet aus wie die deutschen Soldaten an der Grünen Linie. Onkel Albert hatte Berichte bekommen, dass Mimmo an Überfällen und Sabotage beteiligt war, dass er Gefechte gesehen und großen Mut im Kampf bewiesen hatte. An dem kalten Ausdruck in Mimmos Augen konnte Pino erkennen, dass es die Wahrheit war.

»Was ist mit deinem Gesicht passiert?«, fragte Pino.

Mimmo spottete: »Ein Faschist hat ein Messer durchgezogen und mich zum Sterben zurückgelassen, Feigling.«

»Wer ist ein Feigling?«, sagte Anna und stand wütend auf, das Laken um den Körper gewickelt.

Mimmo warf einen Blick auf sie, schüttelte den Kopf in Richtung Pino und sagte angewidert: »Du bist nicht nur ein Feigling und ein Verräter, du bringst auch noch irgendwelche Huren an Weihnachten in Mammas und Papas Haus und vögelst sie hier im Wohnzimmer!«

Bevor er die Wut richtig spürte, hatte Pino bereits die Pistole umgedreht, sie am Lauf ergriffen und damit gegen seinen Bruder ausgeholt. Die Walther traf Mimmos verletzte Wange, brachte ihn aus dem Gleichgewicht und er heulte vor Schmerz auf. Pino sprang mit zwei riesigen Schritten über die Couch und versuchte, seinem Bruder ins Gesicht zu schlagen. Mimmo duckte sich weg und versuchte, ihn mit dem Gewehrkolben zu schlagen. Pino ergriff das Gewehr, riss es seinem Bruder aus der Hand und rammte es ihm in den Bauch, genauso, wie ihn Tito damals bei der Casa Alpina geschlagen hatte. Seinem Bruder blieb die Luft weg und er fiel rückwärts auf den Boden des Speisezimmers.

Pino warf das Gewehr zur Seite, sprang neben Mimmo und ergriff ihn an der Kehle, wollte seinem Bruder die Faust kräftig ins Gesicht schlagen, verletzt oder nicht. Doch als er gerade ausholte, schrie Anna auf.

»Nein, Pino! Jemand hört es vielleicht und dann wäre alles umsonst gewesen.«

Pino drängte es danach, seinen Bruder zu schlagen, doch er löste den Griff an seinem Hals, ließ von ihm ab und sprang auf die Beine.

»Wer ist das?«, fragte Anna.

»Mein kleiner Bruder«, sagte Pino mit Abscheu.

»War einmal dein Bruder«, sagte Mimmo mit gleichem Hass vom Boden.

Pino erwiderte: »Verschwinde, bevor ich meine Meinung ändere und dich an Weihnachten umbringe.«

Mimmo sah aus, als wollte er auf ihn losgehen, stattdessen stützte er sich auf die Ellbogen. »Eines Tages, sehr bald schon, Pino, wirst du dich selbst dafür hassen, dass du zum Verräter geworden bist. Die Nazis werden fallen und dann möge Gott dir gnädig sein.«

Mimmo stand auf und nahm sein Gewehr. Er sah nicht zurück, sondern ging den Flur entlang zu den Schlafzimmern und verschwand.

»Du hättest es ihm sagen sollen«, sagte Anna, nachdem Mimmo gegangen war.

»Er darf es nicht wissen. Es ist zu seinem eigenen Besten. Und meinem.«

Pino bebte noch immer. Anna öffnete die Laken, die sie um sich gezogen hatte, und sagte: »Du siehst kalt und einsam aus.«

Pino lächelte und kam zu ihr. Sie legte die Decken um sie beide und hielt ihn fest. »Es tut mir leid, dass dir das am Weihnachtsmorgen geschehen ist, nach der wunderbarsten Nacht meines Lebens.«

»War es das?«

»Du bist ein Naturtalent«, sagte sie und küsste ihn.

Er grinste verlegen. »Findest du?«

»Oh ja.«

Anna und Pino legten sich wieder hin, in die Arme des anderen gekuschelt, und fielen in den letzten guten Schlaf, den sie für Wochen haben würden.

* * *

Ein Unwetter nach dem anderen erfasste in den folgenden Tagen Norditalien. Neujahr brachte bitterkalte russische Winde mit sich und Schnee, der die Landschaft weiter unter seinem dumpfen Weiß und düsteren Grau bedeckte. Für Mailand war es der schlimmste Winter seit Beginn der Wetteraufzeichnungen.

Weite Bereiche der Stadt wirkten grausig. Versengte Häuserreste standen noch in dem Schutt und den Bombentrümmern und wirkten auf Pino wie schwarz-weiße Zähne, die sich einem Himmel entgegenknirschten, der fast ununterbrochen Schnee fallen ließ, als würde Gott alles Mögliche versuchen, um die Kriegsnarben auszulöschen.

Die Einwohner Mailands litten unter Gottes kalten Bemühungen. Durch Leyers' Plünderungen war Heizöl knapp geworden und deutschen Einrichtungen vorbehalten. Die Menschen fingen an, die prachtvollen alten Bäume der Stadt für Brennholz zu fällen. Der Rauch von Lagerfeuern drang sowohl aus Ruinen als auch aus unversehrten Gebäuden. Baumstümpfe flankierten jetzt Mailands vormals berühmte überschattete Straßen. Viele Parks waren kahl geschlagen worden. Alles, was brannte, wurde verbrannt. In manchen Gegenden war die Luft so schlecht wie in einem Kohleofen.

General Leyers verweilte kaum einmal in der ersten Hälfte des Januars, was bedeutete, dass auch Pino kaum stehen blieb. Immer wieder unternahmen sie die gefährliche Fahrt über verschneite Straßen zur Grünen Linie, um sicherzustellen, dass die in der Kälte leidenden Truppen ihre Rationen bekamen.

Leyers schien jedoch gleichgültig gegenüber dem Elend des normalen Italieners. Er hatte aufgehört zu behaupten, dass er die Italiener für das bezahlen würde, was sie für die deutschen Kriegsanstrengungen beitrugen oder bereitstellten. Wenn der General etwas benötigte, dann ließ er es beschlagnahmen. In Pinos Augen kehrte Leyers zu dem reptilienhaften Status zurück, in dem er ihn kennengelernt hatte. Kalt, rücksichtslos, effizient. Er war ein Ingenieur, dem eine Aufgabe zugewiesen wurde und der wild entschlossen war, sie zu erfüllen.

Eines frostigen Nachmittags Mitte Januar befahl der General Pino, ihn zum Bahnhof von Monza zu bringen, wo er seinen Koffer schwerer machte, bevor er ihn aufforderte, ihn zur Schweizer Grenze oberhalb von Lugano zu bringen.

Diesmal war Leyers fünf Stunden weg. Als er aus der Limousine stieg, die ihn zurück zur Grenze brachte, trug er den Koffer, als wäre er nun doppelt so schwer wie vorher, und er schien auf dem Weg über die Grenze zurück zum Fiat fast zu taumeln.

»Mon général?«, sagte Pino, nachdem Leyers mit dem Koffer auf den Rücksitz gestiegen war. »Wohin jetzt?«

»Das spielt keine Rolle«, sagte Leyers. Er roch nach Alkohol. »Der Krieg ist vorbei.«

Pino saß da, verblüfft und unsicher, ob er ihn richtig verstanden hatte.

»Der Krieg ist vorbei?«

»Das kann gut sein«, sagte der General angewidert. »Wir sind im wirtschaftlichen Kollaps, militärisch auf dem Rückzug und die gottlosen Dinge, die für Hitler getan wurden, werden auch bald aufgedeckt sein. Bring mich zu Dolly.«

Pino wendete den Fiat und fuhr den Berg hinab, während er zu begreifen versuchte, was der General gerade gesagt hatte. Er verstand, was ein wirtschaftlicher Zusammenbruch war. Er wusste bereits von seinem Onkel, dass die Nazis nach der Ardennenoffensive in Ostfrankreich auf dem Rückzug waren und dass Budapest kurz vor dem Fall stand.

Die gottlosen Dinge, die für Hitler getan wurden. Was meinte er damit? Die Juden? Die Sklaven? Die Gräueltaten? Pino wollte Leyers fragen, was er meinte, doch er befürchtete seine Reaktion.

Der General trank unentwegt aus einer Schnapsflasche und saß während der gesamten Fahrt zurück nach Mailand schweigend da. Als sie sich dem Stadtzentrum näherten, weckte etwas sein Interesse, und er bat Pino, langsamer zu fahren. Er schien von den noch stehenden Häusern gebannt zu sein und spähte zu ihnen hinauf, als würden sie Geheimnisse bergen.

Bei Dolly angekommen, lallte Leyers: »Ich brauche Zeit, um nachzudenken und zu planen, Vorarbeiter. Lass den Wagen am Fuhrpark. Betrachte dich als freigestellt bis Montag um null achthundert.«

»Montag«, sagte Pino. *»Oui, mon général.«*

Bevor er aussteigen und die Hintertür öffnen konnte, war Leyers bereits aus dem Wagen und über den Bürgersteig zu Dollys Haus getaumelt, wo er mit nichts in der Hand im Inneren verschwand. Er hatte etwas vergessen … Pino drehte sich um und blickte über den Sitz. Der Koffer stand da, direkt auf dem Boden.

* * *

Nachdem er kurz zu Hause gewesen war und sich umgezogen hatte, fuhr Pino direkt zu Onkel Albert. Er parkte und nahm den Koffer, der leichter war als erwartet. Er blickte durch das Schaufenster ins Ledergeschäft und sah, dass Tante Greta zwei deutsche Offiziere bediente. Deshalb ging er nach hinten, um an der Tür zum Nähatelier zu klopfen.

Eine Arbeiterin öffnete, starrte ihn an und fragte: »Wo ist heute deine Uniform?«

»Ich habe den Tag frei«, sagte er und fühlte sich unangenehm prüfend betrachtet, als er an ihr vorbeiging. »Kannst du meinem Onkel sagen, dass ich oben in der Küche bin?«

Sie nickte, wirkte aber nicht sehr glücklich.

Als Onkel Albert kam, schien eine große Last auf ihm zu liegen.

»Geht es dir gut?«, fragte Pino.

»Wie bist du hereingekommen?«

Pino sagte es ihm.

»Hast du gesehen, dass jemand den Laden beobachtet?«

»Nein, aber ich habe auch nicht darauf geachtet. Glaubst du …?«

Sein Onkel nickte. »Gestapo. Wir müssen uns zurückziehen, langsamer machen, in den Schatten weichen, wenn wir können.«

Gestapo? Hatten sie gesehen, wie er mit dem Koffer aus General Leyers' Stabswagen gekommen war?

Plötzlich fühlte sich die Bedrohung einer Entdeckung so real an wie noch nie. War die Gestapo hinter Onkel Albert her? Suchten sie nach einem Spion innerhalb des deutschen Oberkommandos? Er erinnerte sich an Tullio, der seine Henker angeschrien hatte, und fragte sich, ob er auch so mutig wäre, wenn man ihn entdecken und an die Mauer stellen würde.

Während er halb damit rechnete, dass Agenten der Gestapo jeden Moment durch die Tür brechen würden, beschrieb Pino schnell General Leyers' Reise in die Schweiz, wie er betrunken zurückgekehrt war und gesagt hatte, der Krieg sei vorbei, und dass er seinen Koffer zurückgelassen hatte.

»Mach ihn auf«, sagte Onkel Albert. »Ich hole deine Tante zum Übersetzen.«

Als sein Onkel ging, zog Pino den Schlüssel hervor, den er mit der Wachsform gemacht hatte, schickte ein stilles Gebet nach oben und schob ihn in das erste Schloss. Er musste ein wenig herumfummeln, bis es nachgab. Das zweite Schloss öffnete sich leichter.

Tante Greta kam in die Küche und wirkte blass und unsicher, als sie die Ordner sah, die Pino aus dem Koffer gezogen hatte.

»Ich will es mir fast gar nicht ansehen«, sagte sie, doch dann klappte sie die oberste Akte auf und begann, die Seiten im Innern durchzusehen. »Das sind Befestigungspläne der Grünen Linie. Ganze Abschnitte. Hol die Kamera.«

Onkel Albert holte schnell den Fotoapparat und sie begannen, die Seiten zu fotografieren und die Positionen auf den Karten zu vermerken, die ihnen wertvoll für die Alliierten schienen. Ein Dokument gab detaillierte Zugfahrpläne zwischen Italien und Österreich wieder. Andere beschrieben Munition und ihre Lagerstätten.

Ganz unten fanden sie eine unvollständige handgeschriebene Notiz von Leyers an General Karl Wolff, dem Leiter der SS in Italien. Die Notiz lieferte die Gründe, warum der Krieg verloren war, nannte die rapide schwindende Industriegrundlage, den Vormarsch der Alliierten, bevor der Schnee gekommen war, und Hitlers Weigerung, auf seine Kriegsgeneräle zu hören.

»›Wir müssen uns der Tatsache stellen, dass wir nicht viel länger weitermachen können‹«, las Tante Greta. »›Wenn wir es tun, dann wird von uns oder unserem Vaterland nichts mehr übrig bleiben.‹ Das ist alles. Keine Unterschrift. Er ist damit noch nicht fertig.«

Onkel Albert dachte nach und sagte: »Es ist gefährlich, so etwas schriftlich festzuhalten. Ich werde eine Notiz dazu machen und Baka sagen, dass er es am Morgen senden soll.«

Der Funker hatte sich als Zimmermann ausgegeben, der Arbeiten an den Schränken und Bücherregalen in der Wohnung der Lellas durchführte. So hatte er seit Weihnachten an jedem Tag über die Huckepack-Funkverbindung an die Alliierten gefunkt. Bisher hatte es reibungslos funktioniert.

»Was soll ich jetzt machen?«, fragte Pino, nachdem er die Akten wieder in den Koffer getan hatte.

»Bring ihm den Koffer zurück«, sagte Onkel Albert. »Heute Abend. Sag ihm, jemand im Fuhrpark habe den Koffer entdeckt und dir gegeben.«

»Passt auf euch auf«, sagte Pino und ging durch die jetzt stille Manufaktur auf die Gasse hinaus.

Er hatte den Fiat fast erreicht, da hörte er: »Halt!«

* * *

Der Lichtstrahl einer Taschenlampe tanzte über den erstarrten Pino mit Leyers' Koffer in der Hand.

Ein SS-Leutnant kam auf ihn zu, gefolgt von Oberst Walther Rauff, dem Gestapo-Chef in Oberitalien. »Papiere«, sagte der Leutnant auf Italienisch.

Pino stellte den Koffer ab, kämpfte darum, ruhig zu bleiben, während er nach seinen Papieren suchte, inklusive des Passierscheins von General Leyers.

»Warum trägst du keine Uniform?«, wollte der Leutnant wissen.

»General Leyers hat mich zwei Tage freigestellt«, sagte Pino.

Bis dahin hatte Oberst Rauff nichts gesagt. »Und was ist das?«, fragte er jetzt und stieß mit dem Stiefel gegen den Koffer.

Pino dachte, er würde gleich sterben. »General Leyers' Koffer, Oberst. Die Naht war gebrochen, und er bat mich, ihn zur Reparatur ins Ledergeschäft zu bringen. Ich bringe ihn jetzt zurück zu ihm. Möchten Sie mitkommen? Ihn danach fragen? Ich kann Ihnen sagen, dass er betrunken und in schlechter Stimmung war, als ich ihn verlassen habe.«

Rauff betrachtete Pino prüfend. »Warum bist du hierhergekommen, um ihn reparieren zu lassen?«

»Dies ist das beste Ledergeschäft in Mailand. Jeder weiß das.«

»Und es ist das Geschäft deines Onkels«, sagte Rauff.

»Ja, das auch«, sagte Pino. »Die Familie hilft im Notfall. Haben Sie in letzter Zeit noch einmal Ochsen eingefangen, Oberst?«

Rauff starrte Pino so lange an, dass er dachte, er wäre zu weit gegangen und hätte verloren.

»Nicht mehr seit dem letzten Mal«, sagte der Gestapo-Chef endlich und lachte. »Richte General Leyers meine besten Grüße aus.«

»Das werde ich«, sagte Pino und nickte, während Rauff und seine Männer weitergingen.

Pino brach der Schweiß aus, als er den Koffer auf den Boden vor dem Rücksitz des Fiats stellte, vorn einstieg und das Lenkrad ergriff.

»Oh Jesus«, flüsterte er. »Oh lieber Himmel.«

Sobald er nicht mehr zitterte, startete er den Fiat und fuhr zurück zu Dollys Haus. Anna machte die Tür auf und wirkte aufgelöst.

»Der General ist sehr betrunken und wütend«, flüsterte sie. »Er hat Dolly geschlagen.«

»Er hat sie geschlagen?«

»Er hat sich beruhigt und gesagt, er hat es nicht so gemeint.«

»Geht es dir gut?«

»Ich bin okay. Ich glaube nur nicht, dass es eine gute Idee wäre, jetzt mit ihm zu reden. Er schimpft die ganze Zeit über die Idioten und Verräter, die den Krieg verloren haben.«

»Stell seinen Koffer da an die Garderobe«, sagte Pino und reichte ihn ihr. »Er hat mir zwei Tage freigegeben. Kannst du mit zu mir kommen? Mein Vater ist wieder weg, um meine Mutter zu besuchen.«

»Nicht heute Nacht«, sagte sie. »Dolly braucht mich vielleicht. Aber morgen?«

Er beugte sich zu ihr und küsste sie. »Ich kann es kaum erwarten.«

Nachdem er den Fiat beim Fuhrpark abgegeben hatte, kehrte Pino zurück in die Wohnung seiner Familie. Er dachte an Mimmo. Onkel Albert berichtete ihm nicht viel von dem, was sein kleiner Bruder tat. Das war auch richtig so. Wenn Pino jemals über Mimmos Partisanenaktivitäten befragt werden würde, könnte er aufrichtig sein Unwissen behaupten. Doch er wollte unbedingt wissen, was für wagemutige Taten sein Bruder vollbracht hatte, vor allem, nachdem Onkel Albert ihm erzählt hatte, dass Mimmo als Kämpfer einen Ruf als »unerbittlich« hatte.

Er erinnerte sich zurück an die schönen Momente in den Alpen, wie sie gemeinsam für einen höheren Zweck geklettert waren und zusammengearbeitet hatten, und Pino fühlte sich noch elender, dass Mimmo ihn für einen Feigling und Verräter hielt. Während er allein in der Wohnung saß, wünschte er sich sehnsüchtig, dass die Worte von General Leyers an der Schweizer Grenze stimmten, dass der Krieg wirklich vorbei war und dass das Leben, sein Leben, wieder zu etwas Gutem werden würde.

Er schloss die Augen und versuchte, sich den Moment vorzustellen, wenn der Krieg enden und er es erfahren würde. Würden die Menschen auf den Straßen tanzen? Würden Amerikaner in Mailand sein? Natürlich würden sie das. Sie waren jetzt seit sechs Monaten in Rom, oder nicht? War das nicht großartig? War das nicht toll?

Diese Gedanken weckten die alten Träume in ihm, nach Amerika zu gehen und die Welt jenseits des Ozeans zu sehen. *Vielleicht ist das alles, was nötig ist, damit es eine Zukunft gibt,* dachte Pino. *Man muss sie sich zuerst vorstellen. Man muss sie sich zuerst erträumen.*

Mehrere Stunden später klingelte das Telefon in der Wohnung und hörte nicht mehr auf.

Pino wollte sein warmes Bett nicht verlassen, doch das Telefon klingelte immer weiter, bis er es nicht mehr aushielt. Er glitt unter der Decke hervor, stolperte den kalten Flur entlang und stellte das Licht an.

Vier Uhr morgens? Wer rief jetzt an?

»Wohnung von Familie Lella«, sagte er.

»Pino?«, rief Porzia mit knisternder Stimme. »Bist du das?«

»Ja, Mamma. Was ist los?«

»Alles«, sagte sie und begann zu jammern.

Pino wurde vor Panik hellwach. »Ist es Papa?«

»Nein«, schluchzte sie. »Er schläft im anderen Zimmer.«

»Was dann?«

»Lisa Rocha, weißt du noch? Meine beste Freundin aus der Kindheit?«

»Sie wohnt in Lecco. Sie hat eine Tochter, mit der ich am See gespielt habe.«

»Gabriella, sie ist tot«, würgte Porzia hervor.

»Was?«, sagte Pino und erinnerte sich daran, wie er das Mädchen auf einer Schaukel im Garten ihrer Eltern angeschubst hatte.

Seine Mutter schniefte. »Sie war gesund und munter, arbeitete in Codigoro, aber sie hatte Heimweh und wollte ihre Eltern besuchen. Ihr Vater Vito, Lisas Mann, war sehr krank und sie hat sich Sorgen gemacht.«

Porzia erzählte, dass Gabriella Rocha und ein Freund am Nachmittag zuvor Codigoro mit dem Bus verlassen hatten. Der Fahrer hatte versucht, Zeit aufzuholen, und war eine Strecke gefahren, die durch die Stadt Legnago führte.

»In dem Gebiet kämpfen die Partisanen gegen die Faschisten«, sagte Porzia. »Westlich von Legnago in Richtung Nogara, in der Nähe eines Friedhofs und einer Obstplantage, geriet der Bus mitten ins Gefecht. Gabriella versuchte zu flüchten, doch sie lief in ein Kreuzfeuer und wurde erschossen.«

»Oh, das ist schrecklich«, sagte Pino. »Das tut mir wirklich leid, Mamma.«

»Gabriella ist noch immer dort, Pino«, sagte Porzia mit großer Mühe. »Ihr Freund hat es geschafft, ihren Leichnam zum Friedhof zu tragen, bevor er geflüchtet ist und Lisa angerufen hat. Ich habe gerade mit ihr telefoniert. Ihr Mann ist krank und kann ihre Tochter nicht holen. Es fühlt sich an, als ob alles auf der Welt falsch und böse geworden ist.«

Seine Mutter schluchzte.

Pino fühlte sich entsetzlich. »Du willst, dass ich sie hole?«

Sie hörte zu weinen auf und schniefte. »Würdest du das tun? Und sie zurück zu ihrer Mutter bringen? Es würde mir alles bedeuten.«

Pino machte der Gedanke nicht glücklich, mit dem Leichnam eines toten Mädchens zu tun zu haben, doch er wusste, dass es das Richtige war. »Sie ist auf dem Friedhof zwischen Legnago und Nogara?«

»Da hat ihr Freund sie zurückgelassen, ja.«

»Ich mache mich gleich auf, Mamma.«

* * *

Drei Stunden später lenkte Pino in dicker Winterkleidung General Leyers' Fiat auf eine Landstraße, die von Mantua in Richtung Nogara und Legnago führte. Es fiel Schnee an diesem windigen Morgen. Der Fiat flitzte und buckelte über die gefrorene, holprige Straße.

Pino raste aufs Land hinaus, vorbei an schneebedeckten Feldern, die mit Holzzäunen und Mauern aus aufgeschichteten Steinen von der Straße abgetrennt waren. Westlich von Nogara trieb er die Limousine eine Steigung hinauf und hielt an, um von dem abfallenden Hügel hinunterzublicken. Zu seiner Linken erstreckten sich Gruppen kahler Oliven- und Obstbäume bis zu einem großen, ummauerten Friedhof. Das Gelände war auf der rechten Seite steiler, ging aber schneller in eine flache Ebene mit weiteren kargen Obsthainen, Feldern und Bauernhöfen über.

In dem sanft fallenden Schnee war es fast eine friedliche, idyllische Szenerie – wenn nicht der ausgebrannte Bus die Straße in der Nähe des Friedhofstors versperrt hätte und das Knallen, Rattern und Schreien der noch immer ein paar Hundert Meter den Hügel hinab tobenden Schlacht zu hören gewesen wäre. Pino spürte, wie seine Entschlossenheit Risse bekam und verschwand.

Für das hier habe ich mich nicht beworben, dachte er und hätte sich fast umgedreht. Doch er hatte noch immer Porzias Stimme im Ohr, die ihn darum bat, Gabriella zu ihrer Mutter zu bringen. Und das Mädchen, die Freundin seiner Kindheit, einfach den Vögeln zu überlassen, wäre nicht richtig.

Pino holte General Leyers' Fernglas aus dem Handschuhfach, trat aus dem Auto in die eisige Kälte und richtete das Glas auf das Tal. Fast sofort sah er Bewegungen und erkannte schnell, dass die faschistischen Schwarzhemden die südliche Seite der Straße kontrollierten und die Partisanen mit ihren roten Halstüchern die ganze nördliche Seite des Weges östlich der Friedhofsmauer, die sich ungefähr fünfhundert Meter entfernt von ihm befand. Gefallene Soldaten beider Armeen lagen auf der Straße, in den Gräben, auf den Feldern und in den Hainen.

Pino überlegte einen Moment und hatte dann einen Plan, der ihn zwar halb zu Tode erschreckte, zugleich aber die beste Möglichkeit war, die ihm einfiel. Für einen langen Augenblick verharrte er aus Angst, den Hügel hinunterzusteigen. Alle möglichen Was-ist-wenn-Fragen kamen ihm in den Sinn, jede davon beunruhigender als die vorhergehende.

Als er aber die Entscheidung getroffen hatte, loszugehen, versuchte er, nicht mehr an die Gefahren zu denken. Nachdem er die geladene Walther in seiner Jackentasche überprüft hatte, zog sich Pino Handschuhe an und holte zwei weiße Laken aus dem Kofferraum. Er hatte sie als Leichentücher verwenden wollen, doch jetzt dienten sie einem anderen Zweck. Ein Laken wickelte er sich wie einen Rock um die Taille, und das andere hängte er wie ein Kopftuch über Wollmütze und Jacke.

Pino ging in Richtung Norden, weg von der Straße. Eingewickelt in die Laken bewegte er sich wie ein Gespenst durch den Schneesturm über den Hügel, bis er weiter unten die Deckung des nächsten Olivenhains erreichte.

Nach zweihundert Metern wandte er sich am hinteren Nordende des Hains nach Osten und ging an einer Steinmauer entlang. Durch das Fernglas und den fallenden Schnee konnte er die Umrisse der Partisanenkämpfer weit zu seiner Rechten sehen. Sie lagen verstreut auf dem Bauch zwischen den alten Olivenbäumen und feuerten auf die Faschisten, die die Straße zu überqueren versuchten.

Geduckt ging er weiter, wobei er sich so tief wie möglich hinter der Felsmauer hielt. Er hörte Maschinenpistolen von der Faschistenseite und wie Kugeln in Bäume einschlugen, von der Steinmauer abprallten und immer wieder ein feuchtes, dumpfes Geräusch machten, wenn ein Partisan getroffen war.

In der dröhnenden Stille nach dem Gewehrfeuer hörte man auf beiden Seiten verletzte Männer nach ihren Frauen und Müttern schreien, nach Jesus, nach der Jungfrau Maria und dem allmächtigen Gott, andere flehten um Hilfe oder um ein Ende ihrer Qualen. Die leidenden Stimmen bohrten sich in Pinos Kopf und lähmten ihn. Als die Schüsse erneut begannen, konnte er sich nicht bewegen. Was, wenn er getroffen würde? Was, wenn er starb? Was würde seine Mutter tun, wenn sie ihn verlieren würde? Er lag hinter der Steinmauer auf dem Bauch im Schnee, zitterte unkontrolliert und überlegte, einfach umzukehren und nach Hause zu fahren.

Dann tauchte Mimmo in seinen Gedanken auf, der ihn einen Feigling und Verräter genannt hatte, und er schämte sich dafür, dass er sich hinter einer Steinmauer versteckte. *Euer Herz lasse sich nicht verwirren*, hatte Kardinal Schuster am Weihnachtsabend gepredigt. *Euer Herz lasse sich nicht verwirren. Habe Vertrauen*, hatte Pater Re ihm öfter gesagt, als er sich erinnern konnte.

Pino drückte sich hoch in eine gebückte Position und schob sich gut hundert Meter vorwärts nach Osten, wo die Steinmauer auslief. Er zögerte und lief dann die Rückseite eines anderen Olivenhains entlang, wo er ungefähr siebzig Meter entfernt Partisanen zwischen den Bäumen zu seiner Rechten sah. Ein schweres Maschinengewehr eröffnete von der faschistischen Seite der Straße her das Feuer.

Pino stürzte sich in den Schnee und umklammerte den Fuß eines alten Baums. Schüsse strichen von Osten nach Westen und wieder zurück über den Hain, rissen Äste von Bäumen und Gliedmaßen von Partisanen, wie man an den anschließenden qualvollen Schreien erkennen konnte. Für ein paar Augenblicke schien Pino alles wie ein Albtraum, in Zeitlupe und vom Schnee verdeckt, außer dem tierischen Brüllen des Maschinengewehrs und den Schreien der Verletzten.

Das Gewehrfeuer schwenkte zurück in Pinos Richtung. Er sprang auf die Beine und sprintete vor den Kugeln davon, die hinter ihm einschlugen. Er hörte, wie die Bäume direkt hinter ihm getroffen wurden, doch er war schon fast an der Ecke der Friedhofsmauer und dachte, er würde es schaffen.

Sein Fuß blieb an einer Wurzel unter dem Schnee hängen, er stolperte, kämpfte um sein Gleichgewicht, doch der Boden gab unter seinem nächsten Schritt nach und er fiel mit dem Gesicht voran in einen schneebedeckten Abflussgraben.

* * *

Maschinengewehrsalven durchsiebten die Luft über ihm und schlugen in die Ecke der Friedhofsmauer, rissen Steine und Mörtel heraus, bevor sie wieder in die andere Richtung schwenkten.

Mit dem Gesicht nach unten im Schnee hörte Pino die fürchterlichen Schreie der Männer und Jungen, die sich an ihr

Leben klammerten und um Hilfe riefen oder darum flehten, dass man es beendete. Ihr Schmerz spornte ihn an, aus dem Schnee und auf die Beine zu kommen. Er richtete sich im Graben auf, sah die Stelle, wo er hingefallen war, und erkannte, dass er gewiss tot wäre, wahrscheinlich in Stücke gerissen, wenn er nicht gestolpert wäre.

Er bemerkte Bewegungen im Süden. Faschistische Schwarzhemden kamen über die Straße. Pino zog das Laken um sich, stieg aus dem Graben und verschwand mit ein paar großen Schritte hinter der zweieinhalb Meter hohen rückwärtigen Friedhofsmauer außer Sicht.

Pino ballte die Laken zusammen und warf sie über die Mauer. Dann duckte er sich, sprang und hielt sich am vereisten Mauerrand fest. Er trat mit den Füßen und zog sich hoch, bekam ein Bein über die Mauer, setzte sich darauf und ließ sich dann auf den Friedhof fallen. Er landete im tiefen, frischen Schnee. Das Flehen der Verwundeten und Verstümmelten ging draußen weiter.

Plötzlich vernahm er einen einzelnen Schuss. Kleines Kaliber, nach dem flachen Knall zu schließen. Dann ein weiterer. Und ein dritter.

Pino zog die Walther aus der Jackentasche, hängte sich die weißen Laken wieder über die Schultern und ging schnell zwischen den schneebedeckten Grabsteinen, den Statuen und Mausoleen hindurch zur Vorderseite des Friedhofs. Er nahm an, dass Gabriellas Freund sie nicht weit gezogen haben konnte, deshalb musste der Leichnam irgendwo dort vorne sein.

Noch ein Schuss erklang von außerhalb der Friedhofsmauern, dann ein fünfter und ein sechster. Pino ging immer weiter. Er wandte den Kopf hin und her, suchte das Mädchen, doch er fand sie innerhalb des Friedhofs nicht. Er machte einen großen Bogen, damit er nicht von der Straße aus durch das Tor gesehen werden konnte, und kam zu der Gräberreihe, die dem Vordereingang am nächsten war.

Mit dem Fernglas überprüfte er das offene Gelände vor der Friedhofsmauer, aber auch da entdeckte er sie nicht. Er wich zurück, suchte zwischen der ersten Grabsteinreihe und der zweiten, und dann sah er Gabriella Rocha, oder einen Hinweis auf sie, hoch von Schnee bedeckt. Pino ging auf direktem Weg zu der Erhebung. Als der siebte und achte Schuss vor der Friedhofsmauer zu hören war, blickte er wieder zum Vordertor und war erleichtert, dort niemanden zu sehen.

Die Tochter von Porzias bester Freundin lag auf dem Rücken, eng an den Sockel einer großen Gruft gelegt, die sie vor Blicken vom Tor und der Straße her verbarg. Er kniete sich neben die schneebedeckte Gestalt, beugte sich vor und blies auf den Pulverschnee, sah zu, wie er wegwehte und ihr Gesicht zum Vorschein kam, das hübsch und eisigblau war. Gabriella hatte die Augen geschlossen. Ihre Lippen waren zu einem fast zufriedenen Lächeln verzogen, als hätte sie auf dem Weg in den Himmel eine lustige Bemerkung gehört. Pino blies ihr noch mehr Schnee aus dem Gesicht und von ihrem dunklen Haar und bemerkte, dass ihr Blut zu Eiskristallen geronnen war und einen blassroten Heiligenschein um ihren Kopf gebildet hatte.

Er verzog sein Gesicht, hob vorsichtig ihren Kopf an und stellte fest, dass der Hals von der Leichenstarre steif war, doch er konnte erkennen, wo ihr die Kugel durch den Hinterkopf gegangen war – er war kaum beschädigt, da waren nur zwei Löcher, aus denen das Blut gelaufen war, auf beiden Seiten des Kopfes, wo das Rückenmark auf das Gehirn traf. Pino legte sie wieder hin und wischte ihr den restlichen Schnee ab, erinnerte sich daran, wie viel Spaß sie als Kinder gehabt hatten, und dachte, dass es gut war, dass sie nicht gelitten hatte. Lebend und voller Angst in dem einen Moment, dann tot und zufrieden, bevor sie den nächsten Atemzug machen konnte.

Er breitete die Laken aus, legte seine Pistole zur Seite und drehte Gabriella auf das erste Laken. Während er den Stoff um sie wickelte, dachte er darüber nach, wie er ihren Körper ohne ein Seil über die rückwärtige Mauer bekommen sollte.

Pino drehte sich, um das zweite Laken zu nehmen, doch es spielte auf einmal keine Rolle mehr. Drei faschistische Soldaten waren durch das Tor auf den Friedhof gekommen. Aus vierzig Metern Entfernung zielten sie mit ihren Gewehren auf ihn.

* * *

»Nicht schießen!«, schrie Pino, kniete sich hin und warf die Arme hoch. »Ich bin kein Partisan. Ich arbeite für Generalmajor Hans Leyers vom deutschen Oberkommando in Mailand. Er hat mich hergeschickt, um den Leichnam dieses Mädchens zu ihrer Mutter in Lecco zu bringen.«

Zwei der Soldaten sahen skeptisch und blutdürstig aus. Der Dritte begann zu lachen, während er mit erhobener Waffe auf Pino zuging und sagte: »Das ist die beste Partisanenausrede, die ich je gehört habe, weshalb es eine Schande ist, dass ich dir jetzt den Kopf wegblase.«

»Mach das nicht«, warnte Pino. »Ich habe Dokumente, die beweisen, was ich sage. Hier, in meinem Mantel.«

»Deine gefälschten Dokumente interessieren uns einen Scheiß«, höhnte das Schwarzhemd.

Er blieb zehn Meter vor Pino stehen, der sagte: »Willst du dem Duce erklären, warum du mich erschossen hast, anstatt zu erlauben, dass ich mich um die Leiche dieses Mädchens kümmere?«

Das schien den Faschisten nachdenklich zu machen. Dann grinste er: »Willst du mir jetzt erzählen, dass du ein Freund von Mussolini bist?«

»Kein Freund. Ich arbeite für ihn als Übersetzer, wenn General Leyers ihn besucht. Es ist alles wahr. Lass mich dir die Papiere zeigen und du wirst es sehen.«

»Warum überprüfen wir ihn nicht einfach, Raffaele?«, fragte einer der anderen Schwarzhemden nervös.

Raffaele zögerte und verlangte dann nach den Dokumenten. Pino reichte ihm seinen Ausweis von der Organisation Todt, den unterschriebenen Passierschein von General Leyers und ein Dokument, das freie Durchfahrt gewährte, mit der Unterschrift von Benito Mussolini, dem Präsidenten der Republik Salò. Es war das Einzige, was Pino aus Leyers' Koffer gestohlen hatte.

»Nehmt die Waffen runter«, sagte Raffaele schließlich.

»Danke«, sagte Pino erleichtert.

»Du kannst von Glück sagen, dass ich dich nicht einfach deshalb erschieße, weil du hier bist«, sagte Raffaele.

Als Pino aufstand, sagte Raffaele: »Wie kommt es, dass du nicht in der Salò-Armee bist? Wie kommt es, dass du für einen Nazi fährst?«

»Das ist eine lange Geschichte«, sagte Pino. »*Signore*, ich möchte einfach nur den Leichnam dieses Mädchens nach Hause zu ihrer Mutter bringen, deren Herz gebrochen ist und die darauf wartet, ihre Tochter zu begraben.«

Raffaele sah ihn mit Verachtung an, sagte aber: »Mach schon, nimm sie.«

Pino holte seine Pistole, steckte sie ein und wickelte dann Gabriella in das zweite Laken. Er suchte in seiner Manteltasche, zog die OT-Armbinde mit dem Hakenkreuz heraus und legte sie an. Dann bückte er sich und hob den Leichnam auf.

Er war nicht besonders schwer, doch Pino brauchte ein paar Anläufe, bis er sich das Mädchen fest gegen die Brust gedrückt hatte. Mit einem Kopfnicken ging er durch den tiefen und weiterhin fallenden Schnee die Reihe der Grabsteine entlang. Ihm war nur zu bewusst, dass die Schwarzhemden jeden seiner Schritte beobachteten.

* * *

Als Pino durchs Friedhofstor trat, brach ein dünner Sonnenstrahl durch die Wolken, schien auf den verkohlten Bus zu seiner Linken und ließ die Schneeflocken aussehen wie Juwelen, die zur Erde schwebten. Doch als er die Straße zum weit entfernt liegenden Hügel entlangging, schaute Pino nicht zu den Diamanten, die vom Himmel fielen. Seine Blicke schossen nach links und rechts zu den Schwarzhemden, die die toten Partisanen unterhalb ihrer Halstücher mit Beilen, Sägen und Messern köpften.

Fünfzehn, vielleicht zwanzig Köpfe waren bereits auf Zaunpfähle aufgespießt, zur Straße zeigend. Bei vielen waren die Augen geöffnet und die Gesichter in Todesqual verzerrt. Das Gewicht des toten Mädchens in seinen Armen fühlte sich plötzlich unerträglich schwer an unter den düsteren und stillen Blicken der körperlosen Männer. Pino wollte Gabriella loslassen und vor der Grausamkeit um ihn herum davonlaufen. Stattdessen ließ er sie vorsichtig herunter und ruhte sich mit gesenktem Kopf und geschlossenen Augen kniend aus, während er Gott um Kraft zum Weitergehen bat.

»Die Römer haben das so gemacht«, sagte Raffaele hinter ihm.

Pino fuhr herum und starrte den Faschisten an. »Was?«

»Cäsar ließ die Köpfe seiner Feinde die Straßen nach Rom säumen, als Warnung davor, sich dem Kaiser in den Weg zu stellen. Ich glaube, jetzt hat es denselben Effekt. Der Duce wäre stolz, denke ich. Was meinst du?«

Pino blinzelte dumpf zu dem Schwarzhemd. »Ich weiß nicht. Ich bin nur ein Fahrer.«

Er hob Gabriella wieder auf und trottete langsam die verschneite Straße entlang, während er versuchte, nicht auf die wachsende Zahl der Köpfe auf den blutverschmierten Zaunpfosten zu achten oder zu den entschlossenen, schlachtergleichen Bewegungen der Faschisten zu blicken, die noch immer an den übrigen Toten arbeiteten.

Vierundzwanzig

Porzias beste Freundin wurde hysterisch, als Pino mit Gabriellas Leichnam an ihre Tür in Lecco kam. Er half dabei, ihre Tochter auf einen Tisch zu legen, an dem Frauen in Trauerkleidung bereitstanden, um sie für die Beerdigung vorzubereiten, dann schlüpfte er hinaus, ohne auf einen Dank zu warten. Er konnte die Toten und die Klagelaute der Lebenden keinen Moment länger ertragen.

Pino stieg in den Fiat und startete den Motor, legte aber keinen Gang ein. Der Anblick des Köpfens hatte ihn im Innersten erschüttert. Einen Mann im Krieg zu töten, war die eine Sache. Seinen Körper zu schänden etwas ganz anderes. Was waren das für Barbaren? Wer tat solche Dinge?

Er dachte an viele der schrecklichen Ereignisse zurück, die er hatte mit ansehen müssen, seit der Krieg nach Norditalien gekommen war. Wie der kleine Nicco die Granate hielt. Wie Tullio vor dem Erschießungskommando stand. Die Sklaven im Tunnel. Die kleinen Finger, die aus dem roten Güterwaggon auf Bahnsteig 21 ragten. Und jetzt körperlose Köpfe auf verschneiten Zaunpfosten.

Warum ich? Warum muss ich diese Dinge sehen?

Pino fühle sich, als wären er und Italien dazu verdammt, Grausamkeiten zu erleiden, die endlos schienen. Welche

Brutalität kam noch auf ihn zu? Wer würde als Nächstes sterben? Und wie schrecklich würde es sein?

Düstere Gedanken kreisten in seinem Kopf. Er bekam Angst und wurde panisch. Obwohl er still dasaß, ging sein Atem viel zu schnell, er war verschwitzt und fiebrig, und sein Herz fühlte sich an, als würde er einen Hügel hinauflaufen. So konnte er nicht nach Mailand zurückfahren. Er brauchte etwas Ruhe und Abgeschiedenheit, einen Ort, wo er schreien konnte, ohne dass es jemanden kümmern würde. Aber noch mehr als das brauchte er jemanden, der ihm helfen konnte, mit dem er reden konnte …

Pino schaute nach Norden und erkannte, wohin er fahren musste und wen er sehen wollte.

Er fuhr nach Norden am östlichen Rand des Lago di Como entlang, ignorierte dessen Schönheit und war ganz darauf konzentriert, so schnell wie möglich nach Chiavenna und zur Straße zum Splügenpass zu gelangen.

Hinter Campodolcino war der Weg kaum passierbar. Pino musste die Schneeketten anlegen, um die lange Steigung nach Madesimo zu schaffen. Er parkte den Wagen und ging auf einem Trampelpfad durch den fünfundzwanzig Zentimeter tiefen Neuschnee den Berg hinauf nach Motta.

Schließlich kam die Sonne durch. Ein kräftiger Wind wehte die letzten Wolken weg, als Pino in der bitterkalten Luft keuchend das Plateau erreichte. Er hatte keine Augen für die großartige Landschaft, er wollte nur zur Casa Alpina. Beim Anblick der Zufluchtsstätte fühlte er sich so verzweifelt, dass er über die Hochebene rannte und die Glocke an der Veranda zog, als würde es brennen.

Aus den Augenwinkeln bemerkte Pino vier bewaffnete Männer, die seitlich um das Gebäude kamen. Sie trugen rote Halstücher und hielten Gewehre auf ihn gerichtet.

Pino hob die Arme und sagte: »Ich bin ein Freund von Pater Re.«

»Durchsucht ihn«, sagte einer.

Pino geriet in Panik wegen der Dokumente, die er noch immer in den Taschen trug, eins von General Leyers und das andere von Mussolini. Die Partisanen würden ihn allein dafür erschießen.

Doch bevor die Männer bei ihm waren, öffnete sich die Tür und Pater Re sah ihn an. »Ja?«, sagte er. »Kann ich dir helfen?«

Pino nahm seine Mütze ab. »Ich bin es, Pater Re. Pino Lella.«

Der Priester riss die Augen auf, zuerst ungläubig und dann voller Freude und Überraschung. Er warf die Arme um Pino und rief: »Wir dachten, du seist tot!«

»Tot?«, sagte Pino und kämpfte gegen seine Tränen an. »Warum habt ihr das geglaubt?«

Der Priester trat zurück, strahlte ihn an und sagte dann: »Das spielt keine Rolle. Wichtig ist, dass du lebst!«

»Ja, Pater«, sagte er. »Darf ich hineinkommen? Mit Euch reden?«

Pater Re bemerkte, dass die Partisanen sie beobachteten. Er sagte: »Ich verbürge mich für ihn, meine Freunde. Ich kenne ihn seit Jahren, und es gibt keinen besseren Mann in den Bergen.«

Falls sie das beeindruckt hatte, bemerkte Pino nichts davon. Er folgte Pater Re den vertrauten Flur entlang, roch das frisch gebackene Brot von Bruder Bormio und hörte Männer, die stöhnten und sich mit leiser Stimme unterhielten.

Mehr als der halbe Speisesaal der Casa Alpina war zu einem Feldlazarett umgewandelt worden. Pino erkannte den Doktor aus Campodolcino, der mit einer Krankenschwester bei einem der neun verwundeten Männer beschäftigt war, die auf Pritschen an der Feuerstelle lagen.

»Mitglieder der 90. Garibaldi-Brigade«, sagte Pater Re.

»Nicht Titos Jungs?«

»Die 90. hat diese Ganoven schon vor Monaten aus dem Tal vertrieben. Zuletzt haben wir gehört, dass Tito und seine Gruppe auf der Straße zum Brennerpass plünderten und raubten. Diese Feiglinge. Die Männer, die du hier siehst, sind alle tapfere Seelen.«

»Können wir irgendwo sprechen, Pater? Ich bin einen weiten Weg gekommen, um Euch zu sehen.«

»Oh, natürlich«, sagte Pater Re und brachte ihn zu seinem eigenen Zimmer.

Der Priester zeigte auf die kleine Bank. Pino setzte sich und rang die Hände.

»Ich möchte beichten, Pater«, sagte er.

Pater Re sah ihn besorgt an. »Was möchtest du beichten?«

»Mein Leben, seit ich Euch verlassen habe«, sagte Pino und berichtete Pater Re das Schlimmste davon.

* * *

Vier Mal brach er zusammen, während er von General Leyers und den Sklaven berichtete und von Carletto Beltramini, der ihn verfluchte, als sein Vater im Sterben lag, von der Zeremonie der Dezimation im Gefängnis von San Vittore, der Erschießung von Tullio Galimberti, von Mimmos Hohn für ihn und davon, wie er an diesem Morgen den Friedhof unter den toten Augen der abgetrennten Köpfe verlassen hatte.

»Ich weiß nicht, warum mir diese Dinge geschehen«, schluchzte Pino. »Es ist einfach zu viel, Pater. Zu viel mit anzusehen.«

Pater Re legte die Hand auf Pinos Schulter. »Es klingt auch für mich nach zu viel, Pino, doch ich befürchte, es ist nun mal das, was Gott von dir verlangt.«

Verwirrt fragte Pino: »Was verlangt er denn von mir?«

»Zeugnis abzulegen von dem, was du gesehen und gehört hast«, sagte der Priester. »Tullios Tod soll nicht umsonst geschehen sein. Die Mörder vom Piazzale Loreto sollen vor Gericht gebracht werden. Die Schwarzhemden von heute Morgen ebenso.«

»Zu sehen, wie sie die Toten verstümmelten … Ich weiß nicht, Pater … Ich zweifle an meinem Glauben an die Menschheit, daran, dass die Menschen tief im Innern gut sind, keine Wilden, nicht so.«

»Solche Dinge zu sehen, würde jeden dazu bringen, den Glauben an die Menschheit zu verlieren«, sagte der Priester. »Doch die meisten Menschen sind im Grunde gut. Du musst fest daran glauben.«

»Auch die Nazis?«

Pater Re zögerte und sagte dann: »Ich kann die Nazis nicht erklären. Ich glaube auch nicht, dass die Nazis die Nazis erklären können.«

Pino putzte sich die Nase. »Ich glaube, ich möchte einer der Männer dort draußen im Speisesaal sein, Pater. Die offen kämpfen. Die etwas tun, was wichtig ist.«

»Gott will, dass du auf andere Art kämpfst und für ein höheres Gut, oder er hätte dich nicht dorthin gebracht, wo du bist.«

»General Leyers ausspionieren«, meinte Pino schulterzuckend. »Pater, abgesehen von der Begegnung mit Anna habe ich mich das letzte Mal richtig gut gefühlt, als ich hier in der Casa Alpina war und Menschen geholfen habe, hinüber ins Val di Lei zu kommen, als ich Leben gerettet habe.«

»Nun«, sagte Pater Re. »Ich bin kein Experte, doch ich muss annehmen, dass du das Leben vieler Alliierten gerettet hast mit den Informationen, für die du dein Leben riskiert hast.«

So hatte Pino das noch nicht betrachtet. Er wischte seine Tränen ab und fragte: »General Leyers – nach dem, was ich Euch erzählt habe, glaubt Ihr, er ist böse, Pater?«

»Einen Mann zu Tode arbeiten zu lassen, ist dasselbe, wie ihn totzuschießen«, erwiderte der Priester. »Es ist nur eine andere Form der Waffe.«

»Das denke ich auch«, sagte Pino. »Manchmal wirkt Leyers ganz anders, und dann ist er wieder ein Ungeheuer.«

»Nach dem, was du gesehen und mir erzählt hast, würde ich sagen, dass du eines Tages das Ungeheuer einsperren wirst, ihn für seine Sünden auf Erden zahlen lässt, bevor er sich vor Gott dafür verantworten muss.«

Da fühlte sich Pino besser. »Das wünsche ich mir.«

»Dann wird es so sein. Warst du schon einmal in der Bischofskanzlei in Mailand?«

»Einmal«, sagte Pino.

»Und in Mussolinis Villa in Gargnago?«

»Zweimal«, sagte Pino. »Es ist ein seltsamer Ort, Pater. Da gehe ich nicht gerne hin.«

»Das kann ich mir vorstellen. Aber erzähl mir mehr über deine Anna.«

»Sie ist witzig und hübsch und klug. Sie ist sechs Jahre älter als ich und Witwe, doch ich liebe sie, Pater. Sie weiß es noch nicht, aber ich möchte sie nach dem Krieg heiraten.«

Der alte Priester lächelte. »Dann finde deinen Glauben an die Menschheit in deiner Liebe zu Anna wieder und gründe deine Kraft auf deine Liebe zu Gott. Es sind finstere Zeiten, Pino, doch ich spüre, dass sich die Wolken erheben wollen und die Sonne wieder über Italien aufgehen will.«

»Selbst General Leyers sagt, dass der Krieg fast vorbei ist.«

»Lass uns beten, dass der General damit recht hat«, sagte Pater Re. »Bleibst du zum Abendessen? Du kannst hier übernachten und mit den verwundeten Männern sprechen. Außerdem kommen heute Nacht zwei abgeschossene amerikanische Soldaten, die einen Führer zum Val di Lei gebrauchen könnten. Hast du Lust?«

Amerikaner!, dachte Pino. Das wäre aufregend. Eine Klettertour zum Val di Lei wäre gut für seinen Körper, und zwei Amerikanern bei der Flucht zu helfen, wäre gut für seine Seele. Doch dann dachte er an General Leyers und wie er reagieren würde, wenn er herausfände, dass Pino mit einem Leichnam auf dem Rücksitz seines Stabswagens durch ganz Norditalien gefahren war.

»Eigentlich, Pater«, sagte Pino, »sollte ich besser zurückfahren. Der General braucht mich vielleicht.«

»Oder Anna.«

Pino lächelte bei ihrem Namen. »Oder Anna.«

»Dann soll es so sein.« Pater Re lachte leise in sich hinein. »Pino Lella. Ein junger verliebter Mann.«

»Ja, Pater.«

»Pass auf dich auf, mein Sohn. Brich ihr nicht das Herz.«

»Nein, Pater. Niemals.«

Pino verließ die Casa Alpina mit einem Gefühl, als wäre er innerlich gereinigt. Die Luft des späten Nachmittags war frisch und bitterkalt. Die Spitze des Groppera stand wie ein Glockenturm vor dem kobaltblauen Himmel und die Hochebene von Motta schien Pino wieder wie eine von Gottes großartigsten Kathedralen.

* * *

Kurz nach Einbruch der Dunkelheit eilte Pino vom Fuhrpark nach Hause und hatte das Gefühl, als hätte er an einem einzigen Tag drei Leben gelebt. Als er die Eingangshalle seines Wohnhauses betrat, entdeckte er Anna, die mit den Wachtposten scherzte.

»Da bist du ja!«, sagte sie und sah aus, als hätte sie bereits ihr erstes Glas Wein getrunken.

Einer der Wachtposten sagte etwas, der andere lachte, und Anna sagte: »Er fragt, ob du überhaupt weißt, was du für ein Glück hast.«

Pino grinste den SS-Soldaten an. »Sag ihm, das weiß ich genau. Sag ihm, wenn ich mit dir zusammen bin, fühle ich mich wie der glücklichste Mann auf Erden.«

»Du bist süß«, sagte sie und übersetzte es.

Einer der Wachtposten hob skeptisch die Braue. Doch der andere nickte, erinnerte sich womöglich an die Frau, wegen der er sich wie der glücklichste Mann auf Erden fühlte.

Sie fragten nicht nach Pinos Papieren und er und Anna fuhren kurz darauf im Aufzugkäfig nach oben. Als sie den fünften Stock passiert hatten, griff Pino nach ihr und sie küssten sich leidenschaftlich. Sie lösten sich, als der Aufzug ihre Etage erreichte.

»Also hast du mich vermisst?«, fragte Anna.

»Wie verrückt«, sagte er und nahm ihre Hand, als sie ausstiegen.

»Was ist los?«, fragte sie, während er den Schlüssel ins Schloss steckte.

»Nichts«, sagte er. »Ich muss nur … ich muss nur wieder mit dir diesen Krieg vergessen.«

Anna legte ihre Hand sanft an seine Wange. »Das klingt nach einer wunderbaren Fantasie.«

Sie gingen hinein, schlossen die Tür und blieben fast dreißig Stunden.

* * *

Am folgenden Montagmorgen fuhr Pino zehn Minuten zu früh an Dollys Haus vor. Er blieb für ein paar Momente sitzen, genoss seine Erinnerungen an die Stunden mit Anna, in denen die Zeit stehen zu bleiben schien, in denen es keinen Krieg gab, nur Vergnügen und das schwindlige Glück einer wachsenden Liebe, die so triumphierend und freudig war wie die Arie von Prinz Kalaf.

Die Hintertür des Fiats wurde geöffnet. General Leyers stieg in seinem langen grauen Wollmantel ein, den Koffer voraus.

»Monza«, sagte Leyers. »Zum Bahnhof.«

Leichter Schneefall setzte ein, als Pino den Gang einlegte und sich darüber ärgerte, dass Leyers wieder zu seinem gestohlenen Gold wollte, um noch mehr davon in die Schweiz zu bringen.

Pino konnte sich bereits ausmalen, wie sein Tag verlaufen würde. Er würde stundenlang an der Grenze oberhalb von Lugano frieren, während der General seinen geheimen Geschäften nachging. Als Leyers aus dem Bahnhof kam, sagte er Pino jedoch nicht, dass er zur Schweizer Grenze fahren solle, sondern zum Hauptbahnhof von Mailand.

Gegen Mittag waren sie da. Leyers ließ Pino nicht seinen Koffer tragen. Er wechselte das schwere Gewicht von einer Hand zur anderen, als sie zu dem klapprigen Zug aus Viehwaggons in verblichenem Rot gingen, der in der bitteren Kälte auf Bahnsteig 21 stand.

Pino hatte darum gebetet, den Zug nie wieder zu sehen, doch da war er, und er ging voll Entsetzen auf ihn zu und betete zu Gott, dass er keine kleinen Finger sehen würde, die durch die Ritzen des Waggons winkten. Doch er konnte bereits aus dreißig Metern Entfernung nackte Finger sehen, Dutzende von ihnen, jeden Alters, die um Gnade flehten, während Stimmen aus dem Inneren um Hilfe riefen. Durch die Ritzen im Waggon konnte Pino sehen, dass die meisten der Insassen nicht wärmer angezogen waren als die Leute, die er im September in den gleichen Waggons gesehen hatte.

»Wir erfrieren!«, rief eine Stimme. »Bitte!«

»Meine Tochter!«, rief eine andere. »Sie hat Fieber. Bitte.«

Falls General Leyers ihr Flehen hörte, so ignorierte er es. Er ging direkt zu Oberst Rauff, der dort stand und zusammen mit zehn Mitgliedern der Waffen-SS darauf wartete, dass der Zug losfuhr. Pino zog seine Mütze tief über die Augen und blieb zurück. Die zwei SS-Soldaten, die Rauff am nächsten standen, hielten deutsche Schäferhunde an kurzen Leinen. Leyers wirkte unbeeindruckt und sagte ruhig etwas zu Rauff.

Nach einem Moment befahl der Gestapo-Oberst den Wachen, wegzutreten. Pino stand im Schatten einer Säule und beobachtete, wie der General und Rauff eine heftige Diskussion hatten, die andauerte, bis Leyers schließlich auf seinen Koffer zeigte.

Rauff starrte den General fragend an, sah dann auf den Koffer und wieder zurück zu Leyers, bevor er etwas sagte. Leyers nickte. Der Gestapo-Oberst bellte einen Befehl zu den SS-Wachen. Zwei von ihnen gingen zu dem hinteren Viehwaggon, schlossen ihn auf und schoben die Türen zurück. Achtzig Menschen, Männer, Frauen und Kinder, waren in einen Raum gedrängt, der für zwanzig Kühe gedacht war. Sie waren verängstigt und zitterten.

»Vorarbeiter«, sagte General Leyers.

Pino blickte Rauff nicht an, als er an ihm vorbei zu Leyers ging. *»Oui, mon général.«*

»Ich habe jemanden sagen hören: ›Meine Tochter ist krank.‹«

»Oui, mon général«, sagte Pino. »Das habe ich auch gehört.«

»Bitte die Mutter, mir das kranke Mädchen zu zeigen.«

Pino war verwirrt, doch er wandte sich an die Menschen in dem offenen Viehwaggon und übersetzte.

Ein paar Momente später schob sich eine Frau mit einem schwitzenden kleinen Mädchen durch die Menge, das ungefähr neun Jahre alt war.

»Sag ihr, dass ich ihre Tochter retten werde«, sagte General Leyers.

Pino stockte einen Moment, bevor er übersetzte.

Die Frau begann zu schluchzen. »Vielen Dank. Vielen Dank.«

»Sag ihr, dass ich dem Mädchen medizinische Hilfe zukommen lassen werde und mich darum kümmere, dass sie nie wieder zum Bahnsteig einundzwanzig kommt«, sagte der General. »Aber das Mädchen muss allein kommen.«

»Was?«, sagte Pino.

»Sag es ihr«, sagte Leyers. »Und es gibt keine Diskussion. Entweder ihre Tochter wird gerettet oder nicht, dann finde ich jemanden, der bereitwilliger ist.«

Pino wusste nicht, was er davon halten sollte, doch er sagte es ihr.

Die Frau schluckte, sagte aber nichts.

Die Frauen um sie herum sagten: »Rette sie. Mach es!«

Schließlich nickte die Mutter des kranken Mädchens und Leyers sagte den SS-Wachen: »Bringt sie zu meinem Auto und wartet dort mit ihr.«

Die Soldaten zögerten, bis Oberst Rauff sie anschrie, dass sie gehorchen sollten.

Obwohl das Mädchen schwach und fiebrig war, wurde es hysterisch, als man es ihrer Mutter aus den Armen nahm. Ihr Gekreische und ihre Schreie waren im ganzen Bahnhof zu hören, während Leyers den Rest der Leute aus dem Waggon befahl. Er stellte sich vor sie, betrachtete jeden Einzelnen und blieb vor einem Mädchen stehen, das am Ende ihrer Teenagerjahre zu sein schien.

»Frag sie, ob sie irgendwo hingebracht werden will, wo sie sicher ist«, sagte Leyers.

Pino tat es und das Mädchen nickte ohne Zögern.

General Leyers befahl zwei weiteren Soldaten der Waffen-SS, sie zu seinem Auto zu geleiten.

Der General ging weiter und betrachtete prüfend die Gefangenen. Pino musste daran denken, wie Leyers die Sklaven im Stadion in Como bewertet hatte, als er den ersten Tag für ihn gefahren war. In wenigen Minuten hatte General Leyers zwei weitere Personen herausgepickt, beides Jungen und beide im Teenageralter. Ein Junge weigerte sich, doch sein Vater und seine Mutter überredeten ihn.

»Nehmt ihn mit«, sagte der Mann entschieden. »Wenn er sicher ist, dann sollt ihr ihn haben.«

»Nein, Papa«, widersprach der Junge. »Ich will …«

»Es kümmert mich nicht, was du willst«, weinte die Mutter, als sie ihn umarmte. »Geh schon. Uns wird es gut gehen.«

Als die SS-Soldaten ihn weggeführt hatten, nickte Leyers Rauff zu, der die anderen zurück in den Viehwaggon befahl. Pino wurde von Entsetzen überwältigt, als er sah, wie sie den Zug bestiegen, vor allem die Mutter und der Vater des zuletzt ausgewählten Jungen. Sie blickten immer wieder zurück, bevor sie in den Waggon kletterten, als wollten sie noch einen letzten Blick auf ihre verlorene Liebe und Freude werfen.

Ihr habt das Richtige getan, dachte Pino. *Es ist tragisch, doch ihr habt das Richtige getan.*

Er konnte nicht zusehen, wie die Tür des Viehwaggons geschlossen, der Querbalken davorgelegt und verriegelt wurde.

»Gehen wir«, sagte Leyers.

Sie gingen an Oberst Rauff vorbei. Der Koffer des Generals blieb zu Füßen des Gestapo-Chefs stehen.

Als sie den Fiat erreichten, saßen die vier aus dem Zug darin und zitterten. Drei waren auf dem Rücksitz und einer saß vorn. Zwei SS-Soldaten bewachten sie. Sie sahen nicht glücklich aus, als Leyers sie entließ.

Der General öffnete die Hintertür, sah hinein und lächelte. »Vorarbeiter, sag ihnen, dass mein Name Generalmajor Hans Leyers von der Organisation Todt ist. Bitte sie, das zu wiederholen.«

»Es zu wiederholen, *mon général*?«

»Ja«, entgegnete Leyers ärgerlich. »Meinen Namen. Meinen Rang. Die Organisation Todt.«

Pino tat, wie ihm befohlen, und sie wiederholten alle seinen Namen, seinen Rang und die Organisation Todt, selbst das kleine kranke Mädchen.

»Großartig«, sagte der General. »Frag sie jetzt, wer sie von Bahnsteig einundzwanzig gerettet hat.«

Pino fand es seltsam, tat aber erneut, was ihm befohlen wurde, und die vier wiederholten pflichtbewusst seinen Namen.

»Habt ein langes und glückliches Leben und preist euren Gott, als wäre heute das Passahfest«, sagte Leyers und schloss die Fahrzeugtür.

Der General sah Pino an, sein Atem bildete kleine Wolken in der frostigen Luft. »Bring sie zur Bischofskanzlei, Vorarbeiter, zu Kardinal Schuster. Sag ihm, dass er sie verstecken oder in die Schweiz bringen soll. Sag ihm, es tut mir leid, dass ich ihm nicht mehr bringen kann.«

»Oui, mon général.«

»Hol mich heute Abend um sechs am Fernmeldeamt ab«, sagte er, drehte sich um und ging zurück zum Bahnhof. »Wir haben viel zu tun.«

Pino beobachtete, wie Leyers wegging, bevor er sich zurück zum Auto wandte und zu begreifen versuchte, was er gerade miterlebt hatte. *Warum hatte er …? Was wollte er …?* Doch dann beschloss er, dass es keine Rolle spielte. Diese vier zur Kanzlei zu bringen war das, was wichtig war. Er stieg in den Wagen und ließ ihn an.

Sara, das kranke Mädchen, weinte und jammerte nach ihrer Mutter.

»Wohin fahren wir?«, fragte das ältere Mädchen.

»Zum sichersten Ort Mailands«, sagte Pino.

* * *

Er parkte im Hof der Kanzlei und sagte ihnen, dass sie im Auto warten sollten. Dann stieg er die verschneite Treppe zur Wohnung des Kardinals hinauf und klopfte.

Ein Priester, den er nicht kannte, öffnete. Pino sagte ihm, wer er war, für wen er arbeitete und wer im Auto war.

»Warum waren sie in den Waggons?«, fragte der Priester.

»Ich habe nicht gefragt, doch ich nehme an, dass es Juden sind.«

»Warum denkt der Nazigeneral, dass sich Kardinal Schuster mit Juden einlassen würde?«

Pino blickte zu dem Priester, der einen steinernen Ausdruck bekommen hatte, und wurde wütend. Er richtete sich zu seiner ganzen Größe auf und überragte den Priester, der ein zierlicher Mann war.

»Ich weiß nicht, warum Leyers das gedacht hat«, sagte Pino. »Aber ich weiß, dass Kardinal Schuster während der letzten anderthalb Jahre Juden zur Flucht in die Schweiz verholfen hat, denn ich habe ihn dabei unterstützt. Sollten wir nicht den Kardinal danach fragen, was er zu tun gedenkt?«

Er hatte das alles in so drohendem Ton gesagt, dass der Priester zusammenschrumpfte. »Ich kann nichts versprechen. Er arbeitet in seiner Bibliothek. Aber ich werde gehen …«

»Nein, ich gehe«, sagte Pino. »Ich kenne den Weg.«

Er schob sich an dem Priester vorbei, ging den Flur entlang zur Bibliothek und klopfte an.

»Ich habe darum gebeten, nicht gestört zu werden, Pater Bonnano«, rief Schuster von innen.

Pino nahm die Mütze ab, öffnete die Tür und trat ein, wobei er sich verneigte, und sagte: »Es tut mir leid, mein Lord Kardinal, aber es ist ein Notfall.«

Kardinal Schuster sah ihn neugierig an. »Ich kenne dich.«

»Pino Lella, mein Lord Kardinal. Ich fahre für General Leyers. Er hat vier Juden aus dem Zug von Bahnsteig einundzwanzig geholt. Er hat mich angewiesen, sie zu Euch zu bringen und Euch zu sagen, dass es ihm leidtut, nicht mehr bringen zu können.«

Der Kardinal spitzte die Lippen. »Tatsächlich?«

»Sie sind hier. In seinem Auto.«

Schuster sagte kein Wort.

»Eure Eminenz«, sagte Pater Bonnano. »Ich habe erklärt, dass Ihr nicht persönlich involviert sein könnt bei solchen …«

»Warum nicht?«, entgegnete Schuster scharf und blickte zu Pino. »Bring sie herein.«

»Danke, mein Lord Kardinal«, sagte Pino. »Ein Mädchen hat Fieber.«

»Wir werden einen Arzt holen. Pater Bonnano wird sich darum kümmern. Nicht wahr, Pater?«

Der Priester wirkte unsicher und verbeugte sich dann tief. »Sofort, Eure Eminenz.«

Als Pino die vier in die Bibliothek des Kardinals gebracht hatte und sah, wie Pater Bonnano sie mit Decken und heißem Tee versorgte, sagte er: »Ich muss gehen, mein Lord Kardinal.«

Schuster betrachtete Pino aufmerksam und führte ihn dann außer Hörweite von den Flüchtlingen.

»Ich weiß nicht, was ich von deinem General Leyers halten soll«, sagte der Kardinal.

»Das weiß ich auch nicht. Er verändert sich jeden Tag. Voller Überraschungen.«

»Ja«, sagte Schuster nachdenklich. »Er ist wirklich voller Überraschungen, nicht wahr?«

Fünfundzwanzig

Den ganzen Januar und bis in den frühen Februar des Jahres 1945 fegte Polarluft mit unbarmherzigen, bitterkalten Winden von den Alpen herab und über Mailand hinweg. General Leyers befahl die Beschlagnahmung von Grundnahrungsmitteln wie Mehl, Zucker und Öl. In den langen Warteschlangen vor den verbliebenen Lebensmittelausgaben brachen Aufstände aus. Krankheiten wie Typhus und Cholera gediehen in den ungesunden Zuständen, die durch die Bombardierung entstanden waren. In großen Teilen der Stadt nahmen sie fast epidemische Ausmaße an. Mailand wirkte auf Pino wie ein verfluchter Ort und er fragte sich, warum Mailands Einwohner so erbarmungslos bestraft wurden.

Das Wetter und Leyers Gnadenlosigkeit gebaren Hass in ganz Norditalien. Trotz der eisigen Umstände konnte Pino spüren, wie sich die Hitze der Wut im Gesicht eines jeden verbitterten Italieners entfachte, an dem er mit der Hakenkreuzbinde vorbeiging. Angewidert zuckende Mienen. Hasserfüllte Gesten. Abscheu. Er sah all diese Reaktionen und wollte seine Mitbürger anschreien, ihnen erzählen, was er wirklich tat. Doch er blieb still, schluckte die Scham herunter und ging weiter.

General Leyers wurde unberechenbar, nachdem er die vier Juden gerettet hatte. Er arbeitete tagelang in seinem gewohnt wahnsinnigen, schlaflosen Tempo und war dann bedrückt und betrank sich in Dollys Wohnung.

»In einer Minute geht es ihm gut, in der nächsten schlecht«, sagte Anna eines Nachmittags Anfang Februar, als sie gerade aus einem Café traten. »Einen Abend ist der Krieg vorbei, am nächsten geht der Kampf noch weiter.«

Der Schnee hatte die Via Dante bedeckt und die Luft war eisig, doch die Sonne schien zur Abwechslung einmal so hell, dass sie beschlossen, einen Spaziergang zu unternehmen.

»Was geschieht nach dem Krieg?«, fragte Pino, während sie sich dem Parco Sempione näherten. »Mit Dolly, meine ich?«

»Er bringt sie nach Innsbruck, wenn die Straße am Brennerpass geöffnet wird«, sagte sie. »Dolly möchte jetzt schon mit dem Zug fahren. Aber er meint, dass es nicht sicher ist. Die Züge den Brenner hinauf werden beschossen. Doch ich glaube, er braucht sie einfach hier, genauso, wie sie mich für eine Weile brauchen wird.«

Pino rutschte das Herz in die Magengrube. »Du gehst mit Dolly nach Innsbruck?«

Anna blieb an der langen, breiten und tiefen Senke im Schnee stehen, die den alten Burggraben des Castello Sforzesco markierte. Die Festung aus dem fünfzehnten Jahrhundert war während der Bombardements von 1943 getroffen worden. Die mittelalterlichen Rundtürme an beiden Seiten lagen in Trümmern. Der Turm über der Zugbrücke hatte Schäden erlitten, die sich wie schwarze, schorfige Wunden gegen den Schnee abhoben.

»Anna?«, sagte Pino.

»Nur so lange, bis sich Dolly eingerichtet hat«, sagte Anna und betrachtete den zerbombten Turm so intensiv, als würde er Geheimnisse enthalten. »Sie weiß, dass ich nach Mailand zurückkehren möchte. Zu dir.«

»Dann ist es gut«, sagte Pino und küsste Annas behandschuhte Hand. »Da oben liegen mindestens fünfzehn Meter Schnee. Es wird noch Wochen dauern, bis die Straße frei ist.«

Sie wandte sich von der Burg ab und sagte hoffnungsvoll: »Der General meinte, es könnte noch einen Monat dauern, wenn der Schneefall aufgehört hat, vielleicht auch mehr.«

»Ich bete für mehr«, sagte Pino, nahm sie in die Arme und küsste sie, bis beide das Flattern von Flügeln hörten und sich aus ihrer Umarmung lösten.

Große, pechschwarze Raben schossen aus den Bombenlöchern im Hauptturm der Festung. Drei Vögel flogen krächzend davon, während der größte in trägen Kreisen über die beschädigte Turmspitze flog.

»Ich muss zurück«, sagte Anna. »Du auch.«

Sie spazierten Hand in Hand die Via Dante entlang. Ein Stück von Dollys Haus entfernt sah Pino, wie General Leyers aus der Vordertür kam und zum geparkten Fiat ging.

»Ich muss los«, sagte Pino, warf ihr einen Handkuss zu, bevor er losrannte, um zu Leyers zu kommen. Er öffnete die Tür des Fiats und sagte: »Tausendmal Pardon, *mon général.*«

Der General sah ihn drohend an. »Wo bist du gewesen?«

»Auf einem Spaziergang«, sagte Pino. »Mit dem Dienstmädchen. Wohin kann ich Sie fahren?«

Leyers sah aus, als wollte er auf Pino losgehen, doch er spähte durch das Fenster und sah Anna näher kommen.

Er atmete tief aus und sagte: »Kardinal Schusters Quartier.«

* * *

Zwölf Minuten später lenkte Pino den Fiat durch den Torbogen auf den Hof der Bischofskanzlei, der voller Fahrzeuge war. Pino fand einen Parkplatz, stieg aus und öffnete die Tür des Generals.

Leyers sagte: »Vielleicht brauche ich dich.«

»Oui, mon général«, erwiderte Pino und folgte dem Deutschen über den verschneiten Hof und die Außentreppe hinauf zur Wohnung von Kardinal Schuster.

General Leyers klopfte und Giovanni Barbareschi öffnete die Tür.

War der Seminarist erneut entkommen? Leyers zeigte mit keiner Regung, ob er den Fälscher wiedererkannte, der das Dezimationsritual im Gefängnis von San Vittore überlebt hatte. Pino aber erkannte ihn und schämte sich noch mehr als sonst, dass er die Armbinde mit dem Nazisymbol trug.

»General Leyers für seine Eminenz.«

Barbareschi trat zur Seite. Pino zögerte und ging dann vorbei, während der Seminarist ihn genau betrachtete, als versuche er, ihn einzuordnen. Pino betete, dass er ihn nicht mit San Vittore in Verbindung brachte. Leyers musste er aber dort gesehen haben. Hatte er bemerkt, wie der General versucht hatte, die Dezimation zu beenden? Sie betraten die Privatbibliothek von Kardinal Schuster. Der Kardinal von Mailand stand hinter seinem Schreibtisch. »Freundlich von Ihnen, dass Sie gekommen sind, General Leyers«, sagte Schuster. »Kennen Sie Signor Dollmann?«

Pino versuchte, den anderen Mann im Raum nicht anzustarren. Jeder in Italien kannte ihn. Eugen Dollmann war ein großer, schlanker Mann mit unnatürlich langen Fingern und einem intensiven, eingeübten Lächeln. Er war oft in der Zeitung. Dollmann war Hitlers Übersetzer, wann immer der Führer nach Italien kam oder wenn Mussolini nach Deutschland fuhr.

Pino begann, für Leyers auf Französisch zu übersetzen, doch Dollmann unterbrach ihn.

»Ich kann übersetzen, wer auch immer du bist«, sagte Dollmann mit einer nachlässigen Handbewegung.

Pino nickte, zog sich zur Tür zurück und überlegte, ob er gehen sollte. Nur Barbareschi schien zu bemerken, dass er das nicht tat. Dollmann stand auf, streckte die Hand aus und sprach auf Deutsch mit Leyers. Der General lächelte, wackelte mit dem Kopf und antwortete.

Dollmann informierte Kardinal Schuster auf Italienisch. »Er ist damit einverstanden, dass ich übersetze. Soll ich seinen Fahrer wegschicken?«

Der Kardinal sah an Leyers und Barbareschi vorbei zu Pino.

»Er kann bleiben«, sagte Schuster und wandte seinen Blick dann Leyers zu. »General, ich habe gehört, dass Hitler im Falle eines Rückzugs vorhat, die Erde zu versengen und die verbleibenden Schätze Mailands in Schutt und Asche zu legen.«

Dollmann übersetzte. Leyers hörte zu und gab dann seine schnelle Antwort. Der Dolmetscher sagte: »Der General hat dieselben Dinge gehört und möchte dem Kardinal mitteilen, dass er dieses Vorgehen missbilligt. Er ist Ingenieur, ein Liebhaber großartiger Architektur und Kunst. Er ist gegen jede weitere unnötige Zerstörung.«

»Und der neue Feldmarschall Vietinghoff?«, fragte der Kardinal.

»Ich glaube, man kann den neuen Feldmarschall davon überzeugen, das Richtige zu tun.«

»Und sind Sie bereit, das Überzeugen zu übernehmen?«

»Ich bin bereit, es zu versuchen, Eure Eminenz«, sagte Leyers.

»Dann segne ich Ihre Bemühungen«, sagte Kardinal Schuster. »Halten Sie mich auf dem Laufenden.«

»Das werde ich, Eure Eminenz. Ich muss Euch ebenfalls warnen, Kardinal, bezüglich Eurer öffentlichen Aussagen in den kommenden Tagen. Es gibt mächtige Leute, die nur auf einen Grund warten, um Euch zu verhaften oder Schlimmeres.«

»Sie würden es nicht wagen«, sagte Dollmann.

»Seien Sie nicht naiv. Oder haben Sie nicht von Auschwitz gehört?«

Als er das hörte, wirkte der Kardinal entmutigt. »Das ist eine Schande vor Gott.«

Auschwitz?, dachte Pino. *Das Arbeitslager, zu dem die roten Viehwaggons fuhren?* Er erinnerte sich an die kleinen Finger, die hinten aus dem Waggon herausragten. *Was war mit dem Kind geschehen? Mit all den anderen? Tot, sicher, aber … eine Schande?*

»Bis zum nächsten Mal, Eure Eminenz«, sagte Leyers, schlug die Hacken zusammen und drehte sich um.

»General?«, rief ihm der Kardinal hinterher.

»Eure Eminenz?«

»Geben Sie gut auf Ihren Fahrer acht«, sagte Schuster.

Leyers blickte ernst zu Pino, doch dann schien er sich an etwas zu erinnern, wurde milder und sagte: »Was kann ich anderes tun? Er erinnert mich an meinen verstorbenen Neffen.«

* * *

Auschwitz.

Pino dachte immer wieder an das Wort, den Ort, das OT-Arbeitslager, während er General Leyers zu seinem nächsten Termin in der Fiat-Fabrik im Turiner Außenbezirk Mirafiore fuhr. Er wollte Leyers fragen, was die Schande war, doch er war zu verängstigt und fürchtete sich vor dessen Reaktion.

So behielt Pino seine Fragen für sich, während sie zu einem Treffen mit dem Fiat-Direktor Calabrese gingen, der nicht sehr glücklich darüber wirkte, Leyers wiederzusehen.

»Ich kann nichts tun«, sagte Calabrese. »Es hat zu viele Sabotagen gegeben. Wir können die Produktion nicht mehr in Gang halten.«

Pino war sicher, dass Leyers explodieren würde. Stattdessen sagte er: »Ich weiß Ihre Aufrichtigkeit zu schätzen und ich möchte Sie wissen lassen, dass ich daran arbeite, die Fiatwerke zu schützen.«

Calabrese wirkte unsicher. »Wovor schützen?«

»Vor der völligen Zerstörung«, sagte der General. »Der Führer hat nach verbrannter Erde gerufen, falls es zum Rückzug kommt. Aber ich werde sicherstellen, dass die Grundpfeiler Ihres Unternehmens und Ihrer Wirtschaft überleben. Fiat wird weiter bestehen, was auch geschieht.«

Der Manager dachte nach und sagte dann: »Ich werde das meinen Vorgesetzten mitteilen. Vielen Dank, General Leyers.«

* * *

»Er tut ihnen Gefallen«, berichtete Pino später am Abend in der Küche seines Onkels und seiner Tante. »Das ist seine Masche.«

»Immerhin hilft er Kardinal Schuster dabei, Mailand zu beschützen«, sagte Onkel Albert.

»Nachdem er das Land geplündert hat«, sagte Pino erregt. »Nachdem er Menschen zu Tode arbeiten ließ. Ich habe gesehen, was er getan hat.«

»Das wissen wir«, sagte Tante Greta gedankenverloren. Sein Onkel wirkte ebenfalls wie abwesend.

»Was ist los?«, fragte Pino.

»Heute Morgen gab es verstörende Nachrichten über Kurzwelle«, sagte Onkel Albert. »Über ein Konzentrationslager in Polen namens Au-irgendwas.«

»Auschwitz«, sagte Pino voll Abscheu. »Was ist damit?«

Onkel Albert erzählte, dass zu dem Zeitpunkt, als die Russen am 27. Januar nach Auschwitz kamen, Teile des Lagers in die Luft gejagt und Aufzeichnungen verbrannt worden waren. Die SS-Männer, die das Lager verwaltet hatten, waren geflüchtet und hatten achtundfünfzigtausend jüdische Gefangene als Zwangsarbeiter mitgenommen.

»Siebentausend haben sie zurückgelassen«, sagte Onkel Albert mit gepresster Stimme.

Tante Greta schüttelte aufgelöst den Kopf. »Sie sahen wie menschliche Skelette aus, weil die Nazis versucht haben, sie sich zu Tode arbeiten zu lassen.«

»Habe ich es euch nicht erzählt?«, schrie Pino. »Ich habe gesehen, wie sie es getan haben!«

»Das ist schlimmer als das, was du beschrieben hast«, sagte Onkel Albert. »Die Überlebenden haben gesagt, dass die Gebäude, die die Nazis vor ihrer Flucht in die Luft gejagt haben, Gaskammern waren, in denen sie Juden vergiftet haben, und ein Krematorium, um ihre Leichen zu verbrennen.«

»Sie sagten, der Rauch hat jahrelang den Himmel um das Lager bedeckt, Pino«, berichtete seine Tante und wischte sich die Tränen ab. »Hunderttausende von Menschen sind dort gestorben.«

Die Finger, die kleinen winkenden Finger in Pinos Kopf, und die Mutter des kranken Mädchens und der Vater, der wollte, dass sein Sohn gerettet wird. Sie waren erst vor wenigen Wochen nach Auschwitz gefahren. *Sind sie tot? Vergast und verbrannt? Oder sind sie die Sklaven, die mit nach Berlin genommen worden sind?*

In diesem Moment hasste er die Deutschen, jeden Einzelnen von ihnen, und vor allem Leyers.

Der General hatte ihm erzählt, dass Auschwitz ein Arbeitslager der Organisation Todt war. *Sie bauen dort Dinge,* hatte er gesagt. *Was für Dinge? Gaskammern? Krematorien?*

Scham und Abscheu durchfuhren Pino bei dem Gedanken daran, dass er die OT-Uniform getragen hatte, dieselbe Uniform, die die Leute trugen, die Gaskammern bauten, um Juden zu ermorden, und Krematorien, um die Beweise zu vernichten. Für ihn waren die Erbauer dieser Lager genauso schuldig wie diejenigen, die sie betrieben. Und Leyers musste es gewusst haben. Schließlich hatte er eine direkte Verbindung zu Hitler.

* * *

Als Pino und General Leyers am 20. Februar 1945 das Dorf Osteria Ca' Ida erreichten, waren sie bereits seit Stunden unterwegs. Die letzten zwanzig Minuten waren sie durch den rutschigen kalten Matsch einer steilen Straße zu einer erhöhten Landzunge hinaufgefahren, die einen guten Ausblick nach Südosten zu der rund drei Kilometer entfernten mittelalterlichen Festung von Monte Castello bot.

Pino war im vorhergehenden Herbst bereits mehrere Male an dieser Stelle gewesen, wenn Leyers die Burg aus der Ferne studiert hatte, um zu entscheiden, wie man sie am besten befestigen konnte. Monte Castello ragte achthundert Meter über einer Straße auf, die nach Norden in Richtung Bologna und Mailand führte. Die Kontrolle über diese Straße war unerlässlich, um die Grüne Linie zu halten.

Im vergangenen Monat hatte die Burg zusammen mit den Befestigungsanlagen, die Leyers auf dem Monte Belvedere und dem Monte della Torraccia hatte erbauen lassen, viermal die Angriffe der Alliierten abgewehrt. Doch an diesem trüben, eiskalten Morgen stand Monte Castello unter Belagerung.

Pino musste sich angesichts des Pfeifens und Donnerns der Artilleriegranaten, die in und um die Burg fielen, die Ohren zuhalten. Die Explosionen fühlten sich wie Hammerschläge in seiner Brust an. Bei jedem Treffer sprühten Trümmer und Flammen in die Luft und wichen kurz darauf den sich aufblähenden Wolken öligen Rauchs, die aufstiegen, wuchsen und den zinngrauen Himmel schwärzten.

Pino erschauerte und betrachtete Leyers, der in seinem langen Wollmantel mit dem Feldstecher das Schlachtfeld überblickte und dann nach Südwesten über eine Reihe von Bergkämmen und Gipfeln sah. Mit bloßen Augen konnte Pino in fünf Kilometern Entfernung eine Armee erkennen, die sich über die schmutzig weißen und graubraunen Winterhügel bewegte.

»Die zehnte US-Gebirgsdivision kämpft um den Monte della Torraccia«, sagte General Leyers und reichte Pino das Fernglas. »Sehr gut ausgebildet. Sehr harte Soldaten.«

Pino blickte hindurch und sah Bruchstücke der Schlacht, bevor Leyers sagte: »Fernglas.«

Pino reichte es dem General schnell zurück. Der richtete es nach Südosten vorbei am Fuße des Monte Castello, fluchte und grinste dann hämisch.

»Hier«, sagte er und reichte Pino wieder das Fernglas. »Sieh zu, wie ein paar schwarze Bastarde sterben.«

Pino zögerte, blickte dann durch das Fernglas und sah, wie Truppen des brasilianischen Expeditionskorps über freies Gelände gegen den Sockel der Bergflanke anstürmten. Die erste Reihe angreifender Soldaten war noch vierzig Meter vom Fuße des Berges entfernt, als ein Mann auf eine Landmine trat und in einem Nebel aus Erde, Rauch und Blut in die Luft flog. Ein weiterer Soldat trat auf eine Mine, und dann ein dritter, bevor das Schlachtfeld von oben unter verheerendes Maschinengewehrfeuer geriet, das die Angreifer niedermähte.

Doch alliierte Geschütze und Mörser zertrümmerten weiter die Festung. Bis zur Mitte des Vormittags gab es an beiden Seiten der Burg Mauerbreschen, und die Brasilianer griffen in immer neuen Wellen an und überwanden schließlich das Minenfeld, kamen an den Fuß des Monte Castello heran und begannen ein tödliches Klettern, das sich über Stunden hinzog.

General Leyers und Pino standen die ganze Zeit in der Kälte und sahen zu, wie die 10. US-Gebirgsdivision den Monte della Torraccia eroberte und die Brasilianer gegen fünf Uhr nachmittags die Festung Monte Castello im Nahkampf einnahmen. Die Bergflanke war kraterübersät, als die Geschütze der Alliierten mit dem Feuern aufhörten. Die Burg lag in rauchenden Trümmern. Die Deutschen waren vollständig auf dem Rückzug.

General Leyers sagte: »Hier bin ich geschlagen, und auch Bologna wird in ein paar Tagen verloren sein. Bring mich zurück nach Mailand.«

Der General saß während der ganzen Rückfahrt mit gesenktem Kopf still da, schrieb auf einen Notizblock und ging die Dokumente in seinem Koffer durch, bis sie am Bordstein vor Dollys Haus vorfuhren.

Pino trug den Koffer und folgte Leyers an der alten Dame in der Lobby vorbei und die Treppe hinauf. General Leyers klopfte an die Wohnungstür. Pino war überrascht, als Dolly öffnete, in einem schwarzen Wollkleid, das ihr perfekt passte.

Ihre Augen waren wässrig, so als hätte sie getrunken. Die Zigarette in ihrem Mund glomm, während sie auf den hohen Absätzen schwankend sagte: »Wie wunderbar von dir, nach Hause zu kommen, General.« Dann sah sie Pino an. »Es tut mir leid, aber Anna fühlt sich nicht wohl. Irgendeine Magengeschichte. Halte dich besser von ihr fern.«

»Dann ist es für uns alle am besten, fernzubleiben«, sagte General Leyers und wich zurück. »Ich kann es mir nicht erlauben, krank zu werden. Jetzt nicht. Ich werde heute Nacht woanders schlafen.«

»Nein«, sagte Dolly. »Ich will dich hier haben.«

»Nicht heute Nacht«, sagte Leyers kalt, machte kehrt und ging, während Dolly wütend hinter ihm herrief.

Pino setzte den General am deutschen Hauptquartier ab und erhielt die Anordnung, am Morgen um sieben Uhr zurückzukehren.

* * *

Er ließ den Wagen am Fuhrpark und trottete nach Hause. Vor seinem inneren Auge sah er das Gemetzel und die Zerstörungen, die er an diesem Tag beobachtet hatte. Wie viele Männer hatte er von seinem sicheren Beobachtungspunkt aus sterben sehen? Hunderte?

Die nackte Brutalität machte ihm zu schaffen. Er hasste den Krieg. Er hasste die Deutschen, weil sie ihn begonnen hatten. Wofür? Um den Stiefel auf den Kopf eines anderen Mannes zu stellen und ihn auszurauben, bis jemand mit einem größeren Stiefel vorbeikam, um dich aus dem Weg zu treten? Nach Pinos Ansicht ging es beim Krieg um Mord und Diebstahl. Eine ganze Armee wird ermordet, um den Hügel zu stehlen. Dann wird eine andere ermordet, um ihn zurückzustehlen.

Er wusste, dass er glücklich sein sollte, weil er gesehen hatte, wie die Nazis besiegt wurden und sich zurückzogen, aber er fühlte sich nur leer und allein. Er wollte unbedingt Anna sehen. Doch das ging nicht, und plötzlich war ihm nach Weinen zumute. Er schluckte seine Gefühle hinunter und zwang sich, eine Mauer um seine Erinnerungen an die Schlacht zu bauen.

Diese Mauer hielt, als er den Wachtposten in der Lobby seines Wohnhauses die Papiere zeigte, sie hielt, als er im Aufzugkäfig an den Männern der Waffen-SS im fünften Stock vorbeikam, und sie hielt, als er den Schlüssel aus der Tasche holte. Als er die Wohnungstür öffnete, ging er davon aus, eine leere Wohnung zu betreten, auf den Boden zu fallen und alles rauszulassen.

Doch da war schon Tante Greta, zusammengebrochen in den Armen seines Vaters. Als sie Pino sah, wurde ihr Schluchzen lauter.

Micheles Unterlippe bebte, als er sagte: »Oberst Rauffs Männer sind heute Nachmittag zum Ledergeschäft gekommen. Sie haben das Haus durchsucht und deinen Onkel verhaftet. Er ist zum Hotel Regina gebracht worden.«

»Unter welcher Anklage?«, fragte Pino und schloss die Tür.

»Teil des Widerstands zu sein«, schluchzte Tante Greta. »Dass er ein Spion ist, und du weißt, was die Gestapo mit Spionen macht.«

Micheles Unterkiefer begann zu zittern, und Tränen liefen ihm die Wange hinab. »Hörst du das, Pino? Was sie mit Albert tun werden? Was sie mit dir tun werden, wenn er zusammenbricht und ihnen von dir erzählt?«

»Onkel Albert wird kein Wort sagen.«

»Was ist, wenn er es doch tut?«, beharrte Michele. »Dann werden sie auch hinter dir her sein.«

»Papa …«

»Ich will, dass du abhaust, Pino. Nimm das Auto deines Generals und fahr in Uniform und mit deinem Pass zur Schweizer Grenze. Ich werde dir genügend Geld geben. Du kannst in Lugano wohnen und darauf warten, dass der Krieg vorbei ist.«

»Nein, Papa«, sagte Pino. »Das werde ich nicht tun.«

»Du tust, was ich dir sage!«

»Ich bin achtzehn!«, rief Pino. »Ich kann tun, was ich will.«

Er sagte das mit solcher Kraft und Entschlossenheit, dass sein Vater bestürzt war, und Pino bereute sofort, dass er geschrien hatte. Es war aus ihm herausgeplatzt.

Zitternd versuchte Pino, sich zu beruhigen, und sagte: »Papa, es tut mir leid, aber ich habe zu viel des Krieges bereits ausgesessen. Ich werde jetzt nicht wegrennen. Nicht, solange das Funkgerät noch funktioniert und der Krieg andauert. Bis dahin werde ich an General Leyers Seite sein. Es tut mir leid, aber so muss es sein.«

* * *

Zehn Tage später, am Nachmittag des 2. März 1945, stand Pino neben General Leyers Fiat, betrachtete das Äußere einer Villa in den Hügeln östlich des Gardasees und fragte sich, was wohl im Innern vor sich ging.

Sieben andere Autos waren ebenfalls draußen geparkt. Zwei der Fahrer trugen die Uniform der Waffen-SS und einer die der

Wehrmacht. Der Rest war in Zivilkleidung. Leyers hatte befohlen, dass Pino ebenfalls Zivil trug. Die meiste Zeit ignorierte Pino die anderen Fahrer und beobachtete das Haus fasziniert, denn er hatte zwei der deutschen Offiziere erkannt, die General Leyers vor fast zwanzig Minuten hineingefolgt waren.

Es waren General Wolff, SS-Leiter von Italien, und Feldmarschall Heinrich von Vietinghoff, der kürzlich Kesselring als Oberkommandeur der deutschen Streitkräfte in Italien ersetzt hatte.

Warum ist Vietinghoff hier? Und Wolff? Was haben sie vor?

Diese Gedanken gingen Pino ununterbrochen durch den Kopf, bis er es nicht mehr aushielt. Er ging durch den leicht fallenden Schnee zu einer Hecke aus dekorativen Zedern, die den Parkplatz säumten. Er blieb stehen und pinkelte, falls irgendeiner der anderen Fahrer ihn beobachtete, dann schob er sich zwischen den Zedern hindurch und verschwand.

Pino nutzte die Hecke als Deckung auf dem Weg zur Nordseite der Villa. Dort bückte er sich und schlich weiter, lauschte unter Fenstern und richtete sich auf, um hineinzuspähen.

Unter dem dritten Fenster hörte er Rufe. Eine Stimme dröhnte auf Deutsch: »Was du redest, ist Verrat! Ich werde an einer solchen Diskussion nicht teilnehmen!«

Pino verstand es nicht genau. Doch er vernahm das Geräusch einer zuschlagenden Tür. Jemand war gegangen. *General Leyers?*

Er eilte an der Villa entlang zurück und zur Zedernhecke. Er lief neben ihr her, spähte durch Lücken und sah, wie Feldmarschall Vietinghoff aus der Villa stürmte. Sein Fahrer sprang aus dem Auto, öffnete die Tür zum Rücksitz und sie fuhren bald davon.

Kurz war Pino unentschlossen. Sollte er zum Fenster zurückkehren, versuchen, mehr zu hören? Oder sollte er zum Auto zurückkehren und sein Glück nicht riskieren?

Leyers kam zur Vordertür heraus und nahm ihm die Entscheidung ab. Pino stieg durch die Hecke und rannte los, während er sich an das zu erinnern versuchte, was Vietinghoff vor seinem Abgang gerufen hatte.

Was du redest, ist Verrat!

Er wiederholte den Satz im Stillen, während er die Tür für einen sehr unzufriedenen General Leyers öffnete, der so wirkte, als würde er am liebsten jemandem den Kopf abreißen. Pino setzte sich auf den Vordersitz und spürte, wie die Wut in Wellen von dem Deutschen ausstrahlte.

»*Mon général*?«

»Gargnano«, sagte Leyers. »Zum Narrenhaus.«

* * *

Pino fuhr durch das Tor von Mussolinis Villa oberhalb des Gardasees und fürchtete sich vor dem, was sie erwartete. Als General Leyers sich an der Vordertür anmeldete, sagte ihm einer der Mitarbeiter des Duce, dass es kein guter Zeitpunkt wäre.

»Natürlich ist es kein guter Zeitpunkt«, fuhr ihn Leyers an. »Deshalb bin ich hier. Bringen Sie mich zu ihm oder ich werde Sie erschießen lassen.«

Der Mitarbeiter wurde zornig. »Mit wessen Autorität?«

»Adolf Hitlers. Ich bin hier auf direkten Befehl des Führers.«

Der Mitarbeiter blieb wütend, nickte aber. »Gut dann, wenn Sie mir folgen wollen.«

Er führte sie zu der Bibliothek und öffnete vorsichtig die Tür. Trotz des schwindenden Tageslichts waren in Mussolinis Bibliothek bisher keine Lampen angemacht worden. Das einzige Licht kam durch die Glastüren. Der fahle Lichtstrahl schnitt schräg durch den Raum und zeigte überall verstreute Bücher und Papiere, zerbrochenes Glas und zerborstenes und umgekipptes Mobiliar.

Inmitten der Trümmer eines offenbar kolossalen Wutanfalls saß der Duce hinter seinem Schreibtisch, die Ellbogen aufgestützt, das kantige Kinn in den Händen, und starrte nach unten, als würde er durch den Schreibtisch auf die Trümmer seines Lebens blicken. Claretta Petacci saß auf einem Sessel vor Mussolini, Rauch erhob sich träge von einer Zigarette in der einen Hand, während sie mit der anderen ein leeres Weinglas an ihren Busen drückte. Pino schien es, als wären sie schon seit Stunden in dieser Position erstarrt.

»Duce?«, sagte General Leyers und ging tiefer in das Durcheinander des Raums.

Falls Mussolini ihn gehört hatte, so zeigte er es nicht, sondern starrte weiter dumpf auf seine Schreibtischoberfläche, während Leyers und Pino sich näherten. Die Geliebte des Diktators hatte sie aber gehört und schaute mit einem blassen Lächeln der Erleichterung über die Schulter.

»General Leyers«, lallte Petacci. »Es war ein schwieriger Tag für den armen Beno. Ich hoffe, Sie werden seine Sorgen nicht vergrößern?«

Der General sagte: »Der Duce und ich müssen ein aufrichtiges Gespräch führen.«

»Worüber?«, fragte Mussolini, den Kopf noch immer gesenkt.

Aus der Nähe konnte Pino jetzt sehen, dass der Marionettendiktator auf eine Karte Italiens starrte.

»Duce?«, begann Leyers erneut.

Mussolini hob den Kopf, sein finsterer Blick wirkte grotesk. »Wir haben Äthiopien erobert, Leyers. Und jetzt haben die alliierten Schweine Neger nach Norden in die Toskana gebracht. Neger beherrschen auch die Straßen von Bologna und Rom! Es ist jetzt tausendmal besser für mich zu sterben, als zu leben. Glauben Sie nicht?«

Leyers zögerte, nachdem Pino übersetzt hatte, und sagte dann: »Duce, ich kann Sie in solchen Dingen nicht beraten.«

Mussolinis Blick wanderte herum, als suchte er nach etwas, das er seit Langem verloren hatte, und dann strahlte er, als wäre er entzückt von einem neuen glänzenden Gegenstand.

»Ist es wahr?«, fragte der Marionettendiktator. »Hat der liebe Hitler eine geheime Superwaffe im Ärmel? Eine Rakete, eine Bombe, wie wir sie nie zuvor gesehen haben? Ich höre, der Führer wartet nur darauf, die Superwaffe einzusetzen, wenn seine Feinde nahe genug gekommen sind, um sie alle mit einer Reihe vernichtender Schläge auszulöschen.«

Leyers zögerte erneut, bevor er antwortete. »Es gibt Gerüchte über eine geheime Waffe, Duce.«

»Aha!«, sagte Mussolini und sprang mit hoch erhobenem Finger auf die Beine. »Ich wusste es! Habe ich es nicht gesagt, Clara?«

»Das hast du, Beno«, erwiderte seine Geliebte. Sie goss sich einen weiteren Drink ein.

Mussolini war jetzt so hochgestimmt, wie er zuvor am Boden gewesen war. Er strich voller Aufregung um den Tisch und wirkte fast fröhlich.

»Es ist wie die V2-Rakete, oder?«, sagte er. »Nur so viel mächtiger, dass sie in der Lage ist, eine ganze Stadt dem Erdboden gleichzumachen, nicht wahr? Nur die Deutschen haben die wissenschaftliche und ingenieurtechnische Intelligenz, um so etwas zu vollbringen!«

Leyers sagte einige Augenblicke nichts, dann nickte er. »Danke, Duce. Ich weiß das Kompliment zu schätzen, doch ich bin gesandt worden, um Sie nach Ihren Plänen zu fragen, falls sich die Dinge verschlechtern.«

Das schien Mussolini zu verwirren. »Aber es wird eine große Raketenbombe geben. Wie können sich die Dinge auf lange Sicht verschlechtern, wenn wir die große Raketenbombe haben?«

»Ich ziehe es vor, für alle Eventualitäten zu planen«, sagte Leyers.

»Oh«, machte der Diktator und sein Blick schweifte ab.

Claretta Petacci sagte: »Veltlin, Beno.«

»Das ist es«, meinte Mussolini, jetzt wieder konzentriert. »Wenn wir dazu gezwungen sind, dann habe ich zwanzigtausend Soldaten, die mir ins Veltlin nördlich von hier folgen, an der Schweizer Grenze. Sie werden mich und meine faschistischen Gefährten verteidigen, bis Herr Hitler seine Rakete der maximalen Zerstörung zündet!«

Mussolini grinste und wirkte wie abwesend, er schwelgte wohl in der Erwartung jenes wundersamen Tages.

General Leyers schwieg, so lange, dass Pino ihn von der Seite ansah. Hatte Hitler wirklich eine Superwaffe? Würde er sie gegen die Alliierten einsetzen, wenn sie nahe genug an Berlin waren? Wenn Leyers das eine oder andere wusste, so ließ er sich doch nichts davon anmerken.

Der General schlug die Hacken zusammen und verneigte sich. »Danke, Duce. Das ist alles, was wir wissen wollen.«

»Sie werden uns informieren, Leyers?«, sagte Mussolini. »Wenn Hitler seine großartige Raketenbombe einsetzt?«

»Ich bin sicher, Sie sind unter den Ersten, die es erfahren werden«, sagte General Leyers und drehte sich um.

Er blieb vor der Geliebten des Diktators stehen. »Werden Sie auch ins Veltlin gehen?«

Claretta Petacci lächelte, als hätte sie schon lange ihr Schicksal akzeptiert. »Ich habe meinen Beno geliebt, als die Zeiten gut waren, General. Ich werde ihn noch mehr lieben, wenn sie schlecht sind.«

* * *

Bevor er später an jenem Tag den Besuch bei Mussolini beschrieb, wiederholte Pino die wenigen Worte, die er unter dem Fenster der Villa in den Hügeln östlich des Gardasees gehört hatte.

»*Was du redest, ist Verrat.*«

Tante Greta saß aufrecht auf der Couch. Seit Onkel Albert abgeholt worden war, wohnte sie mit ihnen in der Wohnung und half Baka bei den täglichen Funkausstrahlungen.

Sie fragte: »Bist du dir sicher, dass es Vietinghoff war, der das gesagt hat?«

»Nein, sicher bin ich mir nicht. Aber die Stimme klang wütend, und direkt danach sah ich, wie der Feldmarschall aufgebracht die Villa verließ. Was bedeutet es?«

»Was du redest, ist Verrat«, wiederholte sie auf Deutsch und übersetzte es dann für Pino.

»Verrat?«, wiederholte Pino.

Sein Vater rutschte an die Stuhlkante. »Du meinst, wie ein Putsch gegen Hitler?«

»Das würde ich annehmen, wenn sie so mit Vietinghoff sprachen«, sagte Tante Greta. »Und Wolff war da? Und Leyers?«

»Und noch andere. Aber gesehen habe ich keinen. Sie sind vor unserer Ankunft schon dort gewesen und fuhren nach uns.«

»Sie lesen die Zeichen«, sagte sein Vater. »Sie machen Pläne, um zu überleben.«

»Das sollten die Alliierten erfahren«, sagte Pino. »Und von Mussolini und dass er glaubt, Hitler habe eine Superwaffe.«

»Was denkt Leyers über diese Superwaffe?«, sagte Tante Greta.

»Ich weiß es nicht. Meistens hat er ein Gesicht aus Granit. Doch er würde es wissen. Er hat mir selbst gesagt, dass er seit Beginn seines Berufslebens Waffen für Hitler bauen ließ.«

»Baka kommt morgen früh«, sagte sein Vater. »Schreib auf, was London erfahren soll, Pino. Ich werde ihm sagen, dass er es zusammen mit anderen Informationen übermitteln soll.«

Pino nahm Stift und Papier und schrieb seinen Bericht. Tante Greta schrieb die Worte über den Verrat auf, die er belauscht hatte.

Schließlich gähnte Pino und sah auf die Uhr. Es war fast neun.

»Ich muss mich beim General melden und meine Befehle für morgen abholen.«

»Kommst du heute Abend wieder nach Hause?«

»Ich glaube nicht, Papa.«

»Sei vorsichtig«, sagte Michele. »Du hättest diese Generäle nicht über Verrat sprechen hören, wenn der Krieg nicht bald endgültig vorbei wäre.«

Pino nickte und nahm seinen Mantel. »Ich habe gar nicht nach Onkel Albert gefragt. Du hast ihn heute Morgen in San Vittore gesehen, oder? Wie geht es ihm?«

»Er hat abgenommen, was nicht so schlimm ist«, sagte Tante Greta und lächelte matt. »Und sie haben seinen Willen nicht gebrochen, obwohl sie es versucht haben. Er kennt viele der anderen Gefangenen. Das hilft ihm. Sie beschützen einander.«

»Er wird nicht mehr lange dort sein«, sagte Pino.

Als Pino durch die Straßen zurück zu Dollys Wohnhaus ging, kam ihm der Zeitraum zwischen jetzt und dem Ende des Krieges wirklich klein vor, viel kleiner als die Zeit nach dem Ende des Krieges, die sich unendlich lang anfühlte und angefüllt war mit Anna.

Die Gedanken an eine unbegrenzte Zukunft mit ihr begleiteten Pino bis zu Dollys Tür. Zu seiner Erleichterung öffnete lächelnd Anna, die nicht mehr krank war und sich sehr darüber freute, ihn zu sehen.

»Der General und Dolly sind ausgegangen«, sagte Anna und ließ ihn herein.

Sie schloss die Tür und fiel ihm in die Arme.

* * *

Später in Annas Bett glänzten ihre vibrierenden Körper vor Schweiß und Liebe.

»Ich habe dich vermisst«, sagte Anna.

»Ich denke nur noch an dich«, sagte Pino. »Ist es wohl schlecht, wenn ich nur an dich denke, obwohl ich eigentlich General Leyers ausspionieren und mir merken sollte, wo wir waren und was wir gesehen haben?«

»Das ist überhaupt nicht schlecht«, sagte Anna. »Es ist süß.«

»Das finde ich auch. Wenn wir voneinander getrennt sind, dann fühlt es sich so an, als würde alle Musik aufhören zu spielen.«

Anna blickte ihn an. »Du bist ein besonderer Mensch, Pino Lella.«

»Nein, bestimmt nicht.«

»Doch, das bist du«, beharrte sie und strich mit den Fingern über seine Brust. »Du bist mutig. Du bist witzig. Und du bist schön.«

Pino lachte verlegen. »Schön? Nicht stattlich?«

»Du bist stattlich«, sagte Anna und liebkoste jetzt seine Wange. »Aber du bist so voller Liebe zu mir, dass es von dir abstrahlt, sodass ich mich schön fühle. Und das macht dich schön für mich.«

»Dann sind wir schön«, sagte er und kuschelte sie näher an sich.

Pino erzählte Anna von seinem Gefühl, dass alles, was von jetzt bis zum Ende des Krieges geschehen würde, sich eines Tages ganz kurz anfühlen würde, während die Zeit nach dem Krieg sich bis zu einem unsichtbaren Horizont auszustrecken schien.

»Wir können alles tun, was wir wollen«, sagte Pino. »Das Leben ist grenzenlos.«

»Wir können das Glück jagen und leidenschaftlich leben?«

»Ist das wirklich, was du willst? Das Glück jagen und leidenschaftlich leben?«

»Kannst du dir das Leben irgendwie anders vorstellen?«

»Nein«, sagte er, küsste Anna und liebte sie noch viel mehr. »Auf keinen Fall.«

Sechsundzwanzig

In den folgenden zwei Wochen waren General Leyers und Pino wieder fast ständig unterwegs.

Leyers ging zweimal in die Schweiz nach Besuchen des Bahnhofsgeländes in Como, nicht in Monza, was Pino zu der Überlegung veranlasste, dass General Leyers den Waggon mit dem Gold hatte verlegen lassen. Abgesehen von diesen Reisen nach Lugano verbrachte Leyers den Großteil seiner Zeit damit, den Zustand der Straßen und Eisenbahnschienen zu begutachten, die nach Norden verliefen.

Pino kannte den Grund nicht und er konnte auch nicht danach fragen, doch als sie am 15. März zur Brennerpassstraße fuhren, waren die Absichten des Generals klar. Die Bahnstrecke hinauf über den Pass nach Österreich war wiederholt bombardiert worden. Der Betrieb war in beide Richtungen unterbrochen und graue Männer plagten sich damit, die Strecke zu reparieren.

Die Straße des Brennerpasses verlief durch eine Schneedecke, die noch immer bis zum Talboden hinunterreichte. Je weiter sie fuhren, desto höher wurden die Schneemauern zu ihren Seiten, bis es schien, als wären sie in einem dachlosen Tunnel aus grobkörnigem Weiß. Sie kamen um eine Biegung, die ihnen einen beeindruckenden Blick über das weitläufige Gebiet des Brenners bot.

»Anhalten«, sagte Leyers und stieg mit seinem Fernglas aus.

Pino brauchte kein Fernglas. Er konnte die Straße voraus eine Gruppe grauer Männer erkennen, die sich wie ein einziger versklavter Organismus durch den Schnee grub, hackte und schaufelte, der den Weg zum Scheitel des Brennerpasses – und nach Österreich – versperrte.

Sie sind noch weit weg von der Grenze, dachte Pino und spähte weiter hinauf. Dort oben lagen bestimmt noch zehn oder zwölf Meter Schnee. Und diese dunklen Schmutzflecke weiter oben, in Richtung Österreich, sahen nach Lawinenspuren aus. Unterhalb dieser Flecken konnten noch fünfzehn Meter Schneedecke und Trümmer über der Straße sein.

Leyers musste zu einer ähnlichen Einschätzung gekommen sein. Als sie bei den Truppen der Waffen-SS angekommen waren, die über die Sklaven wachten, stieg der General aus und ging auf den verantwortlichen Mann los, nach seinem Rangabzeichen ein Major. Sie schrien einander an und für einen Moment dachte Pino, sie würden aufeinander einschlagen.

Als General Leyers zum Fahrzeug zurückkehrte, war er noch immer aufgebracht.

»Bei dem Tempo werden wir niemals aus Italien rauskommen, verdammt«, sagte er. »Ich brauche Laster, Bagger und Bulldozer. Echte Maschinen. Oder es ist unmöglich.«

»*Mon général*?«, sagte Pino.

»Halt den Mund und fahr, Vorarbeiter!«

Pino wusste, dass er besser nichts erwiderte, und dachte still über Leyers' Worte nach, bis er endlich begriff, was sie in der letzten Zeit getan hatten.

General Leyers war die Zuständigkeit für die Fluchtstrecke übertragen worden. Die Deutschen brauchten einen Weg für den Rückzug. Die Eisenbahnschienen waren zerstört. Also war die Passstraße über den Brenner der einzig sichere Ausweg, und er war blockiert. Andere Pässe führten in die Schweiz, doch die Schweiz hatte seit ein paar Tagen deutschen Zügen oder Konvois die Fahrt über die Grenze verboten.

Ab jetzt, dachte Pino fröhlich, *sitzen die Nazis in der Falle.*

* * *

In jener Nacht beschrieb Pino in einer Nachricht für Baka die riesige Schneebarriere zwischen Italien und Österreich. Er sagte, die Partisanen oder Alliierten sollten anfangen, die verschneiten Kämme oberhalb der Straße zu bombardieren, um weitere Lawinen zu provozieren.

Fünf Tage später kehrten er und Leyers zum Brenner zurück. Pino freute sich insgeheim, denn der General tobte angesichts der Nachricht, dass alliierte Bomben riesige Abgänge verursacht hatten und die Straße von Mauern aus Schnee blockiert war.

Mit jeder Stunde, die verstrich, wurde Leyers unberechenbarer, redselig in einem Moment und still und mürrisch im nächsten. Gegen Ende März verbrachte der General sechs Tage in der Schweiz, was Pino fast unbegrenzte Zeit mit Anna bescherte. Er wunderte sich schon, warum Leyers Dolly nicht nach Lugano oder sogar Genf gebracht hatte.

Doch er dachte nicht sehr lange darüber nach. Pino war verliebt, und wie es bei der Liebe so ist, hatte sie sein Gefühl für Zeit verzerrt. Jeder Moment mit Anna schien atemlos und kurz, und wenn sie getrennt waren, war alles voll endlosem Sehnen.

März wurde zu April 1945, und es war, als würde ein kosmischer Schalter umgelegt. Das kalte, verschneite Wetter, das Norditalien geplagt und den alliierten Vormarsch behindert hatte, wich frühlingshaften Temperaturen und schmelzendem Schnee. Pino fuhr General Leyers fast täglich zur Passstraße am Brenner. Inzwischen waren Bagger und Kipplaster am Werk, die Schnee und Lawinentrümmer abtransportierten. Die Sonne schien auf die grauen Männer herab, die neben den Maschinen gruben, ihre Gesichter von den hellen Reflexionen im Schnee verbrannt, ihre Muskeln von dem Gewicht aus Schneematsch und Eis verspannt und ihr Wille zerbrochen von den Jahren der Sklaverei.

Pino wollte sie trösten, ihnen sagen, dass sie sich ein Herz fassen sollten, dass der Krieg fast vorbei war. *Nur noch Wochen, keine Monate mehr. Haltet nur durch. Bleibt am Leben.*

* * *

Lange nach Einbruch der Dunkelheit erreichten Pino und General Leyers am 8. April 1945 das Dorf Molinella nordöstlich von Bologna.

Leyers nahm sich dort eine Pritsche in einem Lager der Wehrmacht und Pino schlief unruhig auf dem Vordersitz des Fiats. Bei Tagesanbruch waren sie auf einem erhöhten Standort westlich des Dorfes Argenta, von wo aus sie auf das flachere, feuchte Gebiet zu beiden Seiten des Flusses Senio herabblicken konnten, der in den Comacchiosee mündete, eine Art Lagune in der Nähe der Küste. Der See blockierte für die Alliierten den Weg um die Befestigungen herum, die Leyers am Nordufer des Flusses hatte bauen lassen.

Panzerfallen. Minenfelder. Gräben. Bunker. Selbst aus mehreren Kilometern Entfernung konnte Pino sie deutlich erkennen. Jenseits davon, auf der anderen Seite des Flusses im Gebiet der Alliierten, bewegte sich nichts außer gelegentlichen Lastern, die in oder aus Richtung Rimini und Adria fuhren.

Viele Stunden lang waren an jenem Tag auf dem Hügel nur wenig Geräusche zu hören, abgesehen von Frühlingsvögeln und Insekten und einer warmen Brise, die den Geruch von frisch gepflügten Feldern mit sich brachte. An all dem erkannte Pino, dass die Erde nichts vom Krieg wusste, dass die Natur weitermachen würde, egal, welche Schrecken die Menschen einander bescherten. Die Natur kümmerte sich kein bisschen um die Menschen und ihr Verlangen zu töten und zu erobern.

Der Morgen zog sich dahin. Es wurde heiß. Gegen Mittag hörten sie entferntes Donnern, von der Küste bei Rimini kam der Hall von Explosionen herüber, und kurz darauf konnte Pino in der Ferne Rauch sehen, der sich weit auf das Meer hinaus erstreckte. Er fragte sich, was geschehen war. Es war, als hätte General Leyers ihn gehört.

»Sie bombardieren unsere Schiffe«, erklärte er sachlich. »Sie ersticken uns, doch dort werden sie versuchen, mich zu brechen.«

Der Nachmittag ging weiter, und bald war es so heiß wie an einem Sommertag, aber nicht so trocken. Statt der glühenden Hitze dampfte die Feuchtigkeit des Winters aus dem Boden und machte die Luft schwer und drückend. Pino setzte sich in den Schatten des Autos, während Leyers seine Wache hielt.

»Was wirst du nach dem Krieg tun, Vorarbeiter?«, fragte Leyers irgendwann.

»Moi, mon général?«, sagte Pino. »Ich weiß es nicht. Vielleicht gehe ich zurück zur Schule. Vielleicht arbeite ich für meine Eltern. Und Sie?«

General Leyers senkte das Fernglas. »Ich kann nicht so weit vorausblicken.«

»Und Dolly?«

Leyers neigte den Kopf, als überlegte er, ihn für seine Unverschämtheit zu schelten, doch dann sagte er: »Wenn der Brenner offen ist, wird sich um sie gekümmert.«

Sie vernahmen beide ein rumpelndes, dröhnendes Geräusch im Süden. Leyers hob das Fernglas und betrachtete den Himmel.

»Es geht los«, sagte er.

Pino sprang auf die Beine, beschirmte seine Augen und sah die schweren Bomber, die aus dem Süden kamen, zehn nebeneinander und zwanzig hintereinander. Zweihundert Kriegsflugzeuge flogen direkt auf sie zu, bis sie so nah waren, dass Pino zu fürchten begann, dass sie ihre Ladung über seinem Kopf ablassen würden.

Nur anderthalb Kilometer voraus und anderthalb Kilometer hoch formierten sie sich und zeigten ihre Bäuche, als sich die Bombenschächte öffneten. Die Bomber verloren an Höhe und schossen über die Grüne Linie und deutsches Gebiet hinweg. Sie ließen ihre Bomben fallen, die ein Stück weit hinter ihnen herpfiffen und dann wie Fische vom Himmel heruntertauchten.

Die erste schlug ein gutes Stück hinter den deutschen Verteidigungslinien ein und explodierte, wobei sie Trümmer aufschleuderte und einen Regenbogen aus sprühendem Licht und Flammen aufwarf. Weitere Bomben detonierten hinter den Befestigungen der Grünen Linie, sie hinterließen rauchende Krater und kupferrote Feuer in einem Teppich aus Gewalt und Zerstörung, der sich nach Osten zur Flussmündung und dem Meer hinbewegte.

Dem letzten Vogel der ersten Welle folgte zehn Minuten später eine zweite, dann eine dritte und eine vierte – mehr als achthundert schwere Bomber insgesamt. Die schwerfälligen Flugzeuge ließen ihren Nachschub im selben rhythmischen Muster los, nur einen oder zwei Grad versetzt, sodass die Bomben immer an anderen Stellen der deutschen Nachhut einschlugen.

Arsenale explodierten. Benzinlager flogen in die Luft. Baracken und Straßen und Laster und Panzer und Versorgungslager verschwanden in dem ersten Angriff. Dann flogen mittlere und leichte Bomber niedrig über den Fluss und griffen die Verteidigungslinie selbst an. Abschnitte von Leyers Panzerfallen flogen hoch. Bunker wurden zerstört. Geschützstellungen fielen.

Im Verlauf der nächsten vier Stunden ließen alliierte Bomber zwanzigtausend Granaten auf das Gebiet fallen. Zwischen den Luftangriffen beschossen zweitausend alliierte Artilleriegeschütze die Grüne Linie in dreißigminütigem Trommelfeuer. Als die Sonne des späten Nachmittags auf die Rauchwolken am Fluss schien, sah der tief hängende Frühlingshimmel höllisch aus.

Pino spähte zu Leyers. Der General betrachtete das Schlachtfeld südlich seiner durchbrochenen Verteidigung durch das Fernglas, seine Hände bebten und er fluchte auf Deutsch.

»*Mon général*?«, sagte Pino.

»Sie kommen«, sagte Leyers. »Panzer. Jeeps. Artillerie. Ganze Armeen rücken gegen uns vor. Unsere Jungs werden so lange standhalten, wie sie können, und viele werden für diesen Fluss sterben. Doch irgendwann, nicht mehr lange hin, wird jeder Soldat dort unten mit der unvermeidlichen Wahl des Verlierers konfrontiert werden: Rückzug, Kapitulation oder Tod.«

Als der Tag der Dämmerung wich, drangen alliierte Soldaten mit Flammenwerfern in die deutschen Gräben und Bunker. Eine schwarze und sternenlose Nacht brach herein. Während der Nahkampf dort in der Dunkelheit fortdauerte, konnte Pino nur Explosionsblitze und kurze Feuersalven erkennen.

»Bis zum Morgen werden sie überrannt sein«, sagte Leyers. »Es ist vorbei.«

»In Italien haben wir eine Redewendung, dass es erst vorbei ist, wenn die fette Dame nicht mehr singt, *mon général*«, sagte Pino.

»Ich hasse die Oper«, knurrte der General und ging zum Auto. »Bring mich weg von hier, zurück nach Mailand, bevor ich noch ganz ohne Möglichkeiten dastehe.«

Pino wusste nicht, was das zu bedeuten hatte, doch er kletterte eilig hinter das Lenkrad. *Die Nazis können sich jetzt zurückziehen, sich ergeben oder sterben,* dachte er. *Der Krieg selbst stirbt. Jetzt sind es nur noch Tage, bis der Frieden kommt, und, well, die Amerikaner!*

Pino fuhr durch die Nacht zurück nach Mailand, beschwingt von dem Gedanken, dass er endlich einen Amerikaner treffen würde. Oder eine ganze Armee von ihnen! Vielleicht würden er und Anna nach ihrer Hochzeit in die Vereinigten Staaten gehen, wie seine Cousine Licia Albanese, und die Taschen seiner Mutter und die Lederwaren von Onkel Albert nach New York, Chicago und Los Angeles bringen. Er würde dort sein eigenes Vermögen machen!

Pino spürte, wie ihm bei dem Gedanken ein Schauer über den Rücken lief, und er bekam einen kurzen Eindruck von einer Zukunft, die ihm noch vor wenigen Momenten unvorstellbar schien. Die ganze Fahrt zurück dachte er nicht an die Zerstörung biblischen Ausmaßes, die er soeben beobachtet hatte. Er dachte daran, etwas Gutes und Lohnenswertes aus seinem Leben zu machen, etwas *con smania*, und er konnte es nicht erwarten, Anna davon zu erzählen.

* * *

Die Grüne Linie am Fluss Senio wurde später in der Nacht durchbrochen. Am folgenden Abend waren alliierte Kräfte aus Neuseeland und Indien fast fünf Kilometer jenseits von Leyers' zerstörter Verteidigungslinie, während die deutsche Armee sich zurückzog und im Norden neu formierte. Am 14. April brach die 5. US-Armee nach einem weiteren gewaltigen Bombardement durch die Westseite der Grünen Linie und marschierte nach Norden Richtung Bologna. Jeder Tag brachte Nachrichten von weiteren alliierten Vorstößen. Pino hörte jeden Abend über Bakas Kurzwellenradio BBC. Fast jeden Tag verbrachte er damit, Leyers von Kampffront zu Kampffront zu bringen oder die Fluchtrouten entlangzufahren, wo sie lange deutsche

Kolonnen in wesentlich langsamerem Schritt beim Rückzug sahen als bei der Eroberung Italiens.

Die Kriegsmaschine der Nazis wirkte auf Pino verkrüppelt. Er konnte es an den sich vorwärtsschiebenden Panzern sehen, die ihre Ketten verloren hatten, und an den verstörten Infanteristen, die hinter den Eselsgespannen mit den Geschützen hergingen. Viele verwundete Deutsche lagen in offenen Lastern, der glühend heißen Sonne schutzlos ausgeliefert. Pino hoffte, dass sie dort sterben würden.

Alle zwei bis drei Tage kehrte er mit Leyers zurück zum Brennerpass. Mit der Hitze war die Schneeschmelze gekommen und ein Strom aus schmutzigem Eiswasser lief den Pass hinunter und unterhöhlte die Abwasserdurchlässe und Straßen. Am Ende der freien Strecke standen Zwangsarbeiter bis zu den Knöcheln und Schienbeinen in dem eiskalten Wasser und arbeiteten weiter neben den Dampfschaufeln und Kipplastern. Am 17. April waren die grauen Männer noch anderthalb Kilometer von der österreichischen Grenze entfernt. Einer von ihnen brach im Wasser zusammen. SS-Wachen zerrten ihn heraus und warfen ihn auf die Seite.

General Leyers schien es nicht zu bemerken.

»Lasst sie rund um die Uhr arbeiten«, sagte er dem verantwortlichen Hauptmann. »Die gesamte Zehnte der Wehrmacht wird innerhalb einer Woche die Straße hinaufkommen.«

Siebenundzwanzig

Samstag, 21. April 1945

General Leyers stand am Rand, als Offiziere der Organisation Todt im Hof des OT-Büros in Turin fünf große Dokumentenhaufen mit Benzin übergossen. Leyers nickte einem der Offiziere zu, der ein Streichholz entzündete. Es gab ein lautes Zischen und die Flammen schienen alles sofort zu erfassen.

Der General beobachtete das Verbrennen der Papiere mit großem Interesse. Genauso wie Pino.

Was war daran so wichtig, dass man um drei Uhr morgens Dollys Bett verlassen und zusehen musste? Dass man dort stehen bleiben und sichergehen musste, dass sie alle verbrannt waren? Waren in diesen Papieren Beweise, die Leyers in irgendeiner Weise belasteten? Das musste es sein.

Bevor Pino noch weiter darüber nachdenken konnte, brüllte General Leyers den OT-Offizieren Befehle zu und wandte sich dann an Pino.

»Nach Padua«, sagte er.

Pino fuhr nach Süden und in einem Bogen um Mailand herum nach Padua. Auf dem Weg dorthin kämpfte er damit, nicht in Gedanken an das baldige Kriegsende wegzudämmern.

Die Alliierten waren bei Argenta durch Leyers' Verteidigung gebrochen. Die 10. Gebirgsdivision der US-Armee näherte sich dem Po.

Leyers schien Pinos Erschöpfung zu bemerken, griff in seine Tasche und zog eine Phiole heraus. Er nahm eine kleine weiße Pille heraus und reichte sie Pino. »Nimm die. Amphetamine. Hält dich wach. Lässt dich weitermachen. Ich nehme es selbst.«

Pino nahm die Pille und fühlte sich bald hellwach, wenn auch reizbar, und sein Kopf tat ihm weh, als sie Padua erreichten, wo der General eine weitere Verbrennung großer Mengen von OT-Dokumenten beaufsichtigte. Danach fuhren sie wieder hinauf zum Brennerpass. Weniger als zweihundertfünfzig Meter Schnee trennten die Nazis jetzt noch von der offenen Straße nach Österreich hinein, und Leyers wurde gesagt, dass sie innerhalb der nächsten achtundvierzig Stunden durchbrechen würden.

Am Sonntagmorgen des 22. Aprils sah Pino zu, wie Leyers OT-Dokumente in Verona verbrannte. Am Nachmittag gingen die Ordner in Brescia in Flammen auf. Bei jedem Halt trug der General zuerst seinen Koffer in die OT-Büros und verbrachte einige Zeit damit, die Akten durchzusehen, bevor er das Verbrennen beaufsichtigte. Er ließ Pino den Koffer, der bei jedem Halt schwerer wurde, nicht berühren. Am frühen Abend sah Pino die OT-Dokumente in Bergamo brennen, bevor sie zu Leyers' Büro hinter dem Stadion von Como zurückkehrten.

Am nächsten Morgen, es war Montag, der 23. April, sah General Leyers zu, wie OT-Offiziere ein riesiges Feuer aus Ordnern und Dokumenten auf dem Spielfeld des Stadions entzündeten. Er überwachte mehrere Stunden lang, wie die Flammen genährt wurden. Pino war es nicht erlaubt, in die Nähe der Dokumente zu gehen. Er saß in der Hitze auf der Tribüne und beobachtete, wie die Aufzeichnungen der Nazis in Rauch und schwelender Asche aufgingen.

Als sie später an jenem Nachmittag nach Mailand zurückkehrten, hatten zwei SS-Panzereinheiten das Viertel um den Dom abgeriegelt, und selbst Leyers wurde durchsucht, bevor er hineindurfte. Am Hotel Regina, dem Hauptquartier der Gestapo, erfuhr Pino den Grund. Oberst Walther Rauff war betrunken, zornig und versuchte, alles mit seinem Namen darauf zu verbrennen. Doch als der Gestapo-Chef Leyers sah, strahlte er und lud ihn in sein Büro ein.

Leyers blickte Pino an und sagte: »Du bist für den Tag freigestellt. Morgen früh habe ich einen Termin um neun. Hol mich um acht Uhr fünfundvierzig bei Dolly ab.«

»*Oui, mon général*«, sagte Pino. »Der Wagen?«

»Nimm ihn mit.«

* * *

General Leyers folgte Rauff nach drinnen. Pino gefiel es gar nicht, dass so viele Dokumente verschwanden. Beweise dessen, was die Nazis Italien angetan hatten, gingen unwiederbringlich verloren, und es schien, als könne er wenig mehr tun, als es den Alliierten mitzuteilen. Er parkte den Fiat zwei Blocks von seinem Wohnhaus entfernt, ließ die Armbinde auf dem Sitz – das Hakenkreuz nach oben – und ging wieder einmal an den Wachtposten in der Lobby vorbei.

Michele hielt sich einen Finger an die Lippen und Tante Greta schloss die Tür zur Wohnung.

»Papa?«

»Wir haben einen Besucher«, sagte sein Vater mit unterdrückter Stimme. »Der Sohn meines Cousins, Mario.«

Pino blinzelte. »Mario? Ich dachte, er sei Kampfpilot?«

»Das bin ich noch immer«, sagte Mario und trat aus dem Schatten. Er war ein kleiner Mann mit eckigen Schultern und einem breiten Lächeln. »Ich bin neulich nachts abgeschossen worden, konnte aber mit einem Fallschirm abspringen und habe es hierher geschafft.«

»Mario wird sich hier verstecken, bis der Krieg vorbei ist«, erklärte Michele.

»Dein Vater und deine Tante haben mir von deinen Aktivitäten erzählt«, sagte Mario und schlug Pino auf die Schulter. »Das kostet eine Menge Nerven.«

»Ach, ich weiß nicht«, erwiderte Pino. »Ich glaube, Mimmo hat eine schwerere Zeit gehabt.«

»Unsinn«, sagte Tante Greta, bevor Pino seine Hände abwehrend hob.

»Ich habe seit drei Tagen nicht geduscht«, sagte er. »Und dann muss ich den Wagen des Generals wegfahren. Ich bin froh, dass du lebst, Mario.«

»Und ich, dass du lebst«, entgegnete Mario.

Pino ging den Flur entlang zum Badezimmer neben seinem Zimmer. Er zog seine verräucherten Kleider aus und duschte, um den Geruch von seiner Haut und aus den Haaren zu bekommen. Dann zog er seine beste Kleidung an und tat sich ein wenig von dem Aftershave seines Vaters auf die Wangen. Es waren vier Tage vergangen, seit er Anna gesehen hatte, und er wollte sie beeindrucken.

Im Esszimmer hinterließ er eine Notiz über die Verbrennung der Dokumente für Baka, verabschiedete sich von seinem Vater, seiner Tante und seinem Cousin und ging.

Die Dämmerung brach herein, doch die Hitze strahlte noch immer von den Gebäuden und dem Straßenpflaster ab und war so durchdringend wie in einer Sauna. Es fühlte sich gut an. Die Hitze und die Feuchtigkeit lösten seine Gelenke nach dem tagelangen Fahren und Stehen und Zusehen. Pino stieg in den Fiat, wollte ihn gerade starten, als sich jemand auf dem Rücksitz bewegte und ihm die kalte Mündung einer Pistole an den Hinterkopf hielt.

»Keine Bewegung«, sagte ein Mann. »Hände ans Lenkrad. Waffe?«

»Nein«, sagte Pino und hörte das Beben in seiner Stimme. »Was willst du?«

»Was glaubst du?«

Jetzt erkannte Pino die Stimme und hatte plötzlich Angst, dass ihm der Kopf weggeblasen würde.

»Nicht, Mimmo«, sagte er. »Mamma und Papa …«

Pino spürte, wie der Stahl der Mündung von seinem Kopf genommen wurde.

»Pino, es tut mir so gottverdammt leid, was ich zu dir gesagt habe«, begann Mimmo. »Ich weiß jetzt, was du getan hast, das Spionieren, und ich … ich habe großen Respekt vor deinem Mut. Wie du dich der Sache gewidmet hast.«

Pino spürte, wie eine Welle von Gefühlen in ihm hochkam, doch dann wurde er wütend. »Warum hast du mir dann eine Pistole an den Kopf gehalten?«

»Ich wusste nicht, ob du bewaffnet bist. Ich dachte, du würdest versuchen, mich umzubringen.«

»Ich würde niemals meinen kleinen Bruder erschießen.«

Mimmo kroch über den Sitz und warf die Arme um Pino. »Vergibst du mir?«

»Natürlich«, sagte Pino und sein Zorn war verschwunden. »Du konntest es ja nicht wissen, und ich durfte es dir nicht sagen, weil Onkel Albert gemeint hat, dass es so sicherer sei.«

Mimmo nickte, wischte sich mit dem Ärmel über die Augen und erklärte: »Ich bin von Partisanenführern geschickt worden, die mir berichtet haben, was du getan hast. Ich soll dir deine Befehle geben.«

»Befehle? Ich bekomme meine Befehle von General Leyers.«

»Nicht mehr«, sagte Mimmo und reichte ihm ein Papier. »Du sollst Leyers in der Nacht des Fünfundzwanzigsten verhaften und zu dieser Adresse bringen.«

General Leyers verhaften? Zuerst machte der Gedanke Pino nervös, doch dann stellte er sich vor, wie er mit einer Pistole auf Leyers Kopf zielte, und die Idee gefiel ihm.

Er würde den General verhaften und sich ihm als Spion zu erkennen geben. Er würde dem Nazi diese Tatsache ins Gesicht hämmern. *Ich war die ganze Zeit direkt vor deiner Nase. Ich habe alles gesehen, was du getan hast, du Sklaventreiber.*

»Ich werde es tun«, sagte Pino schließlich. »Es wird mir eine Ehre sein.«

»Dann werde ich dich wiedersehen, wenn der Krieg vorbei ist«, erwiderte Mimmo.

»Wohin gehst du?«

»Zurück zum Kampf.«

»Wie? Was wirst du tun?«

»Heute Nacht Panzersabotage. Und wir warten darauf, dass die Nazis anfangen, sich aus Mailand zurückzuziehen. Dann werden wir ihnen auflauern und ihnen beibringen, niemals auch nur daran zu denken, jemals wieder nach Italien zurückzukehren.«

»Und die italienischen Faschisten?«

»Die auch. Wir brauchen einen sauberen Staat, wenn wir neu beginnen wollen.«

Pino schüttelte den Kopf. Mimmo war kaum sechzehn und bereits ein kriegserprobter Veteran.

»Lass dich nicht umbringen, bevor es vorbei ist«, sagte Pino.

»Du auch nicht«, antwortete Mimmo und glitt aus dem Auto in die Schatten.

Pino drehte sich auf seinem Sitz um, versuchte, seinen Bruder zu entdecken, doch er sah ihn nicht mehr. Mimmo war ein Geist. Das brachte Pino zum Lächeln und er startete General Leyers' Wagen, fühlte sich zum ersten Mal seit Tagen wieder gut, zumindest seit er Anna zuletzt gesehen hatte.

* * *

Pino war das Herz schwer, als er gegen acht an diesem Abend vor Dollys Haus parkte. Er winkte der alten Frau in der Lobby zu, ging die Stufen zur dritten Etage hinauf und klopfte energisch an Dollys Tür.

Anna öffnete lächelnd. Sie küsste ihn auf die Wange und flüsterte: »Dolly ist außer sich. Der General war fast vier Tage nicht mehr hier.«

»Er wird heute Nacht zurückkehren«, meinte Pino. »Da bin ich mir sicher.«

»Sag ihr das bitte«, sagte Anna und führte ihn den Flur entlang.

Dolly Stottelmeyer saß auf der Couch im Wohnbereich, trug einen von Leyers' weißen Waffenröcken und wenig mehr. Sie hatte ordentlich Whisky in einem Glas mit Eis und sah aus, als wäre es nicht ihr erster oder zweiter oder selbst fünfter an diesem Tag.

Als sie Pino sah, machte sie das Gesicht einer betrogenen Frau und fragte: »Wo ist mein Hansi?«

»Der General ist im Hauptquartier der Wehrmacht«, sagte Pino.

»Wir sollten jetzt längst in Innsbruck sein«, lallte Dolly.

»Der Pass wird morgen geöffnet«, sagte Pino. »Und er hat mir erst neulich gesagt, dass er Sie über den Pass bringen wird.«

Tränen stiegen in Dollys Augen. »Das hat er?«

»Ich habe es selbst gehört.«

»Danke«, sagte Dolly und ihre Hand zitterte, als sie das Glas hob. »Ich wüsste nicht, was sonst aus mir werden sollte.« Sie schlürfte den Whisky, lächelte und stand auf. »Ihr zwei geht jetzt. Ich muss mich hübsch machen.«

Sie taumelte an ihnen vorbei und hielt sich an der Wand fest, bevor sie den Flur entlang verschwand.

Als sie Dollys Schlafzimmertür zuschlagen hörten, gingen sie in die Küche. Pino wirbelte Anna herum, hob sie hoch und küsste sie. Anna warf die Beine um ihn und küsste ihn mit gleicher Inbrunst. Als sie endlich die Lippen voneinander lösten, sagte sie: »Ich habe Essen für dich. Das Gericht mit Wurst und Brokkoli, das du so magst, und dazu Brot und Butter.«

Pino merkte, dass er am Verhungern war, stellte sie widerwillig ab und sagte leise: »Gott, wie habe ich dich vermisst. Du weißt gar nicht, wie gut es ist, jetzt hier bei dir zu sein.«

Anna strahlte ihn an. »Ich hatte keine Ahnung, dass es so sein würde.«

»Ich auch nicht«, sagte Pino und küsste sie noch einmal und dann noch einmal.

Sie aßen heiße Wurst und Brokkoli in Knoblauch und Olivenöl, dazu Brot und Butter, und tranken vom Wein des Generals, um dann auf Annas Zimmer zu gehen, als es an der Tür klopfte. Dolly rief, dass sie sich nicht darum kümmern sollten, sie wolle selbst öffnen. In der Hitze ihres kleinen Raums war Annas Geruch in der Dunkelheit überall um ihn herum und er war sofort wie betrunken davon. Er spähte nach ihren Umrissen in der pechschwarzen Umgebung, hörte ihre Bettfedern quietschen und ging zu ihr. Als er sich neben sie legte und die Hände nach ihr ausstreckte, war Anna bereits nackt und voll Sehnsucht nach ihm.

* * *

Es klopfte zweimal an der Tür des Dienstmädchens.

Pino schreckte am Morgen des 24. April 1945 auf und sah sich verwirrt um, während Anna an seiner Brust hochkam und rief: »Ja?«

Dolly sagte: »Es ist sieben Uhr vierzig. Der General braucht seinen Fahrer in zwanzig Minuten und wir müssen packen, Anna. Der Brenner ist frei.«

»Wir fahren heute?«, fragte Anna.

»So bald wie möglich«, erwiderte Dolly.

Sie lagen da und warteten darauf, dass Dollys Absätze den Flur entlang zur Küche klapperten.

Pino küsste Anna sanft und sagte: »Das war die beeindruckendste Nacht meines Lebens.«

»Meine auch«, sagte sie und sah in seine Augen, als würden sie Träume enthalten. »Ich werde niemals vergessen, wie zauberhaft es war.«

»Niemals.«

Sie küssten sich erneut, dabei berührten sich ihre Lippen kaum. Sie atmete ein, wenn er ausatmete, und atmete aus, wenn er einatmete, und Pino fühlte erneut, dass sie wie ein einziges Wesen waren, wenn sie so waren, so zusammen.

»Wie werde ich dich finden?«, sagte Pino. »In Innsbruck, meine ich.«

»Ich werde in der Wohnung deiner Eltern anrufen, wenn wir angekommen sind.«

»Warum gehst du nicht einfach jetzt zur Wohnung meiner Eltern? Oder zumindest, nachdem du für Dolly gepackt hast?«

»Dolly braucht mich, um sich einzurichten«, sagte Anna. »Sie weiß, dass ich so schnell wie möglich nach Mailand zurückkehren möchte.«

»Tut sie das?«

»Ja. Ich habe ihr gesagt, dass sie sich ein neues Dienstmädchen nehmen muss.«

Pino küsste sie und sie lösten sich voneinander und zogen sich an. Bevor er aus der Tür ging, nahm er Anna in die Arme und sagte: »Ich weiß nicht, wann ich dich wiedersehen werde.«

»Du wirst von mir hören, das verspreche ich. Ich werde dich anrufen, sobald ich kann.«

Pino sah Anna in die Augen, strich mit seinen kräftigen Händen über ihr Gesicht und murmelte: »Der Krieg ist fast vorbei. Wirst du mich heiraten, wenn du zurückkehrst?«

»Heiraten?«, sagte sie und Tränen glänzten in ihren Augen. »Bist du sicher?«

»Mehr als sicher.«

Anna küsste seine Handfläche und flüsterte: »Dann ja.«

Pino spürte, wie die Freude ihn wie ein mächtiges Crescendo durchfuhr. »Ja?«

»Natürlich. Mit meinem ganzen Herzen, Pino. Mit ganzer Seele.«

»Ich weiß, es ist kitschig«, sagte Pino, »aber du hast mich gerade zum glücklichsten Mann ganz Italiens gemacht.«

»Ich glaube, wir haben uns gegenseitig glücklich gemacht«, sagte sie und küsste ihn erneut.

Als er die Stiefel des Generals bereits in der Küche hörte, hielt Pino sie noch so lange in den Armen, wie er sich traute, und flüsterte dann: »Unsere Liebe wird ewig sein.«

»Für immer und ewig«, sagte sie.

Sie trennten sich. Pino warf einen letzten Blick auf Anna, zwinkerte ihr zu und ging dann davon, mit allen Sinnen erfüllt von ihrer Schönheit, ihrem Duft und ihrer Berührung.

* * *

General Leyers wollte zuerst zum Hauptquartier der Gestapo im Hotel Regina und kam eine Stunde später wieder heraus. Anschließend fuhren sie zum Fernmeldeamt, wo Leyers für Stunden im Innern verschwand, während Mailand einen weiteren Tag in der lähmenden Hitze brütete.

Pino flüchtete in den Schatten und bemerkte, dass alle Passanten angespannt wirkten, als würden sie das Kommen eines gewaltigen Sturmes spüren. Er dachte an Anna. Wann würde er sie wiedersehen? Er fühlte sich leer bei dem Gedanken, dass es eine Woche dauern könnte, oder einen Monat. Doch was bedeutete Zeit nach dem Krieg? Sie war unendlich. Und

Anna hatte Ja gesagt! Sie würde ihn für immer und ewig lieben. Und er würde sie für immer und ewig lieben. Egal, was auch geschehen würde, etwas war jetzt sicher in seiner Zukunft, und das beruhigte ihn.

Euer Herz lasse sich nicht verwirren, dachte Pino und sonnte sich in der Gewissheit, Teil von etwas Höherem zu sein, etwas Ewigem. Er stellte sich bereits ein fantastisches Leben für sie beide vor und verliebte sich bereits in die Wunder, die das Morgen bringen würde. Er brauchte einen Ring, oder nicht? Er könnte …

Pino bemerkte, dass er nur ein paar Blocks entfernt war vom Piazzale Loreto und *Beltraminis Frisches Obst und Gemüse.*

War Carletto dort? Wie ging es seiner Mutter? Er hatte seinen ältesten Freund seit mehr als acht Monaten nicht mehr gesehen, seit er von Carletto davongetaumelt war, als der seinen toten Vater in den Armen hielt.

Ein Teil von Pino wollte zu ihm gehen und sich erklären, doch die Furcht, dass Carletto ihm vielleicht nicht glauben würde, hielt ihn auf seinem Posten am Fernmeldeamt, schwitzend, hungrig und krank vom Warten auf die Launen des Generals. Er würde Mimmo zu Carletto schicken, um es ihm zu erzählen, wenn die Zeit gekommen …

»Vorarbeiter!«, brüllte General Leyers.

Pino sprang auf, salutierte und rannte zum General, der bereits an der Hintertür des Fiats war, den Koffer in der Hand und einen ungeduldigen, verärgerten Ausdruck im Gesicht. Pino entschuldigte sich und schob es auf die Hitze.

Leyers blickte hoch zum Himmel und zu der auf die Stadt herabbrennenden Sonne. »Ist es immer so im späten April?«

»Non, mon général«, sagte Pino erleichtert, als er die Tür öffnete. »Es ist sehr selten. Alles am Wetter ist in diesem Jahr sehr selten. Wohin fahren wir?«

»Nach Como«, sagte Leyers. »Wir werden die Nacht dort verbringen.«

»*Oui, mon général*«, sagte Pino und spähte über den Rückspiegel nach hinten, wo Leyers in seinem Koffer herumsuchte. »Und wann fahren Dolly und Anna nach Innsbruck?«

Der General schien von etwas beansprucht und blickte nicht auf. »Sie sind inzwischen auf dem Weg, nehme ich an. Keine weiteren Fragen. Ich habe zu arbeiten.«

Pino fuhr nach Como zum Stadion. Vor drei Tagen hatte er das Feuer auf dem Spielfeld gesehen. Die Asche war weg und mehrere Kompanien von Soldaten der Organisation Todt lagerten auf dem Feld. Sie hatten Planen über Abschnitte der Haupttribüne gespannt und lagen im Schatten darunter, als wären sie in Ferien.

Als Leyers hineinging, rollte sich Pino auf dem Vordersitz des Fiats zusammen. Wegen des Lärms aus dem Stadion nahm er an, dass die deutschen Soldaten tranken. Leyers war wahrscheinlich bei ihnen. Sie hatten verloren, aber der Krieg war endlich vorbei oder würde es jetzt jeden Tag sein. Das war Grund genug, sich zu betrinken, nahm er an und fiel in tiefen Schlaf.

* * *

Am nächsten Morgen, es war Mittwoch, der 25. April 1945, wachte Pino von Klopfgeräuschen an der Beifahrerscheibe auf. Er war überrascht, dass die Sonne bereits aufgegangen war. Er hatte tief geschlafen, von Anna geträumt und …

Die Fahrzeugtür wurde geöffnet. Ein OT-Soldat sagte ihm, dass General Leyers ihn drinnen brauchte.

Pino stand auf, fuhr sich mit den Fingern durch die Haare und sah sich im Spiegel an. Schmuddelig, aber okay. Er folgte dem Soldaten in Leyers' Hauptquartier und über eine Reihe von Gängen zu einem Raum mit einem Glasfenster, durch das man das Spielfeld überblickte.

Der General trug Zivilkleidung und trank Kaffee mit einem kleinen Mann mit pechschwarzem Haar und einem schmalen schwarzen Schnurrbart. Er drehte sich zu Pino um und nickte.

»Lieber Englisch oder Italienisch?«, fragte der Mann mit amerikanischem Akzent.

Pino, der ihn überragte, sagte: »Englisch ist in Ordnung.«

»Max Corvo«, sagte er und streckte die Hand aus.

Pino zögerte, schüttelte sie dann. »Pino Lella. Woher kommen Sie?«

»Amerika. Connecticut. Sag dem General, dass ich vom OSS bin, dem Office of Strategic Services, und dass ich Allen Dulles vertrete.«

Pino übersetzte für den General auf Französisch, der zuhörte und nickte.

Corvo sagte: »Wir wollen Ihre Zusicherung, dass Ihre Männer in ihren Kasernen verbleiben, General Leyers, und nicht den geringsten Widerstand leisten, wenn sie aufgefordert werden, die Waffen niederzulegen.«

Pino übersetzte. Leyers nickte. »Wenn die Übereinkunft beschlossen und von Feldmarschall Vietinghoff unterschrieben ist, werden meine Männer sich fügen. Und sag ihm, dass ich mich weiterhin dafür einsetzen werde, Mailand vor der Zerstörung zu bewahren.«

»Die Vereinigten Staaten wissen das zu schätzen, General Leyers«, sagte Corvo. »Ich denke, dass wir in weniger als einer Woche etwas auf Papier und unterzeichnet haben, womöglich schneller.«

Leyers nickte. »Bis dahin. Richten Sie Mister Dulles meine besten Wünsche aus.«

Pino übersetzte und fügte dann hinzu: »Er hat während der vergangenen drei Tage Dokumente in ganz Norditalien verbrennen lassen.«

Corvo neigte den Kopf. »Stimmt das?«

»Ja«, sagte Pino. »Sie verbrennen alle Dokumente. Alle.«

»Okay«, sagte der OSS-Agent. »Danke für die Information.«

Corvo schüttelte die Hand des Generals und Pinos und war dann weg.

Pino blieb für ein paar unbehagliche Momente stehen, bevor Leyers sagte: »Was hast du gerade gesagt, bevor er gegangen ist?«

»Ich habe ihn gefragt, wie Connecticut ist, und er meinte, es sei nirgendwo so schön wie in Italien.«

Der General betrachtete ihn. »Gehen wir. Ich habe eine Verabredung mit Kardinal Schuster.«

* * *

Als sie an diesem Nachmittag um zwei in die Stadt zurückkamen, war Mailand rebellisch und wie elektrisiert. Fabriksirenen heulten. Schaffner und Fahrer ließen die verbliebenen Straßenbahnen und Busse stehen, schufen so Chaos und Hindernisse für die deutschen Konvois, die sich auf ihrem Weg nach Norden durch die Stadt kämpften. Als Pino an einer Kreuzung angehalten wurde, war er sicher, dass er das Knallen von Gewehrschüssen in der Ferne hörte.

Das ließ ihn zu General Leyers auf dem Rücksitz blicken und er dachte an die Befriedigung, die es ihm verschaffen würde, den Nazi zu verhaften und ihm zu sagen, dass er die ganze Zeit ein Spion war. *Wo soll ich das tun? Und wie? Im Auto? Oder irgendwo auf der Straße?*

Je näher sie zum Dom kamen, desto mehr Deutsche sahen sie. Die meisten waren Soldaten der Waffen-SS, die Mörder, Vergewaltiger, Plünderer und Sklavenwächter. Sie waren in den Straßen um das Hauptquartier der Gestapo, flüchteten sich bei der Kathedrale und der Kanzlei hinter Panzer, wo Pino außerhalb des Tores parkte, denn dort waren bereits zu viele Fahrzeuge im Hof.

Pino folgte Leyers zu den Stufen. Ein Priester fing sie ab. »Seine Eminenz empfängt Sie heute in seinem Büro, General.«

Als sie Schusters kunstvoll dekoriertes offizielles Büro betraten, saß der Kardinal von Mailand wie ein Richter in seiner weißen Robe hinter dem Schreibtisch, die rote Mitra auf dem Regal hinter sich. Pino blickte sich im überfüllten Raum um. Giovanni Barbareschi, der Seminarist, stand hinter der linken Schulter des Kardinals. Am nächsten von ihnen war Eugen Dollmann, Hitlers italienischer Übersetzer. Neben Dollmann standen SS-General Wolff und mehrere Männer in Geschäftsanzügen, die Pino nicht kannte.

An der linken Seite des Schreibtischs saß ein wütender Mann auf eine Krücke gestützt, den Pino nicht erkannte hätte, wenn seine Geliebte nicht neben ihm gesessen hätte. Benito Mussolini wirkte völlig verdreht, wie eine Sprungfeder, die überdreht und dann gesprungen war. Seine Haut war bleich und schwitzig, der Marionettendiktator hatte an Gewicht verloren und war vornübergebeugt, als würde ihm der Magen wehtun. Claretta Petacci streichelte träge die Hand des Duce und lehnte sich bequem gegen ihn.

Hinter Mussolini und seiner Geliebten standen zwei Männer mit roten Halstüchern.

Partisanenführer, dachte Pino.

»Es sind alle da, die Ihr hergebeten habt, Eure Eminenz«, sagte Barbareschi.

Schuster betrachtete sie alle genau. »Nichts, was hier gesagt wird, verlässt diesen Raum. Sind wir damit einer Meinung?«

Einer nach dem anderen nickte, selbst Pino, der sich fragte, warum er überhaupt im Raum stand, da Dollmann für die Übersetzung da war.

»Unser Ziel ist es also, Mailand vor weiterem Leiden zu bewahren und die Menge deutschen Blutes zu begrenzen, das während des Rückzugs vergossen wird. Ja?«

Mussolini nickte. Nachdem Dollmann übersetzt hatte, nickten Wolff und Leyers ebenfalls.

»Gut«, sagte der Kardinal. »General Wolff? Was können Sie berichten?«

»Ich war während der vergangenen paar Tage zweimal in Lugano«, sagte der SS-General. »Die Verhandlungen entwickeln sich langsamer als erwartet, doch sie kommen voran. Wir sind drei, vielleicht vier Tage davon entfernt, ein unterschriftsreifes Dokument bereitzuhaben.«

Mussolini erwachte aus seinem Stupor. »Was für ein Dokument? Was für Verhandlungen?«

Wolff schaute zum Kardinal, dann zu General Leyers, der ihm sagte: »Duce, der Krieg ist verloren. Hitler ist in seinem Bunker verrückt geworden. Wir haben alle daran gearbeitet, den Konflikt mit so wenig Tod und Zerstörung wie möglich zu beenden.«

Über seinen Stock gebeugt wurde Mussolini zunächst aschfahl, dann puterrot. Kleine Speichelblasen bildeten sich in den Mundwinkeln des Duce, der sich zusammenkrümmte, bevor er sein gemeißeltes Kinn hervorstreckte, zu schreien begann und seinen Stock gegen Wolff und Leyers schüttelte.

»Ihr Nazibastarde«, brüllte Mussolini. »Wieder müssen wir feststellen, dass Deutschland Italien das Messer in den Rücken gestoßen hat! Ich werde im Radio sprechen! Ich werde der Welt von eurem Verrat erzählen!«

»Sie werden nichts dergleichen tun, Benito«, sagte Kardinal Schuster.

»Benito?«, schrie Mussolini empört. »Kardinal Schuster, Ihr habt mich als ›Exzellenz‹ anzusprechen!«

Der Kardinal holte tief Luft und neigte dann den Kopf. »Exzellenz, es ist wichtig, eine Vereinbarung über die Kapitulation zu treffen, bevor die Massen sich erheben und revoltieren. Wenn wir das nicht tun, wird es zu Anarchie kommen, was ich zu vermeiden versuche. Wenn Sie sich diesem Ziel nicht verpflichten möchten, Duce, dann muss ich Sie bitten zu gehen.«

Mussolini sah sich im Zimmer um, schüttelte angewidert den Kopf und streckte die Hand zu seiner Geliebten aus. »Gefällt es dir, wie sie uns behandeln, Clara? Wir sind jetzt auf uns selbst gestellt.«

Petacci nahm die Hand des Faschistenführers und sagte: »Ich bin bereit, Duce.« Sie kämpften sich auf die Beine und gingen in Richtung Tür.

»Exzellenz«, rief Kardinal Schuster hinter ihnen her. »Warten Sie.«

Der Prälat ging zu seinen Regalen, zog ein Buch hervor und reichte es Mussolini. »Es ist die Geschichte des heiligen Benedikt. Bereuen Sie Ihre Sünden und Sie werden in dieser schwierigen Zeit Trost in diesem Buch finden.«

Mussolini betrachtete ihn mit saurem Blick, nahm jedoch das Buch und reichte es seiner Geliebten.

Auf dem Weg nach draußen sagte er: »Ich hätte alle erschießen lassen sollen.«

* * *

Die Tür schlug hinter ihm zu.

»Können wir fortfahren?«, fragte Kardinal Schuster. »General Wolff? Hat das deutsche Oberkommando meinem Vorschlag zugestimmt?«

»Vietinghoff hat mir heute Morgen geschrieben. Er hat seinen Männern die Anweisung gegeben, jede offensive Handlung einzustellen und in den Kasernen zu verbleiben, bis sie kontaktiert werden.«

»Nicht gerade eine Kapitulation, aber ein Anfang«, sagte Kardinal Schuster. »Und da ist noch immer eine Kerngruppe der SS hier, auf den Straßen um den Dom. Sind diese Männer Oberst Rauff ergeben?«

»Das nehme ich an«, sagte Wolff.

»Aber Rauff ist Ihnen untergeben«, sagte Schuster.

»Manchmal.«

»Dann erteilen Sie ihm einen Befehl. Verbieten Sie ihm und diesen Ungeheuern in Uniform, noch weitere Gräueltaten zu begehen, bevor sie das Land verlassen.«

»Gräueltaten?«, sagte Wolff. »Ich weiß nicht, was Sie …«

»Beleidigen Sie mich nicht«, fuhr ihn der Kardinal von Mailand an. »Sie werden die Dinge nicht verbergen können, die Italien und den Italienern angetan wurden. Aber Sie können weitere Massaker verhindern. Sind wir darin einer Meinung?«

Wolff wirkte äußerst erregt, nickte aber. »Ich werde den Befehl jetzt gleich schreiben.«

Barbareschi sagte: »Ich werde ihn für Sie überbringen.«

Kardinal Schuster blickte zu dem Seminaristen. »Sind Sie sicher?«

»Ich möchte dem Mann, der mich gefoltert hat, in die Augen sehen, wenn er die Nachricht erhält.«

Wolff schrieb den Befehl auf Briefpapier, versiegelte ihn mit dem Wachs Schusters und drückte seinen Ring in das Wachs, bevor er ihn dem Seminaristen überreichte. Als Barbareschi ging, kehrte der Priester, der sie hineingeführt hatte, zurück und sagte: »Kardinal Schuster, die Gefangenen von San Vittore rebellieren.«

Achtundzwanzig

Bis zur Abenddämmerung blieben sie in der Kanzlei. Dann ging General Wolff. General Leyers und Kardinal Schuster diskutierten Möglichkeiten, wie die Deutschen und die Resistenza Gefangene austauschen konnten.

Erst als sie beim Sonnenuntergang nach draußen kamen, erinnerte sich Pino daran, dass er den Auftrag hatte, Leyers vor Mitternacht gefangen zu nehmen. Er wünschte sich, die Partisanen hätten ihm außer der Adresse, zu der er den General bringen sollte, noch weitere Anweisungen gegeben. Andererseits hatten sie ihm dafür die Verantwortung übergeben, wie sie auch Mimmo die Aufgabe übertragen hatten, Panzer zu sabotieren. Die Details musste er selbst ausarbeiten.

Doch als er den Stabswagen erreichte, überlegte Pino immer noch, wie er den General am besten festsetzen konnte, vor allem, da er immer direkt hinter ihm auf dem Rücksitz saß.

Als Pino die Hintertür des Fiats öffnete, sah er Leyers' Koffer dort stehen und fluchte innerlich. Er war die ganze Zeit in der Kanzlei gewesen. Er hätte sich entschuldigen und die Zeit damit verbringen können, sich die Akten in dem Koffer in Ruhe anzusehen, womöglich auch diejenigen, die Leyers vor dem Feuer gerettet hatte.

General Leyers stieg ein, ohne in seine Richtung zu blicken, und sagte: »Hotel Regina.«

Pino überlegte, seine Walther zu ziehen und Leyers sofort hier unter Arrest zu stellen, doch da er unsicher war, schloss er die Tür und setzte sich hinter das Lenkrad. Wegen all der deutschen Fahrzeuge, die die engen Straßen verstopften, musste er einen Umweg zum Hauptquartier der Gestapo fahren.

In der Nähe der Piazza San Babila sah er einen deutschen Laster voll bewaffneter Soldaten, der an der Zufahrt einer Parkgarage ein paar Häuser entfernt stand. Auf der Straße stand jemand und zielte mit einer Maschinenpistole auf die Frontscheibe des Nazilasters. Pino war verblüfft, als sich der Schütze umdrehte.

»Mimmo«, keuchte er und trat auf die Bremse.

»Vorarbeiter?«, sagte General Leyers.

Pino ignorierte ihn und stieg aus. Er war nicht mehr als hundert Meter von seinem Bruder entfernt, der mit seiner Waffe zu den Deutschen winkte und rief: »Ihr Nazischweine legt alle Waffen nieder und lasst sie vom Laster fallen, dann alle mit dem Gesicht nach unten auf den Bürgersteig.«

Die nächste Sekunde schien wie eine Ewigkeit.

Als sich kein Deutscher bewegte, gab Mimmo einen kurzen Feuerstoß ab. Bleikugeln prallten von der Seite des Parkhauses ab. In der dröhnenden Stille, die folgte, begannen die Deutschen hinten auf dem Laster, ihre Waffen herunterzuwerfen.

»Vorarbeiter!«, rief Leyers und Pino war überrascht zu sehen, dass er auch aus dem Fahrzeug gestiegen war und die Szene über seine Schulter hinweg beobachtete. »Vergiss das Hotel Regina. Bring mich lieber zu Dolly. Ich habe gerade gemerkt, dass ich dort ein paar wichtige Papiere vergessen habe, und ich möchte …«

Ermutigt von Mimmo und ohne weiter darüber nachzudenken, zog Pino seine Pistole, fuhr herum und drückte sie gegen Leyers Bauch. Er genoss den entsetzten Ausdruck in den Augen des Generals.

»Was soll das, Vorarbeiter?«

»Sie sind verhaftet, *mon général.*«

»Vorarbeiter Lella«, sagte Leyers entschieden. »Du wirst die Waffe wegnehmen und wir vergessen, dass dies geschehen ist. Du wirst mich zu Dolly fahren. Ich werde meine Papiere holen und …«

»Ich werde Sie nirgendwo hinfahren, Sklaventreiber!«

Der General sah aus, als hätte ihn ein Schlag ins Gesicht getroffen. Seine Miene verzerrte sich vor Wut.

»Wie kannst du es wagen, mich so zu nennen! Ich könnte dich wegen Verrats erschießen lassen!«

»Verrat gegen Sie und Hitler ist eine Anklage, die ich mit Freuden annehme«, sagte Pino gleichermaßen wütend. »Umdrehen und die Hände hinter den Kopf, *mon général*, oder ich werde Ihnen in die Knie schießen.«

Leyers schäumte, doch er merkte, dass Pino es ernst meinte, und tat, wie ihm geheißen. Pino griff an seine Seite und nahm die Pistole, die Leyers bei sich trug, wenn er in Geschäftskleidung war. Er steckte sie ein, winkte mit der Walther und sagte: »Einsteigen.«

Leyers wollte nach hinten gehen, doch Pino schob ihn stattdessen auf den Fahrersitz. Er hielt die Waffe auf den Kopf von General Leyers gerichtet, stieg hinten ein und schloss die Tür. Er legte den Unterarm auf den Koffer, wie es Leyers häufig tat, und lächelte. Dieser Rollentausch gefiel ihm. Er fühlte sich, als hätte er es sich verdient, und war zufrieden, dass jetzt endlich der Gerechtigkeit Genüge getan wurde.

Er blickte an Leyers vorbei durch die Frontscheibe. Sein Bruder hatte zwanzig deutsche Soldaten auf den Bäuchen liegen, die Hände hinter den Köpfen. Mimmo entlud ihre Waffen und häufte sie am gegenüberliegenden Gehsteig auf.

»Es muss nicht so laufen, Vorarbeiter«, sagte Leyers. »Ich habe Geld, sehr viel davon.«

»Deutsches Geld?«, schnaubte Pino. »Das wird wertlos sein, wenn es das nicht bereits ist. Wenden Sie jetzt den Wagen, und wie Sie mir so oft gesagt haben, reden Sie nicht, außer Sie werden angesprochen.«

Der General machte eine Pause und startete dann den Wagen, um zu wenden. Während er das tat, kurbelte Pino das hintere Fenster herunter und rief: »Wir sehen uns zu Hause, Mimmo!«

Sein Bruder blickte verwundert auf, erkannte, wer ihn rief, und warf die Faust hoch über den Kopf.

»Aufstand, Pino!«, schrie Mimmo. »Aufstand!«

* * *

Pino spürte, wie ihn Schauer durchfuhren, während Leyers sie aus San Babila heraus zu der Adresse fuhr, die Mimmo von den Partisanenführern erhalten hatte. Er hatte keine Ahnung, warum er Leyers gerade dorthin bringen sollte, und es kümmerte ihn auch nicht. Er verbarg sich nicht länger im Schatten. Er war nicht länger ein Spion. Er war jetzt Teil des Aufstands und das erfüllte ihn mit einem Gefühl der Rechtschaffenheit, während er dem vornübergebeugten General Anweisungen zublaffte.

Nach zehn Minuten Fahrt sagte Leyers: »Ich habe mehr als deutsches Geld.«

»Das interessiert mich nicht«, sagte Pino.

»Ich habe Gold. Wir können gehen und …«

Pino stieß den Pistolenlauf gegen Leyers' Kopf. »Ich weiß, dass Sie Gold haben. Gold, das Sie Italien gestohlen haben. Gold, für das Sie vier Sklaven ermordet haben, und ich will es nicht.«

»Ermordet?«, sagte Leyers. »Nein, Vorarbeiter, das ist nicht …«

»Ich hoffe, Sie kommen vor ein Erschießungskommando für das, was Sie getan haben.«

General Leyers erstarrte. »Das kannst du nicht ernst meinen.«

»Mund halten! Ich will kein Wort mehr hören.«

Leyers schien sich in sein Schicksal zu ergeben und fuhr in düsterem Schweigen durch die Stadt. Währenddessen hörte Pino eine Stimme in seinem Kopf: *Verpass deine Gelegenheit nicht. Bestrafe ihn. Lass ihn an den Rand fahren. Schieß ihm zumindest ins Bein. Lass ihn sein Schicksal verwundet und qualvoll erleiden. Ist das nicht der Zustand, in dem man die Hölle betreten soll?*

Irgendwann kurbelte der General die Scheibe herunter und steckte den Kopf raus, als wollte er die letzten Momente seiner Freiheit riechen. Doch als sie beim Tor an der Via Broni ankamen, blickte Leyers starr geradeaus.

Ein Bewaffneter mit einem roten Halstuch kam aus dem Tor. Pino sagte ihm, dass er angewiesen wurde, den General zu verhaften, und dass er ihn übergeben wolle.

»Wir haben schon gewartet«, sagte der Wächter und rief, damit das Tor geöffnet wurde.

Leyers fuhr auf das Gelände und parkte. Er öffnete die Tür und wollte aussteigen. Ein anderer Partisan ergriff ihn, drehte ihn um und legte ihm Handschellen an. Der erste Bewaffnete nahm den Koffer.

Leyers blickte voll Abscheu zurück auf Pino, sagte aber nichts, als er durch eine Tür gezerrt wurde. Sie wurde hinter ihm zugeschlagen, und Pino fiel ein, dass er dem General nicht gesagt hatte, dass er ein Spion war.

»Was geschieht mit ihm?«, fragte Pino.

»Er kommt vor Gericht, wird wahrscheinlich gehängt«, sagte der Wachtposten mit dem Koffer.

Pino spürte, wie ihm Säure hochkam, und sagte: »Ich möchte gegen ihn aussagen.«

»Dazu wirst du sicherlich Gelegenheit bekommen. Autoschlüssel?«

Pino überreichte sie. »Was mache ich jetzt?«

»Geh nach Hause. Hier, nimm diesen Brief mit. Zeig ihn jedem Partisan, der dich womöglich aufhält.«

Pino nahm das Schreiben, faltete es und steckte es in die Tasche. »Kann mich jemand fahren?«

»Tut mir leid«, sagte er. »Du wirst zu Fuß gehen müssen. Mach dir aber keine Sorgen, in zehn oder zwanzig Minuten wirst du ohne Probleme sehen können.«

»Kennst du meinen Bruder, Mimmo Lella?«, fragte ihn Pino.

Der Wachtposten lachte auf. »Diesen Schrecken kennen wir alle, und wir sind froh, dass er auf unserer Seite kämpft.«

* * *

Trotz des Lobs für Mimmo fühlte Pino sich irgendwie alleingelassen und betrogen, als er zum Tor ging. Warum hatte er Leyers nicht gesagt, dass er ein Spion war? Warum hatte er ihn nicht gefragt, was er für Akten verbrannt hatte? Was war darin? Beweise der Sklavenarbeit? Und was war mit den Papieren, die er aus Dollys Wohnung holen wollte?

Waren die Papiere wichtig? Immerhin hatten die Partisanen den Koffer und zumindest ein paar der Akten, die Leyers vor den Feuern bewahrt hatte. Und Pino würde gegen ihn aussagen und der Welt berichten, was er General Leyers hatte tun sehen.

Als er durch das Tor hinausgetreten war, befand sich Pino auf der südöstlichen Seite von Mailand in einem der am schwersten bombardierten Viertel. In der Dunkelheit stieß er gegen Gegenstände und stolperte und befürchtete, in der

Einöde in einen Krater zu fallen, bevor er den Weg nach Hause finden würde.

Nicht weit entfernt war ein Gewehrschuss zu hören. Dann noch einer, gefolgt von automatischem Gewehrfeuer und einer Granatenexplosion. Pino duckte sich und fürchtete, in eine Falle zu laufen. Er wollte gerade umkehren und sich einen anderen Weg suchen, als er in der Ferne die kleineren Glocken des Doms läuten hörte. Die großen Glocken und das Glockenspiel des Doms schlossen sich an, läuteten und klingelten in der Dunkelheit.

Es war, als riefen sie ihn, und Pino zog es zur Kathedrale. Er stand auf und ging in Richtung der Glocken und des Doms, kümmerte sich nicht weiter um die Gewehrschüsse, die in den Straßen um ihn knallten. Andere Kirchenglocken begannen zu läuten und bald erklangen sie alle wie am Ostermorgen.

Dann, ohne Vorwarnung und zum ersten Mal seit fast zwei Jahren, flackerten überall in Mailand die Straßenlaternen und wurden hell, verbannten die Nacht und das lange Elend der Stadt in den Schatten des Krieges. Pino blinzelte, so hell waren die Lampen, und sie ließen die Ruinen und Narben Mailands versengt und fahl hervorstehen.

Aber die Lichter waren an! Und die Glocken läuteten! Pino verspürte ein ungeheures Gefühl der Erleichterung. War es das? War es vorbei? All diese deutschen Einheiten hatten zugestimmt, nicht zu kämpfen. Richtig? Doch die Soldaten, die Mimmo verhaftet hatte, hatten ihre Waffen nicht ohne Drohung niedergelegt.

Gewehrschüsse und Explosionen gingen im Nordosten los, in Richtung Hauptbahnhof und Piccolo-Theater, dem Hauptquartier der Schwarzhemd-Faschisten. Ihm wurde klar, dass Partisanen und Schwarzhemden um die Kontrolle über Mailand kämpften. Es war Bürgerkrieg. Oder vielleicht waren auch Deutsche darunter und es war ein Kampf mit drei Seiten.

Auf jeden Fall ging Pino nach Westen, bahnte sich seinen Weg zum Dom und weg von den Kämpfen. Straße für Straße rissen die Menschen von Mailand die Verdunkelungsvorhänge von den Gebäuden, die überlebt hatten, und überfluteten die Straßen mit noch mehr Licht. Ganze Familien hängten sich aus den Fenstern, jubelten und riefen, dass die Nazis ins Meer getrieben werden sollten. Viele andere waren auf den Straßen und blickten auf zu den Lichtern, als wäre eine Fantasie Wirklichkeit geworden.

Die Euphorie war nur von kurzer Dauer. Maschinengewehrfeuer kam aus zehn verschiedenen Richtungen. Pino konnte es nah und fern rattern und pausieren hören. Er erinnerte sich an die Schlacht um den Friedhof, auf dem Gabriella Rocha gelegen hatte. *Der Krieg ist nicht vorbei,* erkannte er. *Genauso wenig wie der Aufstand.* Die Vereinbarungen, die in Kardinal Schusters Büro beschlossen worden waren, zerbrachen. Wegen der Schnelligkeit der Kämpfe nahm Pino bald an, dass er wirklich einen dreiseitigen Kampf hörte: Partisanen gegen Nazis und Partisanen gegen die Faschisten.

Als eine Granate in einer angrenzenden Straße explodierte, begannen sich die Leute zu zerstreuen und liefen zurück in ihre Häuser. Pino rannte in einem ungleichmäßigen Zickzack davon. Als er die Piazza Duomo erreichte, waren noch immer sechs deutsche Panzer um den Platz verteilt, ihre Kanonenläufe nach außen gerichtet. Die Flutlichter der Kathedrale waren an, beleuchteten die ganze Kirche, und die Glocken läuteten weiter, doch ansonsten war der Platz verlassen. Pino schluckte und überquerte die freie Fläche schnell, während er betete, dass keine Scharfschützen in den oberen Etagen der anliegenden Häuser warteten.

* * *

Ohne Zwischenfall erreichte er die Ecke der Kathedrale und ging in ihrem Schatten weiter, blickte auf und sah, dass die blassrosa Marmorfassade vom Ruß der jahrelangen Bombardierungen geschwärzt war. Pino fragte sich, ob die Spuren des Krieges jemals wieder aus Mailand verschwinden würden.

Da dachte er an Anna. Ob sie sich in Dollys neuer Wohnung in Innsbruck eingerichtet hatte und schlief? Es beruhigte ihn, so an sie zu denken, sicher, warm, so apart.

Pino lächelte und beschleunigte seine Schritte. Zehn Minuten später stand er vor dem Wohnhaus seiner Eltern. Er suchte in den Taschen nach seinen Papieren, stieg die Treppenstufen hinauf und schob sich durch die Haustür, hinter der er den SS-Wachtposten erwartete. Doch da war kein Wachtposten, und als der Aufzugkäfig an der fünften Etage vorbeikam, waren auch dort die Wachen weg.

Sie sind weg! Sie sind alle weggelaufen!

Glücklich steckte er den Schlüssel ins Schloss und öffnete die Tür. Drinnen fand er eine kleine Feier im Gange. Sein Vater hatte die Geige herausgeholt und öffnete gerade zwei Flaschen feinen Chianti. Auf dem Wohnzimmertisch standen bereits zwei leere Flaschen. Michele war betrunken und lachte am Kamin mit Mario, dem Sohn seines Cousins, dem Piloten. Und Tante Greta? Sie saß auf dem Schoß ihres Mannes und bedeckte ihn mit Küssen.

Onkel Albert sah Pino, warf die Arme siegreich in die Luft und rief: »Hey, du, Pino Lella! Komm her und umarme deinen Onkel!«

Pino brach in lautes Lachen aus und lief herbei, um alle zu umarmen. Er trank Wein und hörte der dramatischen Erzählung Onkel Alberts von dem Aufstand im Gefängnis von San Vittore zu – wie sie die Faschistenwachen überwältigt, die Zellen geöffnet und alle befreit hatten.

»Das war der beste Moment meines Lebens – neben dem Tag, an dem ich Greta kennengelernt habe –, als ich durch das

Vordertor dieses Gefängnisses hinausmarschiert bin«, sagte Onkel Albert strahlend. »Die Fesseln waren ab. Wir waren frei. Mailand ist frei!«

»Noch nicht ganz«, sagte Pino. »Ich bin heute Nacht einen weiten Weg durch die Stadt gegangen. Die Vereinbarungen, die Kardinal Schuster getroffen hat, werden ignoriert. Es wird an allen Ecken gekämpft.«

Er erzählte ihnen von Mimmo und wie er sich allein den ganzen deutschen Soldaten entgegengestellt hatte. Sein Vater war fassungslos: »Allein?«

»Ganz allein«, sagte Pino voll Stolz. »Ich glaube, ich habe ziemlich viel Mut, Papa, aber mein kleiner Bruder ist noch ein ganz anderes Kaliber.«

Er goss sich ein Glas Wein ein und fühlte sich wahnsinnig gut. Wäre Anna an seiner Seite gewesen, um den Aufstand mit seiner Familie zu feiern, wäre es nahezu perfekt. Pino fragte sich, wann er sie wiedersehen, wann er von ihr hören würde. Er überprüfte das Telefon und stellte zu seiner Überraschung fest, dass es funktionierte. Doch sein Vater sagte ihm, dass sie vor seiner Ankunft keine Anrufe bekommen hatten.

Lange nach Mitternacht kroch Pino glühend und vom Wein benommen in sein Bett. Durch das offene Fenster hörte er das Brummen von startenden Panzern und dann, wie ihre Ketten über das Pflaster klirrten und sich nach Nordosten entfernten. Er döste weg, bevor er die Explosionen und das Gewehrfeuer aus der Richtung hören konnte, die die Panzer eingeschlagen hatten.

Die ganze Nacht hindurch schwollen die Kampfgeräusche in Mailand an und ab, wie ein Chor nach dem anderen, jede Stimme sang von Konflikt, jedes Lied erreichte ein Crescendo und ebbte dann in Widerhall ab. Pino drückte den Kopf in das Kopfkissen und schlief schließlich tief und voller Träume: von dem angewiderten Blick, den General Leyers ihm zugeworfen hatte, als er wegging, von Scharfschützen, die auf ihn schossen, während er durch die Stadt rannte, aber vor allem von Anna und ihrer letzten gemeinsamen Nacht, wie magisch und mächtig es gewesen war, wie perfekt und gottgewollt.

* * *

Pino wachte am Donnerstag, dem 26. April, auf und sah auf die Uhr.

Zehn Uhr? Wann hatte er das letzte Mal so lange geschlafen? Er wusste es nicht mehr, doch es fühlte sich großartig an. Dann roch er gebratenen Speck. Speck? Woher war der gekommen?

Als er sich angezogen hatte, ging er in die Küche, wo sein Vater knusprigen Speck auf einen Teller legte und sein Cousin Mario eine Schüssel voll frischer Eier hielt.

»Ein Partisanenfreund deines Onkels Albert hat das gerade gebracht«, sagte Michele. »Albert ist draußen im Flur und spricht mit ihm. Und ich nehme den letzten Rest Espresso, den ich im Schrank versteckt habe.«

Onkel Albert kam herein. Er sah sehr verkatert und ein wenig besorgt aus.

»Pino, du wirst mit deinem Englisch gebraucht«, sagte er. »Sie möchten, dass du zum Hotel Diana gehst und nach einem Mann namens Knebel fragst.«

»Wer ist Knebel?«

»Ein Amerikaner. Das ist alles, was ich weiß.«

Noch ein Amerikaner? Der zweite in zwei Tagen!

»Okay«, sagte er, wobei er sehnsüchtig auf den gebratenen Speck blickte, die Eier und den brühenden Kaffee. »Aber muss ich sofort gehen?«

»Nachdem du gegessen hast«, sagte sein Vater.

Mario, der Flieger, machte Rührei, und Pino schlang es zusammen mit dem Speck und einem doppelten Espresso hinunter. Er konnte sich nicht daran erinnern, wann er das letzte Mal ein solches Festmahl zum Frühstück hatte, und dann fiel es ihm doch ein – in der Casa Alpina. Er dachte an Pater Re, fragte sich, wie er und Bruder Bormio zurechtkamen. Bei nächster Gelegenheit würde er Anna nach Motta bringen, damit sie den Priester kennenlernte und um ihn zu bitten, sie zu trauen.

Dieser Gedanke machte ihn glücklich und auf eine Art zufrieden, die er noch nie so empfunden hatte. Offenbar sah man ihm das an, denn Onkel Albert kam zu Pino herüber, als der sein Geschirr säuberte, und flüsterte: »Du stehst da und grinst wie ein Narr und starrst in die Ferne, was bedeutet, dass du verliebt bist.«

Pino lachte. »Vielleicht.«

»Die junge Dame, die dir mit dem Funkgerät geholfen hat?«

»Anna. Die deine Arbeit liebt.«

»Weiß dein Vater davon? Deine Mutter?«

»Sie haben sich noch nicht kennengelernt. Aber bald.«

Onkel Albert tätschelte Pino den Rücken. »Jung und verliebt sein. Ist es nicht bemerkenswert, dass so etwas mitten im Krieg geschehen kann? Es sagt doch etwas über das Gute im Leben, trotz all des Bösen, das wir sehen.«

Pino verehrte seinen Onkel. Im Kopfe dieses Mannes ging schrecklich viel herum.

»Ich sollte jetzt gehen«, sagte Pino und trocknete sich die Hände ab. »Signor Knebel treffen.«

* * *

Pino verließ das Wohnhaus und ging zum Hotel Diana in der Viale Piave, das nicht weit entfernt vom Fernmeldeamt und dem Piazzale Loreto lag. Zwei Straßen weiter fand er einen toten Mann, mit dem Gesicht nach unten in der Gosse, eine Wunde am Hinterkopf. Fünf Straßen von der Wohnung entfernt sah er den zweiten und dritten Leichnam: ein Mann und eine Frau in Schlafanzügen, als wären sie aus dem Bett gezerrt worden. Je weiter er ging, desto mehr Tote sah er in der zunehmenden Hitze liegen, fast alle mit Kopfschüssen, fast alle mit dem Gesicht nach unten in der Gosse.

Pino war entsetzt, ihm war schlecht. Als er das Hotel Diana erreichte, hatte er siebzig Leichen gezählt, die in der Sonne verwesten. Vereinzelte Schüsse waren aus nördlicher Richtung zu hören. Jemand sagte, die Partisanen hätten eine große Anzahl Schwarzhemden umzingelt, die versuchten, aus Mailand zu flüchten. Die Faschisten kämpften bis zum letzten Mann.

Pino stellte fest, dass die Vordertüren des Hotels Diana abgeschlossen waren. Er klopfte und wartete, erhielt aber keine Antwort. Er versuchte es an einer Hintertür und bekam sie auf. Sie führte in eine leere Küche, in der es nach frisch gebratenem Fleisch roch. Schwingtüren führten zu einem dunklen, leeren Restaurant, eine andere Tür öffnete sich zu einem schwach beleuchteten Ballsaal.

Pino rief in den Ballsaal hinein: »Hallo?«

Er hörte, wie ein Gewehr durchgeladen wurde, und warf die Arme hoch.

»Lass deine Waffe fallen«, verlangte ein Mann.

»Ich habe keine Waffe«, antwortete Pino mit bebender Stimme.

»Wer bist du?«

»Pino Lella. Man hat mir gesagt, dass ich herkommen und nach einem Amerikaner namens Knebel suchen soll.«

Er hörte ein raues Lachen, bevor ein großer, schlaksiger Mann in einer Uniform der US-Armee aus dem Schatten trat. Er hatte eine kräftige Nase, einen fliehenden Haaransatz und ein breites Grinsen.

»Die Waffe runter, Corporal Daloia«, sagte er. »Der hier hat eine Einladung.«

Corporal Daloia, ein kleiner, bulliger Soldat aus Boston, senkte die Waffe.

Der größere Amerikaner kam auf Pino zu und streckte die Hand aus. »Major Frank Knebel, fünfte US-Armee. Ich schieße für die Fünfte, schreibe ein bisschen für *Stars and Stripes* und versuche mich in psychologischer Kriegsführung.«

Pino verstand nicht, was er sagte, nickte aber. »Sind Sie gerade angekommen, Major Knebel?«

»Letzte Nacht«, sagte Knebel. »Bin der zehnten Gebirgsdivision mit einer Vorhut vorausgegangen, um mir einen ersten Überblick über die Stadt zu verschaffen. Also, sag mir, was geschieht da draußen, Pino? Was hast du gesehen, als du hergekommen bist?«

»Da liegen tote Menschen in der Gosse, die aus Rache erschossen worden sind, und die Nazis und die Schwarzhemden versuchen rauszukommen«, sagte Pino. »Die Partisanen schießen auf sie alle. Aber letzte Nacht sind die Lichter zum ersten Mal seit Jahren angegangen und es waren keine Bomber da, und für einen kurzen Moment hat es sich angefühlt, als ob der Krieg wirklich vorbei wäre.«

»Das gefällt mir«, sagte Knebel und zog ein Notizbuch heraus. »So anschaulich. Erzähl es mir noch einmal.«

Pino tat es und der Major schrieb alles auf. »Ich werde dich einen Partisanenkämpfer nennen, okay?«

»Okay.« Das gefiel Pino. »Wie kann ich sonst noch helfen?«

»Ich brauche einen Dolmetscher und habe gehört, dass du Englisch sprichst, und hier bist du nun.«

»Wer hat Ihnen gesagt, dass ich Englisch spreche?«

»Ein Vögelchen hat es mir gezwitschert«, sagte Knebel. »Du weißt schon. Fakt ist, ich brauche Hilfe. Bist du bereit, einem Amerikaner die Hand zu reichen, Pino?«

Pino mochte den Akzent des Majors. Er mochte alles an ihm. »Sicher.«

»Guter Junge!«, sagte Knebel, legte die Hand auf Pinos Schulter und tat so, als wären sie seit Langem ein eingeschworenes Team. »Also, für heute brauche ich unbedingt zwei Sachen von dir. Bring mich zuerst in das Fernmeldeamt, damit ich ein paar Anrufe machen und ein paar Geschichten abschicken kann.«

Pino nickte. »Das kann ich machen. Was noch?«

Knebel zeigte grinsend seine Zähne. »Kannst du etwas Wein besorgen? Whisky? Vielleicht Mädchen und Musik?«

»Für?«

»Für eine gottverdammte Party«, sagte Knebel und sein Grinsen wurde breiter. »Ich habe Freunde, die nach Einbruch der Dunkelheit hergeschlichen kommen, und dieser gottverfluchte Krieg ist fast vorbei, also wollen sie etwas Dampf ablassen, feiern. Klingt das gut für dich?«

Der Major hatte etwas Ansteckendes, das Pino zum Grinsen brachte. »Das klingt nach Spaß!«

»Kannst du das machen? Einen Plattenspieler besorgen oder ein Kurzwellenradio? Ein paar hübsche italienische Mädchen für uns, um gemeinsam eine heiße Sohle aufs Parkett zu legen?«

»Und Wein und Whisky. Mein Onkel hat beides.«

»Dein Onkel bekommt hiermit einen Silver Star verliehen für gutes Verhalten über seine Pflichten hinaus«, sagte der Major. »Kannst du alles bis neun Uhr heute Abend besorgen?«

Pino sah auf die Uhr. Es war Mittag. Er nickte. »Ich bringe Sie zum Fernmeldeamt und fange dann gleich an.«

Knebel blickte zu den amerikanischen Soldaten, salutierte ihnen und sagte: »Ich glaube, ich liebe diesen Jungen.«

Corporal Daloia sagte: »Wenn er ein paar hübsche Weiber herbringt, Major, dann werde ich ihn für die Ehrenmedaille vorschlagen.«

»Und das aus dem Mund eines Mannes, der für seine Tapferkeit am Monte Cassino einen Silver Star bekommen hat«, meinte Knebel.

Pino betrachtete den Corporal mit anderen Augen.

»Wer kümmert sich einen Kehricht um Medaillen?«, erwiderte Daloia. »Wir brauchen Frauen, Musik und Schnaps.«

»Ich werde alles drei für euch besorgen«, sagte Pino und der Corporal salutierte ordentlich.

Pino lachte und betrachtete die Uniform des Majors. »Ziehen Sie das Hemd aus, sonst fallen Sie auf.«

Knebel tat es und folgte Pino in T-Shirt, ausgeleierter Hose und Stiefeln aus dem Hotel Diana. Beim Fernmeldeamt blockierten Wachtposten der Partisanen den Eingang, doch als Pino ihnen den Brief zeigte, den er in der Nacht zuvor erhalten hatte, und erklärte, dass Knebel die ruhmreiche Geschichte des Aufstands von Mailand für seine amerikanische Leserschaft aufschreiben würde, ließen sie ihn hinein. Pino brachte Knebel in einen Raum mit einem Schreibtisch und einem Telefon. Als er verbunden war, bedeckte der Major das Mundstück und sagte: »Wir verlassen uns auf dich, Pino.«

»Jawohl, Sir«, antwortete Pino und versuchte, mit derselben Finesse wie Corporal Daloia zu salutieren.

»Fast«, sagte Knebel lachend. »Jetzt bereite uns eine Party vor, an die man sich noch erinnern wird.«

Voller Schwung verließ Pino das Fernmeldeamt und ging über den Corso Buenos Aires nördlich in Richtung Piazzale Loreto, ganz in Gedanken darüber, wie er alles, worum Knebel ihn gebeten hatte, in achteinhalb Stunden auftreiben konnte. Eine schöne Frau Mitte zwanzig und ohne Ehering kam die Straße entlang auf ihn zu und wirkte ängstlich.

Spontan sagte Pino: »*Signorina, per favore*, hätten Sie Lust, heute Abend auf eine Party zu kommen?«

»Eine Party? Heute Abend? Mit dir?«, spottete sie. »Nein.«

»Es gibt Musik und Wein und Essen und reiche amerikanische Soldaten.«

Sie richtete sich das Haar und sagte: »Es sind noch keine Amerikaner in Mailand.«

»Doch, es sind welche hier, und es werden noch mehr im Hotel Diana sein, im Ballsaal, heute Abend um neun. Kommen Sie?«

Sie zögerte und fragte dann: »Du lügst auch nicht?«

»Bei der Seele meiner Mutter, nein.«

»Ich werde darüber nachdenken. Im Hotel Diana?«

»Genau. Kommen Sie ruhig in Ihrem Tanzkleid.«

»Ich werde darüber nachdenken«, gab sie zu und ging davon.

Pino grinste. Sie würde da sein. Dessen war er sich fast sicher.

Er ging weiter, und als die nächste attraktive Frau vorbeikam, sagte er dasselbe und bekam ungefähr die gleiche Antwort. Die dritte Frau reagierte anders. Sie wollte sofort zu Pinos Party kommen, und als er sagte, dass dort reiche amerikanische Soldaten sein würden, sagte sie ihm, dass sie vier Freundinnen mitbringen würde.

In seiner Aufregung bemerkte Pino erst jetzt, dass er die Ecke des Piazzale Loreto und *Beltraminis Frisches Obst und Gemüse* erreicht hatte. Die Tür war geöffnet und er sah die Umrisse von jemandem. »Carletto? Bist du das?«

* * *

Pinos ältester Freund versuchte, die Tür zuzuschlagen. Doch Pino warf sich mit der Schulter dagegen und überwältigte den kleineren Carletto, der rücklings auf den Boden fiel.

»Verschwinde aus meinem Laden!«, schrie Carletto und kroch rückwärts. »Verräter. Nazi!«

Sein Freund hatte viel Gewicht verloren. Pino sah es, sobald er die Tür hinter sich zuschlug. »Ich bin kein Nazi und kein Verräter.«

»Ich habe das Hakenkreuz gesehen! Papa hat es auch gesehen!«, geiferte Carletto und zeigte auf Pinos linken Arm. »Genau da. Also, zu was hat dich das sonst gemacht als zu einem Nazi?«

»Es hat mich zu einem Spion gemacht«, sagte Pino und erzählte Carletto alles.

Er merkte, dass sein alter Freund ihm zuerst nicht glaubte, doch als Carletto Leyers' Namen hörte und erkannte, dass das derjenige war, den Pino ausspioniert hatte, änderte sich seine Meinung.

Carletto sagte: »Wenn sie das herausgefunden hätten, Pino, dann hätten sie dich umgebracht.«

»Ich weiß.«

»Und du hast es trotzdem getan?«, fragte sein Freund und schüttelte den Kopf. »Das ist der Unterschied zwischen dir und mir. Du riskierst etwas und handelst, während ich … ich sehe zu und fürchte mich.«

»Es gibt nichts mehr, wovor man sich fürchten muss«, sagte Pino. »Der Krieg ist vorbei.«

»Ist er das?«

»Wie geht es deiner Mamma?«

Carletto ließ den Kopf hängen. »Sie ist gestorben, Pino. Im Januar. Während der Kälte. Ich konnte sie nicht warm genug halten, weil wir kein Heizöl und auch nichts zu verkaufen hatten. Sie hat sich zu Tode gehustet.«

»Das tut mir so leid«, sagte Pino und spürte, wie die Trauer ihm die Kehle zuschnürte. »Sie war so lieb, wie dein Vater witzig war. Ich hätte hier sein sollen, um dir zu helfen, sie beide zu beerdigen.«

»Du warst, wo du sein musstest, und ich war es auch«, sagte Carletto und sah so niedergeschlagen aus, dass Pino ihn aufmuntern wollte.

»Spielst du noch immer Schlagzeug?«

»Schon lange nicht mehr.«

»Aber hast du noch die Trommeln?«

»Im Keller.«

»Kennst du andere Musiker, die hier in der Gegend wohnen?«

»Warum?«

»Vertrau mir.«

»Klar, ich denke schon. Wenn sie noch leben, meine ich.«

»Gut. Dann gehen wir.«

»Was? Wohin?«

»Zu mir nach Hause, um dir etwas zu essen zu besorgen«, erwiderte Pino. »Und dann treiben wir Wein auf, Essen und noch mehr junge Damen. Und wenn wir genug haben, dann werden wir die beste aller Kriegsendpartys feiern.«

Neunundzwanzig

Am zweiten Tag des Generalaufstands in Mailand hatten Pino und Carletto bis um neun Uhr abends sechs Kisten Wein und zwanzig Liter selbst gebrautes Bier aus Onkel Alberts Privatkeller zum Hotel Diana gebracht. Pinos Vater steuerte zwei volle Flaschen Grappa bei. Und Carletto entdeckte drei ungeöffnete Flaschen Whisky, die jemand seinem Vater im Vorjahr geschenkt hatte.

In der Zwischenzeit hatte Corporal Daloia im Keller des Hotels eine auseinandergenommene Bühne entdeckt und ließ sie am Ende des Ballsaals aufbauen. Carlettos Schlagzeug wurde an der Rückseite der Bühne aufgestellt. Er probierte die Basstrommel und stellte seine Becken ein, während sich ein Trompeter, ein Klarinettist, ein Saxofonist und ein Posaunist einstimmten.

Pino saß an dem Klavier, das die Amerikaner auf die Bühne gehoben hatten, und fummelte nervös an den Tasten herum. Seit fast einem Jahr hatte er nicht mehr gespielt. Doch dann entspannte er sich und spielte mit jeder Hand ein paar Akkorde. Es würde reichen.

Die Menge begann zu johlen und zu rufen. Pino legte seine Hand theatralisch an die Augenbraue, blickte hinaus zu den zwanzig amerikanischen GIs, einer Gruppe Neuseeländer, acht Journalisten und mindestens dreißig Mailänder Frauen.

»Ein Toast!«, rief Major Knebel und sprang mit einem Glas Wein in der Hand auf die Bühne. Dass er kleckerte, kümmerte ihn nicht. Er hob das Glas. »Auf das Ende des Krieges!«

Die Menge johlte. Corporal Daloia sprang neben den Major und brüllte: »Auf das Ende mörderischer Diktatoren mit seltsamen Frisuren und mickrigen viereckigen Schnurrbärten!«

Die Soldaten brachen in schallendes Gelächter und Jubelrufe aus.

Auch Pino lachte, aber er schaffte es, gleichzeitig für die Frauen zu übersetzen, die zustimmend riefen und ihre Gläser hoben.

Carletto kippte seinen Wein in einem langen Schluck hinunter, der in einem Lippenschmatzer endete. Er grinste, schlug die Trommelstöcke zusammen und rief: »Boogie-Woogie, Pino!«

Mit erhobenen Armen, Ellbogen und Händen, die Finger über den Tasten schwebten, begann Pino mit hohen Tönen, klimperte etwas, bevor er den Bass mit einem lebhaften Rhythmus einbrachte und in eine jener Melodien hinüberrollen ließ, die er geübt hatte, bevor die Bombardements begannen.

Diesmal war es eine Variante von »Pinetop's Boogie Woogie«, die perfekte Tanzmusik.

Die Menge drehte durch und wurde immer wilder, als Carletto mit Besen und Becken loslegte und der Bass sich ihnen anschloss. Die Soldaten griffen nach den italienischen Mädchen und tanzten mit ihnen Swing, sprachen mit ihren Händen, ließen die Knie wackeln und die Hüften schwingen und wirbelten sie herum. Andere Soldaten im Raum standen um die Tänzer herum, blickten aufgeregt zu den Frauen oder standen einfach da mit einem Drink in der Hand, während sich der Zeigefinger im Takt bewegte, die Hüften wippten und die Schultern zuckten zu Pinos wilder Boogiemelodie. Hin und wieder schrie einer von ihnen einfach aus Vergnügen laut auf.

Der Klarinettist spielte ein Solo. Dann kamen der Saxofonist und der Mann an der Posaune. Die Musik erstarb zu einem Klatschen und Rufen nach mehr. Der Trompeter trat vor und brachte das Haus zum Kochen, als er die ersten Töne von »Boogie Woogie Bugle Boy« spielte.

Viele der GIs sangen den Text auswendig mit und das Tanzen wurde noch ein bisschen wilder, während die anderen Soldaten tranken, jubelten und kreischten und noch mehr tanzten und tranken und das pure Vergnügen des Sichgehenlassens genossen. Als Pino das Lied zum Ende brachte, jubelte die schwitzende Menge der Tanzenden und stampfte mit den Füßen.

»Mehr!«, riefen sie. »Zugabe!«

* * *

Pino war schweißgebadet, aber glücklich wie noch nie. Das Einzige, was ihm fehlte, war Anna. Sie hatte Pino noch nie eine Note spielen sehen. Sie wäre ohnmächtig geworden. Bei dem Gedanken musste er lachen. Dann dachte er an Mimmo. Wo war er? Kämpfte er noch immer gegen die Nazis? Er fühlte sich ein wenig schuldig, weil er feierte, während sein jüngerer Bruder draußen kämpfte, doch dann sah er zu Carletto, der sich großzügig ein weiteres Glas Wein eingoss und wie ein Narr lachte.

»Komm schon, Pino«, sagte Carletto. »Gib ihnen, was sie wollen.«

»Okay!«, rief Pino zu der Menge. »Aber der Klavierspieler braucht einen Drink! Grappa!«

Jemand brachte ihm ein Glas. Pino leerte es und nickte zu Carletto, der die Stöcke zusammenschlug. Und dann fingen sie aufs Neue an und spielten Boogie-Woogie und Pino gab jedes Stück zum Besten, das er jemals gehört oder geübt hatte.

»1280 Stomp«, »Boogie Woogie Stomp«, »Big Bad Boogie Woogie«.

Die Menge liebte es. Pino hatte noch nie so viel Spaß gehabt und verstand plötzlich, warum seine Eltern so gern Musiker bei ihren Partys hatten.

Als sie gegen elf eine Pause machten, kam Major Knebel zu ihm und sagte: »Außerordentlich, Soldat. Einfach außerordentlich!«

»Spaß gehabt?«, sagte Pino grinsend.

»Es ist die beste Party überhaupt, und sie fängt gerade erst an. Eines eurer Mädchen wohnt in der Nähe und sie schwört, dass ihr Daddy alle möglichen Schnapssorten im Keller hat.«

Pino bemerkte ein paar Paare, die den Ballsaal verließen und nach oben gingen. Er lächelte und holte sich etwas Wasser und Wein.

Carletto kam vorbei, legte den Arm um Pino und sagte: »Danke, dass du mich heute Nachmittag auf den Hintern geworfen hast.«

»Wofür sind Freunde da?«

»Beste Freunde für immer?«

»Bis zum Tag, an dem wir sterben.«

Die erste Frau, die Pino zu der Party eingeladen hatte, kam vorbei und sagte: »Du bist Pino?«

»Ja, genau. Und du?«

»Sophia.«

Pino streckte die Hand aus. »Schön, dich kennenzulernen, Sophia. Gefällt es dir hier?«

»Und wie, aber ich kann kein Englisch.«

»Ein paar der Soldaten, wie Corporal Daloia da drüben, sprechen Italienisch. Und die anderen? Tanz einfach und lächle und lass deinen Körper die Sprache der Liebe sprechen.«

Sophia lachte. »Bei dir klingt es ganz einfach.«

»Ich werde dich im Auge behalten«, sagte Pino, bevor er zurück zur Bühne ging.

Er nahm sich noch ein Glas Grappa, und sie legten wieder los mit Boogie-Woogie, machten eine Pause und dann wieder Boogie-Woogie. Die Menge stampfte und tanzte. Um Mitternacht spähte er zur Tanzfläche und sah, dass Sophia mit Corporal Daloia Überschläge und Drehungen machte. Der grinste von einem Ohr zum anderen.

Es konnte gar nicht besser laufen.

Pino trank noch einen Grappa und noch einen und spielte immer weiter, roch den Schweiß der Tanzenden und das Parfüm der Frauen, alles verschmolz zu einem Dunst, der ihn auf andere Art trunken machte. Gegen zwei wurde alles verschwommen und dann schwarz.

* * *

Sechs Stunden später wachte Pino am Morgen des Freitags, 27. April 1945, mit rasenden Kopfschmerzen und einem üblen Gefühl im Magen auf dem Boden der Hotelküche auf. Er schaffte es bis zum Badezimmer und übergab sich, womit es seinem Magen besser ging, seinem Kopf jedoch schlimmer.

Pino blickte hinaus in den Ballsaal und sah überall Menschen liegen: in Sesseln, auf Tischen, auf dem Boden. Carletto lag auf der Bühne hinter seinem Schlagzeug auf dem Rücken, den Arm über das Gesicht gelegt. Major Knebel hatte sich auf einer Couch zusammengerollt. Corporal Daloia lag auf einer anderen Couch, an Sophia gekuschelt, was Pino gähnend grinsen ließ.

Er dachte an sein eigenes Bett und wie gut es wäre, dort seinen Kater auszuschlafen, anstatt hier auf dem harten Fußboden. Er schlürfte etwas Wasser und verließ das Hotel Diana, ging mehr oder weniger in Richtung Süden zur Porta Venezia und dem öffentlichen Park. Es war ein spektakulärer Tag, in klarem Blau und so warm wie im Juni.

Nur eine Straße vom Hotel entfernt sah Pino die erste Leiche, mit dem Gesicht nach unten in der Gosse, in den Hinterkopf geschossen. Eine Straße weiter waren es drei Tote. Acht Blocks weiter sah er fünf. Zwei von ihnen waren Schwarzhemdfaschisten nach ihrer Uniform. Drei trugen Schlafanzüge.

Trotz all der Toten, die er an diesem Morgen sah, fand Pino, dass sich über Nacht etwas in Mailand verändert hatte. Ein entscheidender Punkt war erreicht und überschritten worden, während sie gefeiert und geschlafen hatten, denn die Straßen in der Nähe der Porta Venezia waren voll ausgelassener Menschen. Geigen und Akkordeons spielten. Menschen tanzten und umarmten sich und lachten und weinten. Pino fühlte sich, als hätte sich der Geist der Party im Hotel Diana ausgebreitet, und verführte jeden dazu, das Ende einer langen und schrecklichen Tortur zu feiern.

Er betrat den öffentlichen Park und folgte einer Abkürzung nach Hause. Die Menschen lagen auf den Wiesen, genossen die Sonne und ließen es sich gut gehen. Auf dem vollen Weg durch den Park bemerkte Pino ein vertrautes Gesicht, das auf ihn zukam. Sein Cousin Mario trug die Uniform der Freien Italienischen Luftwaffe und strahlte.

»Hey, Pino!«, rief er und umarmte ihn. »Ich bin frei! Nie mehr in der Wohnung sitzen!«

»Das ist großartig«, sagte Pino. »Wohin gehst du?«

»Irgendwohin, überallhin«, sagte Mario und sah auf seine Fliegeruhr, die im Sonnenlicht glänzte. »Ich möchte nur herumgehen und alles in mich aufsaugen, die Freude in der Stadt, dass jetzt die Nazis und die Faschisten besiegt sind. Kennst du das Gefühl?«

Pino kannte es. So wie offenbar auch jeder andere an jenem Tag in Mailand.

»Ich gehe nach Hause, um etwas zu schlafen«, sagte Pino. »Zu viel Grappa letzte Nacht.«

Mario lachte. »Ich hätte mit dir kommen sollen.«

»Du hättest eine Menge Spaß gehabt.«

»Wir sehen uns später.«

»Ja, bis dann«, sagte Pino und ging weiter.

Er war keine sechs Meter weit gegangen, als hinter ihm ein Streit ausbrach.

»Fascista!«, schrie ein Mann. *»Fascista!«*

Pino drehte sich um und sah, wie ein kleiner, gedrungener Mann mit einem Revolver auf Mario zielte.

»Nein!«, schrie Mario. »Ich bin ein Pilot der Freien …«

Die Pistole krachte los. Die Kugel riss Mario den Hinterkopf weg. Pinos Cousin brach zusammen wie eine Stoffpuppe.

* * *

»Er ist ein Faschist! Tod allen Faschisten!«, schrie der Mann und schüttelte seine Waffe.

Menschen schrien auf und liefen davon.

Pino war so geschockt, dass er nicht wusste, was er tun oder sagen sollte. Er starrte nur auf Marios Körper und das Blut, das aus seinem Kopf lief. Er musste würgen. Der Mörder beugte sich über Mario und begann, sich an der Armbanduhr des Fliegers zu schaffen zu machen.

Zorn kochte in Pino hoch. Er wollte gerade angreifen, als der Mörder seines Cousins ihn dort stehen sah. »Was guckst du so? Hey, er hat mit dir gesprochen. Bist du auch ein Faschist?«

Als Pino sah, wie er auf ihn zielen wollte, drehte er sich schnell um und lief in einer Reihe von Haken davon. Die Pistole krachte hinter ihm los und traf einen der wenigen Bäume, die noch im Park standen. Pino verlangsamte seinen Schritt nicht, bis er weit genug vom Park entfernt war, fast in San Babila. Erst da gestattete er sich, der Reaktion seines Körpers auf das nachzugeben, was er gerade beobachtet hatte. Alles Wasser, das er getrunken hatte, kam wieder hoch und er würgte, bis ihm die Seiten wehtaten.

Wie benommen ging er weiter und machte einen Umweg nach Hause.

Mario hatte in der einen Sekunde noch gelebt und war in der nächsten weg. Die Zufälligkeit beim Tod seines Cousins ließ ihn zittern und beben, während er die heißen Straßen entlangging. War denn niemand sicher?

Im Modebezirk waren die Menschen auf den Straßen und feierten, saßen auf den Vorderstufen, lachten und rauchten, aßen und tranken. Er ging am Opernhaus vorbei und sah eine Menschenmenge. Er ging hin und versuchte, das Bild des sterbenden Mario zu verscheuchen. Partisanen hatten das Hotel Regina, das Hauptquartier der Gestapo, abgeriegelt.

»Was ist los?«, fragte Pino.

»Sie durchsuchen das Gebäude«, sagte jemand.

Pino wusste, dass sie dort nichts von Wert finden würden. Er hatte gesehen, wie alles gebrannt hatte. Er hatte gesehen, wie General Leyers und Oberst Rauff so viel Papier verbrannt hatten, dass es ihn noch immer verblüffte. Sein Verstand versuchte vor dem Entsetzen angesichts des Todes seines Cousins zu flüchten und fragte nach den Dingen, die die Nazis verbrannt hatten. Was hatte sich in jenen Dokumenten befinden können? Und welche Papiere hatten sie aufbewahrt und warum?

Er musste an Leyers denken. Vor zwei Nächten, bevor Pino ihn verhaftete, hatte der General ihm gesagt, dass er zurück zu Dollys Haus fahren sollte, oder nicht? Irgendwas über Papiere, die er dort zurückgelassen hatte, und noch etwas anderes. Er hatte diese Papiere mindestens zweimal erwähnt.

Als er sich überlegte, dass Leyers womöglich etwas Belastendes in Dollys Wohnung zurückgelassen hatte, war er alarmiert. Marios Tod schob er beiseite.

Dollys Haus war nur ein paar Straßen von der Via Dante entfernt. Er würde dorthin laufen, bevor er nach Hause ging und seinem Vater von Mario erzählte. Er würde die Papiere finden und sie Major Knebel überreichen.

Mit dem, was er dem Amerikaner über Leyers erzählen konnte, musste es eine Story geben. Pino und Knebel würden der Welt von dem General und seinen Sklaven berichten, wie er sie in den Tod getrieben hatte, der Sklavenhalter des Pharaos.

Zwanzig Minuten später lief Pino die Stufen von Dollys Wohnhaus hoch, in die Lobby hinein und vorbei an der alten Frau, die ihn durch ihre dicken Brillengläser anblinzelte. »Wer ist da?«

»Ein alter Freund, Signora Plastino«, sagte Pino und ging weiter hinauf.

Als er Dollys Tür erreichte, war sie eingeschlagen und hing schief in den Angeln. Koffer und Schachteln waren aufgeschlitzt. Ihr Inhalt war im vorderen Flur verstreut worden.

Pino geriet in Panik. »Anna? Dolly?«

Er ging in die Küche, fand das Geschirr zerschlagen und die Schränke ausgeleert. Er zitterte und dachte, ihm würde wieder übel werden, als er Annas Zimmer erreichte und die Tür aufstieß. Die Matratze war vom Bett geschoben worden. Schubladen und Schränke waren offen und leer.

Etwas ragte unter der Matratze hervor. Ein Lederriemen. Er bückte sich, hob die Matratze an und zog. Die verzierte Ledertasche, die sein Onkel Anna am Weihnachtsabend geschenkt hatte, kam zum Vorschein. In seinem Kopf hörte er sie sagen: *Ich habe noch nie in meinem ganzen Leben ein so wunderbares Geschenk bekommen.*

Wo war sie? Pinos Herz raste wie wild. Sie war vor zwei, drei Tagen weggegangen, oder? Was war geschehen? Sie hätte die Tasche niemals zurückgelassen.

Dann fiel ihm ein, wer es wissen müsste. Pino rannte die Treppe runter und ging keuchend zu der Alten. »Was ist mit Dollys Wohnung geschehen? Wo ist sie? Wo ist Anna, ihr Dienstmädchen?«

Durch die dicken Brillengläser wirkten die blinzelnden Augen der alten Frau zweimal so groß. Ein kaltes, zufriedenes Lächeln verzerrte ihre Lippen.

»Sie haben die deutschen Huren letzte Nacht abgeholt«, krakeelte sie. »Du hättest sehen sollen, was für Dinge die Leute anschließend aus dieser perversen Höhle herausgeholt haben. Unaussprechliche Dinge.«

Pino spürte, wie sich sein Unglauben in Entsetzen verwandelte. »Wohin wurden sie gebracht? Wer hat sie geholt?«

Signora Plastino schielte und beugte sich vor, betrachtete ihn genau.

Pino erfasste sie grob am Arm. »Wohin?«

Die Alte zischte: »Ich kenne dich. Du bist einer von ihnen!«

Pino ließ sie los und trat zurück.

»Ein Nazi!«, schrie sie. »Er ist ein Nazi! Ein Nazi, gleich hier!«

* * *

Pino eilte zur Haustür heraus, während die schrille Stimme der alten Frau hinter ihm gellte. »Haltet ihn! Er ist ein Verräter! Ein Nazi! Ein Freund der deutschen Huren!«

Er rannte so schnell und so weit er konnte, um außer Reichweite der kreischenden Alten zu kommen. Als er schließlich stehen blieb, lehnte er sich orientierungslos gegen eine Wand, er war wie betäubt und hatte Angst. *Anna und Dolly waren abgeholt worden,* dachte er und spürte ein Entsetzen, das ihn zu lähmen drohte. *Aber wohin? Und wer hatte sie mitgenommen? Partisanen?* Dessen war er sich sicher.

Pino konnte losrennen und einen Partisan finden, doch würden sie auf ihn hören? Das würden sie doch bestimmt, mit dem Brief, den sie ihm gegeben hatten, nachdem er Leyers ausgeliefert hatte, oder? Er suchte in seinen Taschen. Er war nicht mehr da. Er suchte erneut. Nichts. Nun, er würde einfach einen Partisanenführer finden müssen. Oder würden sie ihn ohne den Brief für einen Kollaborateur halten, weil er Dolly und Anna kannte? Würde er sich so selbst gefährden? Er brauchte Hilfe. Er brauchte seinen Onkel Albert. Er würde ihn suchen, damit er seine Kontakte nutzen konnte, um …

Pino hörte entferntes Rufen, Stimmen, die er nicht zuordnen konnte. Die Rufe wurden lauter, es kamen mehr Stimmen dazu und sie wurden wilder, und er war noch desorientierter. Aus Gründen, die er sich nicht erklären konnte, ging er nicht nach Hause, sondern in Richtung des Lärms, als würden die Stimmen ihn anziehen. Er ging schnell, folgte dem anschwellenden Lärm, bis er erkannte, dass die Stimmen aus dem Parco Sempione kam, aus dem Innern des Castello Sforzesco, durch den er und Anna an jenem verschneiten Tag spaziert waren, als sie die kreisenden Raben sahen.

Ob es der Kater war oder die Erschöpfung oder die lähmende Angst, weil Anna abgeholt worden war, oder alle drei Gründe zusammen, er fühlte sich plötzlich aus dem Gleichgewicht gebracht, als würde er jeden Moment taumeln und umfallen. Die Zeit schien sich zu verlangsamen. Alles um ihn wurde so surreal wie der Friedhof, von dem er den Leichnam von Gabriella Rocha geholt hatte.

Es fühlte sich an, als würden sich Pinos Sinne einer nach dem anderen ausschalten, bis er wie ein tauber Mann ohne Geschmacks- und Tastsinn nur noch sehen konnte. Benommen ging er an einem ausgetrockneten Brunnen vorbei zu der herabgelassenen Zugbrücke, die den leeren Graben überquerte und zu dem gewölbten Hauteingang der mittelalterlichen Festung führte.

Eine große Menschenmenge ging Pino voraus, drückte sich auf der Zugbrücke und drängelte, um durch das Tor zu gelangen. Immer mehr Menschen drängten herein, rempelten ihn an, die Gesichter vor Aufregung gerötet. Alle riefen und scherzten, doch er verstand kein Wort, er ging nur mit dem Pulk vorwärts. Er sah nach oben. Am strahlend blauen Himmel kreisten die Raben wieder um die zerbombten Türme.

Die Vögel bannten Pino, bis er fast am Eingang war. Und dann schob ihn jemand hindurch und hinein in den riesigen, von der Sonne erwärmten und mit Bombenkratern übersäten Innenhof, der sich über hundert Meter zu einer zweiten Festungsmauer erstreckte, die nur drei Etagen hoch und mit Schießscharten versehen war, durch die mittelalterliche Bogenschützen auf ihre Feinde hatten herabschießen können. Auf der offenen Fläche zwischen den zwei Festungsmauern war die Menge um Pino weniger gedrängt und Menschen eilten an ihm vorbei, um sich den Hunderten anzuschließen, die bereits gegen eine Reihe bewaffneter Partisanenkämpfer drückten, die quer über den Innenhof nebeneinanderstanden, mit dem Rücken zu den Mauern des eigentlichen Castello Sforzesco.

* * *

Während Pino sich der Menge anschloss, kehrten seine Sinne einer nach dem anderen zurück.

Zuerst meldete sich seine Nase und er roch die süßlich-kranke Intensität der vielen dicht gedrängten Menschen in der Hitze. Das Gefühl kehrte in seine Finger zurück und in die Haut im Nacken, wo er jetzt die Sonne spürte, die gnadenlos auf ihn herabbrannte. Und dann konnte er den Mob und sein höhnisches Gejohle und die Racheschreie hören.

»Tötet sie!«, riefen sie – Männer, Frauen und Kinder gleichermaßen. »Bringt sie raus! Lasst sie bezahlen!«

Vorn im Mob sahen ein paar Menschen etwas und brüllten ihre Zustimmung heraus. Sie versuchten, näher heranzukommen, doch die Partisanensoldaten hielten sie zurück. Pino ließ sich aber nicht zurückhalten. Mit seiner Stärke, seiner Größe und seinem Gewicht drückte er sich vor, bis nur noch drei Männer zwischen ihm und der ersten Zuschauerreihe standen.

Acht Männer mit weißen Hemden, roten Schals und schwarzen Hosen und Kapuzen kamen auf die freie Fläche hinausmarschiert. Sie trugen Karabinergewehre auf den Schultern und bemühten sich um Ordnung, als sie sich ungefähr vierzig Meter vor Pino in Reih und Glied aufstellten.

»Was passiert hier?«, fragte Pino einen alten Mann.

»Faschisten«, erwiderte der mit einem zahnlosen Grinsen und machte eine schneidende Handbewegung an seinem Hals.

Die Männer mit Kapuze standen mit drei Metern Abstand zueinander in einer Reihe, der Mauer der inneren Festung zugewandt, und stellten die Gewehre ab. Die Menge beruhigte sich von allein und wurde still, als eine Tür an der hinteren linken Ecke der Mauer geöffnet wurde.

Zehn Sekunden vergingen. Dann zwanzig. Dann eine Minute.

»Kommt schon!«, rief jemand. »Es ist heiß. Bringt sie endlich raus!«

Ein neunter Mann mit Kapuze tauchte in der Tür auf. Er hielt eine Pistole in der einen Hand und ergriff das Ende eines kräftigen Seils mit der anderen. Er trat hinaus. Fast zwei Meter Seil kamen hinter ihm her, bevor der erste Mann auftauchte: rundlich und mit dünnen Hühnerbeinen, Mitte fünfzig, nur in seiner Unterwäsche, Socken und Schuhen.

Die Leute begannen zu lachen und klatschten zustimmend. Der arme Mann sah aus, als würde er jeden Moment zusammenbrechen. Hinter ihm kam ein Mann in Hose und abgeschnittenem T-Shirt. Er hielt das Kinn erhoben und versuchte, tapfer zu wirken, doch Pino konnte sehen, dass er zitterte. Danach kam ein Schwarzhemd heraus, noch in Uniform, und die Menge johlte vor Missbilligung.

Als Nächstes trat eine schluchzende, mittelalte Frau in BH, Schlüpfer und Sandalen aus der Tür, und die Meute wurde wild. Ihr war der Kopf rasiert worden. Jemand hatte ihr mit Lippenstift etwas auf den Schädel und das Gesicht geschrieben.

Das Seil ging einen Meter weiter, bevor eine zweite kahlköpfige Frau heraustrat, und dann eine dritte. Als Pino die vierte Frau heraustreten sah, die in die heiße Sonne blinzelte, begann es, in seinen Eingeweiden zu rumoren und in seinem Innersten zu zittern.

Es war Dolly Stottelmeyer. Sie trug ihren elfenbeinfarbenen Morgenrock und grüne Pantoffeln. Als Leyers Geliebte die Henker sah, begann sie, wie ein Pferd an den Zügeln gegen das Seil zu zerren, versuchte, sich mit den Absätzen einzugraben, drehte sich, kämpfte und schrie auf Italienisch: »Nein! Das könnt ihr nicht tun! Das ist nicht gerecht!«

Ein Partisan trat vor und schlug Dolly mit dem Gewehrkolben zwischen die Schulterblätter, sodass sie vorwärtsstolperte, wodurch Anna durch die Tür gezerrt wurde.

* * *

Anna war bis auf Slip und BH ausgezogen, und ihr Haar war schrecklich geschoren worden. Einzelne Büschel standen von ihrem nackten Schädel ab. Ihre Lippen waren mit so viel Lippenstift verschmiert, dass sie wie ein groteskes Wesen aus einem Cartoon wirkte. Ihr Entsetzen wurde größer, als sie jetzt das Erschießungskommando sah und die Meute hörte, die höhnisch losbrüllte und ihren Tod verlangte.

»Nein!«, sagte Pino und schrie es dann. »Nein!«

Doch seine Stimme ging in dem wilden, blutrünstigen Geschrei unter, das immer lauter wurde und durch den Innenhof des Castello Sforzesco fegte und um die verurteilten Personen an der Mauer widerhallte. Die Menge drängte erneut nach vorn und nagelte Pino von allen Seiten fest. Hilflos, krank und ungläubig sah er, wie Anna neben Dolly aufgestellt wurde.

»Nein«, sagte er, seine Kehle schnürte sich zu und Tränen schossen ihm in die Augen. »Nein.«

Anna war hysterisch geworden und ihre Schreie schüttelten ihren Körper. Pino wusste nicht, was er tun sollte. Er wollte durchdrehen, kämpfen, die Partisanen anschreien, damit sie Anna gehen ließen. Aber die Erinnerung an die Alte in der Lobby ließ ihn erstarren. Sie hatte ihn erkannt und ihn einen Nazi und Verräter genannt. Und er hatte das Schreiben nicht dabei. Sie konnten Pino ebenfalls dort an die Mauer stellen.

Der Partisanenführer zog seine Pistole und schoss in die Luft, um die Meute zum Schweigen zu bringen. Anna zuckte vor Angst zusammen und taumelte zitternd und schluchzend zurück gegen die Mauer.

Der Partisanenführer schrie: »Die Anklage gegen diese acht lautet auf Verrat, Kollaboration, Hurerei und Nutznießung der Nazi- und Salò-Besatzung Mailands. Ihre gerechte Strafe ist der Tod. Lang lebe die neue Republik Italiens!«

Die Meute jubelte mordlüstern. Pino konnte es nicht ertragen. Seine Augen brannten vor Tränen und er schlug frustriert um sich, stieß mit Ellbogen und Knien, bis er sich in die erste Reihe vorgekämpft hatte.

Ein Partisan sah ihn näher kommen und hielt ihm den Gewehrlauf gegen die Brust.

»Ich hatte ein Schreiben, aber ich kann es nicht finden«, sagte Pino und tastete seine Taschen ab. »Ich gehöre zum Widerstand. Hier liegt ein Fehler vor.«

Der Partisan sah ihn kaum an. »Ich kenn dich nicht. Wo ist das Schreiben?«

»Es war letzte Nacht in meiner Tasche, aber … Ich war auf einer Party und …«, stammelte Pino. »Bitte, lass mich mit deinem Anführer sprechen.«

»Nicht ohne irgendwas, auf dem steht, dass er mit dir sprechen sollte.«

»Wir mussten doch essen!«, schrie eine Frauenstimme. Pino blickte über die Schulter des Partisans und sah die erste Frau in der Reihe um ihr Leben betteln. »Wir mussten doch essen und leben. Ist das zu viel?«

Dolly hingegen schien offenbar ihr Schicksal akzeptiert zu haben. Sie schüttelte ihr Haar zurück und versuchte, das Kinn zu heben, was ihr jedoch nicht gelang.

»Bereit?«, sagte der Anführer.

Anna begann zu schreien. »Nein! Ich bin keine Hure! Ich bin keine Kollaborateurin! Ich bin ein Dienstmädchen. Das ist alles. Bitte, glaube mir doch jemand. Ich bin nur ein Dienstmädchen. Dolly, sag es ihnen. Dolly? Sag es ihnen!«

Dolly schien sie nicht zu hören. Sie starrte auf die Gewehre, die an die Schultern des Erschießungskommandos gehoben wurden.

»Mein Gott!«, jammerte Anna. »Sag doch jemand, dass ich nur ein Dienstmädchen bin!«

»Zielen.«

Pino öffnete den Mund. Er sah den Kämpfer an, der ihn jetzt misstrauisch betrachtete. Pino zwang sein Zwerchfell dazu, sich anzuspannen und herauszuschreien, dass es die Wahrheit war, dass sie unschuldig war, dass es alles ein Fehler war und …

»Feuer!«

Die Gewehrschüsse klangen wie Becken und Pauken.

Anna-Marta traf eine Kugel ins Herz.

Sie bäumte sich bei dem Einschlag auf, wirkte überrascht, bevor sie zu Pino zu blicken schien, als hätte ihr Geist ihn dort gespürt und riefe in diesem letzten Moment nach ihm, bevor sie gegen die Mauer sank und im Staub starb.

Dreissig

Als Pino sah, wie Annas Körper zuckte und eine Blüte aus Blut sich über ihren Busen ausbreitete, spürte er, wie sein Herz zerbrach und alle Liebe herausfloss, alle Freude, alle Musik.

Die Menge um ihn herum brüllte und johlte anerkennend, während er vornübergebeugt dastand und vor Schmerz wimmerte, der mit solcher Macht von ihm Besitz ergriff, dass er fast glaubte, es könne nicht wahr sein, seine Geliebte konnte nicht dort in einer Blutlache liegen, er hatte nicht gesehen, wie eine Kugel sie getroffen hatte und ihr Leben in einem einzigen Augenblick erloschen war, und er hatte nicht gehört, wie sie ihn angefleht hatte, sie zu retten.

Die Menge um ihn herum schob jetzt in die andere Richtung, alle wollten gehen, die Show war vorbei. Pino blieb, wo er war, und schaute auf Annas Leiche, die gegen den Fuß der Mauer ausgestreckt dalag, und sah ihr dumpfes Starren wie eine Anklage des Verrats.

»Geh weiter«, sagte der Partisan zu ihm. »Es ist vorbei.«

»Nein«, sagte Pino. »Ich …«

»Geh, wenn du weißt, was gut für dich ist«, sagte der Soldat.

Mit einem letzten langen, schaudernden Blick zu Anna wandte Pino sich um und trottete mit der Menge davon. Er ging durch das Tor und über die Zugbrücke, unfähig zu begreifen, was gerade geschehen war. Es fühlte sich an, als wäre ihm in die Brust geschossen worden, und erst jetzt begann er langsam das Ausmaß des Schmerzes zu ahnen, der ihn erwartete. Doch dann traf ihn die Erkenntnis wie ein Schlag und drohte ihn zu zerstören. Er hatte Anna nicht verteidigt. Er war nicht für ihre Liebe gestorben, wie es große und tragische Männer in den ewigen Geschichten und Librettos taten.

Pinos Verstand brannte angesichts seines Versagens. Sein Herz wurde bitter vor Selbsthass.

Ich bin ein Feigling, dachte er in dunkelster Verzweiflung und fragte sich, warum er zu einer solchen Hölle verdammt war. Im Kreisverkehr vor der Burg wurde alles zu viel. Ihm wurde schwindelig und übel. Er stolperte zu dem trockenen Brunnen und würgte, würgte immer weiter, merkte, dass er weinte und dass die Leute ihn beobachteten.

Als Pino schließlich hustend und spuckend aufstand und sich die Augen wischte, fragte ein Mann auf der anderen Seite des Brunnens: »Du hast einen von ihnen gekannt, oder?«

Pino sah Misstrauen und drohende Gewalt in der Miene des Mannes. Ein Teil von Pino wollte seine Liebe zu Anna eingestehen und allem ein nobles Ende bereiten. Doch dann kam der Mann auf ihn zu, wurde schneller und zeigte mit dem Finger auf ihn.

»Haltet diesen Typen fest!«, rief er.

* * *

Der nackte Überlebensinstinkt übernahm die Kontrolle über Pino und er rannte los, sprintete weg von dem Brunnen zur Via Beltrami. Rufe wurden laut. Ein Mann versuchte Pino umzuwerfen, doch er schlug mit einer Faust zu, sodass der Mann zu Boden ging. Er rannte kreuz und quer, um die Verfolger abzuschütteln, und bemerkte, dass ein paar Männer versuchten, ihm von der Seite her den Weg abzuschneiden.

Pino hieb einem Mann den Ellbogen ins Gesicht, rammte einem anderen das Knie in den Unterleib und tauchte zwischen den Autos auf der Via Giuseppe Pozzone ab. Er sprang über eine Motorhaube, bevor er schräg hinüber auf die Via Rovello lief, wo er über einen wassergefüllten Bombenkrater hechtete und Abstand zwischen sich und seine Verfolger brachte. Als er an der Ecke zur Via San Tomaso zurückblickte, sah er sechs Männer, die ihn noch immer verfolgten und schrien: »Er ist ein Verräter! Kollaborateur! Haltet ihn auf!«

Doch Pino kannte diese Straßen wie seine Westentasche. Er schaltete in einen höheren Gang, bog nach rechts auf die Via Broletto und nach links auf die Via Del Bossi. Vor ihm war ein Haufen Menschen auf der Piazza della Scala. Pino befürchtete, dass er nicht an ihnen vorbei und durch die Galleria kommen würde, bevor die »Verräter«-Rufe zu hören waren.

Auf der anderen Straßenseite war eine Tür in der Mauer des großen Opernhauses geöffnet. Er rannte hinüber und hinein in einen Gang, dort trat er hinter die Schatten in eine dunkle Ecke. Hier blieb Pino stehen, sicher, dass er von draußen nicht gesehen werden konnte, beobachtete und wartete, bis die sechs Männer an ihm vorbeiliefen und in Richtung Piazza rannten. Nach Atem ringend blieb er in der Dunkelheit stehen, bis er sicher war, dass sie ihn verloren hatten.

* * *

Tiefer im Innern der Scala begann ein Tenor Tonleitern zu üben.

Pino drehte sich um und trat aus Versehen gegen etwas Metallisches. Es klapperte so laut, dass er besorgt zum Eingang blickte und den Mann vom Brunnen sah. Vom Bürgersteig aus spähte er hinein.

Er trat ein und staubte sich die Hände ab. »Du bist hier drin, nicht wahr, Verräter?«

Pino blieb still an seiner Stelle im dunkelsten Schatten stehen, fast sicher, dass der Mann ihn nicht sehen konnte, sodass er sich langsam in seine Richtung drehte und bückte. Der Mann kam näher, während Pino mit den Fingern auf dem Boden suchte und ein Stück ausrangiertes Moniereisen fand, das womöglich von den Reparaturarbeiten am Opernhaus nach dem Bombeneinschlag zurückgelassen worden war. Es war so dick wie Pinos Daumen, so lang wie sein Unterarm und schwer. Als der Mann von dem Brunnen nur noch ein paar Meter entfernt war und in die Dunkelheit blinzelte, holte Pino mit dem Eisen aus und zielte auf seine Schienbeine. Doch er hatte zu hoch gezielt und traf den Mann gegen die Kniescheibe.

Er schrie auf. Pino kam schnell hoch, machte zwei große Schritte und schlug dem Mann von der Seite eine Faust ins Gesicht. Er ging zu Boden. Doch hinter ihm tauchten zwei der anderen Männer auf, die ihn verfolgt hatten. Pino drehte sich um und rannte los, tiefer in die Dunkelheit hinein, die Hände ausgestreckt tastend, und lief auf den Tenor zu, der zu singen begonnen hatte. Pino stolperte zweimal und blieb mit der Hose an einem Draht hängen, während er nach seinen Verfolgern horchte, deshalb erkannte er die Arie zunächst nicht.

Es war »*Vesti la Giubba*« – »Zieh das Kostüm an«, aus der Oper *Pagliacci*, *Die Clowns.* Die Arie war voll Trauer und Verlust, und Pinos Gedanken an Flucht wurden von Bildern des Kugeleinschlags und der fallenden Anna unterbrochen. Er stolperte, schlug sich den Kopf an, sah Sterne und ging kurz zu Boden.

Als er sich wieder erhob, begann die zweite Strophe der Arie. Canio, der Clown mit dem gebrochenen Herzen, befahl sich selbst weiterzumachen, eine Maske aufzusetzen und den inneren Schmerz zu verdecken. Pino hatte schon dutzendmal

Aufnahmen der Arie gehört, sie trieb ihn an, wie auch die Schritte in den Durchgängen hinter ihm.

Er drängte weiter, tastete sich vorwärts, bis er einen Luftzug an der Wange spürte, sich umdrehte und einen Lichtstrahl vor sich sah. Jetzt rannte er los, drückte eine Tür auf und fand sich hinter der Bühne im großen Opernhaus wieder. Hier war er schon oft gewesen und hatte seiner Cousine Licia beim Proben zugesehen. Ein junger Tenor stand in der Bühnenmitte und begann gerade mit der dritten Strophe.

»Ridi, Pagliaccio, sul tuo amore infranto.«

(*»Lache, Clown, über deine zerbrochene Liebe.«*)

Pino ging durch einen Vorhang und die Treppe hinunter, die zum Seitengang für die Logenplätze führte. Er folgte dem Flur zum Ausgang, als der Tenor gerade sang: *»Ridi del duol, che t'avvelena il cor!«* (*»Lach über die Trauer, die dein Herz vergiftet.«*)

Diese Worte trafen Pino wie Pfeile. Plötzlich hörte der Tenor auf zu singen und rief entsetzt: »Wer seid ihr? Was wollt ihr?«

Pino konnte sehen, dass er mit den drei Verfolgern sprach, die auf die Bühne gekommen waren.

»Wir sind hinter einem Verräter her«, sagte einer der Männer.

* * *

Pino schob sich durch die Tür, die einen ohrenbetäubenden Lärm machte. Er rannte wieder los, durch einen Flur, die Stufen hinunter und in die Eingangshalle. Die Türen waren offen. Er lief nach draußen und riss sich das Hemd runter, sodass er nur noch ein ärmelloses weißes T-Shirt trug.

Er spähte nach links. Sein Zuhause war nur fünf oder sechs Straßen entfernt. Doch er konnte nicht hinlaufen und seine Familie womöglich in Gefahr bringen. Stattdessen ging er geradeaus über die Straßenbahnschienen und trat in eine Menge von Leuten, die an der Statue von Leonardo da Vinci das Ende des Krieges feierten. Er versuchte, konzentriert zu bleiben, doch in seinem Kopf hörte er immer wieder die verzweifelte Arie des Clowns, sah immer wieder Anna, die um Hilfe schrie, wie sie sich beim Einschlag der Kugel aufgebäumt hatte und dann zusammenbrach.

Es kostete ihn die allergrößte Mühe, sich nicht auf den Boden zu legen und schluchzend zusammenzubrechen. Es kostete ihn die allergrößte Mühe, ein Lächeln aufzusetzen, als wäre er ebenfalls überwältigt vor Freude über den Rückzug der Nazis. Er hielt es aufrecht, während er die Galleria durchquerte, er lächelte und blieb in Bewegung, obwohl er nicht sicher war, wohin er gehen sollte.

Dann trat er hinaus ins Freie und wusste es. Auf der Piazza Duomo feierte eine große Menschenansammlung, aß, trank, musizierte und tanzte. Pino verschmolz mit der Menge, wurde langsamer, lächelte und versuchte, normal auszusehen, während er sich zu dem Rinnsal von Menschen vorbewegte, die in die Kathedrale gingen, um zu beten.

Für Pino war der Dom ein Ort der Zuflucht. Sie konnten ihn in die Kathedrale hineinjagen, doch sie konnten ihn nicht wieder hinausbringen.

Er war fast an den Vordertüren angekommen, als er einen Mann hinter sich rufen hörte. »Da ist er! Haltet ihn auf! Er ist ein Verräter! Ein Kollaborateur!«

Pino schaute zurück und sah sie über die Piazza kommen. Hinter einigen Frauen, die alt genug waren, um seine Mutter zu sein, schlüpfte er in die Kathedrale.

* * *

Da die verzierten Kirchenfenster noch mit Brettern verschlossen waren, kam das einzige Licht im Dom von den Opferkerzen, die in verschiedenen Nischen und Kapellen zu beiden Seiten des Hauptschiffs der Kathedrale flackerten, und weiteren, die am anderen Ende um den Altar herum brannten.

Selbst mit den Kerzen war das Innere der Kathedrale an diesem Tag ein pechschwarzer Ort, und Pino handelte schnell, um das zu nutzen. Er bewegte sich weg von den Kapellen an der linken Seite des Doms und hin zum rechten Gang und den Beichtstühlen: trostlose Gestelle, die dem Büßer so gut wie keine Abgeschiedenheit boten, wenn er außerhalb einer großen Holzkabine kniete und seine Sünden dem Priester im Inneren zuflüsterte.

Es war demütigend und Pino hasste es, dort zu beichten. Doch aus seiner Zeit als kleiner Junge wusste er, dass es einen schmalen Zwischenraum zwischen der Kabine und der Wand gab, dreißig Zentimeter, bestenfalls fünfzig. Er hoffte, es würde ausreichen, als er sich hinter den dritten Beichtstuhl schob, der am weitesten von den Kerzenständern entfernt war.

Da wartete er zitternd auf den Boden gekauert und war glücklich, dass offenbar kein Priester am Tag der Befreiung Beichten abnahm. Die Arie begann erneut in seinem Kopf und damit der Schrecken von Annas Tod, bis er es von sich abschüttelte und sich zwang zu horchen. Das Klicken und Murmeln der Frauen, die den Rosenkranz beteten, drang herüber. Ein Husten. Das Quietschen der Haupttüren. Männer, die leise sprachen. Pino kämpfte gegen das Bedürfnis nachzusehen und wartete, dann hörte er laute Schritte näher kommen. Männer, die sich schnell bewegten.

»Wo ist er hin?«, sagte einer.

»Er ist irgendwo hier«, meinte ein anderer. Es klang, als stünde er direkt vor dem Beichtstuhl.

»Ich komme schon«, sagte eine männliche Stimme und andere Schritte näherten sich.

»Nein, Pater«, sagte ein Mann. »Heute nicht. Wir, ähm, wir gehen zum Beten in eine der Kapellen.«

»Wenn ihr auf dem Weg dorthin sündigt, werde ich hier sein«, antwortete der Priester und die Tür zum Beichtstuhl öffnete sich.

Pino spürte, wie sich die Kabine unter dem Gewicht des Priesters bewegte. Er hörte die zwei Männer tiefer in die Kathedrale hineingehen. Er wartete, atmete kaum und ließ sich Zeit. Abermals sang der Clown in seinem Kopf. Abermals versuchte er, ihn zu unterdrücken, doch die Arie ging ihm nicht aus dem Kopf.

Er musste sich bewegen, da er befürchtete, erneut weinen zu müssen. Pino versuchte, vorsichtig hinter dem Beichtstuhl hervorzukommen, doch er stieß mit dem Schuh gegen die Kniebank.

»Aha«, sagte der Priester. »Endlich ein Gast.«

Die Leinwand glitt zurück, doch Pino konnte darin nur Dunkelheit erkennen. Er tat das Einzige, was ihm einfiel, und kniete nieder.

»Segne mich, Pater, denn ich habe gesündigt«, würgte Pino hervor.

»Ja?«

»Ich habe nichts gesagt«, schluchzte Pino in seinem Schmerz. »Ich habe nichts getan.«

»Wovon sprichst du?«, fragte der Priester.

* * *

Pino fürchtete, vollends zusammenzubrechen, wenn er sich weiter offenbarte, deshalb kam er auf die Beine und taumelte weiter in die Kathedrale hinein. Er lief durch das Querschiff und entdeckte eine Tür, an die er sich erinnerte. Er ging hindurch und war wieder draußen, auf der Via dell'Arcivescovado.

Da waren noch mehr glückliche Menschen, die zur Piazza gingen. Pino bewegte sich gegen den Strom in einem Bogen um die Rückseite des Doms. Er überlegte, nach Hause oder zu Onkel Albert zu gehen, als er einen Priester und einen Arbeiter bemerkte, die am anderen Ende des Doms in der Nähe der Corso Vittorio aus einer Tür kamen. Hinter ihnen war eine Treppe, an die er sich aus seiner Schulzeit erinnerte.

Als noch ein Arbeiter herauskam, erwischte Pino die Tür, bevor sie sich schloss, und ging eine steile und enge Treppe hinauf, die dreißig Etagen hoch zu einem Gang führte, der oben zwischen den Wasserspeiern, Spitzen und gotischen Bögen an der langen Seite der Kirche entlanglief. Er spähte immer wieder hinauf zu der makellosen, mehrfarbigen Statue der Madonna auf dem höchsten Turm des Doms und fragte sich, wie sie den Krieg überdauert und wie viel Zerstörung sie gesehen hatte.

Mit kaltem Schweiß bedeckt und trotz der glühenden Hitze zitternd ging er unter den Strebebögen hindurch, die das Dach trugen. Als er einen Balkon hoch über dem Vordereingang der Kathedrale erreicht hatte, blieb er schließlich stehen. Er blickte hinaus über seine zerbombte Stadt, sein zerbombtes Leben, das wie ein zerrissener und kugelzerfetzter Rock ausgebreitet dalag.

Pino hob den Kopf zum Himmel und in seinem grenzenlosen Kummer flüsterte er: »Ich habe nichts gesagt, um sie zu retten, Gott. Ich habe nichts getan.«

Dieses Geständnis lähmte ihn und er schluckte seine Schluchzer hinunter. »Nach allem … nach allem habe ich jetzt nichts mehr.«

Pino hörte Lachen, Musik und Gesang von der Piazza heraufschallen. Er schaute über das Balkongeländer. Neunzig Meter unter ihm, dort, wo er vor fast zwei Jahren gesehen hatte, wie die Arbeiter die Scheinwerfer aufgestellt hatten, spielten jetzt Geigen und Akkordeons und Gitarren. Er konnte sehen, wie Weinflaschen herumgereicht wurden und wie Paare anfingen, sich zu küssen und zu tanzen und zu lieben.

Schmerz und Trauer durchbohrten ihn. Diese Qual war seine Strafe, beschloss er. Er senkte den Kopf, verstand, dass dies zwischen Gott und … Die Arie des Clowns mit dem gebrochenen Herzen hallte in seinen Ohren und Anna brach zusammen und fiel und fiel und … Innerhalb von Sekunden versiegte all sein Vertrauen in Gott, in die Liebe und in ein besseres Morgen.

Pino hielt sich an einem Marmorpfeiler fest und kletterte auf das Geländer, ein Verräter, verlassen und allein. Er starrte hoch zu den bauschigen Wolken im azurblauen Himmel und beschloss, dass Wolken und Himmel kein zu schlechter Anblick wären, während er starb.

»Du hast alles gesehen, was ich getan habe, Herr«, sagte Pino und ließ den Pfeiler los, um den schlimmsten aller Schritte zu gehen. »Sei meiner Seele gnädig.«

Einunddreissig

»Halt!«, rief jemand hinter ihm.

Pino erschrak und verlor fast das Gleichgewicht, rutschte fast vom Geländer, stürzte fast dreißig Etagen hinab auf die steinerne Piazza und in den sicheren Tod. Doch seine Reflexe vom Bergsteigen saßen zu tief. Mit den Fingern umfasste er den Pfeiler. Er gewann ausreichend Gleichgewicht, um über die Schulter zu blicken, und spürte, wie ihm sein Herz fast aus der Brust kriechen wollte.

Da stand der Kardinal von Mailand, keine drei Meter von ihm entfernt.

»Was tust du da?«, wollte Schuster wissen.

»Sterben«, sagte Pino dumpf.

»Du wirst nichts dergleichen tun, nicht in meiner Kirche und nicht an diesem Tag aller Tage«, sagte der Kardinal. »Es ist bereits zu viel Blut vergossen worden. Komm da runter, junger Mann. Sofort.«

»Wirklich, mein Lord Kardinal, so ist es besser.«

»Mein Lord Kardinal?«

Der Kirchenfürst blinzelte, richtete seine Brille und sah genauer hin. »Nur eine Person, die ich kenne, nennt mich so. Du bist General Leyers' Fahrer. Du bist Pino Lella.«

»Deshalb ist es besser zu springen als zu leben.«

Kardinal Schuster schüttelte den Kopf und machte einen Schritt auf ihn zu. »Bist du der Verräter und Kollaborateur, der sich angeblich im Dom versteckt?«

Pino nickte.

»Dann komm runter«, sagte Schuster und streckte die Hand aus. »Du bist in Sicherheit. Ich gewähre dir Zuflucht. Niemand wird dir unter meinem Schutz etwas antun.«

Pino wollte weinen, doch er sagte: »Das würdet Ihr nicht sagen, wenn Ihr wüsstet, was ich getan habe.«

»Ich weiß, was Pater Re mir über dich erzählt hat. Das reicht mir, um genau zu wissen, dass ich dich retten sollte. Nimm jetzt meine Hand. Du machst mich ganz krank, wenn du so da oben stehst.«

Pino blickte hinunter und sah Schusters Hand mit dem Kardinalsring, doch er nahm sie nicht.

»Was würde Pater Re von dir wollen?«, sagte Kardinal Schuster.

Als er das hörte, gab etwas in Pino nach. Er griff nach der Hand des Kardinals, kam herunter und stand gebückt da, bemüht, nicht zusammenzubrechen.

Schuster legte eine Hand auf Pinos bebende Schulter. »Es kann nicht so schlimm sein, mein Sohn.«

»Es ist noch viel schlimmer, mein Lord Kardinal«, sagte Pino. »Das Schlimmste. Die Tat, für die man in die Hölle kommt.«

»Lass mich das entscheiden«, sagte Schuster und führte ihn vom Balkon weg.

Er forderte Pino auf, sich im Schatten eines der Strebebögen der Kathedrale niederzusetzen. Pino tat es, wobei er sich vage der Musik bewusst war, die noch immer unten spielte, und er bekam auch mit, dass der Kardinal nach jemandem rief, um Essen und Wasser zu bringen. Dann hockte sich Schuster neben Pino.

»Erzähl es mir jetzt«, sagte der Kardinal. »Ich werde dir die Beichte abnehmen.«

Pino erzählte Schuster in Grundzügen seine Geschichte mit Anna, wie er sie am ersten Tag der Bombardierung kennengelernt und dann vierzehn Monate später durch die Geliebte von General Leyers wiedergesehen hatte, wie sie sich ineinander verliebten und wie sie die Heirat planten und wie sie dann vor nicht ganz einer Stunde vor einem Erschießungskommando gestorben war.

»Ich habe nichts gesagt, um es aufzuhalten«, weinte er. »Ich habe nichts getan, um sie zu retten.«

Kardinal Schuster schloss die Augen.

Pino würgte. »Wenn ich sie wirklich geliebt hätte, dann … dann wäre ich bereit dazu gewesen, zusammen mit ihr zu sterben.«

»Nein«, sagte der Prälat, öffnete die Augen und richtete den Blick auf Pino. »Es ist eine Tragödie, dass deine Anna auf diese Weise gestorben ist, doch du hattest das Recht zu überleben. Jeder Mensch hat dieses grundsätzliche, gottgegebene Recht, Pino, und du hast um dein Leben gefürchtet.«

Pino warf die Arme hoch und schrie: »Wisst Ihr, wie oft ich in den letzten zwei Jahren um mein Leben gefürchtet habe?«

»Ich kann es mir nicht vorstellen.«

»Jedes Mal hatte ich aber Vertrauen darin, dass ich das Richtige tat, egal, wie gefährlich es war. Doch heute konnte ich einfach … konnte einfach nicht genug an Anna glauben, um …«

Er begann wieder zu weinen.

»Glauben ist ein seltsames Wesen«, sagte Schuster. »Es ist wie ein Falke, der jedes Jahr an derselben Stelle sein Nest baut, doch dann fliegt er davon, manchmal für Jahre, nur um dann zurückzukehren, stärker als je zuvor.«

»Ich weiß nicht, ob er jemals zu mir zurückkehren wird.«

»Das wird er. Mit der Zeit. Komm jetzt mit mir. Wir werden dir zu essen geben und ich werde dir einen Platz suchen, wo du die Nacht verbringen kannst.«

Pino dachte darüber nach, schüttelte dann den Kopf und sagte: »Ich werde mit Euch vom Dach kommen, mein Lord Kardinal, doch ich denke, dass ich nach Einbruch der Dunkelheit nach Hause zu meiner Familie gehen werde.«

Schuster machte eine Pause und sagte dann: »Wie du magst, mein Sohn. Sei gesegnet und geh mit Gott.«

* * *

Nach Einbruch der Dunkelheit schlüpfte Pino in die Lobby des Wohnhauses seiner Eltern. Unvermittelt erinnerte er sich an den letzten Weihnachtsabend und wie Anna die Wachtposten überlistet hatte, um den Koffer mit dem Funkgerät sicher nach oben zu bringen. Als er im Aufzugkäfig nach oben fuhr, brachte das eine Reihe weiterer niederschmetternder Erinnerungen mit sich, wie sie sich küssten, als sie an den Wachen der fünften Etage vorbeikamen, und wie sie …

Der Aufzug hielt. Er schlurfte zur Tür und klopfte an.

Tante Greta öffnete die Tür mit einem breiten Lächeln im Gesicht. »Da bist du ja, Pino! Wir haben mit dem Abendessen auf dich und Mario gewartet. Hast du ihn gesehen?«

Pino schluckte mühsam und sagte: »Er ist tot. Sie sind alle tot.«

Seine Tante stand wie vom Blitz getroffen da, als er an ihr vorbei in die Wohnung trat. Onkel Albert und Pinos Vater hatten ihn gehört und standen von der Couch im Wohnzimmer auf.

»Was soll das heißen, er ist tot?«, fragte Michele.

»Ein Mann, der seine Armbanduhr wollte, hat ihn einen Faschisten genannt und ihm im Park bei der Porta Venezia in den Kopf geschossen«, sagte Pino dumpf.

»Nein!«, rief sein Vater. »Das ist nicht wahr!«

»Ich habe es gesehen, Papa.«

Sein Vater brach weinend zusammen. »Oh mein Gott. Wie soll ich das seiner Mutter sagen?«

Pino starrte auf den Läufer im Wohnzimmer und erinnerte sich daran, wie er dort mit Anna geschlafen hatte. Das beste Weihnachtsgeschenk seines Lebens. Er hörte die Fragen nicht, die Onkel Albert auf ihn abfeuerte. Er wollte sich einfach nur dort hinlegen und trauern und weinen.

Tante Greta strich ihm über den Arm. »Es wird alles gut werden, Pino«, tröstete sie ihn. »Was immer du gesehen hast, was immer du erlitten hast, bald wird es dir wieder gut gehen.«

Tränen schossen in Pinos Augen und er schüttelte den Kopf. »Nein, das wird es nicht. Niemals.«

»Oh, mein armer Junge«, weinte sie leise. »Bitte, komm und iss. Dann erzähl uns alles.«

Mit bebender Stimme sagte er: »Ich kann nicht darüber reden. Ich kann nicht mehr daran denken, und ich bin nicht hungrig. Ich will nur noch schlafen.« Er zitterte, als wäre es mitten im Winter.

Michele kam näher und legte den Arm um Pino. »Dann gehen wir alle ins Bett. Du wirst dich morgen früh bestimmt besser fühlen.«

Pino verstand kaum, wo er war, als sie ihn den Flur entlang zu seinem Zimmer brachten. Er setzte sich auf die Bettkante und war fast katatonisch.

»Möchtest du Kurzwelle hören?«, fragte ihn sein Vater. »Es ist jetzt nicht mehr gefährlich.«

»Pater Re hat mein Radio.«

»Ich werde das von Baka holen.«

Pino zuckte lustlos die Schultern. Michele zögerte, doch dann ging er und kehrte mit Bakas Radio zurück. Er stellte es auf den Beistelltisch.

»Es ist da, falls du es willst.«

»Danke, Papa.«

»Ich bin nur den Flur entlang, falls du mich brauchst.«

Pino nickte.

* * *

Michele schloss die Tür hinter sich. Pino konnte ihn besorgt mit Onkel Albert und Tante Greta flüstern hören, was sich ins Nichts verlor. Durch das offene Fenster hörte er einen einzelnen Schuss im Norden und Menschen unten auf den Straßen, die lachten und weiterfeierten.

Es fühlte sich an, als würden sie ihn alle mit ihrem Glück verspotten und nach ihm treten, wo er bereits am Boden lag. Er schlug das Fenster zu, zog Schuhe und Hose aus, legte sich aufs Bett und bebte vor Wut und Trauer. Er machte das Licht aus und versuchte zu schlafen, doch er wurde verfolgt, diesmal nicht von der Arie, sondern von dem dunklen, anklagenden Blick, mit dem Anna starb, und davon, wie die Liebe aus ihm wich, als ihre Seele davonschwebte.

Er stellte das Kurzwellenradio an und drehte am Frequenzknopf, bis er ein langsames Klaviersolo über dem leisen Wischen eines Beckens hörte. Ruhiger, warmer Jazz. Pino schloss die Augen und versuchte, sich auf die Musik einzulassen, die so sanft und verspielt wie ein Fluss im Sommer klang. Er versuchte, sich den Fluss vorzustellen, Frieden darin zu finden und Schlaf und das Nichts.

Doch das Stück endete und es kam »Boogie Woogie Bugle Boy«. Pino setzte sich ruckartig auf und hatte das Gefühl, als wäre jeder einzelne Beat des Liedes dazu da, ihn zu reizen und zu quälen. Er sah sich selbst, wie er in der letzten Nacht im Hotel Diana mit Carletto spielte und feierte. Da hatte Anna noch gelebt und war noch nicht von der Meute ergriffen worden. Wenn er da einfach zu Dollys Wohnung gegangen wäre, anstatt …

Pino fühlte sich wieder am Boden zerstört, ergriff das Radio und hätte es fast gegen die Wand geworfen, um es in tausend Stücke zu zerbrechen. Doch auf einmal war er so überwältigt, so erschöpft, dass er am Drehknopf des Radios drehte, bis es nur noch rauschte. Pino rollte sich zusammen wie ein Fötus. Er schloss die Augen, horchte auf das Zischen und Knacken des Radios und betete, dass die klaffende Wunde in seinem Herz so groß war, dass es zu schlagen aufhörte, bevor er aufwachte.

* * *

In Pinos Träumen lebte Anna noch. In seinen Träumen lachte sie noch wie Anna und küsste wie Anna. Sie roch nach ihrem eigenen Duft und schenkte ihm diesen amüsierten Seitenblick, bei dem er sie immer halten wollte und kitzeln und …

Er spürte, wie ihn jemand an der Schulter schüttelte, und wachte erschrocken in seinem Zimmer auf. Sonnenlicht schien durch das Fenster herein. Onkel Albert und sein Vater standen am Bett. Pino sah sie an, als wären sie Fremde.

»Es ist zehn«, sagte Onkel Albert. »Du hast fast vierzehn Stunden geschlafen.«

Der Albtraum des Vortages drängte wieder auf ihn ein. Pino sehnte sich nach Schlaf und den Träumen, in denen Anna noch lebte, so sehr, dass er fast wieder zu weinen begann.

»Ich weiß, es ist schwer für dich«, sagte Michele. »Aber wir brauchen deine Hilfe.«

Onkel Albert nickte. »Wir müssen am Cimitero Monumentale nach Marios Leiche suchen.«

Pino wollte sich umdrehen und in seinen Träumen nach Anna suchen, doch er sagte: »Ich habe ihn im öffentlichen Park zurückgelassen. Da bin ich von ihm davongelaufen.«

Onkel Albert sagte: »Ich bin gestern Nacht nachgucken gegangen, nachdem du eingeschlafen bist. Dort wurde mir gesagt, dass er zum Friedhof gebracht wurde und dass wir dort nach ihm suchen könnten unter all den anderen Leichen, die in den vergangenen Tagen auf den Straßen gefunden wurden.«

»Also komm«, sagte Michele. »Zu dritt werden wir Mario schneller finden als zu zweit. Das schulden wir seiner Mutter.«

»Jemand wird mich erkennen«, sagte er.

»Nein, mit mir nicht«, sagte Onkel Albert.

Pino merkte, dass er sie nicht abhalten konnte. »Gebt mir eine Minute. Ich bin gleich so weit.«

Sie gingen aus dem Zimmer und er setzte sich auf, spürte das Pochen in seinem Kopf und die tiefe, große Leere, die zwischen seiner Kehle und seinem Magen herrschte. Sein Verstand suchte nach Erinnerungen an Anna, doch er unterband das Verlangen danach. Er durfte nicht an sie denken. Sonst würde er nur noch dort liegen bleiben und trauern.

Pino zog sich frische Kleidung an und ging in das Wohnzimmer.

»Möchtest du etwas essen, bevor wir gehen?«, fragte sein Vater.

»Mir geht es jetzt gut«, sagte Pino und hörte die Schwäche in seiner Stimme und kümmerte sich nicht darum.

»Du solltest zumindest etwas Wasser trinken.«

»Mir geht es gut!«, rief Pino. »Bist du taub, alter Mann?«

Michele trat einen Schritt zurück. »Okay, Pino. Ich will nur helfen.«

Er blickte zu seinem Vater, unfähig und unwillig, ihnen von Anna zu erzählen.

»Ich weiß, Papa«, sagte er. »Es tut mir leid. Lasst uns Mario finden.«

* * *

Es war elf Uhr morgens und draußen bereits drückend heiß. Es wehte kaum ein Lufthauch, als sie durch die Straßen gingen, eine der wenigen fahrenden Straßenbahnen nahmen und dann von einem Freund von Onkel Albert mitgenommen wurden, der es geschafft hatte, an Benzin zu kommen.

Pino bekam nur wenig von der Fahrt mit. Mailand, Italien, die Welt war für ihn aus den Angeln geraten, in Stücke zerfallen. Er sah die vernarbte Stadt wie aus großer Entfernung, war kein Teil des wuselnden Lebens, das nach dem Rückzug der Nazis zurückzukehren begann.

Vor dem Friedhofsplatz ließ der Freund sie aus dem Auto. Pino hatte das Gefühl, sich in einem Traum zu befinden, der wieder zu einem Albtraum wurde, als er auf den Famedio zuging, die achteckige Gedenkkapelle des Cimitero Monumentale, und auf die langen, zweistöckigen, nach oben offenen Säulengänge, die links und rechts von der Kapelle wegführten.

Von den Säulengängen hallten Kummerschreie, bevor in der Ferne Gewehrschüsse krachten, gefolgt von dem tiefen Rumsen einer größeren Explosion. Pino kümmerte sich nicht darum. Er würde eine Bombe willkommen heißen, würde sie umarmen und mit einem Hammer auf den Zünder schlagen, wenn er könnte.

Ein Kipplaster hupte. Onkel Albert zog Pino aus dem Weg. Benommen blickte Pino zu dem Fahrzeug, als es vorbeifuhr. Es war ein ganz gewöhnlicher Kipplaster, bis er sich gegen den Wind drehte. Der Geruch des Todes strahlte von ihm ab. Die Ladefläche des Fahrzeugs war mit Leichen gefüllt, die wie Klafterholz übereinandergehäuft dalagen. Blau verfärbte und aufgequollene Körper ragten oben heraus, einige bekleidet, andere nackt, Männer, Frauen und Kinder. Pino krümmte sich, begann trocken zu würgen und übergab sich.

Michele rieb ihm den Rücken. »Es ist schon gut, Pino, bei der Hitze, ich habe daran gedacht und uns Taschentücher und Kampfer mitgebracht.«

Der Kipplaster machte eine Kehrtwendung und fuhr rückwärts zu den niedrigeren Bögen des westlichen Säulengangs. Ein Hebel wurde umgelegt. Hundert oder mehr Leichen rutschten von der Ladefläche und fielen auf den Kies.

Pino blieb stehen und beobachtete es entsetzt. War Anna darunter? Begraben?

Er hörte einen der Fahrer sagen, dass noch Hunderte weiterer Leichen kommen würden.

Onkel Albert zog Pino am Arm.

»Komm jetzt weg von da«, sagte er.

Wie ein gehorsamer Hund folgte Pino ihnen in die Gedenkkapelle.

»Suchen Sie nach einem Angehörigen?«, fragte ein Mann, der hinter dem Eingang stand.

»Den Sohn meiner Cousine«, sagte Michele. »Er wurde irrtümlich für einen Faschisten gehalten und …«

»Es tut mir leid für Ihren Verlust, doch es interessiert mich nicht, warum oder wie der Sohn Ihrer Cousine gestorben ist«, sagte der Mann. »Ich möchte nur, dass der Leichnam mitgenommen wird. Es besteht ein außergewöhnliches Gesundheitsrisiko. Haben Sie Masken?«

»Taschentücher und Kampfer«, sagte Pinos Vater.

»Das wird reichen.«

»Gibt es irgendeine Reihenfolge bei den Leichen?«, sagte Onkel Albert.

»Die Reihenfolge, in der sie gekommen sind und wir einen Platz gefunden haben, um sie hinzulegen. Sie müssen suchen. Wissen Sie, was er getragen hat?«

»Seine Uniform der italienischen Luftwaffe«, sagte Michele.

»Dann müssten Sie ihn eigentlich finden. Nehmen Sie dort die Treppe. Fangen Sie an den unteren östlichen Säulengängen an und arbeiten Sie sich vor zu der abknickenden Reihe von Gängen von den Hauptgalerien.«

Bevor sie sich noch bei ihm bedanken konnten, war er bereits weitergegangen, um der nächsten aufgelösten Familie zu sagen, wie sie ihren Angehörigen finden konnten. Michele verteilte weiße Taschentücher und angelte den Kampfer aus einer Papiertüte. Er legte ihn in die Mitte der Taschentücher und band die Enden zusammen, um einen Beutel zu bilden, dann zeigte er ihnen, wie sie es sich vor die Lippen und die Nase halten sollten.

»Ich habe das im ersten großen Krieg gelernt«, sagte er.

Pino nahm den Beutel und starrte ihn an.

»Wir suchen in den unteren Galerien«, sagte Onkel Albert. »Du fängst hier oben an, Pino.«

* * *

Sein Verstand funktionierte kaum, als er durch eine offene Tür an der Ostseite der Kapelle nach draußen auf die obere Etage des Säulengangs trat. Parallele offene Bögen säumten die rund neunzig Meter lange Galerie bis zu einem achteckigen Turm, der eine Dreierkreuzung von Gängen markierte.

An jedem anderen Tag wären diese Gänge größtenteils leer gewesen, abgesehen von den Statuen lang vergessener Staatsmänner der Lombardei und Mitglieder des Adelsstandes. Jetzt waren die Säulengänge und Galerien dahinter in ganzer Länge Teil einer riesigen Leichenhalle, die als Folge des Rückzugs der Nazis täglich fast fünfhundert Leichen aufnahm. Die Toten waren zu beiden Seiten der unbedachten Flure aufgereiht, mit den Füßen zur Wand, die Gesichter einem nur meterbreiten Pfad zugewandt, der zwischen ihnen hindurchführte.

Auch andere Milanesen gingen an diesem Morgen die Galerien der Toten entlang. Alte Frauen in Trauerkleidung hielten sich lange schwarze Seidenschals vor Mund und Nase. Jüngere Männer führten die bebenden Schultern von Ehefrauen,

Töchtern und Söhnen. Grünköpfige Schmeißfliegen hatten sich gesammelt und brummten und summten durch die Luft. Pino musste nach ihnen schlagen, damit sie nicht in seine Augen und Ohren gelangten.

Die Fliegen umschwärmten die erste Leiche, einen Mann im Geschäftsanzug. Ihm war durch die Schläfe geschossen worden. Pino sah ihn nicht länger als eine Sekunde an, doch das Bild brannte sich in seinem Kopf fest. Dasselbe geschah, als er die nächste Leiche ansah, eine Frau Mitte fünfzig, im Nachthemd, ein einzelner Lockenwickler hing ihr noch im stahlgrauen Haar.

Er ging hin und her, überflog Kleidung, Geschlecht, Gesichter, versuchte, Mario unter ihnen zu entdecken. Pino bewegte sich inzwischen schneller, warf nicht mehr als einen kurzen Blick auf die nackten Paare, die er sich als einst wohlhabende und mächtige Faschisten und ihre Frauen vorstellte. Beleibt. Älter. Ihre Haut war bleich geworden und fleckig vom Tod.

Er ging die erste Galerie bis zur achteckigen Kreuzung der Gänge hindurch und wandte sich dann nach rechts. Dieser Säulengang war länger als der erste und überblickte den Friedhofsplatz.

Dort sah Pino strangulierte Körper, zerhackte Körper, erschossene Körper. Der Tod verschwamm vor seinen Augen. Die pure Anzahl war mehr, als er ertragen konnte, deshalb konzentrierte er sich auf zwei Dinge. *Finde Mario. Verschwinde hier.*

Kurz darauf entdeckte er seinen Cousin zwischen sechs oder sieben toten Faschistensoldaten. Marios Augen waren geschlossen. Fliegen tanzten auf seiner Kopfwunde. Pino blickte sich um und entdeckte ein unbenutztes Laken auf der anderen Seite des Ganges. Er nahm es und legte es über Marios Leiche.

Jetzt musste er nur noch Onkel Albert und seinen Vater finden und weggehen. Er fühlte sich, als würde sein Brustkorb von einem äußeren Druck zerquetscht, während er zurück zur

Kapelle rannte. Er drängte sich zwischen anderen Suchenden vorbei und kam außer Atem und voller Angst an.

Er ging durch die Kapelle und eilte die Treppe hinab zu den unteren Säulengängen. Eine Familie verhüllte einen Körper zu seiner Rechten. Als er nach links sah, kam sein Onkel von unten an der Galerie auf ihn zu, Mund und Nase gegen den Kampfer gepresst und den Kopf hin- und herschüttelnd.

Pino rannte zu ihm. »Ich habe Mario gefunden.«

Onkel Albert ließ den Kampferbeutel sinken und sah ihn aus kläglichen, blutunterlaufenen Augen an. »Gut. Wo ist er?«

Pino sagte es ihm. Sein Onkel nickte und legte dann die Hand auf Pinos Unterarm.

»Ich verstehe jetzt, warum du gestern Nacht so aufgelöst warst«, sagte er heiser. »Und es … es tut mir so leid für dich. Sie schien eine so feine junge Frau zu sein.«

Pinos Magen verkrampfte sich. Er hatte versucht, sich einzureden, dass Anna nicht hier sei. Doch wo sonst? Er starrte über die Schulter seines Onkels in die lange Galerie hinter ihm.

»Wo ist sie?«, verlangte er zu wissen und versuchte, sich an ihm vorbeizudrücken.

»Nein«, sagte Onkel Albert und versperrte ihm den Weg. »Du gehst da nicht hin.«

»Geh mir aus dem Weg, Onkel, oder ich werde dich aus dem Weg stoßen.«

Albert ließ den Blick sinken, trat zur Seite und sagte: »Sie ist in dem Gang da hinten rechts. Soll ich es dir zeigen?«

»Nein«, sagte er.

Zweiunddreissig

Zuerst fand Pino Dolly Stottelmeyer.

Die Geliebte von General Leyers trug noch immer ihr elfenbeinfarbenes Nachthemd. Zwischen Dollys Brüsten war eine Chrysantheme aus Blut erblüht, verwelkt und vertrocknet. Ihre Pantoffeln waren verschwunden. Die Augen und ihr Mund waren halb geöffnet, von der Leichenstarre eingefroren. Der rote Nagellack an ihren Fingern leuchtete grell vor der Bleichheit ihrer Haut.

Pino blickte auf und sah Anna ein Stück weiter auf dem Gang. Seine Augen waren von Tränen umwölkt und sein Atem ging kurz und abgehackt. Er versuchte, die Gefühle niederzukämpfen, die überall aus ihm herausbrachen und versuchten, sich ihren Weg aus seiner Brust und durch seine Luftröhre zu pressen. Sein Mund war geöffnet und seine Lippen bewegten sich, um stumme Worte der Trauer zu formen, während er zu ihr ging und neben ihr niederkniete.

Unter Annas BH war ein Einschussloch und auf ihrem nackten Bauch eine Blume aus Blut, ähnlich wie bei Dolly. *Hure* war mit derselben roten Farbe über die Augenbraue geschrieben worden, mit der die Partisanen ihre Lippen so grell angemalt hatten.

Pino starrte auf sie herab, übermannt von Elend, schluckte gegen die Trauer und zitterte über seinen Verlust. Er nahm den Kampferbeutel von Mund und Nase. Er atmete die unmenschlich faule Luft im Gang ein, während er den Beutel auseinanderknotete und den Kampfer beiseitelegte. Mit dem Taschentuch wischte er ihr den Lippenstift von der Stirn und von den Lippen, bis sie fast die Anna war, an die er sich erinnerte. Er nahm das Taschentuch herunter, faltete die Hände und blickte sie an, während er den Geruch ihres Todes einatmete und tief in seine Lungen saugte.

»Ich war da«, sagte Pino. »Ich habe dich sterben sehen, und ich habe nichts gesagt, Anna. Ich habe …«

Der Schmerz drückte ihm die Tränen aus den Augen und zwang ihn dazu, sich zusammenzukrümmen.

»Was habe ich getan?«, klagte er. »Was habe ich nur getan?«

Tränen tropften ihm von den Wangen, als er mit dem Oberkörper vor- und zurückschaukelte und hinunterblickte auf die Trümmer seiner Liebe.

»Ich habe dich im Stich gelassen«, würgte Pino. »Am Weihnachtsabend, da warst du da, um an meiner Seite zu stehen, komme was wolle. Und ich war nicht für dich da. Ich … ich weiß nicht, warum. Ich kann es mir selbst nicht erklären. Ich wünschte, ich hätte mit dir an der Wand gestanden, Anna.«

Er verlor jedes Gefühl für Zeit, während er neben ihr kniete und nur schwach die Menschen bemerkte, die an ihm vorbeigingen, auf Annas geschorenes Haar blickten und verstohlen Kommentare machten. Es kümmerte ihn nicht. Jetzt konnten sie ihr nicht mehr wehtun. Er war da und sie konnten ihr nicht mehr wehtun.

* * *

»Pino?«

Er spürte eine Hand an der Schulter und sah auf zu seinem Vater und Onkel, die neben ihm standen.

»Wir hätten alles … alles haben sollen, Papa«, sagte Pino fassungslos. »Unsere Liebe sollte für immer und ewig sein. Wir haben das nicht verdient.«

Michele brach fast in Tränen aus. »Es tut mir so leid, Pino. Albert hat es mir gerade erzählt.«

»Es tut uns beiden leid«, sagte sein Onkel. »Aber wir müssen gehen, und ich sage es dir nicht gern, doch du musst sie jetzt hierlassen.«

Pino wollte sich erheben und seinen Onkel zu Mus schlagen. »Ich bleibe bei ihr.«

»Das tust du nicht«, sagte Michele.

»Ich muss sie begraben, Papa. Mich darum kümmern, dass sie ein Begräbnis bekommt.«

»Das geht nicht«, sagte Onkel Albert. »Die Partisanen überprüfen, wer die Leichen abholt. Sie werden denken, dass du auch ein Kollaborateur warst.«

»Das ist mir egal«, entgegnete Pino.

»Aber uns nicht«, sagte Michele entschieden. »Ich weiß, es ist schwer, mein Sohn, aber …«

»Weißt du das?«, schrie Pino. »Wenn das Mamma wäre, würdest du sie zurücklassen?«

Sein Vater wand sich und trat zurück. »Nein, ich …«

Onkel Albert unterbrach ihn. »Pino, Anna hätte es so gewollt.«

»Woher kannst du wissen, was Anna gewollt hätte?«

»Weil ich an jenem Weihnachtsabend im Laden in ihren Augen gesehen habe, wie sehr sie dich geliebt hat. Sie würde nicht wollen, dass du wegen ihr stirbst.«

Pino blickte wieder zu Anna und schluckte seine Gefühle herunter.

»Aber sie wird keine Beerdigung bekommen, keinen Grabstein, nichts.«

Onkel Albert sagte: »Ich habe den Mann in der Kapelle gefragt, was mit den Leichen geschieht, die nicht abgeholt werden, und er hat gesagt, dass sie alle von Kardinal Schuster gesegnet werden, eingeäschert und begraben.«

Pinos Kopf schwang hin und her. »Aber wohin kann ich gehen, um …«

»Sie zu sehen?«, sagte sein Vater. »Du gehst dahin, wo ihr beide am glücklichsten wart, und sie wird immer dort sein. Das verspreche ich dir.«

Pino dachte an den kleinen Park in Cernobbio am südwestlichen Ende des Lago di Como, wo er und Anna am Geländer gestanden hatten. Sie hatte das Bild mit dem Stirnband von ihm gemacht und alles hatte perfekt geschienen. Er sah hinunter auf Annas kaltes Gesicht. Sie jetzt zurückzulassen fühlte sich wie ein zweiter Verrat an, einer ohne die Möglichkeit des Vergebens.

»Pino«, sagte sein Vater leise.

»Ich komme, Papa.« Er schniefte und wischte sich die Augen mit dem Taschentuch, womit er sich etwas von dem Lippenstift aufs Gesicht schmierte, dann steckte er das tränennasse Tuch in ihren BH.

Ich habe dich geliebt, Anna, dachte Pino. *Ich werde dich für immer und ewig lieben.*

Dann beugte er sich vor, küsste sie und verabschiedete sich.

* * *

Zittrig stand Pino auf. Sein Onkel und sein Vater hielten ihn am Ellbogen und er ging, ohne sich noch einmal umzudrehen. Er konnte es nicht. Wenn er es getan hätte, dann hätte er sich nie wieder wegbewegt.

Als sie bei der Kapelle ankamen, konnte Pino wieder ohne ihre Hilfe gehen. Er versuchte bereits, das Bild ihres Leichnams aus dem Kopf zu bekommen, indem er sich Anna in Dollys Küche vorstellte. An dem Abend, an dem er das Leben des Generals gerettet hatte. Wie sie ihm von den Vormittagen ihrer Kindheitsgeburtstage erzählt hatte, mit ihrem Vater draußen auf dem Meer.

Diese Erinnerung half ihm durch die Aufgabe, Mario zuzudecken und ihn aus der oberen Galerie zu den Partisanen zu bringen, die die Leichen überprüften. Sie erkannten Marios Uniform als das, was sie war, und winkten sie durch. Mit einem Karren schoben sie den Leichnam durch die Stadt zu einem Bestatter, der ein Freund der Familie war.

Erst nach Einbruch der Dunkelheit erreichten sie ihr Zuhause. Pino drehte fast durch vor Erschöpfung, vor Trauer, vor Mangel an Essen und Wasser. Er zwang sich zu essen und er trank zu viel Wein. Er ging zu Bett, wie er es in der Nacht zuvor getan hatte, mit dem Radio auf Rauschen eingestellt. Er schloss die Augen und betete, dass er Anna in seinen Träumen wieder lebendig sehen würde.

Doch sie lebte nicht, nicht in dieser Nacht. In Pinos Träumen war Anna tot und lag allein in der unteren Galerie des Cimitero Monumentale. Hinter seinen Augenlidern konnte Pino sie sehen, als würde sie von oben angeleuchtet. Doch jedes Mal, wenn das Traum-Ich versuchte, näher zu ihr zu kommen, glitt sie weiter und weiter davon.

Die Grausamkeit ließ ihn vor Schmerz weinen. Pino schreckte auf und fand sich in dem wachen Albtraum wieder, dass Anna nicht mehr da war. Er rang nach Luft und hielt sich den schwitzenden Kopf aus Angst, dass er platzen würde. Er versuchte, Anna aus seinen Gedanken zu vertreiben, doch er konnte es nicht, und er konnte nicht schlafen. Es war vorbei. Er konnte entweder hier liegen, wo ihn die Erinnerungen und die

Reue innerlich zerrissen, oder er konnte herumgehen und von der Bewegung seine Gedanken beruhigen lassen, wie er es schon als Junge getan hatte.

Pino sah auf die Uhr. Es war drei Uhr früh am Sonntag, dem 29. April 1945.

* * *

Er zog sich an und schlüpfte aus der Wohnung, lief die Treppe herunter und durch die leere Lobby. Die Nacht war finster und die Straßenlaternen unregelmäßig. Er strich durch San Babila, wandte sich nach Norden und folgte ein gutes Stück der Strecke, die sie genommen hatten, um Marios Leichnam zum Bestattungsunternehmer zu bringen. Um zehn nach vier war Pino wieder am Cimitero Monumentale. Partisanen hielten ihn an und überprüften seine Papiere. Er sagte ihnen, dass seine Verlobte drinnen sei. Jemand habe ihren Leichnam dort gesehen.

»Wie willst du sie finden?«, fragte eine der Wachen.

Ein anderer zündete sich eine Zigarette an.

Pino sagte: »Könnten Sie mir drei von Ihren Streichhölzern geben?«

»Nein.«

»Komm schon, Luigi«, sagte die erste Wache. »Der Junge will seine tote Liebste finden, um Gottes willen.«

Luigi nahm einen tiefen Zug, seufzte und warf Pino die Schachtel zu.

»Seien Sie gesegnet, *signore*«, sagte Pino und eilte über den Platz zu den Säulengängen.

Anstatt zwischen den Leichen hindurchzugehen, machte Pino einen Umweg zu einer Tür, die ihn direkt auf den langen Gang brachte, in dem Anna lag. Als er dort ankam, wo er sie zu finden glaubte, zündete er ein Streichholz an und leuchtete damit herum.

Sie war nicht da. Er sah sich um, versuchte, sich zurechtzufinden, und dachte, er wäre nicht weit genug gegangen. Das Streichholz ging aus. Er ging weitere drei Meter und zündete noch ein Streichholz an. Sie war nicht da. Niemand war da. Der Boden war in beide Richtungen mindestens zwölf Meter weit leer. Die nicht abgeholten Körper waren weg. Anna war weg.

Die Endgültigkeit war niederschmetternd. Er sank an die Wand und schluchzte, bis er nicht mehr weinen konnte.

Als Pino schließlich die Stufen der Gedenkkapelle hinuntertrottete, fühlte er die Last ihres Todes wie ein Joch, das niemals mehr abgelegt werden konnte.

»Gefunden?«, fragte die Wache.

»Nein«, sagte Pino. »Ihr Vater war wohl schon hier. Ein Fischer aus Triest.«

Sie wechselten Blicke. »Klar«, sagte Luigi. »Sie ist bei ihrem Papa.«

* * *

Pino wanderte ziellos durch die Stadt und ging um den Hauptbahnhof herum, der jetzt von Partisanen schwer bewacht wurde. Er verlief sich in einer unbeleuchteten Gegend und hatte irgendwann keine Ahnung mehr, wo er war. Als die Morgendämmerung über sich kräuselnden niedrigen Wolken zu glühen begann, konnte er bald genug sehen, um zu erkennen, dass er nordwestlich vom Piazzale Loreto und von *Beltraminis Frisches Obst und Gemüse* war. Er lief los und kam im ersten Tageslicht zum Obstladen. Er klopfte gegen die Tür und rief zum Fenster im oberen Stock. »Carletto? Carletto, bist du da? Hier ist Pino!«

Er bekam keine Antwort. Er klopfte immer weiter, doch sein Freund antwortete nicht.

Niedergeschlagen ging Pino nach Süden. Erst als er am Fernmeldeamt vorbeikam, erkannte er, wohin er ging und warum. Fünf Minuten später durchquerte er die Küche des Hotels Diana und schob sich durch die Doppeltüren in den Ballsaal. Amerikanische GIs und italienische Frauen lagen hier und da schlafend herum – nicht so viele wie vor zwei Tagen, aber überall waren leere Flaschen und unter seinen Schuhen knirschte es von dem zerbrochenen Glas auf dem Boden. Er blickte in den Gang, der zur Lobby führte.

Major Frank Knebel saß an einem Tisch an der Wand. Er trank Kaffee und sah sehr verkatert aus.

»Major?«, sagte Pino und ging zu ihm.

Knebel blickte auf und lachte. »Pino Lella, der Boogie-Woogie-Junge! Wo zur Hölle warst du, Kumpel? Alle Mädchen haben nach dir gefragt.«

»Ich …« Pino wusste nicht, womit er anfangen sollte. »Kann ich mit Ihnen reden?«

Der Major sah den Ernst in seinen Augen und sagte: »Klar, Junge, zieh dir einen Stuhl heran.«

Doch bevor Pino das tun konnte, kam ein ungefähr zehnjähriger Junge zur Vordertür hereingestürzt und brüllte in gebrochenem Englisch: »Der Duce, Major Knebel! Sie bringen Mussolini zum Piazzale Loreto!«

»Jetzt?«, sagte Major Knebel und stand schnell auf. »Bist du sicher, Victor?«

»Mein Vater, er hat's gehört.«

»Dann los«, sagte Knebel zu Pino. Pino zögerte, da er mit dem Major reden wollte, ihm erzählen …

»Komm schon, Pino, du wirst ein Zeuge der Geschichte«, sagte der Amerikaner. »Wir nehmen die Räder, die ich gestern gekauft habe.«

* * *

Pino bemerkte einen Riss in dem Nebelschleier, den Annas Tod um ihn geworfen hatte, und nickte. Er hatte sich schon gefragt, was aus dem Duce werden würde, als er ihn das letzte Mal im Büro von Kardinal Schuster gesehen hatte. Einige Wochen vorher hatte Mussolini noch immer darum gebetet, dass Hitlers Superwaffe losgelassen würde, und noch immer auf ein Bett im geheimen Bunker des Führers gehofft.

Als sie die zwei Fahrräder geholt hatten, die Knebel hinter dem Anmeldeschalter verstaut hatte, und aus dem Hotel kamen, liefen andere Menschen bereits zum Piazzale Loreto und riefen: »Sie haben ihn! Sie haben den Duce!«

Pino und der amerikanische Major sprangen auf die Räder und traten eifrig in die Pedale. Andere Radfahrer schlossen sich ihnen an, rasten und winkten mit roten Halstüchern und Flaggen, alle begierig darauf, den Diktator zu sehen, da er jetzt entthront war. Sie fuhren an *Beltraminis Frisches Obst und Gemüse* vorbei auf den Piazzale Loreto, wo sich bereits eine kleine Menge um die Esso-Tankstelle mit den Stahlträgern versammelte, an der Pino gestanden und die Exekution von Tullio Galimberti und den vierzehn anderen Opfern gesehen hatte.

Pino und Major Knebel stellten die Fahrräder ab und gingen näher ran. Dort sahen sie vier Männer mit Seilen und Ketten an den Trägern hinaufklettern. Pino folgte dem Amerikaner, der sich in der anwachsenden Menge seinen Weg nach vorn bahnte.

Sechzehn Leichen lagen dort bei den Zapfsäulen. Benito Mussolini war in der Mitte, barfüßig, sein massiger Kopf ruhte auf der Brust seiner Geliebten. Die Augen des Marionettendiktators waren leer und trüb, der Wahnsinn, den Pino in der Villa am Gardasee darin gesehen hatte, war nur noch eine Erinnerung. Die Oberlippe des Duce war zurückgezogen und man konnte seine Zähne sehen, sodass er wirkte, als würde er gleich mit einer seiner Tiraden beginnen.

Claretta Petacci lag unter Mussolini ausgestreckt, ihr Kopf von ihrem Geliebten abgewandt, als wäre sie schüchtern. Einige der Partisanen in der Menge sagten, dass Mussolini mit seiner Geliebten Sex hatte, als die Henker kamen.

* * *

Pino blickte sich um. Die Menge hatte sich bereits vervierfacht und es kamen immer noch mehr Menschen, aus allen Richtungen, wie ein Chor, der sich am Ende einer tragischen Oper auf einer Bühne versammelt. Wütend schimpfend schienen sie alle persönlich Rache an dem Mann nehmen zu wollen, der die Nazis an ihre Tür gebracht hatte.

Jemand steckte Mussolini ein Spielzeugzepter in die Hand. Dann watschelte eine Frau vor, etwa so alt wie die Alte im Haus von Dolly. Sie hockte sich über die Geliebte des Duce und pisste ihr ins Gesicht.

Pino war angewidert, doch die Menge wurde wild, teuflisch und ungehemmt. Menschen lachten hysterisch, jubelten und genossen die Anarchie. Andere begannen nach weiterer Schändung zu schreien. Eine Frau mit einer Pistole trat vor und schoss fünf Kugeln in Mussolinis Schädel, was weiteres Gespött und Geschrei hervorrief. Die Leute brüllten, man solle die Leichen schlagen und ihnen das Fleisch von den Knochen ziehen.

Zwei Partisanen feuerten in die Luft, um die Meute zurückzutreiben. Ein anderer spritzte mit einem Wasserschlauch auf sie. Pino und Major Knebel hatten sich da bereits zurückgezogen, doch andere drängten weiter zu den Leichen, begierig, ihre Wut an ihnen auszulassen.

»Hängt sie auf!«, schrie eine Stimme in dem Chor. »Zieht sie hoch, damit wir sie sehen können!«

»Rammt ihnen Haken in die Hacken!«, johlten andere. »Zieht sie hoch wie die Schweine!«

Mussolini wurde mit den Füßen voran aufgehängt, Kopf und Arme baumelten herab. Die immer weiter anwachsende Meute drehte durch. Jubelnd stampften die Leute mit den Füßen, warfen die Fäuste hoch, kreischten und schrien. Der Duce war vorher so heftig getreten worden, dass sein Schädel eingedrückt war. Er sah mehr als grotesk aus, eine Figur aus einem Albtraum und nicht mehr der Mann, mit dem Pino während des vergangenen Jahres wiederholt gesprochen hatte.

Als Nächstes hievten sie Claretta Petacci an den Füßen hoch. Ihr Rock fiel bis zu ihren Brüsten herunter und zeigte, dass sie keine Unterhose trug. Als ein Priester zu ihr hochkletterte, um ihr den Rock zurechtzuziehen und zwischen die Beine zu klemmen, wurde er mit Abfällen beworfen.

Vier weitere Leichen wurden an den Stahlträgern aufgehängt, alles hochrangige Faschisten. Die Schändung setzte sich in der zunehmenden Hitze fort. Irgendwann drang die Barbarei schließlich durch Pinos trauerbetäubten Zustand und machte ihn krank. Ihm war schwindlig und übel, und er dachte, er würde ohnmächtig.

Ein Mann wurde nach vorn gebracht. Sein Name war Achille Starace.

Sie stellten ihn unter die aufgehängten Leichen von Mussolini und seiner Geliebten und zwangen ihn, den faschistischen Gruß mit ausgestrecktem Arm zu machen. Sechs Partisanen erschossen ihn.

Der blutrünstige Chor auf dem Piazzale Loreto sang wie im Delirium und rief nach mehr. Als Pino sah, wie Starace erschossen wurde, kehrte die Erinnerung an Annas Tod zurück. Er dachte, er würde wahnsinnig werden und sich der Meute anschließen.

»So stürzen Tyrannen«, sagte Major Knebel angewidert. »Das wäre die Schlagzeile, wenn ich diese Geschichte schreiben sollte. ›So stürzen Tyrannen.‹«

»Ich gehe, Major«, sagte Pino. »Ich halte das nicht mehr aus.«

»Ich komme mit dir, Kumpel«, sagte Knebel.

* * *

Sie bahnten sich ihren Weg zurück durch die Menge, die auf zwanzigtausend oder mehr angewachsen war. Erst als sie schon fast beim Obstladen waren, konnten sie gut gegen den nicht abreißenden Strom von Menschen angehen, die zum Piazzale Loreto kamen, um ihren Hass kundzutun.

»Major?«, sagte Pino. »Ich muss mit Ihnen reden …«

»Weißt du, Junge, ich wollte eigentlich mit dir reden, seit du heute Morgen aufgetaucht bist«, sagte Knebel, als sie die Straße überquerten.

Die Tür zu *Beltraminis Frisches Obst und Gemüse* war jetzt geöffnet. Carletto stand in der Tür und wirkte verkatert. Er lächelte matt zu Pino und dem Amerikaner herüber.

»Das war wieder eine wilde Nacht, Major«, sagte Carletto.

»Das kann man wohl sagen«, lachte Knebel. »Aber gut, dass ich euch beide beisammenhabe.«

»Ich verstehe nicht«, sagte Pino.

»Wäret ihr bereit, Amerika zu helfen?«, fragte der Major. »Etwas für uns zu tun? Etwas Schwieriges? Etwas Gefährliches?«

»Was denn?«, fragte Carletto.

»Das kann ich euch jetzt nicht sagen«, sagte Knebel. »Aber es ist wichtig, und wenn ihr es schafft, dann habt ihr eine Menge Freunde in den Vereinigten Staaten. Jemals dran gedacht, in die Staaten zu gehen?«

»Die ganze Zeit«, sagte Pino.

»Na, siehst du«, erwiderte der Major.

»Wie gefährlich?«, fragte Carletto.

»Ich will euch nichts vormachen. Ihr könntet dabei getötet werden.«

Carletto dachte darüber nach, dann sagte er: »Ich bin dabei.«

Pino spürte, wie sein Herz mit einer seltsamen Manie schlug, und sagte: »Ich bin auch dabei.«

»Ausgezeichnet«, meinte Knebel. »Könnt ihr ein Auto besorgen?«

Pino sagte: »Mein Onkel hat eins, doch es ist aufgebockt und mit den Reifen kommen wir nicht weit.«

»Uncle Sam wird sich um die Reifen kümmern. Besorgt mir die Schlüssel und die Adresse, wo das Auto ist, und ich mache es fertig und warte am Hotel Diana auf euch, drei Uhr morgens, übermorgen. Erster Mai. Okay?«

Carletto fragte: »Wann erfahren wir, was wir tun müssen?«

»Drei Uhr morgens, über…«

Knebel hielt inne. Da hörten sie alle die Panzer. Das Röhren der Dieselmotoren. Das Klirren der Ketten. Als sie auf den Piazzale Loreto kamen, sah Pino Kriegselefanten vor seinem inneren Auge.

»Hier kommen die Shermans, Freunde!«, schrie Major Knebel und streckte die Faust in die Luft. »Das ist die fünfte US-Kavallerie. Soweit es diesen Krieg betrifft, hat die fette Dame jetzt gesungen.«

TEIL FÜNF

»Die Rache ist mein«, spricht der Herr

Dreiunddreissig

Dienstag, 1. Mai 1945

Als sich Pino und Carletto um fünf vor drei dem Hotel Diana näherten, waren sie fast so betrunken wie vor ein paar Stunden, als sie eingeschlafen waren. Nur dass ihnen jetzt übel war und sie rasende Kopfschmerzen hatten. Aber: Adolf Hitler war tot. Der Naziführer hatte sich in seinem Bunker in Berlin erschossen, hatte gemeinsam mit seiner Geliebten Selbstmord verübt an dem Tag, nachdem Mussolini und Petacci auf dem Piazzale Loreto gebaumelt hatten.

Pino und Carletto hatten die Nachricht am Nachmittag zuvor gehört und eine weitere Flasche von Signor Beltraminis Whisky gefunden. Versteckt im Obst- und Gemüsestand hatten sie Hitlers Tod gefeiert und einander ihre Kriegsgeschichten erzählt.

»Du hast Anna wirklich so sehr geliebt, dass du sie heiraten wolltest?«, fragte Carletto irgendwann.

»Ja«, sagte Pino und versuchte, den Schmerz zu kontrollieren, der ihn durchfuhr, wann immer er an sie dachte.

»Du wirst eines Tages ein anderes Mädchen finden«, sagte Carletto.

»Nicht wie sie.« Die Augen wurden ihm feucht. »Sie war anders, Carletto. Sie war … Ich weiß auch nicht, etwas ganz Besonderes.«

»Wie meine Mamma und mein Papa.«

»Besondere Leute«, sagte Pino nickend. »Gute Leute. Die besten Leute.«

Sie hatten noch mehr getrunken und sich die besten Witze von Signor Beltramini erzählt und gelacht. Sie hatten über die Nacht auf dem Hügel im ersten Sommer der Bombardierung gesprochen, als ihre Väter so makellos musiziert hatten. Sie weinten, es gab zu vieles, wegen dem sie weinen mussten. Um elf hatten sie die Flasche geleert und sich ins Vergessen getrunken. Dreieinhalb Stunden später wachten sie vom Weckerklingeln wieder auf.

Übernächtigt kamen sie um die Ecke. Pino sah Onkel Alberts alten Fiat vor dem Hotel Diana stehen. Er lief einwandfrei, hatte nagelneue Reifen. Pino stieß mit dem Fuß dagegen und bewunderte sie, bevor sie ins Hotel gingen. Die Kriegsendparty ging für diese Nacht gerade erst ihrem Ende entgegen. Ein paar Pärchen tanzten langsam zur Musik einer verkratzten und springenden Schallplatte. Corporal Daloia ging die Treppe hinauf. Er hielt sich an Sophia fest und beide kicherten. Pino sah ihnen nach.

Major Knebel kam aus einer Tür hinter dem Rezeptionstisch hervor, sah sie und grinste. »Da seid ihr ja. Ich wusste, dass ich mich auf den alten Pino und auf Carletto verlassen kann. Habe ein paar Geschenke für euch, bevor ich euch erkläre, was ihr für uns tun sollt.«

Der Major bückte sich hinter den Tresen und holte zwei brandneue Thompson-Maschinenpistolen mit Trommelmagazin hervor.

Knebel neigte den Kopf. »Wisst ihr, wie man eine Thompson bedient?«

Pino fühlte sich auf einmal wieder völlig wach und betrachtete die Maschinenpistolen ehrfürchtig. »Nein«, sagte er.

»Kein bisschen«, sagte Carletto.

»Es ist ganz einfach«, meinte Knebel, stellte sein Gewehr ab und drückte einen Riegel, um das Trommelmagazin zu lösen. »Hier drin sind fünfzig Kugeln vom Kaliber .45 ACP.« Er legte das Magazin auf den Tisch, bevor er den Verschluss löste und ihnen dann einen Hebel über dem hinteren Pistolengriff zeigte. »Das ist die Sicherung«, erklärte er. »Wenn du feuern willst, drückst du diesen Riegel bis ganz nach vorn. Wenn du sichern willst, drückst ihn ganz nach hinten.«

Der Major hob die Thompson in Position, die rechte Hand am hinteren Griff und die linke Hand am vorderen Griff, die Seite der Waffe eng an den Oberkörper gelegt. »Wenn du Kontrolle über deine Schüsse haben willst, brauchst du drei Kontaktpunkte. Sonst lässt der Rückstoß den Lauf sonst wohin hüpfen und die Schüsse gehen kreuz und quer. Das kann keiner gebrauchen. Also beide Hände an die Griffe und die Mitte gegen die Hüfte gepresst – drei Kontaktpunkte. Seht ihr, wie ich meine Hüften mit der Waffe bewege?«

»Was ist, wenn wir aus dem Auto schießen müssen?«, fragte Carletto.

Knebel schob die Waffe eng an die Schulter. »Drei Punkte: Schulter, Wange an den Schaft und beide Hände. Kurze Salven. Das ist schon alles, was man wissen muss.«

Pino nahm die andere Waffe hoch. Es gefiel ihm, wie schwer und kompakt die Thompson war. Er fasste sie an den Griffen, hielt sie eng an den Körper und stellte sich vor, wie er Nazis ummähte.

»Eure Reservemagazine«, sagte der Major und stellte zwei Trommeln auf den Tisch. Er griff in die Tasche und zog einen Umschlag hervor. »Das sind eure Papiere. Damit kommt ihr durch alle alliierten Kontrollpunkte. Danach seid ihr auf euch selbst gestellt.«

»Werden wir jemals erfahren, was wir tun sollen?«, wollte Carletto wissen.

Knebel lächelte. »Ihr bringt einen Freund Amerikas zum Brennerpass.«

* * *

»Zum Brenner?«, fragte Pino und erinnerte sich an etwas, das ihm Onkel Albert am Tag zuvor erzählt hatte. »Am Brenner ist noch immer Krieg. Da oben herrscht Anarchie. Die deutsche Armee ist auf dem Rückzug und die Partisanen überfallen sie aus dem Hinterhalt und versuchen, so viele wie möglich zu töten, bevor sie über die Grenze nach Österreich fliehen können.«

Knebel zeigte keine Regung. »Unser Freund muss über die Grenze.«

»Dann ist es ein Selbstmordkommando«, sagte Carletto.

»Es ist eine Herausforderung«, meinte der Major. »Wir geben euch eine Karte und eine Taschenlampe, um sie zu lesen. Sie zeigt alle Hauptkontrollpunkte der Alliierten. Ihr werdet das alliierte Territorium erst verlassen, wenn ihr nördlich der A4 in Richtung Bozen fahrt.«

Nach kurzer Stille sagte Carletto: »Ich brauche zwei Flaschen Wein, um das zu machen.«

»Ich mache vier draus«, sagte Knebel. »Macht aus der Fahrt eine Party. Baut nur keinen Unfall.«

Pino sagte nichts. Carletto sah ihn an. »Ich gehe mit dir oder ohne dich.«

Pino sah eine Intensität an seinem alten Freund, die er niemals zuvor bemerkt hatte. Carletto wirkte entschlossen, in die Schlacht zu ziehen und zu sterben. Selbstmord durch Krieg. Dieser Gedanke gefiel Pino ebenfalls.

»Na gut, wen bringen wir hoch?«, fragte Pino und blickte zu Knebel.

Der Major stand auf und verschwand durch die Tür hinter dem Schalter. Ein paar Momente später öffnete sich die Tür wieder und Knebel trat heraus, gefolgt von einem Mann in dunklem Geschäftsanzug, dunklem Trenchcoat und einem dunklen Filzhut, der ihm tief über die Augen gezogen war. Er mühte sich, einen großen eckigen Lederkoffer zu tragen, der mit Handschellen am linken Handgelenk befestigt war.

Major Knebel und der Mann kamen hinter dem Schalter hervor.

»Ich glaube, ihr beiden kennt euch bereits«, sagte Knebel.

* * *

Der Mann hob den Kopf und schaute unter dem Rand seines Hutes hervor in Pinos Augen.

Pino war schockiert. Er wich zurück, Zorn durchfuhr ihn.

»Er?«, schrie er Knebel an. »Wie kann er ein Freund Amerikas sein?«

Das Gesicht des Majors versteinerte. »General Leyers ist ein Held, Pino.«

»Ein Held?«, sagte Pino und wollte auf den Boden spucken. »Er war Hitlers Sklavenhalter. Er hat Menschen in den Tod getrieben, Major. Ich habe es gesehen. Ich habe es gehört. Ich war Zeuge.«

Knebel wurde unsicher und blickte zu dem Nazigeneral, bevor er sprach. »Ich weiß nicht, ob das stimmt, Pino. Doch ich stehe hier unter Befehl, und man hat mir gesagt, dass er ein Held ist, der unseren Schutz verdient.«

Leyers stand einfach da, verstand nichts von dem Gespräch, beobachtete sie aber mit der unverbindlichen Amüsiertheit, die Pino so zu hassen gelernt hatte. Er wollte schon sagen, dass er es nicht tun würde, doch dann drängte sich eine andere Idee, eine wesentlich befriedigendere in seinen Kopf. Er dachte an Anna und Dolly. Er dachte an all die Zwangsarbeiter und wusste, dass es das Richtige war. Gott hatte also doch einen Plan für Pino Lella.

Also grinste er gutmütig und sagte: »*Mon général,* soll ich Ihren Koffer tragen?«

Leyers schüttelte knapp den Kopf: »Ich trage den Koffer, danke schön.«

»Auf Wiedersehen, Major Knebel«, sagte Pino.

»Komm bei mir vorbei, wenn du zurück bist«, sagte Knebel. »Ich habe noch mehr Pläne für dich. Ich bin hier und warte darauf, dir alles darüber zu erzählen.«

Pino nickte, obwohl er sicher war, den Amerikaner und Mailand niemals wiederzusehen.

* * *

Er verließ das Hotel mit seiner Maschinenpistole und Leyers folgte ihm. Er öffnete die Hintertür des Fiats und trat zur Seite. Leyers blickte zu Pino und mühte sich dann mit dem Koffer auf den Sitz.

Carletto stieg auf den Beifahrersitz, die Thompson zwischen den Beinen. Pino setzte sich hinter das Lenkrad und stellte die Maschinenpistole zwischen Carletto und den Schaltknüppel.

»Gib auf meine Waffe acht«, sagte Pino mit einem Blick in den Spiegel zu Leyers, der den Hut zur Seite gelegt hatte und sich mit den Fingern durch das stahlgraue Haar fuhr.

»Ich glaube, ich kann damit schießen«, meinte Carletto und seine Finger wanderten voll Bewunderung über die ölige Oberfläche der Maschinenpistole »Ich habe in Gangsterfilmen gesehen, wie sie es machen.«

»Das ist alles, was du wissen musst«, sagte Pino und legte den Gang ein.

Er fuhr los, während Carletto mit der Taschenlampe die Karte las und sie dirigierte. Die Strecke führte über den Piazzale Loreto nach Osten zur Stadtgrenze, wo sie den ersten Kontrollpunkt der US-Armee passierten.

»Amerika ist das Beste«, sagte Pino zu dem skeptischen GI, der mit einer Taschenlampe an sein Fenster kam. Pino reichte ihm den Umschlag mit ihren Papieren.

Der Soldat nahm sie aus dem Umschlag, leuchtete mit seiner Lampe darauf und sein Mund blieb offen stehen. Schnell faltete er die Papiere zusammen, stopfte sie in den Umschlag und sagte nervös: »Mein Gott, ihr könnt direkt weiterfahren.«

Pino steckte die Papiere in seine Brusttasche, fuhr durch das Tor und dann nach Osten Richtung Treviglio und Caravaggio.

»Was steht in diesen Papieren?«, fragte Carletto.

»Ich guck es mir später an«, sagte Pino. »Oder kannst du Englisch lesen?«

»Nein, ich kann nur ein bisschen sprechen. Was glaubst du, ist in dem Koffer?«

»Ich habe keine Ahnung, aber er sieht schwer aus«, sagte Pino und sah in den Rückspiegel, als sie unter einer Straßenlaterne durchfuhren. General Leyers hatte den Koffer von seinem Schoß genommen. Er lag jetzt zu seiner Rechten neben ihm. Leyers hatte die Augen geschlossen. Womöglich träumte er von Dolly oder von seiner Frau, oder von den Sklaven, oder von überhaupt nichts.

Mit diesem einen Blick bildete sich etwas Scharfes und Eiskaltes in Pinos Herzen. Zum ersten Mal in seinem kurzen und komplizierten Leben erlebte er das Gefühl von Unbarmherzigkeit und die süße Vorfreude darauf, die Dinge richtigzustellen.

»Ich sage, er hat ein paar von diesen Goldbarren dabei, die du in diesem Koffer gesehen hast«, sagte Carletto und riss ihn aus seinen Gedanken.

Pino sagte: »Oder vielleicht hat er Akten in diesem Koffer. Hunderte. Vielleicht mehr.«

»Was für Akten?«

»Die gefährliche Sorte. Die dir ein wenig Macht in machtlosen Zeiten gibt.«

»Was zum Teufel soll das bedeuten?«

»Einfluss. Ich werde es dir später erklären. Wo ist der nächste Kontrollpunkt?«

Carletto knipste die Taschenlampe an, betrachtete die Karte und sagte: »Wenn wir vor Brescia auf die Hauptstraße kommen.«

* * *

Pino trat das Gaspedal durch und sie rasten durch die Nacht, erreichten den zweiten Kontrollpunkt um vier Uhr am Morgen. Nach einer schnellen Durchsicht ihrer Papiere wurden sie wieder durchgewunken mit dem Rat, Bozen zu umfahren, da dort ein Kampf tobte. Das Problem war, dass sie durch Bozen mussten, um die Passstraße zum Brenner zu erreichen.

»Ich sage es dir, er hat Gold in dem Koffer«, sagte Carletto, als sie wieder unterwegs waren. Er hatte eine Weinflasche entkorkt und trank daraus. »Auf keinen Fall sind das nur Akten. Ich meine, Gold ist Gold, oder? Man kann sich mit Gold überall herauskaufen.«

»Wenn es darauf ankommt, dann ist es mir völlig egal, was in seinem Koffer ist.«

Die Straße vor ihnen war mit Bombenkratern übersät und stellenweise abgesackt, wo die Schneeschmelze des vergangenen Winters die Abläufe unterspült hatte, sodass Pino nicht so schnell fahren konnte, wie er wollte. Es war Viertel vor fünf, als er die Abzweigung nach Trient und Bozen nahm und nördlich in Richtung Österreich fuhr. Sie fuhren die Ostküste des

Gardasees entlang, auf der Seite gegenüber von Mussolinis alter Villa. Pino musste an die anarchistischen Zustände auf dem Piazzale Loreto denken. Er spähte nach hinten zum General, der vor sich hin döste, und fragte sich, wie viel Leyers wusste, ob es ihn kümmerte oder ob er nur ein Mann war, der sich ausschließlich für seine eigene Haut interessierte.

Gefälligkeiten, dachte Pino. *Damit handelt er. Das hat er mir selbst gesagt. Dieser Koffer ist voller Gefallen.*

Er fuhr jetzt aggressiv. Es gab wenig Fahrzeuge auf der Straße und weniger Schäden als zuvor auf der Hauptstraße. Carletto fielen die Augen zu und sein Kinn sackte ihm auf die Brust, die Flasche und die Maschinenpistole standen zwischen seinen Beinen.

Kurz vor Trient, gegen Viertel nach fünf, sah Pino Lichter vor sich und wurde langsamer. Ein Schuss ging los und traf die Seite des Fiats. Carletto schreckte auf, als Pino aufs Gaspedal trat und die Straße entlangschleuderte, während von beiden Seiten Schüsse fielen, ein paar trafen sie, andere pfiffen vorbei.

»Nimm deine Waffe!«, rief Pino zu Carletto. »Schieß zurück!«

Carletto fummelte mit der Maschinenpistole herum.

»Wer schießt da auf uns?«, wollte General Leyers wissen. Er lag seitlich über dem Koffer.

»Spielt keine Rolle«, sagte Pino und gewann Abstand von diesen Lichtern. Vor ihnen war eine Barriere aus aufgestellten Holzböcken und eine Gruppe bunt gemischter bewaffneter Männer. Sie standen ungeordnet da, was Pino zu einer Entscheidung brachte.

»Wenn ich es sage, schießt du auf sie«, sagte Pino. »Entsichert?«

Carletto stützte sich auf ein Knie, Kopf und Schultern aus dem Fenster gebeugt, die Maschinenpistole fest an die Schulter gepresst.

Pino tippte die Bremse an, als sie noch siebzig Meter entfernt waren, als wollte er anhalten. Doch in fünfzig Metern Entfernung, als seine Scheinwerfer die Männer an der Barriere blendeten, trat Pino wieder aufs Gaspedal und rief: »Schieß!«

Carletto riss den Abzug zurück und die Thompson verspritzte ihre Kugeln nach oben, nach unten und überallhin.

Die Männer liefen auseinander. Pino hielt auf die Barriere zu. Carletto hatte keine Kontrolle mehr. Er hielt weiter den Abzug gedrückt und die Maschinenpistole feuerte wild durch die Gegend. Sie durchbrachen die Barriere. Die Thompson wurde Carletto aus der Hand gerissen. Sie hüpfte über die Straße und verschwand aus der Sicht.

»Scheiße!«, schrie Carletto. »Fahr zurück!«

»Nein«, sagte Pino, stellte die Lichter aus und raste weiter, während hinter ihnen Gewehre krachten.

»Das ist meine Maschinenpistole! Fahr zurück!«

»Du hättest den Abzug nicht so lange drücken sollen«, rief Pino. »Knebel hat gesagt, kurze Salven.«

»Das hätte mir fast die Schulter abgerissen«, sagte Carletto wütend. »Gottverdammt! Wo ist mein Wein?«

Pino reichte ihm die Flasche. Carletto zog den Korken mit den Zähnen heraus, nahm einen Schluck und fluchte immer weiter.

»Das ist schon okay«, sagte Pino. »Wir haben mein Gewehr und zwei Ersatzmagazine.«

Sein Freund blickte ihn an. »Würdest du das riskieren, Pino? Mich noch mal schießen lassen?«

»Halt es aber diesmal fest. Und drücke den Abzug kurz. An und aus. Kein Reißen.«

Carletto grinste. »Kannst du fassen, was gerade passiert ist?«

Vom Rücksitz sagte Leyers: »Ich habe schon oft gedacht, dass du ein beeindruckender Fahrer bist, Vorarbeiter. Im letzten Herbst, als uns das Flugzeug bombardiert hat? Im Daimler?

Dein Fahren in jener Nacht war der Grund, weshalb ich verlangt habe, dass du mich zur Grenze bringst. Das ist der Grund, weshalb du hier bist. Wenn irgendwer mich zum Brenner bringen kann, dann bist du das.«

Pino hörte die Worte, als würden sie von einem Mann kommen, den er nicht kannte und den er auch nicht kennen wollte. Er verabscheute Leyers. Er hasste die Tatsache, dass er irgendwelche Narren in der US-Armee davon überzeugt hatte, ein Held zu sein. Hans Leyers war kein Held. Der Mann auf dem Rücksitz war der Sklavenhalter des Pharaos, ein Kriegsverbrecher, und er verdiente es, für seine Taten zu leiden.

»Danke, *mon général*«, sagte Pino und beließ es dabei.

»Nicht der Rede wert, Vorarbeiter«, sagte General Leyers. »Ich fand es immer wichtig, eine Leistung anzuerkennen, wo es angemessen ist.«

* * *

Der Himmel wurde heller, als sie weiter Richtung Bozen fuhren. Pino war überzeugt, dass es seine letzte Morgendämmerung sein würde. Rosafarbene Finger breiteten sich über einen blauen Himmel, gesäumt von schneebedeckten Bergen, die sich über die letzten vierzig Kilometer Krieg erhoben. Pino schenkte der vor ihnen liegenden Gefahr nicht mehr als einen flüchtigen Gedanken. Er dachte an General Leyers, spürte wieder die Erwartung und den Adrenalinschub.

Pino beugte sich vor und holte die Weinflasche zwischen Carlettos Beinen hervor, was einen milde gebrummten Protest hervorrief, denn sein Freund war wieder eingeschlafen.

Er nahm einen Schluck Wein, dann noch einen. *Es muss irgendwo da oben sein,* dachte er. *Es muss in der großartigsten Kathedrale Gottes getan werden.*

Pino fuhr an den Straßenrand.

»Was machst du?«, sagte Carletto mit geschlossenen Augen.

»Ich will nachsehen, ob es einen Weg um Bozen herum gibt«, sagte Pino. »Gib mir die Karte.«

Carletto ächzte, fand die Karte und reichte sie ihm.

Pino betrachtete sie und versuchte, sich die Hauptrouten zu merken, die er nehmen konnte, um nördlich von Bozen auf die eigentliche Passstraße zum Brenner zu kommen.

In der Zwischenzeit öffnete Leyers mit einem Schlüssel die Handschelle von dem Koffer und stieg aus, um zu pinkeln.

»Lass uns wegfahren!«, sagte Carletto. »Das Gold teilen wir uns!«

»Ich habe andere Pläne«, erwiderte Pino und blickte weiter auf die Karte.

Der General kehrte zurück, beugte sich auf dem Rücksitz vor und sah über Pinos Schulter auf die Karte.

»Die Hauptroute wird am besten verteidigt sein«, sagte Leyers. »Du solltest die Nebenstraße bei Stazione nehmen, darauf bis zum Nordwesten Bozens fahren und bis nach Andriano auf der Straße in Richtung Schweiz. Die Schweizer Grenze ist für uns gesperrt, deshalb kümmert sich die Wehrmacht nicht um diese Strecke. Die Amerikaner lassen dich durch, da fährst du über die Etsch zu ihrer Linken. Am anderen Flussufer kommst du an den Bergen entlang zurück, direkt hinter den Deutschen, bis du die Straße zum Brennerpass erreichst. Siehst du?«

Pino gab es gar nicht gerne zu, doch sein Plan schien die beste Möglichkeit zu sein. Er nickte und sah durch den Rückspiegel, wie lebhaft Leyers sich den Koffer wieder ans Handgelenk schloss. Der General fühlte sich gut.

Für ihn ist es nur ein Spiel, dachte Pino und wurde wieder wütend. *Es ist alles nur ein Spiel aus Gefälligkeiten und Schatten.* Leyers wollte Spaß haben? Er würde ihm zeigen, was Spaß war. Er warf den Gang ein, ließ die Kupplung kommen und fuhr weiter wie ein Besessener.

Es war volles Tageslicht, als sie einen US-Kontrollpunkt in der Nähe von Laghetti erreichten. Ein Sergeant der US-Armee kam zu ihnen. Nicht weit voraus konnten sie die Echos und den Donner von Kämpfen hören.

»Die Straße ist nicht frei«, sagte der Sergeant. »Hier könnt ihr umdrehen.«

Pino reichte ihm den Umschlag. Der Sergeant nahm ihn, öffnete ihn, las den Brief und pfiff durch die Zähne. »Ihr könnt fahren. Aber seid ihr sicher, dass ihr das wollt? Hier kämpfen unsere Kompanien mit den Faschisten und den Nazis um Bozen. Und irgendwann in den nächsten Stunden werden die Mustangs die deutsche Kolonne bombardieren und so viel wie möglich auslöschen.«

»Wir fahren«, sagte Pino, nahm den Umschlag und legte ihn sich auf den Schoß.

»Es ist euer Leben, Gentlemen«, sagte der Sergeant und winkte dem Wachtposten an der Barriere.

Die Barrikade wurde zur Seite gezogen. Pino fuhr hindurch.

»Mir tut der Kopf weh«, verkündete Carletto und rieb sich die Schläfen, bevor er den nächsten Schluck Wein trank.

»Lass den Wein für einen Moment«, befahl Pino. »Da ist ein Kampf direkt vor uns, und wir werden deine Hilfe brauchen, um zu überleben.«

Carletto sah ihn an, merkte, dass er es ernst meinte, und steckte den Korken in die Flasche. »Nehme ich das Gewehr?«

Pino nickte. »Halte es an deine rechte Seite, parallel zur Tür, den Kolben an der Seite des Sitzes. So kommst du schneller dran.«

»Woher weißt du das?«

»Ist nur logisch.«

»Du denkst anders als ich.«

»Das stimmt wahrscheinlich«, sagte Pino.

Zehn Kilometer hinter dem Kontrollpunkt nahm er eine Nebenstraße nach Nordwesten, wie Leyers empfohlen hatte.

Die Straße war rauer und verlief durch kleine Bergdörfer nach San Michele und dem nördlichen Bozen.

Wolken zogen auf. Pino fuhr recht langsam, deshalb hörten sie die Artillerie, die Panzer und Gewehre, die zu ihrer Rechten und im Süden aktiv waren, mindestens zwei Kilometer entfernt, vielleicht mehr. Sie konnten die Vororte von Bozen sehen. Rauchwolken erhoben sich in den Himmel, während die Faschisten versuchten, die Stellung zu halten, und die Deutschen, ihren Rücken zu verteidigen, um ihren Landsmännern mehr Zeit zu geben, Österreich zu erreichen.

»Fahr wieder nach Norden«, sagte General Leyers.

Pino tat, wie ihm geheißen, machte einen sechzehn Kilometer weiten Umweg, der sie zu einer unbewachten Brücke über die Etsch brachte, genau wie Leyers vorhergesagt hatte. Gegen zwanzig vor neun erreichten sie die nordwestlichen Vororte von Bozen.

Die Kämpfe im unmittelbaren Südosten waren jetzt heftig. Maschinengewehre. Mörser. Und so nah, dass sie hören konnten, wie sich die Panzertürme drehten. Doch es sah aus, als hätte Leyers wieder recht gehabt. Sie schafften es, fast vierhundert Meter hinter der Kriegsfront zu blieben, und schlüpften am rückwärtigen Rand des Konfliktes vorbei.

Irgendwann jedoch werden wir Nazis sehen. Sie werden auf der Brennerstraße sein, um …

»Panzer!«, schrie Leyers. »Amerikanischer Panzer!«

* * *

Pino duckte den Kopf, blickte schnell nach rechts und versuchte, an Carletto vorbeizusehen.

»Da ist er!«, schrie Carletto und zeigte zu einer großen freien Lücke am Stadtrand. »Ein Sherman!«

Pino fuhr weiter an der linken Seite des Panzers vorbei.

»Er dreht sein Geschütz zu uns«, sagte General Leyers.

Pino blickte kurz herüber, sah den Panzer siebzig Meter entfernt und wie sich der Turm und Kanonenlauf in ihre Richtung drehten. Er trat aufs Gaspedal.

Carletto beugte sich aus dem Fenster, winkte mit beiden Armen zum Panzer und rief auf Englisch: »American friends! American friends!«

Der Panzer feuerte eine Granate ab, die knapp am rückwärtigen Kotflügel vorbeiflog und ein rauchendes Loch in ein zweistöckiges Fabrikgebäude auf der anderen Straßenseite schoss.

»Bring uns hier raus!«, brüllte Leyers.

Pino schaltete runter und fuhr Schlangenlinien. Doch bevor er noch aus der Schusslinie des Panzers kommen konnte, eröffneten Maschinengewehre aus dem brennenden Gebäude das Feuer.

»Ducken!«, schrie Pino und krümmte sich zusammen. Kugeln pfiffen über seinen Kopf hinweg und prallten von den Stahlplatten und Ketten des Panzers ab.

Sie rasten in eine Gasse und außer Sichtweite.

Leyers schlug Pino auf die Schulter. »Ein Genie hinter dem Lenkrad, das ist er!«

Pino lächelte sauer und lenkte sie durch Seitenstraßen. Die US-Kräfte schienen hinter dem Zusammenfluss zweier Flussläufe, die in die Etsch mündeten, nicht weiterzukommen. Leyers fand einen Weg an den Kämpfen vorbei und um diese Stelle herum. Sie verließen die Stadt und fuhren weiter nach Osten zu dem Dorf Cardano.

Kurz darauf bog Pino auf die Brennerstraße und stellte fest, dass sie fast leer war. Er beschleunigte, jetzt ging es wieder Richtung Norden. Vor ihnen verschwanden die Alpen in einem aufziehenden Unwetter. Dunst senkte sich herab und Nebelfetzen tauchten auf. Pino erinnerte sich daran, wie die Zwangsarbeiter hier vor einem Monat den Schnee weggegraben hatten, wie sie auf den Schneematsch eindroschen, zusammenbrachen und weggezerrt wurden.

Sie kamen an Colma und Barbiano vorbei. Erst als sie in einer Kurve südlich von Klausen waren, konnte er weit vor sich auf der Straße das Ende einer langen deutschen Kolonne sehen, die die ganze Breite der Straße ausfüllte, eine verkrüppelte Armee, die nördlich nach Österreich durch die Stadt Bressannone kroch.

»Wir können um sie herumfahren«, sagte General Leyers, der die Karte betrachtete. »Diese kleine Straße geht hier direkt nach Osten ab. Sie führt hinauf, geht bis weit nach oben, wo du eine Straße nach Norden nehmen kannst und dann wieder runter auf die Brennerstraße. Siehst du?«

Pino nahm erneut die Strecke, die Leyers gewählt hatte.

Sie rasten durch eine kleine, schlammige Ebene, die sich zu einem Hochalpental verbreiterte, an der nördlichen Flanke von Fichten und von steilen Wiesen begrenzt. Über Serpentinen kurvten sie die Nordflanke hinauf und kamen an dem Alpendorf Funes vorbei. Die Straße ging weitere tausend Meter fast bis zur Baumgrenze hinauf, wo der Nebel und die Wolken aufzubrechen begannen. Die Straße vor ihnen war nur noch ein schlammiger Karrenweg quer durch ein Meer aus gelben und rosafarbenen Wildblumen.

Die Wolken rissen ganz auf und enthüllten die Geröllfelder und die breite Wand der Dolomiten, der großartigsten von Gottes Kathedralen in Italien: Gipfel neben Gipfel neben Gipfel, insgesamt achtzehn Felsspitzen, die sich Tausende von Metern hoch zum Himmel erhoben und wie eine riesige graue Dornenkrone aussahen.

General Leyers sagte: »Halt mal an. Ich muss wieder pinkeln und ich will einen Blick auf die Berge werfen.«

Pino spürte, dass ab diesem Punkt alles vom Schicksal bestimmt war, denn er war kurz davor gewesen, mit eben dieser Entschuldigung anzuhalten. Er hielt an einer schmalen Wiese zwischen den Fichten, die die Dolomiten in ihrer ganzen Erhabenheit zeigte.

Dies ist ein geeigneter Ort, um Leyers beichten und für seine Sünden bezahlen zu lassen, dachte Pino. *Draußen in der weiten Ebene. Keine Gefälligkeiten, die man einfordern kann. Keine Möglichkeit, sich im Schatten zu verbergen. Allein in Gottes Kirche.*

Leyers schloss die Handschelle auf und stieg an Carlettos Seite aus. Er ging durch das feuchte Gras und die Alpenblumen. Am Rande des Abhangs blieb er stehen, blickte sich im engen Tal um und hinauf zu den Dolomiten.

»Gib mir die Waffe«, murmelte Pino zu Carletto.

»Warum?«

»Was glaubst du denn?«

Carletto riss die Augen auf, doch dann grinste er und reichte ihm die Thompson. Die Maschinenpistole fühlte sich seltsam vertraut in Pinos Händen an. Er hatte noch mit keiner geschossen, doch er hatte sie auch in Gangsterfilmen gesehen. *Mach einfach, was Major Knebel gesagt hat. Wie schwer kann das sein?*

»Mach es, Pino«, sage Carletto. »Er ist ein Nazimonster. Er verdient es zu sterben.«

Pino stieg aus, wobei er die Thompson in einer Hand hinter seinen Beinen hielt. Er musste sie eigentlich nicht verstecken. General Leyers stand mit dem Rücken zu ihm, die Beine gespreizt, während er über den Rand des Felsens pinkelte und die spektakuläre Aussicht genoss.

Er denkt, er hat das Sagen, dachte Pino kalt. *Er denkt, er hat die Kontrolle über sein Schicksal. Aber er hat die Kontrolle nicht mehr. Die habe ich.*

* * *

Pino ging um die Rückseite des Autos und machte zwei Schritte auf die Wiese. Er war leicht außer Atem und hatte das Gefühl, dass sich die Zeit verlangsamte, genau wie es geschehen war, bevor er das Castello Sforzesco betreten hatte. Doch es ging ihm jetzt gut, und er war sich so sicher bei dem, was er zu tun gedachte, wie er sich über die Tiefe von Annas Liebe sicher gewesen war.

Der Sklavenhalter des Pharaos würde bezahlen. Leyers würde auf die Knie sinken und um Gnade betteln, und Pino würde ihm keine gewähren.

General Leyers zog den Reißverschluss zu und ließ den Blick noch einmal über die umwerfende Landschaft schweifen. Beeindruckt schüttelte er den Kopf, richtete seine Jacke und drehte sich um. Er sah Pino zehn Meter entfernt, die Thompson an der Seite.

Der Nazi erstarrte.

»Was bedeutet das, Vorarbeiter?«, fragte er und in seiner Stimme klang Angst.

»Vergeltung«, sagte Pino ruhig. Er fühlte sich seltsam, wie außerhalb seines Körpers. »Italiener glauben daran, *mon général.* Italiener glauben, dass Blutvergießen gut ist für die verletzte Seele.«

Leyers blickte sich um. »Wirst du mich jetzt einfach niederschießen?«

»Nach dem, was Sie getan haben? Was ich gesehen habe? Sie verdienen es, von hundert Gewehren erschossen zu werden, von Tausenden, wenn es Gerechtigkeit gäbe.«

Der General hob die Arme, seine Handflächen zu Pino gerichtet. »Hast du diesen amerikanischen Major nicht gehört? Ich bin ein Held.«

»Sie sind kein Held.«

»Und trotzdem haben sie mich gehen lassen. Und trotzdem haben sie mich mit dir losgeschickt. Die Amerikaner.«

»Warum?«, wollte Pino wissen. »Was haben Sie für sie getan? Welchen Gefallen haben Sie eingefordert? Wen haben Sie mit Gold oder Informationen bestochen?«

Leyers wirkte im Konflikt mit sich. »Es steht mir nicht frei, dir zu erzählen, was ich getan habe, aber ich kann dir sagen, dass ich wertvoll für die Alliierten war. Und ich bin noch immer wertvoll für die Alliierten.«

»Sie sind wertlos!«, schrie Pino und die Gefühle kochten wieder in seiner Kehle hoch. »Sie kümmern sich nur um sich selbst, und Sie verdienen es zu …«

»Das ist nicht wahr!«, rief der General. »Ich kümmere mich um dich, Vorarbeiter. Ich kümmere mich um Dolly. Ich kümmere mich um deine Anna.«

»Anna ist tot!«, gellte Pino. »Dolly ist auch tot!«

General Leyers sah ihn betroffen an, während er einen Schritt zurückging. »Nein. Das ist nicht wahr. Sie sind nach Innsbruck gefahren. Ich soll Dolly treffen … heute Abend.«

»Dolly und Anna starben vor drei Tagen vor einem Erschießungskommando. Ich habe es gesehen.«

Leyers war erschüttert. »Nein. Ich habe Befehle gegeben, dass sie …«

»Es kam kein Auto für sie«, sagte Pino. »Sie haben darauf gewartet, als der Mob sie mitgenommen hat, weil Dolly Ihre Hure war.«

Pino entsicherte ruhig die Thompsonpistole.

»Aber ich habe Befehle erteilt, Vorarbeiter«, sagte Leyers. »Ich schwöre, dass ich das getan habe!«

»Aber Sie haben nicht überprüft, ob die Befehle ausgeführt wurden!«, schrie Pino und nahm die Maschinenpistole an die Schulter. »Sie hätten in die Wohnung gehen und sicherstellen können, dass sie weg waren. Aber Sie haben es nicht getan. Sie haben sie sterben lassen. Jetzt werde ich Sie sterben lassen.«

Leyers' Gesicht verzerrte sich vor Verzweiflung. Er hob die Hände, als wolle er die Kugeln abwehren. »Bitte, Pino, ich wollte zu Dollys Wohnung zurückkehren. Ich wollte nach ihnen sehen, erinnerst du dich nicht?«

»Nein.«

»Doch, das tust du. Ich habe dich gebeten, mich dorthin zu bringen, um die Papiere zu holen, die ich zurückgelassen hatte, doch stattdessen hast du mich verhaftet. Du hast mich an die Resistenza ausgeliefert, bevor ich sicherstellen konnte, dass Dolly und Anna aus Mailand herauskommen und Innsbruck erreichen würden.«

Der General blickte ihn ohne Reue an und sagte: »Wenn jemand direkt verantwortlich ist für Dollys und Annas Tod, Pino, dann bist du es.«

Vierunddreissig

Pino hatte den Finger am Abzug.

Eigentlich hatte er vorgehabt, von der Hüfte aus auf General Leyers zu schießen und Kugeln über seinen Bauch zu feuern, sodass er getroffen würde, ohne zu sterben. Auf diese Weise hätte Leyers mit einem Bauchschuss gelitten, vielleicht für eine ganze Weile. Und Pino hatte dort stehen und sein qualvolles Winden beobachten wollen, um jedes Stöhnen und Betteln zu genießen.

»Erschieß ihn, Pino!«, schrie Carletto. »Es interessiert mich nicht, was er dir erzählt. Erschieß das Schwein!«

Er hat mich an jenem Abend aufgefordert, ihn zu Dolly zu bringen, dachte Pino. *Doch ich habe ihn stattdessen verhaftet. Ich habe ihn verhaftet, anstatt …*

Pino fühlte sich benommen, ihm war wieder übel. Er hörte die Arie des Clowns in seinem Kopf und die Gewehrschüsse und sah Anna wieder fallen.

Ich habe das getan. Ich hätte Anna helfen können. Doch ich habe alles getan, was ich konnte, um sie zu töten.

In dem Moment wich alle Kraft aus Pino. Er ließ den Vordergriff der Maschinenpistole los. Die Thompson hing ihm an der Seite. Mit leerem Blick starrte er hinauf in die Weite von Gottes großer Kathedrale und dem Altar der Buße, und er wollte zu Staub und Asche werden, vom Winde verweht.

»Erschieß ihn, Pino!«, schrie Carletto. »Was zum Teufel tust du? Erschieß ihn!«

Pino konnte nicht. Er fühlte sich schwächer als ein sterbender alter Mann.

General Leyers nickte knapp zu Pino und sagte eisig: »Erledige deine Aufgabe, Vorarbeiter. Bring mich zum Brenner und wir beenden unseren Krieg miteinander.«

Pino blinzelte, unfähig zu denken, unfähig zu handeln.

Leyers warf ihm einen verächtlichen Blick zu und fuhr ihn an: »Jetzt, Pino!«

* * *

Dumpf folgte Pino dem General zurück zum Wagen. Er hielte ihm die Hintertür auf und schloss sie, als Leyers eingestiegen war. Er sicherte die Pistole, reichte sie Carletto und setzte sich hinter das Lenkrad.

Auf dem Rücksitz schloss sich der General wieder mit den Handschellen an den Koffer.

»Warum hast du ihn nicht umgebracht?«, fragte Carletto ungläubig.

»Weil ich will, dass er mich umbringt«, sagte Pino, startete den Fiat und legte den Gang ein.

Sie fuhren los, rutschten durch glitschigen Matsch, der bald an den Seiten des Autos anbackte. Querfeldein fuhren sie nach Norden, bevor sie endlich auf einen Karrenweg kamen, der in Serpentinen und über lange Schrägen nach unten verlief und sie oberhalb von Bressanone parallel zur Brennerstraße führte. Die Kolonne der deutschen Armee verstopfte die Stadt und die Strecke vor ihnen für mehr als anderthalb Kilometer. Nichts bewegte sich.

Von unten waren Gewehrschüsse zu hören. Während sie über den Karrenweg hüpften, sah Pino aus dem Fenster zum Anfang der Kolonne und erkannte, warum alles stehen geblieben war. Dort waren sechs oder sieben schwere Artilleriegeschütze. Viele der Maultiere, die die Kanonen durch Italien gezogen hatten, hatten schließlich aufgegeben. Sie blieben stehen und weigerten sich, noch weiterzugehen.

Die Deutschen peitschten die Maultiere und versuchten, die Artillerie aus dem Weg zu bekommen, damit der Rest der Kolonne weiterkonnte. Die Maultiere, die nicht zogen, wurden erschossen und an den Rand der Straße gezerrt. Die letzte Kanone war fast aus dem Weg geräumt. Die Soldatenkarawane war kurz davor, ihren Rückzug fortzusetzen.

»Fahr schneller«, befahl Leyers. »Fahr vor diese Kolonne, bevor sie uns blockiert.«

Pino schaltete runter und sagte zu Carletto: »Festhalten.«

* * *

Der Weg war hier trockener und Pino konnte die Geschwindigkeit verdoppeln und dann verdreifachen, während er noch immer neben dem Konvoi fuhr, jedoch schon fast am Kopf der Schlange angelangt war. Einen Kilometer weiter vorn traf der Weg auf eine andere derbe Strecke, die siebenhundert Meter bergab zur Brennerpassstraße führte, wo sie durch das Dorf Varna verlief und nicht mehr als hundert Meter von den Kanonen und sterbenden Maultieren entfernt war.

Pino schaltete runter und glitt geschickt auf einen Weg, der steil den Berg hinabführte. Er trat aufs Gaspedal. Der Fiat hüpfte und flog das letzte Stück Berg hinab, als gerade die letzte Kanone weggeräumt wurde und die Panzer am Anfang der deutschen Kolonne angelassen wurden, um weiter in Richtung Österreich zu rollen.

»Setz dich vor sie!«, rief Leyers.

Pino musste all sein Können einsetzen, das Alberto Ascari ihm beigebracht hatte, um den Wagen davon abzuhalten, umzufallen oder sich zu drehen. Er grinste wie verrückt, während er sie genau in dem Moment das letzte Stück der Straße hinunterschießen ließ, als gerade der erste Panzer anfuhr.

Doch dann tauchte aus dem Nirgendwo ein US-Mustang-P-51-Kampfflugzeug auf und eröffnete das Feuer auf die deutsche Kolonne und bombardierte die ganze Reihe entlang.

Der General musste die Zusammenhänge richtig erkannt haben, denn er begann jetzt zu schreien. »Schneller! Schneller, Vorarbeiter!«

* * *

Sie waren jetzt Kopf an Kopf mit dem Panzer, der gut achtzig Meter davon entfernt war, die Kreuzung zu blockieren. Der Fiat war knapp über hundert Meter von der Brennerstraße entfernt, kam aber schnell näher, während die Mustang tiefer flog und alle paar Sekunden Maschinengewehrsalven abfeuerte.

Nach vierzig Metern auf der Straße trat Pino schließlich auf die Bremse und schaltete runter, was den Fiat in eine Reihe wilder Schlammzickzacks brachte und dann hoch auf zwei Räder, direkt neben dem Panzer, bevor sie von einer Böschung abhoben und direkt vor dem Panzer landeten. Sie rutschten, kamen wieder hoch auf zwei Räder und kippten fast um, bevor Pino das Auto ins Gleichgewicht brachte und beschleunigte.

»Ein Soldat kommt oben aus dem Panzer!«, gellte Leyers. »Er ist am Maschinengewehr!«

Pino hatte die Lücke zwischen ihnen vergrößert, doch der Abstand war noch immer ein Kinderspiel für das großkalibrige Maschinengewehr. Der Schütze konnte den Fiat leicht durchlöchern. Über das Lenkrad gebeugt, trat Pino das

Gaspedal flach auf den Boden, während er mit einer Kugel in den Hinterkopf rechnete.

Doch bevor der Deutsche das Feuer eröffnen konnte, kam der US-Flieger um die Kurve und bombardierte die Spitze der deutschen Kolonne. Kugeln ratterten über die Verkleidung des Panzers und prallten von der Straße direkt hinter dem Fiat ab. Plötzlich hörten die Schüsse auf und das Flugzeug drehte ab.

Sie fuhren um eine weitere Kurve und waren außer Sichtweite der Deutschen. Für einen Moment herrschte eine benommene Stille im Wagen. Dann begann Leyers zu lachen, schlug sich mit den Fäusten auf die Beine und auf den Koffer.

»Du hast es geschafft!«, schrie er. »Du verrückter italienischer Hurensohn, du hast es wieder geschafft!«

Pino hasste sich dafür, dass er es geschafft hatte. Er hatte sicher damit gerechnet, bei diesem Versuch zu sterben, aber jetzt vergrößerte er den Abstand zwischen sich und den zurückweichenden Deutschen und näherte sich immer weiter der österreichischen Grenze und wusste nicht, was er tun sollte. Er schien dazu bestimmt, General Leyers aus Italien herauszubekommen, und schließlich fügte er sich in seine Aufgabe.

Die vierundzwanzig Kilometer lange Strecke zwischen Bressanone und Vipiteno stieg bis zur Schneegrenze hinauf. Der Schnee schien körnig, feucht und firnig, jedoch noch immer tief. Als sie wieder auf Nebel trafen, war nur noch schwer zu erkennen, wo der Schnee endete und die Luft begann. Abgeschnitten von der deutschen Kolonne hinter ihnen war die Brennerpassstraße jetzt verlassen und wand sich durch Fetzen dichterer Wolken und Dunst hinauf. Das Fahren wurde zu einem Kriechen.

»Jetzt ist es nicht mehr weit«, sagte Leyers, nachdem sie durch Vipiteno gefahren waren. Er nahm den Koffer auf den Schoß. »Überhaupt nicht mehr weit.«

»Was wirst du tun, Pino?«, fragte Carletto, der wieder trank. »Wofür ist all das gewesen, wenn er jetzt einfach mit dem Gold davonkommt?«

»Major Knebel sagt, er sei ein Held«, sagte Pino und fühlte sich wie betäubt. »Ich nehme an, dass er freikommt.«

Bevor Carletto noch antworten konnte, schaltete Pino herunter und bremste hart, als er in eine Haarnadelkurve an der letzten Steigung vor der Grenze kam. Eine niedrige Schneemauer blockierte den Weg, und er musste in die Bremsen treten und kam zum Stehen.

Sechs wild aussehende Männer mit roten Halstüchern standen hinter der Schneemauer, die Gewehre aus kürzester Entfernung auf sie gerichtet. Aus dem Wald an Carlettos Seite tauchte ein weiterer Mann auf und hielt eine Pistole in der Hand. Ein achter Mann trat zwischen den Bäumen an Pinos Seite hervor. Er rauchte eine Zigarette und trug eine abgesägte Schrotflinte. Pino erkannte ihn auf den ersten Blick, selbst nach einem Jahr.

Pater Re hatte gesagt, dass Tito und seine Männer Leute auf dem Brenner ausraubten, und da war er nun und kreuzte Pinos Weg.

* * *

»Was haben wir denn hier?«, sagte Tito und kam ans offene Fenster, die abgesägte Schrotflinte voraus. »Was glaubt ihr wohl, wohin ihr alle an diesem schönen Maimorgen fahrt?«

Pino hatte sich den Hut tief über die Brauen gezogen. Er hielt den Umschlag hoch und sagte: »Wir sind auf einer Mission für die Amerikaner.«

Tito nahm ihn, öffnete ihn und sah auf eine Weise auf das Papier, dass Pino annahm, er konnte nicht lesen. Er stopfte den Brief zurück in den Umschlag und warf ihn beiseite. »Wie lautet die Mission?«

»Wir bringen diesen Mann zur österreichischen Grenze.«

»Ist das so? Was ist in dem Koffer, den er an seine Hand gebunden hat?«

»Gold«, sagte Carletto. »Glaube ich.«

Pino stöhnte innerlich auf.

»So?«, sagte Tito. Er nahm den Lauf seiner Schrotflinte, um Pinos Mütze höher zu schieben, damit er sein Gesicht sehen konnte.

Nach einer Sekunde oder zwei lachte Tito spöttisch und sagte: »Ist das nicht *perfetto*?«

Dann stieß er die Gewehrmündung in Pinos Wange, sodass die Haut unter dem Auge aufriss.

Pino ächzte vor Schmerz und griff sich ins Gesicht, wo er bereits Blut fließen spürte.

Tito sagte: »Sagt eurem Mann dahinten, dass er seine Handschelle öffnen und mir den Koffer geben soll, oder ich werde dir den Kopf wegblasen und danach ihm.«

Carletto atmete schwer und schnell. Pino blickte ihn kurz an und sah, dass sein Freund von Alkohol und Zorn bebte.

»Sag es ihm«, sagte Tito und schlug Pino erneut.

Pino tat es auf Französisch. Leyers sagte nichts und bewegte keinen Muskel.

Tito drehte den Lauf der Schrotflinte zum General.

»Sag ihm, dass er sterben wird«, sagte Tito. »Sag ihm, dass ihr alle sterben werdet, und dann nehme ich mir den Koffer sowieso.«

* * *

Pino dachte an Nicco, den toten Sohn des Gastwirts, riss dann am Türgriff, warf sein gesamtes Gewicht gegen die Tür und rammte sie gegen Titos Seite. Tito taumelte nach rechts, glitt im Schnee aus und fiel fast hin.

Eine Pistole feuerte vom Rücksitz des Fiats.

Der Mann neben Carlettos Tür starb an einer Kugel, die durch seine Wange ging.

Tito fand sein Gleichgewicht, schulterte die Schrotflinte und versuchte, auf Pino zu zielen, wobei er schrie: »Bringt sie alle um!«

Die nächste Sekunde schien endlos lang.

Carletto zog den Auslöser der Thompson und blies die Frontscheibe des Fiats weg. Im selben Moment feuerte General Leyers ein zweites Mal und traf Tito genau in die Brust. Während Tito fiel, ging seine Schrotflinte los und belegte die unteren Seitenmetalle des Fiats mit Schrot. Carlettos zweite Maschinenpistolensalve tötete zwei der sechs verbliebenen Männer aus Titos Bande von Schmugglern und Wegelagerern. Die anderen vier versuchten zu entkommen.

Carletto warf die Tür auf und rannte den flüchtenden Männern hinterher. Einer war bereits getroffen und stolperte. Carletto erschoss ihn, während er weiterrannte, um die letzten drei zu erwischen. Er schrie hysterisch: »Ihr Partisanenbastarde habt meinen Vater getötet! Ihr habt ihn umgebracht und meiner Mutter das Herz gebrochen!«

Rutschend kam er zum Stehen und eröffnete wieder das Feuer.

Er traf einen Mann in den Rücken. Die anderen zwei kehrten zurück, um zu kämpfen. Carletto mähte sie beide um.

»Jetzt habt ihr bezahlt!«, brüllte Carletto wild. »Bezahlt …«

Seine Schultern sanken herab und er zitterte, dann begann Carletto zu weinen. Er ging auf die Knie und schluchzte.

Pino kam zu ihm und legte seinem Freund eine Hand auf die Schultern. Carletto fuhr wie verrückt herum. Er richtete den Lauf auf Pino und wirkte, als wäre er zum Schießen bereit.

»Genug«, sagte Pino leise. »Genug, Carletto.«

Sein Freund sah ihn an und brach dann wieder zusammen. Er ließ die Maschinenpistole fallen, stand heulend auf und kam in Pinos Arme. »Sie haben meinen Papa getötet und deshalb wollte meine Mamma sterben, Pino. Ich musste Rache nehmen. Ich musste.«

»Du hast getan, was du tun musstest«, sagte Pino. »Das haben wir alle.«

Die Sonne begann, durch die Wolken zu brennen. Es dauerte nicht lange, bis sie den Schnee beiseitegeräumt und die Leichen von der Straße geholt hatten. Pino durchsuchte Titos Taschen, dachte an Nicco, bis er den Geldclip fand, der ihm vor zwei Jahren an Silvester gestohlen worden war. Er sah zu Titos Stiefeln. Die ließ er liegen, aber den Umschlag mit ihren Papieren nahm er wieder an sich.

Er blieb an der Fahrertür stehen und schaute auf den Rücksitz zu General Leyers. Der saß immer noch da und hielt einen US Colt M1911 in der Hand, genauso einen, wie Major Knebel ihn trug.

Pino sagte: »Jetzt sind wir quitt. Keinen Gefallen mehr schuldig.«

Leyers antwortete: »Einverstanden.«

* * *

Auf den letzten acht Kilometern nach Österreich benahm sich Carletto wie jemand mit Kopfschuss. Wie leer saß er da, ohne Leben in Haut oder Knochen. Pino erging es nicht besser. Er fuhr, denn das war alles, was er tun konnte. Kein Denken, keine Trauer, kein Schock und kein Bedauern, für ihn gab es jetzt nur die Straße vor ihnen. Etwas mehr als drei Kilometer vor dem Grenzübergang machte er das Radio an und stellte es auf Tanzmusik mit Rauschen.

»Mach das aus«, fuhr ihn Leyers an.

»Erschießen Sie mich, wenn Sie wollen«, sagte Pino. »Aber die Musik bleibt an.«

Er schaute in den Rückspiegel, sah seinen eigenen besiegten Blick und den General, der ihn siegreich ansah.

Am Grenzübergang in einem kleinen, bewaldeten Tal warteten amerikanische Fallschirmjäger und zwei Mercedes-Benz-Limousinen. Ein Nazigeneral in Uniform, den Pino nicht kannte, stand neben dem einen Mercedes, rauchte eine Zigarre und genoss den zunehmenden Sonnenschein.

Das ist nicht richtig, dachte Pino, als er den Fiat anhielt. Zwei Fallschirmjäger kamen zu ihm. Pino öffnete den Umschlag und überflog das Schreiben darin, bevor er es ihnen überreichte. Es war ein Passierschein, unterzeichnet von Generalleutnant Mark Clark, Kommandeur der 5. US-Armee, auf Geheiß von General Dwight D. Eisenhower, alliierter Oberbefehlshaber.

Ein rothaariger Fallschirmjäger nickte Pino zu und meinte: »Hast eine Menge Mumm und Biss bewiesen, dass du ihn sicher hier heraufgebracht hast. Die US-Army dankt dir für deine Hilfe.«

»Warum helft ihr ihm?«, sagte Pino. »Er ist ein Nazi. Ein Kriegsverbrecher. Er hat Menschen sich zu Tode arbeiten lassen.«

»Ich befolge nur Anweisungen«, sagte der GI und warf einen kurzen Blick auf den General.

Der zweite Soldat öffnete die Hintertür und half General Leyers aus dem Wagen. Den Koffer hatte er noch immer an der Hand befestigt.

Pino stieg aus. Der General stand da und wartete auf ihn. Er streckte seine freie Hand aus. Pino starrte sie lange an und hielt ihm dann die eigene entgegen.

Leyers schüttelte ihm fest die Hand und zog Pino dann zu sich, um ihm ins Ohr zu flüstern: »Jetzt verstehst du es, Beobachter.«

* * *

Pino starrte ihn ungläubig an. *Beobachter? Er kennt meinen Codenamen?*

General Leyers zwinkerte ihm zu, ließ seine Hand los, drehte sich um und ging. Er schaute nicht mehr zurück. Der Fallschirmjäger öffnete die Hintertür von einem der wartenden Fahrzeuge. Der General verschwand mit dem Koffer im Innern. Pino starrte ihm hinterher.

Hinter ihm liefen Nachrichten im Autoradio, die er jedoch wegen des Rauschens nicht verstehen konnte. Er stand einfach da, Leyers' letzte Worte gingen ihm im Kopf herum und fügten seiner Verzweiflung und seiner Niederlage noch Verwirrung hinzu, obwohl er vor nicht einmal einer Stunde eine solche mörderische Klarheit gehabt hatte, dass die Rache gewiss sein war und nicht des Herrn.

Jetzt verstehst du es, Beobachter.

Wie konnte er das wissen? Wie lange hatte er es schon gewusst?

»Pino!«, gellte Carletto. »Hörst du, was sie sagen?«

Das Auto, in dem der General saß, fuhr davon und war schnell auf der Straße hinunter zum Stubaital und nach Innsbruck verschwunden.

»Pino«, schrie Carletto. »Deutschland hat kapituliert! Den Nazis wurde befohlen, die Waffen bis morgen früh elf Uhr niederzulegen!«

Pino sagte nichts. Er starrte nur auf die Stelle an der Straße, wo Generalmajor Hans Leyers aus seinem Leben verschwunden war.

Carletto kam zu ihm und legte ihm sanft die Hand auf die Schulter. »Verstehst du nicht?«, sagte er. »Der Krieg ist vorbei.«

Pino schüttelte den Kopf und spürte, wie ihm die Tränen über das Gesicht liefen. »Ich verstehe es nicht, Carletto. Und der Krieg ist nicht vorbei. Ich glaube nicht, dass er für mich jemals vorbei sein wird. Nicht ganz.«

Nachwirkungen

Am Ende des Zweiten Weltkriegs lag ein Drittel von Mailand in Trümmern. Die Bombardements und die Kämpfe hatten zweiundzwanzigtausend Milanesen getötet und vierhunderttausend obdachlos gemacht.

Die Stadt und ihre Menschen begannen den Wiederaufbau, begruben die Vergangenheit und die Trümmer unter neuen Straßen, Parks und hoch aufragenden Gebäuden. Sie reinigten den Dom vom Ruß des Krieges. Sie brachten an der Ecke eines Bankgebäudes eine Gedenktafel für Tullio Galimberti und die anderen Märtyrer des Piazzale Loreto an, da wo *Beltraminis Frisches Obst und Gemüse* gewesen war. Das Hotel Diana steht noch immer, wie auch die Bischofskanzlei, das Gefängnis San Vittore und die verwunschenen Säulengänge des Cimitero Monumentale.

Die Türme des Castello Sforzesco wurden restauriert, doch die Einschusslöcher an der Innenmauer sind geblieben. Im Bemühen, die Grausamkeiten zu vergessen, die auf dem Piazzale Loreto stattgefunden hatten, wurde die Esso-Tankstelle abgerissen. Das Gleiche geschah mit dem Gebäude, das einst das Hotel Regina und die Gestapo beherbergte. Eine Tafel auf der Via Silvio Pellico ist alles, was an die Menschen erinnert, die im SS-Hauptquartier gefoltert und ermordet wurden.

Mailands Holocaust-Denkmal befindet sich im Innern des Hauptbahnhofs, auf Bahnsteig 21.

Von den ungefähr neunundvierzigtausend Juden in Italien zur Zeit der Nazi-Invasion entkamen einundvierzigtausend der Verhaftung oder überlebten die Konzentrationslager. Viele wurden über den katholischen Fluchtweg gerettet, über verschiedene Routen nach Norden in die Schweiz, auch über Motta. Anderen wurde von mutigen Italienern geholfen, von einfachen Katholiken und Kirchenangehörigen, die jüdische Flüchtlinge in den Kellern von Klöstern, Konventen, Kirchen, Häusern und selbst im Vatikan verbargen.

Alfredo Ildefonso Schuster, der darum gekämpft hatte, Juden zu retten und seine Stadt vor weiterer Zerstörung zu bewahren, blieb bis zu seinem Tod im August 1954 Kardinal von Mailand. Ein späterer Papst las Kardinal Schusters Trauermesse. Sein Nachfolger Kardinal Giovanni Battista Montini, der spätere Papst Paul VI., eröffnete das Verfahren zu seiner Heiligsprechung. Papst Johannes Paul II. sprach Kardinal Schuster schließlich im Jahre 1996 selig. Sein gesegneter Leichnam liegt in einem versiegelten Glassarg unter dem Dom.

Pater Luigi Re unterhielt die Casa Alpina weiter als Zufluchtsstätte für Menschen in Gefahr. In den Tagen nach dem Ende des Zweiten Weltkriegs schützte er Eugen Dollmann, Hitlers italienischen Übersetzer, und verweigerte seine Übergabe an die US-Armee.

Pater Re wurde von der Israelitischen Gemeinde Mailands dafür geehrt, dass er selbstlos sein eigenes Leben riskiert hat, um Juden zu retten. Pater Re starb 1965 und wurde an den Skihängen oberhalb von Motta unter einer Madonna mit goldener Platte begraben. Man sagt, sie sei von all den Menschen gestiftet, denen er vor, während und nach dem Krieg geholfen hat. Seine Jungenschule wurde später in ein Hotel namens Casa Alpina umgebaut. Die Kapelle gibt es nicht mehr.

Giovanni Barbareschi wurde kurz nach der Exekution von Tullio Galimberti zum Priester geweiht. Er gründete O.S.C.A.R., eine Widerstandsbewegung gegen die Nazibesatzung, die mit der verbotenen pfadfinderähnlichen Organisation *Aquile Randagie* – herrenlose Adler – in Verbindung stand. Barbareschi und seine Mitstreiter fälschten mehr als dreitausend Papiere, mit denen Flüchtlinge in die Schweiz entkommen konnten. Mit der Hilfe von O.S.C.A.R. flüchteten mehr als zweitausendeinhundert Juden über den Splügenpass, Motta, Val Codera und andere nördliche Routen aus Italien. Nach dem Krieg wurde Barbareschi von der Israelitischen Gemeinde Mailands geehrt und in einem Schrein in einem Gedenkpark Mailands für die Rechtschaffenen Italiens, die selbstlos ihr Leben für Juden riskiert haben, genannt.

Alberto Ascari, der Pino Lella das Autofahren beigebracht hatte, verwirklichte seinen Kindheitstraum und wurde als Rennfahrer ein italienischer Nationalheld. Am Lenkrad eines Ferraris gewann Ascari die Grand-Prix-Weltmeisterschaft 1952 und 1953. Als er im Mai 1955 Trainingsrunden auf der Strecke von Monza absolvierte, überschlug sich sein Wagen, sodass Ascari auf die Strecke geschleudert wurde. Er starb in Mimmo Lellas Armen. Tausende Menschen drängten sich am Tage von Ascaris Beerdigung im Mailänder Dom und auf der Piazza. Ascari wurde neben seinem Vater auf dem Cimitero Monumentale beigesetzt und gilt als einer der größten Rennfahrer aller Zeiten.

Oberst Walther Rauff, der Kopf der Gestapo in Norditalien, wurde direkt verantwortlich gemacht für den Tod von mehr als einhunderttausend Menschen und indirekt verantwortlich für die Hunderttausende, die in den sogenannten Gaswagen starben, die er bauen und in Osteuropa einsetzen ließ, bevor er nach Mailand geschickt wurde. Rauff wurde gefangen genommen, brach jedoch aus einem Kriegsgefangenenlager aus und endete in Chile als undurchsichtiger Auftragsspion, der unter anderem für den deutschen BND gearbeitet hat und den Diktatoren des Landes nahestand.

Simon Wiesenthal, der berühmte Nazijäger, machte Rauff 1962 ausfindig und die deutsche Regierung stellte einen Auslieferungsantrag. Das Oberste Gericht Chiles sprach Rauff fünf Monate später frei. Erneute Bemühungen um Auslieferung in den 1970ern scheiterten ebenfalls. Rauff starb 1984 an einem Herzinfarkt in Santiago. An seinem Begräbnis nahmen viele ehemalige Nazioffiziere teil, es wurde als eine lärmende Jubelfeier zu Ehren von Rauff, Adolf Hitler und dem Dritten Reich im Allgemeinen beschrieben.

Major J. Frank Knebel kehrte zurück in die Vereinigten Staaten, verließ die Armee und widmete sich dem Zeitungsjournalismus. Er wurde der Herausgeber der *Garden Grove News* in Kalifornien und später der *Ojai Valley News*. 1963 kaufte er die *Los Banos Enterprise*. Knebel und Pino standen bis zum Tod des Zeitungsmannes im Jahre 1973 in Briefkontakt. Knebel hinterließ nur wenig über den Krieg, abgesehen von einer geheimnisvollen Notiz in seinen Unterlagen, die auf seine Pläne verwiesen, eine »niemals zuvor erzählte wahre Geschichte von Machenschaften aus den letzten Kriegstagen in Mailand« zu schreiben. Er hat es nicht getan.

Corporal Peter Daloia kehrte nach Boston zurück. Als er Jahrzehnte nach Ende des Krieges starb, war sein Sohn überrascht, einen Silver Star für Tapferkeit für den Heldenmut seines Vaters bei der Schlacht von Monte Cassino zu finden. Die Medaille war in einem Karton auf dem Dachboden versteckt gewesen. Wie so viele andere hatte Daloia niemandem von seinen Kriegserlebnissen in Italien erzählt.

Albert und Greta Albanese waren weiterhin mit ihrem Geschäft erfolgreich. Sie machten ein Vermögen, als Onkel Albert beschloss, Meerschaumpfeifen in Leder zu fassen und sie in der ganzen Welt zu verkaufen. Sie starben in den

1980er-Jahren. Ihr Geschäft auf der Via Pietro Verri Nr. 7 heißt jetzt Pisa Orologeria, also Pisa Luxusuhren.

Michele und Porzia Lella betrieben nach dem Krieg eine Reihe erfolgreicher Taschen- und Sportbekleidungsunternehmen und waren ihr ganzes Leben im Modebezirk aktiv. Vor ihrem Tod in den 1970er-Jahren wurde das Haus auf der Via Monte Napoleone Nr. 3, der Sitz des ursprünglichen Taschenladens, wieder aufgebaut und beherbergt heute eine Boutique von Salvatore Ferragamo. Der Corso del Littorio wurde nach dem Krieg in Corso Matteotti umbenannt. Das Haus, in dem die Lellas wohnten, steht noch, doch der Aufzugkäfig ist entfernt worden.

Pinos Schwester Cicci wurde wie ihre Mutter eine dynamische Geschäftsfrau. Sie trug zu Mailands Ruf als weltweites Modezentrum bei und arbeitete im Familienunternehmen, wobei sie sich auf die Boutiquen in San Babila konzentrierte. Sie starb 1985.

Domenico »Mimmo« Lella wurde für sein mutiges Kämpfen im Widerstand gerühmt, vor allem für seine Taten während des ersten Tages des Generalaufstands. Mimmo arbeitete im Familienunternehmen, bis er seine eigene Firma eröffnete, Lella Sport, die Zubehör für Freizeitsportler und Outdoor-Enthusiasten lieferte. Mimmo war ein kleiner, kämpferischer und erfolgreicher Geschäftsmann, der ein schönes Mannequin, Valeria, heiratete, die ihn um mehr als einen Kopf überragte. Sie hatten drei Kinder. Er baute sich neben der Casa Alpina eine Hütte in Motta, von der man sagte, dass sie sein Lieblingsplatz auf Erden war. Mimmo starb im Jahre 1974 im Alter von siebenundvierzig Jahren an Hautkrebs.

Carletto Beltramini und Pino Lella blieben ihr ganzes Leben lang Freunde. Carletto wurde ein erfolgreicher Geschäftsmann für Alfa Romeo und lebte überall in Europa. Er heiratete nie und sprach dreiundfünfzig Jahre nicht mehr über den Krieg.

Doch 1998, als er im Krankenhaus lag, besuchten ihn Pino und ein Amerikaner namens Robert Dehlendorf. Carletto erzählte ihnen von den letzten Kriegstagen, fast wie eine Beichte. Er erinnerte sich an die wilde Party im Hotel Diana und an den rachsüchtigen Ausdruck auf Pinos Gesicht, als der erfuhr, dass sie General Leyers nach Österreich bringen sollten. Carletto blieb überzeugt davon, dass Leyers Gold in seinem Koffer hatte. Er gestand auch, dass er die Wegelagerer erschossen hatte, als sie davonlaufen wollten, brach schluchzend zusammen und bat Gott um Verzeihung für den Wahnsinn seiner Taten.

Carletto starb ein paar Tage später mit Pino an seiner Seite.

* * *

Nachdem Pino gesehen hatte, wie General Leyers nach Österreich davongefahren war, fuhr er zurück nach Mailand und wurde für zwei Wochen Major Knebels Fremdenführer in Italien. Der Major weigerte sich, mit ihm über Leyers zu diskutieren, und sagte, dass diese Angelegenheit streng geheim wäre und der Krieg vorbei sei.

Doch für Pino war er nicht vorbei. Er wurde von Trauer und Erinnerungen zermürbt, er zweifelte an seinem Glauben und verbiss sich in Fragen, die er nicht beantworten konnte. Hatte General Leyers die ganze Zeit gewusst, dass Pino ein Spion war? War ihm alles, was er während seiner Fahrten mit Leyers gesehen und gehört hatte, absichtlich gezeigt worden, damit er es Onkel Albert und den Alliierten über Bakas Funk berichten sollte?

Onkel Albert zeigte sich genauso überrascht wie Pino, dass Leyers seinen Codenamen gekannt hatte. Sein Onkel und seine Eltern waren aber stärker mit der Sorge beschäftigt, dass Pino noch immer ein Ziel für Rache sein könnte. Ihre Ängste waren gerechtfertigt. Bis Ende Mai 1945 verloren Tausende von

Faschisten und Nazikollaborateuren in ganz Norditalien ihr Leben durch Hinrichtungen und Racheerschießungen.

Auf das Drängen seiner Familie hin verließ Pino Mailand und fuhr nach Rapallo. Er übernahm bis spät im Herbst des Jahres kleine Tätigkeiten in der Küstenstadt. Dann kehrte er nach Madesimo zurück, wo er Skiunterricht gab und versuchte, in langen Diskussionen mit Pater Re mit seiner Geschichte ins Reine zu kommen. Sie sprachen über Liebe. Sie sprachen über Glauben. Sie sprachen über das erdrückende Gewicht des Verlustes.

Pino betete in den Bergen um Hilfe, um Erleichterung von der ständigen Trauer und Verwirrung und Traurigkeit. Doch Anna verließ ihn nicht. Sie war die Erinnerung an die schönsten Momente seines Lebens – ihr Lächeln, ihr Duft und die Musik ihres Lachens, das immer weiter in seinen Ohren erklang. Sie war eine erdrückende Macht, die ihn in der Dunkelheit der Nacht herumwarf, anklagend, bitter und fordernd.

So sage ihnen doch jemand, dass ich nur ein Dienstmädchen bin.

Mehr als zwei Jahre lebte Pino in dem dumpfen Nebel aus Schuld und Trauer, blind für jede Art von Zukunft, taub für jedes Wort der Hoffnung. Er ging im Sommer kilometerweit an den Stränden entlang und kletterte im Herbst in den Alpen, bevor der Schnee in den Kathedralen Gottes fiel, und er bat täglich um Vergebung, die niemals kam. Mit jedem Tag, der vorbeiging, glaubte Pino aber, dass jemand kommen und ihn nach General Leyers fragen würde.

Doch es kam niemand. Für einen dritten Sommer kehrte Pino 1947 zurück nach Rapallo und versuchte noch immer, mit seinen Kriegserfahrungen zurechtzukommen, und hatte noch immer mit Annas Geist zu tun. Er trauerte über die Tatsache, dass sie ihm niemals ihren Nachnamen genannt hatte, oder ihren Ehenamen. Er konnte nicht einmal versuchen, ihre Mutter zu finden, um ihr zu sagen, dass ihre Tochter gestorben war.

Es war, als hätte Anna niemals für irgendwen anders als für ihn existiert. Sie hatte ihn geliebt, doch er hatte sie fallen gelassen. Er war in eine unmögliche Situation versetzt worden, und durch sein Schweigen hatte er verleugnet, sie zu kennen, hatte verleugnet, sie zu lieben. In den Alpen, als er jüdische Flüchtlinge geführt hatte, hatte er Vertrauen gehabt und war selbstlos gewesen, und auch in seinem Leben als Spion, doch als er das Erschießungskommando gesehen hatte, war er selbstsüchtig und ohne Glauben gewesen.

Die Qual dauerte an, bis sich Pino bei einem der langen Strandgänge daran erinnerte, wie Anna ihm gesagt hatte, dass sie nicht an die Zukunft glaubte, dass sie stattdessen versuchte, einen Moment nach dem anderen zu leben und Gründe zu finden, um dankbar zu sein, um ihr eigenes Glück zu schaffen und damit ein schönes Leben in der Gegenwart zu führen, und nicht irgendwann einmal.

Annas Worte erklangen in Pinos Kopf und aus irgendeinem Grund lösten sie etwas in ihm, nach all der Zeit, und er konnte sich eingestehen, dass er mehr wollte, als sich nach ihr zu verzehren und am Boden zerstört zu sein, weil er nicht versucht hatte, sie zu retten.

An jenem verlassenen Strand sehnte er sich ein letztes Mal nach Anna. Doch jetzt waren es nicht mehr die Erinnerungen an ihren Tod oder ihren leblosen Körper auf dem Boden der Kolonnaden und nicht die Arie des Clowns, die ihn in seinen hoffnungslosen Stunden verfolgten.

Stattdessen hörte er jetzt Prinz Kalafs Arie »*Nessun dorma*«, »Keiner schlafe« in seinem Kopf und erinnerte sich an ihr seltsames Kennenlernen: Anna vor der Bäckerei am ersten Tag des Bombardements. Anna, die hinter der Straßenbahn verschwindet. Anna, die anderthalb Jahre später Dollys Wohnungstür öffnet. Anna, die ihn in Dollys Zimmer mit dem Schlüssel des Generals erwischt. Anna, die im Park am Lago di Como ein Foto von ihm macht. Anna, die am Weihnachtsabend vor den Wachtposten betrunken spielt. Anna nackt und voller Begehren.

Während *»Nessun dorma«* in seinem Kopf zum Crescendo anschwoll, sah Pino hinaus auf das Ligurische Meer und dankte Gott, dass er Anna in seinem Leben gehabt hatte, auch wenn es nur für eine so kurze und tragische Zeit war.

»Ich liebe sie noch immer«, sagte er dem Wind und dem Meer, wo sie am glücklichsten gewesen war. »Ich bin dankbar für sie. Sie war ein Geschenk, das ich als Schatz für immer in meinem Herzen tragen werde.«

Während mehrerer Stunden spürte Pino, wie sich der eiserne Griff, den ihr Geist über ihn gelegt hatte, löste und verschwand. Als er den Strand verließ, schwor sich Pino, den Krieg hinter sich zu lassen und niemals wieder an Anna, General Leyers, Dolly oder die Dinge, die er gesehen hatte, zu denken.

Er würde vor allem das Glück suchen und er würde es *con smania* tun.

* * *

Pino kehrte nach Mailand zurück und versuchte eine Zeit lang, Glück und Leidenschaft zu finden, indem er für seine Eltern arbeitete. Seine gesellige Art kehrte zurück und er wurde ein guter Verkäufer. Doch Pino war rastlos in der Stadt und am glücklichsten in den Kathedralen Gottes, zu Fuß und auf Skiern. Seine alpinen Talente brachten ihn auf Umwegen dazu, Trainer und Übersetzer für die Nationale Skimannschaft Italiens zu werden, die für die erste Weltmeisterschaft nach dem Krieg 1950 nach Aspen in Colorado fuhr.

Pino fuhr zuerst nach New York und hörte sich Jazz in einem verräucherten Nachtklub an. Dort sah er seine Cousine Licia Albanese in *Madame Butterfly* unter der Leitung von Toscanini in New Yorks Metropolitan Opera den Sopran singen.

In seiner ersten Nacht in Aspen unterhielt er sich und trank mit zwei Männern, die er zufällig in einer Bar kennengelernt hatte. Gary kam aus Montana und war ein begeisterter Skiläufer. Hem war in Italien am Val Gardena Ski gelaufen, einem von Pinos Lieblingsbergen.

Gary stellte sich als der Schauspieler Gary Cooper heraus, der Pino überreden wollte, für eine Leinwandprobe mit nach Hollywood zu kommen. Hem war Ernest Hemingway, der viel trank und wenig sprach. Cooper blieb ein lebenslanger Freund von Pino. Hemingway nicht.

Als die Skimannschaft nach Italien zurückkehrte, war Pino nicht dabei. Er ging nach Los Angeles, machte aber niemals den Leinwandtest. Der Gedanke, dass Millionen von Menschen jede Bewegung von ihm betrachteten, reizte ihn nicht und er bezweifelte, dass er sich Text merken konnte.

Stattdessen bekam er durch seine Freundschaft mit Alberto Ascari eine Stelle bei International Motors in Beverly Hills, wo er Ferraris und andere Luxusautos verkaufte. Pinos flüssiges Englisch, sein Verständnis für Hochleistungsautos und seine Liebe zum Spaß machten ihn zu einem Naturtalent.

Seine liebste Verkaufstaktik bestand darin, einen der Ferraris zu nehmen und ihn an einem Imbissstand am Straßenrand gegenüber von Warner Bros. zu parken. Auf diese Weise lernte er James Dean kennen und behauptete, dass er den jungen Schauspieler vor dem Porsche gewarnt hatte, den er kaufen wollte, und ihm gesagt hatte, dass er noch nicht bereit für diese Geschwindigkeit war. Er war am Boden zerstört, als Dean nicht auf ihn hörte.

Bei International Motors arbeitete Pino mit den Mechanikern Dan Gurney, Richie Ginther und Phil Hill, Jungs aus Santa Monica, die zu Formel-1-Piloten wurden. 1952 begann Hill, für Ferrari zu fahren, nachdem Pino ihn in Le Mans Alberto Ascari vorgestellt hatte. Wie Ascari wurde Hill Weltmeister.

Im Winter reiste Pino immer zum Mammoth Mountain in der Sierra Nevada und schloss sich dort der Skischule an. An den Hängen fand er beim Unterrichten die größte Freude und Leidenschaft seines Lebens. Er unterrichtete Skifahren als eine Form unbeschwerter Freude und kreativen Abenteuers. Dave McCoy, der Gründer der Skischule am Mammoth, sagte, wenn man Pino auf seinen Skiern im tiefen Pulverschnee sah, war es, »als würde man einem Traum zusehen«.

Pino war bald so bekannt, dass man ihn nur privat mieten konnte, was zu der Freundschaft mit Lance Reventlow führte, dem Sohn von Barbara Hutton – der damals reichsten Frau der Welt –, und zu einem Blind Date mit Patricia McDowell, der Erbin eines Zeitungsvermögens, das ihre Familie mit dem *Los Angeles Daily Journal*, mit der *San Diego Times* und der *San Bernardino Sun* gemacht hatte.

Nach einer stürmischen Umwerbung heirateten Pino und Patricia, kauften sich ein Haus in Beverly Hills und führten ein Jetset-Dasein zwischen Kalifornien und Italien. Pino verkaufte keine Ferraris mehr. Er besaß sie jetzt und fuhr sie auf Rennstrecken. Er fuhr Ski. Er kletterte in den Bergen. Er lebte ein dynamisches Leben und war wirklich glücklich, Tag für Tag, jahrelang.

Pino und Patricia bekamen drei Kinder, Michael, Bruce und Jamie. Er schwärmte für seine Kinder und brachte ihnen das Skifahren und die Liebe zu den Bergen bei. Und er stand mit seiner guten Laune im Mittelpunkt, wo auf der Welt sie auch waren.

Doch spät in der Nacht kamen die Erinnerungen an Anna und General Leyers immer wieder hoch und erfüllten ihn aufs Neue mit Melancholie, Verwirrung und der Trauer über den Verlust.

* * *

In den 1960ern, als Pino Mitte dreißig war, begannen er und Patricia miteinander zu streiten. Er fand, sie würde zu viel trinken. Sie fand, er würde anderen Frauen zu viel Aufmerksamkeit schenken, und schalt ihn, da er nicht mehr aus sich gemacht hatte, als ein Weltklasse-Skilehrer zu sein.

In dieser vergifteten Umgebung dachte Pino immer mehr an Anna und wurde immer unruhiger bei dem Gedanken, dass er niemals wieder eine so tiefe und aufrichtige Liebe in seinem Leben erleben würde. Er fühlte sich eingesperrt und hatte das überwältigende Bedürfnis wegzugehen, sich zu bewegen, herumzuwandern und zu suchen.

Ein Jahr des Reisens endete damit, dass Pino seine Frau um die Scheidung bat. Er hatte eine exotische, umwerfend schöne junge Frau namens Yvonne Winsser kennengelernt, die mit der Familie Soekarno in Indonesien verwandt war. Pino war von ihr verzaubert, seit er sie das erste Mal gesehen hatte. Die Scheidung und neue Heirat traf Pinos erste Familie schwer. Patricia verfiel dem Alkohol. Pino schickte die Jungen auf ein Schweizer Internat. Jahrelang waren sie ihm böse.

Als Pinos Eltern starben, erbte er ein Drittel des Familienunternehmens, was zu einem Zerwürfnis zwischen ihm und seiner Schwester führte. Cicci nahm ihm die Tatsache übel, dass sie allein daran gearbeitet hatte, die Marke Lella aufzubauen, während er weg war und ein Leben auf der Suche nach dem Glück gelebt hatte, und dass er jetzt ein Drittel des Profits einstrich, obwohl er fast nichts dafür getan hatte.

Das Geld gab Pino noch mehr Freiheit, doch für viele Jahre empfand er kein Verlangen zu reisen. Er und Yvonne hatten zwei Kinder, Jogi und Elena. Und er versuchte, ein besserer Vater für seine älteren Kinder zu werden, mit denen er sich wieder versöhnte.

Nach Mimmos Tod kehrte jedoch die alte Unruhe zurück. Und er hatte wieder Träume und Albträume von Anna. Pino ging auf eine Reise, die in Frankfurt mit einem Pan-Am-Flug nach New York beginnen sollte. Doch ein alter Freund überredete Pino, seinen Abflug um einen Tag zu verschieben, damit sie sich sehen konnten. Später erfuhr Pino, dass sein ursprünglicher Flug, Pan-Am-Flug 103, über Lockerbie in Schottland abgestürzt war und fast alle Insassen umgekommen waren.

Pino war dann monatelang unterwegs, reiste, sah sich um und verstand nicht genau, wonach er suchte. Als er zurückkehrte, hatte Yvonne nach dreizehn Jahren Ehe beschlossen, dass sie ihn noch immer liebte, jedoch nicht mehr mit ihm leben konnte. Trotz ihrer Scheidung blieben sie die besten Freunde.

Pino wurde älter. Er beobachtete, wie seine Kinder aufwuchsen und sein Bankkonto schrumpfte, doch er blieb in seinen Sechzigern bemerkenswert guter Dinge. Er lief Ski. Er schrieb für mehrere italienische Zeitschriften über Motorsport. Er hatte interessante Freunde und Freundinnen. Er sprach niemals über Anna oder General Leyers, Pater Re oder die Casa Alpina oder über das, was er im Krieg getan hatte.

* * *

Eine Forscherin des Altruistic Personality and Prosocial Behavior Institute an Kaliforniens Humboldt State University trat in den Achtzigerjahren an Pino heran. Sie arbeitete an einer Studie über Menschen, die ihr Leben riskiert hatten, um andere zu retten. Sie sagte, sie hätte seinen Namen von Yad Vashem erhalten, was für Pino eine Überraschung war. Er war nie von jemandem wegen der Aktivitäten bei Pater Re kontaktiert worden.

Pino sprach kurz mit der jungen Frau, doch deren Fragen wühlten ihn auf und weckten Erinnerungen an Anna. Er beendete das Interview mit dem Versprechen, ihr den ausführlichen Fragebogen auszufüllen und zurückzuschicken. Das tat er nicht.

Pino bewahrte sein Schweigen bis in die späten 1990er-Jahre, als er in Norditalien eine zufällige Begegnung mit Robert Dehlendorf hatte, einem erfolgreichen Amerikaner, der ein kleines Skigebiet in Kalifornien besaß. Dehlendorf verbrachte seinen Ruhestand am Lago Maggiore.

Die zwei Männer ungefähr gleichen Alters kamen sich näher. Sie aßen zusammen. Sie unterhielten sich. Sie lachten. Spät am dritten Abend fragte Dehlendorf: »Wie war der Krieg für dich, Pino?«

Pino bekam einen abwesenden Ausdruck und sagte nach langem Zögern: »Ich habe noch nie jemandem von meinem Krieg erzählt, Bob. Doch jemand sehr Weises hat mir einmal gesagt, indem wir unsere Herzen öffnen, unsere Narben zeigen, werden wir menschlich und fehlerhaft und ganz. Ich glaube, ich bin bereit dafür, ganz zu sein.«

Bis tief in die Nacht hinein kamen Bruchstücke der Geschichte hervor. Dehlendorf war verblüfft. Wie war es möglich, dass diese Geschichte noch nicht erzählt worden war?

* * *

Das zufällige Treffen zwischen Dehlendorf und Pino führte glücklicherweise und schlussendlich zu einer Dinnerparty in Bozeman, Montana – am Abend des finstersten Tags in meinem Leben –, und zu meiner Entscheidung, nach Italien zu fliegen, um die Geschichte vollständig und aus erster Hand zu erfahren. Pino war Ende siebzig, als ich das erste Mal in Mailand landete. Er hatte den Schwung und Elan von jemandem, der gut zwanzig Jahre jünger war. Er fuhr wie ein Verrückter Auto und spielte wunderschön Klavier.

Als ich drei Wochen später wieder abreiste, sah Pino viel älter aus, als er es war. Eine Geschichte wiederzugeben, die er sechs Jahrzehnte weggesperrt hatte, war traumatisierend, und er blieb gequält von einem ganzen Leben voller unbeantworteter Fragen, vor allem im Zusammenhang mit General Hans Leyers, zurück. Was war aus ihm geworden? Warum war er nicht wegen seiner Kriegsverbrechen angeklagt worden? Warum war niemals jemand gekommen, um Pinos Version der Geschichte zu erfahren?

Ich habe fast ein ganzes Jahrzehnt lang Nachforschungen anstellen müssen, um Pino Lella Antworten auf einige seiner Fragen zu geben, hauptsächlich deshalb, weil General Leyers so unglaublich gut darin gewesen war, sich seinen Weg aus der Geschichte herauszubrennen. Genauso war es bei anderen Offizieren der Organisation Todt. Und obwohl die Nazis zwanghafte Berichtverfasser waren und obwohl die OT wortwörtlich Millionen von Gefangenen und Zwangsarbeitern unter ihrem Befehl hatte, füllten die noch existierenden Dokumente der Organisation nur drei Aktenschränke.

General Leyers, der nach eigenen Angaben zur Linken Adolf Hitlers gesessen hatte und während der letzten zwei Jahre des Zweiten Weltkriegs wohl der zweitmächtigste Mann in Italien war, ließ weniger als einhundert Seiten aus seiner Zeit dort zurück. In den meisten dieser Dokumente ist sein Name als Teilnehmer bei dem einen oder anderen Treffen nur vermerkt. Man findet nur selten ein Papier, auf dem Leyers als Unterzeichner auftaucht.

Doch aus den existierenden Dokumenten ist klar ersichtlich, dass die Vermögen des Generals in Deutschland und der Schweiz eingefroren wurden, nachdem Pino ihn an die Fallschirmjäger auf dem Brennerpass übergeben hatte. Leyers wurde von dort aus zu einem alliierten Kriegsgefangenenlager außerhalb von Innsbruck gebracht. Seltsamerweise sind keine Aufzeichnungen von Leyers' Aussagen bei der Befragung überliefert oder veröffentlicht worden, auch wird er in keinem offenen Verfahren der Nürnberger Kriegsverbrecherprozesse erwähnt.

Leyers hat jedoch für die US-Armee einen Bericht über die Aktivitäten der Organisation Todt in Italien geschrieben. Dieser Bericht ist im US-Nationalarchiv vorhanden und stellt, in Kürze, eine völlige Schönfärberei seiner Taten dar.

Hans Leyers wurde im April 1947, dreiundzwanzig Monate nach Kriegsende, aus dem Gefängnis entlassen. Er starb vierunddreißig Jahre später in Eschweiler. Diese zwei Daten sind die einzigen Dinge, die ich über fast neun Jahre sicher über Leyers wusste.

* * *

Bei meiner Zusammenarbeit mit der hervorragenden deutschen Forscherin und Übersetzerin Silvia Fritzsching gelang es mir, im Juni 2015 die Tochter von General Leyers, Ingrid Bruck, ausfindig zu machen, die noch immer in Eschweiler lebte. Obwohl sie sterbenskrank war, stimmte Frau Bruck einem Gespräch über ihren Vater und darüber, wie es ihm nach dem Krieg ergangen war, zu.

»Er wurde in das Kriegsgefangenenlager gebracht und erwartete seine Anklage in Nürnberg«, erzählte sie matt und krank in ihrem weitläufigen deutschen Herrenhaus, das sie von ihren Eltern geerbt hatte. »Er wurde wegen Kriegsverbrechen angeklagt, doch …«

Frau Bruck hustete und wurde zu krank, um weiterzuerzählen. Es stellte sich aber heraus, dass der Priester, der über fünfundzwanzig Jahre General Leyers' geistlicher Berater war, und ein anderer Mann names Georg Kaschell, der drei Jahrzehnte lang sein Freund und Vertrauter war, bereit waren, mir den Rest zu erzählen, oder zumindest das, was Leyers ihnen über seine Zeit in Italien und seine geheimnisvolle Entlassung aus dem Kriegsgefangenenlager berichtet hatte.

* * *

Laut Georg Kaschell und dem Geistlichen i. R. Valentin Schmidt aus Eschweiler war General Leyers tatsächlich wegen Kriegsverbrechen angeklagt worden. Sie kannten die konkreten Anklagepunkte nicht und behaupteten, nichts davon zu wissen, dass Leyers Zwangsarbeiter befehligt hatte oder am Genozid durch »Vernichtung durch Arbeit« beteiligt war, der Teil von Hitlers Endlösung war.

Der Pastor und der Gutsverwalter stimmten jedoch darin überein, dass Leyers zusammen mit anderen Nazis und Faschisten angeklagt werden sollte, die Kriegsverbrechen in Italien begangen hatten. Es verging ein Jahr und dann noch zwei nach Kriegsende. Während dieser Zeit wurden die meisten überlebenden Schergen Hitlers verurteilt und gehängt, viele von ihnen, nachdem der Reichsminister für Rüstung und Kriegsproduktion und Leiter der Organisation Todt, Albert Speer, gegen sie ausgesagt hatte.

In Nürnberg behauptete Speer, dass er nichts von den Konzentrationslagern gewusst hatte, obwohl sie von der Organisation Todt errichtet wurden und obwohl viele der Lager Kennzeichen aufwiesen, die sie ausdrücklich als OT-Arbeitslager auswiesen. Ob die alliierten Ankläger Speer wirklich glaubten oder einfach nur seine belastenden Aussagen gegen andere honorierten, ist nicht überliefert, doch das Gericht bewahrte Hitlers Architekt vor dem Galgen.

Nachdem General Leyers berichtet worden war, dass Speer den inneren Zirkel Hitlers verraten und an den Galgen gebracht hatte, traf er seine eigene Vereinbarung mit den Anklägern. Im eigenen Namen bot Leyers Beweise dafür, dass er unter anderem Juden dabei geholfen hatte, aus Italien zu entkommen, dass er hochrangige Katholiken, einschließlich Kardinal Schuster, geschützt hatte und dass er das Unternehmen Fiat vor der völligen Zerstörung bewahrt hatte. Der General stimmte auch zu, im geschlossenen Gerichtsverfahren gegen seinen nominellen

Vorgesetzten Albert Speer auszusagen. Zum Teil auf Grundlage der Aussagen von Leyers wurde Hitlers Architekt schließlich für Verbrechen gegen die Menschlichkeit verurteilt und für zwanzig Jahre ins Spandauer Gefängnis gesteckt.

Das ist zumindest die Geschichte, die der Pastor und Leyers' langjähriger Berater darüber erzählten, warum der General im April 1947 aus dem Kriegsgefangenenlager entlassen wurde.

Auch wenn die Darstellung durchweg plausibel klang, war die Familiengeschichte der Leyers zweifellos komplexer. Weniger als zwei Jahre nach Kriegsende war die Welt der Nachwirkungen überdrüssig und wurde gleichgültig angesichts der fortdauernden Nürnberger Prozesse. Es gab ebenfalls zunehmende Besorgnis über die wachsende Macht des Kommunismus in Italien. Der Gedanke kam auf, dass eine Reihe aufsehenerregender Prozesse gegen Faschisten und Nazis nur den Sozialisten in die Hände spielen würde.

Das »fehlende italienische Nürnberg«, wie der Historiker Michele Battiti es nannte, fand niemals statt. Die Nazis und Faschisten, die unaussprechliche Gräueltaten begangen hatten, darunter auch General Leyers, wurden im Frühling und Sommer 1947 einfach freigelassen.

Es gab keinen Prozess wegen der Verbrechen von Leyers. Keine Anklage wegen der Zwangsarbeiter, die unter seiner Aufsicht starben. All das Böse und die Grausamkeit, die während der letzten zwei Kriegsjahre in Norditalien begangen worden waren, wurden von der Justiz in ein Loch geworfen, vergraben und vergessen.

* * *

Leyers kehrte nach Düsseldorf zu seiner Frau Hannelise, seinem Sohn Hans-Jürgen und seiner Tochter Ingrid zurück. Während des Krieges hatte die Frau des Generals das Haus Palant geerbt, ein mittelalterliches Anwesen in Eschweiler. Nach dem Krieg zogen sich die Rechtsstreitigkeiten noch über sechs Jahre hin, bis Leyers vollständig über das weitläufige Grundstück verfügen konnte, doch er hatte es geschafft und verbrachte den Rest seines Lebens damit, es zu restaurieren und zu bewirtschaften.

Er begann, das große Herrenhaus und die Ställe wiederaufzubauen, die ironischerweise kurz vor Kriegsende von polnischen Zwangsarbeitern der Organisation Todt niedergebrannt worden waren. Leyers' Pastor und sein Berater sagten, dass er niemals über die fast zwölf Millionen Menschen gesprochen hat, die von den Deutschen verschleppt und in ganz Europa zur Arbeit gezwungen worden waren.

Sie wussten auch nicht, woher der General die enormen Geldsummen nahm, die er für den Wiederaufbau seines Anwesens benötigte, außer dass er nach dem Krieg jahrelang Beratertätigkeiten für verschiedene deutsche Großkonzerne übernahm, einschließlich des Stahlproduzenten Krupp und des Waffenherstellers Flick.

Sie sagten, dass Leyers über ein unglaubliches Netzwerk an Verbindungen verfügt hat und dass ihm immer jemand einen Gefallen zu schulden schien. Er brauchte etwas – zum Beispiel einen Traktor – und zack, jemand gab ihm einen Traktor. Man sagte, dass Fiat Leyers so dankbar war, dass ihm das Unternehmen alle zwei Jahre ein neues Auto schenkte.

Die Nachkriegszeit war gut zu Hans Leyers. Wie er es vorhergesehen hatte, war es vor Adolf Hitler gut für ihn gelaufen, während Adolf Hitler und auch nach Adolf Hitler.

* * *

Nach seiner Entlassung aus dem Gefangenenlager der Alliierten war Leyers auch ein gläubiger Kirchgänger geworden. So hatte er den Bau der Auferstehungskirche in Eschweiler bezahlt, die nur einen kurzen Spaziergang von dem Anwesen am Hans-Leyers-Weg entfernt liegt, eine Gasse, die zur Erinnerung nach dem General benannt wurde.

Leyers wurde als ein Mann bezeichnet, der »die Dinge in die Hand nimmt«, und die Menschen, einschließlich des Pastors und seines Vertrauten, drängten ihn dazu, in die Politik zu gehen. Der General weigerte sich jedoch und erklärte ihnen, dass er es vorzöge, »der Mann im Schatten zu bleiben, im Dunklen, der die Fäden in der Hand hält«. Er wollte niemals der Mann auf der Bühne sein.

Leyers' Sohn wurde Doktor der Ingenieurwissenschaften, seine Tochter heiratete und gründete eine Familie. Er sprach nur selten vom Krieg, außer dass er damit prahlte, niemals für Albert Speer gearbeitet zu haben, sondern immer Hitler direkt Bericht erstattet hatte.

Kurz nach seiner Entlassung aus dem Spandauer Gefängnis im Jahre 1966 stattete Speer Leyers einen Besuch ab. Speer war laut Berichten anfangs freundlich, später jedoch betrunken und feindselig, wobei er andeutete zu wissen, dass der General gegen ihn ausgesagt hatte. Leyers warf Speer aus dem Haus. Als Leyers *Erinnerungen* las, Speers Bestseller über Hitlers Aufstieg und Fall, wurde er zornig und nannte das ganze Werk »eine Lüge nach der anderen«.

Nach einer Phase schwindender Gesundheit starb General Leyers im Jahre 1981. Er wurde unter einem riesigen Felsbrocken auf dem Friedhof zwischen der Kirche, die er erbaut hatte, und dem Haus, in dem er lebte, begraben, lange nachdem er den jungen Pino Lella auf dem Brenner zurückgelassen hatte.

»Der Mann, den ich kannte, war ein guter Mensch, jemand, der gegen Gewalt war«, sagte Pastor Schmidt. »Leyers war ein Ingenieur, der in die Armee eintrat, weil es eine Aufgabe war. Er war kein Mitglied der Nazipartei. Wenn er an Kriegsverbrechen beteiligt war, dann kann ich mir nur vorstellen, dass er dazu gezwungen wurde. Er muss eine Pistole an der Schläfe und keine andere Wahl gehabt haben.«

* * *

Eine Woche, nachdem ich das erfahren hatte, stattete ich Pino Lella einen weiteren Besuch am Lago Maggiore ab. Er war zu dem Zeitpunkt neunundachtzig, mit einem weißen Bart, einer Drahtgestellbrille und einer modischen schwarzen Baskenmütze. Wie immer war er leutselig, witzig und agil, lebte weiterhin *con smania,* was bemerkenswert war, denn er hatte kurz zuvor einen Motorradunfall gehabt.

Wir gingen in sein Lieblingscafé am Seeufer von Lesa, wo er lebte. Bei einem Glas Chianti erzählte ich Pino, was aus General Leyers geworden war. Nachdem ich geendet hatte, saß er lange Zeit da und betrachtete das Wasser, sein Gesicht von Emotionen zerfurcht. Siebzig Jahre waren vergangen. Siebzig Jahre Unwissenheit waren vorbei.

Vielleicht lag es am Wein oder vielleicht hatte ich zu lange über seine Geschichte nachgedacht, doch Pino schien mir in diesem Moment wie ein Portal in eine längst vergangene Zeit, wo die Geister von Krieg und Tapferkeit, die Dämonen von Hass und Unmenschlichkeit und die Arien von Glauben und Liebe noch immer in der guten und aufrichtigen Seele spielten, die überlebt hatte und letztendlich ihre Geschichte erzählen konnte. Während ich da neben Pino saß und mich an seine Geschichte erinnerte, bekam ich eine Gänsehaut und dachte erneut, wie privilegiert und wie geehrt ich war, von dieser Geschichte erfahren zu haben.

»Bist du dir bei all dem sicher, mein Freund?«, fragte Pino schließlich.

»Ich war an Leyers Grab. Ich habe mit seiner Tochter gesprochen und mit dem Pastor, bei dem er gebeichtet hat.«

Pino schüttelte schließlich ungläubig den Kopf, zuckte die Schultern und warf die Hände nach oben. »*Mon général*, er bleibt im Schatten, er wird bis zum Ende ein Phantom meiner Oper bleiben.«

Dann warf er den Kopf zurück und lachte über diese Absurdität und Ungerechtigkeit.

Nach einem langen Augenblick des Schweigens sagte Pino: »Weißt du, mein Freund, im nächsten Jahr werde ich neunzig und das Leben ist noch immer eine ständige Überraschung für mich. Wir wissen nie, was als Nächstes geschehen wird, was wir sehen werden und welche wichtige Person in unser Leben treten wird, oder welche wichtige Person wir verlieren werden. Das Leben ist Veränderung, ständige Veränderung, und wenn wir nicht das Glück haben, die Komödie darin zu finden, dann ist die Veränderung fast immer ein Drama, wenn nicht eine Tragödie. Doch nach allem, und selbst wenn sich der Himmel blutrot und bedrohlich verfärbt, glaube ich noch immer fest daran, wenn wir nur das Glück haben zu überleben, dann müssen wir dankbar sein für das Wunder jeden Moments an jedem Tag, egal wie fehlerhaft. Und wir müssen Vertrauen in Gott haben und in das Universum und in ein besseres Morgen, selbst wenn dieses Vertrauen nicht immer gerechtfertigt ist.«

»Pino Lellas Rezept für ein langes und glückliches Leben?«, fragte ich.

Darüber lachte er und winkte mit dem Finger in der Luft. »Der glückliche Teil eines langen Lebens zumindest. Das Lied, das gesungen werden muss.«

Dann blickte Pino nach Norden über den See zu seinen geliebten Alpen, die sich wie unglaubliche Kathedralen in die Sommerluft erhoben. Er trank von seinem Chianti. Seine Augen wurden feucht und sein Blick unscharf, und wir saßen lange Zeit schweigend da, und der alte Mann war weit, weit weg.

Das Seewasser schwappte gegen die Befestigungsmauer. Ein weißer Pelikan flatterte vorbei. Eine Fahrradklingel erklang hinter uns und das Mädchen auf dem Fahrrad lachte.

Als Pino schließlich seine Brille abnahm, ging die Sonne gerade unter und verwandelte den See in Kupfer und Gold. Er wischte sich die Tränen weg und setzte die Brille wieder auf. Dann sah er herüber, warf mir ein trauriges, warmes Lächeln zu und legte die Hand an sein Herz.

»Verzeih einem alten Mann seine Erinnerungen«, sagte Pino. »Manche Liebe vergeht niemals.«

Danksagung

Ich bin Giuseppe »Pino« Lella zutiefst dankbar dafür, dass er mir seine bemerkenswerte Geschichte anvertraut und sein vernarbtes Herz geöffnet hat, sodass ich seine Geschichte erzählen konnte. Pino hat mir unzählige Lektionen über das Leben beigebracht, und er hat mich zum Guten verändert. Sei gesegnet, alter Mann.

Mein Dank geht an Bill und Deb Robinson, weil sie mich am schlimmsten Tag meines Lebens in ihr Haus eingeladen haben, und an Larry Minkoff, weil er mir die ersten Bruchstücke dieser Geschichte beim Abendessen erzählt hat. Ich bin Robert Dehlendorf zutiefst dankbar, der zuerst versucht hat, über Pino zu schreiben, und mir dann das Projekt übergeben hat, als er in eine Sackgasse geraten war. Abgesehen von meiner Frau und meinen Söhnen ist es das größte Geschenk, das ich jemals erhalten habe.

Ich bin dankbar, dass ich mit Elizabeth Mascolo Sullivan verheiratet bin. Als ich von besagter Dinnerparty zu ihr nach Hause kam und ihr, aus heiterem Himmel und fast ohne Geld, erzählt habe, dass ich darüber nachdenke, ohne sie nach Italien zu fahren, um einer nicht erzählten sechzig Jahre alten Kriegsgeschichte hinterherzujagen, hat sie nicht gezögert oder versucht, mich davon abzubringen.

Betsys unerschütterlicher Glaube an mich und dieses Projekt hat eine entscheidende Rolle gespielt.

Michael Lella, Pinos Sohn, hat jeden Entwurf gelesen, mir dabei geholfen, weitere Zeugen zu finden, und genau darauf geachtet, alles Italienische richtig hinzubekommen. Danke, Mike. Ohne dich hätte ich es nicht geschafft.

Ich bin ebenfalls dem Fulbright-Stipendiaten Nicholas Sullivan dankbar, der mir während der Wochen in den Bundesarchiven in Berlin und Freiburg ungemein geholfen hat. Genauso bin ich Silvia Fritzsching dankbar, meiner deutschen Übersetzerin und Forschungsassistentin, die mir dabei geholfen hat, die Informationen über das Leben von General Leyers nach dem Krieg zusammenzufügen und Pinos offene Fragen zu beantworten.

Mein herzlicher Dank an alle Menschen in Italien, Deutschland, Großbritannien und den Vereinigten Staaten, die mir dabei geholfen haben, Pinos Geschichte zu recherchieren. Es scheint fast so, als wäre jedes Mal, wenn ich gegen eine Mauer gestoßen bin, irgendeine großzügige Person aufgetaucht, die mich in die richtige Richtung gewiesen hat.

Zu diesen Personen gehören unter anderem Lilliana Picciotto von der Fondazione Memoria della Deportazione und Fiola della Shoa in Mailand, der pensionierte Pastor Giovanni Barbareschi und Giulio Cernitori, ein weiterer von Pater Res Jungen von der Casa Alpina. Mimmos Freund und früherer Partisanenkämpfer Edouardo Panzinni war ebenfalls eine große Hilfe, wie auch Michaela Monica Finali, meine Fremdenführerin in Mailand, und Ricardo Surrette, der mir die Fluchtroute über den Brennerpass gezeigt hat.

Außerdem gehören dazu Steven F. Sage vom Mandel Center for Advanced Holocaust Studies am United States Holocaust Memorial Museum, Paul Oliner vom Altruistic Personality and Prosocial Behavior Institute an der Humboldt

State University, die Forscher in den US-Nationalarchiven Dr. Steven B. Rogers und Sim Smiley, der italienische Historiker und Vatikan-Experte Fabian Lemmes und Monsignore Bosatra von den Archiven der Kanzlei von Mailand. In Madesimo halfen mir Pierre Luigi Scaramellini und Pierino Perincelli, der ein Auge und eine Hand in der Granatenexplosion verlor, bei der der Sohn des Gastwirts ums Leben kam. Danke auch an Victor Daloia, der die Entdeckung der verborgenen Kriegsmedaille seines Vaters beschrieben hat, und an Anthony Knebel, der die Korrespondenz seines Vaters bereitgestellt hat. Und an Horst Schmitz, Frank Hirtz, Georg Kaschell, Valentin Schmidt und Ingrid Bruck, dass sie die Geschichte von General Leyers zum Abschluss brachten.

Verschiedene Organisationen, Historiker, Autoren und Forscher waren mir ebenfalls eine große Hilfe bei dem Versuch, den Zusammenhang zu begreifen, in dem sich Pinos Geschichte abspielt. Unter ihnen waren die Mitarbeiter von Yad Vashem, die Mitglieder des Axis History Forum und die Autoren und Forscher Judith Vespera, Alessandra Chiappano, Renata Broggini, Manuela Artom, Anthony Shugaar, Patrick K. O'Donnell, Paul Nowacek, Richard Breitman, Ray Moseley, Paul Schultz, Margherita Marchione, Alexander Stille, Joshua D. Zimmerman, Elizabeth Bettina, Susan Zuccotti, Thomas R. Brooks, Max Corvo, Maria de Blasio Wilhelm, Nicola Caracciolo, R. J. B. Bosworth und Eric Morris.

Ich bin auch den geduldigen Lesern der früheren Fassungen dankbar, darunter Rebecca Scherer von der Jane Rotrosen Agency, NPR-Pentagon-Korrespondent Tom Bowman, David Hale Smith, Terri Ostrow Pitts, Damian F. Slattery, Kerry Catrell, Sean Lawlor, Betsy Sullivan, Connor Sullivan und Lawrence T. Sullivan.

Meg Ruley, meine beeindruckende Agentin, hat die Reichweite und emotionale Kraft von Pinos Geschichte beim ersten Hören bemerkt und mich und mein Drängen nach diesem Projekt bereits unterstützt, als es erst wenige taten. Ich bin froh, dass sie auf meiner Seite ist.

Als wir uns aufgemacht haben, für das Buch ein Zuhause zu finden, habe ich mir einen Herausgeber gewünscht, der genauso leidenschaftlich hinter dem Projekt steht, wie ich es tue. Mein Wunsch wurde mir mit Danielle Marshall erfüllt, meiner Lektorin bei Lake Union und der Romanweltmeisterin bei Amazon Publishing. Sie und ihr Kollege David Downing haben an die Geschichte geglaubt und mich dazu gebracht, sie in ihren Endzustand zu bringen. Ich kann euch beiden nicht genug dafür danken.